话说中华五千年

中华全史演义

(清) 吕安世 著　蔡东藩 编

中国文史出版社

图书在版编目（CIP）数据

中华全史演义 /（清）吕安世著；蔡东藩编 . -- 北京：中国文史出版社，2018.6
（话说中华五千年）
ISBN 978-7-5205-0292-4

Ⅰ . ①中…　Ⅱ . ①吕… ②蔡…　Ⅲ . ①章回小说—中国—清代
Ⅳ . ① I242.4

中国版本图书馆 CIP 数据核字（2018）第 113451 号

责任编辑：秦千里

出版发行：中国文史出版社
社　　址：北京市海淀区西八里庄 69 号院　邮编：100142
电　　话：010-81136606　81136602　81136603（发行部）
传　　真：010-81136655
印　　装：廊坊市海涛印刷有限公司
经　　销：全国新华书店
开　　本：16 开
印　　张：22.5
字　　数：477 千字
版　　次：2019 年 5 月北京第 1 版
印　　次：2019 年 5 月第 1 次印刷
定　　价：78.00 元

出版说明

《中华全史演义》,又名《历朝史演义》,共四十八回。

此书由蔡东藩根据清代吕安世的《二十四史通俗演义》增订而成。蔡东藩认为:“新昌吕氏此书,事依正史,语若新闻,约而能赅,得失为之了然,妇孺亦能通晓”,遂将原书增补清朝部分,易名为《中华全史演义》印行。

《中华全史演义》堪称《中国历代通俗演义》的提要,作者用简洁流畅的文字和睿智的点评,基于信史,旁征野史,叙述了自上古至清朝末年中国五千年的兴衰。一册在手,可以一窥中国历史之全豹。洵为通俗史著的经典,深受读者青睐。

吕抚(1671-1742),字安世,号逸亭,浙江新昌人,清代藏书家。精天文、地理、兵法、性理、皇极之选。屡试不第,遂以著述为事,成书甚多。后海宁查嗣庭狱起,惧遭牵连,私下毁版过半,仅存《三才图》《四大图》《纲鉴通俗演义》等作品。

嫘祖
黄帝

顓頊
帝嚳
少皞

女英
娥皇
虞舜
唐堯

周武王
商湯王
夏禹王

秦始皇
趙高

漢高祖
呂后

東漢光武帝
嚴光

蜀漢昭烈帝
魏文帝
吳主孫權

西晉武帝
東晉元帝

宋武帝
齊高宗
陳武帝
梁武帝

隋高祖
隋煬帝
宣華夫人

唐高祖
武后

後周高祖
後漢高祖
後晉高祖
後唐莊宗
後梁太祖

南宋高宗
宋太祖

世祖忽必烈
元太祖成吉思汗

徐達
明太祖

慈禧太后
宣統帝
光緒帝
清太祖努爾哈赤
世祖順治帝

序

听古乐则惟恐卧，听郑卫之音则不知倦。夫郑卫之音，乱世之音也，远非古乐比，而时好偏趋之，虽禁之不能止，良可慨已！不宁惟是，阅书亦然。今试对后生小子，告以刚日读经，柔日读史，彼非不知经史之有用也，顾读未终帙，即昏然思睡，往往有屡戒勿悛者。迨静而察之，则彼所日夕嗜阅流连忘倦之书，非淫词，即艳说。其览及列国、三国诸演义，虽非应读，犹为不诡，于正则甚矣，俗尚之，日漓而靡所底止也。主持教育者忧之，爰严申禁令，命取坏人心术之小说，铲而毁之，不使误人。而坊间书侩阳奉阴违，或改头换面，或变本加厉，五花八门之杂志丛报，多半为导淫鬻奸之邪说。世无祖龙，谁与收拾净尽，付诸一炬乎！窃谓强人遵禁者难为力，因势利导者易为功。就庸耳俗目倾向之稗史，逐加改良，因革损益，勿纳于邪，未始非通俗教育之一助也。

鄙人橐笔有年，犹苦未逮。偶于敝箧中检得二十四史通俗演义，为新昌吕氏原著。数年不暇观，复展阅一周，觉事依正史，语若新闻，约而能赅，俗不伤雅，得失为之了然，妇孺亦能通晓，深有合于通俗教育之宗旨者。

独惜吕氏此书，迄于有明。自明至今，中隔清代，相距又二百七十余年，其间沿革变迁更仆难数。古人有言，知今不知古，谓之盲瞽；知古不知今，谓之陆沈。有吕氏之二十四史演义以饷后生小子，盲瞽之病，庶几可免，其如尚患陆沈何也！

窃不自揣，取有清一代之事实，依次成编，赓续于后。复因原书之起迄数回，内容词意为二百年前之学说，与时宜或未尽协者，改而窜之，删而节之，非敢僭易古人，殆取穷久变通之义云尔。吕子有知，应亦不我责也。书成载数语于卷首，以作弁言。

已未仲春古越蔡成东帆氏识

例言

吕氏原书,名《二十四史通俗演义》。本编续入清代,不能仍沿旧称,改名《中华全史演义》。

本编增入清史,分辑七回。视原书叙历朝事详略相较,不啻倍蓰。斯由清代事实较前为繁,且前代纂史已多,不妨从略,清代尚无正史,私家著述亦不数觏,为广益见闻计,不得不搜录近著,稍求赅备,故体例一仍其旧,而记录特别从详。

原书开卷数回,叙述上古史事,如盘古开辟天地,共工头触不周,娲皇炼石补天,夏禹遣神治水以及后羿射日,嫦娥奔月等类,虽属有所依据,究之事涉荒唐,徒滋迷信,本编多从删节;即载入旧谈,亦加辩驳。盖援史以传信之义,无取浮夸荒诞之词。

原书叙录明史,于万历后列入清初各主,务尚尊崇。至述及清史二回,仅申祝颂,有目无文。在当时尊王主义,不得不尔。今则故帝退位,政尚共和,于旧例抬头字样,固应变更;即有目无文之二回,亦概从删去。

原书于四十二回后,或谈神鬼,或录格言,或志物源,或纪天变人异之类。推吕子本意,无非为益人知识起见。但学术思想,文物风俗,随时变迁,昔以为是,今以为非,不若史乘之第陈往事,一成不易,故本编一律从删。但录古今历数年号,殿诸卷末,作为全书之结束。

坊间贩售之吕氏原书,辗转翻印,字迹多讹,且有从中裁节省帙牟利者。本编校订鱼豕,改讹存真。且原书卷帙,除声明删改外,不敢无故省节,希阅者鉴之。

历代统系表

表例说明：

正统相承者用——，传世有间者用……，割据称雄及中遭篡夺者用旁注。

盘古——天皇——地皇——人皇……有巢——燧人…

…伏羲——女娲……神农——黄帝——少昊——颛顼——

—帝喾——帝挚——唐——虞——夏其间羿浞篡国共四十年——

—商——周——东周春秋 战国——秦——汉新莽篡国十四年—

—东汉——蜀汉 魏吴——晋——东晋 五胡十六国——南北朝

（宋后魏齐西魏、东魏梁北齐、后周、后梁陈）——隋——唐—五季

（后梁——后唐辽后晋辽后汉辽后周）五季之世割据者十二国—

— 宋 辽 夏 金 南宋——元——明——清 太平天国—

—中华民国

按：自盘古至黄帝，其时书契未兴，无史可征。据春秋元命苞云，天地开辟至鲁哀公获麟之岁，凡三百二十六万七千年，分为十纪：一曰九头纪；二曰五龙纪；三曰摄提纪；四曰合雒纪，五曰连通纪；六曰叙命纪，七曰循蜚纪；八曰因提纪；九曰禅通纪；十曰疏仡纪。九头纪自人皇氏起至叙命纪，凡八十三君。循蜚而下，始有世次可考。循蜚纪始于巨灵，终于次民，计二十二氏。因提纪始于辰放，始于庸成，计十三氏，有巢、燧人亦与焉。禅通纪凡十七世，伏羲，神农厕其列。疏仡纪则自黄帝以迄于周，其言之可信与否，吾不敢知。惟胡氏皇王大纪，则人皇以后，即继以有巢，燧人，今从之。伏羲氏后女娲嗣立，女娲氏后复有柏皇、大庭、栗陆、赫胥等十四氏，及考伏羲命官，则十四氏又多与焉。或者当时分封建国，各君一方亦未可知，是不得不存为疑案！神农氏传七氏，乃至黄帝，因七传世胤皆神农血统，故表例中直接黄帝，如商之承夏，周之承商然。黄帝以下，代有史乘，国统相传，信而有征，爰列表如前，幸阅者鉴之！

目　录

第一回　谈天地　稽人物　盘古首出

诗曰：

天地由来自造成，漫言斧凿奏升平。
愿将秃笔删陈史，留与时人仔细评。

天地人谓之三才，有天地，即有人。荒古之世，未尝无人类，不过起呿呿，卧吁吁，茹毛饮血，与鸟兽无别，听其自生自灭而已。后人称之曰浑沌时代。或以浑沌二字，训为蒙昧，其实不然。小子管见，以为浑沌二字，左旁从水，含有洪水意。谅以开辟之初，江海虽成，未加浚凿，有时大雨浸淫，山水暴发，则平原皆成泽国，居民易遭沉溺，以此死亡相继，孳生不蕃。相传伏羲之时，洪水乃退，世有居人。至于帝尧时所记洪水，乃泛滥之余波，非水之极盛也。

西国最古之史，存犹太国，名创世纪，抱残守缺之士，珍若连城。今耶稣教旧约，亦多本此书，内载天主创造天地人物等事。谓首造一男曰亚当，取亚当之肋，和土造成一女曰夏娃，为亚当之配。其说不经，未足取信。惟云亚当数传至诺蔼，诺蔼生三子，曰生，曰冈，曰亚弗得。其时大雨不息，洪水横流，人多淹毙。惟诺蔼一家，以预避高山得免。水退后，下山分居，复将所携动植各物，散布四方。于是生居亚细亚洲，冈居阿非利加洲，亚弗得居欧罗巴洲。斯言似非无因，中国所谓盘古氏，疑即指诺蔼言。所谓天皇、地皇、人皇，疑即诺蔼三子。当时人寿甚长，要皆八九百岁。但文字未兴，不知载笔，只赖记忆流传，久而失据，故西史所载，亦在疑似之间。

中史谓大荒山中，受天地灵秀，蕴日月光华，遂孕有灵通之性，内育人胎，生下盘古，龙首人身，长百尺，遍体皆毛。偶寻得一斧一凿，皆先天金石之精，各一千斤。盘古右手持斧，左手执凿，斧之凿之，砉然一声，天地两分。轻清者上升而为天，重浊者下凝而为地。故后人称之曰开辟。小子以为天地未分，山河自载，所生盘古，何自立足。是与西史所载亚当、夏娃之造作，同一虚诬，不待辩而自明矣。

天体太空，浑穆无际。前人言天有九重，或言有三十三天者，全属臆造。天之上无所谓天，天之外亦无所谓天。不过附丽天空者，有行星、恒星两种。恒星常居一处，永不变易；行星随时行动，周而复始。世人常见之日，一恒星也。恒星不止一日，经天文家查得者，谓约一百五十兆有奇。有大有小，有远有近，皆自能发光。惟日为最大，亦最远。行星随时环行，有绕恒星者，有绕行星者。绕日者谓日之行星；绕行星者，谓行星之行星，数不胜数。各行星本体，皆不能生光，须借日光以为光。其绕日而行者，有八大行星。最近为水星，在第一层。次层为金星，第三层为地球，第四层为火星，第五层为木星，第六层为土星，第七层为天王星，第八层为海王星。近日者过热，远日者过冷,均无生物。惟地球在第三层间,冷热适均,万物由此生焉,人亦一动物耳,既生物,自生人。

地形椭圆,南北两极,平凹如橘,中心如轴,为两极枢纽,安然不动。外体自能旋转,如车轮然,轮转而轴不转也。每日地球绕轴一周,称为自转,适合二十四小时,成一昼夜。每岁地球绕日一周,称为公转,适当三百六十五日又四分之一,成为一年。当地球旋转时,常自右向左,故早见日轮出于东方,晚见日轮下于西方。至地球再旋而左,右首不能见日,遂为昏夜。然此处正当昏夜,对面适在日中,如吾国处东半球,对面为西半球美国,吾国昼,则美国夜;美国昼,则吾国夜。游历外洋者,多能言之。若如从前日出日没之说,则大地以上,昼夜从同,何有中美之分乎!

其所以有寒暑之别者,地球绕日,有一定之轨道,其轨道成椭圆形。地球依轨道而行,距日近则日光直射球面,气候自热;距日远则日光斜射球面,气候或温或凉,寒暑自此分。春夏秋冬四季,亦自此异焉。

地面又分五带。言地理者,尝虚设经纬线,以作区画。直为经,横为纬。全球经线,画为三百六十度,劈分东西两半球,各得一百八十度。纬线亦如之,中为赤道。自赤道向北二十三度半,称夏至线;自赤道向南二十三度半,称冬至线。此两线间,为日光往返之处,终年恒热,称曰热带。自夏至线向北四十三度,自冬至线向南四十三度,日轮未尝正射其上,亦不至一日无光,故气候温和,称曰温带。在北者名北温带,在南者名南温带。若自北温带以北,及自南温带以南,各二十三度半,各半年不见日光,寒冷最甚,称曰寒带。在北者名北寒带,在南者名南寒带。吾国在东半球之北温带内,故人文荟萃,物产丰饶。

至于月,则为地球上之行星,绕地而行,即所谓附丽行星之行星者,月体小地球四十九倍,离地七十二万里,不能生光,借日光以为光。月与日地相掩映,人望之若有盈有亏。当月在日与地之间,人在地面,正见其背,故其光晦而为朔。迨月行至地球之左,人望见其半面,光向西,魄向东,名为上弦。月行至地球之后,明面对于地球,光即圆而成望。月行至地球之右,人又只见其半面,光向东,魄向西,名为下弦。俟月又行至日与地之间,其光全晦,复为朔矣。吾国所用阴历,即以月光之晦明一次,谓之一月,历十有二月而成一年。凡月光晦明一次,约二十九日有奇,不足三十日,故阴历月建有大小之别,大月三十日,小月二十九日,适符其数。惟月光晦明十有二次,地球绕日犹未毕一次,积有羡余,三年余一月,五年余两月,故有归余于闰之制。阳历从日不从月,有闰日无闰月,盖因地球绕日一周,为三百六十五日又四分之一。阳历以三百六十五日为一年,留其余数以为积,积至四年,适得一日,乃置一闰,遇闰之年,都三百六十六日。中国近时,亦仿行之。日月之蚀,恒在朔望。其遇望也,月与日隔地相对,有时日为地掩,是为月蚀。其遇朔也,月在日与地之间,有时日为月蔽,是为日蚀。日蚀有见有不见,因月体较小,不能全掩地球,故所见有不同。月蚀则四海同观,不过时刻有先后耳。古人以日蚀月蚀,视为灾变,不过借以示警,其实理所当然,无足怪也。

若夫风云雨露,雷电霜雪等类,皆经空气变幻而成。空气因热上升,他处冷空气流来补之,即成为风。风之大小,由于空气补让之徐疾,徐则风必小,疾则风必大。旋风飓风之起，无非因空气补让之过疾，冲荡搏击所致耳。云之由来，缘地面之水，为日光所蒸，化气上浮，遇冷凝聚，弥漫氤氲，即为云。冷愈甚，凝结愈密，密则重而下堕，即为雨。云厚雨大，云薄雨稀。夏日多奇云，亦多狂雨，盖热多汽重故也。春秋二季，水在日间饱受日光，入夜热退，冷空气触之，凝为水点，着于草木及瓦石之上，点点如珠，是谓之露，露遇冷，又凝成冰点，是谓之霜。雨下坠时，如与最冷之空气相遇，则凝成冰颗形，冰颗形与冰颗形相遇，则凝成白花，形状不一，大抵多成六角，是谓之雪，故雪必极寒而始下。若雷电之作，夏季最多，春秋二季亦间有之。其故因雨云之中，含有电气，两电相遇，迸发生光，即为电；轰动成声，即为雷，雷电实一物耳。人物触电则立毙，俗呼为雷殛是也。他如虹为雨气映日而生，霞为日光隔射而成。云之低掩为雾，雪之初凝为霰。雹则多降于暑天，热气骤升，忽遇冷气，凝为水粒，降为雹点。此皆天文中应有之现象，昔人未明原委，睹天地间之形形色色，辄以为有神主之。好事者且创风师雨伯，杂雷神电母，素娥青女诸名目，以证实之。于是术数家，谶纬家，卜筮家迭出不穷。齐谐志怪，干宝搜神，皆就历代相传之杂说，附会成书耳。

地球之外面称地壳，为水与陆所构成。水多陆少，大约水得四分之三，陆得四分之一。水之最大者曰洋，小于洋而附近大陆者曰海。海之旁有湾、有港、有峡、有岔。海水为日月所吸，则生潮汐，昼曰潮，夜曰汐。其为洋海之支流者，曰江、曰河。江河之上流，曰溪，曰涧，曰滩。四面皆陆地，中独潴水者曰湖，或曰浸，曰泊，曰荡、曰泽，曰池，曰沼。雨水渗入地中，渐积渐多，流于地面者曰泉。陆之最高者曰山，次曰岭，又次曰丘陵。两山间之洼地曰溪谷。山中有热质蕴藏，破岩石之隙喷出地面，成为火焰者曰火山，地震常因之而起。平地曰平原，较高者曰高原，较低者曰低原。四面皆高，中独广平者曰平地。其有砂碛不能生草木者曰沙漠。其有小陆高出海面，形成孤立，四面环水者曰岛。三面环海，一面连陆地者曰半岛。狭小之陆地，为锐角形而伸出海中者曰土角。两陆相连之处，地形极狭，有似人腰者曰土腰，亦名地狭。江河之间，有小陆可居人者曰小洲。海洋之内，地面甚广，物产繁息，交通便利者曰大洲。全球分五大洲。在东半球者凡三：曰亚细亚洲，省文曰亚洲，五洲中之巨擘也，立国凡十，中国最大。亚洲之西曰欧罗巴洲，省文曰欧洲，立国二十余，英，德、俄、法四国为最大。欧洲之南曰阿非利加洲，省文曰非洲，多外人殖民地，只四小国自立而已。在西半球者凡一：曰亚美利加洲，省文曰美洲，纵占西大陆之南北，地甚宽广，地理家或分称南美洲、北美洲，全洲立国二十余，以北美洲之美国为最大。在东西两半球之间者凡一：曰海洋洲，合大小各岛而成。为欧美各国所分领，最大之岛曰澳大利亚，英属也，往时尝呼为澳大利亚洲。附近南极，别有大地，在澳大利亚之南者，曰墨瓦兰；在美洲之南者曰戈赖罕，世人以南大陆称之，地荒而寒，尚有人迹未到处，无名可述云。五大洲之外，有五大洋：一曰太平洋，介于亚洲、美洲及海洋洲之间。二曰大西洋，居欧洲、非洲之西，美洲之东。三曰印度洋，在亚洲南，非洲东，直至澳大利亚大岛。四曰北冰洋，绕北极。五曰南冰洋，绕南极。五洋面积，太平洋最广，航行颇险，名曰太平，寓颂祷之意焉。

自人种肇生，散处四方，气候不齐，形色各变，于是有黄种、白种、红种，黑种，棕色种之别。所谓黄种者，肤黄色，面平鼻低，颧高目斜，发黑而直，多居亚洲，欧洲亦间有之，人数约六万万。所谓白种者，肤白眼碧，额阔鼻高，毛发卷曲，多居欧洲，近则美洲、非洲及海洋洲等处，尝有移居者，人数与黄种相同。所谓红种者，铜色深目，发疏而黑，面广而平，多居美洲，人数约一千五百万。所谓黑种者，肤黑如墨，唇厚鼻缩，多居非洲，人数约二万万。所谓棕色种者，肤带棕色，鼻阔发粗，口大可容拳，多居海洋洲，人数约五千万。五种之中，白种势力，今为最强，黄种次之，其他三种，已日就衰亡，仅存残喘而已。

本编所述，为中国历史事，于五洲各国情形，不暇详述，但就中国而论，则中国之位置，亚洲东北也。中国之人类，黄色种也，相传首出御世者曰盘古氏，又曰浑敦氏。盘古氏之履历无自考，或谓发迹于帕米尔高原。帕米尔三字，为波斯国语，犹屋顶之意。此高原在中国西偏，系世界第一高原，不啻一屋顶然；盘古氏居此高原，谅因趋避水灾之故，与犹太创世记所传，隐相符合。嗣其后者即为天皇、地皇、人皇，后世称为三皇是也。三皇之世，始有制度可稽，欲知大略，请观下回便知。

第二回 历三皇 经多氏 乃及羲娲

词曰：

细想三皇五帝，一般锦绣江山。风调雨顺万民安，不见许多公案。后世依他样子，齐家治国何难。流芳百世在人间，万古称扬赞叹。

却说天皇氏作，一姓十三人。继盘古氏立极，是曰天灵，被迹在西北柱州昆仑山下，澹泊无为，而俗自化，以木德王。乃作天干地支。天干者，甲乙丙丁戊己庚辛壬癸是也。甲曰阏逢，乙曰旃蒙，丙曰柔兆，丁曰强圉，戊曰著雍，己曰屠维，庚曰上章，辛曰重光，壬曰玄黓，癸曰昭阳。地支者，子丑寅卯辰巳午未申酉戌亥是也。子曰困敦，丑曰赤奋若，寅曰摄提格，卯曰单阏，辰曰执徐，巳曰大荒落，午曰敦牂，未曰协洽，申曰涒滩，酉曰作噩，戌曰阉茂，亥曰大渊献。天干地支，轮流配合，周而复始，是谓六十甲子，以定岁时所在。自是五运始兴，大化始立，兄弟共一万八千岁。

继之者为地皇氏，以火德王。一姓十一人，兴于熊耳龙门之山。此二山在今河南省，居国中而御四方。爰定三辰，三辰者何？日月星也。先是天皇氏虽创立干支，然日之循环，月之盈虚，星之明灭，俱莫名其妙，无得而称。地皇氏乃特为定名，明于昼者为日，明于夜者为月，自朝至暮，日光东现西汉，名为一日。月光自一线起，至于大圆，复归一线之光，至无而止，凡二十九日，或三十日为一月。其三三两两，散见于天空者为星，星之空处为辰。并日月星辰，谓之三辰。三辰既定，以十二月为一岁，周而复始。于是日月之转旋，星辰之躔次，昼夜之所以然，逐渐发明，民智乃日开矣。兄弟共治天下，合一万八千岁。

人皇氏继之，一姓九人，出于刑马之山，提地之谷。相厥山川，分为九区。九人各居一方，自为之长，故又号曰居方氏。此时风气渐开，时序颇著，万物群生，淳风沕穆，遍处皆山林鸟兽，人民与木石居，与鹿豕游，各遂其生，不相忮害。惟男女渐蕃，肉欲乃炽，且其时未作衣服，彼此裸体，既知交媾之欢，自觉孳生之盛。有男女，斯有父子，有父子，斯有君臣，政教所自起，礼义所自出焉。兄弟九人，合一万五千六百年。或曰四万五千六百年。非也。

人皇氏后，有五龙氏，兄弟五人。一曰皇伯，二曰皇仲，三曰皇叔，四曰皇季，五曰皇少。五姓同治，宰五方，司五行，无为自化。今陕西肤施县有五龙山，盖其出治之所也。

继五龙氏而治者，曰巨灵氏。巨灵氏出于汾睢，汾睢二水名，在今河南省。巨灵氏握大象，持大权，召集壮士，使之开山通道，以五人为一排，号曰五丁，躬为指挥，所历皆险峻之地，有隙可通，必施开凿。蜀地最多大山，巨灵氏尝凿治之，故其居虽无恒处，而迹躔于蜀。迄今称开山之祖，自巨灵始，有由来也。

厥后者句疆氏，谯明氏、涿光氏、钩陈氏、黄神氏，巨神氏，犁灵氏，大魄氏，鬼魄氏、弇兹氏、泰逢氏、冉相氏、益盈氏，大敦氏、灵阳氏、巫常氏、泰壹氏。泰壹氏开图挺纪，调大鸿之气，正神明之位，茫无形，尝无味，操法久视而长存者。后如黄帝、老子，尝以泰壹氏为法，有泰壹书传于世。泰壹后为空桑氏，今河南陈留县南有空桑城，闻即空桑氏所都。空桑后有神民氏，盖使民神异业，而精气通行者。至猗帝氏、次民氏、辰放氏，相继并作。辰放氏教民擎木茹皮以御风霜，绹发皴首以去灵雨，人民从之，号曰衣皮之民，传四世。蜀山氏出，踵巨灵遗迹，广辟蚕从，并导治江河，垂为民利。又有豗傀氏传六世，浑沌氏传七世。浑沌氏生而不杀，予而不夺，盖执中涵和，无内而无外者。东户氏承之，拱默而治。当是时，禽兽成群，竹木遂长，道不拾遗，传十七世。此后为皇覃氏，亦名离光氏，教民以信，死生同兆而不相凌，传七世。启统氏传三世，吉夷氏传四世，几蘧氏传世无考，豨韦氏传四世，有巢、燧人氏继兴，易穴居为巢居，改生食为熟食。宫室饮食，由是兴焉。有巢之先，人民穴处，与物相友，尚有与禽兽同宿同食者。及后人民渐有机智，凌虐禽兽，禽兽始与人敌。手足之力，不敌爪牙之利，人民争感不便。有巢氏构木为巢，教民居之，以避物害。然犹未知熟食也，渴饮禽兽之血，饥则带毛而食禽兽之肉，故相传为茹毛饮血时代。燧人氏仰观列宿，俯察五行，知空中有火，丽木则明。一日游于南垂，有木焉，鸟啄其枝，见磷磷火出，乃创为钻木取火之法，教民烹饪，置于石上，炙而食之，以免腥臊，民大利之。时未有文字，燧人氏作结绳之政，大事大结，小事小结，借以记事。又立传教之台，设日中之市，兴交易之道，人情以遂，故又称遂皇。有四佐焉，曰明由、曰必育、曰成博、曰陨邱，辅燧人氏治天下，传八世。

继治有庸成氏，再继伏羲氏出焉。总计伏羲以前诸君长，无一定疆土，无一定法制，但以智役愚，以强驭弱，人民尊而奉之，如鸟之戴凤，兽之戴麟然。至于伏羲御宇，乃有总会人民之所，称为国都。伏羲所都之地，曰宛邱，即今河南淮阳县地。其母尝居华胥之渚，履巨人迹，意有所动，虹复绕之，乃有娠，怀妊十六月，生伏羲于成纪。华胥今陕西蓝田县地，成纪今甘肃天水县地。伏羲有圣德，以木德继天而王，象日月之明，因称太昊。首正姓氏，自姓为风。次定官制，以共工为上相，柏皇为下相，朱襄，昊英居左右，栗陆居北，赫胥居南，昆吾居西，葛天居东，阴康居下，分理宇内。教民作网罟，习为渔猎，以赡民用。养马牛羊鸡犬豕六畜，以充庖厨，且以为牺牲，享祀神祇。复以民间男女无别，知有母不知有父，淫黩太甚，为之定男婚女嫁之制。凡欲婚嫁，必先正姓氏，遣媒妁，说合议定，然后以俪皮为礼。俪皮者，双兽皮也，古者衣服用皮，故用之以合配偶。民始知有父子，男女有别而不相渎焉。会文明渐启，瑞应亦兴，孟津河中，忽现一瑞兽，其为物也，马身而龙鳞，高八尺五寸，形类骆驼，左右有翼，波中踏水，如履平地，背负图点，其文后一六，左三八，右四九，中五十，人民有见之者，竟目为怪物。独伏羲至河，默视而悟曰："此文明之兆也。"遂依其背上图文，用焠炭画于石上。再取竹木之板，画于板上。由是则而象之，推而广之，画成乾坤震艮离坎巽兑之八卦。乾三连，象天；坤六断，象地；震仰盂，象雷；艮覆碗，象山；离中虚，象火；坎中满，象水；巽上缺，象风；兑下断，象泽。八卦既成，每卦三爻，互相配合，重为六十四卦，三百八十四爻。教民决嫌疑，定犹豫，使民不迷于吉凶悔吝之途，开物成务之学，天地闷藏之机，至此而遂泄矣。于是因龙马负图之瑞，以龙纪官，各官皆以龙名。命朱襄为飞龙氏，造书契，刻木为文，以代结绳之政。昊英为潜龙氏，作甲历，起于甲寅，支干相配，六甲而天道周，纪岁月，志昼夜，标明东西南北中五方。大庭为居龙氏，治室庐，编槿为宅，缉荻为扉。浑沌为降龙氏，除民害，驱逐毒虫，扫荡猛兽。阴康为土龙氏，治田里，经画疆界，整理土宇。栗陆为水龙氏，繁殖草木，疏导泉流。又增置五官，观象四时，春官为青龙氏，夏官为赤龙氏，秋官为白龙氏，冬官为黑龙氏，中官为黄龙氏。创制利民，分职立极，宇内大治。伏羲氏功成作乐，斲桐为琴，以绳丝为弦，弦二十有七，命之曰离徽，又絙桑为瑟，弦三十有六，通神明之贶，合天人之和，修身理性，返其天真，乐音自是兴焉。伏羲在位一百十五年崩，寿一百九十有四，葬于陈。

女弟女娲氏立。女娲与伏羲为同母所生，生而神灵，相传为人首蛇身。蛇身云者，谓其形状修削，姿态袅娜也。尝劝兄伏羲，正婚姻媒妁嫁娶之理，以重万民之判，伏羲从之。令其订定制度，是谓神媒。伏羲殁，群臣推之为主，号为娲皇，以云为姓，建都于中皇之山。时有镇守冀方诸侯共工氏名康回者，发似朱砂，面如黑漆，身长多力，遍体皆毛。闻伏羲氏崩，负嵎自固，窃称尊号，僭设百官，自谓水德，以水纪官，任智自神，散乱天常。娲皇命祝融氏征之，共工氏壅塞川河，隳高堙卑，引水灌敌，以阻祝融氏之兵。祝融氏聚芦焚灰，塞住水源，亟进兵与共工氏战。共工战败，向北窜去，至不周山，以首触石，石为之裂，共工氏亦毙。或谓共工氏头触不周山，山崩，天柱折，地维缺，娲皇炼五色石补天，天体乃固。是实不经之说，共工氏之力虽大，何至举首触山，山被崩坼；娲皇虽明，不过一妇人耳，岂能飞上太空，炼石补天。且天为空气所凝聚，恢恢浩浩，覆帱无垠，试问何从补起。是皆后世谀颂太过，谬为神奇，不值一辩。只自盘古以后，以妇女治世，能拨乱反正者，第一要推娲皇，信千古以来奇妇人也。娲皇命群臣随作笙簧，又作二十五弦之瑟，郊天侑神，乐乃和洽。在位一百三十年而殂，一时乏主，五方诸侯，各独立自治者数十百年。神农氏起，列侯乃群尊为帝，是为炎帝神农氏，制作之隆，不亚伏羲，且看下回分解。

第三回 五帝起 亶聪明 大兴制度

诗曰：

天启文明出圣人，黄农御宇万方春。
高阳以后高辛继，同是神灵福庶民。

却说炎帝神农氏，名石年，为少典国君之子。其母有峤氏女，曰安登，生二子焉。石年居长，生于烈山，育于姜水，故以姜为姓，亦号烈山氏，以火德王天下，故称炎帝。始都于陈，迁都曲阜，曲阜即今山东省曲阜县是也。古者民茹草之实，食鸟兽之肉，未知稼穑。神农氏思禽兽有限，人民众多，一旦禽兽食尽，民将无以为生。若草木一年可生一次，源源无穷。而草木之可以养人者，莫如五谷。乃因天时，相地宜，斫木为耜，揉木为耒，作陶冶，制锛镈，教民树艺五谷而农事兴矣，教民治麻为布而衣服起矣。时民有疾病，未知药石，故多死亡。神农始尝百草，察其温平寒热之性，辨其君臣佐使之宜。尝一日遇七十毒，神而化之，遂作方书，以疗民病。始列廛于国，为日中之市，致天下之民，聚天下之货，交易而退，各得其所而不相争。作蜡祭，以赭鞭鞭草木，作扶黎之乐，制丰年之咏，有火瑞，以火纪官，如春官为大火，夏官为鹑火，秋官为西火，冬官为北火，中官为中火之类。诸侯夙沙氏叛，煮海为盐，自恃其富，不受帝命，其臣箕父谏而被杀。神农氏修德益勤，夙沙之民，自攻杀其君，来归其地。于是南至交趾，北至幽都，东至旸谷，西至三危，莫不从其化。在位一百四十年，南巡至长沙之茶乡，无疾而逝。长沙今属湖南省，茶乡即茶陵县是也。寿一百六十八岁。

神农氏纳莽水氏女，曰听诙，生帝临魁，在位八十年。临魁生帝承，在位六十年。承生帝明，在位四十九年。明生帝宜，在位四十五年。宜生帝来，在位四十八年。来生帝里，在位四十三年。帝里生节茎，节茎生克及戏，皆不在位。克生子榆罔立，居空桑，为政苛急，好勇斗狠，群臣怨望，诸侯携贰。九黎大酋蚩尤氏，乘炎帝世衰，作刀戟大弩，并吞各部，帝榆罔不能制。命居少颢以临四方，蚩尤跋扈益甚，横行无忌。出洋水，登九淖，攻帝榆罔于空桑。榆罔被逼，遁居涿鹿，蚩尤又进攻之。有熊国君轩辕氏，征集列侯，会师于涿鹿之野，合围蚩尤。适连日大雾，军士昏迷，不能取胜，且疑雾为蚩尤所作，益惶惧，轩辕氏独构巧思，造指南车以示四方，乃战败蚩尤。追至中冀，擒而戮之，因名其地曰绝辔之野。帝榆罔淫暴如故，且侵凌诸侯，群侯不能忍，推轩辕氏为天子，伐榆罔，战于阪泉，胜之。榆罔逊位，安置于潞。计榆罔在位五十五年，而神农氏之血胤以亡。

初神农氏之母安登，生二子，长为炎帝神农氏，其弟则世嗣少典氏为诸侯。至帝榆罔时，少典国君之妃曰附宝者，祈于野，见大电绕北斗枢星，感而怀妊，阅二十四月，乃生轩辕氏。因产于轩辕之丘，名曰轩辕。轩辕丘，在今河南省新郑县境，轩辕氏姓公孙，长于姬水，又以姬为姓。生而神灵，弱即能言，幼而徇齐，长而敦敏，聪明绝世。国于有熊，故号有熊氏。以上德王天下，土属黄色，爰号黄帝。自即帝位后，都涿鹿，即今直隶省涿鹿县治是也。黄帝始制阵法，设旌旄，内用刀锯，外用甲兵，有不顺者征之。披山通道，虽定都涿鹿，未尝宁居，随处巡狩，征抚并施。东至海，西至崆峒，南至江，靡不悦服。独北方有异族日獯鬻，不奉王化，黄帝驱之出塞。遂大会诸侯于釜山，合符示信。釜山在今直隶安肃县，与涿鹿相近。返而整顿内治，因受命时有云瑞，以云纪官。春官青云，夏官缙云，秋官白云，冬官黑云，中官黄云。黄帝尝梦大风四吹，尘垢皆去。又梦人执千钧之弩，驱羊万群，寤而叹曰："风为号令执政者也，垢去土而后在也，天下或有姓风名后者乎？千钧之弩，异力者也，驱羊万群，能牧民为善者也，天下或有姓力名牧者乎？"遂依二占求之，果得风后于海隅，进以为相。得力牧于大泽，进以为将。又得太山、苍龙，祝融、太鸿、后土诸贤，分授各职，治化大兴。又梦两龙授图，斋戒而往，临河求之，有大鱼溯流而上，负图文以进。黄帝窥破机缄，得其五要。乃设灵台，立五官以叙五事。命羲和占日，常仪占月，鬼臾茈占星，车区占风。命大挠探五行之情，占斗纲所建。始作甲子，干支相配，而定之以纳音。命容戍作浑天仪，名曰盖天，以象周天之形，定气运，造神历，积余分以置闰，于是时顺而辰从焉。命史官仓颉作文字，踵羲皇刻木成文之迹，推而演之。适有灵龟负书，出于洛水之汭，丹甲青文，仓颉受之，益穷天地之变，仰观俯察，以指画掌，纠绕蟠屈，制成象形文字。所谓象形者，如山作，水作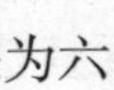，日作，月作，象山水日月之状，模仿成字。其字音，即就当时之语言而生焉。厥后以事物甚繁，不能尽以象形括之，于是有指其事以成字者，曰指事。如人在一上为上，人在一下为下是也。有会合人意以成字者，曰会意。如止戈为武，人言为信是也。有形声合一以成字者，曰谐声。如江从工声，河从可声是也。最后又以文字之不足，因义近而有转注，如考老之类，一意两注。由字阙而有假借，如令长之类，一字两用。是为六书。六书之备，非全由仓颉所成，然仓颉实基础之。相传仓颉制字，天为雨粟，鬼为夜哭，说未足据，要之一巨制也。命隶首作算数，伶伦造律吕，荣猿铸十二钟，协月筒以和五音，大容作咸池之乐，鼓吹盛德，以谐六律。又作冕旒，为玄衣黄裳，染五采为文章，以表贵贱，衮冕衣裳之制兴，朝仪自此尊焉。命宁封为陶正，赤将为木正，作杵臼而谷粟始凿，作釜灶而民始粥，作甑而民始饭，以烹以炰，以为醴酪。泽有桥梁，行有屦舄，死有棺椁。命挥作弓，夷牟作矢，岐伯作鼓吹铙角灵鞞神钲，以扬武德。共鼓化弧刳木为舟，剡木为楫，以济大川。作合宫以祀上帝，接万灵，为宫室所自始。作大辂以备法驾，巡四方，为车驾所自始。制金刀，立五币，范金为货，权衡轻重，以制国用，为货币所自始。又以人生负阴抱阳，食味被色，寒暑荡于外，喜怒攻于内，夭昏凶札，君民代有。乃上穷下际，静究天人性命之微，咨于岐伯作内经。复命俞跗，雷公究息脉，巫彭、桐君处方饵，人乃得以尽年。四海以内，咸戴圣德。乃为之画野分洲，得百里之国万区。命匠营建国邑，置左右大监，监于万国。更经土设井，立步制亩。使八家为井，井一为邻，邻三为朋，朋三为里，里五为邑，邑十为都，都十为师，师十二为州。此疆彼界，不相侵夺。由是民不习伪，市不预价，城郭不闭，风雨时若。人无夭札，物无疵痨。凤凰巢于阿阁，麒麟游于苑囿。有瑞草生于庭，见佞即指，名曰屈轶，佞人不敢进，世称极治。中华文化早于各洲，赖黄帝一人而已。帝有四妃。元妃西陵氏，名嫘祖，始教民育蚕，治丝帛以供衣服，天下无皴瘃之患，后世祀为先蚕，即嫘祖也。黄帝在位百年，至首山采铜，铸三鼎于荆山之阳，鼎成帝崩。后世传帝得仙术，驾龙升天，群臣后宫，从者七十余人。小臣不得上，悉持龙髯。时挂弓于髯，髯拔弓堕，仰扳莫及，乃抱弓而号，时名其地曰鼎湖，弓曰乌号。是亦与神话相类，荒诞可知。

群臣葬帝于桥山，立其子玄嚣为天子。玄嚣，名挚，以己为姓，嫘祖所生也。嫘祖感大星生虹，下临华渚而生挚。挚曾邑于穷桑，故号穷桑氏。国于青阳，又号青阳氏。以金德王天下，遂称金天氏。移都曲阜，能修太昊之政，因名少昊。少昊金天氏立，凤鸟适至，即以鸟纪官。有凤鸟氏，玄鸟氏、伯赵氏、青鸟氏、丹鸟氏及祝鸠氏、雎鸠氏、鸤鸠氏、爽鸠氏、鹘鸠氏诸官名。其下又有五雉九扈，职掌二农，治功颇盛。少昊乃书鸾凤，立建鼓，制浮磬，以通山川之风。作大渊之乐，和神人，谐上下。及晚年，九黎又作乱。天下之人，相惧以神，相骇以怪。家为巫史，民渎于祀。少昊不能讨，德浸衰矣。初黎酋蚩尤，为黄帝所戮，其遗族窜居南方，隐伏不敢出。及少昊氏衰，复收公余众，争长中原，大为世患。少昊以忧疾崩，在位八十四年，寿一百岁。其兄昌意之子高阳氏立，是谓颛顼。

颛顼之生也，实在若水，母为蜀山氏女，曰昌仆，亦号女枢，感瑶光贯月之祥，乃生之。年十一岁，能佐少昊理政事。二十即帝位，以水德继少昊为天子。初国高阳，故号高阳氏。少昊有四子：曰重，曰该，曰修，曰熙。颛顼帝使重为木正，号句芒。该为金正，号蓐收。修、熙相代为水正，号玄冥。又以炎帝后裔勾龙为土正，号后土。帝孙黎为火正，号祝融。分司五行，以治五方。乃兴师征九黎，诛其酋长，流其子孙居西裔。分为三部，号曰三苗，言九黎之苗裔也。

按九黎初居九州，人色黑，因曰黎。与伏羲，神农、轩辕各氏，族系不同，疑羲、农之先，已有此种人民，散居中国。及轩辕氏战胜蚩尤，九黎渐衰。颛顼帝复逐其苗裔，于是后世别名之曰苗族，而特称羲轩遗胄为华族，亦曰汉族。由古迄今，蕃衍中华，占全国最大之势力者，即此汉族是也。此外尚有满蒙回藏诸族，多托始于黄帝。实则黄帝之世，已有獯鬻，被逐北徙，满蒙二族，殆为獯鬻支系，厥后渐盛。回族与蒙族，同源异流。藏族即古时西羌，意者与回蒙亦夙有关系欤。或谓满蒙回藏诸族，俱属后起。满洲源出肃慎，肃慎系自颛顼，是满族实为颛顼之子孙。蒙古之先，与匈奴同种。史称匈奴之祖名淳维，为夏后氏苗裔，是蒙族之肇生，更在满汉之后。回藏系出氐羌，晋书载羌戎姚弋仲，为舜少子裔，氐酋西凉王吕光，系出单父，为齐太公裔，是回族似在蒙族之先。独藏族由来最晚，小子且无暇详考。

单说颛顼帝既讨逐九黎，增拓版图，北至幽陵，南至交趾，西至流沙，东至蟠木，无不服属。帝乃更定历数，以建寅之月为岁首。适于正月朔立春，五星会于营室，冰冻始泮，蛰虫始发，鸡始三号，鸟兽万物皆得其序，故世称颛顼帝为历宗。又作五基六英之乐，名曰承云。在位七十八年崩，寿九十一岁。

少昊之孙帝喾高辛氏立，姬姓，名夋。父曰峤极，祖即少昊金天氏。生而祥灵，年十五，佐颛顼帝，受封于辛。年三十，以木德代高阳氏为天子。因其肇基于辛，故号高辛氏，都于亳，今河南偃师县是也。帝普施利物，不私其身。聪以知远，明以察几，仁而威，惠而信，修其身而天下服。帝四妃。元妃有邰氏女，曰姜嫄与帝禋祀上帝，感巨人迹而生稷，即为周之始祖。次妃陈锋氏女，曰庆都，有赤龙之祥，孕十四月，生尧于丹陵，即帝尧陶唐氏。三妃有娀氏女，曰简狄，祈于高谋，吞燕卵而生契，即为商之始祖。四妃娶訾氏女，曰常仪，生子挚。帝喾在位七十年崩，寿一百五岁。子挚嗣立。挚荒淫无度，不修善政，居九年，诸侯废之，尊其弟尧为天子。尧亦五帝中之一也。欲知帝尧治国，且看下回分解。

第四回 尧禅舜 舜禅禹 天下为公

诗曰：

人生富贵等浮沤，轩冕尘樱反惹忧。
我溯唐虞禅让事，果然圣量不凡俦。

却说帝尧陶唐氏，生于丹陵，育于母家伊侯之国，后徙祁，以祁为姓，故曰伊祁氏。尧年十二，佐挚封植，封于陶。年十五，改封唐，故又号陶唐氏。年十八，代兄挚为天子，以火德王，都平阳，即今山西平阳县是也。帝尧仁如天，智如神，就之如日，望之如云。茅茨不剪，朴桷不斫，大路不画，越席不缘，太羹不和，粢食不凿，饭于土簋，饮于土硎，金银珠玉不饰，锦绣文绮不展，奇怪异物不视，布衣掩形，鹿裘御寒，衣履不敝尽，不更为也。命羲氏，和氏治历象，置闰法，定四时成岁，以授民时。会庭生瑞草，名曰蓂荚，每月十五日以前，日生一叶，十五日以后，日落一叶，月小尽，则一叶厌而不落，观之可知旬朔焉。又尝置谏鼓，立谤木，大开言路，修明庶政。越裳氏亦重译来朝，献有大龟，背列科斗文，相传为记开辟以来事，未知确否。帝巡狩方岳，观于华。华封人祝以多富多寿多男子。帝曰："多男多惧，多富多事，多寿多辱。"封人曰："天生烝民，必授之以职，多男而授之职，何惧之有？有富使人分之，何事之有？天下有道，与物皆昌，天下无道，修德就间，千岁厌世，去而上仙，乘彼白云，归于帝乡，何辱之有？"帝又游于康衢，有童歌曰："立我烝民，莫匪尔极，不识不知，顺帝之则。"有老人击壤而歌曰："日出而作，日入而息，凿井而饮，耕田而食。帝力何有于我哉！"帝益修仁政，每巡狩，必恤鳏寡，赈荒札。一民饥，曰我饥之；一民寒，曰我寒之；一民罹辜，曰我陷之。以此天下无怨民。帝在位四十载，虞舜生。至六十载，舜以孝闻。

舜为黄帝八世孙，其先世国于虞，系出虞幕。父名瞽瞍，母名握登。握登见大虹，意有所感，遂生舜于姚墟，以姚为姓。舜母早丧，瞽瞍更娶妻壬女。生象，象傲。瞍惑后妻，爱少子，尝欲杀舜。使完廪，舜循梯而上，瞍去梯焚之，舜以雨笠自捍而下，得不死。又使穿井，俟舜既下，掩之以石，适井旁有穴，舜自穴出，又获免。瞍无如何，舜益尽子道。年二十，以孝闻。尝耕于历山，人皆让畔；渔于雷泽，人皆让居；陶于河滨，器不苦窳。作什器于寿邱，负贩于负夏，所居一年成聚，二年成邑，三年成都。帝尧因舜德，更因四岳之荐，访求之，得舜于服泽之阳。问曰："我欲致天下，奈何？"对曰："执一无失，行微无怠，忠信无倦，而天下自来。"曰奚事，曰事天。曰奚任，曰任地。曰奚务，曰务人。曰："人情奈何？"对曰："妻子具而孝衰于亲，嗜欲得而信衰于友，人之情也。能从道则吉，反道则凶。"帝尧深然之。帝娶散宜氏女曰女皇，生九男二女。长子名朱，封于丹，有智辩，好漫游，不肖帝德。余子亦庸碌，未足授天下。帝乃注意于舜，使九男与处，以观舜行。又因舜年三十，尚未有室，即以二女妻之。二女娥皇，女英也。二女受舜德化，皆执妇道。帝尧知其内外咸修，更历试以诸般艰难之事，皆能胜任，乃授以相位。时高阳氏有才子八人，曰苍舒、隤敳、梼戭、大临，龙降，庭坚、仲容、叔达，世称八恺。高辛氏有才子八人，曰伯奋，仲堪、叔献、季仲、伯虎、仲熊、叔豹、季狸，世称八元。尧未及举，舜于是举之。帝鸿氏有不才子曰浑沌，少昊氏有不才子曰穷奇，颛顼氏有不才子曰梼杌，缙云氏有不才子曰饕餮，尧未及去，舜皆投之四裔。

是时洪水复兴，颛顼之孙鲧，受帝尧命为崇伯，专治水患。鲧大兴徒众，作九仞之城以御水，聚民居之。水至，民尽漂没。鲧又力事堙塞，九载无成。舜摄政，谴鲧罪，殛诸羽山。又以司徒驩兜，巧言令色，放诸崇山。共工亦不称职，流诸幽州。特命鲧子禹为司空，付以治水之任，益、稷二人辅之。益亦颛顼后裔，稷即帝喾子也。禹伤父鲧，功不成而受诛，乃劳身焦思，以洪水之患，莫大于河，济次之，淮与江又次之。乃先治河，自壶口始。壶口山名，在今山西省吉县西南，与平阳相近。其时中国已分为九州，曰冀、曰兖、曰青、曰徐、曰扬、曰豫、曰荆、曰雍，曰梁。平阳时属冀州，国都所在，敷治为先。禹陆行乘车，水行乘舟，泥行乘橇，山行乘辇。相地势之高下，定疏凿宣泄之法。时洪水泛滥，已十余年，居民多无定所，上者为巢，下为营窟，借避水灾。平原大泽中，恶禽猛兽，愈聚愈众。禹使益为掌火之官，率役前行，多备干柴火把，凡遇林深草密之处，尽行焚毁。当下烟焰蔽天，轰声震地，禽兽股栗，四散奔匿。舜又使羿司射，引弓弩手若干名，随处堵截，遇有恶禽猛兽走避之，悉数射死，以绝祸根。有猰貐焉，状类虎，大如牛，猛不可当，食人无算。此时走出，被羿先射伤双目，众兵用矢继之，猰貐遂死。又有封豨，大如豕，身有毛如箭，能射人，伏居桑林，辄射毙人畜，以供咀嚼。羿亦乘其趋避，发矢殪之。陆地既靖，遂从事导河。河有水怪名巫支祁者，状如青猿，身长五丈余，鼓水则水涌，触岸则岸崩。又有水神名天吴者，虎身人面，八首八足八尾，青黄色，以八口喷水，八足鼓水，八尾扇水，水势因之奔涌，势更滔天。禹自冀州壶口山起手，治至吕梁山，遇巫支祁、天吴为患，骇浪奔腾。乃命益、羿二人，督率治水兵役，以火弓火箭射之。巫支祁、天吴等，负痛而遁，水患渐平。遂将吕梁山及岐山一并凿通，河水顺流而下。至龙门山，又为所阻，复凿破之，如大门然。水至此一泻无余，即今鱼鳖不能上，故称龙门，今在山西河津县。龙门既下，复有底柱山挡住河流，禹更督兵役，凿成三门，畅通水道。又治汾水、漆水、淇水，清浊二漳水，俱导之入河，而冀州之水治矣。冀州既治，禹以兖州居河下流，继治之。巫支祁、天吴方自冀遁兖，见禹至，又窜去。巫支祁窜入扬州，天吴窜入豫州。禹乃疏河为九，使分其势，以入于海。九河者，徒骇、大史、马颊、覆釜、胡苏、简、洁、钩盘、鬲津是也。又治济水、漯水、沮水，俱使之安流，而兖州之水患亦息。兖州治毕，乃至青州。青州有怪物能鼓风，风愈大，水亦愈涌。禹命羿蹑怪物后，缴矢射之，应弦而倒，风恬浪静。禹有船，破不堪载，弃之石室中，今山东济南大湖山上石室内，有败漆船一艘，相传为禹时所弃者。又治漯水、淄水，导之入海。青州之大患已除，遂至徐州，治淮水、沂水诸流。事毕，竟至扬州。扬州为江水下游，亦水患之大者。北条莫如河，南条莫如江。江之下流有洞庭山，即在今太湖中。洞庭山中有修蛇，身长千尺，不论人畜，遇之无不被吞。禹令益纵火焚山，至洞庭，修蛇果出，逢人欲噬，羿射伤其目，蛇负痛乱滚，乃射杀之。由洞庭溯江而上，至彭蠡湖。彭蠡湖，即鄱阳湖也。巫文祁适避匿此湖，益与羿等又攻之，巫支祁又遁，追至涡水中，获之。刀锯斧钺，俱不能入。禹乃为大铁索，锁其怪于龟山下。今安徽盱眙县东北三十里龟山西南，上有绝壁，下有重渊，即其处。唐永泰中李汤，以牛五十，引索出之。索末锁一青猿，高五丈许，水浪大作，复拽牛入水。明太祖时，复以千人拽观之，水随涌起，大吼而入，此是后话。禹既平定彭蠡湖，复凿硖石山以通淮水，顺道而南，逐去水怪相柳氏。相柳氏有九首，人面蛇身。其色青，能作大浪。或谓相柳氏系共工氏之臣，因共工被流，愤投诸河，变为水怪，斯亦一讹传也。淮水旁流有羽渊，中有黄熊。或云系鲧所化，亦未知真伪。禹以其未兴水患，听之而已。既而又凿宛委山，得赤圭如日，碧圭如月，又藏书于石匮山，二山在今浙江绍兴县。寻注水于越东，湍急势猛，积沙成岩，是为海门，今在新昌县南岩山，山下岩洞中有佛寺。又凿丫溪，引水入海。丫溪，今在嵊县。禹置余粮于丫溪山上，今化为禹余粮，可供药饵，且以名山。返济大江往荆州，遇水怪罔象，驱之出海。山遇巴蛇，身长三千尺，腰大数十围，能吞人马驼象。禹又使羿射杀之。蛇死，积骨成丘，今湖广巴邱山是也，禹乃平定九江之水。九江即沅、渐、辰、无、叙、酉、湘、资、澧诸流汇合而成。又导沱、潜诸水，使之安澜，荆州水患遂平。禹于岣嵝山下，勒碑以记其事，凡七十二字，字皆科斗文，非后人所能尽识，今在湖南衡山县。由荆至豫，见天吴尚在作祟，波浪大作，乃率兵役擒治。以待巫支祁之法待之，并铸铁牛一头，首在河南，尾在河北，以镇河患。凿阙塞山，导伊水入河，又导洛水。有神龟负文出于洛，其文自一至九，戴九履一，左三右七，二四为肩，六八为足。禹叙之为洪范九畴，凡天下之义理，尽具于是矣。禹又导瀍水、涧水、荥水俱入于河，遂从豫至梁州，导汉水、沱水、潜水之上源，使入于江。再往北疏通渭水，沿河而西，又遇相柳氏腾踔，追蹑入雍州，至昆仑山北，河源所在之区，始擒斩之。其血腥臭，不可艺五谷，乃以其地为众帝之台。再导江源至岷山，见长人，授禹以黑玉圭，禹拜受之。乃疏凿江流，抵白帝城，见其悬崖削壁，水门逼窄，令兵役凿之，日久无功，燔之又不开。兵役曰："此不可为也。"禹曰："岷山周围千里，惟此一道，若不安流，其害更有甚于大河者。"乃斋戒祷天，翌日兴工，崖崩如雷，上起西陵峡，中巫峡，下至归峡止。三峡共七百余里，顷刻疏通。至今西陵峡壁岸，犹有迹未泯，故人皆称神禹焉。禹导弱水西流，复导泾水、漆水、沮水、澧水俱入于河。雍州本系诸水上流，治之最后。雍州之水治，九州之水尽治矣。

初禹承命治水时，娶于涂山氏，才经四日，遂出外治水，凡三过家门不入。涂山氏有娠，生子名启，启已四岁，适禹过家，涂山氏抱启出视，启呱呱而泣，禹不之顾，在外十三年，卒平水患。遂令稷教民稼穑，相地择种，无旷土，无游民。乃任土作贡，则壤成赋。乃返告成功，以岷山所得元圭为贽，帝尧仍赐之。改九州为十二州，分冀东为并州，东北为幽州，青州之东北为营州。每州封表一山，以为之镇。禹功最大，封于夏，赐姓姒氏，统领州伯，以巡十二部。稷封邰，赐姓姬氏。益赐姓嬴氏。羿亦受封有穷，其子孙袭爵。夏后相时有后羿之乱，乃其后裔而袭祖名者也。羿世善射，故以善射闻。后人且穿凿附会，设为夸诞之词。谓尧时有十日并出，羿登之崚山，射落其九，惟一日连射不落，乃照耀至今，可嗤孰甚！又谓羿治水时，遇仙人西王母，给以长生不死药，羿怀归，藏诸家，羿妻窃而吞之，身轻若云，飘然而上，奔入月宫内，羿急揽其袪，随之上升，其妻为嫦娥，羿化为蟾蜍，此尤无稽之谈，有识者固目笑存之矣。

舜摄位后，作璇玑玉衡之浑天仪，以齐日月五星之七政，祭天地寒暑日月星辰水旱，及山川岳渎之神。以时巡狩于四方，闻洞庭、彭蠡两湖间，犹有三苗余孽，时出时没，乃更兴师征之，俘其桀骜不驯者，放诸三危。三危山名，在今甘肃敦煌县南，三峰耸峙，如危欲坠，故名之。摄位二十八载，帝尧游于成阳，忽沾疾，数日而崩，在位一百载，寿一百十七岁，百姓如丧考妣，三年遏绝八音。舜避尧子丹朱于南河之南。天下之人，不归尧之子而归舜。舜乃俟三年服阕，即天子位，号有虞氏。

舜目重瞳，世称重华。即位后，以土德王，色尚赤，移都蒲坂。明四目，达四聪。遇国家大政，必询四岳及十二州牧，为集思广益之助。内设九官。命禹作司空，宅百揆。弃作后稷，播百谷，弃即稷也。契作司徒，敷五教。皋陶作士，明五刑。垂作共工，理百工。益作虞，治山泽。伯夷作秩宗，典三礼。夔典乐，教胄子。龙作纳言，出纳帝命。是为九官。封尧子丹朱于丹渊，以奉尧祀，称为虞宾而不臣。养国老于上庠，养庶老于下庠。贵德尚齿，恭己无为，弹五弦之琴，歌南风之诗，天下大治。又作九韶之乐，凤凰来仪，景星出，庆云兴，百官歌颂帝德。帝乃倡之曰："卿云烂兮，纠缦缦兮，日月光华，旦复旦兮！"八伯咸进，稽首相和曰："明明在天，烂然星陈。日月光华，弘于一人。"帝载歌曰："日月有常，星辰有行。四时顺经，万姓允诚。于予论乐，配天之灵。迁于贤圣，莫不咸听。鼚乎鼓之，轩乎舞之。精华以竭，褰裳去之。"舜之子商均亦不肖。在位三十二载，即命禹摄位。禹让于皋陶，舜曰："惟汝谐。"遂命之曰："人心惟危，道心惟微，惟精惟一，允执厥中。"禹乃受命于尧之庙，统率百官，如舜之初。会有苗又复逆命，舜命禹往征。禹誓众伐罪，历三旬，苗民不服。益劝禹班师振旅，愈修文德。舞干羽于两阶，七旬而有苗来归。乃考其善恶而分别之，善者仍居故土，恶者迁之他乡。禹摄位十七年，舜南巡，至苍梧之野，忽染病不起，乃召禹及群臣至苍梧，后娥皇、女英亦至。舜以帝位禅禹，复与二后永诀，遂崩。舜在位五十载，寿一百十岁。娥皇、女英大恸，泪尽继之以血，洒于竹上，皆成斑痕。今之湘妃竹，谓即其遗种云。禹同群臣，即行殡礼。旋葬帝舜于九嶷山，奉二后还朝。三年丧毕，禹避舜之子于阳城，天下诸侯不归商均而归禹，禹乃即位为天子。五帝事迹，自此告终。五帝云者，伏羲、神农、黄帝、尧、舜是也。帝后为王，禹为三王之首。欲知后事，请阅下回。

第五回　夏后氏　四百年　一十七世

词曰：

天上乌飞兔走，人间古往今来。沈吟屈指数英才，多少是非成败。富贵歌楼舞榭，凄凉废冢荒台。万般回首化尘埃，只有青山不改。

却说夏禹王姓姒氏，字高密，黄帝玄孙也。黄帝生昌意，昌意生颛顼，颛顼生骆明，骆明生鲧。鲧娶有莘氏之女曰志，是为修己，感流星贯昴，梦接意感而怀孕，孕十有四月，以帝尧之五十五年六月六日，生禹于僰道之石纽乡。年十七，舜闻其贤，举之使续父业治水。在外十三年，水患皆息。禹为人，敏给克勤，其德不违，其仁可亲。声为律，身为度。都安邑，以金德王，色尚黑。以建寅之月为岁首，以年为岁。封尧之子丹朱于唐，封舜之子商均于虞。南巡狩，会诸侯于涂山。承唐虞之盛，执玉帛者万国。立贡法，作乐曰大夏，悬钟、鼓、磬、铎、鞀以待四方之士。曰："教寡人以道者击鼓，谕以义者击钟，告以事者振铎，语以忧者击磬，有讼狱者摇鞀。"一食而十起，一沐三握发，以劳天下之民。古有杜康造醴酪之酒，饮之不能醉人。至是帝女仪狄作酒进于禹，禹饮而甘之。遂疏仪狄，绝旨酒曰："后世必有以酒亡国者。"禹任皋陶、伯益以国政。后皋陶卒，禹荐益于天，天雨金三日。禹复改十二州为九州，收天下之美铜，铸为九鼎，以象九州。每州之舆图贡赋，山川草木，奇禽异兽，并诸神怪，俱载于鼎。夏商周三代相传，至秦灭周，迁九鼎于咸阳，其一沉于泗水，其八项羽焚阿房，同为灰烬。禹出巡狩，见罪人，下车问而泣之。左右曰："罪人不顺道，君王何为痛之？"禹曰："尧舜之人，皆以尧舜之心为心，故不犯法。今寡人为君，百姓各自以其心为心，因而犯法，是以痛之。"禹巡狩于江南，致诸侯于会稽，防风氏后至，禹戮之。防风氏长大而勇，其骨节专车，后为长狄种。禹崩于会稽，摄位一十七岁，在位十岁，寿一百六十岁。古以天下为家，故不载还都，遂葬之会稽。苇席桐棺，穿圹七尺，上无泻池，下无邸水，坛高三尺，土阶三等，延袤一亩。

命以益为王。三年之丧毕，益避禹之子启于箕山，天下之人不归益而归启。曰："吾君之子也。"启乃即天子位。或曰："禹初行于涂山，有九尾白狐，瑞狐也，化为美女。造于禹，天姿国色，百媚千娇。因是狐足小而不能变大，遂为弓跬装，美冠一时。聪俊有德，禹乃纳而爱之，是为女骄。生三子。长曰启，承其本姓。次曰宰，为顾氏。三曰罕，封余庆王，即姓余氏。涂山氏能明训教，而致其化，三子皆贤明。禹王治水，其黄帝水经，与降龙伏魔，穿山透地之书，俱授于涂山氏，故天下不归益而归启也。启命益为辅佐，不一岁而益殁，启岁牺牲以祭之。时有扈氏无道，不奉正朔，启召六卿征之，大战于甘不胜。六卿请召诸侯伐之，启曰："吾地非浅也，民非寡也，今兹不胜，是吾德薄而教不善也，何以伐为？”于是班师。琴瑟弗张，钟鼓弗考，不茵席，不仍味，亲亲长长，尊贤委能，行之期年，而有扈自服。在位九岁而崩。

子太康立，厥弟五人，分封于卫。太康荒逸，不理国事，大权归于有穷国之君后羿。王愈盘游无度，出猎于洛水之外，至百日之久，尚不思返国，民大怨恨。后羿因民心弗忍，乃作起乱来，拒之于河外，不得归国。厥弟五人，御其母，同待其兄于洛水之汭。五人待兄不至，见后羿作乱，乃述大禹之戒，作歌五章以怨之。太康既不得归，遂弃旧都，都于夏阳，在位二十九岁，崩于夏阳。

后羿迎立王之弟仲康。仲康即位之初，首命允侯掌六师，以收羿之兵权，羿犹为相。时掌天文之官羲和，党于羿，至日蚀大变，竟不奏闻救护。意谓日者君象，有难，欲使天下莫救也。王命允侯征之，剪羿之羽翼，以潜消其逆志。故终仲康之世，而不得逞其恶。王在位十三岁崩，子帝相立。相既立，微弱，不能制服后羿。后羿专权，逐相居于商邱，依同姓诸侯斟灌、斟鄩氏。羿因代夏为政，恃其善射，不治民事，专好畋猎，弃贤臣而用寒浞。浞行媚于羿之宫人，施赂于羿之左右，愚弄其民，使称羿之功德，娱羿于畋，内外咸服浞。羿犹弗悛，将归自畋，家众逢蒙等杀而烹之，以食其子。子弗忍食，亦杀之。浞自立为王，夏旧臣靡奔有鬲氏。浞因奸宿后羿之妻，生浇及豷。浇即奡是也，力能陆地行舟。至是浞使奡灭斟灌、斟鄩氏，而弑帝相。相后缗方娠，逃出自窦，归于有仍，生少康于有仍。

少康既长，如仍牧正。奡使其臣椒求之，逃奔有虞，为虞庖正。虞君思妻之以二姚，而邑诸纶，有田一成，有众一旅，能布其德而兆其谋，以收夏众，抚其官职，谋中兴焉。潜通信于旧臣靡，靡自有鬲氏，收斟灌，斟鄩二国之烬，以灭浞而立少康为王。王使其臣女艾，灭浞长子奡于涡。使太子季杼，灭浞次子豷于戈。乃归故都即位，夏道复兴，诸侯无不悦服。后羿专权八岁，寒浞篡位六十岁。少康封庶子无余于越，春秋祀禹墓于会稽，享国极久，至汉武帝时乃亡。或曰：“相后之逃，少康之奔，与旧臣靡之举兵，皆狐后涂山氏为之通信，为之主宰。然史册并无其说，恐系小说家附会，兹不敢从。

少康在位二十二岁崩，子季杼立。杼在位十七岁崩，子槐立。槐在位二十六岁崩，子芒立。芒在位十八岁崩，子泄立。泄在位十六岁崩，子不降立。不降在位五十九岁崩，弟扃立。扃在位二十一岁崩，子廑立。廑在位二十一岁崩，不降之子孔甲立。

孔甲无道，好鬼神之事，肆行淫乱，夏政始衰。时天降二龙，一雌一雄。王求养龙者，昔飏叔安有裔子曰董父，甚好龙，能求其嗜欲而饮食之，龙多归焉，于是有豢龙氏。陶唐氏衰，后有刘累者学扰龙于豢龙氏，事王，能饮食之，赐氏曰御龙。龙一雌死，累潜醢以食王，王食之甘美，既而使求之。累无以应，又虑龙死之事发觉，惧而迁于鲁县。其雄龙见雌死，又无豢之者，流漦于庭曰：“余褒国之神也，还我雌来！”孔甲卜杀之留之，俱勿吉。卜请其漦而藏之，吉。乃布币而策告之。漦者龙之精气也。龙亡漦在，椟而藏之，传及殷周至厉王之末，又有一段奇闻出来，且待后话不题。孔甲在位三十一岁崩，子皋立。皋在位十一岁崩，子发立。发在位十九岁崩，子履癸立，是为桀，尤为无道，暴虐荒淫。

有赵梁者，教之贪狠，天下怨恨，诸侯或不朝。桀有力，能伸铁钩使直，铁索使断。

诸侯有不朝者伐之,伐有施氏。有施氏以妹喜女焉。喜有宠,所言皆从。为琼宫瑶台,殚百姓之财,将肉砌于糟堤,将脯悬于林间。酒池可以行船,糟堤可望十里。宫女三千人,尽去其衣,闻鼓声一响,俱使之将头倒扑在池上饮酒,将阴器高耸献出,如牛一般。又闻鼓声一响,俱使之就林食脯,将一足踏地,一足踏树,俱要献出阴物。又一鼓饮酒,又一鼓倒在堤上食肉,如牛一般,纷纷忙乱。桀与妹喜观之,大笑取乐。凿山穿陵以通于河,有谏者即杀之。凿池为夜宫,张灯饮酒,男女俱使之杂处而裸体,观交接之势,桀与妹喜大以为乐,因作女乐。太史终古执其图法泣谏,不听,遂出奔商。

时商汤为夏方伯,得专征伐。邻国葛伯,放而不祀。汤使人问之曰:“何为不祀?”答曰:“牺牲不给故耳!”汤使遗之牛羊,葛伯食之,又不以祀。汤又使人问之曰:“何为不祀?”答曰:“粢盛不供故耳!”汤使亳众往为之耕,老弱馈食,葛伯率其民夺之,其不与者杀之。时有童子以黍肉饷耕者,葛伯欲夺之,童子死不肯与,葛伯乃杀而夺之。汤大怒,起兵征之,民大悦服,惟恐汤师之不至。曰:“徯我后,后来其苏。”汤尝外出,见人张网四面,而祝之曰:“从天坠者,从地出者,从四方来者,俱入吾网。”汤曰:“嘻,尽之矣!”乃解其三面,止留一面,更祝曰:“欲左者左,欲右者右,欲高者高,欲下者下,不用命者乃入吾网。”汉南诸侯闻之曰:“汤德至矣,恩乃禽兽。”归之者四十余国。桀穷其宗族,辱其勋旧,轻其贤良,弃其礼义。关龙逄谏曰:“人君谦恭敬信,节用爱人,故天下安而社稷宗庙固。今君用财若无穷,杀人若不胜,民惟恐君之后亡矣。人心已去,天命不佑,盍少悛乎!”桀曰:“吾之有天下,犹天下有日,日亡吾乃亡耳。”遂囚龙逄而杀之。商汤闻之叹息,使人哭之。桀怒,囚汤于夏台,已而得释,时星陨地震,伊洛竭,泰山崩,灾异迭见。桀暴虐愈甚,伊尹佐汤,帅师伐桀,桀起九夷之师,不至。曰:“吾悔不杀汤于夏台,使至于此!”及战不胜,奔于三朡之国。汤又从而伐之,放于南巢,在位五十二岁。后三岁,死于亭山。夏亡,凡十七王,并羿浞共四百三十九岁。汤因代夏为王,未知后事如何,且听下回分解。

第六回 **商汤氏 三十世 六百余春**

词曰：

携酒上吟亭，满目江山列画屏。赚得英雄头似雪，功名，虎啸龙吟几战争？一枕梦魂惊，落叶西风别换声。谁弱谁强都罢手，伤情，打入渔樵话里听。

却说商王成汤，名履，又名天乙，黄帝之后，姓子氏。初帝喾商辛氏，第三妃有娀氏女名简狄，祈嗣于高禖，适有紫燕堕卵于地，简狄知是祥瑞，拾而吞之，遂孕而生契，契事唐虞为司徒，教民有功，封于商。十一传至主癸，娶扶都氏，感白气贯月而生汤。汤既伐桀，诸侯大会，汤退就诸侯之位。曰："天下者，天下人之天下也，惟有德者可以处之。"三让，诸侯皆推汤，于是即天子位，以水德王，色尚白，国号商，都于亳，今河南商邱县是也。王既即位，除桀虐政，以宽治民，用人惟己，改过不吝，远近归之。乃改正朔，以建丑之月为岁首，以年为祀。立助法，以六百三十六亩之田，画为九区，形如井字，是为一井。区七十亩，中一区为公田，其外八家各授一区，但借其力以助耕公田，而不复税其私田。其国君及卿大夫列士之禄，各取给于公田有差，是为助法。以伊尹、仲虺为相。二十一祀，大旱，伊尹言于王，发庄山之金铸币，通有无于四方，以赈救之，民是以不困。时大旱七年，太史占之曰："当杀人以祷。"汤曰："吾所以请雨者，为民也，若以人祷，吾请自当之。"遂斋戒，剪发断爪，素车白马，身婴白茅，以为牺牲，祷于桑林之野。祝曰："无以予一人之不敏，伤万民之命。"以六事自责，曰："政不节欤？民失职欤？宫室崇欤？女谒盛欤？苞苴行欤？谗夫昌欤？"言未已，大雨数千里。岁则大熟，天下欢洽。遂作桑林之乐，名曰大护。作诸器用之铭，以为警戒。王在侯位十七祀，在王位十三祀，共三十祀而崩，寿一百岁，葬于济阴之桐宫。

太子太丁早卒，太子之子太甲立。百官总己，以听冢宰，国事俱听伊尹处分。太甲恃有伊尹，不明厥德，颠覆汤之典刑。伊尹屡次诰戒，王未克变。伊尹因谅阴之制，居太甲于汤墓所桐宫，使思祖业之艰难，无终身迷惑也。太甲居桐宫三年，果能顾乃祖而兴，自怨自艾，处仁迁义，伊尹乃以冕服迎太甲复位。

太甲增修厥德，诸侯咸服。在位三十三祀而崩，子沃丁立。八祀，伊尹薨，年百有余岁，大雾三日。沃丁葬以天子之礼，亲终其丧。任贤臣咎单为相，一顺伊尹所行之事。在位二十九祀崩，弟太庚立。庚在位二十五祀崩，子小甲立。甲在位十七祀崩，弟雍己立，己在位十二祀崩，弟太戊立。太戊即位，以伊尹之子陟与臣扈为相，巫咸佐之。时有祥，桑谷共生于朝，七日而大拱。王惧，以问伊陟，陟曰："妖不胜德，君之政其有阙欤？"王于是修先王之政，明养老之礼，早朝晏退，问疾吊丧，三日而祥桑枯死，诸侯毕朝,远方重译而至者七十三国,商道复兴。在位七十五祀崩,子仲丁立。时亳都有河决之患,乃迁都嚣,在位十三祀崩。国内乱,弟外壬立。壬在位十五祀崩,弟河亶甲立。时嚣都又有河决之害,乃迁都于相,在位九祀崩,子祖乙立。时相都又有河患,乃迁都于耿,复迁于邢。以巫咸之子贤为相,诸侯宾服,商道复兴。在位十六祀而崩,子祖辛立。辛在位十六祀崩,弟沃甲立。甲在位二十五祀崩,国乱,祖辛之子祖丁立。祖丁在位三十二祀崩,国乱,沃甲之子南庚立。庚在位二十五祀崩,国乱,祖丁之子阳甲立。甲在位七祀崩,弟盘庚立。时邢都又有河决之患,乃复迁都于亳,复汤之故都,改国号曰殷,复行成汤之政,商道复兴,诸侯来朝。在位二十八祀崩,弟小辛立。辛在位二十一祀崩,弟小乙立。乙在位二十八祀崩,子高宗武丁立。初武丁为太子时,小乙欲其知民疾苦,使居民间,以知稼穑之艰难。及即位,以甘盘为相,恭默思道,居丧三年,不言,政事皆决于冢宰。既免丧,亦弗言。群臣咸谏曰:“不言无所禀命。”王曰:“朕梦上帝赐我以良弼,其代予言。”乃以梦中所见形像,画为图,使人持其像,旁求于天下。见傅说在傅岩之野筑墙,与画中人无异,遂聘请以见武丁。武丁与语大悦,用以为相,天下大治,殷道复兴。在位五十九祀崩,子祖庚立。庚在位七祀崩,弟祖甲立。初高宗欲废祖庚而立祖甲,祖甲以为不义,逃于民间。及即位,爰知小人之依,能保惠于庶民,不敢侮鳏寡,国大治,在位三十三祀崩,子廪辛立。辛在位六祀崩,弟庚丁立。丁在位二十一祀崩,子武乙立,迁都河北。武乙无道,为木偶人,谓之天神,与之博戏,行双陆,令人代为天师行博,不胜,乃戮辱之,为革囊,盛血其中,悬于空际,仰射之,使血流下,名曰射天。在位四祀,猎于河渭之间,暴雷震死。子太丁立。丁在位三祀崩,子帝乙立。乙在位三十七祀崩,子帝辛立。初帝乙三子,同母所生,其母初为妾时,生微子启及仲衍。后立为后时,乃生帝辛。帝乙与后欲立启为太子,太史据法争之曰:“有妻之子,不可立妾之子。”乃立帝辛,即纣也。

纣资辩捷疾,闻见甚敏,材力过人,手格猛兽,智足以拒谏,言足以饰非,以为天下皆出己之下。纣闻有苏氏有女妲己,甚美,因伐有苏氏,有苏氏以妲己进献。或曰:“妲己本一贤慧女子,因禹后涂山氏忿成汤取桀之天下,屡决河水以穽之。至是因冀州侯苏护进女,乃遣千年粉面妖狐,于恩州驿舍,魅死妲己,脱其形容而卧帐中。苏护不知,以进于纣。其足仍小而不能变大,亦为弓跬装,娇媚无比,卒以亡商。”此系小说家话,无据,不敢擅入。纣宠妲己,所言皆从,所好者贵之,所憎者诛之,作奇伎淫巧以悦之。使师涓作朝歌北鄙之音,北里之舞,靡靡之乐,淫乱无比。造鹿台为琼室玉门,其大三里,高千尺,七年乃成。厚赋税以实鹿台之财,盈巨桥仓之粟,狗马奇物,充满后宫。广沙邱苑台,为离宫别馆。以酒为池,悬肉为林,男女俱要脱去衣服,精着身子,相逐于其间,使相遇即交,又使纷纷乱交。纣与妲己,观其交接之势以为乐。宫中九市,为长夜之饮。百姓怨望,诸侯有叛者,妲己以为罚轻,乃重刑辟。为熨斗,内燃以火,以熨人手,即时糜烂。更为铜柱,外涂以膏,内燃以火,缚罪人于柱,号叫之声不忍闻,糜烂见骨而后毙。纣与妲己,大以为乐,名曰炮烙之刑。纣诏天下诸侯,各进美女。九侯进女于纣,貌美无比,肤如凝脂。纣王亦尝幸御,但见其畏畏怯怯,无甚风情,与妲己大不相同。纣王心生一计,要此女精着身子,与人交接,纣与妲己纵观为乐。此女不肯,纣杀之而醢九侯。鄂侯争之，并杀鄂侯。又裸孕妇于前，剖开其腹，视其胎之或男或女。又在鹿台之上，于寒天霜朝，见老幼二人涉水，而老者反不畏寒，乃使人拿来，砍斫其足胫，视其骨髓，谁盈谁虚。

西伯昌闻之，叹息。崇侯虎以告纣曰："西伯昌与子发及旦，皆圣人也，三圣合谋，君其虑之！"纣乃囚西伯于羑里，将杀之。西伯曰："吾惟明于无人之道，以顺受之耳。"因取庖羲氏八卦，重为六十四卦，演成爻辞，垂世立教而筮吉凶焉。时西伯长子伯邑考，质于殷，进谏于纣，纣烹为羹，以赐西伯。曰："圣人当不食其子羹。"西伯食之。纣曰："谁谓西伯圣者，食其子羹，尚不知也。"因有欲赦之意。西伯之臣闳夭、散宜生，求有莘氏之美女，骊戎之文马，有熊之九驷，及奇怪之物，因纣嬖臣费仲献之。纣大悦，指有莘氏之美女曰："此一物足以释西伯，况其多乎！"乃赦之。西伯既释，献洛西之地，请除炮烙之刑，许之。遂赐西伯弓矢铁钺，得专征伐。西伯退而修德，诸侯多叛纣归昌，昌率殷之叛国以事纣。西伯将出猎，卜之曰："非龙非彨，非熊非罴，非虎非貔，所获霸王之辅。"及出猎，果遇吕尚于渭水之滨，在水边垂钓。与语，大悦。曰："自我先君太公曰：'当有圣人适周，周因以兴。'子真是耶，吾太公望之久矣！'故号之曰太公望。载与俱归，立为师，谓之师尚父。

时西伯化行江、汉、汝、坟之间，四方诸侯，皆来决平。有虞芮二君，相与争田，久不决，乃相与朝周。入其境，耕者让畔，行者让路；入其邑，男女异路，斑白不提挈；入其朝，士让为大夫，大夫让为卿。二君惑而相谓曰："我之所争，周人之所耻，我等小人，不可以履君子之庭，何往为？只取辱耳！"遂还，俱让其田而不取。汉南诸侯闻之，归之者四十国。西伯伐密须，伐耆，伐邗，伐崇，作丰邑，徙都之。西伯立灵台，凿灵沼，掘地得死人骨。西伯曰："葬之。"吏曰："此无主矣。"西伯曰："有天下者，天下之主也，有一国者，一国之主也，寡人固其主矣。"遂以衣冠更葬之。天下闻之曰："西伯泽及枯骨，况其人乎！"于是归者三十国，三分天下，奄有其二，以服事殷，终身不贰。西伯寝疾，五日而地动，只国都，不出四郊。有司请曰："地动不出四郊，人主当之，请兴事动众以增国城，可以移之。"西伯惧其劳民，不可。及疾甚，谓世子发曰："见善勿怠，时至勿疑，去非勿处，此三者，道之所以止也。"世子再拜受教。西伯昌薨，寿九十七岁，子发嗣为西伯。

西伯发以太公望为师，周公旦为辅，召公奭、毕公高之徒，皆在左右，率修父之绪业。时殷地山鸣河绝，两日见女子化为丈夫，宫中夜闻哭声而不见其人。黎侯近于王畿，不恭王命，纣不知治，西伯发戡黎，殷人大震。祖伊恐，奔告于王。王曰："我生不有命在天！"勿听。西伯发观兵于孟津渡河，至中流，有白鱼跃入舟中，西伯俯取以祭。既渡，有火自上而下，至于西伯所居之屋，流为乌，其色赤，其声魄，诸侯不期而会者八百国。皆曰："纣可伐矣！"西伯曰："吾观兵，冀其悔悟耳！天命有在，未可伐也。"乃还师而归。纣愈淫乱不止。有梅伯者，性忠直，数谏诤，纣怒杀而菹醢之。有雷开者，性阿佞，进谄言，纣赐之金玉而封之，赏以夏田。微子数谏不听，乃与太师箕子、少师比干谋，遂去之，抱祭器以归于周。箕子谏亦不听，或劝之去，箕曰："知不用而言，愚也。杀身以彰君之恶，而自悦于民，吾不忍为也。"乃佯狂为奴，纣又囚之，遂隐而鼓瑟以自悲。比干乃陈先王创业之艰难，天命之不易，国家将亡之征，优于象魏之门。纣大怒曰：“比干自以为圣人矣，吾闻圣人心有七窍，信有之乎？”遂杀比干，刳视其心。太师疵，少师疆，抱其乐器奔周。于是武王遍告诸侯曰：“殷有重罪，不可不伐。”乃东伐纣。

伯夷、叔齐，孤竹君之二子也。其父将死，遗命立叔齐。及父卒，叔齐让伯夷。伯夷曰：“父命也！”遂逃去，叔齐亦不肯立而逃之。至是武王伐纣，载西伯昌木主以行。伯夷、叔齐叩马谏曰：“父死不葬，爰及干戈，可谓孝乎？以臣弑君，可谓忠乎？”左右欲杀之。太公曰：“此义士也。”扶而去之。

武王大会于孟津，己卯正月戊午，师毕渡，陈师牧野。纣发兵七十万人拒之，皆无战心。武王使师尚父，以百夫致师。纣前徒倒戈，反攻其众，自相残杀。武王驰之，纣兵皆崩叛。纣衣珠衣，登鹿台，自燔而死，在位三十三祀。武王斩妲己。殷亡，凡二十八王，共六百四十四祀。诸侯尊周为天子。

伯夷、叔齐耻食周粟，隐于首阳山，采薇而食。野有妇人曰：“子义不食周粟，此亦周之草木也。”遂饿而死。未知武王治周如何，且听下回分解。

第七回　周室兴　至平王　迁都洛邑

诗曰：

世上生灵作业多，功名富贵反成魔。
常怀杞国忧天闷，不见康衢击壤歌。
仗剑提刀争日月，伏尸流血换山河。
白头钓叟秋江上，笑指清鸥下碧波。

却说周武王，姓姬，名发，黄帝之后。初帝喾高辛氏元妃有邰氏之女姜嫄，出野，见巨人迹，悦而迹之，心动有娠，期年而生子。以为不祥，弃之隘巷，马牛过者皆避之；徙置林中，适山林多人，迁之；又弃之渠中冰上，飞鸟以翼覆之。姜嫄以为神，遂收养之。初欲弃之，因名曰弃。弃为儿时，屹如成人，其游戏，好种植麻菽。及为成人，遂好耕农，尧举为农师。天下得其利，有功。封于邰，号曰后稷，别姓姬氏。稷之曾孙公刘迁邠。又九世曰古公亶父，避狄人之难，去邠迁岐。古公三子：长泰伯、次仲雍、次季历。季历生昌，有圣德。古公欲传位于季历以及昌，泰伯知之，与仲雍逃之荆蛮。古公卒，季历立，是为王季。王季卒，子西伯昌立，是为文王。文王娶有莘氏女曰太妊，不妒忌，有圣德，生十子。长伯邑考，早卒。次发。文王薨，子发立，是为武王。遂伐商而有天下，封纣子武庚为殷侯。王为殷初定未集，乃使其弟管叔鲜、蔡叔度，为之监，相武庚治殷。命召公释箕子之囚，命毕公释百姓之囚，表商容之闾。命南宫适、散宜生散鹿台之财，发巨桥之粟，以赈贫弱。命闳夭封比干之墓，微子、胶鬲为臣。殷人大悦。改正朔，以建子月为岁首，改祀曰年，色尚赤，服以冕。乃祀于周庙，追王古公亶父曰太王，季历曰王季，文考曰文王。立彻法，一夫受田百亩，其法与助法略同。王践祚三日，召士大夫而问曰："恶有藏之约，行之博，万世可为子孙恒守者乎？"师尚父对曰："黄帝、颛顼之道，在丹书有之。曰敬胜怠者吉，怠胜敬者灭，义胜欲者从，欲胜义者凶。凡事不强则枉，弗敬则不正。枉者废灭，敬者万世。藏之约，行之博，可以为子孙恒守者此也！"王闻言，惕若恐惧，退而为戒。书于席之四端，及几鉴盥盘楹杖带履觞豆户牖剑弓矛各有铭焉。王虚已问箕子，殷所以亡。曰："吾杀纣，是欤非欤？"箕子不忍言。王乃问以天道，箕子陈洪范，遂封箕子于朝鲜而不臣。武王追思元圣，乃褒封神农之后于焦，黄帝之后于祝，少昊之后兹舆于莒，帝尧之后于蓟，帝舜之后胡公妫满于陈，大禹之后于杞，祝融之后于郑，四岳之后文叔于许，仲虺弟奚滑之后于薛。又封功臣同姓，而师尚父为之首，封于营邱曰齐；封周公于曲阜曰鲁，封召公奭于北燕，封毕公高于毕，封弟叔鲜于管，封叔度于蔡，封叔振铎于曹，封叔武于郕，封叔处于霍，封康叔封于卫，封叔绣于滕，封虢仲于西虢，封虢叔于东虢，封泰伯之后周章于吴，封仲雍之后于虞。兼制天下，立七十一国，封兄弟之国十五人，姬姓之国四十人，周之子孙，不狂惑者，即为诸侯，班赐宗彝，分殷器物于诸侯。王威德远飏，遂通道于九夷八蛮，各以其方物来贡。肃慎氏贡楛矢石砮，西旅贡獒。王迁都于镐，是为镐京。建学养老，作乐曰大武。王有疾，周公旦为坛，祝告太王、王季、文王求以身代王死，史录其册祝之文，藏于金縢之匮。王翌日乃愈。后五年王崩，在西伯位十三年，在王位七年，寿九十三岁。

初武王暮年，纳吕望之女曰邑姜，亦有圣德，生子诵，至是立，年方一十三岁。周公旦位冢宰，乃摄政，代王当国，南面负扆以朝诸侯。管叔、蔡叔、霍叔乃流言于国曰："公将不利于孺子。"王亦疑公。周公乃避位，出居东土。取易之三百八十四爻，各系以辞。周公居东，忧武庚必叛，王室必摇，乃作鸱鸮之诗以贻王。三年秋，大熟未获，天大雷电以风，禾尽偃，大木斯拔，邦人大恐。王与大夫尽弁，以启金縢之匮，考往古事迹，以占验其吉凶，乃见周公请祷代武王之事。王执书以泣，乃出郊迎周公。周公仍相成王，天乃雨，反风，禾则尽起。毕公、召公命邦人尽竖起所偃大木，以土筑之，依然无恙，岁则大熟。奄君薄姑谓禄父曰："武王既死，今王尚幼，周公见疑，此百世一时也，请举事。"武庚从之，与管叔、蔡叔、霍叔等同反，奄及淮夷、徐戎皆叛。周公乃作大诰，晓谕天下，奉王命以讨武庚、管叔，诛之。放蔡叔于郭邻，降霍叔为庶人。命子鲁侯伯禽伐淮夷、徐戎，遂定奄及淮夷，东土以宁。封微子于宋，以绍殷后，用殷礼乐，于周为宾而不臣。

王渐长，能听政，周公归政于王。王中立听政，四圣维之。周公常立于前，太公常立于左，召公常立于右，史佚常立于后，是以虑无失策，事无过举，天下大治。定鼎于郏鄏，郏鄏即洛邑，以其居天下之中，四方入贡，道里均也，是为东都，又为成周。迁殷顽民于成周，使周公分治之，复封蔡叔之子蔡仲于蔡，封弟叔虞于唐，后为晋国。王在位三十七年崩，子钊立，是为康王。成康之际，天下太平，人不犯法，刑措四十余年不用。在位二十六年崩，子瑕立，是为昭王，在位五十一年，周道渐衰。王巡狩，返济汉，楚使汉滨人以胶舟乘王，王至中流，胶液船散，王及祭公皆溺死。子满立，是为穆王。穆王得八骏马，造父以善御得幸，王欲肆其心，周行天下。徐戎作乱，率九夷以伐宗周，西至河上。穆王威其逼，分命东方诸侯徐子主之。徐子，嬴姓也，国方五百里，行仁义，得朱弓矢，自以为天瑞，乃称偃王。诸侯陆地而朝者，三十六国。王正西巡狩，乐而忘返，闻徐子僭号，乃命造父为御而归，以救偃王之乱。命楚伐徐，徐子爱民无权，不忍斗，乃北走彭城，百姓随之万数。徐子将死，曰："吾赖于文德，而不明武备，故至此。"穆王乃以赵城封造父，其族由此为赵氏。命吕侯作祥刑。王在位五十五年崩，寿一百四岁。子共王繄扈立，在位十二年崩。子懿王囏立，在位二十五年崩。弟孝王辟方立。时有商蜚廉、恶来之后，曰非子者，好马，善养息之。王命主马汧、渭之间，马大蕃息，王封为附庸之君，邑于秦，使续伯翳之后。天大雨雹，牛马冻死，江汉冰。王在位十五年崩。懿王之子夷王燮立，始下堂而见诸侯，在位十六年崩。子厉王胡立，以荣夷公为卿士，专以聚敛图利为事，国人谤王。召公曰："民不堪命矣！"王怒，得卫巫，使监谤者，以告，则杀之。国人莫敢言，道路以目。王喜，告召公曰："吾能弭谤矣。"召惠公曰："是障之也，防民之口，甚于防川，川壅而溃，伤人必多，民亦如之。今王塞天下之口，而遂上之过，恐为社稷忧。"弗听，于是国人莫敢出言。王心戾虐，万民弗忍，乃相与叛袭王。王出奔于彘，太子靖匿召公家，国人围之。召公以其子代太子，太子竟得脱。王在彘不敢归，二相周真公、召惠公以太子靖尚幼，乃相与和协，共理国事，号曰共和。王崩于彘，在位五十一年。子靖立，是为宣王，周公、召公辅王修政，法文武成康之治，任申伯、仲山甫、张仲，顺天下之人心，而更改其失理之事，兴德教，举逸士，海内翕然向风，诸侯复宗周，王化复行。王尝晏起，姜后脱簪珥，待罪于永巷，使其傅母，通言于王曰："妾不才，至使君王乐色而忘德，失礼而晏起，乱之兴，自婢子始，敢请罪。"王曰："寡人不德，实自生过，非夫人罪也。"自是勤于政事，早朝晏罢，卒成中兴之名。时有马化为人，有兔舞于镐京之异。王欲杀其臣杜伯而非其罪，伯之友左儒争之。王不听，杀杜伯，左儒死之。因出猎，见杜伯、左儒以朱弓矢射王，中心，王病心痛而崩，在位四十六年。子幽王宫涅立。

初夏孔甲时，卜藏龙漦于椟，传及商周，莫敢发也。厉王之末，发而观之，漦流于庭，不可除也。王使妇人裸体噪之，化为黿，入于王府。府有童妾，龀齿尚未尽，遭之。既笄而怀孕，积至多年。至宣王时，乃生一女，以其不夫而育，惧而弃之。时童谣曰"檿弧箕服，实亡周国。"山桑曰檿，弧弓也。箕草名，似荻而细，可结为服，以盛箭。王禁国人，不得鬻是器。有夫妇不知，仍鬻檿弧箕服者，王使执而戮之。弃而逃，于道见前者后宫童妾所弃之妖子，夫妇哀其夜号而取之，逸逃于褒。褒人褒姁有狱，入是女于王，王置是女于后宫，而舍褒姁之罪。弃女子出于褒，龙漦肇于夏。夏姒姓，是为褒姒。生得两颊芙蓉，眉清目秀，齿白唇红。因是龙精所生，双弯瘦小，为弓跬装，与妲己一般，有沉鱼落雁之容，闭月羞花之貌。王往后宫，见而爱之，宠幸无比，生子伯服。褒姒与虢石父相比，而谗申后及太子宜臼，王废申后及太子宜臼，以褒姒为后，以其子伯服为太子。宜臼出奔申，西周地震，三川竭，岐山崩。太史伯阳父曰："周将亡矣，祸成矣，无可奈何矣！"褒姒好闻裂缯之声，王日发缯裂之，以适其意，而不得一笑。盖褒姒一笑嫣然，媚人肠胃，王百计诱之而不能得，先王尝置烽火，与诸侯约，有寇至，则举火，诸侯各引兵来援。王欲褒姒笑，乃无故举烽火，诸侯悉至，至而无寇，褒姒乃大笑。时王欲杀太子宜臼，求之于申，申侯弗与，王伐申。申侯与鄫人，召西夷犬戎入寇。王举烽火征兵，无一人一骑至者，犬戎遂弑王于骊山下，在位十一年。犬戎虏褒姒，并杀郑桓公，尽收周宝赂而去。秦襄公力战却戎，卫武公和，晋文侯仇，将兵救周逐戎。郑世子掘突，收父散兵，从诸侯迎故太子宜臼于申，归即王位，是为平王。王以丰镐，逼近犬戎，乃东迁洛邑以避之。秦襄公以兵送王，王始命秦为诸侯，赐以岐丰之地，秦于是始大。命卫侯和为公，赐晋侯仇以河内附庸，而晋始大。西周遂亡，凡十二主，共三百五十二年而东。自王室东迁，天子微弱，号令不行，政由方伯。未知五霸之起，起自何人，继自何人，且听下回分解。

第八回　齐桓公　晋重耳　五霸称尊

词曰：

滚滚龙争虎斗，匆匆兔走乌飞。席前花影坐间移，百岁光阴有几？说古谈今话本，图王霸业兵机。要知成败是和非，都在渔樵话里。

却说幽王时，郑桓公友为王司徒，甚得周众。后犬戎入寇，桓公友死于犬戎之难，平王命其子掘突为司徒，是为武公。及武公卒，子庄公寤生，复为王卿士。王贰于虢，郑伯怨王，王曰无之。故周郑交质，王子狐为质于郑，郑公子忽为质于周。平王崩，周人将畀虢公政，郑祭足帅师取温之麦，秋复取成周之禾，周郑交恶。桓王夺郑伯政，郑伯不朝。王以诸侯之师伐郑，郑伯御之，战于繻葛，蔡卫陈皆奔，王卒大败。祝聃射王中肩，王尚能军。祝聃请从之，郑伯曰："君子不欲多上人，况敢凌天子乎？苟自救也，社稷无陨足矣。"乃遣祭足劳王，且问左右。

时郑兵强政举，齐僖公禄甫，欲以其女文姜妻郑公子忽，忽辞。人问其故，曰："人各有耦，齐大非吾耦也。诗云：'自求多福，在我而已。'大国何为？"及北戎伐齐，郑公子忽帅师救齐，大败戎师。齐侯又请妻之，固辞，齐侯乃以文姜妻鲁桓公。文姜生得秋水为神，芙蓉以面，比花花解语，比玉玉生香，真乃绝世佳人，古今国色，兼且通今博古，出口成章，因此号为文姜。只是举动轻浮，妖淫成性。鲁桓公宠爱无比。及齐僖公卒，子襄公诸儿立。鲁桓公欲与文姜如齐。申繻曰："女有家，男有室，无相渎也，谓之有礼，易此必败。"公不听，与夫人文姜会齐侯于泺，遂与文姜如齐。文姜人宫，与齐襄公叙饮，四目相视，两下动情，不顾兄妹之亲，竟成苟且之事。色欲昏迷，日上三竿，尚相抱未起。早有宫人报与鲁桓公，桓公谪文姜，文姜以告于襄公。鲁桓公辞行，齐襄公享鲁桓公。桓公醉，襄公使公子彭生抱桓公登车，摺其阴，鲁桓公死于车。鲁人立桓公之子庄公。齐襄公政令无常，复因鲁人之请，杀彭生以悦于鲁。鲍叔牙奉公子小白奔莒。襄公猎贝邱，逐豕，忽变彭生。夜宿离宫，弟无知弑之。

管夷吾、召忽奉公子纠奔鲁。齐雍廪杀无知。鲁纳公子纠。小白自莒先入，立为桓公，发兵拒鲁，大败鲁师。鲍叔牙使言于鲁曰："子纠亲也，请君讨之。管仲仇也，请受而甘心焉。"乃杀子纠于生窦，召忽死之，管仲请囚。桓公欲使鲍叔为相，辞曰："臣不若管夷吾，君必欲治国家，非管夷吾不可！"公曰："夷吾射寡人中钩，是以滨于死。"鲍叔牙曰："彼各谓其主尔，君若宥而用之，亦犹是也。"乃请管仲于鲁，鲁庄公以问施伯，时曰："管子，天下才也，所在国，必得志，请杀而以其尸授之。"庄公将杀之，齐使者请曰："寡君愿生以为戮。"于是使缚以与齐，鲍叔牙受之，至堂阜而脱之。比至，三衅三浴之，桓公亲迎之郊，解其缚而问之，对辄称善，乃以为相，号曰仲父，制国为二十一乡。工商之乡六，不从征役；士农之乡十五，作内政而寄军令。五家为轨，轨有长；十轨为里，里有司；四里为连，连有长；十连为乡，乡有良人；五乡一师。桓公师十一乡，高子、国子各帅五乡。勿使迁徙，世同居，少同游，耳目足以相识，欢欣足以相死，守则同固，战则同强。又使重罪赎以犀甲，轻罪赎以皮甲，小罪赎以金。复官山海盐铁之利。为女闾三百，专居美妇，日事颜华脂粉，务为妖淫娇媚，以迷各国之商贾宾旅，征其夜合之资，以足国用。于是国富兵强，诸侯畏服。初桓公出亡过谭，谭不礼焉，齐师灭谭。齐桓公会诸侯于北杏，以平宋乱，遂人不至，齐人灭遂。齐桓公与诸侯会于鄄，宋服也。与诸侯同盟于幽，陈郑服也。山戎伐燕，齐桓公救燕，伐山戎克之，至孤竹而还。狄人伐邢，管仲言于桓公以救邢，迁邢于夷仪，邢迁如归。狄人灭卫。

初卫公子州吁，弑其君桓公而自立，石碏与国人共杀之，而立桓公之弟宣公。宣公尝烝其父妾夷姜，生子伋。为伋娶于齐而美，宣公遂自取之，是为宣姜。夷姜失宠而自缢。宣姜生公子寿、公子朔。宣姜与朔构伋子，宣公伪使伋子于齐，使盗待诸莘而杀之。寿子知之，以告伋子，使逃奔他国以避难。伋子曰："弃父之命，恶用子矣。"勿听。寿子不忍，饮伋子以酒而醉之，载其旌以先，冀盗杀己，可以免兄之死。盗果杀之。伋子酒醒追至，曰："我之求也，此何罪，请杀我乎！"盗又杀之。国人痛忿。及宣公卒，惠公朔立。左公子泄、右公子职等，攻逐之，而立公子黔牟。宣姜年少而寡，齐人使宣公庶子顽，烝其庶母宣姜，生齐子、戴公、文公、宋桓夫人、许穆夫人。迨惠公朔逐黔牟而自立，传子懿公赤，性最喜鹤，鹤有乘轩者。狄人伐卫，将战，国人受甲者，皆曰："使鹤，鹤实有禄，予何能战！"战于荥泽，卫师败绩，杀懿公，遂灭卫。宋桓公迎其遗民，渡河而南，立戴公以庐于漕，未期而卒。齐桓公帅诸侯救卫，立戴公之弟毁，是为文公，城楚邱而迁焉。卫国忘亡，卫文公衣大布之衣，大帛之冠，训农通商，劝学任能，卒以兴卫。齐与诸侯会于阳谷，谋伐楚也。齐侯以诸侯之师侵蔡，蔡溃。遂伐楚，与楚盟于召陵而还。

初周惠王娶于陈，生太子郑及叔带。王爱叔带，欲立之。齐桓公帅诸侯会太子郑盟于首止，以定其位。惠王使周公召郑伯曰："吾抚汝以从楚。"郑伯喜于王命，逃归不盟。齐桓公会诸侯伐郑，围新城，郑人乞盟。惠王崩，太子郑立，是为襄王。齐桓公会诸侯于葵邱，襄王使宰孔赐齐侯胙，曰："以伯舅耋老，加劳，赐一级，无下拜。"对曰："天威不违颜咫尺，小白敢贪天子之命，无下拜，恐陨越于下，以遗天子羞。"下拜登受。宰孔先归，路遇晋献公，将来与会。宰孔谓晋侯曰："可无会也。齐侯不务德而勤远略，其在乱乎！君务靖乱，无勤于行。"晋侯乃还。王子叔带欲与戎狄伐周，王知之，将诛叔带。叔带奔齐，齐侯使管夷吾平戎于王。戎侵王室，王以戎难告齐，齐侯使诸侯各发卒戍周。齐管仲卒，桓公用易牙、开方、竖刁，霸业稍衰。初桓公好内，姑姊妹因美貌不嫁者七人，内嬖如夫人者六人。及桓公薨，五公子争立，公尸在床上六十七日，尸虫出于户。易牙与寺人貂，因内宠以杀群吏，而立公子无亏。孝公奔宋。

初齐桓公与管仲属孝公于宋襄公，至是宋襄公以诸侯伐齐，齐人杀无亏。四公子之徒，与宋人战，宋败齐师，立孝公而还。宋人执滕子婴齐，宋公盟诸侯于曹南。鄫子会盟于邾，邾人执鄫子，宋公使杀鄫子，用为牺牲，祭于次睢之社，欲以属东夷。于是诸侯患宋之虐。宋人为鹿上之盟，以求诸侯于楚，楚人许之。诸侯会宋公于孟，楚执宋公以伐宋。诸侯为会于薄以释之。宋伐郑，楚救之，宋及楚人战于泓。宋人既成列，楚人未既济。司马请击之，公曰："不可，君子不困人于厄。"既济而未成列，又以告。公曰："未可。"既陈而后击之，宋师败绩，公伤股，门官歼焉。国人皆咎公。公曰："君子不重伤，不禽二毛，寡人虽亡国之余，不鼓不成列。"司马子鱼曰："若爱重伤，不如勿伤，爱其二毛，不如服焉，君未知战。"襄公以伤股故，遂薨，子成公立。

时周天子不能驾御诸侯，诸侯悉遵霸主号令。自齐桓公薨，宋襄公欲图霸而不能成，诸侯正苦无所告诉，而晋文公重耳出矣。初晋献公并吞各国，而国日强，烝于父妾齐姜，生太子申生。又娶二女于戎，大戎狐姬生重耳，小戎生夷吾。公伐骊戎，骊戎女以骊姬，生得如花似玉，娇艳异常，公甚嬖之，生奚齐，其娣生卓子。骊姬欲立己子，赂外嬖梁五与东关嬖五，使言于公曰："若使太子主曲沃，而二公子主蒲与屈，则可以威民而惧戎，且旌君伐。"公乃使申生居曲沃，重耳居蒲城，夷吾居屈。晋献公将立奚齐，与中大夫成谋。骊姬谓申生曰："君梦齐姜，必速祭之。"太子祭于曲沃，归胙于公，公方出田猎，姬置之宫中六日。公至，毒而献之。公祭之地，地坟；与犬，犬毙；与小臣，小臣亦毙。姬泣曰："贼由太子。"太子闻之，奔新城。公杀其傅杜原款。或谓太子辩之，君必明焉。申生曰："君非姬氏，居不安，食不饱，我辩明，姬必有罪。君老矣，吾又使君不乐，何以为孝？'或曰："子其行乎？"申生曰："君实不察其罪，被此名也以出，人谁纳我。"缢于新城。姬遂谮二公子曰，皆知之。重耳奔蒲，复奔翟；夷吾奔屈，复奔梁。献公使荀息傅奚齐。晋献公疾，谓荀息曰："以是藐诸孤，辱在大夫，其若之何？"荀息对曰："臣竭其股肱之力，加之以忠贞，其济，则君之灵也；不济，则以死继之。"公卒，里克以申生之死，及二公子出亡之故，结党杀奚齐，荀息将死之。或曰："不如立卓子而辅之。"荀息立公子卓，以葬里克，又杀卓子，荀息死之。秦穆公、齐桓公遣兵纳公子夷吾，立为晋侯，是为惠公。惠公杀里克、丕郑及七舆大夫，许秦河东五城，以求返国。归而背约不与其在秦也。秦穆夫人嘱以贾君，贾君色未衰，归而烝于贾君，贾君泣从之，而请葬其太子申生，晋侯许之，改葬太子。狐突往新城，遇太子于路，使之曰："夷吾无礼，吾得请于帝矣，敝于韩。"晋饥，乞籴于秦，秦输之粟。秦饥，乞籴于晋，晋闭之籴。秦伐晋，晋惠公与秦穆公战于韩，秦获晋侯。秦穆公夫人姬氏，惠公之姑也，为之请于穆公，不杀而仍归之，以惠公子、子圉为质。是岁晋又饥，秦又馈之粟。曰："吾怨其君，而矜其民。"秦穆公以女妻子圉，子圉自秦逃归。晋惠公卒，子圉立，是为怀公。其妻在秦，是为怀嬴。

初晋公子重耳，自翟奔齐，齐桓公妻以宗女姜氏。居五年，无去心。赵衰与舅犯谋行，齐女侍者闻之，以告其主姜氏，姜氏杀侍者，与赵衰等谋，醉重耳，载之以行。及曹，曹共公闻其骈胁，使之浴，迫而观之。僖负羁之妻曰："吾观晋公子之从者，皆足以相国，若归，必得志于诸侯，得志于诸侯，而诛无礼，曹其首也。子盍早自贰焉。"乃馈盘飧，置璧焉，公子受飧返璧。及宋，宋襄公赠以马二十乘。及郑，郑文公亦不礼焉。去之楚，楚子飨之，送诸秦。秦穆公纳女五人，怀嬴与焉。秦纳重耳，怀公圉奔高梁，杀之。重耳立，吕甥、却芮将弑之，寺人披以告。晋侯潜会秦伯于王城，秦伯诱吕、却而杀之。晋侯逆夫人嬴氏以归，即侄妇怀嬴也。因归文公为妻，以后复号文嬴。周王子叔带以戎兵入寇王室，襄王出适郑，处于汜，秦穆公师于河上，将纳王。狐偃言于晋侯曰："求诸侯莫如勤王，诸侯信之，且大义也。"晋侯辞秦师而下逆王入于王城，取叔带于温，杀之。晋侯朝王，王与之阳樊温原攒茅之田。原不服晋，晋侯围原，命三日之粮，原不降。命去之，谍出曰："原将降矣。"军吏请待之。公曰："信，国之宝也，民之所庇也，得原而失信，何以庇之？"所亡滋多，退一舍而原降。

初晋文公为公子出亡时，过卫过曹，曹卫俱不礼焉。过宋，宋襄公礼之。宋以其善于晋侯也，叛楚即晋。楚令尹子玉，帅师伐宋，围缗。鲁以楚师伐齐，取谷。宋公孙固如晋告急，晋先轸曰："报施救患，取威定霸，于是乎在矣！"狐偃曰："楚始得曹，而新婚于卫，若伐曹卫，楚必救之，则齐宋免矣。"于是搜于被庐，作三军，侵曹伐卫。楚人入卫，晋人救曹，执曹伯以畀宋人，令无入僖负羁之家，而免其族。楚师子玉请战，晋侯会齐师、秦师、宋师，与楚师战于城濮。楚师败绩，晋献楚俘于周王。王策命晋侯为诸侯伯。晋侯召周王，会于河阳，诸侯毕朝，郑贰于楚，晋侯、秦伯围郑，郑使烛之武夜见秦穆公曰："郑在晋之东，秦在晋之西，越国鄙远，君知其难也。焉用亡郑以倍邻，邻之厚，君之薄也。"秦伯悦，与郑人盟，使杞子、逢孙、杨孙戍之，乃还。及晋文公薨，子襄公立。杞子自郑使告于秦曰："郑人命我掌此门之管，若潜师以来，国可得也。"穆公访诸蹇叔，蹇叔曰："劳师以袭远不可。"公辞焉。召孟明视，西乞术、白乙丙，使出师。蹇叔送其子白乙丙曰："晋人御师必于崤，崤有二陵焉，其南陵，夏后皋之墓也；其北陵，文王之所避风雨也。子必死是间，予收尔骨焉。"秦师遂东行，及滑，郑商人弦高遇之，以乘韦先。以牛十二犒师，曰："寡君闻吾子将步师，出于敝邑，敢犒从者。"且使遽告于郑。孟明视曰："郑有备矣，不如还也。"灭滑而还。晋原轸曰："秦违蹇叔，而以贪勤民，天奉我也，奉不可失，敌不可纵，必伐秦师。"遂发命，遽兴姜戎，败秦师于崤，获百里孟明视、西乞术、白乙丙以归。文嬴请释三帅，使归就戮于秦，乃舍之。既而使追之，则在舟中矣。孟明稽首曰："君之惠，不以累臣衅鼓，使归就戮于秦，若从君之惠而免之，三年，将拜君赐。"秦伯素服郊次，向师而哭曰："孤违蹇叔，以辱二三子，孤之罪也，大夫何罪！且孤不以一眚掩大德。"复使孟明视为政。秦穆公复使孟明视伐晋，济河焚舟，取王官及郊，晋人不出。遂自茅津济，封崤尸而还。秦穆公用由余之谋伐戎，并国十二，开地千里，遂霸西戎。周天子使召公过贺秦穆公以金鼓，命为西方诸侯伯。穆公任好薨，子康公罃立。自是秦与晋为仇，而与楚相好矣。

却说楚自熊通僭号称王，并吞诸小国，而国日强。至穆公商臣卒，子庄王旅立，三年不出号令，日夜为乐。伍举入谏，王左抱郑姬，右抱越女，坐钟鼓之间。伍举进曰："有鸟于此，三年不蜚不鸣，是何鸟也？"王曰："三年不蜚，蜚将冲天；三年不鸣，鸣将惊人。"举退曰："吾知之矣。"居数月，淫益甚。大夫苏从又谏。乃罢淫乐听政，所诛者数百人，所进者数百人。任伍举、苏从以政，国人大悦。楚大饥，戎伐楚。庸人帅群蛮以叛楚，麇人率百濮聚于选，将伐楚，楚人谋徙于阪高。艻贾曰："不可，我能往，寇亦能往，不如伐庸。夫麇与百濮，谓我饥，不能师，若我出师，必惧而归。"乃出师，遂灭庸。群蛮从楚子盟。宋昭公无道，弟公子鲍礼于国人。宋饥竭其粟而贷之，养老尊贤，亲自桓以下，无不恤也。鲍美而艳，鲍嫡祖母宋襄公夫人王姬欲通之，鲍不可，乃助之施。国人奉公子鲍以通于夫人，昭公将田孟诸，未至。夫人使卫伯帅郊甸之师，攻而杀之。公子鲍立，是为文公。晋荀林父以诸侯之师伐宋，宋及晋平。楚庄王伐宋，宋告急于晋，晋师不出，宋及楚平。楚子伐萧，巫臣曰："师人多寒，王巡三军，抚而勉之，三军之士，皆如挟纩。"遂灭萧。楚灭舒蓼而疆之，及滑汭，盟吴越而还。

时有厦姬，郑女也，貌极美而善淫，淫其兄子蛮，子蛮夭死。嫁于陈夏御叔，生征舒，御叔亦为淫死。陈灵公与孔宁仪行父通于夏姬，皆藏其近体亵服以戏于朝，饮酒于夏氏，公谓仪行父曰："征舒似汝。"对曰："亦似君。"征舒病之。公出自其厩，射而杀之。孔宁仪行父奔楚，楚入陈，杀夏征舒，虏夏姬，因县陈。申叔时曰："合诸侯以伐陈，讨有罪也。今县陈，贪其富也。以讨始而以贪终，无乃不可乎！"庄王曰："善。"乃复封陈，立成公。庄王将纳夏姬，申公巫臣止之，王乃止。子反欲娶之，巫臣又止之。乃以与连尹襄老，襄老战死于邲，不获其尸。其子黑要烝于夏姬。巫臣使谓夏姬曰："归郑，吾聘汝。"夏姬遂以求襄老之尸为名，归于郑。巫臣因谋聘齐之役，遂适郑，娶夏姬以奔于晋。子反怨巫臣之娶夏姬也，遂杀巫臣之族，而分其室。巫臣乃通吴于晋，教吴乘车，教吴战阵，教吴叛楚，蛮夷属于楚者，吴尽取之，而吴于是始大，通吴于上国。盖夏姬善彭祖接交之术，以故老而复少者之，巫臣必欲娶之，以传其术。归巫臣后，又生男女数人，至百余岁，犹如二三十岁时。后与巫臣皆仙去。所著有夏姬秘诀二十七卷，皆言男女采补交接之事，其书不传，即今妖狐术也，此系闲话不提。

却说郑既受盟于楚，又二于晋。楚子围郑，晋荀林父救郑，与战于邲，晋师大败，郑属于楚。初庄王宴群臣，命美人行酒。日暮，酒酣烛灭，有引美人衣者，美人援绝其冠缨，请趣火视之。王曰："奈何显一妇人之节，而辱士乎？"命曰："今日与寡人饮，不绝缨者，不欢。"群臣尽绝其缨，而火，极欢而罢。及围郑之役，有一臣常在前，五战五获首，遂得胜。询之，则夜绝缨者也，因以美人赐之，人心悦服，遂楚大霸诸侯。楚庄王旅卒，子共王审立。晋悼公周复霸，三驾而楚不敢与之争。春秋之世，自晋文公后，晋霸于北，北方诸侯，晋主之；楚霸于南，南方诸侯，楚主之。齐服于晋，秦服于楚，而郑为必争之地。郑服于晋，则楚伐郑，郑服于楚，则晋伐郑。所谓伐者，入其乡邑，淫其妇女，掳其民人，服则盟而还之，不甚杀人。故郑风不过妇女淫乱，犹可以为国也。如是者八十余年，郑几于亡，后赖子产为政，善于治国，又善于事大国，乃四十余年不被兵。宋向戌善于晋执政赵文子，又善于楚令尹子木，请合二国之好，弭兵释争。为会于宋，除齐秦外，使二国之属国，交相见。于是晋楚分霸。楚属国陈侯、蔡侯，北燕、杞伯、胡子、沈子、白狄朝于晋；晋属国宋公、鲁侯、郑伯、许男朝于楚，如是者十八年。

自晋会诸侯于平邱，而晋不复主诸侯。是年，楚公子比弑灵王，公子弃疾杀比自立，是为平王。平王使伍奢为太子建师，费无极为副。为建娶妻于秦，无极与迎，先归，谓平王曰："秦女极美，王可自娶之。"平王遂自娶建妻，置建于城父。费无极复谗建将叛，王执伍奢，使司马奋扬杀子建。奋扬告建使行，建奔宋。平王使召伍奢二子，伍尚来归，弟伍员奔吴。楚杀奢、尚，伍员欲报之，求用于吴。吴自巫臣教战以来，而吴渐强，至寿梦称王。寿梦四子：长诸樊，次余祭，次夷昧，次季札。札最贤，寿梦欲立札，札让不可，乃立诸樊，约以次相传，必致国于札。三兄俱以酒色狂乐，自促其寿。及夷昧卒，以国授札，札逃去，吴人立夷昧之子僚。诸樊之子光使专诸弑僚而自立，是为阖闾。用伍员，复以孙武子为将而伐楚，五战及郢，楚昭王奔随。吴人入郢，以班处宫，而淫其妇女，孙子乃去。伍员使人取平王之尸，鞭之三百。申包胥乞师于秦，秦伯使就馆，包胥依庭墙而泣，勺饮不入口者七日。秦哀公为赋无衣，秦师乃出，申包胥以秦师救楚。于越乘吴兵在楚，兴师入吴。阖闾闻有越师，又与秦战不胜，乃弃楚归，楚昭王入郢复位。吴伐越，越子勾践御之，败吴于槜李。阖闾伤将指卒，子夫差嗣位。夫差使人立于庭，苟出入，必叫曰："夫差尔忘越王之杀尔父乎？"则应曰："惟，不敢忘！"三年乃报越。吴伐越，败越于夫椒，遂入越。越勾践以甲楯五千栖于会稽，用范蠡计，使大夫种，因吴太宰嚭以行成于吴。夫差将许之，伍员不可，勿听。员退而告人曰："越十年生聚，十年教训，二十年后，吴其为沼乎！"吴及越平。勾践反国，劳身焦思，卧薪尝胆，养士爱民，与范蠡、文种谋吴。以古今绝色如花似玉国色天香之美女西施馈吴，西施得宠，教之荒淫失政。吴内荒于色，外荒于兵，而国日危矣。伍员数谏，反赐之死。吴伐齐，败齐师于艾陵。与晋定公会于潢池，而吴霸诸侯。越勾践日夜谋吴，生聚教训，知众可用。因吴与晋会，乘虚伐吴。吴王兵败，栖于姑苏，使人行成于越。勾践欲许之，范蠡不可，勾践听之，夫差自杀。勾践以众北渡淮，与齐晋诸侯会于徐州，致贡于周天子。周王使人赐以胙，命为伯，使使号令齐楚秦晋，歃血盟而去，横行江淮，诸侯毕贺。迨范蠡去而文种诛，势稍弱。其后六卿分晋，并为韩赵魏三国，田和篡齐，新国四，加旧国秦楚燕，是为战国七雄。至秦孝公用商鞅之计，而秦渐强，并吞之势成矣。夫春秋之世，弑君三十六，亡国五十二，诸侯奔走，不得保其社稷者，不可胜数。男女乱伦，恬不为怪，公卿大夫，易室饮酒。先师孔子为世道人心忧惧，乃因鲁史以作春秋，为百王之大法，而物则民彝，赖以不坠。不知孔子之事如何，且听下回分解。

第九回　简王后　至灵王　时生孔圣

诗曰：

孔子孔子，大哉孔子。孔子之前，未有孔子。

孔子之后，未有孔子。孔子孔子，大哉孔子。

却说孔子，名丘，字仲尼，鲁人，今为山东曲阜县。宋微子启弟微子衍之后也。衍号微仲，五传至弗父何，逊国于其弟厉公，世为宋卿。何生宋父周，周生世父胜，胜生正考父，考父生孔父嘉，五世亲尽，别为公族，始以孔为氏焉。宋华督见孔父之妻于路，目逆而送之曰："美而艳。"遂攻杀孔父而娶其妻。嘉生金父，金父生睪夷，睪夷生防叔，防叔避华氏之乱而奔鲁。生伯夏，伯夏生叔梁纥。娶施氏，生九女而无子。其妾生孟皮，孟皮病足。纥乃求婚于颜氏，颜氏有三女，其幼曰徵在。颜父问三女曰："陬大夫虽父祖为士，然其先圣王之裔。今其人身长十尺，武力绝伦，吾甚贪之。虽年长性严，不足为疑，三子孰能为之妻？"二女莫对。徵在进曰："从父所制，将何问焉！"父曰："即尔能矣。"遂以妻之。徵在求子，祷于尼丘之山。徵在升山时，草木之叶皆上起，及祷毕而下，草木之叶皆下垂。是夜梦黑帝见召，嘱曰："汝有圣子。"觉而有孕。于周灵王二十一年，庚戌十月庚子，夏正八月二十七日，生孔子于鲁昌平乡。先是未生时，有麒麟吐玉书于阙里，其文曰："水精之子，继衰周而为素王。"颜氏异之，以绣绂系麟之角，信宿而去。怀妊十一月生，诞生之辰，有二龙绕室，五老降庭。颜氏房中，闻钧天之乐，空中有声云："天生圣子。"孔子有异相，牛唇虎掌，鸳肩龟脊，海口辅喉，项门状如反宇，中低而四旁反高。胸有文曰："制作定世符。"父纥曰："此儿秉尼山之灵。"因名曰丘。

孔子生三岁，父叔梁纥卒，葬于鲁东防山。六岁为儿嬉，尝陈俎豆，设礼容。十七岁，鲁大夫孟僖子，病且死，戒其嗣懿子与其弟南宫敬叔，往学礼焉。十九岁，娶宋亓官氏。二十岁，为鲁委吏，料量平。二十一岁，为乘田，养蓄蕃息。是岁子鲤生，其生也，鲁君适以鲤赐孔子，孔子荣君之赐，因名曰鲤，字伯鱼。二十二岁，始教于阙里，颜闵之徒，皆受学焉。二十四岁，母颜氏卒，合葬于防。二十七岁，郯子来朝，夫子见而问官。二十八岁，见郯子而学礼，既而告人曰："天子失官，学在四夷，信哉！"二十九岁，闻师襄善琴，往学焉。三十一岁，齐景公遣使聘孔子，孔子遂适齐。齐有一足之鸟，飞集于公朝，舒翅而跳。齐侯使问孔子，孔子曰："此鸟名商羊，水祥也。昔童儿屈于脚，振肩而跳，且谣曰：'天将大雨，商羊鼓舞。'将有大水为灾。"顷之，大霖雨，水溢。景公曰："圣人之言，信有徵矣。"三十二岁，景公欲以廪邱之邑为养，辞不受。谓子弟曰："吾闻之，君子当有功受赏，今吾言而君未行，先赐邑，其不知某亦甚矣！"三十四岁，谓南宫敬叔曰："吾闻周有老聃，博古知今，通礼乐之原，明道德之归，则吾师也，今将往学焉。"敬叔言于鲁君，赐之车马侍御，与敬叔俱适周，见老聃而学礼焉。老聃曰："子所言，其人与骨，俱已朽矣，独其言在耳。且君子得时则驾，不得时则蓬累而行。吾闻之，良贾深藏若虚，君子盛德，容貌若愚。凡聪明深察而近于死者，好议人者也，博辩弘远而危其身者，好发人之恶者也。为人子者，无以有己，为人臣者，无以私己，归而求之于身，则道不远矣。"子曰："敬受教。"又访乐于苌弘。孔子观乎明堂，睹四门墉，有尧、舜、桀、纣之象，又有周公抱成王，负扆朝诸侯之图。谓从者曰："夫明镜所以察形，往古所以知今，人主不务袭其所以安，而忽其所以危，是犹却走而求及前人也，岂不惑哉！"又入后稷之庙，有金人，三缄其口，而铭其背曰："古之慎言人也，诫之哉！无多言，多言多败。无多事，多事多患。安乐必戒，无行所悔，勿谓何伤，其祸将长，勿谓何害，其祸将大，勿谓不闻，神将伺人。焰焰不灭，炎炎若何，涓涓不塞，流为江河，绵绵不绝，或成网罗，毫末不扎，将寻斧柯，诚能慎之，福之根也。口是何伤，祸之门也。强梁者不得其死，好胜者必遇其敌，盗憎主人，民怨其上。君子知天下之不可上也，故下之，知众人之不可先也，故后之。温恭慎德，使人慕之，执雌持下，人莫逾之，人皆趋彼，我独守此，人皆惑之，我独不徙，内藏我智，不示人技，我虽尊高，人莫我害。江海虽左，长于百川，以其下也。天道无亲，常与善人，诫之哉！"顾谓弟子曰："小子识之，此言实而中情。"夫子自周返于鲁，而道益尊，弟子弥众，远方来受业者，盖三千焉。三十五岁，昭公出奔，孔子适齐，舍于外馆。景公造焉，宾主之使既接，而左右白曰："周使适至，言先王之庙灾。"公问曰："何王之庙？"孔子曰："必釐王之庙。"公曰："何以知之？"子曰："釐王变文王之政，而作玄黄华丽之饰，宫室高崇。舆马奢侈，而勿可振，天灾所宜加也。"俄顷果报釐王庙灾。公曰。"善乎圣人之智，过人远矣。"三十七岁，在齐闻韶，三月不知肉味，齐人称之。景公问政，大悦，将以尼溪之田封孔子，晏婴沮之，孔子遂行，返于鲁。四十二岁，在鲁，季桓子穿井，得土缶中若羊，问仲尼云得狗。仲尼曰"以丘所闻，羊也。某闻之，木石之怪，夔、罔俩；水之怪，龙、罔象；土之怪，羵羊。"吴伐越，堕会稽，得骨节专车。吴使使问仲尼："骨何者最大？"仲尼曰："禹会群臣于会稽，防风氏后至，禹杀而戮之，其骨节专车，此为大矣。"吴使曰："谁为神？"仲尼曰："山川之神，足以纲纪天下，其守为神。"吴使曰："防风何守？"仲尼曰："汪罔氏之君，厘姓，在虞夏商为汪罔，在周为长翟，今谓之大人。"客曰："人长几何？"仲尼曰："僬侥氏三尺，短之至也，长者不过十倍之，数之极也。"使曰："善哉圣人。"四十四岁，在鲁，时季氏强僭，阳虎专政，孔子不仕，退而修诗书礼乐，弟子益众。四十六岁，在鲁，观于鲁桓公之庙，有欹器焉。问于守朝庙者，此为何器。对曰："此宥坐之器。"子曰："吾问宥坐之器，虚则欹，中则正，满则覆，明君以为至诚，故常置之于坐侧。"顾谓弟子曰："试注水焉。"乃注水，中则正，满则覆。夫子喟然曰："呜呼，夫物乌有满而不覆者哉！"子路进曰："敢问持满有道乎？"子曰："聪明睿知，守之以愚；功被天下，守之以让；勇力振世，守之以怯；富有四海，守之以谦，损之又损，所谓道也。"四十七岁，鲁定公以为中都宰，制为养生送死之节，长幼异食，强弱异任，男女别途，路不拾遗，器不雕伪，市不二价。为四寸之棺，三寸之椁，因邱陵为坟，不封不树，行之一年，四方则之。公曰："学子之法以治鲁国，何如？"

对曰："虽天下可也，何但鲁国哉！"于是定公以为司空，乃别五土之性，而物各得所生之宜。五十一岁，为鲁司寇，摄行相事，理朝政，七日而诛乱政大夫少正卯于两观之下。子贡进曰："夫少正卯，鲁国之闻人也。今夫子为政，而始诛之，或者太过乎？"夫子曰："天下有大恶五，而窃盗不与焉，心逆而险；行僻而坚；言伪而辩；记丑而博；顺非而泽；五者有一于身，则不免君子之诛，而少正卯兼有之，此乃人之奸雄者也，不可以不除也。"五十二岁，齐大夫犁锄言于景公曰："鲁用孔子，其势危齐。"乃使使告鲁，为好会，会于夹谷。鲁定公将以乘车往，孔子摄相事，曰："臣闻有文事者，必有武备，请具左右司马以从。"定公曰："诺。"会齐侯于夹谷，为坛位，土阶三等，以会遇之礼相见，揖让而登，献酬之礼毕。齐有司趋而进曰："请奏四方之乐。"景公曰："诺。"于是吟旄羽袯，矛戟剑拨，鼓噪而至，孔子趋而进，历阶而登，不尽一等，举袂而言曰："吾两君为好会，夷狄之乐，何为于此，请命有司。"景公心怍，麾而去之。有顷，齐有司请奏宫中之乐，景公曰："诺。"优倡侏儒，为戏而前。孔子趋而进，历阶而登，不尽一等，曰："匹夫而荧惑诸侯者罪当诛，请命有司。"齐人莫应。孔子曰："齐鲁一也，鲁左右司马何在？"鲁左右司马加以法焉，手足异处。景公惧而动，知义不若，乃返所侵鲁之郓、汶阳、龟阴之田以谢过。五十四岁，孔子言于定公曰："臣无藏甲，大夫无百雉之城，今三家过制，请损之。"使仲由为季氏宰，将堕三都。于是叔孙先堕郈，季氏将堕费，公山弗狃叔孙裸率费人袭鲁。公与三子入于季氏之宫，登武子之台，费人攻之弗克，孔子命申句须、乐颀下伐之。费人北，国人追之，败诸姑篾。二子奔齐，遂堕费。将堕郕，公敛处父谓孟孙曰："堕郕齐人必至北门，且我孟氏之保障，无郕，是无孟氏也，我将弗堕。"十二月，公围郕，弗克。五十五岁，孔子相鲁，鲁大治。齐人闻而惧，用犁锄谋，馈女乐，季桓子受之，三日不听政，郊，又不致膰肉于大夫。孔子遂行，适卫，主于子路妻兄颜浊邹家。五十六岁，在卫，卫灵公致粟六万，居顷之。或赞孔子于灵公，灵公使以兵仗卫孔子，孔子恐获罪焉。居十月去卫，将适陈，过匡，颜刻为仆，以其策指之。曰："昔吾与阳货入匡，彼缺处，被攻之所也。"匡人闻之，以为鲁之阳虎。阳虎曾暴于匡，孔子貌似阳虎，遂拘孔子五日。弟子惧，孔子曰："文王既没，文不在兹乎？"乃使从者，求解于卫臣宁武子。匡人曰，"吾以为阳虎，故围之。今非也，释之去。"过蒲，时子路治蒲，孔子善其政。月余，返乎卫，主蘧伯玉家。卫灵公夫人南子，甚有美色，旧通于宋朝。宋朝者，男子中之美色者也。既通于灵公之母襄姜，复通于灵公夫人南子。宋朝惧，遂作乱，奔晋。自晋归宋，南于思之不置。灵公复为南子召宋朝，男女并宠焉。南子虽有淫行，而复贤慧。尝与灵公夜坐，闻车声辚辚，至阙而止，过阙复鸣，南子曰："此必蘧伯玉也。"灵公曰："何以知之？"南子曰："君子不为昭昭饰节，不为冥冥堕行。吾闻之，蘧伯玉君子也，是以知之。"公使人问之，果伯玉也。孔子主伯玉家，南子使人谓孔子曰："四方君子不辱，欲与寡君为兄弟者，必见寡小君，寡小君愿见。"孔子辞谢，不得已入见之。孔子入门，北面稽首，夫人答拜，环珮之声璆然，隔帘相见而出。居月余，灵公与夫人同车，宦者雍渠参乘，使孔子为次乘，招摇市过之。孔子丑之，去卫适曹。又去曹适宋，与弟子习礼于大树下。宋司马桓魋欲杀孔子，伐其树。孔子遂微服宋，适郑，与弟子相失，孔子独立东郭门。郑人或谓子贡曰："东门有人，其颡似尧，状类皋陶，肩类子产，自腰以下，不及禹三寸，累累若丧家之狗。”子贡以实告。孔子欣然笑曰：“形状末也，而似丧家之狗，然哉！”遂至陈，主司城贞子家。五十九岁，自陈过蒲，会公叔氏以蒲叛，蒲人止孔子。弟子有公良孺者，以私车五乘，从孔子，贤而勇。曰：“吾昔从夫子，遇难于匡，今又遇难于此，命也！吾与夫子再罹难，宁斗而死。“斗甚疾，蒲人惧，谓孔子曰：“苟无适卫，吾出子。”与之盟，出孔子东门，孔子遂适卫。子贡曰：“盟可负耶？”孔子曰：“要盟也，神不听。”卫灵公闻孔子来，郊迎问曰：“蒲可伐乎？”对曰：“可！”灵公曰：“晋大夫以为不可，今蒲，卫之所以待晋楚也，以卫伐之，无乃不可乎！”孔子曰：“其男子有死之志，妇人有保西河之志，吾所伐者，不过与公叔氏同叛者四五人。”灵公曰：“善。”乃不伐蒲。晋佛肸为中牟宰，赵简子攻范中行，伐中牟。佛肸叛，使人召孔子，孔子欲往，子路不悦，已而竟不行。将西见赵简子，至河，闻窦鸣犊、舜华二人见杀。临河叹曰：“美哉水，洋洋乎，某之不济此，命也夫！”子贡曰：“何谓也。”孔子曰：“二人皆贤大夫也，赵氏未得志时，用此二人，而后从政，君子恶伤其类，故余云然。”遂反乎卫，主蘧伯玉家。他日，灵公问陈，孔子对以未学。明日与孔子语，见飞鸿仰视之，色不在孔子，孔子遂行，复如陈。六十岁在陈，夏鲁桓僖之庙灾，南宫敬叔救火，孔子在陈，闻之曰：“灾必桓僖庙乎！”已而果然。秋季桓子病，谓其嗣康子曰：“我死，汝必相鲁，相鲁必召孔子。”康子立，欲召仲尼。公之鱼曰：“昔吾先君用之不终，为诸侯笑，今又用之不能终，是再为诸侯笑矣。”康子曰：“然则谁召而可？”曰：“必召冉求。”于是使使召冉求，冉求将行，孔子曰：“鲁人召求，非小用之，将大用之也。”是日，孔子有归与之叹。归与六十一岁，自陈如蔡。六十二岁，自蔡如叶。叶公问政，既而反乎蔡，有问津诸章。六十三岁，孔子在陈蔡之间，楚使人聘孔子，孔子将往拜礼，陈蔡大夫谋曰：“孔子用于楚，则陈蔡危矣。”相与发徒兵，周孔子于野。孔子曰：“诗云：‘匪兕匪虎，率彼旷野。’吾道非耶，吾何为于此？”子贡曰：“夫子之道至大，天下莫能容。”颜回曰：“不容何病，不容然后见君子。”孔子遭围，讲诵弦歌不衰，使子贡至楚。楚昭王兴师来迎，然后得免。时楚昭王渡江，有一物触王舟，使使问孔子。孔子曰：“此萍实也，其甘如蜜。”使曰：“何以知之？”子曰：“吾昔之郑，适乎陈之野，闻小儿谣曰：‘楚王渡江得萍实，大如斗，赤如日，剖而食之甘如蜜。’得无是乎！”验之果然。楚昭王将以书社之地七百里封孔子，楚令尹子西沮之，昭王乃止。于是孔子自楚反乎卫。六十四岁，在卫，先时卫灵公夫人南子，淫于宋朝，灵公之太子蒯聩，献地于齐，过宋野，宋野人歌曰：“既定尔娄猪，盍归吾艾豭。”太子羞之，谓戏阳速曰：“从我朝少君，我顾，乃杀之。”速曰：“诺。”乃朝夫人，太子三顾，速不进，夫人见其色，啼而走曰：“蒯聩将杀余。”公执其手以登台，太子奔宋，尽逐其党。及灵公薨，蒯聩之子辄立，蒯聩欲入，辄兴兵拒之，诸侯数以为让。卫君欲得孔子为政，子路曰：“卫君待子而为政，子将奚先？”子曰：“必也正名乎！”子路曰：“有是哉，子之迂也，奚其正。”故子路仕于卫。六十六岁，夫人亓官氏卒。期年，伯鱼犹哭，孔子闻之曰：“谁与哭者？”门人曰：“鲤也。”子曰：“嘻，其甚也！”伯鱼闻之，遂除之。六十八岁在卫，冉有为季氏将，与齐师战于郎克之，季康子曰：“子于军旅，学之乎？性之乎？”冉有曰：“学之于孔子。”康子曰“我欲召之可乎？”对曰：“欲召之，则无以小人间之，斯可矣！”康子遂以币迎孔子。孔子至鲁，哀公馆焉。哀公问政，终不能用，乃序书，上自唐虞，下至秦缪。删古诗三千，为三百五篇。晚而喜读易，韦编三绝，修礼记。六十九岁，子伯鱼卒。七十一岁，鲁哀公十四年春，西狩于大野，叔孙氏之车子锄商获麟，伤其左足，见其麇而角，以为不祥，以赐虞人，仲尼观之曰："麟也，孰为来哉！"反袂拭面，涕泗沾袍。曰："麟出而死，吾道穷矣。"乃因鲁史作春秋，自隐至哀十二公，自王至敬十四王，凡二百四十二年，而绝笔于获麟。笔则笔，削则削，文学如游夏之徒，不能赞一辞。弟子三千，身通六艺者七十二人。颜回、闵损、冉耕、冉雍、端木赐、宰予、仲由、冉求、言偃、卜商、颛孙师、曾点、曾参、澹台灭明、高柴、宓不齐、樊须、有若、公西华，原宪、公冶长、南宫适、公皙哀、颜高、商瞿、漆雕开、公良孺、秦商、颜刻、司马耕、巫马期、梁鳣、琴牢、冉孺、颜辛、伯虔、公孙龙、曹邺、陈亢、叔仲哙、秦祖、奚藏、公祖兹、廉洁、罕父黑、公西箴、壤驷赤、冉季、石处、左郢、狄黑、商泽、任常、郑邦，乐欣、颜之仆、孔忠、漆雕哆、颜哙、颜无繇、公夏首、申枨、邬单、荣旗、悬成、燕伋、原亢、邽巽、施之常、秦非、句并疆、步叔乘。七十二岁，子路死于卫。初卫孔文子圉之妻伯姬，蒯聩之娣也，素通于家人浑良夫。圉卒，子悝执政。蒯聩因浑良夫求入，伯姬劫孔悝，立蒯聩，辄出奔鲁。仲由入，石乞、盂黡以戈击之，断缨，子路结缨而死。悝立蒯聩，孔子在鲁闻卫之乱，叹曰："柴也来，由也其死矣。"七十三岁，壬戌四月己丑，夏正二月十八日，孔子卒。先时七日，蚤作，负手曳杖，逍遥于门，歌曰："泰山其颓乎！梁木其坏乎！哲人其萎乎！"既歌而入，当户而坐。子贡闻之曰："泰山其颓，吾将安仰！梁木其坏，哲人其萎，吾将安仿！夫子殆将病也。"遂趋而入，孔子曰："赐，余畴昔之夜，梦坐奠于两楹之间，此殷礼也，某殷人也，夫明王不兴，无下其孰能宗予！殆将死也，"寝疾七日而没。哀公诔之曰："旻天不吊，不憖遗一老，俾屏余一人以在位，茕茕余在疚，呜呼哀哉尼父，无自律！"子贡曰："君其不没于鲁乎！夫礼失则昏，名失则愆，生不能用，死而诔之，非礼也。称一人，非名也。君两失之。"五月，葬鲁城北泗水上，弟子皆服心丧三年而去，惟子贡庐于冢上，凡六年。鲁人从冢而家者百余，因名曰孔里。

孔子之弟子颜回最贤，先孔子卒，其传道有曾子。曾子名参，字子舆。父点，学于孔子之门。曾参年十六，孔子在楚，命参之楚，受学焉。参性至孝，尝出薪于野，客至其家，母以手扼臂，参即驰至。问母曰："臂何恙乎？"母曰："今有客至，扼臂以呼汝。"参母死，后母遇参无礼，而供养不衰。尝芸瓜，误斩其根，曾皙怒援杖击之，参仆地，有顷而苏。蹷然而起，进曰："大人用力教参，得无疾乎！'退鼓瑟而歌，欲父听其歌，而知其平也。孔子闻之，告门人曰："参来，勿纳也。昔舜事瞽瞍，索而使之，未尝不在侧，索而杀之，未尝可得。故小杖则受，大杖则走。今参委身待暴怒，以陷父不义，安得为孝乎！"曾子曰："参之罪大矣。"遂造孔子谢过。曾子每读丧礼，泣下沾襟，曰："往而不可还者亲也，子欲养而亲不在，是故椎牛以祭，不如鸡豚之逮亲存也。初吾为吏，禄不及釜，尚欣欣而喜也，非以为多也，乐其逮亲也。既没之后，吾尝南游于楚，得尊官焉，犹北面而涕泣者，非以为贱也，悲不逮吾亲也。"孔予以其能通乎道，故授以一贯之传。曾子以大学圣经一章教弟子，弟子记其意为十传，为千古儒学之宗。

其弟子孔伋，字子思，子鲤之子，孔子之孙也。逮事孔子，而受业于曾子。子思年十六，适宋，宋大夫乐朔，与之言学而怒，遂围子思。宋君闻之，驾而救子思，子思既免。

曰："文王拘于羑里，作周易；尼父厄于陈蔡，作春秋；吾困于宋，可无作乎？"于是述父师之意，作中庸。古云：子伋穷居于宋，惧家学不明，作大学以经之，中庸以纬之。学庸皆子思作，甚为近理。初伯鱼卒，其妻转嫁于卫之庶氏。其后死于庶氏之家，讣于子思，子思哭于庙，门人至曰："庶氏之母死，何为哭于孔氏之庙乎？"于思曰："吾过矣，吾过矣！"遂哭于他室，见礼记。

于思之弟子孟子，名轲，字子舆，鲁孟孙之后，邹人也。父激，字公宜，娶仉氏，梦神人攀龙凤，自泰山来，将止于峄，凝视久之，忽见片云坠而寤。时吕巷皆见五色云，覆孟氏居，而孟子生焉。孟子三岁丧父，母有贤德，挟其子以居。始舍近墓，孟子之少也，嬉游为墓间事，踊跃筑埋，孟母曰："此非所以居子也。"乃去，舍近市，嬉戏为贾炫事。母曰："又非所以居子也。"遂徙舍学宫旁，其嬉戏，乃设俎豆，揖让进退。母曰："此真可以居子矣。"遂居之。稍长，就学而归，母纺绩，问曰："学何所至矣？"轲曰："自若也。"母以刀断织，轲问其故，母曰："君子学以立名，问以广知，皆由积累而成，亦犹织之待积而成也，若废学无成，与断机何异！"柯惧，旦夕勤学不息，受业于子思。道既通，值梁惠王卑礼厚币以招贤者，乃至梁。既而去梁适齐，齐宣王以为客卿。当是时，天下务于合从连衡，以攻伐善战为贤，而孟轲乃述唐虞三代之德，是以所如不合。退而与万章之徒，序诗书仲尼之道，作孟子七篇，以诏来世。娶由氏，生子名仲子。孟子曰："人皆知以食愈饥，不知以学愈愚。夫学者，崇名立身之本也。"孟子之学，尊孔子，而辟杨墨。曰："杨氏为我，是无君也；墨氏兼爱，是无父也。无父无君，是禽兽也。"故杨墨之害，亦自是灭息，此孟子不世之功也。或曰佛老之教，甚于杨墨，不知孟子之时，虽未知有佛，而老子生于孔子之前，其害流传已久，何孟子初无一语辟之也！今之人，以儒释道为三教。欲知佛老之事如何，且听下回分解。

第十回　李老子　释迦氏　说法谈经

诗曰：

图利贪名满世间，不知破衲道人闲。
笼鸡有食汤锅近，野鹤无粮天地宽。
富贵百年难保守，轮回六道易循环。
劝君早觅修行路，一失人身万劫难。

却说佛老二教，与儒家不同。儒家尚诚实，佛老二教尚玄虚。故佛老二教，好托神异之说以自夸。相传自洪荒以来，已有男仙东王公，姓木，名倪，字君明。女仙西王母，姓杨，名回，字婉妗。男子得道者，名隶东王公；女子得道者，名隶西王母。周时仙已八万余人。夫仙家之宝三，曰精、神、气。其入门之诀三，曰炼精、养神、运气。运气之法，叩齿按摩，以鼻吸东南方生气，周身转运，人亦多能为之。但恐或助或忘，为之久而有作辍耳。若炼精，人多惑于释氏之戒，疑而不信，以为真仙宜从苦修得，不知生子继嗣，岂从苦中得乎！且物采人精，尚能神通，况于人乎！夫男女媾精，大易垂焉，采补不过拾女子之余精以自益。又妇女身中，恒结有金丹，譬如草上露时热故取之，则寿而仙，其法无损于女，若有损者，即属傍门外道，天诛之所必及者也。至于养神，乃修天仙正路，无上至真之道，最上一乘之法，不特道家用此而飞升，即佛家亦由此而得度。盖佛氏之教多端，纵苦行劝修俱属皮毛影响，其有得道者，修法与仙家同。佛家明心见性，即仙家养神法。又鬼得汞而成仙，太阴炼形术，大抵少妇为多。三教俱本于易。道教则兼先后天，其言幻，言尸解飞升，以炼精养神运气为丹头，难学而易成，成则为仙。释教本乎先天，其言寂，言前生来世，以明心见性为觉悟，易学而难成，成则为佛，为菩萨。儒教本乎后天，其言庸，言伦常修齐治平，极其至为圣为贤，所以经世，有大忠、大孝、大贞及有功德于民者，则为神。

儒教前回已经表过，佛教回末便见，今先将道教叙明。孔子云："窃比于我老彭。"彭祖姓篯，名铿，帝颛顼之孙，陵终氏之仲子。陵终氏娶鬼方之女，孕而不育，十一年，开左右胁而出六人，其三曰老彭，封于大彭之墟，即彭城也。至殷之末，年七百余岁，而有少容，好恬静，惟以养神治生为事，善于补导之术，御女多多益办。周穆王闻之，以为大夫，称疾不与政事。王使采女乘辎軿，往问以道，彭祖与采女交，悉授以诸般秘法。采女归，转以教王。王试为之，有验。彭祖知之，乃去，不知所往。彭祖以善御女致寿，尝丧四十九妻，生五十四子，而婢妾不与焉。所著有房中秘术，一百八十六卷。彭祖尚未仙去，天又续生老子。孔子尝问礼于老聃，又曰："吾见老子，其犹龙乎！"老子者，即太上老君也。于商阳甲时，分神化气，始寄胎于玄妙王女理氏腹中。理氏食李而孕，八十一年。暨武丁庚辰二十四祀，二月十五日卯时，降生于楚之苦县濑乡曲仁里。从母左腋而生于李树下，指树曰：“此吾姓也。”生时白首，面黄白色，额有参牛达理，日月角悬，长耳短目，鼻纯骨，双柱．耳有三漏门，美须广颡，疏凿方口。姓李名耳，字伯阳，号老聃。周文王为西伯，名为守藏史。武王时，为柱下史。成王时，游西极大秦竺乾等国，号古先生，化导其国，后流为佛。康王时，还归于周，复为柱下史。昭王时，复欲开化西域，驾青牛车，过函谷关，关令尹喜知之，求得其道，与尹喜同度流沙。穆王时复还中国。敬王十七年，孔子问礼于老聃。烈王时，过秦，秦献公问以历数。秦时，降峡河之滨，授道安期生。汉文帝时降，文帝遣使问之，老子曰：“道德尊贵，非可遥问！”帝即命驾诣之。帝曰：“普天之下，莫非王土，率土之滨，莫非王城，城中有四大，王居一焉，子虽有道，犹朕民也，不能屈，何乃高乎！朕足使富贵贫贱人。”老子乃拊掌坐跃，冉冉在虚空中，如云之升，去地百余丈，良久俯而答曰：“今上不至天，中不类人，下不居地，何民之有？陛下焉能令之富贵贫贱乎！”帝下辇，稽首礼谢，授帝以道德二经。汉桓帝时降天台，授葛孝先上清灵宝大洞诸经。唐高祖时，降羊角山，语吉善行，唐公受命符。玄宗天宝初，降丹凤门，帝亲享于兴庆宫。宋政和二年，降华阳洞天，授梁先生加句天童护命经。盖无世不出，先尘劫而行化，后无极而常存，隐显莫测，变化无穷，普度天人，不可具述。

老子于汉顺帝时，传道法于张道陵。张道陵字辅汉，子房八世孙，身长九尺二寸，庞眉广颡，朱顶绿睛，隆准方颐，目有三角，伏犀贯顶，玉枕峰起，垂手过膝，美髭髯，龙蹲虎步，丰下锐上，望之俨然，汉光武建武十年，生于天目山。初母氏梦大人，自北斗魁星中降至地，长丈余，衣绣衣，以蘅薇香授之。既觉，衣服居室，皆有异香，经月不散。感而有孕。及生日，黄云笼室，紫气盈庭，室中光气如日月，复闻昔日之香，浃旬方散。七岁通道德经，天文地理，河洛图纬之书，举贤良方正，身虽仕而志在修炼。无何，隐北邙山，有白虎衔符文，置座旁。和帝徵为太傅，封冀县侯，三诏不就。入蜀，爱蜀中溪岭深秀，遂隐于鹤鸣山。山有石鹤，每鸣，则有得道者。道陵居此，苦节学道，啬气养神，鹤乃鸣。弟子有王长者，相与炼龙虎大丹。一年，有红光照室；二年，有青龙白虎绕护丹鼎；三年丹成。真人年六十余，饵之，若三十许人，行及奔马。与王长入北嵩山，遇绣衣使者告曰：“中峰石室，藏上三皇内文，黄帝九鼎，太清丹经，得而修之，乃升天也。”于是真人斋戒七日，入石室，足所履处，蛩然有声，即掘其地取之，果得丹书。精思修炼，能飞行遥听，得飞形散影之妙。每泛舟池中，诵经堂上，隐几对客，杖藜行吟，一时并赴，人莫测其灵异。西域房陵间，有白虎神，好饮人血。每岁，其乡杀人祭之。真人召其神戒之，遂灭。又梓州有大蛇，鸣则山石振动，时吐毒雾，行人中毒辄死。真人以法禁之，不复为害。顺帝壬午岁，正月十五夜，真人在鹤鸣山，闻鸾佩珊珊，天乐隐隐，香花覆地，紫云满空。瞪目东瞻，见紫云中，素车一乘，驾五白龙，车旁旌旗仪卫甚盛，车中一神人，仪容若冰，玉手执五明宝扇，项负八景圆光，身长丈六，神光照人，不可正视。车前一人，敕真人曰：“子勿惊怖，吾即太上老君也。”真人礼拜，老子授真人三洞经箓，雌雄二剑，都功印一枚，冠衣方裙朱履各一副。且曰：“与子千日为期，后会阆苑。”真人乃叩头领讫。日味秘文，按法遵修千日，内顾五脏，外集三万六千神。又感玉女教以吐纳清和之气，摄伏精邪隐遁出没，皆得自然，乃还阳平山。以飞仙轻举之法，付嗣，师仍还鹤鸣山。上帝遣使者，持玉册，受道陵以正一真人之号，谕以行当飞升。真人乃以盟威都功等诸品秘箓，斩邪二剑，玉册玉印，以授其长子衡，戒之曰："此文总统三五步罡，正一之枢要，驱邪诛妖，佐国安民，世世子孙，绍吾之位，非吾家子孙不传。"谓弟子王长、赵升曰："尚有余丹，二子可分饵之，今日当随吾上升矣。"亭午，群仙仪从毕至，玉女二人，引真人夫人雍氏，升登黑龙紫舆，天乐拥导，于云台峰，白日升天。时真人年一百二十三岁。今其子孙，世袭真人，居于江西广信府贵溪县之龙虎山。

道陵之后，至唐时，又有吕洞宾。洞宾名岩，唐蒲州永乐县人。祖渭，礼部侍郎。父让，海州刺史。贞元十四年，四月十四日巳时生，因号纯阳子。初母就蓐时，异香满室，天乐浮空，一白鹤自天而下，飞入帐中不见。生而金形木质，道骨仙风，鹤顶龟背，虎体龙腮，凤眼朝天，双眉入鬓，颈修颧露，额阔身圆，鼻梁耸直，面色白黄，左眉角一点子，足下纹起如龟。少聪明，日记万言，矢口成文，身长八尺二寸。游庐山，遇火龙真人，传天遁剑法。唐会昌中，两举进士不第，时年六十四岁，游长安酒肆，见一道士，青巾白袍，相与吟诗，谈论甚洽。道士曰："吾云房先生也，居终南鹤岭，子能从吾游乎？"洞宾未应。云房因与同憩肆中，云房自为执炊，洞宾忽就枕昏睡，梦以举子赴京，状元及第，始自郎署，擢台谏翰苑秘阁，及诸清要，无不备历。两娶富贵家女，生子婚嫁蚤毕，孙曾振振，簪笏满门。如此几四十年，又独相十年，权势薰炙，偶被重罪，籍没家资，分散妻孥，流于岭表，一身孑然，穷苦憔悴，立马风雪中，方兴浩叹，恍然梦觉，炊尚未熟。云房笑吟曰："黄粱尚未熟，一梦到华胥。"洞宾惊曰："先生知我梦耶？"云房曰："子适来之梦，升沉万态，荣悴千端，五十年间一瞬息耳！"洞宾感悟，遂拜云房，求度世之法。云房凡十试洞宾，洞宾不为动。云房授以黄白之术，洞宾曰："所作金银有变乎？"云房曰："三千年后，复还本质耳！"洞宾曰："误三千年后人，吾不为也。'云房笑曰："子推心如此，三千功行，即此在矣。"悉传以上真秘诀。洞宾既得云房之道，兼火龙真人无遁剑法，始游江淮，试灵剑，除蛟害，隐显变化，四百余年。常游湘潭、岳、鄂及两浙间，时时济度人。其余诸仙颇多，不能尽述。

又中国川陕云南之西曰西藏，西藏之西曰西域，西域大秦、天竺等国，凶顽暴虐，创为锉烧舂磨等刑。老子悯其人类将尽，因至其地，用手一指，其锉烧舂磨等具，或断或折，俱无所施。因教国王以仁慈，遂开化于西域，号古先生。其后大茅草王，老而无子，传位大臣，出家学道，得成正果。弟子以笼盛尸，悬树上，猎人射之，滴血于地。出二甘蔗，日炙，出一男一女，即善生与妃，后为甘蔗王。甘蔗王斥四子于雪山北，以德化人，成大国。于中国周昭王二十四年四月八日，山川震动，五色光贯太微。太史苏田奏曰："有大圣人生于西方，一千年后，声教及此。"时天竺迦维卫国，净饭王妃摩耶氏，梦天降金人，遂有孕。是日生太子于右胁，姓刹利，名悉达多。初生时，放大智慧光明，照十方世界。地涌金莲，捧住双足。东西南北，各行七步。分开玉指，指上天下地。作狮子吼声，曰天上地下，东西南北，惟我为尊。至周昭王四十二年二月八日，年十九，欲求出家。是夜子时，有一天人，名曰净居，于窗牖中叉手曰："太子出家，时至，可去矣！"太子闻言，心生欢喜，即逾城而去，于檀特山中修行。又至象头山，日食麻麦，参悟性灵，经一十六年，而道成。入水火，贯金石，乘虚不坠，触实不硋，千变万化，不可穷极。既而于鹿野苑中，论道说法。又于灵山会上，拈花示众，以灯喻法，住世四十九年。于周穆王二十二年二月十五日，天地震动，西方有白虹十二道，连夜不灭。太史扈多曰："西方有大圣人死，衰相现耳。"遂圆寂于拘尸那城。既圆寂后，复从棺起，为母说法。既返，金光直透。忽空中化三昧火，将棺自焚，是为世尊，又号如来，化为金身丈六，圆光七尺，顶上肉髻，光明显照。其根长广而绕于耳，眉间有白毫，其毫中空右旋，宛转如琉璃筒。释迦传一祖摩诃迦叶，迦叶传二祖阿难，至菩提达摩，凡二十八传，是为西天二十八祖。

达摩于梁武帝普通元年，自西土泛海至金陵，与武帝语，师知几不契，遂去梁，折芦渡江，止嵩山少林寺，终日面壁而坐。九年，形入石中，拭之益显。达摩以法宝袈裟授慧可曰："如来以正法眼藏付迦叶，展转至我，今以付汝。吾灭度后二百年，衣钵无传。自初祖达摩，始至中国，以钵盂、锡杖、袈裟，传二祖慧可，慧可传三祖僧灿，僧灿传四祖道信，道信传五祖宏忍，宏忍传六祖慧能，是为中原六祖。"慧能姓卢，初五祖欲传衣钵，令寺僧各述一偈。上座神秀曰："身是菩提树，心如明镜台，时时勤拂拭，不会染尘埃。"时慧能在椎坊杵臼之间，夜书于秀偈旁曰："菩提本非树，明镜亦非台，本来无一物，何用拂尘埃。"五祖来观，心契其语，法嗣遂定，传以衣钵。池州使君问曰："会中五百僧，不付衣钵，为恁付与卢行者？"五祖曰："虽五百人，四百九十九人会佛法，惟卢行者不会佛法，他则悟道，谓之过量人，方传得衣钵。"六祖于韶州曹溪说法，乃置衣钵而不传。于是言佛法者，群推道场教主观世音矣。

观世音者，乃鹫领孤竹国祇树园施动长者第三子，施善化身，托生于北阙国中，今并归日本国。父妙庄王，姓婆，名伽。母伯牙氏。初妙庄王无嗣，祝于其国西岳香山寺，天帝以其父好杀，夺其嗣而与之女。长曰妙清、次曰妙音、三曰妙善。妙善生时，异香满座，霞光遍室。幼而聪敏，便欲了人间事。至九岁，力阻父命，誓不成姻。后因长次二女，招二郎。父乃强妙善毕偶，妙善不从，乃禁于后园中。善守净弥笃，再舍入汝州龙树县白雀寺为尼，暗命僧头夷优寺劝化之，百计不从，无奈善何！乃厄以苦行，妙善朝汲水，暮听经，晨焚扫，昼柴炊，毫无难色。诚感上天，使三千八百天龙持护，伽蓝扫地，东海龙王扫尘，六丁上香，游奕点烛，伽雀进茶，飞猿进菜，白虎衔柴，飞走毛墙滋化，八洞神仙献果。夜夜风雷喧吓，鬼神走动，众僧惧，而复命于妙庄王。庄王遣五城兵马忽必力，驱兵围寺焚之。而妙善口叩灵山世尊，齿啮玉指，喷血成红雨，灭火救寺，五百僧咸无恙。忽必力再火再息，三火三息。无奈奏闻庄王，庄王怒，命必力捆押妙善入法场，阴以母旨救之。盖深爱三女之慈顺，欲其完聚成婚，以摄国政也。岂意妙善色不变，而志愈坚。乃囚于冷宫，日夜宫娥父母苦劝不听，反出语激父。父大怒，立命必力斩讫回报。土神忙奏玉帝，赐以红光罩体，刀砍刀断，枪刺枪截，乃赐红罗绞死。时有一虎跳入法场，负善而去。庄王曰："不孝儿，当得恶报。"不知天使猛虎负善入于黑松林中，正所以完善之正果也。善一时昏晕，真灵杳杳，不知去向。忽一童子，手执幢幡，请曰："阎君有命迓公主，闻公主大慈惠，十王恭候于步天桥。"善如命行，只见鬼门关上，牛首跪门，夜叉秉烛，铁头扫地，诸王于桥上盖锦，紫云布地，玉辇相迎，歌女侍侧。善谢之曰："妾有何德，敢辱宠招。"诸王曰："闻大慈悲，愿侍经筵。"善曰："阿弥，善哉，善哉！"不意一诵，而天花乱坠，地拥金莲，铁狱铜枷，尽为齑粉。凡诸造业者，都脱离地狱，八千余部之地狱尽空。诸判官奏曰："从来赏善罚恶，非地狱无以待凶人，今大慈悲说法，而地狱颓矣！似此久留，则铁无坚狱，天帝闻之，必有罪责矣，急请邀返阳间。"诸王乃车送于孟婆亭而别，命狱卒引至黑松林还魂。善醒曰："吾以升天界矣，奈何复至此乎！"沉吟芳草，不知去向。已而释迦如来，驾云和南而揖，因戏之曰："草芦中堪并坐，吾与汝并坐片时以聊生也。"善曰："奈何以披毛之语渎我耶！"释迦曰："愿带往香山可乎？"善不答。释迦曰："吾戏汝耳！汝心坚矣，吾非别者，乃佛祖释迦是也，特来示汝去处。"善稽首称谢曰："何处？"释迦曰："越国南海中间普陀岩是汝去处，吾代呼地龙，化一座莲台，渡洋而过。"于是白虎为之衔木，龙王为之拥土，四部天王为之柱石。善坐普陀岩九载功成，割手目以救父病，持壶中甘露以救万民。上帝封为大慈大悲救苦救难灵感观世音菩萨，左善才，右龙女，一家骨肉，俱升天界。父妙庄王，为善胜仙官。母伯迓氏，为劝善菩萨。大姊妙清，为大善文殊菩萨，青狮骑坐。次姊妙音，为大善普贤菩萨，白象骑坐。

又陕西肃州之外，千五百里曰哈蜜，哈蜜之外曰土鲁番，土鲁番城西百里有灵山，相传辟支佛尝领兵十万修行于此，其十八尊者，乃其下领兵大将，五百尊者，乃其下领兵官也，皆成罗汉，涅槃于此。近山有石，青黑，纷若毛发者，罗汉发也，是十万罗汉削发处。有石成堆似玉，文理明析，颜色光润，状若人骨者，乃罗汉骨，是十万罗汉涅槃处。群山悉五色，砂石光焰灼人，峻壑穷崖，天巧奇绝。其余诸佛，诸菩萨，诸罗汉禅师，不胜载。今西藏蒙古诸地，迷信喇嘛教，殆即因旧说相传，以幻为真，执迷而不知悟者欤！

其入中国，自汉明帝梦金人，身长丈余，外有日光，飞空而至。于是遣蔡愔、张骞、秦景、王遵等十二人往天竺，写取心经、大悲咒等四十二章。及沙门，摩腾、竺法兰以来，帝令藏经兰台石室，起白马寺于雍门外，以处摩腾。由是化流中国，其后晋僧西游，唐僧取经，得心经写本，所谓佛母心经也。其余经忏，多出于后人所附会。晋谢灵运，宋苏东坡甚好于此，每托佛意造经，犹今之文章也。佛家千言万语，总不越于收放心三字。盖放心收？自能明心见性，而成正觉，所谓即心是佛，见性成佛也。夫佛者觉也，菩萨者，觉有情也，南无者，归依也，阿弥陀者，无量寿也。盖性灵亘万古而常存，常常念之，则能自觉其性灵，得无量寿，身虽坏，而性灵不坏也。故学佛者，必以习静养神，参悟性灵为主。性灵即元神，即魂也。人能习静养神，参忆本来面目，则能自觉其神魂。既能自觉其神魂，渐渐使魂离身，由黍米大，渐养至与身等，则身外有身，能神游万里之外，出定入定而道成。若朝夕勤修，参拜土木神象，诵经礼忏，皮毛事耳，何益之有！故学佛者，但当求佛于我，不当求佛于佛也。

儒佛道三教流传中国，儒教以孔子为主，而孟子继之。道教以老子为主，而张道陵继之。佛教以释迦如来为主，而观世音继之。三教皆起于周室东迁之后，可见极乱固莫如东周，而极盛亦莫如东周也。周室东迁，及相传事迹，因讲五霸三教，尚来说明，下回便见。

第十一回　周社稷　八百年　三十七世

诗曰：

成败兴亡古至今，飞云去鸟入消沉。
荒郊废冢伤心处，不待田文听鼓琴。

却说平王迁洛之事，已于第七回之末叙明。其即位迁洛之后，不思申侯杀父之仇，反怀申侯全己之功，遣畿内之民，戍申及许，以防戎患。又不能自强于政治，晚年失道滋甚，日渐衰微，诸侯背叛。故孔子作春秋，托始于平王之四十九年，而王人遂下同列国矣。在位五十一年崩，孙桓王林立。王伐郑，郑人御之战于繻葛，郑射王中肩。楚子熊通侵随，因使随请爵于王，王不许。通怒曰："吾先君鬻熊，文王之师也，成王举我先公居楚，蛮夷慑服，而王不加位，我自尊耳。"乃自立为武王，而王不能问。

桓王在位二十三年崩，子庄王佗立。周公黑肩欲弑庄王，而立王弟克，辛伯以告于王，遂与王杀周公黑肩，克奔燕。

庄王在位十五年崩，子釐王胡齐立，亦曰僖王。时齐桓公创霸，自后权归霸主。釐王在位五年崩，子惠王阆立。初王姚嬖于庄王，生子颓，苏国为之师，欲立为太子而未克。及惠王即位，取苏国之圃以为囿。边伯之宫，近于王宫，王取之。王又夺子禽、祝跪与詹父田，而收膳夫之秩。二年，苏国等五人，因苏氏以作乱。五大夫奉子颓以伐王，不克，奔温。苏子奉子颓奔卫，卫师、燕师伐周，立王子颓。三年，郑伯和王室不克，遂以王归，处王于栎。王及郑伯入于邬，遂入成周，取其宝器而还。冬，周子颓享五大夫，乐及遍舞。郑伯闻之，见虢叔曰："寡人闻之，哀乐失时，殃咎必至。今子颓歌舞不倦，是乐祸也。夫司寇行戮，君为之不举，而况敢乐祸乎！奸王之位，祸孰大焉，盍纳王乎？"虢公曰："此寡人之愿也。"四年夏，虢公、郑伯纳王，杀子颓及五大夫。郑伯飨王，王与之虎牢以东之地界。虢公为王宫于玤，王与之酒泉。请器，王与之爵。与郑伯以后之鞶鉴，郑伯是始恶于王。

惠王在位二十五年崩，子襄王郑立。初惠王娶陈妫，生太子郑及叔带。带食邑于甘，有宠，惠后欲立带而不克。襄王立，叔带欲与戎狄伐周。王知之，将诛叔带。叔带奔齐，齐使管夷吾和戎于王，又使诸侯各发卒戍周。其后富辰请召太叔带。王从之，召叔带于齐。郑人伐滑，王使伯服、孙伯如郑请滑。郑文公不听，而执二子。王怒，将以狄伐郑。富辰谏曰："不可，太上以德，其次亲亲，今天子不忍小忿而弃郑亲，其若之何？"王弗听，使颓叔桃子出狄师，伐郑取栎。王德狄人，又闻狄女叔隗，如花似玉而有艳色，将以其女为后，富辰又谏曰："狄固贪婪，王又启之，女德无极，妇怨无终，狄必为患。"勿听，既而狄女叔隗，戎装出猎，与叔带较射。叔带因通于隗氏，王知之，因废隗后。颓叔桃子曰:"我实使狄,狄将怨我。"遂奉叔带以狄师伐周,大败周师。王出适郑,处于氾,狄人立叔带为王。叔带以隗后为后,居于温。王使告难于诸侯,晋文公迎王复位,入于王城,杀叔带于温。

襄王在位三十三年崩,子顷王壬臣立。在位六年崩,子匡王班立。亦在位六年崩,弟定王瑜立。楚子伐陆浑之戎至于洛,观兵于周郊,定王使王孙满劳楚子,楚子问鼎之大小轻重焉,满对曰:"在德不在鼎,周德虽衰,天命未改,鼎之轻重,未可问也。"楚庄王惭惧而退。

定王在位二十一年崩,子简王夷立。简王在位十四年崩,子灵王泄心立,生而有髭,在位二十七年崩,子景王贵立。景王在位二十五年崩。初景王太子圣早卒,王立次子猛为太子,又庶子朝有宠于王,王欲立之未果。至是卒,单子、刘子立猛为王,子朝因旧官之丧职秩者,帅甲以逐刘子,刘子奔扬。单子奉王猛于庄宫,子朝之徒,夜使人取猛以归。单子出奔,子朝之徒,举王猛以追单子。晋人帅师纳王猛于王城。

猛卒,诸大夫奉王猛之弟丐,是为敬王,居于狄泉,称为东王。大夫尹氏立子朝为王,称为西王。单子、刘子与晋师攻之,未克。晋顷公使士司景伯莅问周故,子朝辞曲。乃辞子朝,不纳其使。四年冬,晋师及刘子、单子之师,进攻子朝,克之。尹氏召伯、毛伯以子朝出奔楚,王入于王城。其后吴入郢,王人因楚之乱,杀子朝于楚。敬王三十九年春,鲁西狩获麟,孔子作春秋终此。以前为春秋,以后为战国。

敬王在位四十四年崩,子元王仁立,在位七年崩,子贞定王介立,在位二十八年崩,子哀王去疾立,三月,弟叔弑之而自立,是为思王。秋八月,少弟嵬杀叔自立,是为考王,在位十五年崩,子威烈王午立。二十三年初命晋大夫魏斯、赵籍、韩虔为诸侯。在位二十四年崩,子安王骄立。十六年初命齐田和为诸侯。安王在位二十六年崩,子烈王喜立,在位七年崩,弟显王扁立。八年,彗星见四方。卫公孙鞅入秦,秦孝公用其计,而遂为天下莫强之国矣,秦初称王。

显王在位四十八年崩,子慎靓王定立,在位六年崩,子赧王延立,在位五十九年。秦庄襄王伐赵,赧王畏秦之强,欲与诸侯伐之,秦遂入寇,赧王入秦,顿首受罪,尽献其邑,三十六城,口三万户,秦受其献,赧王归周而卒。

先时王子朝之乱,余党多在河南王城,敬王避都成周,考王封其弟揭于王城,以续周公官职,在城周之西,亦号西周,三传而至惠公。别以巩邑,封少子班于王城之东,亦号东周。其后赧王徙都西周,西周武公依焉,至是并亡。惟东周君尚存,传子杰。又七年,东周君与诸侯谋伐秦,秦使相国吕不韦帅师灭之,迁东周君于阳人聚,周遂不祀。

周比亡,凡有七邑。以上东周起平王辛未,至东周君壬子,凡二十五王,计五百二十二年。通西周共三十七王,八百七十四年。其后汉封周之后嘉为君,又为侯,又为公,至晋犹不废,其列国之兴何如?且听下回分解。

第十二回　九州中　诸列国　并入强秦

诗曰：

野草闲花遍地愁，龙争虎斗几时休。
贤愚千载知谁是，贵贱同归土一丘。

词曰：

捡尽残编断简，细评千古英雄。功名富贵笑谈中，回首一场春梦。昨日香车宝马，今朝禾黍秋风。谁强谁弱总成空，傀儡棚中搬弄。

却说武王克商，封建诸侯，爵五品而土三等，公侯百里，伯七十里，子男五十里，不满为附庸，盖千八百国。周室既衰，转相吞并，数百年间，列国耗尽。其见于春秋经传者，总一百二十四国。自夷王之世，卫康叔七世孙顷侯，首坏王制，并邶、鄘之地。春秋晋灭十二国，耿、霍、魏、虢、虞、焦、杨、韩、偪阳、肥、陆、浑鼓；楚灭二十一国，息、弦、黄、夔、邓、权江、六、蓼、庸、赖、陈、舒、鸠、蔡、唐、顿、胡、申、随、杞、莒；齐灭四国，谭、遂、纪、郭；秦灭四国，梁、滑、蜀、义渠，又灭西戎十二国；吴灭二国，徐、州来；越灭二国，吴、郯。又鲁灭项，邾灭须句，卫灭邢，莒灭鄫，郑灭许，蔡灭沈，狄灭温，宋灭曹。又赵无恤灭代，晋荀瑶灭夙繇，赵灭中山。春秋之世，其见于征伐会盟。最著者十二国，而莫强于晋，北方诸侯，惟晋之号令是听。

初成王九年，封弟叔虞于唐，号为晋，姬姓，侯爵。叔虞谓之唐侯，传晋侯燮，武侯宁族，成侯服人，厉侯福，靖侯宜臼，僖侯司徒，献侯藉，穆侯费。穆侯生太子仇及成师。穆侯薨，弟殇叔篡立，仇袭杀殇叔而自立。犬戎之难，晋文侯仇将兵救周，平王赐以河内附庸，而晋始大。传子昭侯伯，封其叔父成师于曲沃，号为桓叔。晋都于翼，曲沃日强，而翼渐弱。于是翼与曲沃分为二，昭侯传孝侯平，鄂侯郄，哀侯光，小子侯，晋侯缗，为曲沃武公所灭。曲沃自桓侯成师始封，传庄伯鲜，武公称，乃灭翼而继晋统。传献公诡诸，并吞各国，而晋日强。传奚齐卓子，惠公夷吾，怀公圉。而文公重耳立，大霸诸侯，其事迹已见第八回中。自后世为霸主，传襄王骦，灵公夷皋。灵公不君，厚敛以雕墙，从台上弹人，而观其避丸也。赵盾骤谏，公屡使人杀之，不果。盾出奔，盾弟赵穿攻灵公于桃园而弑之，盾未出境而复返，迎立文公之少子成公黑臀。成公传景公据。初晋献公使赵夙御戎，毕万为右，灭耿、灭霍、灭魏。赐赵夙耿，毕万魏，以为大夫。夙为赵氏之祖，万为魏氏之祖。文公时，先轸将中军，后为范氏。荀林父将中行，盖改中军为中行也，后为中行氏。林父之弟荀首食邑于智，后为智氏。曲沃桓叔之子庄伯，封弟韩万于韩原，后为韩氏。谓之六卿，诸卿不必多叙。惟赵氏有存孤之事，不得不详其实。据左传赵盾之子朔，娶晋成公之女庄姬，生赵武。朔早卒，盾之弟赵婴，通于侄妇庄姬，赵同、赵括以为讨，放之于齐。婴曰："我在，故栾氏不作；我去，吾二昆其殆哉！且人各有能有不能，舍我何害！"勿听，婴梦天使谓己："祭余，余福汝！"祭之，明日而行。庄姬为赵婴之亡，故谮之于晋侯曰："赵同、赵括将为乱，栾书、却至为证。"晋杀赵同、赵括，武从姬氏畜于公宫，因以其田与祁溪。晋景公梦大厉，被发及地，抟膺而踊曰："杀余孙不义，余得请于帝矣！"坏大门及寝门而入。公惧，入于室，又坏户，公觉。召桑田巫占之，巫言如梦。公曰："何如？"曰："不食新麦。"公疾病，求医于秦，秦使医缓治之，未至。公梦疾为二竖子曰："彼良医也，惧伤我，焉逃之。"其一曰："居肓之上，膏之下，若我何！"医至，曰："病不可为也，在肓之上，膏之下，攻之不可，针之不及，药不至焉。"公曰："良医也。"厚为礼而归之。六月丙午，晋侯欲麦，使甸人献麦，馈人为之，召桑田巫示而杀之。将食，腹胀如厕，陷而卒。小臣有晨梦负公以登天，及日中，负晋侯出于厕，遂以为殉。景公之未薨也，韩厥言于晋侯曰："成季之勋，宣孟之忠，而无后，为善者其惧矣！"乃立武而反其田焉。孔子春秋，载晋杀其大夫赵同、赵括，并不及朔，此圣经之班班可据者也。乃史记载有屠岸贾为难，及程婴、公孙杵臼存孤事，不知何据。或曰此汉韩信存孤故事。信当钟室难作，信家有客，匿其三岁儿，知萧何素与信善，不得已为吕后所劫。客私往见之，微示信无后意。萧何仰天叹曰："冤哉，冤哉！"泪淫淫下。客见其诚，以情告何。惊曰："若能匿淮阴侯儿乎！中国不可居矣，急逃南粤赵佗，必能保此儿。"遂作书遣客，匿儿于佗曰："此淮阴侯儿，公善视之。"佗养以为子，而封之海滨，赐姓韦，用韩之半也。今其族豪于广南海濡间，因汉人为之立传，不便明言，遂以吕后为屠岸贾，以韩为赵，以萧何家为公宫，而程婴、公孙杵臼，乃韩信客名，司马迁作史记因之，遂为千古之疑案，若今之小说然，非实录也。景公传厉公州蒲，为栾书中行偃所弑，使迎襄公曾孙悼公周于京师而立之。悼公甚贤明，任用魏绛，重兴霸业，三驾而楚不敢与之争。悼公传平公彪，昭公夷，六卿渐强而专权，晋侯渐弱而不能制。再传顷公去疾、定公午、出公凿，智瑶与韩赵魏灭范氏中行氏而分其地。晋出公告于齐鲁，请伐四卿，四卿反攻其君，晋侯奔齐，道死。智伯立昭公之曾孙骄，是为哀公，而专其政。及智伯宣子卒，智襄子为政，求地于韩魏，韩魏皆与之。又求地于赵，赵襄子不与，遂率韩康子、魏桓子以攻赵。初赵简子使尹铎治晋阳，铎请曰："茧丝乎？保障乎？"简子曰："保障哉！"铎因省赋税以舒民力，至是襄于思其言，乃走晋阳。三家决水灌之，城不浸者三板，沈灶产蛙，民无叛意。赵襄子使张孟谈潜出见韩魏二子曰："臣闻唇亡则齿寒，今智伯帅韩魏以攻赵，赵亡，则韩魏为之次矣。"二子乃阴与张孟谈约，赵夜使人杀守堤之吏，反决水以灌智伯军，二子翼而击之，大败其众，尽灭其族，而三分其地。威烈王初命晋大夫魏斯、赵藉、韩虔为诸侯，晋哀公传幽公柳，为其夫人秦嬴所弑。魏文侯立烈公止，传孝公颀、靖公、俱酒于周安王二十五年甲辰。三晋共废其君，俱酒为家人，而三分其地。晋亡，凡四十君，共七百二十二年。自后晋分为三：一曰魏，文王庶子毕公高之后。威烈王命魏斯为诸侯，传武侯击，至惠王蓥称王，即孟子书梁惠王也。再传襄王、昭王、安鳌王、景滑王，至魏王假凡八世，共一百七十七年，秦始皇灭之。一曰赵，与秦同祖，蜚廉之后。威烈王命赵藉为诸侯，是为烈侯。传武侯、敬侯、成侯、肃侯，至武灵王雍称王，再传惠文王、孝成王、悼襄王，至幽穆王迁，秦始皇灭之。其兄嘉自立于代，号代王，六年秦又灭之，凡十一世，共一百八十二年。一曰韩，与晋同祖，曲沃伯桓叔之后。威烈王命韩虔为诸侯，是为景侯。传烈侯、文侯、哀侯、懿侯、昭侯，至宣惠王称王，再传襄王、僖王、桓惠王，至韩王安，秦始皇灭之，凡十一世，共一百七十四年。

其历来与晋为敌，分霸于南者曰楚，凡南方诸侯，惟楚之号令是听。芈姓，子爵，颛顼之后。高祖鬻熊事文王，成王以旧恩，封其玄孙熊绎以子男之田曰楚。传熊艾、熊䵣、熊胜、熊扬、熊渠、熊挚红。挚红弟熊延，弑挚红而自立。延传熊勇、熊严、熊霜、熊徇、熊愕、熊仪（即若敖）、熊坎（即霄敖）、熊眴（即蚡冒）。冒弟熊通，杀冒子而自立，乃僭号称王，并吞各国，日渐强大。传文王熊赀、杜敖熊囏。杜敖为其弟威王熊恽所弑，恽立四十六年，为其子穆王商臣所弑。穆王传庄王旅，大霸诸侯，事见第八回中。庄王传共王审、康王昭、郏敖员，郏敖为康王弟灵王围所弑。围立十二年，为公子比、公子弃疾所弑。弃疾立，是为平王，奸娶子妇而杀伍奢、伍尚，伍员奔吴。及平王卒，子昭王轸立，伍员以吴师伐楚，五战及郢，楚昭王奔随，申包胥以秦师救楚，吴师大败而归。昭王复位，传惠王章、简王中、声王当、悼王疑。悼王以吴起为将，捐公族不急之禄以养勇士，楚国大强。及悼王卒，贵戚共攻杀起。再传肃王臧、宣王良、威王商、怀王槐。秦昭王伐楚，取八城，秦遗楚王书，愿为会武关而罢兵。怀王信而入秦，屈平止之，勿听。秦令一将军诈为王，伏兵武关，执怀王以归。怀王病发，卒于秦。子顷襄王横立，传考烈王完无子。春申君黄歇，以李园之妹为妾，既有孕，园说春申君进之王，遂生男。考烈王卒，春申君子幽王悼立，李园欲专权，伏甲宫门，刺杀春申君，而灭其家。幽王在位十年卒，弟哀王犹立。五月而为庶兄负刍所篡，负刍立。五年，而为秦始皇所灭，楚亡，传四十世，共八百八十余年。

其次曰齐，姜姓，又吕姓，侯爵。太公望股肱周室，武王十三年己卯，封之营邱曰齐。传丁公伋、乙公得、癸公慈母、哀公不辰，为周懿王所烹。弟胡公靖立，癸公子献公山，袭杀胡公而自立。传武公寿、厉公无忌、文公赤、成公脱、庄公购、僖公禄甫，而国渐强。子襄公诸儿，淫乱无道，为从弟公孙无知所弑。弟桓公小白立，大霸诸侯，事见第八回中。及薨，易牙、竖刁立无亏，为齐人所弑。宋人纳孝公昭，及薨，子为开方所弑。弟昭公潘立，昭公薨，子舍为懿公商人所弑。懿公为邴歜、阎职所弑。国人立懿公之兄惠公元，传顷公无野、灵公环、庄公光。庄公通于崔杼之妻棠姜，宣淫无忌，为崔杼所弑。景公杵臼立，而陈氏日盛，景公嬖子荼，立之。陈乞弑之，而立悼公阳生。悼公为鲍牧所弑，齐人立悼公之子简公壬。简公为陈恒所弑，恒立壬之弟平公骜，而专其政。传宣公积，至康公贷，田和乃迁其君于海上，而夺其国。姜氏之齐亡，凡二十九世，共七百四十四年，为后齐田和所篡。田和请为诸侯，周安王许之。和亦号太公，子午亦号桓公。午子因称王，是为齐威王。威王之子宣王辟疆，即孟子书齐宣王也。时燕相子之与苏秦弟苏代婚，子之欲得燕权，适苏代使齐还。燕王哙问曰："齐其霸乎？"对曰："不能。"燕王曰："何故？"对曰："不信其臣。"于是燕王专任子之。鹿毛寿复以尧舜之让天下说燕王，燕王乃让国于其臣子之，而哙反为臣。燕国大乱，齐宣王伐燕，取子之醢之，遂杀燕王哙。三年，燕人共立哙之子平，是为昭王。尊贤养士，与百姓同甘苦，卑身厚币以招贤者，于是乐毅自魏往，剧辛、邹衍等俱自各国往。昭王以乐毅为亚卿，任以国政。齐宣王传子湣王地，湣王既灭宋而骄，乃南侵楚，西侵三晋，欲并二周以为天子。燕昭王悉起国中兵，以乐毅为上将，连结秦魏韩赵之兵以伐齐。齐湣王悉起国中兵，拒战于济西，大败，乐毅长驱入临淄，呼吸间下齐七十余城，独莒、即墨未下。湣王走莒，求救于楚。楚使淖齿将兵救之，因为齐相，亦在莒城。齿欲与燕共分齐地，乃擢湣王筋，悬之庙梁，隔宿而死。湣王子法章变姓名为太史敫家溉园，敫女奇其貌，怜而窃衣食之，因与私通焉。王孙贾纠合市人，攻杀淖齿，求法章，立为襄王，复保莒城以拒燕。燕乐毅围即墨，即墨大夫出战而死。即墨人共推田单为将，以拒燕。燕围二邑，三年不下。会燕昭王薨，惠王立。惠王自为太子时，素不快于乐毅。田单闻之，乃纵反间计，以间乐毅。燕王疑之，使骑劫代将，而召乐毅，毅奔赵。田单诳言神师下助，而复伪请降，阴收城中牛，得千余，为绛缯衣，画以五彩龙文，束兵刃于其角，而灌脂束苇于其后，凿城数十穴，夜纵牛烧其尾，牛怒，尽力而奔燕军，燕军大败。齐人杀骑劫，七十余城皆复焉。乃迎襄王于莒，入临淄复位，以太史敫女为后，是为君王后，生子建。襄王薨，君王后当国，君王后薨，齐王建为秦始皇所灭。后齐亡，凡七世，共一百六十六年。

其次曰燕姬姓，伯爵。武王十三年己卯，封召康公奭于燕。传三十六世，至文公子易王始称王。子燕王哙让国于其臣子之，为齐所杀，齐遂灭燕，哙子昭王平复燕，几灭齐。传惠王、武成王、孝王，至燕王喜，为秦所伐，避秦居辽东。又四年，秦始皇灭之，凡传三十四世，共九百有一年。

已上晋自春秋时，合为一国。自战国时，分为魏赵韩三国，而韩仍为晋之支派。齐自春秋时为姜齐，自战国时为田齐。及楚与燕，凡六国。俱起自周初，日渐强盛，历春秋战国而灭于秦始皇，所谓并吞六国也。

此外文献之邦，首推鲁国，姬姓，侯爵。武王封弟周公旦于曲阜，曰鲁国。传鲁公伯禽、考公酋、炀公熙、幽公宰，于昭王时，弟魏公溃弑幽公而自立。传厉公擢、献公具、真公濞、武公敖、懿公戏，侄伯御弑懿公而自立，周宣王讨诛之。懿公之弟孝公称立，传子惠公弗湼。惠公元妃孟子，孟子卒，继室以声子，生隐公息姑。宋武公生仲子，仲子生而有文在其手，曰为鲁夫人，故仲子归于鲁。生桓公轨，惠公以手文之故，欲传位于轨。惠公薨，桓公少，兄隐公权国。桓公既壮，隐公遵父志，将让国于桓公，桓公反听羽父之谗，弑隐公而自立。桓公生四子，长庄公同、次庆父、次叔牙、次季友。季友之将生也，公使卜之，曰："男也。"其名曰友，在公之右，季氏亡，则鲁不昌，及生有文在其手曰友，因以名之。及桓公与夫人文姜如齐，齐襄公因兄妹通奸，而杀桓公。鲁人立庄公，庄公娶齐襄公之生代哀姜，无子，其娣叔姜，生启方，即闵公也。又纳党氏女孟任，生子般，欲立之。公疾，问嗣于叔牙，对曰："庆父材，问季友。"对曰："臣以死奉般。"乃以鸩赐叔牙死，而以其子公孙兹为大夫，是为叔孙氏。庆父通于哀姜，及子般立，庆父弑之，而立闵公，又弑闵公而谋自立。季友奉公子申立之，是为僖公。哀姜奔邾，齐桓公取而杀之，以尸归鲁。庆父奔莒，季友以赂求之于莒，归而缢之，亦以其子公孙敖为大夫，是为孟孙氏。季友贤，卒定鲁国，遂相鲁，是为季孙氏。三家俱出桓公之后，谓之三桓。僖公传文公兴，文公长妃齐女出姜，亦曰哀姜，生恶及视。次妃敬嬴，生宣公倭。敬嬴嬖，而私事孟孙氏襄仲，即公子遂。文公薨，襄仲杀恶及视，而立宣公。自是三桓专权，四分公室，季氏取其二，孟孙、叔孙各取其一，皆尽征之而贡于公。宣公传成公黑肱、襄公午、昭公裯。昭公欲去季氏，为季平子所逐，薨于乾侯。昭公弟定公宋立，传哀公蒋，请兵于越，欲因越伐鲁而去三桓。三桓攻公，公奔于卫，去如邹，遂如越，国人迎公归，卒于有山氏之家。子悼公宁立，鲁君如小侯，卑于三桓。再传元公嘉、穆公显、共公奋、康公屯、景公匽、平公叔、文公贾、顷公仇，为楚考烈王所灭，凡传三十四世，共八百六十八年。

又有郑，姬姓，伯爵。周宣王封母弟桓公友于郑，死幽王犬戎之难，已见第八回中。郑处晋楚之间，晋楚争霸，交伐郑，郑几于亡。至子产当国，而国大治，且善事大国，而兵争少息，自后差可粗安。时公孙黑、公孙段与驷带强杀伯有，子产已杀公孙黑。至七年后，郑人忽相惊曰："伯有至矣。"则皆走，不知所往。或梦伯有介而行曰："壬子，余将杀带也；明年壬寅，余又将杀段也。"及壬子，驷带卒；明年正月壬寅，公孙段卒。国人大惧，子产立公孙泄及伯有子良止以抚之，乃止。子太叔问故，子产曰："鬼有所归，乃不为厉，吾为之归也。"太叔曰："并及公孙泄何为？"子产曰："若为鬼而立后，恐惑民，故并及公孙泄。"盖为大义存绝者然，以自解说于民也，余不尽述。至康公乙，韩哀侯灭其国，徙都之，凡传二十三世，共四百三十二年。

又有宋，子姓，公爵。成王三年，戊子，既诛武庚，封微子启于宋，以继殷祀。弟微仲嗣位，十七传而至襄公兹父，亦霸诸侯，事见第八回中，传子成公、孙昭公。宋襄公夫人王姬，因与孙文公鲍通，遂弑昭公而立文公。又十传而至宋公剔成，弟偃弑兄自立，灭滕、灭薛，败齐楚魏之师，乃僭称王。淫于酒色，齐湣王与楚魏共灭之。凡传三十二世，八百二十八年。

又有卫，姬姓，侯爵。武王十三年，封弟康叔于卫。七传而至顷侯，首坏王制，并邶鄘二国。又二传而至武公和，将兵救周，辅平王东迁，始命为公。传庄公、桓公。桓公为州吁所弑，石碏与国人共杀州吁，而立宣公晋。宣公奸娶子伋之妻宣姜，而生寿及朔，复听惠公朔之谗，而杀伋及寿。及宣公薨，惠公立，宣公庶子顽，又烝其庶母宣姜而生戴公、文公。及惠公薨，子懿公赤立，为狄所灭。齐桓公帅诸侯之师救卫，立戴公及文公。文公毁，以勤俭兴卫。七传而至灵公元，宠夫人南子，复为南子并召宋朝，男女并宠，太子蒯聩丑之，欲杀南子不果，出奔。灵公薨，蒯聩之子辄立，是为出公。蒯聩欲入，辄兴兵拒之。蒯聩因孔悝之母以入，辄出奔，蒯聩立，是为庄公。父子争国，辄出而复入，入而复出，蒯聩亦再出再入。晋赵鞅逐蒯聩，立灵公之侄般师，齐人执般师而立灵公之子起，石圃复逐之，而立灵公之子悼公黔。八传而至成侯速，贬号曰侯，服属三晋。又二传而至卫嗣君，贬号曰君。又三传而至卫君角，秦并六国，惟卫尚存。至始皇三十六年，始废为庶人。凡传四十世，共九百零二年。

又有陈，妫姓，侯爵。武王封舜后胡公满于陈，十八传而至灵公平国，以淫夏徵舒之母，为徵舒所弑。楚入陈，已而复封。再五传而至闵公越，楚惠王灭之。凡传二十四世,共六百四十五年。其后复盛于齐,是为后齐田氏。

又有蔡,姬姓,侯爵。武王封弟叔度于蔡,度以乱诛。子蔡仲复封,至蔡侯齐,楚惠王灭之。凡传二十五世,共六百六十二年。

又有曹,姬姓,伯爵。武王封弟振铎于陶邱,曰曹,至伯阳为宋景公所灭。初曹人或梦众君子立于社宫,而谋亡曹,曹叔振铎请待公孙疆,许之。旦而求之,曹无之,戒其子曰:“我死,尔闻公孙疆为政,必去之。”及曹伯阳即位,好田弋,曹鄙人公孙疆好弋,获白雁献之,有宠,使为司城以听政。梦者之子乃行,疆言霸术于曹伯,曹伯从之。乃背晋而奸宋,宋人伐之,晋不救,宋灭曹。凡传二十五世,共六百三十六年。

秦见后。夫晋、楚、齐、燕、秦、鲁、郑、宋、卫、陈、蔡、曹,是为春秋十二国。秦、楚、齐、赵、魏、韩、燕,是为战国七雄。此外又有吴,姬姓。泰伯造吴,弟雍继之。雍传子季简,简传叔达,叔达传周章,武王封为吴伯。十四传而至寿梦称王,传诸樊、余祭、夷昧、王僚、阖闾,至夫差以强暴霸中国,为越王勾践所灭。凡传二十六世,共七百六十年。

又有越,夏少康封子无余于会稽,以奉禹祀,号于越。至允常称王。允常子勾践,灭吴而国强。六传而至越王无疆,伐楚,为楚所败而地削。再七传而至闽君摇,佐诸侯平秦,汉高祖封为越王。至汉武帝三十一年,始平东越。东越繇王居股,杀东越余善以降,共一千九百五十九年而亡。

又有邾,曹姓,子爵,颛顼之后。武王讨曹侠于邾,战国时,改号邹,灭于楚。

又有杞,姒姓,公爵。武王封禹后东楼公于杞,战国时,灭于楚。

又有滕,姬姓,侯爵。武王封弟叔绣于滕,战国时,灭于宋。

又有薛,任姓,侯爵。夏禹封奚仲于薛,凡一千九百余年,为宋王偃所灭。

其有起自附庸,日渐强大,卒之吞二周而亡诸侯,并天下为一者,曰秦。嬴姓,伯爵。舜时伯益赐姓嬴氏,其后为蜚廉。蜚廉子恶来极有力,同事纣。武王伐纣,俱杀之。恶来五世孙非子者,居太邱,好马,善养息之。周孝王命主马于汧渭之间,马大蕃息。孝王封为附庸君,而邑于秦。传秦侯、公伯、秦仲、庄公。至襄公,因周幽王被犬戎之难,力战却戎,卫平王东迁,尽取周之弃地,而国始大。传文公、宁公、出子。三叔弑出子,而立武公,传德公、宣公、成公。至穆公任好,并国十二,开地千里,大霸西戎,而国始强,事见第八回中。传康公、共公、桓公、景公、哀公、惠公、悼公、厉共公、躁公、怀公。怀公为庶长晁所弑,躁公之孙,灵公立。传简公、惠公、出公。出公为庶长改所弑,灵公之子献公立。献公传子孝公,时诸侯皆以夷狄遇秦,摈斥之,不得与中国之会盟。于是孝公发愤修政,令国中曰:“宾客群臣,有能出奇计强秦者,吾尊其官而封之土。”卫公孙鞅闻之,西入秦,因秦嬖臣景监以见孝公,说以富国强兵之术。孝公大悦,与议国政。卫鞅欲变法,秦人不悦。鞅言于孝公曰:“夫民不可与虑始,而可以乐成。论至德者,不和于俗;成大功者,不谋于众。智者作法,愚者拘马。”公曰:“善。”以鞅为左庶长,定变法之令。令民为什伍,而相连坐。告奸者赏;不告奸者罚。有军功者,各以其功受上爵。为私斗者,各以轻重被刑。务本业耕织,致粟帛多者,复其身。事末利及怠而贫者,收为奴婢。其有军功,荣显。无军功者,虽富无所芬华。严刑厚罚,驱民于战。令具未布,恐民不信,乃立三丈之木于国都市南门,募民能徙置北门者,与十金。民怪之，莫敢徒。曰：“能徙者，与五十金。”有一人徙之，辄与五十金。乃下令。令行期年，秦民言新令不便者以千数。于是太子犯法，鞅曰：“法之不行，自上犯之，太子嗣君也，不可施刑，刑其傅公子虔，黥其师公孙贾。”明日，秦人皆趋令，秦国大治。民勇于公战，怯于私斗，战必胜，攻必取。周王致霸于秦，诸侯毕贺。时魏使庞涓伐韩，韩乃求救于齐，齐以田忌为将，以孙膑为军师，伐魏以救韩，直走魏都。庞涓还战，是夜至马陵道，齐伏兵射杀之，虏太子申。秦卫鞅因魏败，说孝公曰：“秦与魏同壤，非魏并秦，则秦并魏，莫若因其败而取之。”公从之，使鞅将兵伐魏，魏使公子卬将兵御之。鞅乃诱公子卬会盟乐饮而罢兵，卬信之。因伏甲虏公子卬，开地七百里。魏惠王去安邑，徙大梁，秦封卫鞅以商于十五邑，号曰商君。鞅用法严酷，尝临渭论囚，渭水尽赤，人多怨之。秦孝公在位二十四年薨，子惠文王立。公子虔之徒，告卫鞅欲反，发吏捕之。鞅出亡，欲止客舍，舍主人曰：“商君之法，舍人无验者坐之。”鞅叹曰：“为法自弊，一至于此哉！”去之魏，魏不受，纳之秦，秦人车裂以殉。

是时秦人蚕食诸侯，诸侯俱患秦之强。初洛阳人苏秦与魏人张仪，俱师事鬼谷先生。苏秦出游数岁，大困而归，昆弟妻嫂皆笑之。秦乃闭室不出，出其书遍观之。得太公阴符之法，伏而诵之，揣摩期年。曰：“此可以说当世之君矣！”乃去游燕，说燕文公以合纵之术，文公从之，资以车马，使说赵魏韩齐楚。各国皆从之，赐赉甚厚，以苏秦为纵约长，并相六国。北报赵，车骑辎重，拟于王者。苏秦恐秦伐赵，而纵约败，乃阴遣张仪入秦，使无攻伐各国，以坚其约。楚赵燕韩魏同伐秦，攻函谷关，秦出兵逆之，五国之师皆败走。秦惠王使公孙衍欺齐魏，使伐赵。赵肃侯让苏秦，秦恐，请使燕以报齐。苏秦至燕，通于燕文公之夫人，惧得罪，复奔齐，与齐大夫争宠，为贼所杀。张仪乃说各国，连横以事秦，而纵约解。秦惠文王在位二十七年薨，子武王立。武王在位四年，因与力士赌举鼎，绝脉而卒。弟昭襄王立，时秦攻伐诸侯，取其都邑，诸侯畏秦如虎。

初齐王封田婴于薛，婴有子四十余人，其贱妾之子曰文，通傥多智略，说婴散财养士，婴使文主家待客，宾客争誉其美。婴立文为嗣，号孟尝君，招致诸侯，游士食客尝数千人，名重天下。秦王闻孟尝君之贤，使泾阳君为质于齐，而请孟尝君。孟尝君入秦，秦王以为丞相。或谓秦王曰：“孟尝君相秦，必先齐而后秦，秦其危哉！”秦王乃以楼缓为相，而欲杀孟尝君。孟尝君使人求解于秦王幸姬，姬曰：“愿得君狐白裘。”孟尝君有孤白裘，已献之秦王，无以应姬求。客有善为狗盗者，入秦藏中，盗孤白裘以献于姬，姬乃为之言于王而遣之。王后悔，使追之。孟尝君至关，关法鸡鸣乃出客，时尚早，追者将至。客有善为鸡鸣者，野鸡闻之皆鸣，孟尝君乃得脱归。及归，率齐与韩魏攻秦，败其军。入函谷关，渭河绝一日。秦使公子池割河东三城以讲和，三国乃退。历来伐秦之得志，无有逾于此者。战国策，载孟尝君之客，有与其夫人相爱者，或告孟尝君曰：“为君之客，而内与夫人相爱，亦不义甚矣！其杀之，勿赦也！”孟尝君曰：“睹色而相悦者，人之情也，其措之，勿言也。”待客如此，故能得人之死力，而所向有功。时秦以白起为将，所战无不胜，所攻无不拔，杀人以数十百万计，而诸侯日削矣。

初楚之野民卞和，得璞于楚山中，献之楚武王。王使玉人相之，玉人曰：“石也。”刖其左足。文王立，和又捧璞献，玉人又曰：“石也。”刖其右足。成王立，和抱璞泣。

王使玉人破之,得宝,因名为和氏璧。后为赵王所得,秦昭王欲之,请易以十五城。赵王以问蔺相如,对曰:“秦以城求璧,而王不许,则曲在我;与之而秦不与我城,则曲在秦。臣愿为使,奉璧而往,秦城不入,臣请完璧而归。”相如至秦,秦王无意偿赵城,相如乃绐秦王,复取璧,遣使者怀璧归赵,而以身待命于秦。秦王贤之而弗诛,礼而归之。后秦并六国,得和氏璧,李斯刻文其上曰:“受命于天,既寿永昌。”遂为传国玺。赵王以相如为上大夫。秦王赵王会于渑池,秦王请赵王鼓瑟,赵王鼓之,相如亦强请秦王击缶以报之。会罢,秦终不能有加于赵,赵王归,以相如为上卿,位在廉颇右。廉颇曰:“我见相如必辱之。”相如闻之,每朝常称疾,出而望见,辄引车避匿,其舍人以为耻。相如曰:“以秦之强,相如尚廷叱之,岂独畏廉将军哉?顾吾念之,秦之所以不敢加兵于赵者,以吾两人在也,今两虎共斗,誓不俱生,吾所以避之者,先国家之急而后私仇也。”廉颇闻之,肉袒负荆,至门谢罪,遂为刎颈之交。时赵以赵奢、廉颇为将,蔺相如为相,国势稍强。及赵奢卒,廉颇为将,秦使王龁伐赵,赵军数败。廉颇坚壁自守,秦人患之,范雎使人行反间曰:“秦独畏赵奢之子赵括为将耳,若廉颇易与,且降矣。”赵王信之,遂以赵括代廉颇为将。秦亦潜以白起代王龁为将,战于长平,大败赵师,斩其将赵括,坑赵卒四十万,赵人大震。

时秦昭王用范雎为相,说以远交而近攻。曰得尺则王之尺,得寸则王之寸,故三晋被兵尤甚。秦忌武安君白起功,贬而杀之,使王龁围邯郸。赵使平原君赵胜,求救于楚。胜求门下文武备具者,二十人与俱,毛遂自荐。至楚,见楚王,楚王未决。毛遂劫楚王,说以合纵之利,楚王从之。使春申君将兵救赵,平原君又求救于魏,魏使晋鄙将兵救赵。秦王使谓魏曰:“吾攻赵,旦暮且下,诸侯敢救者,必移兵先伐之。”魏王恐,止晋鄙壁邺,不敢进。使将军新垣衍说赵王,欲共尊秦为帝,以却其兵。鲁仲连闻之,往见衍曰:“彼秦者,弃礼义而尚首功之国也,彼若肆然为帝,则连有蹈东海死耳,不愿为之民也。况彼既为帝,魏亦何能晏然已乎!”衍乃不敢言帝秦。赵平原君夫人,魏公子信陵君无忌之姊也。无忌礼贤下士,食客三千人。平原君使者,冠盖相属于魏,让公子无忌曰:“胜所以自附于婚姻者,以公子之高义,能急人之困也。今邯郸旦暮下,而魏救不至,岂所望于公子哉!”公子数请魏王敕晋鄙救赵,魏王终不听。无忌乃以所属宾客,约车骑百余乘,欲赴难,斗死于赵,过见侯生。侯生者,隐士也,名嬴,年七十,家贫为夷门监者。无忌引为上客,礼之甚恭。生曰:“公子无他计,而欲赴秦军,如以肉投馁虎,何功之有?”信陵君再拜问计。生曰:“吾闻晋鄙兵符,在王卧内,如姬最幸,力能窃之。公子尝为报其父仇,如姬欲为公子死,诚一开口,则得虎符,夺晋鄙兵,北救赵,西却秦,此五霸之功也。”无忌从其计,得兵符。侯生曰:“将在外,君命有所不受,有如鄙疑而复请之,则事危矣。臣客朱亥力士,可与俱,鄙不听,使击之。”信陵君至邺,晋鄙合符,果疑之,举手视无忌曰:“吾举十万之众,屯之境上,国之重任,今单车来代之,何如哉?”亥袖四十斤铁椎,椎杀鄙。无忌下令曰:“父子在军中者,父归;兄弟俱在军中者,兄归;独子无兄弟者,归养。”得选兵八万人,将之而进,大破秦军于邯郸下。王龁败走,郑安平以二万人降。信陵君不敢归,遂留赵,使将将其军以还。平原君欲官鲁仲连,仲连曰:“与其富贵而诎于人,宁贫贱而轻世肆志哉!”遂隐而不复见。

时周赧王献地于秦，秦取其宝器九鼎以归。韩王入朝于秦，魏举国听令。秦昭襄王在位五十六年薨，子孝文王立。初孝文王为太子时，妃曰华阳夫人，无子。夏姬生子异人，质于赵。秦数伐赵，赵不礼之，因不得意。阳翟大贾吕不韦，适邯郸见之曰："此奇货可居也。"乃说之曰："秦王老矣，太子爱华阳夫人而无子，子之兄弟二十余人，子居中，不甚见幸，不得立为嗣矣。"异人曰："奈何？"曰："能立嫡嗣者，独华阳夫人耳！不韦虽贫，请以千金为子西游，立子为嗣。"异人曰："必如君策，秦国与子共之。"不韦乃与五百金，令结宾客。复以五百金，买奇物玩好，自奉而西。见夫人姊，而以献于夫人。因誉异人之贤，宾客遍天下，日夜泣思太子及夫人。夫人喜，不韦因使其姊说曰："夫人爱而无子，不以繁华时，早自结于诸子中贤孝者，举以为嗣。倘色衰爱弛，虽欲开一言，尚可得乎？今异人贤，自知中子，不得为嗣。诚以此时拔之，则异人无国而有国，夫人无子而有子矣！"夫人以为然，乘间言之。太子约以为嗣，因请不韦傅之。不韦娶邯郸美女，绝色者与居，知其有娠，而且男也。见之异人，异人悦而请之，不韦佯怒。既而饮之缓乐而献之，期年生子政，异人遂以为夫人。邯郸之围，异人亡赴秦军，逃归秦。华阳夫人，楚人也。异人因楚服以见夫人，更名楚。至是孝文王遂以为太子，孝文王在位三日而薨。子庄襄王楚立，以不韦为相国，封文信侯。秦蒙骜帅师伐魏，魏师数败。魏王请信陵君于赵，信陵君畏得罪，不肯还。毛公、薛公曰："公子所以重于诸侯者，以有魏也，今魏急，而公子不恤，一旦秦人克大梁，夷先王之宗庙，公子何面目立天下乎？"语未毕，信陵君色变，趋驾还魏。魏王持信陵君而泣，以为上将。信陵君求援于诸侯，诸侯闻信陵君复为魏将，皆遣兵救魏。信陵君帅五国之师，大败蒙骜于河外，追至函谷关而还。历来秦伐之不得志，无有逾于此者。秦患信陵君，捐金行间，言信陵君欲为魏王，魏王信之。信陵君称病，淫于酒妇人，日夜为乐，四岁卒。

秦庄襄王在位三年薨，子政立，是为始皇，国事皆决于文信侯，号称仲父。以前之秦为嬴，以后之秦为吕。嬴秦凡三十五君，共六百五十一年，不韦用一女子，从容谈笑，以吕易嬴，斯亦奇矣。后来始皇并吞六国，恣为无道，未知其事如何，且听下回分解。

第十三回　秦无道　四十年　止传二世

词曰：

滚滚长江东逝水，浪花淘尽英雄。是非成败转头空，青山依旧在，几度夕阳红。白发渔樵江渚上，惯看秋月春风。一壶浊酒喜相逢，古今多少事，都付笑谈中。

诗曰：

记得东周并入秦，回头楚汉闹乾坤。
时来骤雨推潢潦，势败狂风卷片云。
富贵一场鸳枕梦，是非千载马蹄尘。
残山剩水年年在，不见图王争霸人。

却说秦吕政立为秦王，时年十三岁，吕不韦当国。不韦因与太后有旧，时入宫，与太后私通。既而王渐壮，不韦恐事觉及祸，乃以嫪毐诈为宦者进之。生二子，封毐为长信侯，政事皆决于毐。后有人告毐实非宦者，王下吏治毐。毐矫御玺，发兵作乱，王使昌平君、昌文君攻毐。获之，夷三族，迁太后于雍，杀其二子。不韦徙蜀自杀，后以茅焦谏，迎太后归，复为母子如初。

诸侯患秦攻伐无已时，于是楚赵魏韩燕合纵以伐秦，以楚王为从长。春申君用事，至函谷关，秦师出，五国之兵皆败走。秦王政十七年，秦使内史胜灭韩，虏王安，初置颍川郡。十八年，秦王翦伐赵，赵使李牧御之。秦与赵嬖臣郭开金，使言牧欲反。赵王使赵葱、颜聚代之，牧不受命，遂杀之。秦灭赵，虏王迁，初置邯郸郡。赵公子嘉，自立为代王，与燕合兵，军上谷。初燕太子丹，尝质于赵，与秦王善。及秦王即位，丹质于秦，秦王不礼焉。丹怒，亡归，欲报秦王。秦将军樊于期得罪，亡之燕，丹受而舍之。闻卫人荆轲贤，卑辞厚礼请见，使劫秦王，反诸侯侵地，不可，则刺杀之。轲曰："行而无信，秦未可亲，愿得樊将军首，及燕督亢地图，以献秦王。秦王必悦，见臣，臣乃有以报。"丹曰："樊将军穷困来归，丹不忍也。"轲乃私见樊于期而说之，于期涕泣自刎，乃函盛其首。又尝豫求天下之利匕首，使工以药焠之，以试人，血濡缕，无不立死者。乃遣入秦，太子及宾客，送至易水上，慷慨悲歌，白虹贯日。轲至咸阳，秦王设九宾而见之。轲奉图以进，图穷而匕首见，把王袖而揕之。未至身，王惊起，袖绝。轲逐秦王，王环柱而走。秦法，群臣侍殿上，不得操尺寸兵，左右以手共搏之，侍医夏无且以药囊提轲。左右曰："王负剑，王负剑！"王遂拔剑击轲，断其左股。轲引匕首掷王，不中，自知事不就，叹曰："事所以不成者，欲生劫之，必得约契以报太子也。"遂体解以殉。王怒，益发兵就王翦于中山，与燕代战易水西，大破其军，遂围蓟，拔之，燕王走辽东，斩丹以献于秦。二十二年，秦王贲伐魏，引河灌大梁城。魏王假降，杀之，遂灭魏。

二十四年，秦王问李信曰："吾欲败荆，度用几何人？"信曰："不过二十万。"问王翦，翦曰："非六十万人不可。"王曰："将军老矣，何怯也！"乃使信及蒙恬将二十万人伐楚。翦谢病归频阳。信败楚军，引兵西与蒙恬会，楚人随之，三日不顿舍，秦军大败，信奔还。王怒。自至频阳谢翦，强起之。翦曰："大王必不得已用臣，非六十万人不可。"王许之。于是将以伐楚，王自送至霸上。翦请美田宅甚众，王曰："将军行矣，何忧贫。"既行，又数使使者归请之。或曰："将军之乞贷亦已甚矣！"翦曰："王恒乃而不信人，今空国委我，不有以自坚，令王坐而疑我矣！"翦至平舆，坚壁不战，日休士洗沐，而善饮食抚循之，亲与士卒同食。久之，问："军中戏乎？"对曰："方投石超距。"翦曰："可矣！"因击楚，大破之，杀其将项燕，遂灭楚，虏其王负刍，悉定荆江南地，降百越之君，置会稽楚郡。

二十五年，秦遣王贲灭燕，虏燕王喜；还灭代，虏代王嘉。二十六年，初齐王建年少，政事皆决于君王后。君王后事秦谨，与诸侯信。齐亦处东边海上，秦日夜攻五国，五国各自救，以故建立四十余年不受兵。及君王后死，后胜相齐，与宾客多受秦王间金，劝王朝秦，不修战备，不助五国攻秦，秦以故得灭五国。至是王贲攻齐，民莫敢格，建遂降，秦迁之共，处之松柏之间，饿而死。齐人歌曰："松耶柏耶，住建共者，客耶！"疾建用客之不详也。

秦王初并天下，自以为德兼三皇，功过五帝，乃更号曰皇帝。命为制，令为诏，自称曰朕。追尊庄襄王为太上皇。除谥法，曰："死而以生平所行之事为谥，则是子议父，臣议君也，甚无谓。自朕为始皇帝，二世、三世，以至万世，传之无穷。"定为水德王，以十月为岁首，衣服旄旗皆尚黑。变封建为郡县，分天下为三十六郡，置守、尉、监。收天下兵器，聚之咸阳，销以为钟，铸为金人十二，高二丈，重各千石，每石重一百二十斤，置宫庭中。徙天下豪杰十二万户于咸阳，更名民曰黔首。始皇东行郡县，上邹峄山，立石颂功。上泰山，筑土祭祀，立石，既下，风雨暴至，休松树下，封五松为五大夫。禅于梁父，遂东游海上。南登琅琊，作台刻石。浮江至湘山祠，逢大风，几不能渡。问湘君何神，对曰："尧女舜妻。"始皇大怒，使伐湘山树，赭其山，遂游阳武。韩人张良，五世相韩，及韩亡，良散千金之产，欲为韩报仇。始皇东游至阳武博浪沙中，张良令力士操流星铁椎，狙击始皇，误中副车。始皇惊，令天下大索十日，不得。遂登之罘山，巡北边。卢生入海还，因奏录图书曰："亡秦者胡也。"始皇乃遣蒙恬发兵三十万，北伐匈奴，收河套地，为四十四县，筑长城，西起临洮，东至辽东，延袤一万余里，威振匈奴。李斯以儒生多是古而非今，奏请史官非秦记者悉焚之。天下有藏诗书百家语者，皆诣守尉杂烧之。有偶语诗书者弃市，以古非今者族。所不去者，医药、卜筮、种树之书。若欲有学法令，以吏为师。诏从之。侯生、卢生相与讥议始皇，因亡去。始皇大怒曰："卢生等，吾尊赐之甚厚，今乃诽谤我。诸生在咸阳者，我使人廉问，或为妖言以乱黔首。"使御史悉按问，诸生传相告引。乃自除犯禁者四百六十余人，皆坑之咸阳。长子扶苏谏曰："诸生皆诵法孔子,今上以重法绳之,臣恐天下不安。”始皇怒,使扶苏北监蒙恬军于上郡。以先王宫庭小,乃营朝宫渭南上林苑中。先作前殿阿房,东西五百步,南北五十丈,上可以坐万人,下可以建五丈旗。周驰为阁道,自殿下直抵南山。表南山之巅以为阙,为复道渡渭,属之咸阳。役隐宫徒刑者,七十余万人,乃分作阿房宫,关中计宫三百,关外四百余。咸阳旁三百里内,宫观复道相连。帷帐钟鼓,美人充之。各按署,不移徙,所行幸,有言其处者死。群臣决事者,悉于咸阳宫。时有石陨于东郡,或刻之曰:“始皇死而地分。”使御史按问,莫服,乃尽诛石旁居人,燔其石。

三十六年冬十月,始皇东巡,至云梦,祀虞舜,上会稽,祭大禹,立石颂德。秋七月,至沙丘崩。丞相李斯,宦者赵高,矫遗诏,立少子胡亥为太子,杀故太子扶苏及将军蒙恬。还至咸阳,胡亥袭位。九月,葬骊山,以后宫无子者殉。赵高奏曰:“沙丘之谋,诸公子大臣多不服,请严刑治之。”乃杀公子十二人于咸阳市,裂公主十人于杜。赵高、李斯教以愈为严刑以治天下。

元年七月,楚人陈胜、吴广起兵于蕲。陈胜字涉。时发贫民戍渔阳,九百人屯大泽乡,胜、广为屯长。会天大雨,道不通,度已失期,乃召令徒属曰:“公等皆失期当斩,且壮士不死则已,死则举大名耳,王侯将相,宁有种乎!”众皆从之。乃诈称公子扶苏,楚将项燕,为坛而盟,称大楚。胜自立为将军,广为都尉。攻蕲下之,入据陈。大梁陈余、张耳上谒,胜素闻其贤,大喜。因陈中父老请,遂自立为王,号张楚。郡县苦秦法,争杀长吏以应之。使从东方来,以反者闻,二世大怒,下之吏。后至者曰:“群盗鼠窃狗偷,郡守尉捕且尽,不足忧也。”乃悦。张耳、陈余说张楚陈王略赵地,陈王以所善陈人武臣为将军,张耳、陈余为左右校尉,与卒二千人徇赵。使魏人周市徇魏,使陈人周文西击秦。周文行收兵,得数万人至戏。二世乃大惊,少府章邯请赦骊山徒,悉发以击楚军,大破之。周文败死,张耳、陈余辅武臣行收兵,得数万人,号武臣为武信君,下赵三十余城。闻诸将为陈王徇地者,多以谗毁诛。乃说武臣自立为赵王。后赵将李良弑其君武臣,张耳、陈余逃脱,收散兵击良,良败走。张耳、陈余立赵后歇为赵王。

楚人刘邦起兵于沛,自立为沛公。邦字季,沛人,今江南沛县是也。季隆准龙颜,左股有七十二黑痣,爱人喜施,有大度。不事家人生业,为泗上亭长。亭中无所不狎侮,尝以供役至咸阳,观秦始皇,喟然太息曰:“嗟乎,大丈夫当如是矣!”单父人吕公,奇其貌,以女妻之。女名雉,字娥姁,有美色,即吕后也。秦始皇尝以东南有天子气,因东游厌之。季即自疑亡匿,隐于芒砀山泽间。吕后与人俱求,常得之。季怪问之,吕氏曰:“季所居,上尝有云气,故从往,常得季。”沛中子弟闻之,多欲附者。时始皇葬骊山,郡县皆送徒士役作,季为县送徒骊山,徒多道亡。到丰西,乃解纵所送徒曰:“公等皆去,吾亦从此逝矣!”徒中壮士,愿从者十余人。季被酒,夜径泽中,有大蛇当径,季拔剑斩之。后人来至蛇所,有老妪夜哭曰:“吾子,白帝子也,化为蛇当道;今赤帝子斩之。”妪忽不见。后人告季,季心喜。自负,诸从者日益畏之。及陈胜起兵,沛令欲应之,掾主吏萧何、曹参曰:“君为秦吏,今欲背之,恐子弟不从,愿召诸亡在外者以劫众。”乃令樊哙召季,季众已数十百人矣。令悔,闭城。季乃书帛射城上,遗沛父老,为陈利害。父老乃率子弟,杀令迎季,立为沛公。旗帜皆赤,由所杀蛇者,言赤帝子故也。萧、曹等为收沛子弟，得三千人，以应诸侯。

楚人项梁起兵于吴，梁下相人，今江南淮安府邳州是也。楚将项燕之子。尝杀人，与兄子籍，避仇吴中。吴中贤士大夫，皆出其下。籍字羽，长八尺余，力能扛鼎，才器过人，少时学书不成，去学剑，又不成，梁怒之。籍曰："书足以记姓名而已，剑一人敌不足学，请学万人敌。"梁乃教以兵法，籍大喜，略知其意。秦始皇游会稽渡浙江，梁与籍俱观。籍曰："彼可取而代也。"梁掩其口曰："毋妄言，族矣！"梁以此奇籍。会稽守殷通，欲应陈胜，使梁将。梁因使籍斩通。梁持守头，佩其印绶，击杀数百人，遂举吴中兵。收下县得精兵八千人。梁自为会稽守，以籍为裨将，籍年二十四岁。

时有田儋者，故齐王族也，与从弟田荣、田横，皆豪健得人，起兵，略定齐地，自立为齐王。后儋救魏，败死于章邯。齐人立故齐王建之弟假为王，假弟荣逐王假，立儋子市为齐王，而已相之。赵将韩广，略定燕地，遂背赵，自立为燕王。楚将周市略定魏地，立魏后公子咎为魏王，而市为相。后章邯击魏，市败死，咎自杀，楚立咎弟豹为魏王。

二年冬，秦益遣兵击楚，楚庄贾弑其君陈胜，以降于秦。吕臣讨贾杀之，复以陈为楚，谥胜曰隐王。秦攻陈下之，吕臣败走。陈人秦嘉，起兵于郯，立景驹为楚王。项梁以八千人，渡江而西，众至六七万。击景驹，驹走死。至薛，沛公往从之。梁召诸将问计，居鄛人范增，年七十，好奇计。说梁曰："楚自怀王入秦不反，楚人怜之至今，故楚南公曰：'楚虽三户，亡秦必楚。'陈胜不立楚后而自立，其势不长。今君起江东，楚蜂起之将，皆争附君者，以君世世楚将，能复立楚后也。"梁然其言，乃立楚怀王孙心为楚怀王，都盱眙。梁自号武安君。时张良从沛公在楚，良亦说梁曰："君已立楚后，韩诸公子，成最贤，可立为王，益树党。"梁从之，立成为韩王，以良为司徒，略定韩地。

时盗贼日迫，赵高教二世愈为无道。左丞相李斯，右丞相冯去疾，以忠言谏二世，请止阿房宫作者，减四边戍转。二世怒，下吏按罪，去疾自杀，李斯就狱。赵高诬其欲反，遂腰斩斯，夷其三族。以赵高为中丞相，政事皆决于高。高欲专秦权，乃持鹿献于二世曰："马也。"二世笑曰："丞相误耶！谓鹿为马。"问左右，或默，或言鹿，或言马。高因阴中诸言鹿者以法，后群臣皆畏高，莫敢言其过，而秦之亡决矣。

楚项梁击破章邯军于东阿下，引兵至定陶，再破秦军。项羽、沛公又与秦军战于雍丘，大破之，斩其将李由，梁益轻秦，有骄色。宋义谏曰："战胜而将骄卒惰者败，臣为君畏之。"勿听。二世悉起兵益章邯击楚，大破之于定陶。梁死，怀王徙都彭城，并项羽、吕臣军自将之。以沛公为砀郡长，封武安侯。项籍为长安侯，号为鲁公。章邯已破项梁，乃北击赵，破邯郸。张耳以赵王走巨鹿，王离围之。陈余军其北，章邯军其南，赵请救于楚。楚怀王问宋义，先策武安君必败。召与计事，大悦之，因以为上将军。项羽为次将，范增为末将。以救赵，诸别将皆属义，号为卿子冠军。宋义至安阳，留四十六日不进。项羽劝义疾引兵渡河，义曰："今秦攻赵，战胜则兵疲，我乘其敝，不胜则我鼓行而西，必举秦矣。"因下令曰："有猛如虎，狠如羊，贪如狼，强不可使者，皆斩之。"遣其子襄相齐，送之无盐，饮酒高会，天寒大雨，士卒冻饥。羽曰："今岁饥民贫，卒食半菽，将戮力攻秦，乃饮酒高会，不引兵渡河，与赵并力，乃曰承其敝。夫以秦之强，攻新造之赵，其势必举，何敝之承，且国兵新破，王坐不安席，扫境内而属将军，国家安危，在此一举，今不恤士卒，而徇其私，非社稷臣也。”十一月，羽晨朝义，即帐中斩之。出令军中曰：“宋义与齐谋反，王阴令籍诛之。”诸将莫敢支吾，遣使报命怀王，王以羽为上将军。羽悉引兵渡河，沉船破釜，烧庐舍，持三日粮，示士卒以必死。与秦军遇，九战，皆大破之。章邯败走，遂虏王离。时诸侯救巨鹿者十余壁，莫敢战。及楚击秦，皆从壁上观。楚军无不一当十，呼声动天地，诸侯军人人惴恐。既破秦军，项羽召见诸将，皆膝行而前，莫敢仰视。项羽由是始为诸侯上将军，诸侯兵皆属焉。

章邯既败，军棘原，使司马欣奏事咸阳。赵高匿不使见，欣恐，还报邯。邯以军降项羽，羽立章邯为雍王，以司马欣为上将军，将秦军为前行。初楚怀王与诸侯约，先入关者王之。时秦兵尚强，诸将莫敢先入关，独项羽怨秦之杀项梁，愿与沛公西。诸将曰：“羽残暴不可遣，乃遣沛公伐秦。”

三年，春二月，沛公击昌邑，彭越以兵从。沛公过高阳，高阳人郦食其，年六十余，家贫落魄，为里监门。其里人有为沛公骑士者。食其曰：“吾闻沛公，慢而易人，多大略，此真吾所愿从游。”骑士曰：“沛公不好儒，诸客冠儒冠来者，沛公辄解其冠，溲溺其中，不可以儒生说也。”郦生曰：“第言之。”骑士从容言。至高阳传舍，使人召郦生。生至入谒，沛公方踞床，使两女子洗足，而见郦生。生长揖不拜，曰：“足下必欲诛无道秦，不宜倨见长者。”于是沛公，辍洗而起，延生上坐问计。生曰：“足下兵不满万，欲以径入强秦，此所谓探虎口者也。夫陈留天下之冲，又多积粟，臣善其令，请得使之，令下足下，即不听，举兵攻之，臣为内应。”乃遣生行，沛公引兵随之，遂下陈留。号生为广野君。其弟商亦举兵四千人，来属沛公。沛公攻颍川，取之。因张良遂略韩地，良引兵从沛公。略南阳郡，引兵而西，无不下者。所过禁卤掠，秦民皆喜。八月，沛公攻屠武关。赵高前言关东盗无能为，至是二世使责高。高惧，乃与其婿咸阳令阎乐，谋立新君。乐将吏卒入望夷宫，二世召左右，皆惶扰不斗，乐前数二世曰：“足下骄恣，诛杀无道，天下皆叛，其自为计。”二世曰：“吾愿得一郡为王。”弗许。“愿为万户侯。”又弗许。“愿与妻子为黔首。”乐曰：“吾受命丞相，为天下诛足下，足下虽多言，臣不敢报。”麾其兵进，二世自杀，赵高乃立二世兄之子子婴为秦王。子婴称病不行，高自往请。子婴遂刺杀高，夷其三族。遣将将兵拒峣关，沛公欲击之。张良曰：“秦兵尚强，未可轻。”乃遣人益张旗帜于山上，为疑兵。使郦食其、陆贾往说秦将，啖以利，秦将果欲连和。沛公欲许之，张良曰：“此独其将欲叛，恐其士卒不从，不如因其懈怠击之。”沛公遂击秦军，大破之。逐至蓝田北，又破之。冬十月，沛公至霸上，秦王子婴，素车白马，系颈以组，封皇帝玺符节，降轵道旁。诸将或言诛秦王。沛公曰：“始怀王遣我，固以能宽容，且人已服，杀之不祥。”乃以属吏。

秦凡三主，自秦王政二十六年庚辰，并天下为一统。至二世乙未，子婴为君四十六日，共一十六年而亡，通共四十二年。未知后事如何，且听下回分解。

第十四回 **刘项起 分楚汉 逐鹿争衡**

诗曰：

前人创业非容易，后代无贤总是空。
回首汉陵并楚庙，一般潇洒月明中。

词曰：

落日西飞滚滚，大江东去滔滔。夜来今日又明朝，蓦地青春过了。千古风流人物，一时多少英豪。龙争虎斗谩劬劳，落得一场谈笑。

却说子婴既降，沛公入咸阳，诸将争取金帛财物。萧何独先入丞相府，收图籍藏之。以此得具知天下厄塞，户口多少强弱之处。沛公见秦宫室帷帐，重货妇女，欲留居之。樊哙谏曰："凡此奢丽之物，皆秦所以亡也，公何用焉！愿急还霸上。"不听。张良曰："秦为无道，故公得至此。夫为天下除残贼，宜缟素为资。今始入秦，即安其乐，此所谓助桀为虐也。且忠言逆耳利于行，良药苦口利于病，愿听哙言。"乃还军霸上，召父老谓曰："父老苦秦苛法久矣，诸侯约先入关者王之，吾当王关中。与父老约法三章耳，杀人者死，伤人及盗抵罪，余悉除去。"吏民皆安堵如故。秦民大喜，争持牛羊酒食飨军。沛公又让不受，民益喜，惟恐沛公不为秦王。

项羽既降章邯，定河北，率诸侯兵欲西入关。秦降卒多怨言，羽乃夜击，坑秦卒二十余万人于新安城南。而独与章邯及长史司马欣、都尉董翳入秦。或说沛公守函谷关以拒羽，沛公从之。羽至关，关门闭。大怒，使黥布等攻破之。进至戏，沛公左司马曹无伤，使人言于羽曰："沛公欲王关中，珍宝尽有之，欲以求封。"羽大怒，飨士卒，期旦日击沛公军。时羽兵四十万，号百万，在新丰鸿门。沛公兵十万，号二十万，在霸上。范增说羽曰："沛公居山东时，贪财好色。今入关，财物无所取，妇女无所幸，此其志不小。吾令人望其气，皆为龙成五采，此天子气也，急击勿失。"时有项伯者，项羽叔父也。素善张良，夜驰约良走。良曰："臣为韩王送沛公，沛公有难，不可不告。"遂入告沛公，固要项伯入见沛公。沛公奉卮酒为寿，约为婚姻曰："吾入关，秋毫不敢有所近，籍吏民，封府库，而待将军，所以遣将守关者，备他盗也，岂敢反乎？愿伯明言，不敢背德。"项伯许诺。谓沛公曰："旦日，不可不早自来谢。"项伯仍夜去，具以沛公言报羽。因言沛公不先破关中，公岂敢入乎？今人有大功而击之，不义，不如因善遇之。项羽许诺。沛公旦日，从百余骑来见羽于鸿门。谢曰："臣与将军勠力而攻秦，将军战河北，臣战河南，不自意先入关，能破秦，得复见将军于此。今者有小人之言，令将军与臣有隙。"项羽曰："此沛公左司马曹无伤言之。不然，籍何以至此？"羽因留沛公饮，范增数目羽，举所佩玉玦以示之者三。羽不应。增出谓项庄曰："君王为人不忍，汝入为寿，寿毕，请以剑舞，因击杀沛公。不者，汝属皆为所虏。"庄入，为寿毕，拔剑起舞。项伯亦拔剑起舞，常以身翼蔽沛公，庄不得击。良出，见樊哙曰："项庄舞剑，其意常在沛公也。"哙曰："此迫矣！"即带剑拥盾而入，瞋目视羽，头发上指，目眦尽裂。羽曰："壮士。"赐之斗卮酒，一生彘肩。哙立饮，拔剑切而啗之。羽曰："壮士能复饮乎？"哙曰："臣死且不避，卮酒安足辞。夫秦有虎狼之心，天下皆叛，怀王与诸将约，先入咸阳者王之。今沛公先破秦入咸阳，毫毛不敢有所近，还军霸上，以待将军，劳苦功高，未有封爵之赏，而听细人之言，欲诛有功之人，此亡秦之续耳，窃为将军不取也！"羽无以应。须臾沛公起如厕，因招哙出。将亡去曰："今者出未辞也，奈何？"哙曰："人方为刀俎，我方为鱼肉，何辞为！"遂间行趋霸上，留张良谢羽，因以白璧一双献羽，玉斗一双与增。羽受璧，增拔剑撞破玉斗曰："唉，竖子不足与谋，夺将军天下者，必沛公也！"。沛公还军，立诛曹无伤。居数日，羽引兵屠咸阳，杀秦降王子婴，烧秦宫室，火三月不息。掘始皇冢，收宝货妇女而东归。秦民大失所望。项羽使人致命怀王，王曰："如约。"羽曰："怀王者，吾家所立，非有功伐，何以得专主约。"乃阳尊怀王为义帝，徙都郴，实不用其命。项籍自立为西楚霸王，都彭城，管梁楚地九郡。羽与范增疑沛公，业已讲解，又恶负约。以巴蜀道险，乃曰："巴蜀亦关中地也。"立沛公为汉王，王巴蜀汉中。立秦降将章邯为雍王，司马欣为塞王，董翳为翟王，三分关中，以距塞汉路。又分王诸王侯将相，凡十四人，并三秦楚汉义帝，共二十国。

夏四月，诸侯各罢兵，就国。张良归韩，良劝汉王，烧绝所过栈道，以备诸侯盗兵，且示羽无东意。齐相田荣，以不将兵从楚，故不封。荣大怒，遂击走齐王田都，弑胶东王田市，自立为齐王。寻击杀济北王田安，并王三齐。陈余以与张耳不合，弃将印去，不从入关，故不封。余怒，使人说齐王荣，以兵共袭常山，张耳亡走汉。余迎代王歇，复王赵地，歇立余为代王。项羽废韩王成而杀之，张良间行归汉。

初淮阴人韩信家贫，寄食于新昌亭长。亭长妻患之，乃晨炊蓐食，食时，信往，不为具食。乃钓于城下，有漂母见信饥，饭信，信喜。谓母曰："吾必有以重报母。"母怒曰："大丈夫不能自食，吾哀王孙而进食，岂望报乎！"淮阴少年尝众辱之曰："若虽长大，好带刀剑，中情怯耳。能死，刺我。不能死，出我胯下。"信熟视之，俯出胯下，市人皆笑为怯。项梁渡淮，信仗剑从之。梁败，复以策干羽，不用，亡归汉。为连敖，坐法当斩。信仰视，适见滕公曰："上不欲就天下乎，何为斩壮士？"滕公奇其言，壮其貌，释不斩。与语悦之，言于王。王以为治粟都尉，亦未之奇也。信数与萧何语，何奇之。王至南郑，将士皆思归，多道亡者。信度何等已数言，王我不用，遂亡去。何闻信亡，追之。人言于王曰："丞相何亡。"王怒，如失左右手。居一二日，何来谒王。王且怒且喜，骂曰："若亡，何也？"对曰："臣追亡者耳！"王曰："追者谁？"何曰："韩信。"王曰："诸将亡者以十数，公无所追，追信，诈也。"何曰："诸将易得耳，如信国士无双。王欲长王汉中，无所事信。必欲争天下，非信不可。顾王策安决耳？"王曰："我亦欲东耳，安能郁郁久居此乎！"欲召信，拜大将。何曰："王素慢无礼，今拜大将，如呼小儿，此信之所以去也。王必欲拜之，择良日，斋戒设坛具礼，乃可耳。”王许之。诸将皆喜，人人各自以为得大将。至拜大将，乃韩信也，一军皆惊。信拜礼毕，上坐。王曰：“丞相数言将军，将军何以教寡人？”信辞谢，因曰：“今东向与王争天下者，非项王耶？”汉王曰：“然。”信曰：“大王自料勇悍仁强，孰与项王？”汉王良久曰：“不如也。”信曰：“信亦以大王为不如也。然臣尝事之，请言项王之为人也。项王喑哑叱咤，千人自废，然不能任贤将，此匹夫之勇耳。见人慈爱，言语呴呴，至人有功，当封爵者印角敝，忍不能与，此妇人之仁也。不居关中，而都彭城，放逐义帝，所过无不残灭，名虽为霸，实失天下心。今大王诚能反其道，任天下武勇，何所不诛；以天下城邑封功臣，何所不服；以义兵从思归之士，何所不克。且三秦王为将，欺其众降诸侯，至新安，项王诈坑秦降卒二十余万，惟章邯、司马欣、董翳得脱，秦人怨此三人，痛入骨髓。今楚强以威王此三人，秦民莫爱也。大王入关，秋毫无所害，除秦苛法，秦民无不欲得大王，王秦者。今大王举兵而东，三秦可传檄而定也！”于是汉王大喜，自以为得信晚。遂部署诸将，留萧何收巴蜀租，给军粮食，令人修栈道，引兵暗从陈仓故道出。雍王章邯败走，塞王欣、翟王翳皆降，遂定三秦。

张良遗项王书曰：“汉王失职，欲得关中，如约而止，不敢东。”又以齐梁反书遗之，项王以故无西意，而北击齐。西楚霸王项籍，使吴芮、黥布、共敖击弑义帝于江中。汉王至洛阳，新城三老董公遮说王曰：“臣闻顺德者昌，逆德者亡，兵出无名，事故不成，故曰名其为贼，敌乃可服。项羽无道，放弑其主，天下之贼也。大王宜率三军，为之素服，以告诸侯而伐之，此三王之举也。”于是汉王为义帝发丧，军皆缟素。告诸侯曰：“天下共立义帝，今项籍杀之，大逆无道。寡人悉发关中兵，收三河士，南浮江汉而下，愿从诸侯王，击楚之弑义帝者。”

初楚击齐，齐王荣与楚战败，走死。项羽复立田假为齐王。时荣弟田横，收散卒得数万人，立荣子广为齐王，以拒楚。项王因留，连战未能下。虽闻汉东来，欲遂破齐而后击汉。汉王以故得率五诸侯兵，凡五十六万人伐楚，彭越将兵归汉，汉遂入彭城，收其宝货美女，日夜置酒高会。项王闻之，自将精兵三万人，还至彭城，大破汉兵于睢水上，死者二十余万，睢水为之不流，围汉王三匝。会大风昼晦，楚军大乱，王乃因与数十骑遁去。欲过沛，收家室，道逢子盈，即惠帝，及女鲁元公主，载以行。楚骑追至，王急推堕二子于车下。滕公为太仆，亟下收载之，如是者三，卒保护脱二子。审食其从太公吕后间道行，求汉王，反遇楚军，项王虏置军中为质。诸侯复背汉归楚。齐田横因楚与汉战，进攻田假，假走楚，楚杀之。汉王至荥阳，收集散卒，诸败军皆会。萧何亦发关中老弱，悉诣荥阳。汉复大振，击破楚军于荥阳东，楚以故不能过荥阳。汉军筑甬道属之河，以取敖仓粟。

时韩信东击魏。魏盛兵塞临晋，信为疑兵，陈船欲渡临晋，而伏兵徙夏阳，以木罂渡军，袭安邑，虏魏王豹，传诣荥阳，悉定魏地。木罂者，以罂瓶千百，塞其口，以木缚之，浮于水面为船也。韩信既定魏，使人请兵三万，愿以北举燕赵，东举齐，南绝楚粮道，西与汉王会于荥阳。汉王许之。乃遣张耳与俱。遂破代兵，擒夏说。韩信、张耳以兵数万，东击赵，赵王及成安君陈余闻之，聚兵井陉口，号二十万。广武君李左车说陈余曰："韩信、张耳乘胜远斗，其锋不可当。臣闻千里馈粮，士有饥色，樵苏后爨，师不宿饱。今井陉之道，车不得方轨，骑不得成列，粮食必在后，愿假臣奇兵三万，从间道绝其辎重，足下深沟高垒，勿与战。不十日，而两将之头可致麾下，否则必为二子所擒矣。"陈余尝自称义兵，不用诈谋奇计。韩信使人间视，知其不用广武君策，大喜。乃引兵下，未至井陉口，三十里止舍。夜选精兵二千人，持一赤帜，从间道望赵军，诫曰："赵见我走，必空壁逐我，汝疾入赵壁，拔赵帜，立汉赤帜。"合裨将传餐立食曰："今日破赵会食。"诸将未信，佯曰："诺。"乃使万人先行，出背水阵，赵军望见大笑。信引兵鼓行，出井陉口，赵开壁击之，大战良久。信佯走水上军，赵果空壁逐之。水上军皆殊死战不可败，信所遣骑，驰入赵壁，拔赵帜，立汉帜。赵军归壁，见帜大惊！遂乱遁走。汉兵夹击，大破之，斩陈余于泜水上，擒赵王歇。信募生得广武君者与千金，有缚致麾下者，信解其缚，东向坐，师事之。问曰："仆欲北攻燕，东伐齐，何若而有功？"左车辞让。信固问之。左车曰："将军虏魏王豹，诛成安君，威震天下，然欲举倦疲之兵顿之燕坚城之下，旷日持久，粮食殚竭，燕既不服，齐必距境自强。将军莫若按甲休兵，北首燕路，遣辩士举书于燕，燕必不敢不听从。燕从而东临齐，虽有智者，不能为齐计矣。"信从其策，燕从风而靡，遣使报汉。信请以张耳王赵，汉王许之。汉使谒者随何，说九江王黥布归汉。汉益其兵，与俱屯成皋。

初阳武人陈平，家贫，好读书。因魏无知求见汉王，汉王与语，悦之，拜为都尉，使骖乘，典护军，诸将皆欢。周勃等言于王曰："陈平虽美如冠玉，其中未必有也。平居家时，尝盗其嫂，今为护军，多受诸将金，愿王察之。"王让无知，无知曰："臣所言者，以其人才智计谋足用耳，盗嫂受金，何足论乎！"王益厚平，拜护军中尉。至是谓平曰："天下纷纷，何时定乎？"平曰："项王骨鲠之臣，亚夫钟离昧龙且之属，不过数人耳。项王意忌信谗，诚能捐金行间，疑忌其心，破楚必矣。"王乃出黄金四万斤与平，不问其出入，平多纵反间，言昧等功多，不得裂土而王，欲与汉灭楚而分其地。羽果疑昧等，及楚围荥阳急，汉王请和。羽使至汉，平为太牢具进，见使佯惊曰："吾以为亚父使也。"乃持去，更以恶草具进。楚使归以报项王，王果大疑亚父。亚父欲急下荥阳，王不听。亚父怒曰："天下事，大定矣，王自为之，请以骸骨归。"未至彭城，疽发背死。楚围荥阳益急，汉将军纪信曰："事急矣，臣请诳楚，王可以间出。"于是陈平夜出女子二千余人于东门，楚方掳掠女子。纪信乃乘王车出东门，曰："食尽，汉王降楚。"楚人皆呼万岁，往城东观看。汉王乃令周苛守荥阳，而与数十骑出西门，遁去。羽烧杀信。汉王至成皋，收兵欲复东，辕生说汉王，深壁勿战，令荥阳成皋间且得休息。汉王从其计，出军宛、叶间，与黥布行收兵。羽闻汉王在宛，果引兵来，汉王坚壁不与战。彭越在梁地，为汉将游兵击楚。羽乃使终公守成皋，而自东击彭越，汉王破终公，复军成皋。羽已破走彭越，乃引兵西拔荥阳城，烹周苛，遂围成皋。汉王逃去，北渡河，宿小修武，晨自称汉使，驰入赵壁。张耳、韩信未起，即卧内，夺其兵符以麾召诸将，易置之。信、耳起，乃知汉王来，大惊。汉王既夺两人军，即令张耳循行，备守赵地。拜韩信为相国，收赵兵未发者击齐。使刘贾、卢绾渡白马津，佐彭越击楚，烧其积贮，以破其业。

时楚兵拔成皋欲西，汉使兵拒之于巩，令不得西。彭越击楚，下梁地十七城。项羽闻之，使曹咎守成皋，戒曰："即汉欲战，慎勿与战，勿令得东而已。"遂自引兵东击彭越所下城，围外黄数日，乃降。羽欲尽坑之，外黄令舍人儿，年十三，说羽曰："彭越强劫外黄，外黄恐，故且降以待大王。今尽坑之，则从此以东十余城，莫可下矣。"羽从之，所下城皆复为楚。汉王欲捐成皋以东，屯巩洛以拒楚。郦食其劝王急取荥阳，据敖仓之粟，塞成皋之险，示天下形势，乃复谋取敖仓。时楚大司马曹咎，谨守成皋勿战，汉军数挑之，终不出，乃使人辱之。数日，咎怒，渡兵汜水，士卒半渡，汉击之，大破楚军，尽得其宝货。咎及司马欣自刭。汉王引兵渡河，复取成皋，军广武，就敖仓食。羽闻之，还军广武，相守数月，楚军食少。羽为高俎，置太公其上，告汉王曰："今不即下，吾烹太公。"汉王曰："吾与羽，俱北面受命怀王，约为兄弟，吾翁即若翁，必欲烹而翁，幸分我一杯羹！"项王怒，欲烹之。项伯曰："为天下者不顾家，虽杀之无益也！"乃止。或谓吕后多智而色美，项王召吕后于月下，使佐酒，每带在军中为质，与虞姬为伴，尝被宠幸。审食其有密书达汉王，汉王知吕后才智，必能脱太公，故为是隐语。若曰："吾妻即若妻，则吾翁即若翁矣。"使闻之自止，非真欲烹太公也。附考，项羽谓汉王曰："天下匈匈数岁，徒以吾两人故，愿与王挑战以决雌雄，毋徒苦天下父子为也。"汉王曰："吾宁斗智，不能斗力。"因数羽十罪。羽怒，伏弩射汉王，伤胸，王扪足曰："虏中吾指。"王病疮卧，张良请王强起劳军，从之。王疾甚，因驰入成皋。

初郦食其谓汉王，请说齐王使降，以为东藩。王许之。郦生至齐，果说齐降汉，罢守备，日与郦生纵酒为乐。蒯彻说韩信曰："将军受诏击齐，而汉独发间使下齐，宁有诏止将军乎？且郦生以一士下齐七十余城，将军将数万众，反不如一竖儒功乎！"信然之。遂袭破齐，齐王以郦生卖己，乃烹之。引兵东走高密，使求救于楚，楚使龙且将兵二十万救齐，与汉夹潍水而陈，韩信夜令人为万余囊，盛沙壅水上流，引军半渡击龙且，佯不胜还走，龙且追信，信使人决壅，沙水大至，龙且军分为二，急击之，杀龙且，虏齐王广，田横遁走，尽定齐地。信请为假王以镇之，汉王大怒。张良、陈平蹑王足，王悟，遂以信为齐王，张耳为赵王，征其兵击楚。项王闻龙且死，大惧，使盱眙人武涉，说信反汉，与楚连和，三分天下而王之。蒯彻亦劝信背汉，信不从。项羽自知地小少助，食尽兵微，韩信又进兵击楚，甚患之。汉因遣侯公说羽，请太公。羽乃与汉约，中分天下，割鸿沟以西为汉，以东为楚，归太公吕后，引兵解而东归。汉王欲西归，张良、陈平说曰："汉有天下大半，楚兵疲食尽，今释而勿击，此养虎自遗患也。"汉王从之，追羽至固陵，与齐王韩信、魏相国彭越，期会击楚。信、越不至，楚击汉军大破之。汉王坚壁自守，谓张良曰："诸侯不从，奈何？"对曰："楚兵且破，二人未有分地，其不至固宜。若能捐睢阳以北至谷城，以王彭越，捐陈以东至海，以与齐王信，使各自为战，则楚败矣。"汉王从之，于是韩信、彭越皆引兵来。刘贾诱楚大司马周殷叛楚，与黥布皆将兵来会。羽至垓下，与汉战，不胜，入壁。汉及诸侯兵围之数重，羽夜闻汉兵四面皆楚歌，大惊曰："汉皆已得楚乎？是何楚人之多也！"乃夜起，饮帐中。有美人名虞，常幸。骏马名骓，常骑。乃悲歌慷慨，自为诗曰："力拔山兮气盖世，时不利兮骓不逝，骓不逝兮可奈何，虞兮虞兮奈若何！"泣数行下，左右皆泣，莫能仰视，美人自刎。羽乃乘其骏马，从八百余骑，直夜溃围南出，驰至阴陵，遂失道。问一田父，田父绐曰："左。"左乃陷大泽中，汉骑将灌婴追及之。至东城，乃有二十八骑，汉追者数千人，羽谓其骑曰："吾起兵八岁，大小七十余战，未尝败北，今卒困此，此天亡我，非我战之罪也。今日固决死，愿为诸君决战，必溃围斩将，令诸君知天亡我。"乃分其骑为四队，四向，汉军围之数重。羽大呼驰下，斩汉一将，一都尉，杀数十百人，复聚其骑，亡其两骑耳。羽曰："何如？"诸骑皆服。羽欲东渡乌江，乌江亭长舣舟以待曰："江东虽小，地方千里，亦足王也，愿大王急渡！"羽笑曰："天之亡我，我何渡为？且籍与江东子弟八千人，渡江而西，今无一人还，纵江东父老怜而王我，我何面见江东父老乎！"乃令骑皆下马步行，持短兵接战，独籍所杀汉军数百人，身亦被数十余枪，顾见汉骑司马吕马童曰："若非吾故人乎？"马童指王翳曰："此项王也。"项王乃曰："吾闻汉购我头千金，邑万户，吾为若德。"乃自刎而死，楚地悉定。独鲁不下，汉王欲屠之，至城下，犹闻弦诵之声，为其守礼义之国，为主死节，因持羽头示之，乃降。以鲁公礼，葬羽于谷城，亲为发丧，哭之而去。项氏支属皆不诛，封项伯为列侯，赐姓刘氏。

西楚亡，凡五年。楚自二世元年陈胜起兵，自立，历吴广、景驹、怀王、项籍，凡五主，共八年。汉王还军，至定陶，驰入齐王韩信壁，夺其军。己亥二月，汉王即皇帝位于氾水之阳西，都洛阳，追尊母先媪曰昭灵夫人。未知后事如何，且听下回分解。

第十五回　汉高祖　定江山　一十二帝

诗曰：

虎斗龙争势若何？百年豪气苦无多。
将军老去秋江上，手捻银髭作浩歌。

却说汉太祖高皇帝，姓刘，名邦，帝尧之后。母刘媪，尝息大泽之中，梦与神遇，雷电大作。太公往视，见蛟龙踞其上，遂产高祖。高祖既夺韩信军，改封信为楚王，封彭越为梁王，以黥布为淮南王，韩信至楚，召漂母，赐以千金。召辱己少年，以为中尉。告诸将相曰："此壮士也，方辱我时，宁不能杀之耶？杀之无名，故忍而就此耳！"齐田横闻项羽已灭，惧诛，与其徒五百余人，入居海岛中。帝恐其为乱，使人赦其罪而召之曰："横来，大者王，小者侯。不来，且举兵加诛。"横乃与其客二人，乘传诣洛阳，至户乡，谓其客曰："横始与汉王，俱南面称孤，今汉王为天子，而横为亡虏，其耻固已甚矣！"遂自刭，令客奉其头，从使者驰奏。帝以王礼葬之。二客自刎，余五百人在岛中者，闻之，皆自杀。

齐人娄敬戍陇西，过洛阳，因虞将军求见上，说上迁都关中，上是之，即日车马西幸长安，徙都之，号敬为奉春君，赐姓刘氏，张良谢病辟谷。赵王张耳卒，子敖因其相贯高、赵午等谋反，事觉，坐废。楚王韩信之国，陈兵出入，人有告信反者，帝用陈平谋，伪游云梦，信谒上，上令武士缚信，械系信以归。至洛阳，赦之，封为淮阴侯。封萧何酂侯，张良为留侯，陈平为户牖侯。封从兄贾为荆王，弟交为楚王，兄喜为代王，微时外妇之子肥为齐王。帝微时，其嫂戛羹恨之，不封伯氏之子，太公累言之，乃封其子戛羹侯。帝大封诸功臣为列侯。五日一朝太公，太公家令说曰："皇帝虽子，人主也。太公虽父，人臣也。奈何令人主拜人臣，而使威令不行乎！"后上朝太公，太公拥彗，迎门却行。上大惊，下扶太公。太公曰："帝人主，奈何以我乱天下法！"上乃诏尊太公为太上皇，赐家令金五百斤。帝起草莽，礼从简易，群臣饮酒争功，醉或妄呼，拔剑击柱，帝益厌之。叔孙通说上起朝仪，于长乐宫成，朝贺行之。帝曰："吾乃今知皇帝之贵也。"拜通为太常。

匈奴单于头曼，欲杀太子冒顿，而立少子。冒顿遂弑头曼而自立，因妻其母，以强暴雄于诸国，屡入寇边。上自将击之，悉兵三十万众，北至平城。冒顿以四十万骑，围帝于白登。七日，用陈平计，使画工画美女，遣人遗阏氏云："汉有女如此，今皇帝困阨，欲献之。"阏氏畏其夺己宠，因说冒顿使解围去，上乃得脱。单于，犹中国所称皇帝。阏氏，皇后也。

代相国陈豨反，帝自将击之。太尉周勃，从太原入代地，陈豨兵败。淮阴侯舍人弟谢公著，尝获罪于信，信欲杀之，于是告信欲反。吕后与萧相国谋，诈令人从上所来，言豨已得死，列侯群臣皆贺。相国给信曰，虽疾，强入贺。信入，吕后使武士缚信斩之。信方斩，曰："吾悔不用蒯彻之言，乃为儿女子所诈，岂非天哉！"遂夷信三族。上之击陈豨也，征兵于梁，梁王称疾，使将将兵诣邯郸。上怒，使人让之，梁王恐。扈辄劝王反，王不听。上使使掩缚王，囚之洛阳。有司治反刑已具，上赦为庶人，传处蜀。至郑，逢吕后从长安来，彭越为吕后泣，自言无罪，愿处故昌邑。吕后许诺，与俱来，至洛阳，白上曰："彭王壮士，今徙之蜀，此自遗患，不如遂诛之，妾谨与俱来。"遂夷越三族，醢其肉，以赐诸侯。淮南王黥布大恐，发兵反。上自将击之，与布兵遇于蕲西，布兵精甚，大战良久，布兵败走。吴臣诱与走越，杀之。上为流矢所中，行道疾甚，及还长安，崩于长乐宫。在王位四年，在帝位八年。寿六十三岁，葬长陵。

太子盈即位，是为孝惠皇帝。尊吕后为皇太后。初高帝最宠戚夫人，生赵王如意，欲立之不果。吕后最怨戚夫人，至是太后鸩杀赵王如意，断戚夫人手足，去眼熏耳，饮喑药，使居厕中，号曰人彘。居数日，乃召惠帝观人彘。帝见之，问而知其为戚夫人，乃大哭。因病，岁余不能起，使人请于太后曰："此非人所为，臣为太后子，终不能治天下。"帝以此日饮酒，为淫乐不听政。在位七年崩，无子。

初吕太后命张皇后取他人子，养为惠帝子，而杀其母，至是即位，谓之少帝。吕太后临朝称制，拜吕台、吕产、吕禄为将，将南北军，诸吕皆居中用事。以审食其为左丞相，食其自少通于太后，高祖知而不问，太后最宠幸之，至是公卿皆因而决事焉。少帝年浸长，自知非皇后子，乃曰："后安得杀吾母而名我，我壮，即为变。"太后废而幽杀之，立恒山王义为帝，更名宏，宏亦他人子。太后封吕台、吕产、吕禄俱为王。于上巳日，太后祓禊而返，见物如苍犬，搬太后掖，忽不见。卜之云："赵王如意为祟。"遂病掖伤而死，临朝者八年。越二百年后，赤眉贼发掘诸陵，见有水银玉匣殓者，卒皆颜色如生，四肢柔软，乃裸吕后尸，众行淫秽讫，弃地腐烂无存。庙祀改薄后，其凶恶之报与！

时诸吕欲为乱，而未敢发。朱虚侯刘章，以吕禄女为妇，知其谋，告其兄齐王襄，令发兵讨诸吕。吕产等遣灌婴将兵击之，婴至荥阳与齐连和。右丞相陈平，太尉周勃，使郦商之子郦寄，说吕禄，使以兵属太尉，而身归国，高枕而王千里。禄从之。太尉周勃得入军门，乃以兵千余人，与朱虚侯章，将之入宫，击斩吕产、吕更等，尽诛诸吕，无少长皆斩之。遣章告齐王罢兵，灌婴亦罢兵归。

群臣迎薄姬所生高祖之中子代王恒即位，是为文帝。宽仁恭俭，专务以德化民，定赈穷养老之令，除收孥连坐，诽谤妖言之法，亲耕籍田，除肉刑，除天下田租。上每朝，郎从官上书疏，未尝不止辇受其言，言不可用置之，言可用则采之，未尝不称善。是以海内富庶，兴于礼义，断狱数百，几致刑措焉。在位二十三年崩，寿四十六岁，葬霸陵。

太子启立，是为景帝。御史大夫晁错，见诸王强盛，几分天下之半，屡劝上削其地。方议削吴，吴王濞约胶西王卬、胶东王雄渠、淄川王贤、济南王辟光、楚王戊、赵王遂俱反，罪状晁错。帝用袁盎言，斩错于东市，父母妻子，无少长皆弃市。而七国仍反，乃以周亚夫将三十六将讨之。亚夫言于上曰："吴楚兵轻剽，难与争锋，愿以梁委之，绝其饷道，乃可制也。"上许之。亚夫乘六传，会兵荥阳，至霸上。赵涉说曰："吴王知将军且行，必置人于崤渑之间，兵事尚神密，何不右去走蓝田，出武关，抵洛阳，直入武库。诸侯闻之，以为将军从天而下也。”太尉然其言，至洛阳，使人搜崤渑间，果得吴伏兵。吴攻梁急，亚夫坚壁不出，使轻骑出淮泗口，绝吴楚兵后，塞其饷道，吴粮绝，卒饥，数挑战不出，吴楚士卒多饥死叛散，乃引去。亚夫出精兵追击，大破之。吴王弃军走，渡淮，保东越，东越杀之，楚王自杀，齐王饮药死，胶西王自杀，胶东、济南、淄川王皆伏诛。帝恭行节俭，一遵孝文之业，移风易俗，黎民淳厚。周云成康，汉言文景，美矣！然景帝废薄后，废太子乐而立胶东王彻。弟梁王以忧卒，绌申屠嘉，戮晁错，杀功臣周亚夫，则不如文帝远矣。在位十六年崩，寿四十八岁。

孝武帝彻立，时始有年号，曰建元元年。初景帝妹长公主嫖，陈午尚之，以女嫁胶东王彻，遂誉彻之美，劝景帝立为太子。及彻即位，立陈氏为后，陈后骄妒擅宠而无子，宠浸衰。上尝过姊平阳公主家，悦妓女讴者卫子夫，主奉送入宫，恩宠日隆。皇后怒恨，几死者数矣。子夫同母弟卫青，青本姓郑，父郑季，为县吏，给事平阳侯家，与侯妾卫媪通而生青，故冒姓卫，为侯家骑奴，召为侍中。既而以子夫为夫人，青为大中大夫。后陈后以魔媚事觉，收玺绶，退居长门宫，长公主惭惧，稽颡谢。上慰谕之，公主有私人董偃，使侍上酒，上悦之。因为主置酒宣室，使谒者引纳偃。以东方朔谏，改置北宫。至是公主贵人，多逾礼制矣。卫子夫生皇子据，上立卫氏为皇后。

上自初即位，招选天下文学才智之士，待以不次之位，四方上书者以千数，上简拔其俊异者宠用之。庄助最先进，后又得吴人朱买臣，赵人吾邱寿王，蜀人司马相如，平原东方朔，吴人枚皋，济南终军等，并在左右，每令与大臣辩论，大臣数屈焉。内惟东方朔，观上颜色，时时直谏，有所补益。时汲黯数直谏，上每优容之，称为社稷臣。每不冠，不见黯。上表章六经，置五经博士，而天下之人，始得以五经公相授受，无所秘藏。始行夏之时，以正月为岁首。上慕长生之术，始亲祠灶，遣方士求神仙，起柏梁台，作承露盘，铸铜为仙人，高二十丈，以掌承露，和玉屑饮之，云可长生。宫室之修，至此日盛。通南夷，置犍为郡，今四川宜宾县等地。通西夷，置一都尉，今四川邛崃清溪等县地。通西南夷，置苍海郡，今辽东地。使将军路博德、杨仆等平越南，置南海、苍梧、郁林等九郡，今广西、广东及琼州安南等地。击东越，东越以众降，上以闽地崄岨反复，悉徙其民于江淮间，遂虚其地，东越即今福建地。使车骑将军卫青等，击匈奴，取河南地，立朔方郡，募民居之，即今河套地。时卫青数击匈奴，斩获甚众，上宠幸之无比。青姊卫少儿，与家奴霍仲孺私通，生子去病，年十八，从大将军击匈奴，以八百骑，弃大军趋利，所杀过当，封冠军侯。自后去病日见亲幸，匈奴浑邪王降。上以汲黯言，徙之陇西，朔方、云中、北地、上郡之外，置为五属国。帝又遣卫青、霍去病、李广等征匈奴，李广失道自杀，青亦少功，惟去病擒匈奴贤王将相等八十余人，斩首七万四百四十余级，封狼居胥山，禅于姑衍，登临浣海。于是匈奴远遁，漠北无王庭。置武威、酒泉、张掖、敦煌等郡，今皆甘肃省属县。而去病宠过卫青矣。上将封禅，乃亲帅师幸边，出长城，北登单于台，勒兵十八万，旌旗千余里。单于大恐远遁，乃还。使张骞通西域、大夏、大宛、大月氏、康居、乌孙、于阗、安息、身毒等，凡三十六国，于是自陕西玉门关，西达葱岭，直穷河源矣。遣中郎将郭昌、卫广平南夷，为牂牁郡，今四川乌蒙等地。又置越隽、沈黎、汶山、武都等郡，今四川越隽、青溪、茂县及甘肃、武都等地。遣将军郭昌，中郎将卫广，击灭劳深，靡莫，以兵临滇，滇王举国降，乃以为益州郡，今云南地。遣将军荀彘等击朝鲜，置乐良、临屯、元菟、真番四郡，又辟交趾，置十三部刺史。上遣苏武等至匈奴，匈奴留之，上复遣贰师将军李广利击匈奴，别将李陵以五千兵深入，先胜后败，遂降虏。司马迁为之辩白，上以奸律，下迁腐刑。上求长生，喜延方士，公孙卿言见仙人迹于缑氏城上。上幸缑氏，观大人迹，礼祭中岳，东游海上，求神仙，封泰山，禅肃然，至碣石而还，周行一万八千里。又广为宫室，高作楼台，东征西讨，国用不足，乃任用酷吏义纵、王温舒、赵禹、张汤等。又任桑弘羊等，利析秋毫，置平准于京师，受天下委输，贵则卖之，贱则买之，使富商大贾，无所牟大利。又令天下入粟补官，及罪人赎罪，使世家子弟富人，更相牵引，名株送徒，入财者得补为郎，不入财者罪之。又禁民酿酒，官自开置而取其利。昔高祖封功臣为列侯，凡百四十有三人，至是令其献金助祭，悉以金色不熟夺爵，见侯才得四人。于是民愁盗起，帝使范昆、张德、暴胜之等，衣绣衣，持虎符，发兵击之，散亡复聚，无可奈何。乃作沈命法，曰："盗起不发觉，发觉而捕弗满数者，二千石以下，至小吏主者皆死。"一时二千石以下，诛杀殆尽。上居建章宫，见一男子，带剑入中龙华门，命收之勿获。上怒，斩门侯，发三辅骑士，搜上林，索长安中，十一日乃解，而巫蛊事起矣。

初上立皇子据为太子，后卫后宠日衰，然太子仁恕温谨，卫后善于防间，虽无宠而礼遇不废。时方士女巫，多聚京师，率皆左道惑众。而女巫徒来宫中，教诸美人度厄，每屋辄埋木人，祭祀之，因妒恚骂，更相讦以为咒咀。上尝昼寝，梦木人数千，持杖欲击上。上惊寤，因是体不平。江充与太子有隙，因言祟在巫蛊。上遣充治其事，充言于太子宫，得木人尤多，又有帛书，所言不道，当奏闻。太子惧，充持之急，因用石德谋，收捕充等斩之。上大怒，使丞相将兵捕太子，太子亦勒兵自卫，合战五日，太子兵败出亡。卫后自杀，太子东逃至湖，匿泉鸠里。主人家贫，卖履以给太子。事觉，吏围捕，太子自经。皇孙二人，皆并遇害。一时太子妻妾男女皆遇害，独孙宣帝，以年幼系狱，得不死，留待后话。田千秋上书讼太子冤，上悟，怜太子无辜，族江充家。乃深悔从前之非，省靡费，凡方士之候神仙，及有害于民生者，悉罢之。有司请于轮台东，募民屯田，以威西国。上曰："轮台西于车师千余里，前击车师，因道远，死者数千人，况益西乎！朕不忍闻，从今务在禁苛暴，止横敛，无乏武备而已。"自是不复出军，惟以养民为事，而民得休息矣。初钩弋夫人赵氏，生皇子弗陵，时年一十四岁。上以事遣钩弋夫人赐死，而立弗陵为太子，使霍光、金日䃅、上官杰等辅之。上在位五十四年崩，寿七十一岁。

太子弗陵立，是为昭帝。或曰昔武帝巡狩过河，见青紫气，自地属天，帝使求之，见一女子，在空屋空棺中，姿貌殊绝，两手皆拳，帝令开其手，数百人擘莫能开，上自擘，手即开，能言语，由是得幸，号为拳夫人，进为婕妤，居钩弋宫。解黄帝素女之术，善采补法，因以教帝，大加宠幸，孕十有四月，而生昭帝，因命其门曰尧母门。后至甘泉，因幸，告帝曰："妾当尸解，在前途侯帝。"上怪其言语不伦，呵叱之，夫人遂卒。既殡，上哀思之，又疑其非常人，发殡视之，空棺无尸，惟衣履存，香闻十余里。帝亦随尸解去，盖皆仙也。传载武帝崩后，能于陵寝，幸御宫人，玉箱玉杖随葬，书随殓者，复能出在人间，则成仙可知矣。

昭帝既立，霍光秉政。霍光知时务之要，轻徭薄赋，与民休息，至是匈奴和亲，百姓充实，稍复文景之旧焉。苏武杖汉节，牧羊于匈奴十九年。至是得还，上以为典属国。初霍光女为上官杰子安妻，生女，年甫五岁。安欲因光纳之宫中，光以为尚幼，不听。杰因盖长公主私客丁外人，言于公主，立安女为后。杰因为外人求封侯，不许，怨霍光。燕王旦自为帝兄，不得立，常怀怨望。御史大夫桑弘羊，为子弟求官，不得，亦怨霍光。于是盖主、杰、安、弘羊，皆与旦通谋，诈令人为燕王上书，言霍光大阅武备，拣宿卫之士于道上，僭用天子警跸之制，擅调益幕府校尉，专权自恣，疑有非常，候光出沐日奏之。杰欲从中下其事，弘羊与大臣，共执退光书奏，帝不肯下。明旦，光闻之，不敢入。上问大将军安在，杰曰："以燕王告其罪不敢入。"诏召大将军光入，免冠顿首谢。上曰："将军冠，朕知是书诈也，将军无罪。"光曰："陛下何以知之？"上曰："将军往广明都门，大习郎官，调校尉以来，未能十日，燕王何以得知！且将军为非，不须校尉。"是时帝年方十四，尚书左右皆惊。而上书者果亡，捕之甚急，杰等惧，谋益急，会盖主舍人父燕仓知其谋，以告大司农杨敞，敞以告杜延年。延年以闻，诏捕上官杰、上官安、桑弘羊、丁外人等，并宗族悉诛之。盖主、燕王皆自杀。皇后以年幼不与谋，亦霍光外孙，故得不废。时泰山有大石自起立，上林有僵柳自起生，有虫食柳叶曰："公孙病已立。"又有流星大如月，众星皆随西行。帝在位十三年，寿二十二岁而崩，无嗣。

大将军光承皇后诏，迎武帝之孙，昌邑哀王髆之子贺，入即位，尊皇后曰皇太后。王居丧无礼，淫戏无度，霍光与田延年、张安世等，以太后诏废之，议立贤嗣。初卫太子纳史良娣，生子，号史皇孙。皇孙纳王夫人，生子病已，号皇曾孙。曾孙生数月，遭巫蛊事系狱。丙吉受诏治狱，心知太子冤，哀皇曾孙，择谨厚女徒收养之。望气者，言狱中有天子气。武帝遣使者治狱，无轻重欲皆斩之，使者至，吉闭门不纳，曰："他人无辜，犹不可杀，况亲曾孙乎！"使者还以闻，武帝亦悟，乃赦之。张安世之兄张贺，尝事卫太子，为之聘暴室啬夫许广汉之女为妻，至是丙吉言皇曾孙之美材，年十八，通经术，行安而节和。光然之，因白太后，立为昭帝嗣，是为宣帝，立许氏为后。

初年霍光秉政，天下称治，光夫人显，欲贵其少女成君，会许后怀孕而病，女医淳于衍者入侍疾，显谓衍曰："将军素爱成君，今皇后当娩身，若投毒药去之，成君即为后矣，事成，富贵共之。"遂合药丸以饮后，后曰："我头岑岑，药中得无有毒乎？"对曰："无有。"遂加烦懑而崩。会有人上书，告诸医侍疾无状者，皆收系诏狱，显恐急，即具语光曰："既失计为之，无令吏急衍。"光大惊，欲自发举，不忍。奏上，光署衍勿论。显因劝光，纳其女入宫，遂以为后。及光薨，上始亲政。霍显及霍禹、霍山、霍云自见日侵削，数相对啼泣。谋令太后置酒，召丞相平恩侯以下斩之，因废天子而立禹。事觉，云、山明友自杀，禹腰斩，显及诸女昆弟，皆弃市，与霍氏相连坐诛灭者数十家。皇后霍氏废，封告者为列侯。帝之少也，实赖丙吉而生，而吉绝口不道前恩。会掖庭宫婢，自陈尝有阿保之功，辞引使者丙吉知状，上亲见问，然后知吉有旧恩，而吉终不言，上大贤之。封张贺子彭祖及丙吉等皆为列侯。宣帝励精图治，信赏必罚，综核名实，政平讼理，吏称其职，民安其业，郡县久于其任。用赵充国为将，而羌虏平。匈奴呼韩邪单于来朝，而边患息。以朱邑、龚遂、尹翁归、黄霸、张敞等为太守，而汉世良吏，于此为盛。惜以赵广汉之廉明，盖宽饶之清直，韩延寿之恩信，杨恽之廉洁，而不免于见杀，则上用申韩之刻也。皇太子仁柔好儒，见上多用文法吏，以刑名绳下，尝侍晏，从容言陛下宜用儒生，帝作色曰："汉家自有制度，俗儒不达时宜，好是古非今，使人眩于名实，不知所守，何足委任！"乃叹曰："乱我家者，太子也。"以太子出于许后，故得不废。帝寝疾，以史高、萧望之、周堪，受遗诏辅政。上在位二十五年崩，太子奭即位，是为元帝，立婕妤王氏为皇后。

初宣帝时，皇太子奭所幸司马良娣病死，太子忽忽不乐。帝令王皇后，择后宫家人子，得元城王政君，送太子宫。政君故绣衣御史王贺之孙女也。是岁，生成帝骜，至是立为后。骜为太子，而王莽之祸始此。元帝牵制文义，优柔不断。时萧望之、周堪与刘更生，及侍中金敞等，同心转政。宦者宏恭、石显忌之，奏望之、堪、更生朋党相称誉，欲以专擅权势，请召致廷尉，上不省召致廷尉为送狱，可其奏。后上召堪、更生，左右对曰："系狱。"上大惊，令出视事。恭显等复谗之，竟罢免。上器重萧望之不已，欲以为相。恭、显等谗之，复召下狱，望之自杀。元帝却食涕泣，哀动左右，然终无如显等何，是岁恭卒，遂以显为中书令。时京房学易于焦延寿，屡言灾异有验，天子悦之。尝晏见，与上语，微言石显之乱天下。上曰："已谕。"显知而谗之，遂下京房狱，坐弃市，妻子徙边。匈奴郅支单于杀汉使者，西走康居。西域副校尉陈汤，矫制发兵，与都护甘延寿，袭击匈奴郅支单于于康居斩之。传首京师。匈奴呼韩邪单于闻郅支既诛，且喜且惧，入朝，自言愿婿汉氏以自亲。上以后宫良家子王嫱，字昭君赐之。单于称谢，归号昭君为宁胡阏氏。甘延寿、陈汤至京师，将论功行赏，石显加以矫制擅兴师之罪，刘向上疏力辩，乃赦其罪而录其功。上在位十六年崩。

太子成帝骜立，以皇后王氏为皇太后，以元舅王凤为大司马大将军。石显以罪免官，归故里，道死。成帝以许广汉之侄女为后，与班婕妤并有宠。班婕妤甚贤，常辅上以正。后上过阳阿主家，悦歌舞，妓女赵飞燕，召入宫，大幸。女娣合德复召入，姿性尤秾粹，姊妹俱为婕妤，贵倾后宫。谮告许后，班婕妤诅咒上，许后坐废，考问班婕妤。对曰："妾闻死生有命，富贵在天，修正尚未蒙福，为邪欲以何望！使神鬼有知，不受不臣之愬，如其无知，凭之何益！"上善其对，赦之。班婕妤恐久见危，乃求供养太后于长信宫，帝许焉。遂立赵飞燕为后，合德为昭仪，帝内惑于淫后妖妃，外制于外家奸佞，政事皆决于王凤。王凤卒，以王音为大司马秉政。音卒，以王商为大司马秉政。商卒，以王根为大司马秉政。王根以病免，遂以王莽为大司马秉政。时有大风如血，又有两月相承，晨见东方，岷山崩，壅江三日，江水竭之异。莽欲名誉彰著，愈折节为俭约，赏赐邑钱，悉以享士。刘向屡为上言之，上不能用。帝素强无疾，以赵合德淫之过度而崩，在位二十六年。

皇太后诏王莽杂治皇帝起居病状，赵昭仪自杀，寻废皇后为庶人，后亦自杀。上无嗣，以元帝之孙定陶王之子欣入继为嗣，是为哀帝，追尊定陶共王为定陶共皇，尊定陶王太后傅氏，曰定陶共太后，尊生母丁姬曰定陶共皇后，立傅太后从侄女傅氏为后，封丁明傅晏皆为列侯，俱官拜大司马，掌朝政。遣新都侯王莽，罢官就国。侍中董贤，年少美丽，得幸于帝，赏赐巨万，封高安侯，贵震朝廷。贤妻及贤妹，俱有美色，帝召贤妻，得通籍入宫，又召贤妹为昭仪，夫妻兄妹并宠，言无不听，至有法尧禅舜之语。丞相孔光等，趋承拜谒，而权与人主侔矣。帝欲收揽威权，屡诛大臣，然内制于傅太后，外过宠于董贤，信谗疾忠，汉业遂衰。

在位六年崩，无嗣。太皇太后王政君，召新都侯莽，佐理丧事，收董贤印绶，罢归第，即日与妻皆自杀，家属徙合浦。太皇太后以王莽为大司马，领尚书事，迎元帝庶孙中山王箕之子衎即位，是为平帝。太师孔光，大司徒马宫等，盛称莽功德比周公，于是群臣咸颂莽功德，号莽安汉公。平帝聘安汉公莽女为后。莽长子宇，劝莽归政。帝外家卫氏，私与卫宝通书，事觉，莽杀其子宇，尽灭中山王后家卫氏，又杀敬武公主，及氾乡侯何武，故司隶鲍宣等数百人，海内大震。以安汉公莽为宰衡，加新息、召陵二县，及新野田，伪辞不受，加九锡。

时帝益壮，以母家卫氏为莽所害，常不悦，莽因腊日上椒酒，置毒酒中。帝有疾，莽作策命于泰时，愿以身代，藏策金縢，置于殿前，敕诸公莫敢言。帝在位五年，为王莽所弑而崩，寿十四岁。

前辉光郡谢嚣，奏武功长孟通浚井，得白石，上圆下方，有丹书。曰："告安汉公莽为皇帝。"于是群臣请太后，请安汉公践祚，谓之摄皇帝。太后不可。太保王舜谓太后，事已如此，无可奈何。太后力不能制，诏曰可。莽遂南面朝群臣，郊祀天地，赞曰假皇帝。平帝无嗣，莽立宣帝玄孙广成侯勋之子婴为皇太子，年方二岁，号曰孺子。安众侯刘崇与相张绍，起兵讨莽，从者数百人，进攻宛，不克，死之。东郡太守翟义，与都尉刘宇、陈丰等，举兵西诛不当摄者，立宗室子孙严乡侯刘信为天子，移檄郡国，众十余万。莽闻之，惶惧不能食，乃使王邑等击义。莽曰："昔周公摄政，而管蔡挟禄父以叛，今翟义亦挟刘信而作乱。自古大圣犹惧此，况臣莽之斗筲。"群臣皆曰："不遭此变，不章圣德。"莽依周公作大诰，谕天下以反位孺子之意。于是吏上攻义，破之。义战死，信逃亡，三辅豪杰赵朋、霍鸿，起兵应翟义，王级等击灭之，诸县悉平。莽自谓威德日盛，大获天人之助，遂谋即真矣。梓潼人袁章，游于长安，素无行，作铜匮以献。署其一曰天帝行玺，其一曰赤帝玺，谓上帝与高祖传位于莽也。莽遂即真天子位，定有天下之号曰新，自称新皇帝。时孺子未立，玺藏长乐宫太皇太后处，莽使王舜请玺于太后，太后不肯与，怒骂之曰："汝属父子宗族蒙汉家力，富贵累世，既无以报，受人孤寄，乘时利便，夺取其国，不顾恩义，天下岂有汝兄弟耶！我汉家老寡妇旦暮且死，欲与此玺俱葬。"终不可得。舜谓太后："莽必欲得传国玺，太后宁能终不与耶？"太后恐莽胁之，乃出玺投之地。曰："我老将死，知汝兄弟，今灭族也。"莽更号太皇太后为新室文母太皇太后，废孺子为定安公，孝平皇后为定安太后。孺子未立，在虚位三年。西汉凡十三帝，二主，起高祖乙未，终孺子婴戊辰，共二百一十四年，而为王莽所篡。徐乡侯刘快，起兵讨莽，不克，死之。东汉光武建武元年，平陵人方望等起兵，立孺子婴为天子，淮南王遣将击斩之。此是后话，且听下回分解。

第十六回　西汉衰　遭王莽　篡国鸩君

诗曰：

一自沙场战罢归，剑华生涩马空肥。
风憔伏虎莲花帐，尘销蟠龙帅字旗。
战策兵书慵再展，龙韬虎略有谁知？
昨宵梦想相持处，血并金枪污铁衣。

却说汉自高祖开基，传至二百年后，被王莽用鸩酒毒杀平帝，篡孺子婴而自立。乃执孺子手流涕唏嘘，孺子反北面称臣，百僚莫不感动。莽女安定太后，常称疾不与朝会。时年未二十，莽欲嫁之，乃更号曰黄皇室主，欲绝之于汉。后大怒，坚卧不起，莽亦不复强。废汉庙，立王氏九庙，方四十丈，高十七丈，费数百余万，卒徒死者数万。废汉诸侯王为民，废诸刘为吏者。莽母功显君死，莽无哀意，自以为身承汉宗为天子，为服缌麻，如天子吊诸侯之服。以孙新都侯宗为丧主，服丧三年。其后太皇太后王政君崩，莽反为之服丧三年，立庙，以元帝配食，坐于床下。莽又以谗杀其嫂，及其兄子光。莽孙宗自画容貌，被服天子衣冠，发觉，自杀。莽妻死，莽太子临谋杀莽，事觉，自杀。莽性躁扰，不能无为，每有所兴造，动欲慕古，不度时宜，每狭小汉家制度。乃曰："古者一夫百亩，十一而税，秦坏圣制，废井田，强者规田以千数，弱者曾无立锥之居。"又置奴婢之市，与牛马同，昧于天地人为贵之义。今更名天下田曰王田，奴婢曰私属，皆不得买卖。其男口不盈八，而田过一井者，分余田以与九族。敢有非井田圣制者，投诸四裔，以御魑魅。于是富者不自保，贫者不聊生，天下謷謷，陷刑者众，民大愁怨思乱。

初莽之谋篡也，吏民争为符命，皆得封侯，其不为者相戏曰："独无天帝持书乎？"久而莽亦厌之。元年秋，遣五威将王奇等十二人，班符命二十四篇于天下，外及蛮夷。其后言符命，非五威将所颁者罪之。莽好空言，慕古封建之制，多封爵人，而性实吝啬，托以地理未定，故且先颁菁茅四色之土，用慰封者，于是诸侯食用皆乏。莽恃府库之富，欲立威匈奴，乃遣孙建等，率十二将分道并出击匈奴。严尤切谏，勿听，转兵谷如故。内郡愁于征发，始流亡为盗贼。北边自宣帝以来，数世不见烟火之警，人民炽盛，牛马满野。及莽扰乱，单于怒曰："先单于受汉宣帝恩，不可负也。今天子非宣帝子孙，何以得立。"乃遣兵分道入塞，杀守尉，略吏民，边民死亡，系获殆尽。莽遣五威将王骏、李崇等，出西域，使诸国郊迎送兵谷。焉耆诈降，而聚兵自备。骏等至，伏兵袭杀之。西域遂绝。莽大募兵击匈奴，下令曰："敢有趋避违令者，即时斩首。"于是杀人无算，百姓倒悬，道路以目，彗星见。时黄雾四塞，大风拔木飞瓦，雨雹杀牛羊，大雪深一丈余，竹树皆枯死。民间讹言黄龙堕死黄山宫中，走观者万数，莽悉收捕斩之。飞蝗蔽天，大饥，人相食。夏陨霜，杀草木。莽法令烦苛，民摇手触禁，不得耕桑，于是并起为盗贼。临淮人瓜田仪等依阻会稽长洲，聚众为盗。琅邪女子吕母，聚党数千人杀海曲县令，入海作乱，众至数万人。荆州饥馑，更相侵夺。新市人王匡、王凤，聚众数百人。诸亡命者马武、王常、成丹等，皆往从之。藏于绿林山中，数月间，至七八千。琅邪樊崇起兵于莒，众百余人。群盗以崇猛勇，多附之。一岁间，至万余人。东海刁子都，起兵钞击徐兖，莽遣兵击之不能克。关东大饥，人相食，南郡秦丰兵起，平原女子迟昭平，亦聚众数千人，在河阻中。樊崇等众浸盛，乃相与约，杀人者死，伤人者偿创。莽遣太师王匡，更始将军廉丹征之。崇等恐其众，与莽兵乱，乃皆朱其眉，以相识别，由是号曰赤眉。藤将王匡、廉丹共领锐卒十余万人，所过放纵淫掠，东方为之语曰："宁逢赤眉，不逢太师。太师尚可，更始杀我。"赤眉破莽，更始将军廉丹杀之。新市兵王匡等进攻随，平林人陈牧、廖湛复聚众千余人，号平林兵以应之。

初汉景帝第十子，长沙定王发，三世孙曰钦。钦娶湖阳樊重女，生三子：缜、仲、秀。缜字伯升，性刚毅慷慨，威名素著。仲初起兵时，战死于小沛。秀隆准日角，性勤稼穑。缜常非笑之，比于高祖兄仲。秀尝过穰，穰人蔡少公颇学图谶，言刘秀当为天子。或曰："是国师公刘秀乎？"此刘秀乃刘向子歆更名秀，时为王莽国师，封嘉新公者。秀戏曰："何由知非仆也！"坐者皆大笑。宛人李守，好星历谶记，尝谓其子通曰："刘氏当兴，李氏为辅。"及新市平林兵起，南阳骚动。通从弟轶谓通曰："今四方扰乱，汉当复兴，南阳宗室，独刘伯升兄弟，泛爱容众，可与谋大事。"通笑曰："吾意也。"会秀卖谷于宛，通遣轶迎秀，与秀约归南阳白水乡，起兵南阳，今河南南阳府是也。刘缜召诸豪杰计议，分遣亲客于诸县起兵。缜自发白水乡子弟，子弟皆恐惧亡匿，及见秀绛衣大冠，皆惊曰："谨厚者亦复为之。"乃稍相安。凡得子弟七八千人，部署宾客，自称柱天都部。秀时年二十八，缜使族人招降新市平林兵，杀湖阳尉，进拔棘阳，李轶、邓晨皆将宾客来会。又与下江兵王常合，夜袭蓝乡，尽获其辎重。时汉兵已十余万，诸将议立汉后，以从人望。南阳豪杰欲立刘缜，而景帝五世孙元在平林军中，号更始将军。新市平林将帅，惮缜威名，贪元懦弱，先定策立之，然后召缜示其议。缜以为宜且称王，待破莽降赤眉后，然后举尊号，众不从。立刘元为皇帝，大赦，改元，号更始元年。南面朝群臣，羞愧流汗，举手不能言。置公卿，拜缜为大司徒，偏将军刘秀等。徇昆阳、定陵、郾，皆下之。王莽遣王邑、王寻发兵，平定山东，征诸明兵法者六十三家，以备军吏。以长人巨无霸为垒尉，无霸身长丈二，腰大十围，辂车不能载，三马不能胜，能驱诸猛兽虎豹犀象之属以助威武，号百万。围昆阳，诸将见兵盛，惶怖，皆欲散归诸城。刘秀曰："今兵谷少而敌强，并力御之，功庶可立。如欲分散，势无俱全。昆阳即拔，诸部亦灭矣。今不同心共举功名，反欲守妻子财物耶！"诸将怒曰："刘将军何敢如是！"秀笑而起。会莽兵至城北，诸将窘迫，乃更请秀计之。秀复为图画成败，皆曰诺。时城中惟有八九千人，秀使王凤、王常守昆阳，夜与李轶等十三骑出城南门，于外收兵。时莽兵至城下者且十万，秀等几不得出。王邑、王寻纵兵围昆阳，严尤谓王邑曰："昆阳城小而坚，不如先击宛，宛败，昆阳自服。"不听，遂围之数十重，钲鼓之声，闻数十里。凤等乞降不许。严尤又曰："兵法围城必阙，宜使得逸出以怖宛下。"又勿听，刘秀至郾，定陵悉发诸营兵俱进，自将步骑千余为前锋，王邑、王寻亦遣兵数千来战，秀奔之，斩首数千级。诸将喜曰："刘将军平生见小敌怯，今见大敌勇，甚可怪也！"乃复进。王邑、王寻兵却，都部共乘之，胆气益壮，无不一当百。初莽兵恃巨无霸召神怪助胜，而秀军中有侏儒郅君章，能役鸦禽破之，遂杀王寻。城中亦鼓噪而出，中外合势，震呼动天地。莽兵大溃，死者数万。会大风雷，屋瓦皆飞，雨下如注，强川盛溢，士卒溺死者又数万。王邑、严尤，渡水逃去，尽获其军实辎重。于是海内豪杰，翕然响应，皆杀其牧守，自称将军，用汉年号，以待诏命。岑彭以宛城降汉，更始入都之。宛，即今河南南阳府是也。刘秀徇颍川，冯异以五县降。莽闻之大惧，欲外示自安，乃染其须发，进所征淑女杜陵史氏为皇后。史氏有美色，莽亲迎，成同牢之礼。是日大风拔木，群臣上寿，莽日与方士，考验方术，纵淫乐焉。莽闻汉兵言莽鸩杀平帝事，乃会公卿于王路堂，开所为平帝请命金縢之策，泣以示群臣。王莽卫将军王涉，与国师刘秀，大司马董忠等，谋劫莽降汉，此刘秀，乃刘向子歆，阿附王莽，为莽国师。复因图谶有刘秀名，因改歆为秀。事觉，莽召忠寸斩之，秀、涉自杀。莽以军师外破，大臣内叛，忧懑不能食，但饮酒，啗鳆鱼，读军书，倦因凭几寐，不复就枕矣。更始遣上公王匡攻洛阳，大将军申屠建攻武关，三辅震动。析人邓晔、于匡起兵应汉，开武关，迎汉兵。诸县大姓，各起兵称汉将，四会城下。莽愈忧，不知所出。莽大司空崔发曰："古者国有大灾，则哭以厌之，宜告天以求救。"莽乃率群臣至南郊，陈其符命本末，仰天大哭，气尽，伏而叩头。诸生小民，旦夕会哭，为设餐粥，甚悲哀者，除以为郎，郎至五千余人。又拜将军九人，皆以虎为号。时省中黄金，尚六十余万斤，莽赐九虎士每人钱四千，众无斗志。又赦城中囚徒，杀豨饮其血，与誓曰，"有不为新室者，社鬼记之。"既而皆败走，众兵发掘莽妻子父祖坟，烧其棺椁，及九庙明堂辟雍，火照城中。汉兵攻长安，从宣平门入，火及掖庭，黄皇室主曰："何面目以见汉家！"自投火中而死。莽避火宣室前殿，火辄随之。时值九月，莽绀色单衣持虞帝匕首，旋席随斗柄而坐曰："天生德于予，汉兵其如予何？"庚戌旦平明，群臣扶掖莽之渐台，众兵围之。晡时上台，商人杜吴杀莽，校尉斩莽头，军人分莽身，节解脔分，争相杀者数十人。传莽头诣宛，悬于市，百姓共提击之，或切食其舌。王莽年三十八为大司马，五十一居摄，五十四即真，六十八诛死，窃位一十八年。

汉上公王匡拔洛阳，斩莽将王匡、哀章。成纪人隗嚣与周宗等起兵应汉，移檄郡国，勒众十万，攻下陇西武都等地。茂陵公孙述起兵成都，自称辅汉将军，兼益州牧。淮南李宪起兵据庐江称王。安定三水人卢芳，诈称武帝曾孙刘文伯，据平凉等地，与匈奴和亲，匈奴立为汉帝。更始封梁孝王八世孙刘永为梁王，即据国起兵，攻下济阴、山阳等地，以董宪张步为将军，遂专据东方。汉新市、平林诸将，以刘縯兄弟威名日盛，因劝更始除之。縯部将刘稷闻更始立，怒曰："本起兵图大事者，伯升兄弟也。今更始何为者耶？"更始收稷将诛之，縯固争，李轶、朱鲔因劝更始，并执縯杀之。秀自父城驰诣宛谢，司徒官属迎吊秀，秀不与私交一语，惟深引过而已，未尝自伐昆阳之功，又不为縯服丧，饮食言笑如平常。更始以是自惭，乃拜秀为破虏将军，封武信侯。更始将迁都河南洛阳，以刘秀为司隶校尉，使前整修宫府。秀乃置僚属，作文移从事司察，一如旧章。时三辅吏士东迎更始，见诸将过，皆冠帻而服妇人衣，莫不笑之。及见司隶僚属，皆欢喜不自胜。老吏或垂涕曰:“不图今日复见汉官威仪。”由是识者皆心属焉。更始拜刘秀行大司马事,持节北渡河,镇慰州县。秀至河北,即今北直隶等地,所过郡县,考察官吏,黜陟能否,平遣囚徒,除王莽苛政,复汉官名,吏民喜悦,争持牛酒迎劳,秀皆不受。南阳邓禹杖策追秀,及于邺。秀曰:“我得专封拜,生远来,宁欲仕乎!”禹曰:“不愿也,但原明公威德加于四海,禹得效其尺寸,垂功名于竹帛尔!”秀笑,因留宿。禹进说曰:“今山东未安,赤眉青犊之属,动以万数,更始既是常才,不自听断,诸将皆庸人崛起,志在财帛子女,非有忠良明智,深虑远图,欲尊主安民也。明公素有盛德大功,为天下所响服,军政齐肃,赏罚明信。为今之计,莫如延揽英雄,务悦民心,立高祖之业,救万民之命,以公而虑,天下不足定也。”秀大悦,因令禹常宿止于中,与定计议。每任使诸将,多访于禹,皆当其才。秀自兄縯之死,每独居,辄不御酒肉,枕席有涕泣处。主簿冯异独宽譬之。秀止之曰:“卿勿妄言。”异因进说曰:“更始政乱,百姓无所依戴。夫人久饥渴,易为充饱,今公专命方面,宜分遣官属,循行郡县,宣布惠泽。”秀从之。骑都尉耿纯,谒秀于邯郸,退见官属将兵法度,不与他将同,遂自结纳。

初王莽时,长安中有自称成帝子子舆者,莽杀之。邯郸卜者王郎,缘是诈称真子舆,百姓多信之,立郎为天子。赵国以北,辽东以西,皆望风响应。时上谷太守耿况遣其子弇诣长安。弇年二十一,至宋子,会王郎起。从吏曰:“子舆成帝正统,舍此不归,远行安之?”弇按剑曰:“子舆敝贼,卒为降虏耳!我至长安,陈渔阳上谷兵马,归发突骑,以辚乌合之众,如摧枯折朽耳!公等不识去就,灭族不久也。”弇闻大司马秀在卢奴,乃北驰上谒。秀留署长史与俱北。至蓟,秀将南归。弇曰:“今兵从南方来,不可南行。渔阳太守彭宠,公之同邑人上谷太守,即弇父也。发此两郡,控弦万骑,邯郸不足虑也!”秀官属皆曰:“死尚南首,奈何北行入囊中!”秀指弇曰:“是我北道主人也。”大司马秀在蓟,会王子接起兵蓟中,以应王郎城内扰乱。秀趣驾而出,不敢入城邑,舍食道旁,至芜蒌亭,时天寒冽,冯异上豆粥。至下曲阳传舍,闻王郎兵在后,从者皆恐。至滹沱河,候吏还曰:“河水流澌,无船不可济。”秀使王霸往视之。霸恐惊众,即还诡报曰:“冰坚可渡。”遂前至河,河水亦合,乃渡。未毕数骑而冰解。至南宫,遇大风,秀引车入道旁空舍,冯异抱薪,邓禹热火,秀对灶燎衣。冯异复进麦饭,驰赴信都。是时郡国皆降王郎,独信州太守任光、和戎太守邳彤,不肯从。光闻秀至,大喜。邳彤亦自和戎来会。议者,多言可因信都兵自送,西还长安。邳彤曰:“吏民歌吟,思汉久矣,今卜者王郎,假名因势,驱集乌合之众,遂振燕赵之地,无有根本之固,明公奋二郡之兵以讨之,何患不克!今释此而归,岂徒空失河北,必更惊动三辅,堕损威重,非计之得者也!”秀乃止。任光发傍县,得精兵四千,众稍合至万人。移檄边群,共击邯郸,郡县还复响应。耿弇以上谷渔阳兵,行定郡县。会大司马秀于广阿,秀以其将寇恂、吴汉等为将军,进军拔邯郸。王郎出走,追斩之,收郎文书,得吏民与郎交关,毁谤者数千章。秀不省,会诸将烧之曰:“令反侧子自安。”更始遣使立秀为萧王,悉令罢兵。耿弇进曰:“王郎虽破,天下兵革乃始耳。今使者从西方来,欲罢兵,不可听也!铜马、赤眉之属数十辈,辈数十百万人,所向无前,圣公不能辩也。败必不久,百姓患苦王莽,复思刘氏,今更始为天子,而诸将擅命,贵戚纵横,掳掠不恣,元元叩心。更思莽朝,是以知其必败也。公功名已著，以义征伐，天下可传檄而定也。天下至重，公可自取，毋令他姓得之。”萧王乃辞以河北未平，不就征，始贰于更始。时诸贼铜马、铁胫、尤来、大抢、上江、青犊、富平、获索等各令部曲，众约百余万，所在寇掠。萧王击铜马于鄡。吴汉将幽州十郡突骑来会，士马甚盛，铜马食尽夜遁，萧王追击于馆陶，悉破降之。封其渠帅为列侯，诸将未能信贼，贼降者亦不自安，王敕令降者各归营勒兵，自乘轻骑按行部陈，降者更相与曰：“萧王推赤心置人腹中，安得不投死乎！”由是皆服。悉以降人分配诸将，众遂数十万，南徇河内。太守韩歆降萧王，北击尤来、大抢、五幡于元氏，追至北平连破之。贼退入渔阳，所过掳掠，强弩将军陈俊曰：“贼无辎重，宜令轻骑出贼前，使百姓各自坚壁以绝其食，可不战而殄也。”王遣俊如其策，贼无所得食，遂散败。吴汉率耿弇、景丹等十三将军，追尤来等，斩首万三千余级。贼散入辽西、辽东，为乌桓貊人所抄掠殆尽。萧王还至中山，诸将请上尊号，勿听。耿纯、冯异力劝王从众议，以收人望。至鄗，会诸生强华奉赤伏符诣王曰：“刘秀发兵捕不道，四夷云集龙斗野，四七之际火为主。”群臣因复奏请，王乃即皇帝位于鄗，且待后话不提。

单表更始既都洛阳，复从洛阳迁都于长安。时长安惟未央宫被灾，其余宫室供帐仓库官府皆如故。更始居长乐宫，升前殿，郎吏以次列庭中。更始羞惭，俯首刮席不敢视。诸将后至者，更始问携掠得几何。左右侍官，皆宫省久史，惊愕相视。更始纳赵萌女为夫人，以萌为大司马，委政于萌，日夜饮宴后庭。群臣欲言事，辄醉不能见。萌专权自恣，群小膳夫，皆滥官爵，长安语曰：“灶下养，中郎将；烂羊胃，骑都尉；烂羊头，关内侯。”由是关中离心，四海怨叛。赤眉樊崇等，将兵攻长安。以名为群贼，不可以久，议立宗室，挟义诛伐。先是赤眉掠得故式侯萌之子盆子，在军中主牧羊。时年十五，被发徒跣，敝衣赭汗，至是立为上将军。见众拜，恐畏欲啼。赤眉至宏农，更始遣兵击之，大败。赤眉入长安，更始奔高陵，将相皆降。更始遣刘恭请降于赤眉，赤眉封为长沙王。三辅苦赤眉暴虐，皆怜更始欲盗出之，张卬使谢禄缢杀之，刘恭夜收藏其尸。光武帝诏邓禹葬之于霸陵，封为淮阳王，更始在位二年而亡。光武中兴，其话颇长，且听下回分解。

第十七回 汉光武 复中兴 世称东汉

词曰：

豪杰千年往事，渔樵一曲高歌。乌飞兔走疾如梭，眨眼风惊而过。妙算龙韬虎略，英雄铁马金戈。争名夺利竟如何？必有收成结果！

却说世祖光武皇帝，姓刘，名秀，字文叔，景帝第十子长沙定王发之后。发生春陵节侯买，春陵即南阳白水乡也。买长子戴侯熊渠，袭爵。买少子外为郁林太守，生钜鹿都尉回，回生南顿令钦，钦生秀于南顿。有嘉禾一茎九穗之瑞，故名曰秀。乙酉六月，即皇帝位于鄗南。大赦，改元建武元年。上以寇恂文武备足，有牧民御众之才，拜恂为河内太守。恂调糇粮，治器械以供军，未尝乏绝。时朱鲔为更始守洛阳，帝遣诸将围之数月，朱鲔坚守不下。帝以廷尉岑彭常为鲔校尉，令往说之。鲔曰："大司徒被害时，鲔预其谋，又谏更始毋令萧王北伐，自知罪深，不敢降。"彭还报。帝曰："举大事者，不忌小怨。鲔降，官爵可保，况诛罚乎！河水在此，吾不食言！"彭复以告鲔，鲔面缚，诣河阳降。帝解其缚，拜平狄将军，封扶沟侯。十月，车驾入洛阳，遂定都焉。立祖庙于洛阳。

刘恭知赤眉必败，密教盆子，归玺绶，习为辞让之言。及正旦，大会。盆子下床，解玺绶，叩头曰："今设置县官，而为贼如故，四方怨恨，此皆立非其人所致，愿乞骸骨，避贤圣路，必欲杀盆子以塞责者，无所离死。"因涕泣唏嘘。崇等避席顿首曰："臣无状，负陛下，请后不敢。"因共抱持盆子，带以玺绶。既罢，出。各闭营自守，三辅翕然。称天子聪明，百姓争还长安，市里且满。后二十余日，复出大掠如故。长安城中粮尽。赤眉纵火杀掠，遂入安定北地。

邓禹引兵至长安，军昆明池，谒高庙，收十一帝神主，送诣洛阳。赤眉欲西至上陇，隗嚣击破之，又遇大雪，士多冻死，乃复还，发掘诸陵，取其宝货，污辱吕太后尸。邓禹击之，不利。禹乃出之云阳，赤眉复入长安。邓禹威名日损，又乏粮食，数战不利。帝乃遣偏将军冯异代禹，征禹还。禹惭受任无功，要异共攻赤眉。异曰："赤眉尚多，可以恩信倾诱，难猝用兵破也。"禹不听，遂战，大败。禹以二十四骑脱归宜阳。异弃马奔回溪，归营坚壁自守，冯异再整兵，与赤眉约期会战，使壮士变服，与赤眉同，伏于道侧。旦日赤眉攻异，异纵兵大战，日昃，贼气衰，伏兵猝起，衣服相乱，赤眉惊溃，追击大破之。赤眉余众东向宜阳，帝视勒六军，严阵以待之。赤眉惊震，乃遣刘恭乞降，曰："盆子将百万众降，陛下将何以待之？"帝曰："待汝以不死耳！"盆子及丞相徐宣以下三十余人，肉袒降。上所得传国玺绶，积兵甲宜阳城西，与熊耳山齐。赤眉尚十余万人，帝令县厨皆赐食。明日，大陈兵马临洛水，令盆子君臣列观，帝谓樊崇等曰："得无悔降乎？”徐宣叩头曰：“今日得降，犹去虎口归慈母，诚惧诚喜，无所恨也。”帝曰：“卿所谓铁中铮铮，庸中佼佼者也。”帝怜盆子，以为赵王郎中。赐樊崇等洛阳田宅，其后樊崇逢安以反诛。徐宣、杨音卒于乡里。刘恭为更始报仇，杀谢禄，自系狱。帝赦不诛，后为更始子寿光侯鲤所杀。盆子后病失明，赐荥阳均输地，使食其税终身。

初帝之讨王郎也，渔阳太守彭宠，发突骑以助军粮食，前后不绝，帝以为大将军，封列侯。及帝追铜马至蓟，宠自负其功，意望甚高，帝接之，不能满其意，以此怀不平。吴汉、王梁皆宠所遣。并为三公，而宠无所加，愈怏怏。至是有诏征宠入朝，其妻及所亲信吏，皆劝勿就征，遂发兵反。幽州牧朱浮以书责之曰：“往时辽东有豕，生子白头，异而献之，行至河东，见群豕皆白，怀惭而返。以子之功，论于朝廷，犹辽东豕也。今乃愚妄，自比六国，岂不误哉！”宠不听，攻朱浮于蓟。宠又遣使诱耿况同反，况斩其使。涿郡太守张丰反，与彭宠连兵。朱浮上疏求救，浮城中粮尽，会耿况遣骑来救，浮乃得脱，蓟遂降宠。宠自称燕王，攻拨右北平、上谷数县，北连匈奴，南结张步，及富平获索诸贼，声势大张。征虏将军祭遵等，讨张丰斩之。帝诏建威大将军耿弇进击弇宠，使其子舒砻击匈奴，斩匈奴两王，宠退走。宠斋居便室，苍头子密等三人，因宠卧寐，共缚著床，矫宠命，使诸吏归休，缚其奴婢。又以宠命呼其妻，妻入，惊曰：“奴反。”奴击其颊，宠急呼曰：“趣为诸将军办装。”两奴将其妻入取宝物，使妻缝两缣囊装之。昏夜后，解宠手，令作记，告城门校尉速开门。书成，斩宠及妻头，驰出城，诣阙。宠尚书韩立等立其子午为王，国师韩利斩之，诣祭遵降，帝封子密为不义侯，燕地悉定。

淮南李宪，王莽末，为庐江连帅，因据庐江，称王四年，称帝三年。杨武将军马成破走之，其军士帛应斩之以降。

初梁王刘永之叛更始也，使沛人周廷等，攻下济阴、山阳、沛楚、淮阳、汝南等地。又遣使拜西防贼帅佼僵为横行将军，东海贼帅董宪为翼汉将军，琅琊贼帅张步为辅汉将军，遂专据东方。未几，称帝于睢阳。更始将苏茂降永，张步治兵于剧，遣将徇泰山、东莱、城阳、胶东、齐南、齐郡、北海，皆下之。帝遣虎牙大将军盖延克睢阳，刘永走保湖陵，延遂定沛楚临淮等地。帝使大中大夫伏隆持节使青、徐二州，招降郡国。青、徐群盗闻永败，皆惶怖请降。张步献鳆鱼，帝以步为东莱太守。刘永立董宪为海西王，张步为齐王。步贪王爵，降而复叛，执杀伏隆而受永封，据郡十二。刘永将庆吾斩永首以降。苏茂、周建复立永子纡为梁王，帝遣捕虏将军马武，骑都尉王霸，围刘纡、周建于垂惠。时吴汉、耿弇击富平获索于周原，大破之，因诏弇进讨张步。平敌将军庞萌，为人逊顺，帝信爱之，尝称可以托孤寄命，使与盖延共击董宪。时诏书下延而不及萌，萌疑延谮己，遂反，袭延军破之，与宪连和，攻破彭城。帝怒，自将讨之，与诸将书曰：“吾尝以庞萌为社稷臣，将军辈得无笑其言乎！其各厉兵秣马会睢阳。”董宪使苏茂、佼僵助庞萌，围桃城。帝时幸蒙，自将轻兵驰赴之。去桃城六十里，休士养锐以挫其锋。时大司马吴汉等在东郡，驰使召之。萌等悉兵攻桃城，城中闻东驾至，众心益固，二十余日不下，萌众疲困，吴汉等军皆至，帝乃帅兵，亲自搏战，大破之。萌等走从董宪，帝四面攻宪，大破之。佼僵降，苏茂奔张步，董宪、庞萌走郯。吴汉拔郯，宪、萌走朐；吴汉拔朐，斩董宪、庞萌，刘纡军士高扈，斩纡以降。耿弇进讨张步，拔祝阿，破其军，斩其将费邑，攻下四十余城，遂定济南，进军破临淄。张步将兵二十万攻弇，弇与步战，飞矢中弇股，以佩刀截去之，左右无知者，遂大破之。时帝在鲁，闻弇为步所攻，自往救之。未至，强弩将军陈俊谓弇曰："剧虏兵盛，可且闭营休士，以须上来。"弇曰："乘舆且到，臣子当击牛酾酒，以待百官，反欲以贼遗君父耶！"乃出兵大战，复大破之。弇知步困，将退，豫置左右翼，伏以待之。人定时，步果引去，伏兵起纵击，追至巨洋、昧水上，僵尸相属，收其辎重二千余辆。步还剧，帝至劳军，进幸剧。弇复追张步，步奔平寿，苏茂救之。帝遣使告步、茂，能相斩以降者，封为列侯，步遂斩茂以降。弇入据其城，众尚十余万，辎重七千余辆，皆罢遣归乡里。封步为安邱侯。后步逃奔临淮，谋亡入海，陈俊击斩之，江淮、山东悉平。耿弇降五校余党，齐地悉平。弇为将平郡四十六，攻城三百，未尝挫折焉。

伪汉卢芳，诈称武帝曾孙，立为平西王，又称汉帝，十三年，奔入匈奴，越三年来降，封代王。时天下大定，惟陇蜀未下。初隗嚣据陇，今陕西临洮巩昌、甘肃等地。公孙述据蜀，今四川成都等地。又南郑人延岑，起兵据汉中。汉中王嘉击降之，有众数十万。未几，延岑反，汉中王嘉败走。岑据汉中，因寇顺阳，邓禹击破之，延岑奔蜀。

时公孙述称帝，以岑为大司马，封汝宁王。隗嚣降于汉，帝报以殊礼，言称其字季孟而不名。嚣遣马援奉书诣洛阳，觇帝动静。援还，盛道上威德，嚣不之信。初更始时，平陵窦融据河西，自称五郡大将军。五郡者，酒泉、张掖、金城、武威、敦煌也，俱在陕西行都司。融欲事汉而未能自通，乃从隗嚣受建武正朔，遣长史刘钧等奉书诣洛阳，帝赐以玺书，授融为凉州牧。公孙述使田戎出江关，招其故众，欲取荆州，不克。帝诏隗嚣伐蜀，嚣不从。帝遣耿弇等七将军，从陇道伐蜀。先使中郎将来歙喻旨于嚣，嚣犹预，歙欲刺嚣，嚣起，勒兵将杀歙，歙徐杖节，就车而去，嚣遂反，诸将与嚣战，大败，各引兵下陇，退而东。帝诏耿弇军漆，冯异军栒邑，祭遵军汧。初马援闻嚣欲贰于汉，数以书责譬之，嚣怒。及嚣反，援上书请诣行在，极陈灭嚣之术。帝召之，援具言谋划，帝因使援将突骑五千，往来游说，离嚣支党。隗嚣乘胜，使王元行巡，将二万人下陇。进而东，遣行巡取栒邑。冯异驰兵潜往闭城，偃旗鼓。巡不知，驰赴之。异建旗鼓而出，巡军惊乱，追击，大破之。祭遵亦破王元于汧。于是北地诸豪长，悉叛嚣来降。隗嚣称臣于公孙述，立嚣为朔宁王。来歙将二千余人，伐山开道，从回中，竟袭洛阳，斩其守将金梁。嚣大惊曰："何其神也！"帝闻得洛阳甚善，诸将争趋洛阳，帝皆追还。曰："嚣亡要城必来攻，旷日持久而城不下，乃可乘也。"嚣果悉以精锐围洛阳，歙固守不能下。帝乃自将征嚣，至高平第一。窦融率五郡太守及羌虏小月氏等，与大军会。帝善之，置酒高会，待以殊礼，遂数道上陇，进而西。使王遵招嚣将牛邯，下之，拜邯大中大夫。于是嚣将十三人，属县十六，众十余万皆降。嚣将妻子奔西城，帝劳赐来歙，班坐绝席，在诸将之右，赐歙妻缣千匹。进幸上邽，诏告嚣曰："若束手自诣，父子相见，保无他。"嚣终不降，乃诛其子恂，使吴汉、岑彭围西城。封窦融为安丰侯，遣西还所镇。颍川盗起，帝还宫六日，自将讨平之。隗嚣病且饿，恚愤而卒，少子纯立为王。来歙帅冯异等五将军讨隗纯于天水，来歙等攻破落门，隗纯降，王元走蜀，陇右悉平。

帝因讨蜀，遣征南大将军岑彭攻田戎等，不克。遣吴汉发荆州兵，凡六万余人，骑五千匹，会荆门。岑彭装战船数十艘，直冲浮桥，顺风并进，蜀兵大乱，长驱入江关，军无掳掠，百姓大喜，争开门降。田戎走保江州，彭到江州，以城固粮多难猝拔，留冯骏守之，自引兵乘利，直指垫江，攻破平曲，遂收其米数十万石。吴汉留夷陵，装露桡继进。公孙述以王元为将军，使与领军环安拒河池。来歙等进攻元安，破之。蜀人大惧，使客刺歙，未死。歙驰召盖延，延悲哀不已。歙叱之曰："虎牙，何敢然！今使者中刺客，无以报国，故呼巨卿，欲相属以军事，而反效儿女子涕泣乎！"延收泪受诫。歙自书表曰："臣夜人定后，为何人所贼伤，中臣要害，臣不敢自惜，诚恨奉职不称，以为朝廷羞。夫理国以得贤为本，大中大夫段襄，骨鲠可任，愿陛下裁察！"投笔抽刀而绝。帝省书揽涕，诏以扬武将军马成代之。帝自将征公孙述，次长安。公孙述使延岑拒广汉，侯丹拒黄石。汉岑彭使辅威将军臧宫从涪水上平曲，拒延岑。岑彭自分兵下还江都，溯都江而上，袭击侯丹，大破之。因晨夜兼行二千余里，竟拔武杨，使精骑驰击广都，去成都数十里，势若风雨，所至皆奔散，蜀地震骇。述大惊，以杖击地曰："是何神也！"延岑盛兵沈水，臧宫引兵猝至，纵击，大破之，王元降。或劝述降，述曰："废兴命也，岂有降天子哉！"述使人诈为亡奴，降岑彭，夜刺杀彭，吴汉代领其军。冯骏拔江都，获田戎。吴汉乘胜，以步骑二万，进逼成都，去城十余里，阻江北为营，作浮桥，使副将刘尚将万余人，屯江南，相去二十余里。帝闻之大惊，使让汉曰："公轻敌深入，又与刘尚别营，贼出兵缀公，而以大众攻尚，尚破，公即败矣，可急引兵还广都。"诏书到，述果使谢丰、袁吉出攻汉，使别将劫刘尚。汉飨士秣马，夜衔枚，与尚合军。丰等不觉，引兵攻江南。汉悉兵迎敌，大破之，斩丰吉，引兵还广都。自是汉与述战于广都、成都之间，八战八克。述危困，乃悉散金帛，募敢死士五千余人，以配延岑。岑于市桥，伪建旗帜挑战，潜遣奇兵，出汉军后，袭破汉。汉堕水，缘马尾得出。汉具船欲遁，蜀郡太守张堪止之，汉从之。臧宫拔绵竹，破涪城、繁郫，与汉会于成都。述自将攻汉，使延岑拒宫，大战，岑三战三胜。自旦及日中，军士疲乏，汉因使护军高午、唐邯将锐卒击之，述兵大乱。午刺述洞胸，左右舆入城，夜死。明旦，延岑以城降，蜀地悉平。诏窦融与五郡太守入朝，赏赐恩宠，倾动京师。拜冀州牧。后融年七十有八而卒，谥曰戴侯。自是而天下复归一统矣。

吴汉自蜀振旅而还，大封功臣，邓禹等三百六十五人为列侯，已封者加邑，已没者封其子孙。邓禹有子十三人，使各习一艺，修整闺门，教养子孙，皆可为后世法。帝偃武修文，罢诸功臣，皆以列侯就第，不烦以政事，使不以吏职为过，而善全之。初起太学，帝亲幸之，稽式古典，修明礼乐，焕然文物可观。

严光，本姓庄，字子陵。少与帝同学，甚相善。及帝即位，光乃变姓名，隐身不见。帝思其贤，令以物色访之。后齐国上言，有一男子，披羊裘，钓泽中。帝疑是光，乃备安车元纁，遣使聘之，三反而后至。车驾即日幸其馆，光卧不起，帝即其卧所，抚光腹曰："咄咄子陵，不可相助为理耶？"光乃张目熟视曰："昔唐尧著德，巢父洗耳，士各有志，何相迫乎？"帝曰："子陵，我竟不能下汝耶？"于是升舆，叹息而去。复引光入，论道故旧，相对累日。因共偃卧，光以足加帝腹上。明日，太史奏，客星犯御座甚急。帝笑曰："朕故人庄子陵共卧尔。"除为谏议大夫，不屈，乃耕于富春山，以寿终于家。

帝如南顿，赐吏民南顿田租一岁，吏民固请十岁，帝复增一岁。帝如章陵，时改白水乡为章陵县，修园庙，祀旧宅，观田庐，置酒作乐，赏赐故旧。时宗室诸母，因酣悦相与语曰："文叔少时谨信，与人不款曲，惟直柔耳，今乃能如此。"帝闻之，大笑曰："吾治天下，亦欲以柔道行之。"

帝妹湖阳公主，嫁为邓晨之妻，新寡。帝与共论群臣，微观其意。至宋宏，主曰："宋宏威容德器，群臣莫及。"后宏被引见，帝令主在屏风后。因谓宏曰："谚言，贵易交，富易妻，人情乎？"宏曰："臣闻贫贱之交不可忘，糟糠之妻不下堂。"帝顾谓主曰："事不谐矣。"湖阳公主苍头，白日杀人，因匿主家，吏不能得。及主出行，以奴骖乘。雒阳令董宣于夏门亭，候驻车，叩马以刀画地，大言数主之失，叱奴下车，因格杀之。主即还宫诉帝，帝大怒，召宣，欲捶杀之。宣叩头曰："愿乞一言而死。"帝曰："欲何言？"宣曰："陛下圣德中兴，而纵奴杀人，将何以治天下乎！臣不须捶，请得自杀。"即以头击楹，流血被面。帝令小黄门持之，使宣叩头谢主，宣不从，强使顿之。宣两手据地，终不肯俯。主曰："文叔为白衣时，藏亡匿死，吏不敢至门。今为天子，威不能行一吏乎？"帝笑曰："天子不与白衣同。"因敕强项令出，赐钱三十万。宣悉以分诸吏，由是搏击豪强，京师莫不震栗。

帝欲封阴贵人兄兴为列侯，兴固辞，贵人问其故。兴曰："外戚家，若不知谦退，富贵有极，人当知足"。贵人感其言，深自降抑，帝甚善之。

帝令天下州郡，检核垦田户口。于是刺史太守，多为诈巧，优饶豪右，侵刻羸弱。时诸郡各遣使奏事，帝见陈留吏牍上有书，视之云："颍川宏农可问，河南南阳不可问。"帝诘问吏因由，吏不肯服，托言于长寿街上得之。帝怒。时皇子东海公阳，年十二，在幄后，言曰："吏受郡敕，欲以垦田相方耳。"帝曰："即如此，何故言河南南阳不可问？"对曰："河南帝城，多近臣；南阳帝乡，多近亲，田宅逾制，不可为准。"帝令虎贲将诘问吏，吏乃首服，如东海公对。上由是益奇爱阳，遣谒者考实二千石长吏，阿枉不平者。

带欲立东海公阳为太子，而未之发。会郭后宠衰，数怀怨怼，上怒之，遂废后，而立贵人阴氏为后。郭后既废，太子疆意不自安，辞太子位，帝废太子疆为东海王，而立东海王阳为太子，改名庄帝。以疆去就有礼，以鲁益东海，食二十九县，赐虎贲旄头，设钟虡之乐，拟于乘舆。以郭后弟郭况为大鸿胪，帝数幸其第，赏赐金帛丰盛，京师号况家为金穴。后郭后及故太子疆俱得令终。

时天下太平，交趾女子徵则、徵贰反，拜马援为伏波将军，讨平之。帝每旦视朝，日昃乃罢。数引公卿郎将，讲论经理，夜分乃寐。总揽权纲，量时度力，事无过举，休养生息。恐勤兵于远，辞西域之请都护，身致太平，匈奴畏服，兵革不兴。其中兴之美，比少康焉。在位三十三年崩，寿六十二岁。太子庄立，是为明帝。以其定都洛阳，谓之东汉。至献帝而汉室三分，欲得其详，下回便见。

第十八回　传汉献　曹操起　汉室三分

词曰：

飒飒西风渭水，萧萧洛叶长空。英雄回首北邙山，虎斗龙争过眼。闲看坝桥杨柳，凄凉露冷风寒。断蝉声里凭阑干，不觉斜阳又晚。

却说东汉光武崩，太子庄立，是为明帝。立马援之女贵人马氏为皇后。后好读书，尚谦肃，为汉室贤后。明帝幸辟雍，行大射礼，又行养老礼，以李躬为三老，桓荣为五更。礼毕，引桓荣及弟子升堂，上自为辩说。诸儒执经问难于前，冠带缙绅之人，圜桥门而观听者，盖亿万计。诣孔子宅，亲御讲堂，命皇太子诸王说经，匈奴亦遣子入学。帝闻西域有神，其名曰佛，因遣使之天竺，求其道，得其书，及沙门以来，一时王公贵人，独帝弟楚王英最先好之。英光武第六子也，后以谋反自杀，穷治当羽，至数千人。

耿秉数请击匈奴，帝从之。遣秉与窦固等，分道并出。伐匈奴，固独有功。固使假司马班超，与从事郭恂，俱使西域。超行到鄯善，鄯善王广奉诏，礼敬甚备，后忽疏懈。超谓其官属曰："此必有北虏使来，明者睹于未萌，况已著耶！"乃会其吏士三十六人曰："不入虎穴，不得虎子！"因夜以火攻虏使营，斩其使及从者三十余级，余众百许人，悉烧死。明日乃还，召鄯善王广，以虏使首示之，一国震怖。广叩首愿属汉无二心，遂纳子为质。还白窦固，固大喜，具上超功。上以超为军司马，令遂前功。固复使超使于阗，其王广德降。于是诸国皆遣子入侍，西域与汉绝六十五载，至是复通焉。窦固、耿秉击西域，平车师复奏置西域都尉及戊己校尉。

益州刺史朱酺，宣示汉威德，怀远夷，自汶山以西，前世所不至，正朔所未加，白狼盘木等百余国，皆举首称臣奉贡。白狼王唐菆作诗三章，歌颂汉德，酺使译而献之。

明帝遵奉建武制度，无所变更，后妃之家，不得封侯与政。馆陶公主为子求郎，不许，而赐钱十万。谓群臣曰："郎官上应列宿，出宰百里，苟非其人，则民受其殃，何可滥也。"是以吏得其人，民乐其业，远近畏服，户口滋殖焉。在位十八年崩，太子炟立，是为章帝。

章帝继明帝，苛察之后，承之以宽大。奉承太后，尽心孝道。轻徭薄赋，与民休息。体之以忠恕，文之以礼乐，谓之慈祥长者，东汉贤君，不亦宜乎！然因窦后之谮而废太子，知后兄窦宪之恶而不能罪。所少者，略近优柔耳。在位十三年崩，太子肇立，是为和帝。

和帝年方十岁，窦太后临朝，窦宪当权用事。都乡侯刘畅，齐武王刘縯之孙也，来吊国忧，太后数召见之。窦宪惧畅分宫省之权，遣客刺杀之，而归罪于畅弟刚。尚书韩棱以为贼在京师，不宜舍近问远。何敞请独奏案之，具得事实。太后怒，窦宪惧诛，因自求击北匈奴以赎罪。时北匈奴饥乱，太后从之。窦宪将行，公卿诣朝堂，上书谏。以为匈奴不犯边塞，无故劳师远伐，损费国用，非社稷计。袁安、任隗免冠固争，前后十上章，众皆危惧，安隗正色自若。太后终听宪言，遣窦宪、耿秉，将精骑万余，与北单于战于稽落山，大破之。降者前后八十一部，二十余万人。宪、秉出塞三千余里，登燕然山，命中护军班固，刻石勒功，纪汉威德而还。窦宪以北匈奴微弱，欲遂灭之。遣耿夔、任尚围于金微山，大破之，出塞五千余里而还，自汉出师所未尝至也。窦宪既立大功，威名益盛，父子兄弟充满朝廷，专权谋逆。帝以朝臣上下，莫不附宪。独中常侍郑众，谨敏有心几，遂与众定议诛宪。帝以太后故，不欲明诛宪，迫令自杀。班固以窦氏宾客，收捕，死狱中。固尝著汉书，尚未就，诏固女弟曹寿之妻昭，踵而成之，所谓曹大家也。

初梁贵人即为窦后所谮，废死。宫省事秘，莫有知帝为梁氏出者。及至窦太后崩，舞阴公主子梁扈，奏记三府太尉张酺言状，帝感动良久。会贵人姊上书自讼，乃知贵人枉殁之状。三公请贬窦太后尊号，不宜合葬先帝。帝手诏曰："窦氏虽不遵法度，而太后常自减损，朕奏事十年，深惟大义。礼，臣子无贬尊上之文，恩不忍离，义不忍亏，其勿复议。"乃追尊母梁贵人为皇太后，封梁竦三子为侯。竦之孙商二女俱为后。梁氏自此盛矣。立邓禹女孙贵人邓氏为皇后，后性孝友，好读书，选入宫为贵人，恭肃小心，动有法度，虽宫人隶役，皆加恩惜。帝深喜之。及为皇后，俭约谦逊，帝每欲官爵邓氏，后辄哀请退让，故兄骘终帝之世，不过中郎将。

孝和幼冲即位，年十四岁，即能诛锄窦宪，自是大柄在手，威权不失，尊信儒术，友爱兄弟，优礼贤者，克纳嘉言，四夷希侵，中国绥靖。方之章帝，实为过之，在位十七年崩。

长子有痼疾，少子隆始生百余日，迎立为太子，即位，是为殇帝。邓太后临朝，帝在位一年崩。太后迎立清河王庆之子祜入即位，是为安帝，太后犹临朝。夏旱，太后亲录囚徒。洛阳有囚，实不杀人，而被考，自诬服，羸困舆见，畏吏不敢言。将去，举头若欲自诉，太后呼还问状，具得枉实，即收令抵罪。行未还宫，澍雨大降。立贵人阎氏为皇后。皇太后邓氏崩，帝始亲政。帝少号聪明，故邓太后立之。及长，多不德，稍不当太后意，故久不还政。

时中常侍樊丰、刘安、陈达及帝乳母王圣，圣女伯荣，煽动内外，竞为侈虐，出入宫掖，传通奸赂。司徒杨震上疏切谏，帝不听。封王圣为野王君，废太子保为济阴王。帝南巡，崩于叶，在位十九年。

皇后与阎显等谋，济阴王保在内，恐公卿立之。乃伪云帝疾甚，徙御卧车驰归。四日至洛阳，乃发丧。阎后临朝，欲久专国政，贪立幼年，与阎显等定策禁中。迎济北惠王子北乡侯懿为嗣，即皇帝位。济阴王保，以废黜不得上殿，亲临梓宫，悲号不食。内外群僚，莫不哀之。北乡乡侯懿，立数月而崩。中常侍孙程、王康等十九人，聚谋于德阳殿，迎故太子济阴王保即皇帝位，是为顺帝。时年十二，收阎显下狱诛之，迁太后于离宫。封孙程等皆为列侯，是为十九侯。帝朝太后于东宫，皇太后阎氏崩。帝生母李氏，葬城北，帝初不知，至是左右白之，感悟发哀，亲到葬所，更以礼殡葬恭陵北。帝征用处士樊英、杨厚等，而天下想望其风采。又李固、黄琼，相继登用。虞诩、左雄，直言时闻。然立梁商之女贵人梁氏为后，虽以德进，梁商颇贤，第商卒，而商之子梁冀专权，实自此始。又德十九侯之立己，而恁阉宦之弄权，虽无甚失德，汉祚实由之而衰矣。

帝遣杜乔、张纲等，分行州郡，表贤良，锄贪污。乔等各之部，张纲独埋其车轮于洛阳都亭，曰："豺狼当道，安问狐狸！"遂劾奏大将军梁冀，及冀弟河南尹梁不疑，无君之心十五事，京师震悚。帝虽知纲言直而不能用。梁冀恨张纲，思有以中伤之，时广陵贼张婴，寇乱扬、徐间，积十余年，二千石不能制，冀乃以纲为广陵太守，前二千石，率多求兵马自卫。纲独单车就职，既到，径诣婴垒门。婴大惊，遽走闭垒。纲于门外，罢遣吏兵，独留所亲者十余人，以书谕婴，请与相见。婴见纲至诚，乃出拜谒，延置上坐。譬之曰："前后二千石，多肆贪暴，故致公等怀愤相聚，二千石信有罪矣！然公等所为者，又非义也。今主上仁圣，欲以文德服叛，故遣太守来，今诚转祸为福之时也！"婴闻，泣下曰："荒裔愚民，不能自通朝廷，不堪侵枉，遂相聚偷生，若鱼游釜中，知不可久。今闻明府之言，乃婴等更生之辰也。"乃辞还营，明日率所部万余人归降。纲单车入婴垒，置酒为乐，散遣部众，南州晏然。论功当封，冀遏之，在部一岁卒。婴等五百余人，为之制服行丧，送到犍为，负土成坟而去。

帝在位十九年崩，太子炳立。时方二岁，梁太后临朝，是为冲帝，在位一年崩。时清河王蒜，渤海孝王子缵，皆章帝曾孙。蒜为人严重，动止有法度，公卿皆心归焉。而缵年八岁，李固谓梁冀曰："立帝宜择年长有德，任亲政事者，愿将军详审之！"冀不从，与太后定策禁中，迎缵入南宫，即皇帝位，是为质帝。太后委政宰辅，李固所言，太后多从之。黄门宦宫为恶者，一皆斥遣，天下威望治平，而梁冀深忌疾之。

帝少而聪慧，尝因朝会，目梁冀曰："此跋扈将军也！"冀深恶之，使左右置毒于煮饼以进。帝苦烦甚，召李固，固入前问。帝曰："食煮饼腹闷，得水尚可活！"冀曰："恐吐不可饮水。"语未绝而崩，在位一年。固伏尸号哭，推举侍医，议立嗣。李固与杜乔，欲立清河王蒜。冀白太后，策免固，迎章帝曾孙蠡吾侯志，入南宫即位，是为桓帝。时年十五，太后犹临朝听政，立太后之妹梁氏为后。京师地震，杜乔以灾异策免。会清河刘文等，谋立清河王蒜。事觉，蒜坐徙贬自杀。梁冀因诬李固、杜乔与文等交通。太后素知乔忠，不允。冀遂收固下狱，死于狱中。冀使人胁杜乔曰："早自引决，妻子可得全。"乔不肯，遂收系之，亦死狱中。

四年正月，太后归政于帝，二月崩。至十年七月，皇后梁氏崩。八月，大将军梁冀伏诛。冀一门，前后七侯，三后，六贵人，二大将军，夫人女食邑称君者七人，尚公主者三人，其为卿将尹校五十七人。冀专擅威柄二十年，天子拱手，不得与政，帝不平之。又遣客刺杀议郎邴尊，并欲杀尊妻母宣，宣以女猛在宫为贵人，驰白帝，帝大怒，呼中常侍单超、徐璜，黄门令具瑗，小黄门左悺、唐衡，定议诛之。瑗等请剑戟士千余人，共围冀第，收大将军印绶，冀与妻孙寿皆自杀，悉收梁氏、孙氏，无少长皆弃市，宾客故吏免黜者三百余人，百姓莫不称庆。收冀财货，合三十余万万，以充王府之用，减天下租税之半，散其苑囿以业穷民。封单超、徐璜等五人为列侯，世谓之五侯。

梁冀新诛，用黄琼、陈蕃，琼辟范滂，蕃辟徐稚等，而海内翕然望治。立贵人窦氏为皇后，乃窦融之玄孙窦武女也。时太学诸生三万人，郭泰及颍川贾彪为之冠，与李膺、陈蕃、王畅，更相褒重，于是中外承风，竞以臧否相尚，自公卿以下，莫不畏其贬议，屣履到门。河南张成善风角，推占当赦，教子杀人。司隶李膺，督促收捕，既而逢宥获免，膺愈怀愤疾，竟案杀之。张成素以方技交通宦官，帝亦颇信其占，宦官教成弟子牢修告膺等养太学游士，交结诸郡生徒，互相驱驰，共为部党，诽讪朝廷，疑乱风俗。于是天子震怒，班下郡国，逮捕党人，布告天下，使同忿疾。案经三府，太尉陈蕃却之曰："今所案者，皆海内人誉，忧国忠公之臣，此等犹将十世宥也，岂有罪名不章，而致收掠者乎！"不肯平署。帝愈怒，遂下膺等于黄门北寺狱，其辞所连及，杜密、陈翔、陈实、范滂之徒二百余人，或逃遁不获，皆悬金购募，使者四出相望。陈实曰："吾不就狱，众无所恃。"乃自往请囚。范滂至狱，狱吏谓曰："凡坐系者，皆祭皋陶。"滂曰："皋陶古之直臣，知滂无罪，将理之于帝，如其有罪，祭之何益。"陈蕃上书极谏，帝讳其言切，托以蕃辟召非其人，策免之。陈蕃既免，朝廷震栗，莫敢复为党人言者。贾彪曰："吾不西行，大祸不解。"乃入洛阳，说窦武、霍谞等使讼之。窦武上疏极谏，霍谞为之表请，帝意稍解，使中常侍王甫，就狱讯党人。范滂等皆三木囊头，暴于阶下，甫以次辩。语曰："卿等更相拔举，迭为唇齿，其意何如？"滂曰："仲尼有言，见善如不及，见恶如探汤。滂欲使善善同其清，恶恶同其污。谓王政之所愿闻，不悟更以为党。古之修善，自求多福；今之修善，身陷大戮。身死之日，愿埋滂于首阳山侧。上不负皇天，下不负夷齐。"甫愍然，为之改容，乃得并解桎梏。李膺等又多引宦官子弟，宦官惧，请帝以天时宜赦。乃赦天下党人二百余人，放归田里，书名三府，禁锢终身。

桓帝在位二十一年崩，无嗣。窦后与窦武求宗室中之贤者，侍御史刘鯈以章帝玄孙渎亭侯苌之于宏对。武白窦后，迎立之，是为灵帝，是年十二岁，窦太后临朝。初窦太后之立，陈蕃有力焉。及临朝，政无大小，皆委于蕃。蕃与窦武同心戮力，以奖王室。征天下名贤，李膺、杜密、尹勋、刘瑜等，皆列朝廷。天下之士，莫不延颈，想望太平。而中常侍曹节、王甫等，共相朋结，谄事太后，太后信之，蕃、武疾焉。会有日食之变，蕃谓武曰："昔萧望之困一石显，况今石显数十辈乎！可因日食，罢斥宦官，以塞天变。"武乃白太后，请诛曹节等，太后犹预未忍。曹节召尚书，胁使作诏板，拜王甫为黄门令，持节捕收武等。陈蕃闻难，将官属诸生八十余人，并拔刃，突入尚书门，攘臂呼曰："大将军忠以卫国，黄门反逆，何云窦氏不道耶？"王甫使剑士收蕃，送北寺狱，即日杀之。时张奂征还，节等以奂新至，不知本谋，矫制使奂率五营士讨武，甫将千余人，出与奂合，围武，武自杀。遂迁太后于南宫。张奂迁大司农，封侯。奂深病为节等所卖，固辞不受。于是群小得志，士大夫皆丧气。宦官深恶李膺等，复申党人之禁。侯览怨张俭尤甚，诏捕俭，及李膺、杜密、朱寓、荀昱、翟超、刘儒、范滂等，请下州郡考治。时上年十四，问节等曰："何以为之钩党？"对曰："钩党者，即党人也。"上曰："党人何恶而欲诛之？"对曰："欲为不轨。"上曰："不轨欲如何？"对曰："欲图社稷。"上乃可其奏。或谓膺曰："可去矣！"对曰："事不辞难，罪不逃刑，臣之节也。吾年已六十，死生有命，去将安之！"乃诣诏狱，考死。汝南督邮吴道，受诏捕范滂，至征羌，抱诏书，闭传舍，伏床而泣，一县不知所为。滂闻之，曰："必为我也。"即自诣狱。县令郭揖大惊，出解印绶，引与俱亡。曰："天下大矣，子何为在此？"滂曰："滂死则祸塞，何敢以罪累君，又令老母流离乎！”其母就与之诀曰：“汝今与李杜无名，死亦何恨！既有令名，复求寿考，可兼得乎！”滂跪受教，再拜而辞。凡党人死者百余人，妻子皆徙边。天下豪杰，及儒学有行义者，宦官一切指为党人，其死徙废禁者，又六七百人。郭泰闻党人之死，私为之恸曰：“诗云：‘人之云亡，邦国殄瘁。’汉室灭矣！但未知瞻乌爰止，于谁之屋尔。泰虽好臧否人物，而不为危言激论，故能处浊世而怨祸不及焉。张俭亡命，望门投止，所在重其名，莫不破家相容。”夏馥闻之，叹曰：“孽自己作，空污良善，一人逃死，祸及万家，何以生为！”乃自剪须变形，入林虑山中，隐姓名为治家佣，人无知者，党禁未解而卒。及党禁解，张俭仍还乡里。初申屠蟠见范滂等，诽讦朝政，叹曰：“昔战国之时，处士横议，列国之玉，至为拥篲先驱，卒有焚书坑儒之祸。”乃绝迹于梁、砀之间。因树为屋，自同佣人。二年，滂等果罹党锢之祸，惟蟠超然无事。初中常侍张让父死，归葬颍川，虽一郡毕至，而名士无往者。让耻之，陈实独往吊焉。及诛党人，让以实故，多所全宥。

立贵人何氏为皇后，后本南阳屠家，以色选入掖庭。生皇子辨，欲立之，征其兄何进为侍中。后王美人生皇子协，后鸩杀美人。帝怒，欲废后，中官固请，乃止。开西邸卖官，二千石二千万，四百石四百万，其县令随县分之大小为贵贱。又令左右卖公卿，公千万，卿五百万。

时有青蛇见于御座上，侍中寺雌鸡化为雄。又有黑气堕温德殿庭中，气如龙，长十余丈，青虹见玉堂殿庭中。巨鹿张角，奉事黄老，以妖术教授，咒符水以疗病，众共神之，徒众数十万。置为三十六方，名立渠帅，讹言苍天已死，黄天当立，岁在甲子，天下大吉。以中常侍封谞、徐奉等为内应，约以三月五日，内外俱起。角弟子唐周上书告之，诏捕角等。角敕诸方俱起，皆着黄巾为识。旬月之间，天下响应，京师震动。帝召群臣会议，北地太守皇甫嵩，以为宜解党禁。中常侍吕强亦曰：“党锢之积，人情怨愤，若不赦宥，转与张角谋，为变滋大。”帝惧而从之，乃赦天下党人。张让谮吕强与党人共议朝廷，数读霍光传，强自杀。遣中郎将卢植讨张角，皇甫嵩、朱儁讨颍川黄巾。朱儁与贼战败。会骑都尉曹操将兵适至，嵩、操与朱儁合军，更与贼战，大破之。时汝南许劭，好核论人物，操往造劭而问之。劭曰：“子治世之能臣，乱世之奸雄。”操大喜而去。卢植破张角，垂当拔之。宦官诬植抵罪，诏皇甫嵩讨角。嵩与角弟梁战，大破之，斩梁。角先以病死，剖棺戮尸，传首京师。

帝在位二十三年崩，皇子辨立，何太后临朝。封皇子协为陈留王。中军校尉袁绍劝何进悉诛诸宦官，进白太后，太后不听。绍又为画策，多召四方猛将，使并引兵向京城，以胁太后。进然之。主簿陈琳谏曰：“此事但当速发，行权立断，则天人顺之。若征外助，则大兵聚会，强者为雄，只为乱阶耳！”勿听。典军校尉曹操闻而笑曰：“宦者之祸，古今有之，但世主不当假之权宠。既治其罪，当诛元恶，一狱吏足矣，何至纷纷召外兵乎！欲尽诛之，事必宣露，吾见其败也！”何进召并州牧董卓，使将兵诣京师。卓即时就道，上书曰：“中常侍张让等，幸承恩宠，浊乱海内，臣辄鸣钟鼓如洛阳，请收让等，以清奸秽。”卓故意迟延不至。进为中常侍张让等矫诏所杀。袁绍闻进被害，乃勒兵捕诸宦者，无少长皆杀之。张让困迫，遂将帝与陈留王协出谷门。让等见捕之急，悉投河而死。帝独乘一马，从雒舍南行，失传国玺。董卓闻乱即至，闻帝在北，迎于北芒阪下。

卓与帝语，语不分明。乃更与陈留王语，语言明白。卓大喜，以王为贤，有废立之意。袁绍不可，卓按剑叱绍曰："竖子敢然，天下事，岂不在我！"绍遂出奔冀州。卓废少帝为宏农王，奉陈留王协即位，是为献帝。遂弑太后何氏，又弑宏农王。初蔡邕因宦官之祸，亡命江海，积十二年。卓闻其名而辟之，称疾不就。卓怒詈曰："我能族人。"邕惧而应命。到则署为祭酒，甚见敬重，三日之间，周历三台，迁为侍中。董卓自为太尉，加节钺虎贲，更封郿侯，又自为相国，赞拜不名，入朝不趋，剑履上殿。董卓购求袁绍甚急。袁术奔南阳。曹操变姓名，间行东归，至陈留，散财合兵，得五千人。关东州郡，起兵讨卓，推袁绍为盟主。绍自号车骑将军，与河内太守王匡屯河内，曹操屯酸枣，袁术屯鲁阳，众各数万。董卓以山东兵盛，欲迁都以避之，遂烧焚宫庙官府，劫迁天子，弃洛阳，车驾入长安。

初灵帝时，会稽妖贼许生作乱，起句东，即今宁波府，称阳明皇帝。吴郡富春人孙坚，字文台，少为县吏，召募精勇，助州郡讨平之，又助朱儁讨黄巾有功，屡官至参军。又长沙贼区星作乱，拜孙坚为长沙太守，讨平之，封乌程侯，至是亦起兵讨董卓。至南阳，众已数万人，前到鲁阳，与袁术合兵。术由是得据南阳。表坚为破虏将军。孙坚进屯阳人，与董卓战，大破之。坚进至洛阳，扫除陵庙，祀以太牢，得传国玺于城南甄宫井中，分兵邀卓，卓奔长安，坚遂军鲁阳。时关东州郡，务相兼并，袁绍、袁术，亦自离贰。术遣孙坚击董卓未返，绍遣周昂袭夺坚阳城。坚叹曰："同举义兵，将救社稷，逆贼垂破，而各若此，吾当谁与戮力乎！"引兵击昂，走之。袁术遣公孙越助坚攻昂，越为流矢所中而死。公孙瓒怒曰："予弟死，祸起于绍。"遂出军屯磐河，数绍罪恶，进兵攻之，冀州诸城多叛从瓒。

北直涿郡刘备，字玄德，景帝子中山靖王之后也。少孤贫，以贩履为业。有大志，少语言，喜怒不形于色。尝与瓒同师事卢植，因往依瓒，至是瓒使与其将田楷，徇青州有功，因以为平原相。备少与河东关公，讳羽，字云长；涿郡张飞，字翼德，友善。以关公、张飞为别部司马，分统部曲。备与二人寝则同床，恩若兄弟。而稠人广坐，侍立终日，随备周旋，不避艰险。常山赵云，为郡将，将兵诣瓒。刘备见而奇之，深加接纳。云遂从备至平原，为备主骑兵。刘表时为荆州刺史，袁术使孙坚击表，表遣黄祖逆战，射坚杀之。

董卓凶恶日甚，选民间美女八百人为侍妾，车服僭拟天子。司徒王允，与司隶校尉黄琬，仆射士孙瑞，密谋诛卓。中郎将吕布，膂力过人，卓爱信之，拜为义子，出入扈卫。王允有义女貂蝉，其颜色之美丽，冠绝一时，兼之聪明歌舞，巧会人意，而才更过之。允因设谋，以貂蝉先许吕布，后许董卓，竟送貂蝉归卓。卓宠爱貂蝉，貂蝉复与布私，于中取事，使布与卓成仇隙。一日吕布戏貂蝉于凤仪亭，卓见之，掷戟杀布，布避得免。允结布为内应。布曰："如父子何？"允曰："君自姓吕，本非骨肉，掷戟时，岂有父子情耶？"布遂许之。卓入朝，伏勇士于北掖门刺之。卓堕车，大呼吕布何在。布曰："有诏讨贼臣。"应声持矛刺卓，趋斩之。即出怀中诏板，令吏士曰："诏讨卓耳，余皆不问。"吏士皆称万岁，百姓歌舞于道，暴卓尸于市。卓素肥，吏为火炷置脐中燃之，光达曙者数日。卓之死也，蔡邕在王允坐，闻之惊叹。允勃然怒曰："董卓国之大贼，而君怀私遇，反相伤痛，岂不共为逆哉！”即收付廷尉，遂死狱中。董卓部将李傕、郭汜、张济等，将兵在陕，遣使至长安求赦，王允不许，李傕、郭泛等举兵西向，收卓故部曲樊稠等，众至十余万，杀入长安城，收王允与黄琬杀之。吕布自武关奔南阳，投袁术，袁术待之甚厚。士孙瑞归功不侯，故得免于难。李傕、郭汜争权，治兵相攻。傕迎帝幸其营，遂烧宫殿官府。杨奉、董承等，将兵送乘舆东归，乘舆居棘篱中。

初青州黄巾贼寇兖州，杀刺史刘岱，曹操部将陈宫谓操曰：“州今无主，而王命断绝，宫请说州中纲纪，明府往牧之，资之以收天下，此霸王之业也。”宫因说济北相鲍信等，迎东郡太守曹操领兖州刺史，进击黄巾，悉降之，得精兵三十余万。杨奉、韩暹奉车驾弃长安，还洛阳。时州郡各自分据土宇，朝廷政令不行。又洛阳宫室，前为董卓烧尽，百官披荆棘，依墙壁间。曹操在许，谋迎天子而未决。荀彧曰：“昔晋文纳周襄王，而诸侯景从；汉高祖为义帝缟素，而天下归心。诚因此时，奉主上以从人望，大顺也；秉至公以服天下，大略也；扶大义以致英贤，大德也。四方虽有逆节，其何能为？”操遣曹洪西迎天子而不得入，议郎董昭作操书，结杨奉。值董承患韩暹矜功肆恣，因潜召操。操至，诛有罪，赏有功，矜死节，封董承等十三人为列侯。曹操问计于董昭，昭曰：“此中诸将，人殊意异，今留匡弼，事势不便，惟有移驾幸许耳！夫行非常之事，乃有非常之功，愿将军熟思之！”操曰：“此孤本志也！”乃奉车驾东迁，始立宗庙社稷于许。自是政归曹氏，天子惟守位而已，其后遂分为三国，欲得其详，下回便见。

第十九回　三国志　乱纷纷　五十余载

诗曰：

剩水残山古又今，达时人物此登临。
诗吟杜牧孤鸿句，泪落雍门一操琴。
老去深藏经济手，病来灰却战争心。
残篇捡到兴亡处，闲闷闲愁海样深。

却说曹操，字孟德。父嵩，为中常侍曹腾养子，实夏侯氏子也。操少机警，有权术，任侠放荡，不治本业。初举孝廉，为议郎。余见前。曹操既迁天子于许，自为大将军，封武平侯。以荀彧、荀攸、郭嘉等为谋士。募民屯田许下，州郡各置田官。所在积谷，军食以足。初曹操之攻徐州牧陶谦也，平原相刘备将兵救之。会谦病笃而卒，遂以备代领徐州，袁术攻刘备以争徐州。备使张飞守下邳，自将拒术。吕布袭下邳，张飞败走。备降于布，布复以备为豫州刺史，布自为徐州牧。刘备在豫州，合兵得万人，吕布恶之，攻备，备败走，归曹操。操厚遇之，仍以为豫州牧，东屯沛。时陈宫归布，袁术帝于寿春。布与术通，遣高顺、张辽攻备，破沛城，虏备妻子。备单身走。荀攸劝操自击布，围下邳。操围下邳久，疲敝欲还。荀攸、郭嘉曰："吕布勇而无谋，陈宫有智而迟。今及布气之未复，宫谋之未定，急攻之，布可拔也。"乃引沂水、泗水灌城。月余，布益困迫，乃降。布见操曰："明公之所患，无过于布，今已服矣。若令布将骑，明公将步，天下不足定也。"操命缓布缚，刘备曰："不可，明公不见吕布尝事丁建阳与董卓乎？"操颔之。宫请死，操曰："奈卿老母妻子何？"宫曰："宫闻以孝治天下者，不害人之亲；施仁政于天下者，不绝人之祀。老母妻子之存否？在明公，不在宫也。"操因涕泣。并吕布、高顺皆缢杀之。召宫母，养之终身，嫁宫女，抚视其家，皆厚于初。张辽、臧霸等皆降。刘备从操还许，操以备为左将军，礼之愈厚。袁术既称帝，淫侈益甚。既而资实空虚，不能自立，欲奔袁绍。操遣备邀之，复走寿春，至江亭，坐箦床，叹曰："袁术乃至此乎！"因愤慨，呕血而死。袁绍既灭公孙瓒而骄，简精兵十万，遣郭图、审配等攻许。操进军黎阳，遂还许，分兵守官渡。

车骑将军董承女为献帝贵妃，受帝衣带中密诏，与刘备密谋诛操。操一日偶与备饮，闲论英雄。操曰："今天下英雄，惟使君与孤耳！袁本初之徒，不足数也。"备惧张其言。适遇雷震，备方食，伪失匕箸。备曰："圣人云，迅雷风烈必变，良有以也！"操心轻之，使邀袁术。备邀袁术还，闻操出，遂杀徐州刺史车胄，留关公守下邳，行太守事，身还小沛。郡县多叛操为备，传众数万人，遣使与袁绍连兵。操遣长史刘岱击之，不克。董承谋泄，操杀承等，皆夷三族。求贵妃于宫中，杀之。帝以贵妃有孕为请，不许。

操欲自讨刘备，诸将皆曰："与公争天下者，袁绍也。今绍方来，而弃之东，绍乘公后，若何？"操曰："刘备人杰也。今不击，必为后患！"郭嘉曰："绍性迟而多疑，来必不速。备新起，众心未附，急击之，必败。"操师遂东。田丰说袁绍曰："曹、刘连兵，未可猝解，公举军袭操后，可一往而定。"绍辞以子疾。丰举杖击地曰："嗟乎，遭难遇之时，而以婴儿病失其会，惜哉，事去矣！"曹操击刘备，破之，获其妻子。进拔下邳，擒关公。操使张辽说公降。公谓张辽曰："吾有三约：与皇叔誓扶汉室，降汉不降曹，一也；二嫂在彼给养，上下人等，不得到门，二也；知吾主去向，不分千里，便当辞去，三也。如其不允，吾必不降。"操从之，封公为汉寿亭侯。操欲乱其臣主之义，使公与备妻甘、糜二夫人共室。公避嫌，秉烛侍立至天明。刘备既败，奔青州，归袁绍。绍去邺二里迎之，操还军官渡。

袁绍议攻许，进军黎阳，遣其将颜良攻刘延于白马。曹操北救刘延，颜良来逆战，操使张辽、关公、尤登击之。公望见良麾盖，策马刺良于万众之中，斩其首而还，遂解白马之围，徙其民而西。绍渡河追之，至延津南，操陈辎重饵敌，遣将纵击，大破之，斩文丑。良、丑皆绍良将，两战斩之，绍军夺气。

关公既斩良、丑，方知刘备在袁绍军中，乃尽封曹操所赐，拜书告辞，奔刘备于袁军。左右欲追之，操曰："彼各为其主，勿追也。"袁绍军阳武，操与战不利，粮食且尽。与荀彧书，欲还许。彧报曰："今谷食虽少，未若楚汉在荥阳、成皋间也。是时刘项莫肯先退者，以先退则势屈也。公以弱当强，若不能制，必为所乘，此用奇之时，不可失也。"操乃坚壁持之。荀攸言于操曰："绍运车旦暮且至，其将韩猛，锐而轻敌，击可破也。"乃遣偏将军徐晃，缴击绍运车，烧其辎重。绍复遣车运谷。沮授请遣支军以绝曹操之抄，绍不从。许攸曰："操兵少而悉师拒我，许下空弱，若遣轻车，星行掩袭，许可破也。许破则奉天子以讨操，操成擒矣！如其未溃，可令首尾奔命，破之必也。"绍亦不从。会攸家犯法，治中审配收系之，攸遂奔操，操跣出迎之，抚掌笑曰："子卿远来，吾事济矣！"攸因言袁氏辎重万乘，在故市乌巢，军无严备，轻兵击之，燔其积聚，不过三日，袁氏败矣。操大喜，乃留曹洪、荀攸守营，自将步骑五千人，皆用袁军旗帜，间道衔枚，人抱束薪，既至，围屯放火，营中大乱，遂大破之，焚其粮谷，杀士卒千余人，皆取其鼻，牛马割唇舌以示绍军。绍军恟惧，大溃。绍及子谭等，辐巾乘马，与八百骑渡河，操追之不及，尽收其辎重图书珍宝。余众降者，操尽坑之。乃击刘备于汝南，备奔荆州刘表。表闻备至，自出郊迎，以上宾礼待之，益其兵，使屯新野。袁绍军既败还，以不听田丰言，恐为所笑，遂杀之。惭忿发病，吐血而亡。绍为人，宽雅有局度，喜怒不形于色，而性矜愎自高，短于从善，故至于败。

绍有三子：谭、熙、尚。绍后妻刘氏爱尚，绍在日，欲立为后。众以谭长，欲立谭。审配矫绍命立尚，谭不得立，自将屯黎阳，欲攻尚。谭别驾王修谏曰："兄弟者，左右手也。今与人斗，而断其右手，曰，我必胜，其可得乎！夫弃兄弟而不亲，天下其谁亲之！"谭不听。袁谭、袁尚治兵相攻。时曹操击刘表，军西平。谭遣辛毗诣操请救，操群下多以为刘表强，宜先平之，谭、尚不足忧也。荀攸曰："天下方有事，而刘表坐保江汉之间，其无四方之志可知矣。袁氏据四州之地，带甲数十万，使二子和睦，天下之难未息也。

今及其乱而取之,天下定矣。”操从之。袁尚攻袁谭,曹操攻邺,尚还战,败走幽州,投袁熙。操遂入邺,自领冀州牧。袁谭复背操,操攻平原,拔之。谭走保南皮,曹操攻南皮,克之,斩袁谭。幽州刺史袁熙,为其将焦触、张南所攻,与尚俱奔辽西乌桓。触自号幽州刺史,驱率守令降曹。其后曹操击乌桓,袁熙、袁尚奔辽东。辽东太守公孙康斩熙、尚之首献操,袁氏遂亡。

却说琅玡诸葛亮,字孔明,寓居襄阳隆中,每自比管仲、乐毅,时人莫之许也。惟颍川徐庶与崔州平,谓为信然!刘备访士于襄阳司马徽,徽曰:“儒生俗士,岂识时务,识时务者,在乎俊杰,此间自有伏龙凤雏。”备问为谁。曰:“诸葛孔明、庞士元也。”徐庶亦谓备曰:“诸葛孔明卧龙也,将军岂愿见之乎?”备曰:“君与俱来。”庶曰:“此人可就见,不可屈致,宜枉驾顾之。”备诣亮,凡三往乃见。因屏人曰:“汉室倾颓,奸臣窃命,孤不度德量力,欲伸大义于天下,君谓计将安出?”亮曰:“今曹操已拥百万之众,挟天子以令诸侯,此诚不可与争锋。孙权据有江东,已历三世,国险而民附,贤能乐为之用,此可与为援而不可图也。荆州北据汉沔,利尽南海,东连吴会,西通巴蜀,此用武之国,而其主刘表不能守,此殆天所以资将军也!益州险塞,沃野千里,天府之地,刘璋暗弱。张鲁在北,民殷国富而不知存恤,智能之士,思得明君,将军既帝室之胄,信义著于四海,若跨有荆、益,结好孙权,内修政治,外观时变,则霸业可成,汉室可兴矣!”备曰:“善。”于是与亮情好日密。关公、张飞不悦,备解之曰:“孤之有孔明,犹鱼之有水也,愿诸君勿复言。”公、飞乃止。

曹操自为丞相,奏封功臣二十余人为列侯,引兵击刘表。初刘表二子琦、琮,表为琮娶其后妻蔡氏之女侄,蔡氏遂爱琮而恶琦。琦不能自守,与诸葛亮谋自安之策。亮曰:“君不见申生在内而危,重耳居外而安乎!”琦意感悟。会孙权报父仇,击江夏太守黄祖,破斩之。琦求代其任,表乃以琦为江夏太守。表卒,琮嗣。未几,曹操兵至,蒯越等劝琮降。操至新野,琮举州降,操遂进兵。时刘备屯樊城,琮降,不以告备,及觉,则操已在宛矣。备大惊,呼部曲共议。或劝备攻琮,荆州可得。备曰:“刘荆州危亡,托我以孤,背信自济,吾所不为。”备将其众去,过襄阳,州人多归备。比到当阳,众十余万人,辎重数千辆,日行十余里。别遣关公,乘船数百艘,使会江陵。或谓备曰:“宜速行保江陵。”备曰:“夫济大事,必以人为本。今人归吾,吾何忍弃去!”曹操以江陵有军实,恐刘备据之,乃释辎重,轻军至襄阳,闻备已过,操将精兵五千,往追之,一日一夜,行三百余里,及于当阳之长坂。备乃弃妻子,与诸葛亮、张飞、赵云等数十骑走。徐庶母为曹操所获,庶辞备,指其心曰:“本欲与将军共图王霸之业者,以此方寸也。今已失老母,方寸乱矣,无益于事,请从此别。”遂诣操。张飞拒后,据水断桥,瞋目横矛曰:“身是张翼德也,可来共决死!”操兵无敢近者。云抱备子禅,与关公船会,得济沔,遇刘琦众万余人,与俱到夏口。

初孙坚为袁术攻刘表,为黄祖所杀。坚四子:策、权、翊、匡。坚死,策年十七,乃渡江,居江都,结纳豪杰,有复仇之志。至寿春,见袁术,术奇之,以坚余兵还策,许为九江太守,已而更用陈纪,又使策攻庐江太守陆康。谓曰:“庐江拔,真卿有也。”策攻拔之。术复用其故吏刘勋,策大失望。术以吴景为丹阳太守,扬州刺史刘繇逐之,遣将屯横江、当利以拒袁术。孙坚旧将朱治,见袁术政德不立,劝孙策归取江东,策从之。说术曰:“家有旧恩在江东,愿助舅吴景讨横江,横江拔,因投本土召募,可得兵三五万,以佐明使君定天下。”术素知其事,又以策未必能定刘繇,且不叛己,乃许之。表策为折冲校尉。策行收兵,至历阳,周瑜从父尚为丹阳太守,将兵迎之,助以资粮。策进攻横江,拔之。渡江转斗,所向皆破,莫敢当其锋者。百姓闻孙郎至,皆失魂魄。及策至,军士奉令,不敢掳掠,鸡犬菜茹,一无所犯,民乃大悦,竟以牛酒劳军。遂破秣陵,攻刘繇于曲阿,繇败走豫章。策美姿颜,能笑语,阔达听受,善于用人,是以士民见者,莫不尽心,乐为致死。旬日之间,得二万余人,马千余匹,威震江东。孙策引兵渡浙江,会稽功曹虞翻说太守王郎避之,郎不从,为策所破,郎乃降。策自领会稽太守,复命翻为功曹,待以交友之礼。策好游猎,翻谏曰:“白龙鱼服,困于豫,且愿少留意。”策善之而不能改。袁术有逆谋,闻孙坚得传国玺,拘坚妻而夺之,策遂与术绝。袁术县长周瑜、鲁肃,知术无成,皆弃官从策。策擒刘繇将太史慈,复解其缚而用之。会刘繇卒,众万余人,属豫章太守华歆。孙策袭庐江太守刘勋,取之,得袁术妻子,善遇之。因徇豫章,使虞翻说华歆降。策军至,歆葛巾迎策,策礼为上宾。

时袁绍与曹操相持于官渡,策欲乘虚袭许,部署未发。会先所杀吴郡太守许贡奴客,因其出猎,伏篁竹中,射之中颊,创甚。召张昭等谓曰:“中国方乱,以吴越之众,三江之固,足以观成败,公等善相吾弟。”呼权,佩以印绶。谓曰:“决机于两阵之间,战胜攻取,卿不如我。举贤任能,以保江东,我不如卿。”遂卒,年二十六。权悲号未视事,张昭曰:“孝廉,此宁哭时耶!”权易服巡军。张昭、周瑜等,谓权可与共成大业,遂委心事焉。孙权报父仇,击江夏太守黄祖,破斩之。曹操下书责孙权,任子为质。周瑜曰:“将军承父兄之余资,兼六郡之众,兵精粮足,将士用命,铸山煮海,境内富饶,有何逼迫,而欲送质!质一入,不得不与曹氏相首尾;与相首尾,则命召不得不往,往则见制于人,极不过一侯印,岂与南面称孤同哉!”吴夫人曰:“公瑾议是也。公瑾与伯符同年,小一月耳,我视之如子,汝其兄事之。”遂不送质。

鲁肃闻刘表卒,言于孙权曰:“荆州与国邻接,江山险固,沃野万里,士民殷富,若据而有之,此帝王之资也。请往说刘备,使抚表众,共治曹操。”权遣肃行。会备南走,肃迎之于当阳、长坂,谓备曰:“孙讨虏敬贤礼士,兵精粮足,足以立事。今为君计,莫若遣心腹自结于东。”备用肃计,由夏口进住鄂县之樊口,自江陵将顺流东下。诸葛亮曰:“事急矣,请奉命求救于孙将军。”遂与鲁肃诣孙权,见于柴桑,说曰:“海内大乱,将军起兵江东,刘豫州收众汉南,与曹操并争天下。今操芟夷大难,略已平矣,遂破荆州,威震四海,英雄无用武之地,故豫州逃遁至此,愿将军量力而处之。若能以吴越之众,与中国抗衡,不如早与之绝,若不能,何不北面事之!”权曰:“刘豫州何不遂事之乎?”亮曰:“田横齐之壮士耳,犹守义不辱,况刘豫州,王室之胄,英才盖世,安能为之下乎!”权勃然曰:“吾不能举全吴之地,受制于人,吾计决矣!非刘豫州莫可以当曹操,然豫州新败之后,安能抗此难乎?”亮曰:“操众远来疲弊,闻追豫州,轻骑一日一夜行三百余里,此所谓强弩之末,势不能穿鲁缟者也。且北方之人,不习水战,将军诚能与豫州协力同心,破操必矣!操军破,则荆吴之势强,鼎足之形成矣。成败之机,在于今日。”权大悦。是时曹操遗权书曰:“近者奉辞伐罪,旌麾南指,刘琮束手。今治水军八十万众,方与将军会猎于吴。”权以示群下,莫不响震失色。张昭等曰:“操得荆州,长江之险,已与我共之矣,不如迎之。”鲁肃密谓权曰:“使肃迎操,犹不失下曹从事,累官,故不失州郡也。将军迎操,欲安所归乎?”因劝权召周瑜定计。瑜至谓权曰:“操虽托名汉相,其实汉贼也。将军割据江东,兵精足用,当为汉家除残去秽,况操自送死,而可迎之耶!今北土未平,马超、韩遂尚为后患,而操舍鞍马,仗舟楫,驱中国士众,远涉江湖,不习水土,必生疾病,将军擒操,宜在今日。瑜请得精兵五万人,保为将军破之。”权曰:“老贼欲废汉自立久矣,徒忌二袁、吕布、刘表与孤耳。今数雄已灭,惟孤尚存,孤与老贼,势不两立。”因拔刀砍案曰:“诸将吏敢复有言迎操者,与此案同。”遂以瑜督兵三万,与刘备并力御操,进与操遇于赤壁。

时操军已有疾疫,初战不利,引次江北。瑜部将黄盖曰:“曹军方连船舰,首尾相接,可烧而走也。”乃取蒙冲斗舰,载燥荻枯柴,灌油其中。先以书遣操,诈云欲降。时诸葛亮祭祷祈风,东南风急。盖以十舰居前,中江举帆,余船以次俱进。操军吏士,皆出营立观,指言盖降。去北军二里许,同时发火,火烈风猛,船往如箭,烧尽北船,延及岸上营落,烟焰冲天,人马烧溺死者甚众。北军大溃,操引兵从华容道步走。刘备与周瑜水陆并进,追操至南郡,操军死者大半。操乃留曹仁、徐晃守江陵,引兵北还,于是将士形势自倍。瑜乃渡江屯北岸,与曹仁相拒。刘备表刘琦为荆州刺史,引兵徇武陵、长沙、桂阳、零陵四郡,皆降之。周瑜攻曹仁岁余,所杀伤甚众,仁委城走,瑜屯据江陵。

会刘琦卒,权以备领荆州牧,周瑜分南岸地以给备,权以妹妻备。妹才捷刚猛,有诸兄风,侍婢百余人,皆执刀侍立。备每入,心常懔懔。周瑜还江陵,道病。与权笺曰:“方今曹操在北,疆场未静;刘备寄寓,有似养虎。天下之事,未知终始。鲁肃忠烈,临事不苟,可以代瑜。倘所言可采,瑜死不朽矣!”卒于巴丘。权以鲁肃代瑜领兵。鲁肃劝权以荆州借备,相与共拒曹操,权从之。

曹操谋取巴蜀,据吴之上流,以伐吴。乃遣司隶校尉钟繇等讨张鲁。韩遂、马超在陕西陇地,疑为袭己,十部俱反。操自将击之,夹潼关而阵,遣徐晃、朱灵以兵四千人,渡蒲阪津,据河西为营。操乃北渡河,兵众先行而自断后。超将万余人攻之,矢下如雨。操据胡床不动,及事急,都尉许褚扶操上船,船工中流矢死,褚左手举马鞍蔽操,右手划船。校尉丁裴,放牛马以饵贼,操乃得渡。超等挑战,不许。操与韩遂有旧,请与遂相见。交马语移时,但说京都旧话,拊手欢笑,而不及军事。既罢,超问遂曰:“曹操何言?”遂曰:“无所言也。”超等疑之。他日,曹操又与遂书,多所点窜,如遂改定者。韩遂、马超遂自相疑贰。操先以轻兵挑战,后纵虎骑夹击,大破之。遂、超奔凉州,操追至安定而还。操既还,马超复率羌、胡,攻陇上诸郡县,郡县皆应之。杨阜、姜叙等,起兵讨超,超大败,南奔张鲁,后三年降于刘备。西平金城诸将,共杀韩遂,送诣操降。

却说刘备以庞统为耒阳令,不治免官。鲁肃遗刘备书曰:“庞士元非百里才也,使处治中别驾之任,始得展其骥足耳!”诸葛亮亦言之。备见统,与言谈,大器之。遂用统为治中,亲待亚于诸葛亮。

初刘焉为益州牧,见汉乱,阴蓄异志。沛人张鲁,自乃祖道陵以来,世为五斗米道,客居于蜀焉。以为督义司马,与合兵,掩杀汉中太守,断斜谷关。及焉卒,子璋立。张鲁以璋暗弱,遂据汉中、扶风。法正为璋军议校尉,璋不能用,悒悒不得志。益州别驾张松与正善,自负其才,度璋不足以有为,劝璋结刘备以讨张鲁。璋曰:“谁可使者?”松乃举正,璋然之,遣正将四千人迎备。主簿黄权切谏,璋不听。法正至荆州,阴说刘备取益州,备疑未决。庞统曰:“益州土沃财富,大业可成。逆取顺守,古人所贵,若事成之后,封以大国,何负于信!今日不取,终为他人利耳。”备以为然。乃留诸葛亮、关公等守荆州,备将步卒数万人入益州。备至巴郡,太守严颜拊心叹曰:“此所谓独坐穷山,放虎自卫者也。”备至涪,璋往会之。增备兵,厚加资给,使击张鲁。备北到葭萌,未即讨鲁,厚树恩德,以收众心。刘备在葭萌,庞统言于备曰:“今阴选精兵,昼夜兼道,经袭成都,一举便定,此上计也。杨怀、高沛,璋之名将,各拥强兵,据守关头,闻数谏璋,遣将军还荆州,将军遣与相闻,说荆州有急,欲还救之。二子喜,必来见,因而执之,进取其兵,乃向成都,此中计也。退还白帝,连引荆州,徐徐图之,此下计也。若沈吟不去,将至大困,不可救矣。”备然其中计,进据涪城。诸葛亮留关公守荆州,与张飞、赵云,将兵溯流,克巴东,破巴郡,获太守严颜。飞呵颜曰:“何以不降?“颜曰:“卿等无状,侵夺我州,我州但有断头将军耳,无降将军也!”飞壮而释之,引为宾客。分遣赵云,从外水,定江阳、犍为。飞定巴西、德阳。庞统中流矢卒。马超知张鲁无成,亦来降备。时刘璋城中,尚有精兵三万余人,谷帛支一年,吏民咸欲死战。璋言父子在州二十余年,无恩德于百姓,于心何安!遂开城出降。

备迁刘璋于荆州公安县,尽归其财物。备自领益州牧,政事悉听于诸葛亮。亮用人行政,事事咸宜。刘璋每事从宽,亮纠之以严,而蜀大治。孙权令诸葛瑾从备还求荆州诸郡,备不许。权遂置长沙、零陵、桂阳三郡长吏,关公尽杀之。权大怒,遣吕蒙取三郡。刘备闻之,自蜀亲至公安,遣关公争三郡。孙权进住陆口,鲁肃将万人屯益阳,以拒关公。会闻曹操将攻汉中,刘备恐失益州,使使求和于权。权令诸葛瑾报命,更寻盟好。遂分荆州,以湘水为界,长沙、江夏、桂阳以东属权;南郡、零陵、武陵以西属备。

初曹操之杀董贵妃也,操纳三女于献帝,俱为贵妃。帝之左右,皆操耳目。伏后大惧,与父完书,令密谋图操。至是事泄,操使郗虑持节策,收皇后玺绶。尚书令华歆,坏户发壁牵后出。时帝在外殿,后被发徒行泣过,诀曰:“不能复相活耶!”帝曰:“我亦不知命在何时!”顾谓虑曰:“郗公,天下宁有是耶?”操将后下暴室,以幽死,所生二皇子,皆鸩杀之。遂以操女贵人曹氏为皇后,以冀州十郡,封操为魏公,加九锡,位诸侯王上。又进爵为王,设天子旌旗,出警入跸,以子丕为王太子。

操自将击张鲁,拔阳平。鲁奔南山,遂出降。操封鲁为阆中侯。法正说刘备曰:“曹操一举而降张鲁,定汉中,不因此势而图巴蜀,身遽北还,而留夏侯渊、张郃屯守。今策渊、郃才略,不胜国之将帅,举众往讨,必可克之。”备善其策,乃率诸将进兵汉中,屯阳平关。夏侯渊、张郃、徐晃等与之相拒。备遣其将陈式等,绝马鸣阁道,徐晃击破之。备急书发益州兵,诸葛亮以问从事杨洪,洪曰:“汉中,益州咽喉。无汉中,则无蜀矣,发兵何疑。”乃大发兵取汉中,夏侯渊战数胜,与备相拒逾年。备自阳平稍前,营于定军山,渊引兵追之。备使讨虏将军黄忠,乘高鼓噪攻之。渊兵大败,斩渊。曹操自长安出斜谷,军遮要,以临汉中。备敛众拒险,不与交锋。操运米北山下,黄忠引兵欲取之,过期不还。赵云将数十骑,出营视之。值操扬兵大出,云猝与相遇,遂前突其阵,且战且却,魏兵散而复合,追至营下。云入营,更大开门,偃旗息鼓。魏兵疑云有伏,引去。云擂鼓震天,惟以劲弩于后射魏兵,魏兵惊骇,自相蹂践,堕汉水死者甚众。操引军还长安,备遂有汉中,因自立为汉中王。

关公使糜芳守江陵,傅士仁守公安,公自率众攻曹仁于樊。仁使于禁、庞德屯樊北。秋,大霖雨,汉水溢,禁等七军皆没。禁与诸将登高避水,关公乘船攻之。庞德被获,不屈,关公杀之。禁等穷迫遂降。自许以南,往往遥应关公,公威震华夏。曹操闻庞德死,流涕曰:“吾知于禁三十年,何意临危反不及庞德耶?”操议徙都以避其锐,司马懿言于操曰:“刘备、孙权外亲内疏,关公得志,权必不愿也。可遣人劝权蹑其后,许割江南以封权,则樊围自解矣。”操从之。

司马懿,字仲达,河内温人,今河南温县是也。少聪达英断而多大略。兄司马朗为操主簿,操闻懿才而辟之。懿辞以风痹,操怒,欲收之,即日就职。至是为操画害关公之计。

操通使于权,权与吕蒙密谋公。蒙伪称疾笃,而以陆逊代将。逊至陆口,为书与关公,称其功美,深自谦抑。公意大安,撤荆州守兵以赴樊。逊具启形状,权遂发兵袭公。权为笺复操,请以讨关公自效,且乞勿漏。董昭曰:“军事尚权,宜露之,则樊围自解矣!”关公闻之,犹豫未决。蒙至浔阳,尽伏其精兵于船中,使白衣摇橹,作商贾人服,昼夜兼行。公所置江边屯侯,尽收缚之,故公不知。糜芳、傅士仁,素皆嫌公轻己,开门出降。蒙入江陵,释于禁之囚,得关公及将士家属,皆抚慰之,严禁军士,不得掳掠。公闻南郡破,还保麦城。因遁走,马忠获公及其子平,皆斩之,遂定荆州。

吕蒙未及受封,发病而死。曹操表孙权为骠骑将军,假节领荆州牧,封南昌侯。权上书称臣于操,群臣劝操宜正大位。操曰:“若天命在吾,吾其为周文王矣。”及操卒,操子丕,以操妻王后卞氏之命,即王位。专篡汉,废献帝为山阳公。丕自即皇帝位,是为文帝,国号魏。追尊父操为武皇帝,庙号太祖。献帝在虚位三十一年。东汉凡十二帝,起光武乙酉,终献帝庚子,共一百九十六年,而分为蜀,即后汉魏吴三国,后五十余年,而并于晋,其年分多寡不同,下回便见。

第二十回 汉归曹 吴入晋 依次销沉

诗曰：

马力牛筋为子孙，龙争虎斗闹乾坤。
战尘摩擦英雄老，杀气熏蒸日月昏。
千载几人传后代，百年谁主调征魂。
孔明若晓其中意，高卧南阳紧闭门。

却说曹丕既篡汉，蜀中传言汉帝已遇害，于是汉中王刘备发丧，即皇帝位于武担之南。大赦、改元章武，是为昭烈皇帝。以诸葛亮为丞相，立宗庙，祀高祖以下。立夫人吴氏为皇后。吴氏，系将军吴懿之妹，刘璋兄瑁之妻也。立子禅为皇太子。帝耻关公之没，将击孙权。翌军将军赵云谏曰："国贼曹操，非孙权也。今曹丕篡位，众心未附，当因此时，早图关中，居河渭上流，以讨凶逆，则关东义士，必有应者。不应置魏，先与吴战，兵势一交，不得猝下，非良策也。"群臣谏者甚众，帝皆不听。留诸葛亮辅太子守成都，而自率诸军东下。车骑将军张飞，雄猛亚于关公。公善待卒伍，而傲于士大夫。飞爱礼士大夫，而不恤军人。帝常戒之，飞不悛。至是当率兵万人，会江州。临发，为帐下张达、范强所杀，以其首奔孙权。帝闻飞营都督有表曰："噫嘻，飞死矣！"孙权遣诸葛瑾使蜀求和，帝不许。帝遣吴班、冯习攻破权将李异等于巫县，进军秭归。权以陆逊为大都督以拒之。帝进军猇亭，自巫峡、建平连营至夷陵界，立数十屯，连营七百余里。自正月与吴相拒，至六月不决。帝遣吴班将数千人于平地立营。吴将卒皆欲击之，陆逊曰："此必有谲，且观之。"帝知其计不行，乃引伏兵八千，从谷中出。逊曰："所以不听诸军击之者，揣之必有巧故也。"陆逊将进攻汉军，诸将皆曰："攻备当在初时，今乃令入五六百里，相守经七八月，其诸要害皆已固守，击之必无利矣！"逊曰："备是猾虏，更事尝多，其军始集，思虑精专，未可干也。今驻已久，不得我便，兵疲计沮，诈不复生，犄角此寇，正在今日。"乃先攻一营，不利。诸将皆曰："空杀兵耳！"逊曰："吾已晓破之之术。"乃敕人各持一把茅，每间一营，攻一营，以火攻拔之。斩张南、冯习等，破其四十余营。汉将杜路、刘宁等，穷逼请降。帝升马鞍山，陈兵自绕。逊督诸军四面蹙之，死者万数。帝夜遁，仅得入白帝城。其舟船器械，水步军资，一时略尽，尸骸塞江而下。帝大惭恚曰："吾乃为陆逊所折辱，岂非天耶？"帝疾笃，命丞相亮辅太子。帝谓亮曰："君才十倍曹丕，必能安国，终定大事。若嗣子可辅则辅之，如其不才，君当自取，无为他人有也。"亮涕泣曰："臣敢不竭股肱之力，效忠贞之节，继之以死！"帝又敕太子曰："勉之，勉之！勿以善小而不为，勿以恶小而为之，惟德惟义，可以服人。汝父德薄，不足效也。汝与丞相从事，事之如父。"遂崩于白帝城。在位三年，年六十三岁。

丞相亮奉丧还成都，太子禅即位，时年十七，是为后主。尊皇后曰皇太后，立张飞女张氏为皇后。其后张后崩，复立其妹为后。封丞相亮为武乡侯，领益州牧，事无巨细，咸决于亮。亮乃约官职，修法制，开诚心，布公道，集众思，广忠益。谓有忠虑于国者，但勤攻吾之短。亮尝自校簿书，主簿杨颙谏曰："为治有体，上下不可相侵。今明公自校簿书，汗流终日，不亦劳乎！"亮谢之。及颙卒，亮垂涕三日。

帝遣尚书邓芝修好于吴，吴使张温来聘，复遣邓芝报之，吴遂绝魏，专与汉连和。魏主丕，大兴师伐吴。为水军，亲御龙船，至广陵。吴将军徐盛列舟舰于江，而植木衣苇，为疑城假楼。时江水盛长，丕临望叹曰："魏虽有武骑千群，无所用之，未可图也。"丕御龙舟，会暴风漂荡，几至覆没，乃旋师归。

南蛮雍闿，与郡人孟获乱煽。丞相亮率众南征，讨雍闿。参军马谡送之曰："南中恃其险远，不服久矣。今日破之，明日复反。夫用兵之道，攻心为上，攻城次之，愿公服其心而已。"亮纳其言，至南中，所在战捷。由越雋入，斩雍闿。孟获收闿余众以拒亮。获素为夷汉所服，亮募生致之。既得，使观于营阵间。获曰："向者不知虚实，故败。今蒙赐观营阵，若只如此，即易胜耳！"乃纵使更战。凡七纵七擒，而亮犹遣获，获止不去。曰："公天威也，南人不复反矣。"时四郡皆平，亮即其渠帅而用之。或以谏亮，亮曰："留外人，则当留兵。兵留，则无所食，必成祸患。今吾欲使不留兵，不运粮，纲纪粗定，夷汉初安耳。"于是悉收其俊杰孟获等，以为官属。终亮之世，夷不复反。

丞相亮率兵屯汉中，上出师表伐魏。初魏以夏侯楙镇长安。至是丞相亮将伐魏，与群下谋之。魏延曰："夏侯楙怯而无谋，今假延精兵五千，直从褒中出，循秦岭而东，当子午谷而北，不过十日，可到长安。楙闻延奄至，必弃城逃走。比东方相合，尚二十许日。而公从斜谷来，亦足以达，则一举而咸阳以西可定矣。"亮以此为危计，勿听，乃身率大众攻祁山。魏以昭烈既崩，数载寂然，略无预防。猝闻亮出，朝野恐惧。于是天水、南安、安定皆叛魏应亮。天水参军姜维诣亮降，亮美其胆智，使典军事，关中响震。魏群臣不知计所出，魏主睿曰："亮阻山为固，今者自来，破亮必矣！"乃勒兵，步骑五万，遣右将军张郃督之，西拒亮。亮以马谡议论军计，深加器异。乃不用旧将魏延、吴懿等为先锋，而以谡督诸军在前，与张郃战于街亭。谡违亮节度，舍水登山，不下据城。张郃绝其汲道，大破之。亮进无所据，乃拔西县千余家，还汉中。收谡下狱，亮自临祭，为之流涕，斩之。于是考微劳，甄壮烈，引咎责躬，自贬为右将军。厉兵讲武，戎事简练，民忘其败。

吴主使鄱阳太守周鲂，诈以郡降魏。魏扬州牧曹休率步骑十万以应鲂，与陆逊战于石亭，大败而还。汉右将军亮，闻曹休败，复上出师表伐魏，引兵出散关，围陈仓。陈仓已有备，亮不能克。魏主睿召张郃于方城，使击亮。魏主睿问郃曰："待将军到，亮得无已得陈仓乎？"郃知亮深入无谷，屈指计曰："比臣到，亮已走矣。"郃晨夜进军，未至，亮以粮尽引还。将军王双追亮，亮击斩之。魏遣曹真、司马懿等寇汉中，丞相亮出次成固，魏师还。丞相亮伐魏，围祁山，魏遣司马懿西屯长安，督将军张郃等以御之。懿敛军依险，兵不肯战。贾诩、魏平曰："公畏蜀如虎，奈天下笑何？"懿病之，乃出战，魏兵大败，懿还保营。亮以粮尽，引军还。懿遣张郃追之，至木门道，中伏弩而死。丞相亮劝农讲武，作木牛流马，运米于斜谷口，悉众十万，由斜谷伐魏。遣使至吴，约同时大举，共伐魏。丞相亮至郿，军于渭水之南。司马懿引军渡渭，背水为垒以拒之。亮以前者六出祁山，皆以粮运不继，引还。乃止于五丈原，分兵屯田，为久驻之计。耕者杂于渭滨居民之间，而百姓安堵，军无私焉。懿与亮相守百余日，亮数挑战，懿不出。亮乃遗懿巾帼妇人之服。懿怒，上表请战。亮曰："彼本无战情。所以固请战者，以示武于其众耳。"亮遣使者至懿军，懿问其寝食，及其事之烦简，不问戎事。使者对曰："诸葛公夙兴夜寐，罚二十已上，皆亲览焉。所啖食，不至数升。"懿告人曰："诸葛孔明，食少事烦，其能久乎？"亮病笃，帝使尚书仆射李福省侍，因咨以国家大计。亮曰："公所问者，公琰其宜也。"复问蒋琬之后，谁可任，亮曰："文伟可以继之。"又问费祎之后，亮不答。是日卒于军中。长史杨仪整军而还。百姓奔告司马懿，懿追之。姜维令仪反旗鸣鼓，若将向懿者，懿敛军退，不敢逼，于是仪结阵而回。入谷，然后发丧。百姓为之谚曰："死诸葛，走生仲达。"懿闻之，笑曰："吾能料其生，不能料其死也。"亮尝推演兵法，作八阵图，至是懿按行其营垒，叹曰："天下奇才也。"追至赤岸，不及而还。

蜀前军帅魏延，勇猛过人，尝叹亮不能尽用己才，又与杨仪不协。及亮卒，杨仪主兵，延遂反。仪遣将斩之，夷延三族。初亮表于帝曰："臣成都有桑八百株，薄田十五顷，子孙衣食，自有余饶。臣死之日，不使内有余帛，外有赢财，以负陛下。"至是卒如其言。亮之为政也，赏不遗远，罚不阿近，爵不可以无功取，刑不可以贵势免，此贤愚之所以佥忘其身也。谥曰忠武。后主以蒋琬为大将军，录尚书事。费祎、董允相继为尚书令，虽无诸葛亮之盛，而蜀亦大治。自蒋琬、董允之卒，而宦官黄皓始预政事，以姜维为卫将军，与费祎并录尚书事，而姜维始屡次伐魏。维攻魏西平，获中郎郭循，以为左将军。循欲刺帝，不果。至是祎与诸将，大会沉醉，循刺杀之，祎泛爱不疑，待新附太过，故及于难。

初姜维自负其才武，每欲大举伐魏，费祎尝裁抑之，与兵不过万人。曰："丞相犹不能定魏，况吾等乎！不如且保国治民，谨守社稷，无为侥幸。若有不及，悔不可追。"及祎卒，维遂大举伐魏，屡为魏将邓艾所败。维不悛，前后凡九伐魏，蜀人愁苦，大怨姜维。

司马昭患姜维之北伐无已也，欲大举寇汉。朝臣多以为不可，独司隶校尉钟会劝之。乃以钟会为镇西将军，都督关中。姜维奉表于帝曰："闻钟会治兵关中，欲规进取，宜并遣左右车骑将军张翼、廖化，督诸军，分护阳安关口及阴平桥头，以防未然。黄皓信巫鬼，谓敌终不敢至，启帝寝其事，群臣莫知。魏遣邓艾督三万余人，自狄道趣甘松沓中，以绊缀姜维。诸葛绪督三万余人，自祁山趣武街桥头，绝维归路。钟会统十余万众，分从斜谷、骆谷、子午谷趣汉中。以廷尉卫瓘持节监军事。会平行至汉中，使护军胡烈为前锋，攻关口，汉守将傅佥格斗而死，会遂长驱而前。姜维闻钟会诸军，已寇汉中，引兵与廖化、张翼、董厥等，合兵守剑阁以拒会。姜维列营守剑阁，会攻之不能克，粮道险远，欲引还。邓艾上言，汉兵摧折，宜遂乘之。自阴平行无人之地，七百余里，凿山通道，造作桥阁，山高谷深，至为艰险。艾以毡自裹，推转而下，将士皆攀木缘崖，鱼贯而进。先登至江油，蜀守将马邈降。以书诱汉将诸葛瞻，瞻斩其使，列阵以待，艾大破之，斩瞻。瞻子尚曰："父子荷国厚恩，不早斩黄皓，使败国殄民，用生何为？"策马冒阵而死。诸葛瞻，诸葛亮之子也。汉人不意魏兵猝至，不为城守调度，闻艾已入平土，百姓扰扰，皆并山野，不可禁制。谯周请降，乃遣使奉玺绶诣艾降。北地王谌怒曰："若理穷力屈，祸败将及，便当父子君臣，背城一战，同死社稷，以见先帝，奈何降乎？"帝不听，谌哭于昭烈之庙，先杀妻子，而后自杀。艾至成都城北，帝率太子诸王及群臣，面缚舆榇，诣军门降。姜维得帝敕命，乃与廖化、张翼、董厥等，同诣钟会降。邓艾收黄皓将杀之，皓赂左右得免。后主禅凡在位四十年而亡，并先帝昭烈，凡二主，共四十三年。三汉合二十六帝，通共四百六十九年。

邓艾在成都，颇自矜伐，欲因平蜀之势，乘势灭吴。钟会有异志，姜维知之，说之使反。会忌邓艾，乃与监军卫瓘，密白艾有反状。魏以槛车征邓艾父子赴京师，会独统大众，遂与姜维决计谋反。适郭太后卒，会乃矫太后遗诏，使会将兵废司马昭。姜维欲使钟会尽杀北来诸将，已因杀会尽坑魏兵，复立汉帝。适会众兵作乱，格斩姜维，争前杀会。邓艾本营将士追出艾于槛车中，迎还。卫瓘自以与会共陷艾，恐其为变，乃遣护军田续袭邓艾父子于绵竹西，斩之。艾余子在洛阳者悉被诛，后以其孙朗为郎中。

后主禅举家迁洛阳，秘书郎却正从行。正相道适宜，举动无阙。禅慨然叹息，恨知正之晚。魏封禅为安乐公，他日与宴，为之作蜀技。旁人皆感怆，禅喜笑自若。昭谓贾充曰："人之无情，乃至于是，虽使诸葛亮在，不能辅之久全，况姜维耶！"他日问禅曰："颇思蜀否？"禅曰："此间乐，不思蜀也。"正闻之谓曰："若王复问，宜泣而答曰：'先人坟墓，远在岷蜀，乃心西悲，无日不思。'"适昭复问。禅对如正言，不能泣，因闭其目。昭曰："何乃似却正语耶？"禅开目惊视曰："诚如尊命。"左右皆笑之。

蜀汉之事已约略叙完，其魏国之事尚未讲明。却说魏主曹丕，既篡汉即皇帝位，废汉献帝为山阳公。山阳公子，俱为操所杀，无子，奉二女以嫔于魏。又十四年，善终于魏，葬禅陵。魏主丕营洛阳宫室，遂如洛阳都焉。丕视兄弟如仇雠，而信任强臣司马懿，丕妻郭后无子，使母养平原王睿为子。睿母甄夫人，本袁熙妻也。甚有美色，为郭后谮死。睿事郭后甚谨，后亦爱之。丕在位七年殂，子睿立，是为明帝。曹真、陈群、司马懿并受遗诏辅政。

睿性好土木，既治许昌宫，又作洛阳宫，浚霄阙，徙长安钟虡、橐驼、铜人承露盘于洛阳，盘折，声闻数十里。铜人重不可致，乃大发铜。铸铜人二，列坐于司马门外，号曰翁仲。起土山于芳林园，植杂木美草，捕禽兽致其中。谏者皆不纳。睿性严急，督修宫室，有稽限者，亲召问之，言犹在口，身首已分，而人心离二。睿使太尉司马懿，击辽东公孙渊。渊使大将军衍杨祚屯辽隧，懿曰："贼大众在此，巢窟空虚，直指襄平，破之必矣。"乃多张旗帜，欲出其南，衍等尽锐趣之。懿潜渡水出其北，直走襄平，衍等引兵逆战。懿击，大破之，遂围襄平。渊窘急，粮尽，人相食，突围走，懿击斩之，辽东悉平。有星孛于大辰，又孛于东方。张掖柳谷口水溢，涌宝石负图，有石马七，及牺牛之象，有文曰："大讨曹。"睿以为瑞。岂知自后司马氏专权，凡曹氏之所以欺汉者，一一还报之于司马氏，所谓大讨曹也。牛者，谓以牛易马也。魏主睿病笃，司马懿还军至洛阳，懿入见，睿执其手曰："吾以后事属君，君与曹爽共辅少子。死乃可忍，吾忍死以待君，得相见无恨矣！”乃召二王示懿，别指齐王芳曰：“此是也，君谛视之，勿误也！”于是芳年八岁，即日立为太子。

明帝沉毅善断，优礼大臣，虽犯颜极谏，无所摧戮。其人君之量，亦伟矣。然不思建德垂风，以固维城之基，至使大权偏据，遂为司马所篡，惜哉！在位十三年殂，太子芳嗣位。芳明帝养子，莫知所出，曹爽、司马懿并录尚书事，受遗诏辅政。

魏大将军曹爽，用何晏、邓飏、丁谧之谋，迁郭太后永宁宫，专擅朝政，多树亲党，屡改制度。太傅司马懿与爽有隙，称疾不预政事。曹爽骄奢无度。时魏主芳谒高平明帝陵，爽与弟曹羲、曹训、曹彦皆从。懿与子司马师、司马昭谋诛之。以太后令，召司农桓范。范欲应命，其子曰：“车驾在外，不如南出。”懿谓蒋济曰：“智囊往矣。”济曰：“驽马恋栈豆，爽必不能用也。”范劝爽以天子诣许昌，发四方兵自辅。爽疑未决，自甲夜至五鼓，爽乃投刀于地曰：“我亦不失作富家翁。”范哭曰：“曹子丹佳人，生汝兄弟，豚犊耳，何图今日坐汝灭族也。”子丹，曹真字也。懿遂以太后令，闭诸城门，勒兵据武库，奏爽与何晏、邓飏、桓范等谋逆，俱夷三族。何晏以貌自喜，粉白不去手，虽被诛，而天下士大夫争慕效之，遂成风流之俗。司马懿既诛曹爽，自后大权悉归司马，魏主徒拥虚名而已。及懿卒，以其子师为大将军，录尚书事，执魏国柄。魏中书令李丰，及太常夏侯元，与皇后之父光禄大夫张缉，谋杀司马师，不克，师并杀之。遂废其后张氏。魏主芳意殊不平，而不敢发。司马师勒兵废魏主芳为齐王，迁之河内，在位十四年，后又二十一年卒。

师迎高贵乡公髦立之。扬州刺史文钦，镇东将军毋丘俭，起兵讨师。时师新割目瘤，疮甚，舆疾征之，斩毋丘俭，夷其族。钦子鸯勇甚，夜劫师营，追骑莫敢逼，遂降于吴。及司马师卒，弟昭自为大将军，录尚书事。魏征东将军诸葛诞，起兵寿春讨昭，昭奉魏主髦征之。诞求救于吴，吴使全怿、文钦等救之。诞素与钦有隙，因斩钦。钦二子文鸯、文虎复归司马昭，昭表为将军，赐爵关内侯，使巡城下，人无固志，遂克之。斩诞，夷其三族。魏主髦见威权日去，不胜其忿，召尚书王经等曰：“司马昭之心，路人所知也。吾不能坐受废辱，今日当自出讨之。”经谏不听，髦遂拔剑升辇，率殿中宿卫苍头官僮，鼓噪而出。中护军贾充入，与战于南阙下。太子舍人成济问充曰：“事急矣，当若何？”充曰：“司马公畜养汝等，正为今日，今日之事，无所问也！”济即抽戈，前刺髦，殒于车下，在位六年。昭闻之大惊，自投于地。昭叔太傅司马孚奔往，枕其股而哭甚哀。曰：“杀陛下者，臣之罪也。”昭入殿中，召群臣会议。尚书仆射陈泰不至，昭使其舅尚书荀顗召之。顗，彧之子也。泰曰：“论者以泰方舅，今舅不如泰也。”子弟逼之，乃入。见昭悲恸，昭亦对之泣曰：“元伯，卿何以处我！”泰曰：“独有斩贾充，少可以谢天下耳！”昭久之曰：“更思其次。”泰曰：“泰言惟有进于此者，不知其次。”昭乃不复言。收王经及其家属付廷尉斩之。经谢其母，母笑曰：“人谁不死，正恐不得其所，以此并命，何恨之有？”昭以成济大逆不道，夷三族。昭以皇后令，使其子中护军司马炎，迎常道乡公璜于邺。璜，燕王宇之子，操之孙也，更名奂，以为明帝嗣，立之。

时司马昭遣钟会、邓艾等灭蜀汉。晋公司马昭，进爵为王。司马昭娶王肃女，生炎及攸，以攸继景王司马师之后。攸性孝友，多才艺，清和平允，名过于炎，昭爱之。昭欲以攸为世子。山涛曰："废长立幼，违礼不祥。"乃立炎为世子。司马昭卒，子炎嗣为相国晋公，遂废魏主奂为陈留王。炎即皇帝位，奂出舍于金墉城，司马孚拜辞流涕，唏嘘不自胜。曰："臣死之日，固大魏之纯臣也。"魏主奂在位五年而被篡，至晋惠帝五年而善终，谥曰元帝。魏亡。右魏起文帝丕，终元帝奂，凡五世，共四十六年。炎既篡位，改国号曰晋，至太康元年灭吴。

却说吴自孙策开基，孙权继统，赤壁破操，秭归败汉，而后，见魏汉二国称帝，权亦称帝，建国号曰吴。追尊父坚为武烈皇帝，兄策为长沙桓王，迁都建业。使大将军陆逊，辅太子登守武昌。后登卒，以和为太子。潘夫人有宠于吴主权，生少子亮，权爱之，遂废和而立亮为太子。权在位三十一年殂，子亮立，以诸葛恪为太傅辅政。魏司马昭遣王昶、胡遵、毋丘俭等三道击吴。诸葛恪与战于徐塘，魏人败走，吴获资器山积，振旅而还。恪遂有轻敌之心，兴兵伐魏，围新城，不克。会大暑，病死者过半，众大怨之。恪引军还建业，愈治严威，欲复兴兵向青徐。侍中孙峻，因民怨众怒构谋，吴主亮置酒伏兵，杀之，以苇席裹尸，投之石子冈，并夷三族。恪，诸葛瑾之子也。群臣共表奏峻为丞相大将军，都督中外诸军事。峻骄矜淫暴，国人侧目。吴将军孙仪等谋杀孙峻，不克，死者数十人。时全公主与峻通，谮朱公主同谋，峻杀朱公主。及峻死，峻从弟偏将军孙綝，继之辅政。綝专权自恣，吴主亮聪明英察，孙綝忌之。亮与刘承、全纪谋诛綝，使全纪告其父卫将军尚，使密整士马。尚，亮后父也。亮戒纪曰："勿令卿母知之，綝堂姊也。"纪以告尚，尚语其妻，妻密语綝。綝夜执尚，杀刘承，全纪自杀，遂围宫，废吴主亮为会稽王，亮在位六年而被废。綝迎权第六子琅玡王休立之，是为景帝。綝又与休有隙，休乃与左将军丁奉，谋诛綝，夷其族。

休在位六年殂，吴人以蜀初亡而惧，欲得长君，乃白朱后，迎前太子和之子乌程侯皓立之。皓既得志，粗暴骄盈，多忌讳，好酒色。贬朱太后为景皇后，寻逼杀之。使黄门遍行州郡，选美女。其大臣家女，皆岁岁言名，年十五六者简阅，简阅不中，乃得出嫁。后宫数千，犹采择无已。作昭明宫，工役之费，以亿万计。左丞相陆凯谏，不听。及凯卒，以凯从弟抗都督荆州诸军事，治乐乡。

晋主有灭吴之志，以尚书左仆射羊祜，都督荆州诸军事，镇襄阳。祜绥怀远近，甚得江汉之心。与吴人开布大信，降者欲去，皆听之。减戍逻之卒，垦田八百余顷，粮有十年之积。其在军，常轻裘缓带，身不披甲，铃阁之下，侍卫不过十数人。晋主与羊祜阴谋伐吴，祜以为伐吴，宜借上流之势。时益州守王浚迁大司农，祜密表留浚，复为益州刺史，使治水军，大作舟舰，木林蔽江而下。吴建平太守吾彦，取其柿以白吴主曰："晋必有攻吴之计，宜增建平兵以塞其冲要。"吴主不从。彦乃为铁锁，横断江路。吴主征西陵都督步阐，阐世在西陵，猝被征，自惧有谗，据城降晋。晋以阐都督西陵诸军，吴陆抗讨之。晋主遣羊祜救之，不克，抗遂拔西陵，诛阐。吴主既克西陵，自谓得天助，志益张，大使术士尚广筮取天下。对曰："吉，庚子岁，青盖当入洛阳。"吴主喜，不修德政，专为兼并之计。晋羊祜归自江陵，务修德信，以怀吴人。每交兵，刻日方战，不为掩袭之计。祜以军行吴境，刈谷为粮，皆计所侵，送绢偿之。每游猎，常止晋地。若禽兽先为吴人所伤，后为晋兵所得者，皆送还之。于是吴人悦服。祜与抗对境，使命常通。

抗遗祜酒，祜饮之不疑。抗疾，求药于祜，祜以成药与之。抗即服之。人多谏抗，抗曰："岂有鸩人羊叔子哉！"抗告其边戍曰："彼专为德，我专为暴，是不战而自服也，各得分界而已，无求细利。"及陆抗卒，吴主使其子景、元、机、云分将其兵。晋羊祜面陈伐吴之策，晋主善之。以祜疾不宜数入，更遣张华就问计，祜曰："孙皓暴虐已甚，于今可不战而克。若皓不幸而没，吴人更立令主，虽有百万之众，长江未可窥也，将为后患矣！"华深然之。羊祜疾笃，举杜预自代。及祜卒，晋主哭之甚哀。南州民闻祜卒，为之罢市，巷哭之声相接。吴守边将士，亦为之泣。祜好游岘山，襄阳人建碑立庙于其地，岁时祭祀。望其碑者，无不流涕，因谓之堕泪碑。

益州刺史王浚上疏曰："孙皓荒淫凶逆，宜速征伐。若一旦皓死，更立贤王，则强敌也。臣作舟七年，日有朽败。臣年七十，死亡无日。三者一乖，则难图也。"杜预亦上表，请速伐吴，张华赞成之。晋主意遂决。遣王伷、王浑、杜预、王浚、唐彬等，分道伐吴，东西两路进兵，凡二十余万。岁在庚子。杜预向江陵，王浑出横江，所向皆克。吴人于江碛要害处，并以铁锁横截之，又作铁锥，长丈余，暗置江中以逆拒舟舰。浚作大筏数十万，令善水者，以筏先行，遇铁锥，锥辄着筏而去。又作火炬，长十余丈，大数十围，灌以麻油，在船前行，遇锁，燃炬烧之，须臾融液断绝，船无所碍，浚遂克西陵、荆门、夷通诸城。杜预遣周旨等，帅骑夜渡江，袭乐乡，多张旗帜，起火巴山。吴都督孙歆惧，曰："北来诸军，乃飞渡也。"预遂克江陵。预谓诸军曰："今兵威已振，譬如破竹，数节之后，皆迎刃而解，无复着手处也。"遂指授群帅方略，经造建业。吴主使丞相张悌、沈莹、诸葛靓，帅众三万，渡江逆战，大败。靓迎悌，欲共遁去。悌垂涕曰："仲思，今日是我死日也。"靓流涕而去。悌遂为晋兵所杀，并斩莹等。吴人大惧，分遣使者奉书于浑、浚、伷以请降。正月壬寅，王浚舟师过三山，王浑遣人要浚，急过论事，浚举帆直指建业，报曰："风利不得泊也。"是日，浚戎卒八万，舟方百里，鼓噪入于石头城。吴主皓面缚舆榇，诣军门降。吴主皓在位十七年而亡，又四年卒。吴起大帝权壬寅，终乌程侯皓庚子，凡四主，共五十九年。晋封皓为归命侯，自是而天下复归一统矣。王浑夺王浚功，久之，乃得迁为镇军大将军，杜预、王戎皆封侯。欲知后事如何，且听下回分解。

第二十一回 **司马氏 五十年 五胡大乱**

词曰：

闲行闲坐，不必争人我。百岁光阴弹指过，成得甚么功果。昨日羯鼓催花，今朝疏柳啼鸦。王谢堂前燕子，不知飞入谁家！

诗曰：

燕子来时春雪消，几家留得旧窝巢？
风流王谢无踪迹，剩水残山似六朝。

却说晋世祖武帝司马炎，字安世。河南人，昭之子，懿之孙也。发长委地，手垂过膝。既篡魏，复灭吴为一统，都洛阳。武帝明达善谋，能断大事，承魏氏奢侈刻弊之后，而矫之以仁俭，素冠蔬食，以终三年之丧，国富兵强，天下安。立子衷为太子，又为太子择妃，欲娶卫瓘女。贾充妻郭槐，赂杨后左右，使后说帝纳其女，从之。贾妃年十五，长太子二岁，妒忌多权诈，太子嬖而畏之。帝尝以才人谢玖赐太子，生皇孙遹。宫中尝夜失火，帝登楼望之。遹年五岁。牵帝裾入暗中曰："暮夜仓猝，宜备非常，不可令照见人主。"帝由是奇之。尝对群臣称遹似宣帝。帝知太子昏愚，然恃遹明慧，故无废立之心。尚书令卫瓘尝侍宴凌云台，佯醉，跪帝床前曰："臣欲有所启。"帝曰："公何所言耶？"瓘欲言而止者三，因以手抚床曰："此座可惜！"帝意悟，因谬曰："公真大醉耶！"瓘由是不复言。帝于平吴之后，怠于政事，颇事游宴，罢州郡之兵，而武备虚，不能改大中正之选而人才失。又选吴孙皓宫女五千人宫，掖廷殆将万人，尝乘羊车，恣其所之。至便晏寝，宫人竞以竹叶插户，盐汁洒地，以引帝车。杨后将殂，荐其叔父骏之女芷有德色，以自代，帝从之，迎立为后。而后父杨骏及弟杨珧、杨济始用事，势倾内外，时人谓之三杨。旧臣多被疏退，山涛数有规讽，帝虽知而不能改。

武帝炎在位二十五年崩，太子衷立。尊杨后曰皇太后，立皇后贾氏。太后父杨骏，假黄钺，录朝政。而贾后凶悍多权略，每欲干预政事，而为太傅骏所抑，遂构骏以谋反，杀之。太后题帛为书，射之城外曰："有能救太傅者重赏。"贾后因宣言太后同反，矫诏送太后于永宁宫，寻废太后为庶人，诣金墉城。太后至金墉，尚有侍御十余人，贾后悉夺之，绝膳八日而卒。贾后恐太后有灵，或诉冤于先帝，乃覆而殡之，又施诸符药以厌之。

初晋惩魏氏孤立之弊，大封宗室二十有七人，皆以为王，各掌兵权，而授之以职任。贾后忌之，于是征汝南王亮及卫瓘秉政，而贾后族兄模，从舅郭彰，贾后女弟之夫韩寿，生子谧，贾后母无嗣，表请为嗣，故姓贾为贾谧，并预朝政。贾后复召楚王玮，使杀亮及瓘，寻复杀玮，委张华以朝政。华尽忠帝室，弥缝补阙，贾后虽凶险，犹知敬重张华。贾模与张华、裴頠同心辅政，故数年之间，虽暗主在上，而朝野安静，华等之功也。

初吴周鲂之子处，膂力过人，不修细行，乡里患之。处尝问父老曰："今时和岁丰，而人不乐，何也？"父老曰："三害不除，何乐之有？"处曰："何谓也？"父老曰："南山白额虎，长桥蛟，并子为三矣。"处曰："若所患止此，吾能除之。"乃射虎杀蛟，身从陆机、陆云受学，笃志读书，砥节砺行，比及期年，州府交辟。至是秦雍、氐、羌、齐万年反，梁王肜、夏侯骏遣处以五千兵击之，斩获甚众，为主将所误，救兵不至，力战而死。后齐万年虽为孟观所破，然八王树兵。八王者，亮、玮、伦、冏、乂、颙、颖、越也。而刘渊之难起矣。

时崇尚清谈，专事虚无，任情放达，裴頠欲救之而不能改，风俗大坏，卒以此亡国。贾后淫虐日甚，私于太医令程据等。又以簏箱载外间美貌少男入宫，沐以香汤，饮以淫药，使极力淫乱，至于疲弊不能举，则杀而埋于宫中隙地以灭口。更换新者，常至三五人。裴頠与贾模、张华谋废后，而立太子遹生母谢淑妃为后。以诸王方强，朋党各异，不敢发。模以忧卒。惠帝为人戆呆，尝在华林园闻虾蟆之声，而曰："为官乎？为私乎？"时天下荒馑，百姓饥死，帝闻之曰："何不食肉糜？"由是权在臣下，政出多门，势位之家更相荐托，有如互市。贾后家，与贾后母郭槐家，听其恣横，货赂公行，而天下之乱成。太子遹幼有令名，及长，不好学，惟与左右嬉戏，名誉寖减。贾后使人诱之为非，强饮之酒，使为反书而废之。程据使孙虑赐之鸩酒，太子不肯饮，虑以药杵椎杀之。

赵王伦起兵讨后，废贾后为庶人，杀之。遂杀司空张华，仆射裴頠。伦自为相国，都督中外诸军事。孙秀等，并据兵权。伦素昏愚，复受制于秀。秀为中书令，威权震朝廷，天下皆事秀而无求于伦。淮南王允起兵讨赵王伦，不克而死。

时石崇有美妾绿珠，孙秀求之，崇不与。及淮南王允败，秀因称石崇、潘岳助允为乱，收之。绿珠坠楼而死。崇叹曰："奴辈利吾财耳！"收者曰："知财为祸，何不早散之？"崇不能答。初潘岳母常诮岳曰："汝当知足，尚图利，乾没不已乎！"及败，岳谢母曰："负阿母。"遂皆族诛。

立皇后羊氏。赵王伦逼夺玺绶，备法驾入宫，即皇帝位。出帝居金墉城，尊为太上皇，而杀其皇孙臧，惠帝子孙俱尽。以孙秀为侍中，其余党羽虽奴卒，亦加爵位。每朝会，貂蝉盈坐。时人为之谚曰："貂不足，狗尾续。"齐王攸之子冏，及成都王颖、河间王颙等，举兵讨伦。伦、秀大惧，遣孙辅、张泓等帅兵拒之。成都王颖击败伦兵，帅师济河。左将军王舆内应，攻斩孙秀，迎帝于金墉城复位，伦伏诛。以齐王冏为大司马辅政，成都王颖、河间王颙各还镇。立武帝之孙清河王覃为太子。齐王冏骄奢擅权，起府第，与西宫等，期年不朝。河间王颙、成都王颖使长沙王乂讨冏，冏众大败，执冏杀之，党与皆夷三族。

乂在朝执政，河间王颙，成都王颖，嫌乂在内，不得逞其欲，遂举兵反。乂奉帝自将讨颖，颙将张方袭败之。张方入京城大掠，死者万计。乂再奉帝与颖都真陆机战于建春门，机军大败。机与宦者孟玖有隙，谮机有二心于长沙，斩之，并其弟云，夷其族。乂屡破颖兵，前后斩获七万余人，未尝亏奉上之礼。城中粮食日窘，士卒无离心。张方以为洛阳未可克，欲还长安。东海王越，恐城中不济，潜与殿中诸将，夜收乂，置金墉城，大赦改元。开城门，将士见外兵不盛，悔之，更谋劫出乂以拒颖。越惧，遣人密告方，方取乂炙杀之。颖入京师为丞相，如魏武故事。越为尚书令，颙为太宰。颖僭侈日甚，废羊后及太子覃，众大失望。东海王越，奉帝讨颖，复羊后及太子，征嵇绍诣行在。颖遣兵拒战于荡阴，乘舆败绩，绍以身卫帝，被杀，血溅帝衣。颖迎帝入邺，左右欲浣帝衣。帝曰"嵇侍中血，勿浣也。"陈昣、上官已奉太子覃守洛阳，越走东海。幽州都督王浚，与鲜卑、乌桓及越弟并州刺史东嬴公腾，共起兵讨颖。

初自汉魏以来，匈奴、鲜卑、羌、氐、羯五等胡人降者，多处之内地。其后数因忿争，杀害长史，渐为民患。武帝时侍御史郭钦上疏，请因平吴之威，渐徙杂胡于边地，弗听。时有巴西氐李特，起兵于蜀。匈奴左贤王刘豹之子渊，幼而隽异，博习经史，膂力过人，有文武才略。为侍子在洛阳，齐王攸请杀之，武帝不听，以为左部帅。惠帝时，以为匈奴五部大都督。颖表渊为匈奴左贤王。渊子聪骁勇绝人，博涉经史，善属文，弯弓三百斤。弱冠游京师，名士莫不与交，颖以聪为积弩将军。及幽州王浚，并州司马腾兵起，渊说颖曰："今二镇跋扈，恐非宿卫及近郡士众所能御也。"渊请还，说五部赴国难。颖曰："吾欲奉乘舆还洛阳，何如？"渊曰："殿下，武帝之子也，有大功于王室。王浚竖子，东嬴疏属，岂能与殿下争衡耶？但殿下一发邺宫，示弱于人，洛阳不可得至，威权不复在殿下也。愿抚勉士众，静以镇之。渊为殿下，以二部摧东嬴，二部枭王浚，二竖之首，可指日而悬也！"颖悦，拜渊为北单于，使将兵如计行。及幽并兵至邺，颖奉帝还洛阳。王浚大掠邺中而还。张方拥兵，专制朝政，太弟颖不得复预事，诏太弟颖以成都王还第，更立豫章王炽为皇太弟。刘渊闻颖去邺，叹曰："不用吾言，遂自奔溃，真奴才也！然吾与之有言矣，不可以不救。"将发兵击鲜卑、乌桓，刘宣等谏曰："晋人以奴隶御我，今其骨肉相残，是天弃彼，而使我复呼韩邪之业也。鲜卑、乌桓，我之气类，可以为援，奈何击之？"渊曰："善，大丈夫当为汉高、魏武，呼韩邪何足效哉！"宣等稽首曰："非所及也！"遂举兵反，迁都左国城，胡人晋人归之者甚众。渊谓群臣曰："昔汉有天下久长，恩结于民，吾汉氏之甥，终为兄弟，兄亡弟绍，不亦可乎！"乃建国号曰汉，即汉王位，改元元熙，尊蜀汉安乐公禅为孝怀皇帝。渊有族子曜，生而眉白，目有赤光，幼聪慧，有胆量。早孤，养于渊。及长，仪观魁伟，性落拓高亮，好读书属文，铁厚一寸，射而洞之。又武都羯人石勒，往从渊，渊因据有山西、陕西等地。

晋东海王越起兵讨张方，太宰颙杀方，送首于越以请和，越不许。成都王颖奔长安，长史刘舆诛颖，惠帝食毒饼而崩，乃太傅东海王越所鸩也，在位十七年。太弟炽入宫即位，是为怀帝。立清河王覃弟诠为太子，以琅琊王睿为安东将军，都督扬州，镇建业。帝虽欲图治，无奈太傅越专权秉政，杀故太子清河王覃，以诏征河间王颙为司徒。颙就征，南阳王模杀之于新安。

时汉王渊卒，刘聪代之。晋饥民王如寇南阳，汉刘聪遣石勒寇江夏，并王如兵，遂寇襄阳。太傅越率兵御之，次于项，越卒于项。王衍等奉越丧还葬，石勒遣轻骑追而尽执之。衍等乞生，勒不加以锋刃，夜使人排墙杀之，剖越柩，焚其尸。曰："乱天下者此人也，吾为天下报之。”汉刘聪使大将呼延晏，将兵一万七千，寇洛阳，比及河南，晋兵前后十二败，死者三万余人。

刘曜、王弥、石勒皆引兵来会。未至，晏先至洛阳。怀帝具舟于洛水，将东走，晏尽焚之。未几，弥及曜等继至，晏乃先克宣阳门入，帝出华林门，欲奔长安，汉兵追执之，杀太子诠等，迁帝于平阳，封平阿公。汉王聪遣始安王刘曜等攻长安，晋南阳王模出降，曜杀之。聪以曜为车骑大将军，镇长安。晋安定太守贾匹，与冯翊太守索綝，金城护军麴允等，谋兴复晋室，乃共帅众向长安。刘曜与匹等战于黄邱，曜众大败，于是匹等兵势大震，迎秦王业入于雍城。贾匹等围长安数月，汉中山王曜连战皆败，驱掠士女，奔于平阳。秦王业自雍入于长安，贾匹等奉秦王业，建行台于长安，汉王聪宴群臣于光极殿，使怀帝着青衣行酒。庾珉、王隽等，不胜悲愤，因号泣，聪恶之，杀珉、隽等故晋臣十余人，怀帝亦遇害。怀帝凶问至长安，皇太子业举哀即帝位。

时贾匹为盗所杀，以麴允为左仆射，索綝为卫将军，军国之事，悉以委之。汉遣赵染寇长安，麴允射杀之。帝在位四年。汉遣刘曜寇长安，攻陷长安外城，麴允、索綝退守小城，内外断绝，城中饥甚。帝泣谓允曰：“今穷厄如此，外无救援，当忍耻出降，以活士民。”使侍中宋敞，送降笺于曜，綝潜留敞，使其子说曜曰：“若许綝以郡公者，请以城降。”曜斩而送之曰：“帝王之师，以义行也，孤将兵十五年，未尝以诡计败人，今綝所言如此，天下之恶一也，辄相为戮之。”帝乘羊车，肉袒出降，群臣号泣攀车，帝亦悲不自胜。御史中丞吉朗叹曰：“吾智不能谋，勇不能死，何忍君臣相随，北面事贼乎！”乃自杀。刘曜送帝于平阳，麴允自杀。晋亡，起武帝乙酉，终愍帝丙子，凡四主，共五十二年。

汉王聪以帝为光禄大夫，封怀安侯，以刘曜为太宰，假黄钺，都督陕西，封秦王。斩索綝于市。其后汉王聪出猎，以愍帝戎服，执戟前导。又宴群臣于光极殿，使之行酒洗爵，晋臣多涕泣失声。尚书郎辛宾起，抱帝大哭，聪命引出斩之，愍帝遂遇害。

时海内大乱，独江左差安，中国士民避乱者，多南渡江。镇东司马王导说琅玡王睿，收其贤俊，与之共事，睿从之。辟掾属百余人，时人谓之百六掾。刁协、卞壶、陈頵、庾亮、甘卓、周访、陶侃皆与焉。宏农太守宋哲，为汉所攻，弃郡奔建康，称受愍帝诏，令丞相睿统摄万机。睿素服出次，举哀三日，即位改元。置百官，立宗庙，建社稷。时有以牛易马之说，且待下回叙明。请将前五胡叙其大略，其后五胡，分叙于二十四回索头魏之中间。

五胡之乱，起于巴西氐李特。初张鲁在汉中，賨人李氏自巴西往依之。及魏武曹操克汉中，李虎将五百余家归之，拜为将军。其孙特，于惠帝时，以流民入蜀，旬月间，众至三万，据广汉，进攻成都，为刺史罗尚所败，斩其首。弟流代领其众，势复盛。及流卒，特之子雄代之。以范长生为谋主，攻走罗尚，入成都，自称成都王，寻称帝，国号大成。雄僭位三十一年卒，舍子而立其侄班为君，僭位五月，为雄子越所弑。越以其弟期多才艺，有令名，立为君。僭位三年，为特季弟让之子寿所废，期自缢死。寿僭位六年，改国号曰汉，故世称为后蜀。寿子势僭位四年，势骄淫，不恤国事。晋安西将军桓温，举兵深入，直指成都，李势战败，遂面缚舆榇而降。成凡七世，共四十七年。后其地为前秦苻坚所得。

其次作乱，敢于灭晋者曰汉，后改号赵，匈奴人。初汉献帝时，南单于呼厨泉入朝，魏王操因留之于邺，分其众为五部，居并州。其弟左贤王豹最强，自谓其先汉氏外孙，因姓刘氏。豹生子渊，生而有文在左手曰渊，遂以为名。渊见司马氏八王树兵，骨肉相残，因叛晋起兵，据平阳称帝，国号汉。僭王位四年，僭帝位三年而卒。子和立一月，欲杀其弟聪，北海王乂以告聪，聪攻杀和，而立乂为皇太弟。聪两寇晋朝，执二帝，几灭晋，逐晋东居江左。时有流星入紫微垣，有光烛地，陨于平阳北，化为肉，长三十丈，广二十七步之异。

汉主聪专事女色，烝于渊后单氏。又中护军靳准有二女，月光、月华，色绝美。聪立月光为上皇后，刘贵妃与月华为左右皇后。及月光以秽行废，又立美婢樊氏为上皇后。三后之外，佩皇后玺绶者复七人，饮酒宣淫，百日不出。太弟乂数谏，聪子粲谗而杀之。聪僭位八年卒，子粲立，靳准专权用事。刘聪诸后俱年少，粲淫于刘聪诸后，白昼宣淫，不听朝政。靳准勒兵升殿，执粲杀之，僭位者一月。刘氏男女，无少长皆斩东市。发渊、聪二陵，斩聪尸，焚其庙，自号大将军汉天王。渊族子刘曜闻乱，自长安起兵讨准；石勒自洛阳，率精骑五万讨准。准数挑战，勒坚壁以挫之。曜至赤壁，即皇帝位，以勒为大司马，加九锡，进封赵公。准将军乔奉等杀准，推准弟靳明为主，遣卜泰奉传国六玺，降于刘曜。石勒大怒，攻拔平阳，焚其宫室。靳明奔曜，曜族诛之。勒遣左长史王修，献捷于汉，修舍人曹平乐言于曜曰：“勒遣修来，实觇强弱，俟其复命，将袭乘舆。”曜听平乐之言，遂斩王修于市。勒闻之，大怒曰：“孤事刘氏，于人臣之职有加矣，彼之基业，皆孤所为，今既得志，还欲相图，赵王赵帝，孤自为之，何待于彼耶！”乃诛曹平乐三族。

汉主曜还都长安，立故惠帝后羊氏为皇后，改国号曰赵，世称为前赵。石勒背汉据襄国称赵王，世称为后赵。后赵石勒攻前赵蒲阪，前赵主刘曜，自将击破之。石虎奔朝歌，曜攻石生于金墉，围洛阳。后赵王石勒，自将救洛阳，卷甲衔枚，诡道兼行，帅步骑四万，入于洛阳城。石虎引步卒攻前赵中军，石堪以精骑击其前锋，大战于西阳门。勒出自阊阖门，夹击之。曜素嗜酒，至是将战，饮酒数斗，至西阳门挥阵就平。石堪因乘之，赵众大溃。曜马陷，为堪所执。勒下令曰：“所欲擒者一人耳，今已获，余可纵其归命之路。”以曜归，杀之，曜僭位十二年而亡。前赵凡五主，共二十六年。于是长安、秦、陇等地悉归后赵石勒。

石勒者，上党羯人也。父周曷朱为部落小帅。勒有胆力，善骑射。晋东嬴公腾，执诸胡于山东，卖充军实。勒亦被掠，卖为奴，逃亡为群盗，往从汉主刘渊。渊以为将，众至十余万。以张宾为谋主，每事咨之。呼为右侯而不名。

初勒为人所掠卖，与母王氏相失。晋并州刺史刘琨得之，遣使并其从子虎，送于勒。勒遗琨珍宝名马，谢而绝之。时虎年十六，残忍无度，为军中患。勒白母欲除之。母曰：“快牛为犊，多能破车，汝小忍之。”及长，善弓马，勇冠一时。每屠城邑，鲜有遗类。然御众严明，莫敢犯者。指授攻讨，所向无前。勒遂宠任之。张宾劝勒进据襄国。襄国，今北直顺德府是也。分略冀州诸郡。

时晋幽州都督王浚，将欲叛晋自立。勒欲袭之，伪为寡弱，以臣子礼推戴浚，浚大喜，益骄怠。勒出兵袭浚，声言上礼，直入浚室，升其厅事。召浚妻共坐，执浚于前，送襄国斩之，幽州悉定。复败晋臣刘琨，定并州之地。因与刘曜有隙，遂自立为王。寻灭曜，尽有同豫、徐兖、并幽、秦雍、青冀之地，改称天王，即帝位，僭位共十五年卒，太子弘立。石虎使其子冀州刺史邃入宿卫，文武皆奔散。刘太后有胆略，佐勒建功业，与石堪、石生、石郎等，举兵讨虎，不胜，虎尽杀之，遂篡天王位。弘僭位者一年，为虎所杀。

虎既得志，大作宫室，穷极工巧，选民间美女以实之，服珠玉，披绮罗者万余人。教宫人习星象，习骑射，以女骑千人为卤簿，锦裤，金银带，羽仪鼓吹，游晏以自随，又作东西两宫，台观四十余所于邺。又治长安、洛阳诸宫，增置女官二十四等，大发民间美女三万余人以配之。民有美女美妇，其父与夫不自献者，罪至死。重刑厚敛，苦役百姓，死者以数十百万计。财物不足，尽发前代陵墓，取其金宝。赵太子邃素骁勇，虎爱之。邃骄淫残忍，好妆饰美女，与宾客传观。宣淫讫，即裸而剖其腹，去其肠胃，实以五味香料，蒸而共食之。虎既荒淫好色，喜怒无常，数诮责笞棰邃，邃谋杀虎。事觉，虎杀邃，并男女二十六人，同埋一棺。立子宣为太子，宣又欲杀虎。以虎素爱秦公韬，使人先杀韬，欲因虎临丧，并以杀虎。事觉，虎肢解之，飞灰道中，杀其妻子夫人。宣幼子才数岁，虎素爱之，抱之而泣，欲赦之。大臣不听，取杀之，儿挽虎衣大叫，至于绝带，虎因发病。

初将军张豺，获赵主曜幼女，有殊色，纳于虎，虎嬖之，生齐公世。至是豺说虎立之。虎谓群臣曰："吾欲以纯灰三斛，自涤其肠，何为专生恶子，年逾二十，辄欲杀父。今世年方十岁，比其二十，我已老矣！"以其母刘昭仪为后。虎谪戍宣东宫卫士十余万人于凉州。其众梁犊等，遂纠众反，掠民间柴斧，施以一丈柯柄，攻战若神，所向奔溃，长驱而东。虎大惧，姚弋仲与蒲洪讨平之。虎以弋仲为西平公，后为后秦祖。以洪为秦雍都督，后为前秦祖。

虎僭位十五年卒，幼子世立一月，兄石遵杀之而自立。遵立六月，弟石鉴杀之而自立。鉴立四月，石闵废而杀之。闵本姓冉，杀石虎三十八孙，尽灭石氏。闵自立为帝，复姓冉，国号魏。时虎庶子石祗镇襄国，与姚弋仲、蒲洪连兵讨闵，遂自立于襄国。僭位二年，其将刘显杀之以降闵。后赵亡，凡七主，共三十三年。

后显又叛闵，为闵所杀。石琨奔晋，晋斩之，石氏遂绝。闵僭位三年。燕王俊遣慕容恪等击魏，魏主闵战数胜。恪择鲜卑善射者五千人，为方阵而前，闵直前击之，所乘骏马，日行千里曰朱龙，忽毙，为燕兵所执，俊鞭之三百，斩于龙城。前燕遂并有赵地。前燕者，曹魏时鲜卑莫护跋居辽西，从司马懿讨公孙渊有功，拜率义王，建国棘城之北，今直隶，卢龙县是也。

时燕代多冠步摇冠，护跋见而好之，乃敛发袭冠，诸部因呼为步摇，遂讹步摇为慕容氏。四传而至慕容廆。自晋武帝时已为寇，既而降晋，以为鲜卑都督。廆称大单于，晋封辽东公。廆少子翰，骁勇有智略，佐廆取辽东，斩连津，攻高句丽。廆居位二十七年卒，子皝立。忌慕容翰，翰奔段氏，复奔宇文氏，宇文逸豆归不能用，皝潜召而归之，翰佐皝降服高句丽，破宇文逸豆归，辟地数千里。皝忌翰益甚，遂杀之。皝嗣辽东公，又晋封燕王，共十五年卒，子俊立。嗣王位三年，僭称帝十年，俊用慕容恪取中山，复遣击魏冉闵，并有后赵之地。惟三秦之地，为前秦所据，不能有。又遣恪破降段龛，定齐地。乃俊卒，子𬀩立，慕容恪受遗诏辅政。恪虚心待士，量才授任，燕国大治。及恪卒，晋桓温伐燕，燕求救于秦，秦王坚遣苟池、邓羌救之，温遁还。燕慕容垂追击，大破之。垂初名霸，燕主皝之子，皝奇其才，欲立为世子而不果。燕主俊恶之，以其尝坠马折齿，更名曰缺。又以缺名应谶文，更名曰垂。垂取段末怀女，才色兼全，与燕主俊后可足浑氏不合，后诬段氏诅咒，杀之。垂纳段氏之妹，色尤美，可足浑氏黜之，而以己妹妻垂。垂不悦，由是益恶之。至是垂建大功，威名益振，可足浑后与慕容评密谋诛之。垂闻之，遂自洛阳，与段夫人及世子令兄弟等俱奔秦。秦王坚素有图燕之志，惮垂不敢发。闻其至，大喜，以为冠军将军。秦王坚遣王猛伐燕，燕主𬀩忧惧，不知所为。太傅评畏猛不敢进。日鄣固山泉，卖水与军人，每绢一匹，得水二石，𬀩使人让之。评惧出战，大败还邺。猛破邺，𬀩与评等出走，秦追获之。𬀩僭位十一年而亡。右前燕起慕容廆，凡四世，共六十四年，而并于前秦。此后自应将前秦接叙，然前秦起于东晋，且后五胡颇多，待二十四回再叙。

此外起于西晋者，又有前凉。晋惠帝永宁元年，以散骑常侍安定氏人张轨为凉州刺史，时方多难，轨有保据河西之志，以宋配、汜瑗为谋主，诸鲜卑为寇者，悉讨平之，威著西土。汉寇洛阳，轨遣兵入术，贡献岁时不绝，忠于晋，封西平郡公，居位十五年卒。子实立，勤于政事，忠于晋室，遣将军王该，帅步骑五千人，入援长安。及汉刘曜陷长安外城，内城饥，逃亡不可制，惟凉州义众，守死不移。时京兆人刘宏，客居凉州天梯山，以妖术惑众，实左右阎涉、赵印等皆事之。宏谓之曰："天与我神玺，应王凉平。"涉、印信之，谋杀实，而奉宏为主。实弟茂知其谋，请诛宏。实遣牙门将史初收之，未至，涉等乱作，杀实。初执宏，车裂之，尽诛其党。与左司马阴元等，以实子尚幼，推实弟茂为刺史。西平公茂以骏为世子。茂嗣位，四年卒，侄张骏立。骏勤修庶政，总御文武，兵强国富。西域诸国，皆来朝贺，遣使于晋，上疏，以为石勒、李雄既死，石虎、李期继逆，元老消落，日远日忘，乞敕司空郗鉴，征西庾亮等，泛舟江沔，首尾齐举，晋不能用。骏嗣位二十二年卒，子重华立。后赵主虎，遣兵击凉州。凉遣谢艾御之，大破之。虎叹曰："吾以偏师定九州，今以九州之力困于凉，彼有人焉，未可图也！"重华嗣位七年卒，子曜灵立。重华之庶兄祚废之而篡立，恣为淫虐，杀重华之妃裴氏，复杀谢艾，僭称凉王，用天子礼乐。嗣位一年，张瓘、宋混等，起兵讨祚，祚杀曜灵。混为发丧，立曜灵之弟元靓，斩祚，枭其首。张瓘猜忌苛虐，宋混性忠鲠，瓘欲杀混篡位，混击破之，瓘自杀。及混卒，元靓之叔父天锡秉政，遂弑元靓而代之。元靓居位八年。天锡居位十四年，荒于酒色，人情怨愤。秦主坚遣苟苌、梁熙等，将兵临西河，天锡使马建、常据拒之，建降秦，据战败自杀，秦兵大进。天锡面缚出降，凉州郡县，悉为秦有。右前凉凡八公，共七十六年。后前秦败，天锡复归于晋。秦主苻坚，并吞各国，几致混一，自寇晋败还，群胡并起，所谓前五胡乱晋，后五胡乱秦也。后五胡，再叙于二十四回索头魏之中间，下回先将东晋、南朝（宋、齐、梁、陈）事迹叙明。盖以正朔在南，不得不先南而后北也。东晋元帝中兴之事如何？下回便见。

第二十二回　走江东　承旧统　百岁云奔

词曰：

暮鼓晨钟，春花秋月何时了。七颠八倒，往事知多少？今朝昨日，镜里容颜老。一场谈笑，几个人知道。

却说东晋中宗元帝司马睿，字景文，宣帝司马懿曾孙，琅玡王觐之子，其实牛金子也。盖琅玡王觐之妃夏侯氏，生得千娇百媚，水性杨花。因小吏牛金入值，见是美貌少年，诱与私焉。往来既熟，因而有孕。觐虽不时幸御，以其年月不对，疑焉。以爱妃之故，不忍发。至生时，有神光之异，一室尽明，因育之。及长，隆准龙颜，目有精光，沈敏有大量，遂冒认为己子。及夏侯氏临终，明为元帝言之。元帝暗召牛金，牛金已死。元帝耻子复姓，遂冒姓司马氏，厚赐其子而遣之。初为安东将军，都督扬州江南诸军事，及闻愍帝遇害，乃即位于建康，立于绍为太子。以王导为谋主，拜为骠骑大将军。以王敦为荆州刺史，以祖逖为豫州刺史。逖范阳人，少有澄清中原之志。尝与刘琨同寝，中夜闻鸡鸣，蹴琨觉曰："此非恶声也。"因起舞。睿不给以兵仗，使自召募。逖将其部曲百余家渡江，中流击楫而誓曰："祖逖不能澄清中原，而复济者，有如大江。"遂屯淮阴，起冶铸兵，募得二千余人而后进。祖逖镇雍丘，数遣兵邀击后赵兵，后赵镇戍归逖者甚众。后赵境土渐蹙，自河以南，多叛后赵归晋。逖练兵积谷，为取河北之计。后赵主石勒患之，乃下幽州，为逖修祖父墓，置守冢二家。因与逖书，求通使，及互市。逖亦禁诸将，不得暴后赵之民，边境之间，稍得休息。元帝以戴渊为征西将军，督六州，镇合肥。逖以戴渊虽有才望，无宏致远识，且已剪棘荆，收河南地，而渊雍容一旦来统之，意甚怏怏。又闻王敦将乱，知大功不遂，感激发病而卒，以逖弟约代领其众。

其刘琨初为并州刺史，及石勒破乐平，并州震骇降勒，琨奔段匹磾，应为匹磾所杀。

王敦举兵反。敦久蓄反谋，以惮祖逖，不敢发。及逖卒，遂反，罪状刘隗、刁协。湘州刺史谯王丞，梁州刺史甘卓，起兵讨之。敦遣魏乂寇长沙，长沙城池不固，资储又阙，人情震恐。或劝谯王丞出走，丞不可，乃婴城固守。王敦，王导从兄也。刘隗、刁协劝帝尽诛王氏。周顗上表救之甚力，而不使导知，导甚恨之。帝以王导为前锋大都督，讨敦。敦叹曰："吾不复得为盛德事矣。"帝遣刁协、刘隗、戴渊帅众攻敦，为敦所败。协为人所杀，隗奔后赵。帝令百官诣石头城见敦，以敦为丞相，都督中外诸军事。敦欲杀周顗、戴渊，以问王导，导不答。遂收顗并渊，杀之。后导检中书，乃见顗表，执之流涕曰："我虽不杀伯仁，伯仁由我而死，幽冥之中，负此良友矣。"敦竟不朝天子而还武昌，举兵陷长沙，杀淮王丞，又遣襄阳太守周虑，袭杀甘卓。四方贡献，多入其府，将相岳牧，皆出其门。元帝忧愤成疾，在位六年崩。

太子绍即位，是为肃宗明帝。司空导受遗诏辅政。明帝仁孝，喜文辞，善武艺，好贤受谏，明敏有机断。初为太子时，王敦甚忌而欲废之，温峤阻之，遂不果。至是敦谋篡位，敦弟彬谏之甚苦。敦变色，目左右将杀之。彬正色曰："君昔岁杀兄，今杀弟耶！"敦乃止。王敦疾甚，敦无子，以兄含子应为嗣。矫诏拜应为武卫将军，以自副。王导闻敦疾笃，率子弟为敦发表。众以为敦信死，戚有奋志。于是尚书腾诏下敦府，列敦罪恶，敦见诏甚怒，而病转笃，不能自将。以兄含率众五万，奄至江宁。导遗含书曰："兄妄萌逆节，凡在人臣，谁不愤叹，导受国厚恩，今日之事，明目张胆，为六军之首，宁为忠臣而死，不为无赖而生矣。"含不答，帝帅诸军袭击，大破之。敦死众溃，其党钱凤、沈充等俱伏诛。乃发敦瘗出尸，跪而斩之。王含、王应奔荆州，王舒遣军沉其父子于江，以陶侃都督荆湘等州军事。明帝在位三年崩。司徒王导，中书令庾亮，尚书令卞壶，并受遗诏辅政。

时衍年五岁，即位，是为显宗成帝。庾太后临朝称制，以温峤都督江州军事。庾亮以太后故，年少专权。南顿王宗，初为肃宗所亲任，庾亮忿而杀之，由是大失众心。宗之死也，帝不知。久之问曰："当日白头公何在？"亮对以谋反伏诛。帝泣曰："舅言人作贼便杀之，若人言舅作贼，当何如？"亮惧色变。

时历阳内史苏峻，前守临淮，于王敦再犯阙时，入卫有功，威望渐著。及在历阳，卒锐器精，志轻朝廷，招纳亡命。庾亮修石头城以备之，复命温峤等为声援。亮以苏峻在历阳，终为祸乱，欲下诏征之。举朝以为不可，亮不听。征峻为大司马，峻曰："我宁山头望廷尉，不能廷尉望山头。"峻知祖约怨朝廷，乃遣使推崇约，请共起兵讨庾亮。约大喜，以兵会峻。苏峻帅众二万，济自横江，攻青溪栅，卞壶帅诸军拒击，力疾苦战而死。二子卞眕、卞盱随之，亦赴敌死。峻纵火烧台省及诸营署。峻兵入台城，称诏大赦，惟庾亮兄弟不赦。宣城内史桓彝起兵赴难，峻分兵陷宣城，执彝杀之。温峤有众七千，将起兵讨峻，邀陶侃同赴国难。侃即戎服登舟。郗鉴在广陵，涕泣誓众，入赴国难，将士争奋。峻闻四方兵起，逼迁帝于石头城。王导密令张闿，以太后诏，谕三吴使起义兵。会稽内史王舒，吴兴太守卢潭，吴国内史蔡谟，义兴太守顾众等，皆起兵应诏讨峻。峤等率诸军同趋建康，戎卒四万，旌旗七百余里，峻望之大惧。陶侃、温峤等讨峻于石头城，相持不决。侃欲西归，峤曰："天子幽逼，乃臣子肝脑涂地之时，今之事势，譬如骑虎，安可中下哉！公若违众独返，义旗将回指于公矣。"毛宝等劝侃分米以饷峤军。侃督水军向石头，庾亮、温峤、赵孕等，帅步兵向白石，苏峻将八千人逆战。侃部将彭世、李干投之以矛，峻坠马，斩首脔割之，焚其骨，三军皆称万岁，余众大溃。峻司马任护等，共立峻弟逸为主，闭城自守。赵孕遣将击祖约于历阳，约奔后赵，后为后赵所族。诸军攻石头城，建威长史滕含，大破其兵，获苏逸，韩晃等斩之。含部将曹据抱帝奔温峤船，群臣见帝，顿首号泣请罪。时宫阙灰烬，众欲迁都，王导请镇之以静，收集散亡，京邑以安。

帝不豫，帝二子丕、奕皆在襁褓。庾冰说帝以国有强敌，宜立长君，请以世弟琅玡王岳为嗣，帝许之。帝在位十七年崩。琅玡王岳即位，是为康帝。亮阴不言，委政于庾冰、何充。帝在位二年崩。

太子聃即位，是为穆帝。时方二岁。太后褚氏临朝称制。何充加侍中，录尚书事。江州都督庾翼卒，何充以桓温英略过人，竟代翼。蜀汉主李势，骄淫不恤国事，桓温帅师伐之，拜表即行，将步卒直指成都。势战败，乃面缚舆榇，诣军门降。温送势及宗室十余人于建康，举贤旌善，蜀人悦之。诏封势为归义侯，桓温为临贺郡公。温既灭蜀，威名大振，朝廷惮之。会稽王昱，以扬州刺史殷洗累辞征辟，固征之乃起，有盛名，朝野推服，乃引为心膂以抗温，殷浩锐志北伐，王羲之、王彪之以书劝之，不听。初姚弋仲之子姚襄降晋，诏屯谯城历阳，殷浩恶其强盛，屡遣客刺之，不谐。又潜遣魏憬袭襄，襄斩憬。至是北伐，又以襄为前驱。襄度浩将至，阴伏甲以邀之。浩至山桑，襄纵兵击之，浩大败而归。桓温上疏诸废之，免为庶人，徙之信安，自此大权悉归于温矣。

桓温帅师伐秦，大败秦兵于蓝田，进军霸上，三辅郡县皆来归，温抚谕居民，使安堵复业，民争持牛酒迎劳，男女夹路观之，耆老有垂泣者曰："不图今日复睹官军。"北海王猛，少好学，倜傥有大志，不屑细务，人皆轻之。猛悠然自得，隐居华阴。闻桓温入关，被褐诣之，扪虱而谈当世之务，旁若无人。温异之，徐曰："江东无卿比也。"初温指秦麦为粮，既而秦人悉芟麦，温军乏食。又数与秦战不利，乃徙秦中三千余户而归。温欲与猛俱还，猛不就。桓温率诸将讨姚襄，与寮属登平乘楼，北望中原，叹曰："遂使神州陆沈，百年丘墟，王夷甫诸人，不得辞其责。"温至伊水，姚襄迎战，连败而走。温屯金墉，谒诸陵，有毁坏者修复之，置镇戍而还。襄奔平阳，欲图关中，帅师伐秦，兵败为秦所杀。弟苌率其众降秦，后叛秦，为后秦祖。

时谢安少有重名，前后征辟皆不就，寓居会稽，以山水文籍自娱，虽为布衣，人皆以公辅期之。曰："安石不出，如苍生何？"安每游东山，常以妓女自随。会稽王昱闻之曰："安石既与人同乐，必不得不与人同忧，召之必至。"安妻刘惔妹也，见家门贵盛，而安独静退，谓丈夫不如此也！安掩鼻曰："恐不免耳！"年四十余，桓温请为司马，安乃赴召，温大喜，深礼重之。帝在位十七年崩，无嗣，大臣迎立成帝长子，琅玡王丕，是为哀帝。在位四年崩，无子，母弟琅玡王奕即位。

桓温帅步骑五万，伐前燕。燕主暐求救于秦，秦主坚遣邓羌救燕，温与战于枋头，不利奔还。燕吴王垂帅八千骑追之，及温于襄邑，大破之。温深耻丧败，乃归罪于袁真，奏免为庶人。真不伏，表温罪状，朝廷不报，遂据寿春叛降燕。及秦灭前燕，大司马温拔寿春，获袁真子瑾斩之。桓温恃其才略位望，阴蓄不臣之志，尝抚枕叹曰："大丈夫不能流芳百世，亦当遗臭万年！"温欲先立功河朔以收时望，还受九锡，及枋头之败，威名顿挫，既克寿春，谓参军郗超曰："足雪枋头之耻乎？"超曰"未也。""然则奈何？"超曰："明公不为伊霍之举者，无以立大威权，镇压四海。"温深以为然，遂与之定议。乃诣建康，宣太后令，废帝奕为东海王，迎元帝少于会稽王昱立之，是为太宗简文帝。帝奕在位六年，而被废，后得善终。

温威势翕赫，诏进温丞相大司马，留京辅政，温固辞，仍请还镇姑熟。帝在位二年崩，太子曜即位，是为烈宗孝武帝。

桓温入朝，都下恂恂，或云欲诛王、谢，因移帝室。王坦之甚惧，流汗沾衣，倒执手板。谢安神色不变，从容款曲，与温语移日。温尝以郗超为谋主，至是延见朝臣，使超卧帐中，听其言，适风动帐开，安笑曰："郗生可谓入幕之宾矣。"温有疾还姑熟，疾笃，讽求九锡，安、坦之故缓其事。时天子幼弱，外有强臣，安与坦之尽忠辅卫，卒安晋室。及大司马桓温卒，温以世子熙才弱，使弟冲代领其众。冲称温遗命，以少子元为嗣，时方五岁，冲既代温居任，尽忠王室，以谢安素有重望，以扬州让安。桓氏族党，莫不若谏，冲处之淡然。

时秦主坚，并吞各国，日渐强盛，遣兵寇晋梁、益二州，遂取成都。朝廷方以秦寇为忧，诏求文武良将，可御北方者。谢安以兄子玄对，诏以玄监江北诸军，镇广陵。玄得刘牢之等为参军，战无不克，敌人畏之。秦主坚会群臣于太极殿，谋大举伐晋。群臣皆以为未可，惟幕容垂、姚苌心怀异志，劝之伐晋。阳平公苻融，以福德岁星在吴，天道不顺，谏之甚力。坚曰："以吾之众，投鞭于江，足以断彼之流，击之，犹疾风之扫秋叶耳！"坚所幸张夫人，亦谏。坚曰："军旅之事，非妇人所知。"坚遣阳平公融，督后诸军张蚝，冠军将军慕容垂等，帅步骑二十五万，又以姚苌为龙骧将军，督益、梁二州诸军为前锋。坚帅戎卒六十余万，骑二十七万，旗鼓相望，前后千里，为后继以伐晋。晋遣谢石、谢玄帅众八万拒之。秦兵至颍口，兵既盛，都下震恐。玄入，问计于谢安，安夷然答曰："已别有旨。"既而寂然。桓冲深以根本为忧，遣精锐三千，入援京师。谢安固却之曰："朝廷处分，兵甲无阙，西藩宜留以为防。"冲叹曰："今大敌垂至，谢安方游谈不暇，遣诸不经事少年拒之，吾其为左衽矣！"秦将军梁成等，帅众五万屯洛涧，谢石、谢玄去洛涧二十五里而军，惮成不敢进，苻融遣晋旧臣朱序来说谢石、谢玄等使降。序私谓石等曰："若秦百万之众尽至，此诚难与为敌，今乘诸军未集，宜速击之，若败其前锋，则彼夺气，可逐破也。"石等从序言，谢玄遣刘牢之帅精兵五千趣洛涧，梁成阻涧为阵以待之，牢之直前渡水击成，大破斩成，分兵断其归津。秦步骑崩溃，争赴淮水，士卒死者。一万五千人。石等诸军，水陆继进。秦主坚与阳平公融，登寿阳城望之，见晋兵部阵严整，又望见八公山草木，皆以为晋兵，顾谓融曰："此亦劲敌，何谓弱也！"怃然始有惧色。秦兵逼淝水而阵，晋兵不得渡，谢玄遣使谓平阳公融曰："君悬军深入，而置阵逼水，此乃持久之计，非欲速战者也。若移阵小却，使晋兵得渡，以决胜负，不亦善乎！"秦诸将皆曰："我众彼寡，不如遏之，使不得上，可以万全。"坚曰："但引兵少却，使之半渡。我以铁骑蹙而杀之，蔑不胜矣！"融亦以为然，遂麾兵使却。朱序在阵后呼曰："秦兵败矣。"众闻之不知其实，相传以为果败，众遂大溃，不可复止。谢玄、谢琰、桓伊等。引兵渡水击之。融驰骑略阵，欲以帅退者，马倒，为晋兵所杀。玄等乘胜追击，至于青岗，秦兵大败，自相蹈藉而死者，蔽野塞川，其走者闻风声鹤唳，皆以为晋兵且至，昼夜不敢息，草行露宿，重以饥冻，死者十七八。朱序与张天锡，皆奔还晋。秦主坚中流矢，单骑走，秦遂因而乱亡，详见二十四回。桓冲闻谢玄等成功，自悔失言，惭恨成疾而卒。

时北方大乱，而江左独偏安无事。帝溺于酒色，迨谢安诸人卒后，委政于琅琊王道子。道子亦嗜酒，日与帝酣歌为事，又崇尚浮屠，穷奢极费，所亲昵者僧尼，近习弄权，贿赂公行。长星现，自须女至于哭星，帝心恶之，于华林园举酒祝之曰："长星，吾劝汝一杯酒，自古岂有万年天子耶！"帝嗜酒，流连内殿。张贵人宠冠后宫，年近三十。帝戏之曰："汝以年，亦当废矣，吾意更属少者。"已而醉寝清暑殿，贵人使婢，以被蒙帝面而弑之，在位二十四年。贵人重赂左右曰："因魇暴崩。"时太子暗弱，会稽王道子昏荒，遂不复推问。因立太子德，是为安帝。道子进位太傅。

安帝幼而不慧，口不能言，寒暑饥饱不辨，饮食寝兴皆非己出。母弟琅玡王德文，常侍左右，为之节适。初烈宗武帝，患母弟道子骄恣专权，以王恭都督青、兖等州诸军事，殷仲堪都督荆、益、宁州军事，以潜制之。桓温子桓玄，负其才地以豪杰自处，朝廷疑而不用。拜太子洗马，出为义兴守。玄郁郁不得志，叹曰："父为九州伯，儿为五湖长。"遂弃官归家，居江陵，使势豪强，士民畏之。殷仲堪以桓氏累世临荆州，礼而用之。

时王国宝与王绪，依附会稽王道子，而恶王恭，恭遣使与殷仲堪，谋诛国宝等。桓玄亦说仲堪兴晋阳之甲，以除君侧之恶。仲堪然之，上表罪状王国宝及王绪，举兵讨之。道子欲求姑息，乃赐国宝死，斩绪于市，遣使谢恭，恭乃罢兵还京口。未几，王恭复举兵反，约殷仲堪、桓玄同反。玄陷江州。加会稽王道子黄钺，讨王恭。时恭仗刘牢之为爪牙，而以部曲将遇之，牢之负才怀恨。会稽王道子之子元显知之，遣人说使叛恭，事成，授以恭位号。牢之从之，执恭以降，斩之。以牢之都督青、兖七州军事。道子又以重利啗桓玄，及杨佺期，使讨殷仲堪。玄与佺期等虽喜于朝命，而资仲堪兵势，不得不与合，乃连名上疏，申理仲堪无罪。乃以桓玄为江州刺史，杨佺期为雍州刺史，复以殷仲堪为荆州刺史，敕使回军。殷仲堪恐桓玄跋扈，乃与杨佺期结婚为援。玄引兵击杀仲堪与佺期，克荆、雍二州，求领荆、雍、江三州牧，朝廷不能违。朝廷以会稽世子元显为扬州刺史，显性苛刻，生杀任意。孙恩因民心骚动，自海岛率其党攻陷会稽，杀内史王凝之，自称征东将军，表奏会稽王道子及世子元显之罪，请诛之。于是内外戒严。朝廷加道子黄钺，命元显领中军，命徐州刺史谢琰，兼督吴兴、义兴军，以讨孙恩。刘牢之亦发兵讨恩，拜表辄行。琰与牢之转斗而前，所向辄克。

初彭城刘裕，勇健有大志，仅识文字，以卖履为业，好樗蒲，为乡闾所贱。刘牢之击孙恩，引裕参军事，使将数十人觇贼，遇贼数千人，即迎击之，从者皆死，裕坠岸下，贼临岸欲下，裕备长刀仰砍，杀数人，乃得登岸，仍大呼逐之，贼皆走，裕所杀伤甚众。刘敬宣怪裕久不返，引兵寻之，见裕独驱数千人，咸共叹息，因进击贼，大破之，斩获千余人。孙恩闻刘牢之引兵济江，驱男女二十余万口，逃入海岛。朝廷以谢琰为会稽太守，琰不为武备，孙恩复寇会稽，太守谢琰败死。恩转寇临海，朝廷大震，遣兵讨之，不克，以刘裕为下邳太守，讨孙恩于郁州，大破之。孙恩复寇临海，太守辛景击破之。恩所掠三吴男女，死亡殆尽。恩赴海死，其党从死者以百数，谓之水仙。余众数千人，推恩妹夫卢循为主，循神采清秀，雅有才艺，而志存不轨。桓玄欲抚安卢循，以循为永嘉太守，循虽受命，而寇暴不已。

桓玄表其兄伟为江州刺史，镇夏口；司马刁畅为辅国将军，镇襄阳；遣其将皇甫敷、冯该戍溢口，厉兵训卒，专伺朝廷之隙。数使人上已符瑞，又致笺于会稽王道子，追论王恭之事，元显大惧。张法顺谓元显曰："桓玄始得荆州，人情未附，若使刘牢之为前锋，大军继进，玄可取也。"元显以为然。会武昌太守庾楷密使人自结于元显，请为内应。元显大喜，遣法顺至京口，说牢之，牢之以为难。法顺还，谓元显曰："观牢之言色，必贰于我，不如召人杀之。不尔，败人大事。"元显不从，大治水军，以刘牢之为前锋，谯王尚之为后部，讨桓玄。玄闻之大惊，遂举兵反。玄兵至姑熟，刘牢之叛，附于玄。元显军溃，玄入建康，自为太尉，总百揆，杀元显及谯王尚之等，以刘牢之为会稽内史，牢之曰："始尔便夺我兵，祸其至矣。"于是大集僚佐，议据江北以讨玄。参军刘袭曰："事之不可者，莫大于反。将军往年反王恭，近日反司马元显，今复反桓玄，一人三反，何以自立？"语毕趋出。僚佐多败走，牢之惧，帅部曲北走，至新州缢而死。道子等皆死。桓玄初至，黜奸佞，擢忠贤，京师欣然，冀得少安。既而奢豪纵逸，政令无常，朋党互起，凌侮朝廷，帝几不免饥寒，由是众大失望。

玄自为相国，封十郡，为楚王，加九锡，未几篡即皇帝位，国号楚。废帝为平固王，迁寻阳。玄登座而御床忽陷，群下失色。刘裕从桓修入朝，玄后刘氏有智鉴，谓玄曰："刘裕龙行虎步，瞻视不凡，恐终不为人下，不如早除之。"玄曰："我方平荡中原，非裕莫可用者，俟关河平定，然后别议耳！"刘裕与何无忌同舟还京口，密谋兴复晋室。刘毅家于京口，亦与无忌谋讨玄。无忌曰："天下草泽之中，非无英雄也。"毅曰："所见惟有刘下邳。"无忌笑而不答，还以告裕。遂与毅定谋。无忌夜草檄文，其母，刘牢之姊也，密窥之，泣曰："吾不及东海吕母明矣，汝能如此，吾复何恨！"裕问无忌曰："急须一府主簿，何由得之？"无忌曰："无过刘道和。"道和者，东莞刘穆之也。裕即驰信召焉，至则署为主簿。刘裕托以游猎，与何无忌收合徒众，得百余人。诘旦，京口城开，无忌着传诏服，称敕居前，徒众随之齐入，即斩桓修，以徇于众。刘毅等复帅壮士直入，斩桓宏。众推刘裕为盟主。玄时忧惧特甚，或曰："刘裕等乌合微弱，势必无成。"玄曰："刘裕足为一世之雄，刘毅家无担石之储，樗蒲一掷百万，何无忌酷似其舅，共举大事，何谓无成？"玄欲于覆舟山，按兵坚阵以拒之。桓谦等固请战，遂与裕战于覆舟山，裕大破之。裕与刘毅等，分为数队并进，裕以身先之。裕军与玄枭将吴甫之遇于江乘，斩之。进与玄将皇甫敷战，又斩之。将士皆殊死战，无不一当百，呼声动天地。时东北风急，因纵火焚之，烟火冲天，鼓噪之音，震动京邑，诸军大溃。玄帅亲信数千人，趋走石头城。裕入建康，率百官奉迎乘舆，诛桓玄宗族之在建康者。裕始至建康，诸大处分，皆委于刘穆之，仓卒立定，无不允惬。时晋政宽弛，纲纪不立，豪族陵纵，小民穷蹙。穆之斟酌时宜，随方矫正。裕以身先物，威禁内外，百官肃然。刘毅等与玄战于峥嵘州，大破之。玄复挟帝入江陵，宁州督护冯迁迎击之，抽刀而前。玄曰："汝何人？敢杀天子！"迁曰："我杀天子之贼耳！"遂斩之。乘舆反正于江陵。毅等传送玄首，枭于大桁，诛诸桓氏，特宥桓冲之孙孕。

安帝至建康，以刘裕都督中外诸军事，出镇京口，以卢循为广州刺史，循遣使贡献。遗刘裕益智粽，裕报以续命汤。时扬州刺史王谧卒，刘毅等不欲裕入辅政，议以谢琨为扬州刺史。穆之密白裕曰："晋命已移，公勋高位重，岂得遂为守藩将耶？扬州根本所系，不可假人。"裕从之，遂自领扬州牧。

刘裕抗表伐南燕。南燕起没，见二十四回。初苻氏之败，王猛孙镇恶来奔，骑射不能及人，而有谋略，善果断。或荐于裕，与语，悦之。曰："吾闻将门有将，信然。"裕帅舟师，自淮入泗。南燕主超，召群臣会议。公孙五楼曰："吴兵轻果，利在速战，宜据大岘，使不得入，沮其锐气，坚壁清野，简精骑循海而南，绝其粮道，敕段晖帅兖州之众，缘山东下，腹背击之，此上策也。”超不从。裕过大岘，举手指天，喜形于色。左右曰：“公未见敌而先喜，何也？”裕曰：“兵已过险，士有必死之志，余粮栖亩，人无匮乏之忧，虏入吾掌中矣。”进与燕兵战于临朐，燕众大败，斩段晖等大将十余人。超遁还广固，今在山东青州府城北。裕乘胜逐北，至广固，克其大城。超收众入保小城，裕筑长围守之。北方之民，执兵负粮归裕者，日以千数。南燕内城久不下，裕悉众攻之。南燕尚书悦寿，开门纳晋师，超突围出走，追获之，送超诣建康，斩之。

初卢循之姊夫徐道覆，闻刘裕北伐，劝循乘虚袭建康，循从之。朝廷急征刘裕，裕方议留镇下邳经营司雍，会得诏书，引兵还。以船载辎重，自帅精锐步归。至山阳，闻何无忌败死，虑京邑失守，卷甲兼行，将济江，风急，众咸难之。裕曰：“若天命助国，风当自息。不然，覆溺何害！”即命登舟，舟移而风止。及至建康，刘毅与卢循战于桑洛州，毅兵大败。卢循至淮口，中外戒严。裕谓将佐曰：“贼若于新亭直进，其锋不可当，宜且避之，若回泊西岸，此成擒耳！”循回泊西岸，裕帅众军齐力击循，循大败走，趋豫章，收散卒，经还番禺，奔交州，刺史杜慧度斩之，送首建康。刘裕帅师袭荆州，杀都督刘毅，又杀豫州刺史诸葛长民，又击并司马休之，休之奔后秦。太尉裕戒严，将伐后秦。后秦起没，见二十四回。

刘穆之为左右仆射，总摄内外。穆之决断如流，宾客满座，求诉百端，目览辞讼，手答笺书，耳行听受，口并酬应。不相参涉，悉皆赡举。裕发建康，遣王镇恶、檀道济、沈田子等，数道并进。王镇恶、檀道济所向皆捷，进逼洛阳，克之。裕至潼关，秦主泓使姚丕守渭桥，王镇恶大破丕于渭桥，泓兵不战而溃，单马还宫，将妻子群臣，诣王镇恶军门降。镇恶抚慰，号令严明，百姓安堵。太尉裕入长安，送姚泓诣建康，斩之。裕欲留长安，经略西北，而诸将士皆久役思归。会刘穆之卒，裕以根本无托，遂决意东还，乃以次子桂阳公义真，都督雍、梁、秦三州诸军事。义真时年十二，以王镇恶为司马。是役也，镇恶之功为多，沈田子等忌之，屡言镇恶家在关中，不可保信。裕曰：“古语云，猛兽不如群狐，卿等十余人，何惧镇恶。”裕发长安，自洛入河，开汴渠而归。夏主赫连勃勃闻之，大喜，使其子赫连璝，帅骑二万，向长安，勃勃自将大军为后应。沈田子将兵拒之，威其众盛，不敢进。王镇恶闻之，曰：“公以十岁儿付吾属，当共竭力，而拥兵不进，贼何由得败乎？”遂与田子俱出。田子与镇恶，素有相图之志，至是益忿惧。勃勃独惧镇恶一人，闻二人不协，使人大播讹言，言镇恶欲尽杀南人，据关中反。田子遂请镇恶至营中计事，矫称太尉刘裕之令斩之。义真与王修，披甲登门以察其变。修执田子，数以专戮而斩之。勃勃进据咸阳，长安樵采路绝。裕闻之，召义真东归，以朱龄石代镇长安。赫连璝帅众三万追义真，力战连日，晋兵大败，义真仅得免归。勃勃克长安，朱龄石欲奔还，至潼关，夏兵追执送长安，勃勃杀之。宋公刘裕以谶文云，“昌明之后，尚有二帝”。乃使中书侍郎王韶之，与帝左右密谋弑帝，而立文德。文德常在帝左右，韶之不得间。会文德有疾，出居于外，韶之以散衣缢帝于东堂，安帝在位二十二年而被弑。裕因称遗诏，奉帝母弟琅玡王文德即位，是为恭帝。宋公裕进爵为己，移镇寿阳。

宋王裕欲受禅，而难于发言。乃集朝臣宴饮，从容言曰：“桓玄篡位，鼎命已移，我倡义兴复，功成业者，遂荷九锡。今年将衰暮，物忌盛满，非可久居，今欲奉还爵位，归老京师。”群臣莫喻其意，日晚坐散。中书令傅亮乃悟，叩扉请见曰：“臣暂宜还都。”裕解其意，无复他言。亮出，见长星竟天，拊髀叹曰：“我常不信天文，今始验矣。”亮至建康，征刘裕入辅。裕留子义康镇寿阳，以参军刘湛为长史，决府事。裕至建康，亮具诏草，使帝书之，帝欣然操笔曰：“桓玄之时，晋氏已无天下，重为刘公所延，将二十年，今日之事，本所甘心。”遂书赤纸为诏，逊于琅玡第，在位二年。裕为坛南郊即位，大赦改元，奉晋恭帝为零陵王，居于故秣陵县，以兵守之。裕以毒酒，使郎中令张伟鸩之，伟自饮而卒。裕令褚淡之伺王隙，令兵逾垣而入，以被掩而弑之。裕率百官，临于朝堂者三日。东晋亡，起元帝丁丑，终恭帝庚申，凡十一主，共一百四年。二晋通共一百五十六年，刘裕篡位，是为宋高祖武帝。欲知后事如何，且听下回分解。

第二十三回 宋齐梁 传陈主 俱都江左

词曰：

一片残山并剩水，年年虎斗龙争。秦宫汉苑晋家营，川源流恨血。毛发凛威灵。白发诗人闲住马，感时怀古伤情。战场田地好宽平，前人将不去，留与后人耕。

诗曰：

诗向会家闲讲究，话逢知己细评论。
评论往事知贤否，讲究前贤说废兴。
东岸水流西岸响，南山风送北山云。
云容冉冉舒还卷，水势滔滔古又今。
流水浮云何日了，人生在世几回春。
消磨白发诗和酒，断送青春利与名。
盖世功名野马焰，掀天事业闼婆城。
半张故纸留踪迹，千古渔樵作话文。
阔论高谈依故典，长歌短曲吊英魂。
就中多少悲欢处，珍重相知勿倦听。

却说宋高祖武帝，姓刘，名裕，字德兴，小字寄奴，彭城人。汉高祖弟，楚元王交之后也。裕生而母死，父翘，侨寓京口，将弃之。从母救而乳之，长于后母。不读书，仅识字。尝行，遇大蛇，击伤之。后至其所，见有群儿捣药，裕问："何为？"答曰："吾王为刘寄奴所伤。"裕曰："何不杀之？"答曰："寄奴王者不死。"裕叱之，即散不见。仕晋为太尉，封宋王，受恭帝禅，国号宋，仍都建康。在位三年，少嫔御，孝后母，严正有度。

帝疾甚，子义符年方九岁，徐羡之、傅亮、谢晦、檀道济同受顾命。在位一年，居丧无礼，狎昵左右。卢陵王义真，与谢灵运、颜延之等谋立。徐羡之等恶之，先奏废卢陵王为庶人，然后徐羡之、傅亮、谢晦、檀道济等，废其主义符为营阳王，迁于吴。即使邢安泰弑之，并杀卢陵王于新安，迎武帝第三子宜都王义隆立之，是为文帝。以谢晦为荆州刺史，徐羡之、傅亮上表归政。文帝下诏暴徐羡之、傅亮、谢晦杀营阳、卢陵王之罪。帝以檀道济初不予废弑之谋，止于胁从，豫抚而用之。至是乃命到彦之、檀道济收捕羡之等。羡之，傅亮伏诛，谢晦举兵反。文帝乃自将讨晦，斩之。立于劭为太子。

宋主有恢复河南之志，遣右将军到彦之，自淮入泗溯河西上。魏主以河南四镇兵少，命诸军收兵北渡，皆弃地北去。于是司、兖两州皆平。宋檀道济等进至济上，前后与魏三十余战，道济多捷。军至历城，魏将叔孙建等，纵轻骑邀其前后，焚烧谷草。道济等食尽，自历城引还。军士有亡降魏者，具以告之。魏人追之，众恟惧将溃。道济夜唱筹量沙，以所余少米覆其上。及旦，魏军见之，谓道济资粮有余，以降者为妄而斩之。道济乃全军而归。道济威名日盛，朝廷惮之。乃下诏诛之。道济见收，愤怒，目光如炬，脱帻投地曰："乃坏汝万里长城。"魏人闻之，喜曰："道济死，吴人不足复惮矣。"宋主大起军旅伐魏，使王元谟进围滑台。魏主自将救之，众号百万。元谟惧走，魏人追击，大破之。魏主引兵南下，所过无不残灭，郡县皆望风奔溃。魏军至瓜步，声言欲渡江，建康震恐，民皆荷担而立。宋主登石头城，有忧色，叹曰："檀道济若在，岂使胡马至此耶！"魏人凡破南、兖、徐、豫、青、冀六州，杀掠不可胜计，丁壮即加斩戮，婴儿贯于槊上，盘舞以为戏，淫掠妇女，所过郡县，赤地无余，春燕无室可依，巢于林木。文帝命将出师，常授以成律，虽交战日期，亦待中诏，以至于败。初文帝仁厚恭俭，勤于政事，吏久于任，民安其业。在位三十年，户口蕃息，讲诵相闻，士敦操尚，乡耻轻薄，江左风俗，于斯为美。至是邑里萧条，元嘉之政衰矣。帝欲废太子劭，而议久不决。以其谋告潘淑妃，淑妃以告其子浚，浚驰报劭。劭乃为逆谋，帅张超之等入云龙门，拔刀上殿，帝举几捍之，五指俱落，遂弑帝，并杀潘淑妃。沈庆之辅文帝第三子江州刺史武陵王骏，起兵讨劭，诛劭及浚，骏遂即位，是为宋孝武帝。

帝于闺门无礼，不择亲疏尊卑，无所不至，狎侮群臣，奢欲无度，嗜酒好利，大兴土木。侍中袁觊，盛称高祖俭素之德以讽。宋主曰："田舍翁得此，已为过矣。"但为人机警勇决，学问博洽，文章华敏，又善骑射。每酣饮昏睡，或外有奏事，即肃然整容，无复醉态，由是内外畏之。在位十一年崩，太子子业立。

子业幼而狂暴，及即位，残暴淫虐，无所不至，淫其姊山阴公主，公主性喜淫，不遂其欲，帝为置面首三十人。面首者，面貌美男子也。又畏忌诸叔，皆拘于殿内，殴捶陵曳，无复人理。谓湘东王彧为猪王，建安王休仁为杀王，山阳王休祐为贼王，东海王祎为驴王。以木槽盛食，裸彧纳泥水中，使就槽食。少府刘曚妾，孕临月，迎入后宫，俟生男，以为太子。彧尝忤旨，裸之，缚其手足，担付大官。曰："今日屠猪。"休仁笑曰："不若待皇太子生，杀取肺肝。"乃释之。及曚妾生子，为之大赦，彧乃得释。又诏诸王妃公主，命妇列于前，使左右自裸其衣，复尽强裸女衣，使共淫于一殿中。南平王铄妃江氏不从，遂杀其三子，裸鞭江妃一百，而复强淫之。诸女大惧，悉自去其衣，不留寸丝遮掩，宣淫无忌，纵帝观阅，以免其祸。宁朔将军何迈，尚帝姑新蔡长公主，帝纳主于后宫，谓之谢贵嫔。诈言主死，杀宫婢送迈嫔葬。迈素豪侈，多养士，谋废帝而立晋安王子勋，事泄见杀。帝欲杀子勋，时勋为江州刺史，举兵反于寻阳。帝游华林园竹林堂，使诸妃宫女与左右裸相逐。或使数女淫一男，或使数男淫一女。又裸宫人，使与羝羊猴犬交。又缚马，仰于地，使宫人裸与之交。一女子不肯裸衣从淫，斩之。夜梦在竹林堂，梦有女子骂曰："悖逆天道，明年不及熟矣。"乃于宫中，求得一人，似所梦者斩之。又梦所杀者骂曰："我已诉于上帝矣，行当杀汝。"宫中群言竹林堂有鬼，帝出华林园，至竹林堂，见有红袖相招，帝与群巫彩女，射鬼于竹林堂。寿寂之等抽刀直入，帝射之，不中而走,阮佃夫追杀之,在位一年。

迎湘东王彧即位,是为明帝。封寿寂之等十四人为侯。遣建安王休仁讨江州,台军克江州,杀子勋,传首建康。明帝无子,尝以宫人陈氏,赐嬖人李道儿,已有孕,复迎还,生子昱。又密取诸王姬有孕者,纳之宫中。生男,则杀其母,而使宠姬母之。帝每大宴,使诸妃妇女裸于前,与王皇后共观以为乐。后以扇障面,帝大怒之。帝与魏战败,使萧道成镇淮阴。道成收养豪杰,宾客始盛。帝恐诸王谋帝位,杀诸王十五六人,惟恐昱之不立。至是殂,在位七年。

太子昱立,年方十岁,以萧道成为中领军,入直决事。宋建平王景素起兵京口,萧道成遣兵击斩之。宋主昱自京口既平,骄恣尤甚,诛戮大臣,惨裂其尸,以为欢笑。尝直入领军府,道成方昼卧裸袒,昱令起立,画腹为的,引满将射之,道成敛极曰:"老臣无罪。"乃更以饱箭,射中其脐,投弓大笑。道成忧惧,密与袁粲、褚渊谋废立。粲曰:"主上幼年,微过易改,伊霍之事,非所宜行。"渊默然。道成命王敬则阴结帝左右杨玉夫等,使乘机便。会帝乘露车,晚至新安寺,偷狗饮酒,醉还。乃使杨玉夫弑帝,在位五年,追废为苍梧王。

道成以太后令,迎立明帝第三子安成王准即位,是为顺帝。沈攸之、袁粲、刘秉各起兵,谋诛萧道成,俱不克而死。顺帝在位三年,遂为萧道成所篡。帝曰:"愿世世勿生帝王家。"卒为道成所弑,灭其族。宋亡,凡八主,共六十年。

齐高祖萧道成,字伯绍,萧何之后。姿表英异,龙颡钟声,鳞文遍体,肩有赤志,似日月状。初仕宋,以功封齐公,进爵齐王,竟伐宋,国号齐。帝深沉有大量,性清俭,博学能文,在位四年殂。

太子赜立,是为世祖武帝。世祖留心政事,务总大体,严而有断。郡县久于其职,长吏犯法,封刃行诛,故永明之世,百姓丰乐,盗贼屏息。然颇好游宴华靡之事,常言恨之,而未能改。太子长懋早卒。初太子素恶西昌侯鸾,尝曰:"我殊不喜此人,不解其故。"及鸾得政,太子子孙无孑遗。

帝在位十一年殂,以朝事委其侄西昌侯鸾,鸾奉太孙昭业立之,在位一年,萧鸾弑其君昭业。以太后令,追废为郁林王,而立新安王昭文,自为骠骑大将军,录尚书事,封宣城公。昭文在位三月,萧鸾废为海陵王,寻弑之。萧鸾遂篡位,是为高宗明帝。

魏孝文帝宏大举伐齐,攻钟离不克,遣使临江,数齐主之罪而还。以萧衍为雍州刺史,明帝躬亲细务,纲目亦密,昧于为政之体。在位五年殂。太子宝卷立,每哭辄云喉痛。大中大夫羊阐入临,无发,俯仰帻脱。宝卷辍哭大笑曰:"秃鹜啼来乎!"嬉戏无度。亲信宦官,始安王遥光与徐孝嗣、江祐、萧坦之、江祀、刘暄六人更直内省,分日贴敕。雍州刺史萧衍闻之,谓张宏策曰:"一国三公犹不堪,况六贵同朝,势必相图,乱将作矣!避祸图福,无如此州。"乃密与宏策修武备,聚骁勇以万数。齐主杀其仆射江祐、侍中江祀。始安王遥光起兵东城,右将军萧坦之讨平之。齐主又杀其仆射萧坦之,领军刘暄。初明帝临殂,戒宝卷曰:"作事不可在人后。"故齐主数与近习谋诛大臣,皆决于仓猝。于是大臣人人不自保。齐主杀其司空徐孝嗣、将军沈文季,自是无所忌惮。与近习大叫戏马,常以五更就寝,至晡乃起。台阁案奏,或不知所在。五省黄案,皆为宦者裹鱼肉还家。时时出外游走，驱斥所过人家，惟置空宅。司尉击鼓蹋围，鼓声所闻，奔走不暇衣履，犯者奋手格杀。常以三四更中，鼓声四出，火光照天，士民震惊，啼号塞路。尝有妇临产，不得去，剖腹视其男女。太尉陈显达举兵袭建康，败死。北豫州刺史裴叔业，以寿阳叛降魏。齐遣将军崔慧景，将兵讨寿阳。慧景还兵反。奉江夏王宝元向建康，鼓叫临城，台军惊散。宫门闭，慧景引众围之，将军左兴盛望风退走，擒杀之。时南豫州刺史萧懿在小岘，帝密遣使告之。懿方食，投箸而起。自采石济江，击慧景等，慧景等战败皆死。齐主昏淫益甚，嬖幸之徒，皆号为鬼。有赵鬼者，能读西京赋，因齐后宫火，言于齐主曰："柏梁既灾，建章是营。"帝乃大起芳乐、玉寿等殿，后宫服御，极选珍奇。凿金为莲花以贴地，令潘妃行其上曰："此步步生莲花也。"又于苑中立市，以潘妃为市令，自为录事，小有过失，妃则杖之。敕虎贲不得进大荆子，嬖幸因缘为奸利，课一输十，百姓困尽，号泣道路。夺萧懿兵权，以为尚书令。初懿之入援也，萧衍使所亲驰说懿曰："诛贼之后，则有不赏之功，当明君贤主，尚难自立，何况乱朝。若灭贼之后，勒兵入宫，行伊霍故事，此万世一时也。如其不尔，便托外拒，遂还洛阳。若复释兵，受其高爵，必生后悔。"懿不从。至是齐主将杀之，长史徐曜甫密具舟江渚，劝懿奔襄阳。懿曰："自古皆有死，岂有叛走尚书令耶！"帝赐懿药于省中，懿且死曰："家弟在雍，深为朝廷忧之！"懿既死，懿弟雍州刺史萧衍，起兵襄阳。荆州长史萧颖胄，亦以荆州刺史南康王宝融，起兵于江陵。乃以宝融教，署衍为都督前锋诸军事，移檄建康，数宝卷罪恶。称奉海陵王昭文之母宣德皇太后令，以南康王宜纂承大统，废宝卷为涪陵王。

上庸太守韦睿，帅郡兵二千，倍道赴衍。明帝第八子南康王宝融即位于江陵，是为和帝。加萧衍征东大将军，都督征讨诸军事，假黄钺。时尚书令巴东公萧颖胄卒，于是众望皆归于萧衍。衍引兵东下，宝卷与黄门及宫人习战，而吝于军赏，曰："贼来独取我耶，何为就我求物？"茹法珍、梅虫儿说以悉诛大臣。将军王珍国及其副张稷等大惧，弑宝卷于含德殿，以黄油绢掩宝卷首，送诣石头城。在位二年。萧衍入建康，以太后令，追废宝卷为东昏侯，自为大司马，承制下令大赦。凡昏制谬赋，淫刑滥役，悉皆除盈。潘妃有国色，衍欲留之。领军王茂曰："亡齐者此物也。"乃并茹法珍等诛之。以宫女二千人分赉将士。衍内有受禅之志。沈约进曰："齐祚已终，明公当承其运。今王业已成，迟延不取，若天子还都，公卿在位，则君臣分定，岂复有人同公作贼耶！"衍然之。

衍遂即皇帝位，国号梁，废和帝为巴陵王。和帝在位一年而被篡。迁太后于别宫，封拜其功臣有差。梁主欲以南海郡为巴陵国，徙巴陵王居之。沈约曰："不可慕虚名而受实祸。"梁主乃使所亲郑伯禽诣姑孰，以生金进王。王曰："我死不须金，醇醪足矣。"乃饮沉醉。伯禽摺杀之。摺杀者，败其阴而杀之也。御史中丞颜见远不食而死。齐亡，凡七主，共二十四年。

梁高祖武帝萧衍，字叔达，兰陵人，齐之疏族也。母张氏，见菖蒲生花，旁人皆不见，吞而生衍。状貌殊特，日角龙颜，舌文八字，顶有浮光，右手有文曰武。居室常有云气，长而英达，有文学。既篡齐，乃置谤木、肺石二函。曰："若有在位莫言，而下有欲言者,投谤木函。若有功劳才气,冤沉莫达者,投肺石函。”置五经博士,立州郡学,建孔子庙以重儒,善政颇多。及其中年,惑于佛教,禁文绮不得为人兽之形,为其剪裁,有乖仁恕,罢宗庙牲牢,荐以蔬果,牺牲皆以面为之,为其有累冥道,朝野喧传,以为宗庙不血食。沈约卧病,梦齐和帝以剑断其舌,呼道士奏章,称禅代之事,不由己出。梁主大怒,谴责数四。约益惧,得恶疾而死。帝益信因果,三次舍身于同泰寺。设四部无遮大会,释御服,持法衣,亲为四众讲涅槃经、三慧经。群臣以钱亿万奉赎,表请还宫,三请乃许。至真佛祖达摩之言,反摈弃不用,达摩渡江而去。盖帝之所学者,佛中之皮毛,至于收放心,养性灵,真正法门,曾不知学也。同泰寺浮屠灾,帝为起十二层浮屠,值侯景乱而止。帝颇好边功,使其弟临川王宏伐魏,克梁城。魏遣邢峦与中山王英合攻梁城,宏惧,召诸将议施师。吕僧珍劝之退,魏人为之歌曰:“不畏萧娘与吕姥,但畏合肥有韦虎。”韦虎者,韦睿也。会是夜暴风南,军中惊,临川王宏与数骑逃去,将士皆散归,弃甲投戈,填满水陆,死者五万人。魏中山王英,与将军杨大眼,乘胜领众数十万,进攻钟离。梁曹景宗、昌义之随方抗御,魏人昼夜苦攻。梁主命韦睿救钟离,受景宗节度。人畏魏兵众盛,劝使缓行。睿曰:“魏人已坠吾腹中,卿曹勿忧也!”遂至邵阳,梁主预敕景宗曰:“韦睿卿之乡望,宜善敬之。”景宗见睿,礼甚恭,梁主闻之曰:“两将和,师济必矣!”睿等豫装高舰,与魏桥平,先以舰击其洲上军,尽殪。别以小船,载草灌膏,焚其桥栅,风怒火盛,烟尘晦冥,死士拔栅斫桥,倏忽俱尽。军人奋呼,声动天地。魏军大溃,英脱身走,大眼等亦焚营去。睿遣报昌义之,义之悲喜,不暇答语。但叫曰:“更生,更生!”魏降将王足献计,请堰淮水以灌魏寿阳,帝然之。使水工陈承伯、将军祖暅,发徐、杨民,假康绚都督诸军事,共二十万人,筑之。南起浮山,北抵巉石,长九里,下广百四十丈,上广四十丈,高二十丈,围以杨柳,军垒列居其上。至是淮水暴涨,堰坏,其声如雷,闻三百里。缘淮城戍村落,十余万口,皆漂入海。

时东魏西魏分为二,东魏大行台侯景,右足偏短,弓马非其所长,而多谋略。高欢使将兵十万,专制河南。景素轻高澄,及欢卒,遂以河南降西魏。复遣郎中丁和奉表于梁,请以十三州内附。梁主召群臣廷议,仆射谢举等曰:“顷与魏通和,今纳其叛臣非宜。”魏主曰:“得景则塞北可清,岂宜胶柱。”先是正月乙卯夜,梁主梦中原牧守皆以地来降,旦见朱异告之。异曰:“此宇内混一之兆也。”及丁和至,称景定计,以正月乙卯夜,梁主愈神之,然意犹未决。尝言我国家如金瓯,无一伤缺,今忽受景地,脱致纷纭,悔之何及!”朱异揣知梁主意,遂定议纳景。以景为大将军,封河南王。东魏大将军高澄,遗书于梁,复求通好。帝召群臣议,司农卿傅岐曰:“高澄何事须和,必是设间,欲令侯景自疑,图祸乱耳。许之,必堕其计。”朱异等曰:“静寇息民,和实为便。”梁主亦厌用兵,乃从异言。景果为反计。帝弟临川王宏之子临贺王正德,所至贪暴,屡得罪于帝,由是愤恨,阴养死士,储米积货,幸国家有变。景知之,致笺于正德,请自效。正德大喜。景反于寿阳,引兵临江。尚书羊侃,请以二千人,急据采石。令邵陵王袭寿阳,则乌合之众自然瓦解。朱异曰:“景必无渡江之志。”事遂寝。羊侃曰:“今兹败矣。”帝以临贺王正德都督诸军事,屯丹阳郡。正德遣大船数十艘,诈称载获,密以济景。景自横江济于采石,有马数百匹,兵八千人,至慈湖。时梁兴四十七年,境内无事,罕见兵甲。贼至猝迫，公私震骇。正德守宜阳门，帅众于张侯桥，迎景入宣阳门。至阙下，正德僭即皇帝位。景列兵绕台城既匝，百道俱攻。尚书令羊侃随方拒守，景亦不能克。侃子鷟为景所获，执以示侃，侃不为动。会羊侃卒，城中益惧。时诸王大臣，各处勤王兵俱集，景伪求和，使梁帝敕止诸路援军，而攻城益急。帝从释氏教，食惟菜羹粝饭，至时蔬茹皆绝，乃食鸡子。邵陵王纶因使上鸡子数百枚，侯景百道攻城，昼夜不息。梁主闻城已陷，安卧不动，叹曰："自我得之，自我失之，亦复何恨！"俄而景入，见于太极东堂，以甲士五百自卫。景稽颡殿下，不敢仰视，汗流被面。退谓王僧贵曰："吾尝跨鞍对阵，矢刃交下，了无怖心。今见萧公，使人自慑。岂非天威难犯，吾不可以再见之！"景以临贺王正德为大司马，德谋杀景，景因杀之。景纵兵掠帝宫人服御皆尽。自后梁主所求，多不遂意，饮膳亦为所裁，忧愤成疾。五月丙辰，梁主卧净居殿，口苦索蜜，不得，再曰荷荷。遂殂。在位四十八年，寿八十六岁。

是日太子纲即位，是为简文帝。初武帝昭明太子统，五岁能通五经，读书一目五行俱下，善属文，孝谨宽和，喜怒不形。以宫监鲍邈之，诬告厌祷事，不能自明，忧愤而卒。生三子，叹、誉、察。武帝舍孙而立太子母弟晋安王纲为太子，朝野都以为不顺。武帝内愧，以岳阳王察都督雍、梁、益、秦、郢、随诸军事，察既居形胜之地，折节下士，树恩百姓，勇侠之士，多附之，境内称治。值侯景乱，时湘东王绎不能讨景，乃与察交兵。邵陵王纶劝之不听，察乞师于西魏。西魏使杨忠救之，察降魏为附庸君。是为后梁，待后再序不题。

却说梁简文帝纲，六岁能属文，读书一目十行俱下，虽承父业，而受制于贼臣侯景。景与帝登重云殿，礼佛为誓，两无猜贰。以帝女溧阳公主为妻，请帝禊饮于乐游苑。帝闻丝竹之声，凄然泣下。景自称汉王，加宇宙大将军，都督六合诸军事。帝惊曰："将军乃有宇宙之号乎！"景性残忍，于石头城立大椎，有犯法者，捣杀之，化为肉粉。尝戒诸将曰："破栅平城，当尽杀之，使天下知吾威名。"又禁人偶语，犯者刑及外族，由是百姓不附。梁湘东王绎移檄远近，下令大举讨侯景，而兵仍不行。邵陵王纶大修铠仗，将讨景，湘东王绎恶之，遣王僧辩袭之。纶收散卒，遣使降于齐。梁始兴太守陈霸先讨景，投湘东王绎。绎遣大都督王僧辩讨侯景，次巴陵，景攻之，不克。绎复使胡僧祐击景，败之，获其将任约，景遁还。绎复遣僧辩引兵东下，克郢州，获景将宋子仙，杀之。

初景克建康，欲待平定中原，然后为帝。后娶溧阳公主，才貌兼全，景甚爱之，遂尔迟延。及江陵败还，欲早登大位。王伟因说景以废立，景从之。废帝为晋安王，帝在位二年。景杀太子大器等及王侯之在建康者二十余人。太子神明端嶷，于景党未尝屈意，临难不惧，从容就义。景复使王伟弑帝，迎昭明太子之孙豫章王栋立之。未几，景废帝为淮阴王，锁于密室，自称汉帝。湘东王绎遣王僧辩、陈霸先等击侯景，败景兵于江中，其将卢晖略以石头城降。霸先进军击景，众殊死战，景兵大溃。以皮囊盛其所生二子，挂之鞍后，与其党百余骑东走。将入海，羊侃之子鹍，为景都督，杀之。送尸建康，传首江陵，暴尸于市，士民争取食之。溧阳公主以父兄之仇，亦欲食之，众以其阴与之，公主食之既。

湘东王绎，使朱买臣沉豫章王栋于水。绎即帝位于江陵，是为世祖元帝。遣王僧辩还建康，陈霸先还京口。元帝眇一目，性残忍。先是不赴父难，后也不奉简文正朔，忌弟杀侄，惟营己私。践祚江陵，好谈玄教，讲老子于龙光殿。侄察勾连魏伐梁，西魏遣于谨、宇文护、杨忠将兵五万伐梁，内外戒严。梁主尚以戎服讲老子，魏人百道攻城，反者开四门以纳魏兵。帝焚图书十四万卷曰："读书万卷，犹有今日。"遂以素车白马出降，在位三年，魏人杀之，及太子元良，子方诸、方略等。

元帝第九子晋安王方智，自浔阳即梁王位，时年十二。齐使邢子才纳梁武兄萧懿之子渊明于梁，与王僧辩书，以为嗣主幼冲，未堪负荷。贞阳侯渊明，以年以望，堪保金陵。僧辩纳渊明即皇帝位，以方智为太子。初僧辩与霸先共灭侯景，情好甚笃。至是霸先遣使争之，往返数四，僧辩不从。霸先叹曰："武帝子孙，惟孝元能复仇雪耻，其子何罪而忽废之，欲何为乎？"遂举兵袭僧辩，缢杀之。渊明凡称帝七月，逊位出就邸。晋安王方智复即皇帝位，是为敬帝，称藩于齐，政由霸先，在位二年，陈霸先自为相国，封陈公，加九锡，复进爵为王，遂称帝。梁主禅位于陈霸先，奉梁主为淮阴王，寻弑之。梁亡，凡四主，共五十六年。

陈霸先字兴国，吴兴人，汉太邱长陈实之后。少有大志，及长，涉猎史籍，好读兵书。既篡梁，国号陈，是为陈高祖武帝，陈主复信佛，舍身于大庄严寺。子昌初在江陵，江陵陷，掳入于魏。陈武帝既即位，请于魏，未得还。在位三年殂，乃召兄子临川王茜即位，是为世祖文帝。昌归，文帝沉之于江。

文帝起自艰难，知民疾苦，性明察俭约。每夜刺闺取外事分判者。前后相续。敕传更签于殿中者，必投签于阶石之上，令锵然有声。曰："吾虽眠，亦会惊觉。"在位七年殂，太子伯宗立。

伯宗柔弱，权尽归于其叔安成王顼。在位二年，顼废伯宗为临海王而自立，是为高宗宣帝。帝遣吴明彻攻齐，克寿春，擒刺史王琳斩之，遂取齐昌州、徐州等地。已而闻周灭齐，欲争徐、兖等地，遣吴明彻围周彭城。周遣王轨引兵蹙之，众溃，明彻为周人所执。在位十四年殂。

太子叔宝立，是为长城公。于光昭殿前，起临春、结绮、望仙三阁，各高数十丈，连延数十里，其窗牖栏槛，皆以沉檀为之，饰以金玉，间以珠翠，外施珠帘，内有宝床宝帐，其服玩瑰丽，近古未有。每微风渐至，香闻数里。其下积石为山，引水为池，杂植奇花异卉。陈主自居临春，张贵妃居结绮，龚、孔两贵嫔居望仙，复道往来，以宫人袁大舍等为女学士。时江总虽为宰辅，不亲政务，日与尚书孔范、散骑王瑳等文士十余人，侍宴后庭，谓之狎客。陈主每饮酒，使诸妃嫔及女学士与狎客，共赋诗，采其尤艳丽者，被以新声，选宫女千余人，习而歌之。其曲有玉树后庭花，临春乐等，大略皆美诸妃嫔之容色。君臣酣歌，自夕达旦，以此为常。张贵妃名丽华，本兵家女，为龚贵嫔侍儿，发长七尺，其光可鉴，性敏慧，有神采，进止闲华，每瞻视盼睐，光采溢目，照映左右，善侯人主颜色。帝见而悦之，因得幸。贵妃引荐诸宫女以悦于帝，百司启奏，并因宦者以进。陈主置妃膝上，共决之。由是宦官宗戚，内外连结，货赂公行。群臣谏者，辄罪斥之。沈后身居俭约，衣服无锦绣之饰，帝遇之素薄，未尝有所忌怨。惟寻阅图史，数上书谏诤，陈主欲废之而不果。时江南妖异特众，临平湖草久塞，忽然自开，陈主恶之，乃卖于佛寺为奴以厌之。时隋已篡周，又灭后梁。

后梁者，昭明太子第三子察也。梁武帝以察都督雍、梁、益、秦、郢、随诸军事。侯景之乱，湘东王未能讨景，反与察连兵。察降西魏，西魏立为梁王，寻立为帝。资以荆州之地，屯兵守之，奉魏正朔，追尊父统为昭明皇帝。以蔡大宝为侍中尚书令，王操为五兵尚书。大宝严整有谋，雅达政事，文辞赡足，操亦亚之，后梁中兴，二人之功居多。后梁宣帝察，知人善任，御下有恩，称帝七年殂。子明帝岿立。孝慈俭约，有人君之量，嗣世二十四年殂。子琮立，嗣位二年。隋文帝征琮入朝，废为莒国公。后梁亡，凡三主，共三十三年，二梁通计八十五年。

时隋天下大定，惟陈未下。隋主问取陈之策于高颎，颎曰："江北地寒，田收差晚。江南水田早熟，量彼收获之际，微征士马，声言掩袭，彼必屯兵守御，足以废其农时。彼既聚兵，我便解甲，再三若此，彼以为常，后更集兵，彼必不信，犹豫之顷，我乃济师。攻其无备，自无不克。又江南土薄，舍多茅竹，所有蓄积，皆非地窖。密遣行人，因风纵火，待彼修立，复更烧之，不出数年，自可财力俱尽。"隋主用其策，陈人始困。隋主命大作战船，人请密之。隋主曰："吾将显行天诛，何密之有？"使投其木梯于江曰："彼若惧而能改，吾复何求？"戊申十月甲子，隋命晋王广、秦王俊、清河公杨素与韩擒虎、贺若弼等率兵五十一万，旌旗舟楫，横亘数千里。杨素出永安下三峡，顺流东下。陈主以萧摩诃等为都督，从容谓侍臣曰："王气在此，齐兵三来，周师再来，无不摧败，彼何为者耶！"孔范曰："长江天堑，虏岂能飞渡耶！"帝笑以为然。故不为深备，奏伎纵酒，赋诗不辍。己酉正月朔旦，陈主朝会，大雾四塞。于是贺若弼自北道，韩擒虎自南道，并进，缘江诸戍，望风尽走。陈主通于萧摩诃之妻，故摩诃初无战意。任忠帅数骑迎降，引擒虎直入朱雀门。陈主惶遽，自投于井。盖井旁有穴，穴有地室，积有金银粮草，谓可避难也。既而军人窥井，呼之不应，欲下石，乃闻叫声，以绳引之，惊其太重，及出，乃与张贵妃、孔贵嫔同束而上，执送长安。在位七年，陈亡，凡五主，共三十三年。

晋王广驰书高颎，令留张丽华，高颎斩之，广由是恨颎。沈后与叔宝俱入长安。及叔宝卒，沈后每随炀帝驾，炀帝被弑，乃为尼而卒。初陈宣帝时，陈州刺史欧阳纥反，阳春太守冯仆之母冼氏，发兵擒送建康，陈封冼氏为石龙太夫人。及陈亡，而陈两广、岭南诸郡，奉冼氏为主，保境拒守，号为圣母。晋王广使陈叔宝为书招之，夫人恸哭尽日乃降，岭南悉定。

以上南朝之事，已经叙明。其北朝自前秦而后，至隋文帝如何兴废，如何得国，并未及序。故下二十四、二十五两回，单叙北朝之事，直至二十五回之末，隋文帝灭陈，合天下为一统，然后直接此回，未能遽尔讲明，且听逐渐分解。

第二十四回　索头魏　分齐周　北地称尊

词曰：

六代瓜分世界，五胡云扰中原。纵横三百有余年，几度交锋索战。马过生灵齑粉，血流河洛腥膻。耳闻犹自不堪言，有眼休教看见。

却说北朝拓跋氏，本东胡别部鲜卑，汉时李陵之后，世为酋长。至诘汾居匈奴故地。尝田于山泽，见辎軿自天而下，有美妇人，车从甚盛，自称天女，相与偶而去。明年，以所生男授诘汾，是为力微。力微立，部众浸盛。三国曹魏时，力微遣长子索头沙漠汗入贡。晋武帝时，复遣入贡。幽州刺史卫瓘，表奏留在并州，既而复遣归国。诸部大人谮杀之。力微年一百四岁卒。子悉禄、禄官相继立。禄官卒，汗次子猗卢立，善用兵，西击匈奴、乌桓，皆破之。与刘琨同破前赵，以前赵未可猝灭，大猎而还。晋怀帝封为代公，愍帝封代王。猗卢欲立其少于比延，为长子六修所弑。猗卢兄猗㐌之子普根，杀六修而自立。国中大乱，遂弱。普根卒，国人立其从父郁律，西取乌孙，东兼勿吉，雄于北方。猗㐌妻惟氏忌郁律之强，恐不利于其子，乃杀之，而立其子贺傉。郁律之子什翼犍，幼在襁褓，其母王氏，匿于裤中，祝之曰："天苟存汝，则勿啼。"久之不啼，乃得免，养于后赵。惟氏专制朝政。贺傉卒，子纥那立。初代王郁律之子医槐，居于其舅贺兰部，纥那求之不得，引兵击之弗克。贺兰及诸部大人，共立医槐为代王，纥那奔宇文部。医槐卒，次弟屈刚猛多诈，诸大人杀之，而立其弟孤。孤不可，自诣赵，迎什翼犍，请身留为质。后赵主虎，义而许之。什翼犍立，分国之半以与孤。时代国浸衰，什翼犍雄勇有智略，国人附之。有众数十万，代国复强。后以继嗣不定，为子实君所弑，代国大乱。前秦主苻坚以兵伐代，取实君车裂之。分代为二部，使刘库仁、刘卫辰统之。贺氏以实之子珪依库仁，自是代并于前秦。

前秦者，略阳临、渭、氐蒲洪也，世为西戎酋长，始其家池中生蒲，长五丈，时咸谓之蒲家，因以为氏。洪骁勇多雄略，群氐畏服之。初服于晋，后降前赵，后赵遣石虎攻之，洪败降虎。洪说虎徙关中豪杰及氐羌以实东方，虎从之。徙秦、雍豪杰及氐羌十余万户于关东。以洪为龙骧将军，流民都督，使居枋头。枋头者，今直隶省浚县西南是也。及石虎卒，石遵篡立，罢洪都督。秦、雍流民，相帅西归。路由枋头，共拥洪为主，众至十余万。后赵石鉴畏洪之逼，以洪都督关中，秦、雍州刺史。洪遂据关右，自称大都督三秦王。以谶文有草付应王，又以其孙坚，字永固，背有草付字，遂改姓苻氏。洪为后赵降将麻秋所鸩，僭王位一年。世子健收秋斩之，据长安称天王一年，称帝三年。殂，子生立。生幼少一目，力举千钧，手格猛兽，走及奔马，击刺骑射，冠绝一时，残忍好杀。自皇后丞相而下，一言之误，立死无辜，及应天变族诛，与酒后被杀者，不可胜数。

初秦主健之弟东海王雄，位兼将相，谦恭汎爱，健甚重之。及卒，子坚袭爵。坚性至孝，博学多能，交结豪杰，与吕婆楼等善。生遣坚击姚襄，擒斩之。襄弟苌，以其众降。襄、苌皆姚弋仲之子。弋仲南安赤亭羌人，相传大舜之后。弋仲服于前赵，后襄降晋，复叛晋而奔平阳，据襄陵，欲图关中。坚击斩之。生屡欲杀坚，赖李威营救得免。生好剥人面皮，使之歌舞，饮酒无昼夜，乘醉多所杀戮，奇淫异刑，群臣得保一日，如度十年。于是薛赞等劝坚为社稷计。坚问尚书吕婆楼，楼请咨于里人王猛。坚招猛与语，大悦，遂与吕婆楼等，帅麾下三百人，鼓噪直进。宿卫将士，皆舍仗归坚，生犹醉寐。

生僭位二年，坚杀之而自立。任用王猛，秦大治。秦主坚有图燕之志，会晋遣桓温伐燕，燕求救于秦，秦王猛密言与坚曰："燕虽强大，慕容评非温敌也。若使温灭燕，则势愈大，陛下大事去矣，不如与燕合兵以退温。温退，则燕亦病矣。我乘其敝而取之，不亦善乎！"坚从之。遣洛州刺史邓羌，帅步骑二万以救燕，战于枋头，桓温遁还。燕吴王垂追之，大败温兵。垂还邺，威名益震，太傅评忌之。垂与后妻段氏及子弟侄俱奔秦。秦主坚闻燕太宰慕容恪卒，久有图燕之志，惮垂威名不敢发。及闻垂至，大喜，以为冠军将军。秦遣王猛督军伐燕，克壶关，所过郡县，望风降附，燕人大震。燕长史申孕叹曰："邺必亡矣！然越得岁，而吴伐之，卒受其祸。今福德岁星在燕，秦虽得志，而燕之复建，不过一纪耳！"秦王猛入晋阳，大败慕容评于潞州，遂围邺。燕散骑侍郎徐蔚，夜开北门纳秦兵。燕主暐与慕容评奔龙城，秦追获之。前燕亡。

王猛知慕容垂必不能久为人下，数劝坚除之。而慕容垂后夫人段氏，有绝色，得幸于坚，坚每与之同辇游后庭，故不纳王猛之言，而任垂以兵柄有加。后垂得志，以段氏为后。秦伐晋，取成都，于是晋、梁、益三州入于秦。凉公张无锡荒于酒色，秦遣苟苌、姚苌将兵灭之，又灭代。于是高句丽、新罗、西南夷皆朝于秦。秦清河侯王猛寝疾，秦主坚亲至其第，视疾，问以后事。猛曰："晋虽僻处江南，然正朔在晋，愿勿以晋为图。鲜卑慕容氏，西羌姚氏，我之仇敌，终为大患，宜渐除之。"言讫而终。坚谓太子宏曰："天不欲使我平一六合耶，何夺吾景略之速也！"景略，猛字也。

时秦已并吞各国，惟晋未下，欲大举灭晋，群臣谏者皆不听，坚所幸张夫人与幼子诜皆谏，坚曰："军旅之事，非妇人孺子所知。"遂统百万之众，大举伐晋，为晋谢石、谢玄等所破。诸军皆溃，惟慕容垂所将三万人独全。坚以千余骑赴之，垂世子慕容宝与垂弟慕容德皆请杀坚以复燕。垂曰："我昔为太傅所不容，置身无所，秦王以国士遇我，恩不可忘。"悉以兵授坚。坚收集离散，北至洛阳，众十余万。慕容农劝垂乘机复燕，垂善其言。行至渑池，会北狄丁零国翟斌作乱。垂言于坚，请奉诏镇抚北方，坚许之，权翼、石越等言垂必为乱，坚勿听，曰："朕已许之，何可食言，苟有此，奉天命也。"长乐公丕乃给以羸兵敝铠，又遣苻飞龙帅氐骑一千为之副。垂行之安阳，夜袭飞龙兵，尽杀之，而与翟斌兵合。垂自称燕王，是为后燕。遣使如邺，告慕容农等起兵相应。以弟德为车骑大将军，封范阳王，帅众二十余万，长驱向邺。慕容农起兵于列，人众至数万。长乐公丕，使石越将兵讨之，农大败秦兵，斩越。于是人情骚动，盗贼群起。垂至邺，农引兵会之，遂进攻邺。燕慕容泓起兵华阴，慕容冲起兵平阳。秦主坚谓权翼曰："不用卿言，使鲜卑至此。关东之地，吾不复争，将若泓何？"乃遣苻睿都督诸军，以姚苌为司马讨之。泓惧，将奔关东。睿驰兵邀之，姚苌谏曰："鲜卑皆有思归之志，故起为乱，宜驱令出关，鸣鼓随之，彼将奔败不暇矣。"睿弗从，与战果败，见杀。苌遣其长史诣坚谢罪，坚怒杀之。苌惧，奔渭北，纠煽羌豪五万余众，推苌为盟主，苌自称秦王，是为后秦。羌胡降者十余万。

秦窦冲击慕容冲于河东，冲奔慕容泓，泓众十余万，进向长安。泓谋臣高盖杀泓，泓僭王位一年。盖立冲为皇太弟，承制行事，置百官。未几，称帝于阿房，是为西燕。冲颇有自得之志，赏罚任情。慕容盛曰："十人之长，亦须才过九人，中山王才不逮人，而骄已甚，殆难济乎！"西燕主冲攻长安，秦主坚身自督战，飞矢满体，血流淋漓。冲纵兵大掠关中，士民流散，千里无烟。坚大惧。以谶书云："帝出五将久长得。"乃留太子宏守长，遂出奔五将山。冲入长安，后秦主姚苌闻坚出奔，遣骁骑将军吴忠帅骑围五将山，秦兵皆败走。坚神色自若，忠执之，苌遣人弑坚于新平佛寺，在位二十九年。坚庶子长乐公丕，将西赴长安，至晋阳，始知长安不守，坚已死，乃发丧即位，传檄四方，讨慕容垂、姚苌，关、陇诸郡，复起为秦。

西燕左将军韩延，杀西燕主慕容冲。冲僭位一年。而主冲将段随为燕主。慕容永袭段随破之，率鲜卑男女去长安而东。众推永为河东王，于是长安空虚。后秦主姚苌自安定入长安，即皇帝位，国号大秦。西燕慕容永既去长安，击秦主丕于鄴，杀之，丕嗣位一年。永遂进据长子，即帝位，将以秦后杨氏为夫人。杨氏引剑刺之，不克，为永所杀。永僭位九年。后燕主垂攻西燕，执慕容永斩之，西燕亡，凡三主，共十一年。

前秦南安王登，闻丕被杀，发丧即位。戎夏归之者十余万，伐后秦，所向无前。秦主登击安定，后秦主苌袭破其辎重，掠男女五万口，登盾毛氏，美而勇，善骑射，兵入其营，犹弯弓跨马，帅壮士力战，杀七百余人，众寡不敌，为后秦所执。苌将纳之，毛氏骂且哭曰："姚苌汝已杀天子，又欲辱皇后，皇天后土。岂容汝耶！"苌杀之。苌疾甚，还长安，谓太子兴曰："汝抚骨肉以恩，接大臣以礼，待物以信，遇民以仁，四者不失，吾无忧矣！"僭位八年卒，世子兴秘不发丧，自称大将军，帅师伐前秦，击前秦主登杀之。登嗣位八年殂，太子崇立，奔湟中。兴乃发丧即位。前秦主崇在湟中，为西秦主乞伏乾归所逐，死，前秦亡。凡六主，共四十五年。

后秦主兴，存问孤贫，恤刑狱，进贤退不肖，其贪残者诛之，远近肃然。兴在位二十二年殂，长子泓立。泓懦弱多病，僭位二年，晋太尉刘裕灭之。后其地为夏主赫连勃勃所得。

其西秦主乞伏乾归，先世为乞伏部主，服于赵，及赵亡，服于前秦。自苻坚之败，乾归兄国仁起兵叛秦，据凉州、临洮、河州，僭王位一年殂。子公府尚幼，群臣立其弟乾归，乾归杀前秦主崇，尽有陇西之地。僭王位十五年，为国仁子公府所弑。乾归于乞伏炽盘诛公府而自立，僭王位十六年殂。子暮末立，僭王位四年。夏主赫连定攻之，暮末穷蹙，舆榇出降，夏主定杀之，及其宗族五百人。西秦亡，凡四世，共四十七年。

夏国者，匈奴右贤王去卑之后，刘武于前赵刘聪时，以宗室封楼硕公，拜安北将军，雄据肆卢川。武生豹子，豹子生刘卫辰。前秦主苻坚，因代国之乱，分代为二部。自河以北属刘卫辰，屯代来城。及坚败国乱，遂有朔方，今陕西宁夏等地。魏主拓跋珪伐之，卫辰败，为其下所杀。魏诛其宗党五千余人，投尸于河。卫辰少子勃勃，奔薛干部，薛干送勃勃于前秦骠骑将军没奕干，奕干以女妻之，降于后秦。后秦主兴见勃勃而奇之，以为安北将军，使镇朔方。秦魏通好，勃勃大怒，遂叛秦，袭杀没奕干，并其众，自谓夏后氏之苗裔，自称大夏天王，改姓赫连氏。秦主兴自将击之，勃勃掩其不备，秦兵大败。勃勃筑都城于黑水云南，名曰统万，今宁夏卫是也。晋太尉刘裕伐后秦，既灭后秦而归。勃勃以兵取其地，而国始大。勃勃性骄虐，视民如草芥。凡造兵器成，呈之，工人必有死者，箭射甲不入，则斩为弓矢人，入则斩甲匠，由是器物皆精利。勃勃僭位十八年殂，子昌立，僭位三年。魏太武帝焘伐夏，克夏都统万城。夏主有三女，皆绝色，魏主皆纳为贵妃。夏主奔上邽以兵来攻安定城，亲自搏战，军士识其貌，争赴之，夏主昌败走，马蹶被擒，送平城。魏主以女故，善遇之。以妹始平公主妻之，封为秦王。夏主昌弟平原王定奔平凉称帝，僭号四年。魏太武帝袭平凉，克之，以夏主定之后赐豆代田。夏主中重创，单骑走上邽。夏主畏魏之逼，整兵击西秦，败之。西秦王乞伏暮末，舆榇出降，夏主杀之，及其宗族五百人。又欲济河击北凉王蒙逊而取其地，吐谷浑王遣兵击败之，执夏主定以归，送于魏，夏亡。凡三主，共二十五年。其后秦、西秦、夏已经叙明，请再叙后燕及北燕事迹。

却说后燕慕容垂，既叛前秦苻坚，复前燕旧业，乃定都中山称帝。翟斌持功骄恣，徼求无厌，复与前秦苻丕通，垂杀之。魏王拓跋珪叛燕，燕主垂遣太子宝伐之，大败而还。垂因大举自将袭魏，克平城而还。至上谷而殂，僭位十二年。太子宝立，魏主珪从井陉趋中山击信都。燕主宝悉出珍宝及宫人，募群盗以击魏，夜袭魏师，大败奔还。尚书郎慕容舆皓谋弑宝，而立宝弟赵王麟，不克，奔魏。麟由是不自安，遂作乱。燕主宝出走，城中立开封公祥为主，麟杀之而自立。魏克中山，慕容麟奔邺。麟说范阳王德，南徙滑台，魏遂取邺。麟上尊号于德，德前燕主皝之子也，用兄垂故事，称燕王，寻称帝，更名备德，都广固，今山东青州府是也，是为南燕。麟复谋反，德杀之。备德僭位七年殂，无子，以兄子超为嗣。超僭位六年，猜虐日甚，政出权幸。晋太尉刘裕灭之，斩于建康市，南燕亡，凡二主，共十三年。

燕主宝在龙城。龙城，今北直永平府是也。欲调兵复取中原，子长乐王盛谏不听，行至乙连，长上段速骨因众心惮征役，遂作乱。宝奔还龙城，尚书兰汗僭与速骨通谋，诱杀辽西王慕容农，速骨入城，纵兵大掠。宝、盛皆轻骑南走，兰汗遣使迎宝，宝以汗燕主垂之舅而盛妃之父，谓必无他，遂行。盛泣谏，不听。盛乃与将军张真下道避匿。宝去龙城四十里，汗遣弟加难弑之，并杀太子策，自称昌黎王，盛欲赴哀，张真止之。盛曰："今我穷困归汗，汗性愚浅，必不杀我，旬月之间，足以展我志矣！"遂往见汗，汗妻乙氏及盛妃，皆涕泣请盛，汗乃舍之，待之如初。盛内则离间其兄弟，外则潜结党与。汗与加难治兵相攻，引李旱、张真为心腹，旱、真，盛所素厚也。因汗醉，盛逾垣入，与李旱、张真等诛汗，内外帖然。盛下令即位，自贬号曰庶人天皇，务峻威刑，人不自保。前将军段机等作乱，盛帅左右讨之，被伤而殂，僭位四年。中垒将军慕容拔等白丁太后，以国多难，宜立长君，乃废太子，迎垂少子河间公熙立之。熙纳故中山尹苻谟二女，长曰娀娥，为贵人，次曰训英，为贵嫔，皆有绝色，熙极宠爱之。丁太后怨恚，熙逼杀之。

娀娥寻卒。熙以训英为后,作龙腾苑,方十余里,筑景云山,高十七丈,起逍遥宫,连房数百,与苻后游宴其中,顷刻不能离。及后卒,熙哭之,绝而复苏。大殓既讫,复启其棺,与之交接。斩衰食粥。百官哭,无泣者罪之。及葬,丧车高大,毁北门而出,熙被发徒跣,步送二十余里。初燕中卫将军冯跋,得罪于熙,亡命山泽。至是因民之怨,潜入龙城,及熙出送葬,与左卫将军张兴等作乱,推夕阳公云为主,闭门拒守,熙军无故惊散。熙微服匿林中,为人执送云,并其诸子杀之。熙僭位七年。云遂即天王位,复姓高氏。后燕亡。凡四世,共二十四年。前后二燕,通共八十八年。

高云僭天王位三年,为幸臣离班、桃仁所弑。众斩班、仁,推冯跋为主,是为北燕。跋勤于政事,轻徭薄赋,慎择守宰,燕人悦之,僭位二十二年。及病笃,命太子翼摄国事,勒兵听政。宋夫人欲立其子受居,谓翼曰:“上疾将瘳,奈何遽欲代父临天下乎?”翼性仁弱,遂还东宫。宋夫人矫诏绝内外,谋立受居。跋弟中山公宏,帅甲入禁中,宿卫皆散。夫人命闭东阁,宏家僮逾阁而入,射杀女御,跋惊惧而殂,宏遂即天王位。太子翼帅东宫兵,出战而败,为宏所杀。跋有子百余人,宏皆杀之。魏太武帝焘数伐燕,燕主宏屡败失地。魏拔燕白狼城,宏奔高丽,后为高丽所杀。宏僭位六年,而为魏所灭。北燕亡。凡二世,共二十八年。诸燕之事,已经叙完,请得而叙诸凉之事。

初前秦主苻坚,以吕光为骁骑将军,总兵十万,铁骑五千,伐西域。光略阳氐人,字世明,齐太公吕尚之后,吕婆楼字广平之子也。光等领兵行,越流沙三百余里,焉耆等国皆降。龟兹王帛纯,婴城固守,求救于狯胡。狯胡王遣骑及诸国兵,合七十余万以救之。光大破之,帛纯出走,光入其城。城如长安,市邑宫室甚盛。光抚宁西域,恩威甚著,远方诸国,前世所不能服者,皆来归附。光以龟兹饶乐,欲留居之。天竺沙门鸠摩罗什曰:“此不足留,将军东归,自有福地可居。”光乃以驼二万余头,载外国珍宝奇玩,驱骏马万余而还。秦凉州刺史梁熙,谋闭境拒之,光擒斩熙,入姑藏,自领凉州刺史,郡县皆降。吕光得秦主坚凶闻,举军缟素,大赦改元,自称三河王,寻称天王,国号大凉。以秃发乌孤为河西都统。乌孤叛凉取金城,自称平西王,是为南凉。凉尚书沮渠蒙逊叛,据金山。建康太守段业叛后凉,蒙逊以众归之,是为北凉。此建康在陕西行都司,高台千户所。吕光疾甚,立太子绍为天王,自号太上皇帝。以庶长子太原公纂为太尉,常山公宏为司徒,戒之曰:“汝兄弟辑睦,则祚流万世,若内相自图,则祸不旋踵。”遂殂,僭位一十四年。太子绍立,吕光弟宝之子超,谓绍曰:“纂为将多年,观其举趾,必将为变,请早除之。”绍曰:“先帝言犹在耳,纵其图我,我视死如归,终不忍为此。”绍方立五日,庶兄纂及其弟宏,夜帅壮士攻广夏门而入,吕超帅卒二千赴难,大溃。超奔广武,绍自杀,纂即天王位。吕超自广武上疏陈谢,纂复其爵位。纂以宏为大司马,宏以功高地逼,遂以东苑兵作乱,纂击破之。宏将奔南凉,吕方执送纂,斩之。纂纵兵大掠,悉以东苑妇女赏军,而宏之妻女亦在其中。纂嗜酒好猎,与吕超等饮于内庭。超兄隆数劝纂酒,纂大醉,超取剑刺纂,洞胸而死,僭位三年。纂后杨氏,命禁兵讨超,杜尚止之。皆舍仗而降。超遂推其兄隆即天王位。杨氏有美色,超将纳之,后大骂,尽节而死。后凉主吕隆,多杀豪望,人不自保。焦郎等使人说后秦主姚兴,遣兵自金城济河,直趋姑藏,吕超等逆战大败。南凉王傉檀,及北凉沮渠蒙逊,互出兵攻吕隆,隆降于后秦主姚兴，僭位三年。后隆与子弼，以谋反诛，后凉亡。凡四世，共一十八年。

其自后凉分据者，有南凉秃发氏。秃发之先，河西鲜卑也，与拓跋魏同祖。西晋武帝时，秃发树机能陷凉州，武帝以马隆为武威太守击破之，树机能为部下所杀。从弟务丸立。务丸卒，子椎斤立。椎斤年一百一十岁卒，子思复鞬立。思复鞬卒，子乌孤立，雄勇有大志。吕光据凉，拜乌孤为冠军大将军，河西鲜卑大都统，封广武公。未几叛凉，取金城。金城，即今甘肃皋兰县是也。乌孤徒治乐都，自称平西王。湟河、浇河太守，皆以郡降。岑南、羌胡数万落，皆附焉。乌孤僭王位三年，因醉走马，伤肋而殂。弟秃发利鹿孤立，利鹿孤僭王位三年殂。弟秃发傉檀立。僭王位十三年。吐谷浑乙弗等部皆叛，傉檀讨之，西秦王乞伏、炽盘袭乐都傉檀归，众散，傉檀降于炽盘，炽盘鸩杀之，南凉亡。起乌孤，凡三世，共十八年。

其自后凉分据者，又有北凉。北凉沮渠之先，世为匈奴左沮渠王，因以官为氏，世为部曲。后凉王吕光，以沮渠罗仇为尚书，从伐西秦而败。仇弟鞠粥，劝仇背凉，仇不从，仇与粥皆见杀。仇弟之子蒙逊，雄杰有策略，涉猎书史，以其丧归葬，会者万余人，蒙逊哭谓众曰："吕王无道，多杀无辜，今欲与诸部雪二父之耻，复上世之业，何如？"众称万岁，遂结盟起兵，攻凉临松郡，拔之，屯据金山。蒙逊从兄男成说太守段业叛凉，推业为凉州牧，蒙逊帅众归之。业自称凉王，以蒙逊为尚书左丞，是为北凉。北凉王段业，惮蒙逊勇略，蒙逊深自晦匿。蒙逊素惮索嗣、马权、男成，皆谮杀之，遂举兵反。业使将军田昂击之，昂以众降，业左右皆散，蒙逊杀之，擢任贤才，文武咸悦。伐南凉，南凉主傉檀奔乐都，蒙逊拔姑藏，徙都之，自称河西王，又灭西凉。蒙逊僭位二十九年殂，世子菩提幼弱，国人立其庶长子牧犍为河西王。魏太武帝焘，以其妹武威公主妻牧犍。牧犍之嫂李氏有绝色，牧犍兄弟三人，递传而争嬖之，李氏与牧犍之姐，共毒魏公主，魏主遣医乘传救之，得不死。魏主征李氏，牧犍不与，魏主伐凉，姑藏城溃，牧犍出降，僭位七年，后为魏主所杀。北凉亡，起段业。凡三主，共三十九年。

其起灭于北凉者，有西凉李暠。暠字元盛，敦煌胡人，汉前将军李广之后。好文学，有令名，北凉主段业，以为敦煌太守，都督镇西将军。寻叛北凉，自称西凉公。取沙州、秦州、凉州等地，取酒泉徙都之。酒泉，今肃州卫是也。暠僭位十八年殂。其后七世孙为唐高祖。世子歆立，歆僭位四年。北凉主蒙逊欲取西凉，诈引兵攻秦，而潜还师以待之。西凉主歆，果将步骑三万袭北凉，北凉主蒙逊击杀之。歆弟敦煌太守李恂等奔北山，蒙逊以索元绪为敦煌太守。初李恂在敦煌，有惠政。索元绪粗险好杀，大失人和。郡人逐元绪，密信召恂，推恂为敦煌主。北凉主筑堤壅水以灌敦煌，李恂自杀，僭位一年。蒙逊屠敦煌，西凉亡。凡三世，共二十二年。

此外又有仇池，东汉献帝时，略阳清水氏杨驹，始居仇池。仇池山在陕西巩昌府成县西北百里，其城天然石角外向，如杂堞然，地方百顷。其旁平地二十余里，四面斗绝，为羊肠蟠道，三十六回而上。三国时，驹孙杨千万附于曹魏，魏封为百顷王。传杨飞龙、杨茂搜、杨难敌、杨毅、杨初、杨国、杨俊、杨世、杨纂、杨安、杨定、杨盛。盛闻晋亡，不改义熙年号，谓世子元曰："吾老矣，当终为晋臣，汝善事宋帝。"盛卒，元立。元卒，弟难当立，降于元魏，魏封为南秦王。再传杨保宗、杨文德、杨元和、杨僧嗣、杨文度、杨文宏、杨后起、杨集始、杨绍先。时杨集起、杨集义等立绍先为帝以叛魏。魏梁、秦二州刺史邢峦击破之，执送洛阳，灭其国，仇池亡。起汉献帝，终梁武帝，凡二十五世，共二百八十七年。五胡诸国，今已讲完，请得而再叙北朝元魏之事。

却说北朝元魏，初为代国，自前秦主苻坚灭代，分代为二，使刘库仁、刘卫辰统之。卫辰之后为夏国，见前不赘。库仁招抚离叛，恩信甚著。拓跋珪之母贺氏，以珪走依库仁，库仁事珪恩勤周备，不以废兴易意，常谓诸子曰："此儿有高天下之志，必能恢隆祖业，汝曹当谨遇之。"及前秦国乱，诸部大人，共推拓跋珪为主，大会于牛川，即代王位。自代灭后，至是十年而复兴。牛川，即今山西右玉县北边墙外是也。珪务农息民，国人悦之，改国号曰魏，初服于后燕，后与燕绝。破柔然，获马三十余万，牛羊四百余万，国用遂饶。又破后燕而取燕地之半，迁都平城称帝，是为太祖道武帝。袭高车，破其众三十余部，获马三十余万，诸部大震。复败后秦之师，魏遂为强国。置五经博士，增国子大学生员三千人。珪问博士李先曰："天下何物可以益人神智？"对曰："莫如书籍。"珪遂命郡县，大索书籍，悉送平城。初珪纳刘头眷女，宠冠后庭，生子嗣，即明元帝。及克中山，获燕主宝幼女，又宠之，将立后。用其国故事，铸金人以卜之。慕容氏象成，遂立为后。珪又见贺太后之妹美，请纳之。太后曰："不可，是过美，且已有夫。"珪密令人杀其夫而纳之，生清河王绍，凶狠无赖。时珪服饵丹药，躁怒无常，因怒杀人无算。欲立齐王嗣为太子，魏故事欲立嗣子，先杀其母，乃赐嗣母刘贵人死。召嗣谕之，嗣性孝，哀泣不自胜。珪怒，嗣还舍，日夜号泣。珪复召之，左右曰："上怒甚，入将不测，不如且避之。"嗣乃逃匿于外，惟帐下车头王洛儿随之。珪又以事谴责贺夫人，将杀之，夫人密求救于其子绍。先是有神巫，尝诫珪，当有暴祸，惟诛清河，杀万人，乃可免。珪乃杀清河一郡，常手自杀人，欲令满万厌之。珪寝处，人莫得知，惟爱妾名万人者知之。清河王年十六，万人与绍私通，至是绍欲救母弑父，令万人为内应。绍逾垣入宫弑珪，珪临死曰："清河万人之言，乃汝等耶！"太武帝在位二十二年。

嗣在外闻变，遣王洛儿夜入平城，告将军安同等，众翕然奉迎。卫士执绍送嗣，嗣并贺氏及万人等为内应者，皆脔食之，乃即位，是为太宗明元帝。任用崔浩，劝课农桑，人民安富。有事于太庙，助祭者数百国。在位十五年殂，太子焘立，是为世祖太武帝，仍用崔浩。

魏主为人，壮健鸷勇。临城对阵，亲犯矢石，左右死伤相继，神色自若，将士畏服，咸尽死力。明于知人，或拔于卒伍之中，听察精微，下无遁情，赏不遗贱，罚不避贵，由是兵甲强盛，战无不克。灭夏，灭北燕，灭北凉，取仇池。灭朝诸国，皆并与魏。又平西域及柔然、马车等国，除江左南朝外，居然一统。振兴文学，垦田积粟，魏国大治。惜其不念崔浩之功，以其作史，暴扬国恶，诛及其族，为少过耳。太武帝以太子晃监国，中常侍宗爱构之，晃以忧卒。魏主追悼太子不已，宗爱惧诛，遂弑太武帝而立帝子南安王余。

太武帝在位二十九年。未几，宗爱复弑余。尚书源贺、陆鹿等，勒兵诛爱，奉太子晃之子皇孙浚即位，是为高宗文成帝。任用高允，静以镇之，怀集中外，魏国大治。立子宏为太子，使其母李贵人，条记所事，付托兄弟，然后依故事赐死。文成帝在位十四年殂。

献文帝弘立，年方十三，冯太后临朝称制。虽淫乱，而能任用高允，魏国无事。魏主李夫人生子宏，冯太后自抚养之，遂还政于献文帝。帝始亲政，刚毅有断，勤于政事，赏罚严明，援清节，黜贪污，魏国称治。因好黄老浮屠之学，传位于太子宏，自号太上皇帝。子孝文帝宏立，生方五岁，幼有至性，显祖病痈，宏亲为吮之，及受禅，悲不自胜。显祖问其故，对曰代亲之感，内切于心。群臣奏曰："今皇帝幼冲，万机大政，犹宜陛下总之。"显祖从之。初太上嫡母冯太后，素幸李奕，太上怒，因事杀之。冯太后由是恨太上，密鸩杀之。在位六年，在太上位又五年而被弑。高祖孝文帝宏即位，冯太后复临朝称制。太后聪察，知书计，晓政事，多权数，减膳羞，被服俭素。然性喜淫，每多外交。魏主宏性至孝，承颜顺志，事无大小，皆仰成焉。太卜令睿，得幸于冯太后，迁尚书令，爵中山王。至是病，太后屡至其家。及卒，赠谥立庙，文士作诔者百余人。及葬，自称姻旧，衰绖哭送者千余人。魏主以睿子代为尚书令。太后自以失行，畏人议己，群下语言，稍涉疑忌辄杀之。太后前后临朝，凡二十五年殂。孝文勺饮不入于口者五日，哀毁过礼。

初太后忌孝文英敏，恐不利于己，盛寒闭之冷室，绝食三日，欲废之，而立咸阳王禧。东阳王丕等，固谏乃止。魏主初无憾意，惟深德丕等。又有宦者，谮魏主于太后，太后杖魏主数十，至是亦不追问。魏咸阳公高允卒，允历事五帝，卒年九十八岁。孝文帝始禁同姓为婚，拜祀周公、孔子，行养老礼。以平城地寒，风沙常起，乃迁都洛阳，改姓元氏。初定族姓，兴礼乐，变华风，禁胡语，求遗书，立国子太学、四门小学于洛阳。魏主好读书，手不释卷，善属文，多于马上口占，既成，不更一字。自太和十一年以后，诏策皆自为之。好贤乐善，情如饥渴。所与游接，常寄以布素之意。友爱诸弟，始终无间。精勤庶务，从善如流。制礼作乐，蔚然可观，有三代之风焉。魏主宏连年在外，后冯氏私于幸臣高菩萨。魏主还，收菩萨等诛之，而不忍废后。时魏主因御齐师得胜，疾甚而还。至谷塘原，以嗣子恪，托其弟司徒彭城王勰。勰虑权宠震主，取罪必重，涕泣固辞。魏主手诏太子曰："汝叔父勰，清规懋德，松竹为心，吾百年后，其听勰辞蝉冕，遂其冲挹之性。"又谓勰曰："后宫久乖阴德，吾死后，可赐自尽，葬以后礼。"遂殂，在位二十九年。

太子恪至鲁阳，遇梓宫，乃发丧即位，是为世宗宣武帝。嬖幸擅权，幸臣赵邕及外戚高肇等用事，魏政始衰。高肇怨彭城王勰数谮于魏主，诬以谋反，以毒酒杀之，举朝莫不丧气。魏立子诩为太子。诩，胡贵嫔所生也，魏至是不杀太子之母。

宣武帝在位十六年殂，子肃宗孝明帝诩立，胡太后临朝称制。太后聪悟，好读书，善属文，射能中针孔，政事皆手笔自决。作永宁寺浮屠高九十丈，极土木之美。僧房千间，珠玉锦绣，骇人心目。遣比邱慧生如西域，求佛书。慧生出魏境，西行二年，至乾罗国，得佛书一百七十部而还。胡太后弑故正宫高太后，以尼礼葬之。帝叔太傅清河王怿，美风仪，胡太后逼而淫之。然怿素有才能，辅政多所匡益。侍中元义，卫将军刘腾，持宠擅权，怿每裁抑之。义、腾诬怿欲毒杀魏主，闭永巷门，太后不得出，执怿杀之。还政魏主。幽太后于北宫，魏主不得省见。太后不免饥寒，义遂辅政，与腾表里擅权。义嗜酒好色，贪吝宝贿。牧守长令，率皆贪污，百姓穷困，人人思乱。及刘腾死，魏主与太后左右，防卫稍缓，母子仍得相见。太后定计，使义解兵权，复临朝摄政，因赐元义死。胡太后自再临朝以来，颇事妆饰，数出游。神轨、徐纥等，俱得幸于太后，郑俨尤为得幸，使领尚食典御，昼夜禁中。每休沐，太后常遣宦者随之，俨见其妻，惟得略言家事而已。嬖幸用事，政事纵弛，盗贼蜂起。葛荣肆乱，国号齐。封疆日蹙，国用耗渴。讨虏大都督尔朱荣，兵势强盛，魏朝惮之。魏主年浸长，太后自以所为不谨，凡魏主所亲信者，辄以事去之。于是母子之间，嫌隙日深。魏主及郑俨、徐纥等，逼于太后，不能去。密诏尔朱荣举兵内向，威逼胁太后。荣以高欢为前锋，行至上党，魏主复以私诏止之。郑俨、徐纥恐祸及己，阴与太后谋，鸩魏主。

孝明帝在位一十六年殂，立皇子为帝。既而下诏曰："潘嫔所生，实皇女也，故临洮王宝晖世子钊，高祖之孙可立。遂迎钊即位，年方三岁。尔朱荣闻之，抗表领兵赴阙，立彭城武宣王勰之孙子攸为帝，是为敬宗孝庄帝。以荣都督中外诸军事，封太原王。李神轨、徐纥、郑俨等俱远遁。太后及后宫，俱落发为尼。荣遣骑执胡太后及幼主钊，沉之于河，杀王公以下二千人。尔朱荣之女，先为孝明帝嫔妃，至是荣欲魏主纳为后，魏主从之，荣甚悦。尔朱荣讨葛荣，擒之。冀、定、沧、瀛、殷五州皆平。尔朱荣虽身居外藩，遥制朝政。敬宗外逼于荣，内迫于后，怏怏不乐。惟幸寇盗未息，与荣相持，及荣告捷，殊不甚喜，密有图荣之意。乃用阳成王徽之计，声言皇子生，荣遂与元天穆俱入朝贺喜。光禄少卿鲁安，典御李侃晞等，俱抽刀入。荣起，趋御座，魏主先横刀膝下，遂手刃之，并杀天穆及荣子菩提等，赦其余党，内外喜噪，百僚入贺。是夜荣从弟尔朱世隆帅荣部曲，焚西阳门，出屯河阴，索太原王尸北遁。荣侄尔朱兆闻荣死，自汾州帅骑据晋阳。世隆至长子，兆来会之，推立太武帝五世孙长广王晔为帝，大赦改元。兆以轻兵，倍道兼行，从河桥西渡，直叩宫门，宿卫乃觉，弯弓欲射，矢不得发，一时散走。兆骑执魏主，锁于永宁寺楼上，在位二年。兆纵兵大掠，扑杀皇子，污辱嫔妃公主，杀临淮王彧等。魏主寒甚，就兆求头巾，兆不与，寻缢杀之。尔朱世隆兄弟，以长广王晔疏属，欲更立近亲以从人望，乃废晔，晔在位一年，而更立献文帝之孙广陵王恭，是为节闵帝。

初葛荣之乱，部众流入并、肆者二十余万，谋乱不止。尔朱兆患之，问计于高欢。欢曰："宜选王腹心使统之。"兆即以其众委欢，以为冀州刺史。欢自此得兵柄，不可复制矣。魏河北大使高乾与弟敖曹起兵讨兆，高欢起兵屯壶关，声言欲讨乾。乾潜往谒之，说欢讨兆。时赵郡太守李元忠亦说欢讨兆，欢大悦，起兵讨尔朱氏，立太武帝玄孙渤海太守元朗为帝，自为丞相。纵反间计，使尔朱世隆兄弟与兆互相猜疑，欢遂进战，大破兆军。欢又进击尔朱兆等于邺，复大破之。兆自杀，尽灭尔朱氏之党，遂幽节闵帝于崇训佛寺，寻弑之，在位二年。

欢又以元朗疏属，乃废朗。朗在位一年，而立孝文帝之孙平阳王修，是为孝武帝。雍州刺史贺拔岳，遣司马宇文泰诣晋阳，观高欢之为人。欢奇其状貌，将留之，泰固求复命，欢乃遣之。还谓岳曰："高欢所以未篡者，正惮公兄弟尔，宜潜为之备。"岳大悦。以夏州被边重要，乃表用泰以镇之。未几，岳为陈悦所杀，泰讨杀悦而代领岳众。魏大丞相高欢举兵反，中军将军工思政言于魏主曰："高欢之心，昭然可知。宇文泰乃心王室，今往就之，还复旧京，何虑弗克。"魏主从之。以五千骑西赴长安，泰备仪卫迎帝，谒见于东阳驿。魏主遂入长安，以泰为尚书令，军国之事，咸取决焉。魏主下制，数高欢罪恶，召荆州刺史贺拔胜赴行在所。胜迟延不决，后竟奔梁。高欢勒兵追魏主修，不及，遂还洛阳。集百官耆老，立孝文帝曾孙清河世子善见为帝，是为孝静帝，北迁都邺。时人谓之东魏。魏主修至长安，未几，复与宇文泰有隙，饮酒遇鸩而殂，在位三年。泰立孝文帝之孙南阳王宝炬即位，都长安，自为西魏文帝。自是而东魏西魏分为二矣。

魏自拓跋力微至什翼犍，国号代，凡十三主，起汉献帝庚子，至东晋孝武帝丙子，共一百五十七年而灭于秦。又自道武帝拓跋珪再建国起，改号魏，至梁武帝癸丑，共一百五十七年而分。其后东魏篡于齐，西魏篡于周。欲知后事如何，且听下回分解。

第二十五回　周并齐　隋篡周　平陈一统

诗曰：

十遇征夫九皱眉，忘餐废寝有谁知？
中宵破梦兜铃举，顿饭惊心战马嘶。
剪发搓绳穿断臼，拆衣抽线补残旗。
风流宰相龙楼宴，翠袖双扶下玉梯。

却说东魏高欢，字贺六浑，蓨人，今直隶景县是也。在杜洛周党中，逃奔葛荣，既而亡归尔朱荣。尔朱兆授以兵柄，封为渤海王。高欢既灭尔朱兆，又逼魏主修奔宇文泰军。欢立清河世子善见为帝。以洛阳逼近西魏，乃还都邺。高欢多在晋阳，遣其世子澄在邺辅政。欢因宇文泰先杀其将窦泰，将兵至沙苑，西魏诸将皆惧。宇文深独曰："欢镇抚河北，甚得众心，未易可图。今悬师渡河，可一战擒也。"西魏宇文泰迎战于渭曲，东魏望见西魏兵少，争进击之，无复行列。泰鸣鼓，士皆奋起合战，李弼等帅铁骑横击之，东魏兵中绝，遂大败，欢乃驰去。泰还军渭南，乃于战所，人种柳一株，以旌武功。高欢悉众伐西魏，攻玉壁，西魏韦孝宽，随机御之，欢不能克。乃使祖挺说之使降，孝宽曰："攻者自劳，守者自逸。孝宽关西男子，必不为降将军也。"欢士卒死者七八万，有星坠欢营中，大惧而还。大丞相高欢病，使次子太原公高洋镇邺，征世于澄赴晋阳。欢性深密，终日俨然，人不能测，机权之际，变化若神，制驭军旅，法令严肃，听断明察，不可欺犯，文武乐为之用。病笃，谓世子澄曰："侯景专制河南，十四年矣，常有飞扬跋扈之志，顾我能畜养，非汝所能驾御也。堪敌侯景者，惟有慕容绍宗。"及卒，澄秘不发丧，自出巡抚诸州，因朝于邺。东魏主与之宴，澄起舞，识者知其不终。澄还晋阳，以其弟洋为京畿大都督，留邺，遂归发丧。东魏主赠欢相国齐王，备九锡殊礼，以澄都督中外诸军，录尚书事。侯景素轻澄，诸将如高敖曹、彭乐等，皆勇冠一时，景皆轻之。及闻欢卒，遂以河南降西魏，后复降于梁。

东魏主孝静帝，善容仪，膂力过人，射无不中，好文学，从容沈雅，时人以为有孝文风烈。大将军澄深忌之。初高欢自病逐君之丑，事魏主礼甚恭。及澄当国，倨傲颇甚。尝侍饮，举大觞属魏主。魏主不胜。忿曰："自古无不亡之国，朕亦何用此生为？"澄怒骂曰："朕，朕，朕，狗脚朕。"使季舒殴魏主三拳，奋衣而出。魏主不堪忧辱，咏谢灵运诗曰："韩亡子房奋，秦帝鲁连耻。"乃与荀济等谋诛澄，事觉，澄勒兵入宫，见帝不拜而坐曰："陛下何意反。"乃幽帝于含章殿，烹济等于市，遂还晋阳。澄获衡州刺史兰钦子京，以为膳奴。钦请赎之，不许。京屡自诉，澄杖之曰："更诉，当杀汝。"京与其党谋作乱。澄嬖琅琊公主，公主美而善淫，流为妓，澄纳之。常在邺。澄不时往邺。侍卫者常遣出外，与公主百般淫乐。时澄在邺，与陈元康、杨愔、崔季舒屏左右，谋受禅。京置刀盘下，冒言进食，因杀澄。时变起仓猝，内外震骇。初澄弟太原公高洋，因澄忌之，深自晦匿，素以不慧闻。至时闻澄死，洋神色不变，指麾部分，入讨群贼，斩而脔之。东魏主闻澄死，窃谓左右曰："大将军死，似是天意，威权当复归帝室矣。"及洋入谒，从甲士八千，从登阶者，二百余人，皆攘袂叩刃。令主者传奏曰："臣有家事，须诣晋阳。"再拜而出。东魏主失色，目送之曰："朕不知死在何日矣！"晋阳旧臣宿将，素轻洋。及洋走晋阳，大会文武，神彩英畅，言辞敏捷，众皆大惊。澄政有不便者，洋皆改之。东魏高洋，自为丞相，都督中外诸军事，封齐王。洋以高德政为书记，甚亲昵之。徐之才、宋景业善图谶，因高德政劝齐王洋受魏禅，洋以告其母娄太妃。太妃曰："汝父如龙，汝兄如虎，犹以天位不可妄据，终身北面，汝独何人，欲行舜禹之事乎！"洋以告之才，子才曰："正为不及父兄，故宜早升尊位耳。"洋铸象卜之而成。使侍中张亮等，见东魏主，逼以禅位。魏主下御座，入与六宫别，举宫皆哭。洋废为中山王，在位一十七年，东魏亡。一主，十七年。

洋遂即位，国号齐，是为北齐显祖文宣帝。西魏太师宇文泰伐齐，齐主自将顿东城。泰闻其军容严盛，叹曰："高欢不死矣。"会久雨，畜产多死，乃还。于是河南自洛阳，河北自平阳以东，皆入于齐。齐主每出入，常以中山王自随。初静帝后太原公主为高欢女，至是降为中山王妃。太原公主恒为王尝饮食，护视之。齐主饮公主酒，使人鸩王，杀之，并其三子，葬于邺西。后忽掘出，投于漳水。逼太原公主，使为仆射杨愔妻。尽诛元氏，前后死者七百二十一人，悉弃尸漳水。

齐主之初立也，留心政务，坦于任使，人得尽力，又能以法御下，内外肃然。军国机策，独决怀抱，每临行阵，亲当矢石，故所向有功。至数年之后，渐以功业自矜，遂嗜酒淫佚，肆行狂暴，袒露形体，街坐巷宿。娄太后尝以其酒狂，举杖击之。齐主曰："即当嫁此老母与胡。"太后大怒。齐主欲太后笑，自匍匐，以身举床，坠太后于地，颇有所伤。既醒，大惭恨，口自责数，执杖脱背就罪。太后前自抱之，齐主流涕苦请，乃笞五十，然后衣冠拜谢，悲不自胜。因戒酒一旬，又复如初。高氏妇女，不问亲疏，往往乱之。或以赐左右，不从者手刃之。齐主纳娼妇薛氏有宠。清河王岳，尝因其姊迎之至第，齐主鸩杀岳。久之，忽思薛氏与岳通，斩其首，藏之于怀，出东山宴饮。劝酬始合，忽出其首，投于盘上，支解其尸，弄其髀骨为琵琶，一座大惊。复命收取，对之流涕，载尸以出，被发步跣，哭而随之。仆射崔暹卒，齐主幸其第，哭之。谓其妻李氏曰："颇思暹乎？"对曰："思之。"齐王曰"然则盍往省之。"乃手斩其妻，掷首墙外。齐主杀其弟上党王涣，永安王俊，以其数谏也。以涣、俊妃赐左右之杀涣、俊者。齐主洋性残忍，醉辄杀人，以为戏乐。杨愔乃简死囚应用，谓之供御，三月不杀，则赦之。洋虽无道，而能委政杨愔，总摄机衡，是以主昏于上，政清于下，奖拔贤能，齐国亦治。

齐主洋殂于晋阳，在位十年。太子殷即位，洋第六弟常山王演，杀尚书令杨愔，侍中燕子献等，自为丞相。殷在位一年，常山王演废为济南王而自立，是为肃宗孝昭帝，未几弑殷，谥为闵悼王。齐主演许以第九弟长广王湛为太弟，既而立太子百年，以湛守邺。湛心怀不平。齐王演识度沈敏，明习吏事，励精图治，性孝友。太后不豫，衣不解带。太后尝心痛，齐主侍立帷前，以爪掐掌代痛，血流出袖。友爱诸弟，无君臣之隔。演在位一年，忽见文宣帝洋与杨愔、燕子献等为祟，遂病危笃，备极厌禳之事，诸厉歌舞自若。乃征长广王湛立之，又与书曰："百年无罪，可于乐处置之，勿效前人。"遂殂。

湛自邺驰赴晋阳即位，是为世祖武成帝，封故太子百年为乐陵王。娄太后殂，齐主服绯袍，置酒作乐如故。齐主逼通其嫂文宣帝洋之妻昭信宫李后曰："若不从，当杀尔子。"后惧而从之。既而有娠，其子太原王绍德至阁，不得见，有怨言。后大惭，生女不举。齐主诟曰："尔杀我女，我何得不杀尔儿。"对后以刀镮筑杀绍德。后大哭，齐主怒。仆后鞭之。白虹贯日。齐主湛欲以故太子百年厌之，百年尝作数敕字，教书者封奏之。齐主怒，使召百年。百年知不免，割带玦，留与其妃斛律氏而入。齐主遣左右乱捶之，气息将尽，乃斩之，弃诸池，池水尽赤。妃把玦哀号，不食而卒，玦犹在手，拳不可开。齐主湛骄奢淫佚，赋役繁重，吏民苦之。后胡氏，尝幸和士开、娄定远等。时人号为朝中八贵。彗星见，齐主湛传位于太子纬，自称太上皇。湛在位四年，又在太上皇位四年殂。

齐主纬年少，多嬖宠，外宠高阿那肱，韩长鸾、和士开、祖挺等，内宠乳母陆令萱，宫婢穆舍利等，皆专权用事。胡太后出入不节，既与和士开等通，复与沙门统昙献通。诸僧至，有戏呼昙献为太上皇者。齐主闻而未之信。后朝太后，见二尼悦而召之，乃男子也。于是昙献事亦发，皆伏诛。齐主纬以斛律光之女为后，因以斛律光辅政。光性节俭，不贪权势，自结发从军，未尝败北，深为邻国所惮。周勋川刺史韦孝宽密为谣言曰："百升飞上天，明月照长安。"又曰："高山不推自崩，槲树不扶自举。"令谍传之于邺。幸臣祖挺，使其妻兄奏之。齐主杀光并其二子，废皇后斛律氏。周主闻之，大喜，为之大赦，而齐事不可为矣。齐主纬言语涩讷，不喜见朝士，非宠私狎昵，未尝交语。承武成帝湛奢侈之后，后宫皆宝衣玉食，竞为新巧，一裙值万匹，镜台值千金。盛修宫苑，穷极壮丽。每有灾异寇盗，辄多设斋，以为修德，自弹琵琶，为无愁之曲，民间谓之无愁天子。又于华林园，立贫儿村，自衣蓝褛之衣，行乞其间以为乐。宠任宦官，参预机权。官由财进，狱以贿成。苍头刘桃枝等，皆开府封王，其余歌舞巫觋人等，滥得富贵者，殆将万数。至狗马鹰及斗鸡，皆有仪同郡君开府之号，而食其禄。一戏之赏，动辄巨万，府藏空竭。乃诏郡县卖官，守令率多商贾，竞为贪纵，民不聊生。周主邕谋伐之，遂自将伐齐，师入齐郡，攻河阳大城，拔之，进围洛口，拔东西二城。周主以有疾，夜引兵还。次年，复自将伐齐，攻平阳城，遂克晋州。初穆后爱衰，其侍婢冯小怜大幸，齐主纬以为淑妃，誓同生死。时方与妃猎于天池，告急者三至。丞相高阿那肱曰："大家正为乐，边鄙小事，何急奏为。"至暮使至，则平阳已陷矣。齐主将还，妃请更杀一围，从之。齐主自帅大军至平阳，周主使大将军梁士彦为晋州刺史，守平阳，自引兵还。齐师遂围平阳，梁士彦固守不下。齐大作地道攻城陷十步余，将士乘势欲入，齐主敕且止，召淑妃共观之。淑妃妆点不时至，周人以木拒塞之，城遂不下。周主邕复引兵至平阳，击齐师，齐主纬与冯淑妃并骑观战，东偏小却。淑妃怖曰："军败矣。"齐主遂与淑妃北走，齐师大溃。齐主奔晋阳，周师攻克之。齐主奔邺，周师趋邺，望气者言当有革易。齐主纬乃传位于太子恒，恒时年方八岁，纬自为太上皇，在位十二年。周师入邺，齐太上与穆后、冯淑妃及幼主恒等，奔青州。马阿那肱密召周师，擒齐太主与后妃幼主并胡太后等送邺，北齐亡。凡六主，起梁简文帝庚午，终陈宣帝丁酉，共二十八年。其后周主邕杀高纬，夷其族，太后后妃等，贫不能自给，有为尼、为娼、为人妾者。或曰，胡太后善彭祖夏姬采补之术，貌极美，年虽老，而有少容。后与穆后、冯淑妃等，俱为娼，日与长安诸少年游，得恣其欲。叹曰："为后何如为娼乐也！"至盛贯尚在，不见其老，事见小说。其东魏北齐之事，俱已叙完，请再叙西魏北周之事。

初高欢举兵反，魏主修奔宇文泰军。却说宇文氏，炎帝神农之后。其先曰葛乌兔，雄武多算略，鲜卑慕之，奉以为主，遂总十二部落，世为大人。其后有普回者，因狩得玉玺，有文曰："皇帝玺。"普回异之，以为天授。其俗谓天曰宇，谓君曰文，因号宇文国。并以为氏。普回子莫那，徙居辽西，九世至逸豆归，为前燕慕容毁所灭。其子陵仕燕，后归魏，徙居武川。陵曾孙肱，生子泰，生而有黑气如盖，下覆其身，故小字黑獭。及长，身长八尺，美须髯，发长委地，手垂过膝，轻财好施。年十八，为葛荣将，荣败入魏，为尔朱荣统军，寻为贺拔岳司马。及岳为陈悦所杀，泰讨杀悦，即代统贺拔岳军。及魏主修奔泰，以泰为大丞相，掌军国之政，尚孝武帝之妹冯翊长公主。魏主修闺门无礼，从妹不嫁者三人，皆封公主。平原公主明月，南阳王宝炬之同产也。淫于魏主，从入关。丞相泰使元氏及诸王，取明月杀之。魏主不悦，或时弯弓，或时椎案，由是复与泰有隙。魏主饮酒，遇鸩而殂。泰立南阳王宝炬为帝，是为西魏。大丞相泰置纸于阳武门，以求直言。时用苏绰，宠遇日隆。泰欲为富国强兵之术，度支尚书苏绰教以减官员，置贰长，并置屯田，以资军国，搜简贤才，以为守令，国内称治。及绰卒，宇文泰以其生平廉让，归葬武功，载以布车一乘，泰与群公步送。酹酒言曰："尔知吾心，吾知尔意，方欲平定天下，奈何遽舍我去！"因举声恸哭，不觉卮落于手。

西魏文帝宝炬殂，在位十七年。太子钦立。宇文泰诸子皆幼，兄子章武公导，中山公护，皆出镇，惟以诸婿为心膂。魏主钦密谋诛泰，事泄，泰废魏主，在位二年。置之雍州，寻弑之，而立其弟齐王广，是为恭帝。平去号，惟称元年，复姓拓跋氏。泰以古制，降诸王爵皆为公，泰自为太师大冢宰。泰能驾驭英雄，咸得其用。性好质素，不尚虚饰，明达政事，崇儒好古，凡有施设，皆依仿三代而为之。魏太师泰北巡还，至牵屯山而病，驿召中山公护。护至泾州，泰谓曰："吾诸子皆幼，外寇方强，天下事，属之于汝，宜努力以成吾志。"遂卒。

初泰尚魏孝武帝妹，生觉，姚夫人生毓。毓于诸子最长，泰立觉为嗣，时年十五。以觉为周公，宇文护以周公觉幼冲，欲使早正位以定人心。以魏主诏，禅位于周，封魏主为宋公。魏恭帝廓在位十三年而被篡，寻为所弑。觉即天王位，以中山公护为大司马，西魏亡。凡三主，起梁武帝乙卯，终陈武帝丁丑，共二十三年。自代及四魏，通共三百三十七年。

周主觉性刚果，恶宇文护之专，与司会李植、司马孙恒、宫伯乙弗凤、贺拔提等谋诛护。事觉，护杀凤等，幽周主于旧第，月余，弑之。武帝追赠为孝闵帝，在位一年。迎宁都公毓即天王位，复称皇帝，建年号，是为世祖明帝。周主毓明敏有识量，护惮之，置毒于糖，馈而进之。周主觉之，口授遗诏曰："朕子年幼，未堪当国，鲁公邕，朕之介弟，宽仁大度,必能宏我周家。”遂殂,在位三年。

高祖武帝邕立,时大权尽归宇文护,诸子及僚属,贪残恣横,士民患之。周主深自晦匿,密与母弟卫公直、宫伯宇文神举、下大夫王轨、右侍宇文孝伯等谋诛之。周主每于禁中见护,常行家人礼。至是引护入谒太后,谓曰:“太后好饮,屡谏未纳。”因出怀中酒诰授之,曰:“愿见以此入谏。”护入,读未毕,周主以玉珽自后击之,护踣于地,直跃出斩之,收其子弟亲党于殿中,杀之。周主始亲政事。周太后叱奴氏殂,周主行三年之丧。周主因齐主纬肆虐无道,兴师伐齐,获齐主纬及幼主恒等以归,遂灭齐。灭齐事已见前。

周主邕既胜齐,乃毁其宫室之壮丽者。周主性节俭,常服布袍,寝布被,后宫不过十余人。至是诏,惟置妃二人,世妇三人,御妻三人,余皆减之。每行兵,亲在行阵,步涉山谷,抚将士有恩,而明察果断,用法严峻,由是将土畏威而乐为之死。周主邕为太子赟纳妃杨氏,妃即隋公杨坚女也。太子多失德,王轨,宇文孝伯,尝与周主言,太子必不克负荷。周主默然。轨又数言太子非社稷主,杨坚有反相,周主迟疑未决。周主邕伐突厥,有疾而还,遂殂,在位一十八年,寿三十六岁。

太子赟立,是为宣帝。始立即逞奢欲,曾无戚容,扪其杖痕。大骂曰:“死晚矣。”阅视宫人,逼而淫之。超拜郑铎为内史大夫,委以朝政。杀其叔父齐王宪,又杀徐州总管王轨及宫正宇文孝伯。忠正之士,骈首就戮。立妃杨氏为后,以杨坚为上柱国大司马。在位一年,传位于太子衍。是为静帝,年方六岁,自称天元皇帝。务自尊大,恣为淫戏,日夜不休。搜取美女,以实后宫,骄奢昏暴,喜怒无常,人不自保。后父坚,位隆望重,天元忌之,坚不自安。天元备法驾,幸天兴宫,不豫而还。是日天元殂,坚自为丞相,总知中外兵马事,革宣帝苛酷之政,更为宽大,躬行节俭,中外悦之。因召公卿谓曰:“欲求富贵者,宜相随。”坚乃复召太史庚季才问曰:“天时人事何如?”季才曰:“天道精微,难可意测,以人事卜之,符兆定矣。”独孤夫人亦谓坚曰:“骑虎之势,必不得下,勉之!”坚乃以世子勇为洛州总管,大杀诸王之不附己者,遂篡位。静帝衍下诏,禅位于隋,在位三年,北周亡,起陈武帝丁丑,终陈文帝辛丑。凡五主,共二十五年。窦毅之女,闻周主禅,自投堂下,抚膺太息曰:“恨我不为男子,救舅氏之难。”毅及襄阳公主掩其口曰:“汝勿妄言,灭吾族矣。”由是奇之。及长,以适唐公李渊,后代隋而有天下。

却说隋高祖文帝坚,小字那罗延,魏恭帝赐姓普六茹,本姓杨氏,宏农华阴人,今陕西西安府华阴县是也。汉太尉杨震之后,父忠,仕魏及周,以功封隋公,坚袭爵。坚生而有异,母不能鞠。宅旁有尼寺,一尼抱归,自鞠之。一日尼出,付其母自抱,角出鳞起。母大惊,坠之地。尼心动,亟还,见之曰:“惊我儿,致令晚得天下。”及长,相表奇异,坚深自晦匿。至是篡位,都长安,国号隋。立独孤氏为后,氏谦恭,好读书,言事多与隋主意合,甚宠惮之,宫中称为二圣。隋主弑故静帝衍,尽灭宇文氏之族。自周太祖以下,子孙皆死。隋高颎,苏威,同心协赞,政无大小,帝悉与之谋,数年之中,天下称治。隋灭后梁,又灭陈,为天下为一统。其灭梁灭陈事,已见二十三回不赘。纲鉴记事,以隋接陈,以隋文帝开皇九年直接陈后主祯明二年。仁寿宫成,帝幸之。时天暑,役夫死者,相次于道,杨素悉焚之。帝不悦,及见制度壮丽。大怒曰:“杨素为吾结怨天下。”素虑获谴。封德彝曰：“公勿忧，俟皇后至，必有恩诏。”明日，后劳之曰：“公知吾夫妇老，无以自娱，盛饰此宫，岂非忠孝。”赐赉甚厚。素荐德彝，帝擢为内史舍人。帝以盗贼繁多，命盗一钱以上，皆弃市。或三人共盗一瓜，事发即死。天下懔懔。有数人劫执事而谓之曰：“吾岂求财者耶？但为枉人来耳。尔为我奏至尊，自古以来，体国立法，未有盗一钱而死者。尔不为我以闻，吾更来，尔属无噍类矣。”帝闻之，为停此法。帝性严重，令行禁止，勤于政事，每旦听朝，日昃忘倦。虽啬于财，至于赏赐有功，即无所吝。将士战没，必加优赏，仍遣使者，劳问其家。爱养百姓，劝课农桑，轻徭薄赋。其自奉养，务为俭素，自非享宴，所食不过一肉，乘舆服御，敝者随令补用，后宫服浣濯之衣，天下化之。大夫率衣绢布装，带不过铜铁骨角。以故衣食滋殖，仓库盈溢。受禅之初，民户不满四百万，末年，将近九百万。然猜忍苛察，信受谗言，文法自矜，忌刻临下。常令左右觇视内外，有过失，则加重罪。又患令吏赃污，私使人以钱帛遗之，得犯立斩。每于殿廷捶人，一日之中，或至数四。功臣故旧，无始终得全者。乃至子弟，皆如仇敌，此其所短也。

初帝使太子勇参决政事，时有损益。勇性宽厚，率意无矫饰。帝性节俭，而勇服用多侈，恩宠始衰。勇多内宠，嫡妃无宠死，而多庶子，独孤后深恶之。晋王广弥自矫饰，为夺嫡计。后赞帝废勇，及其男女，并为庶人。立晋王广为太子，天下同日地震。其后独孤后先帝而崩，帝寝疾，杨素、柳述、元严皆入阁侍疾，召太子入居殿中。太子预拟帝不讳后事，为书问仆射杨素。素录事状以报，宫人误送帝所，帝览之大恚。帝所宠陈夫人。夫人，陈宣帝女也，极有美色，旦出更衣，为太子所逼，拒之得免。上怪其神色有异，问其故。夫人泫然曰：“太子无礼。”上愈恚，抵床曰：“畜生何足以付大事，独孤误我。”乃呼柳述、元严曰：“召我儿。”述等将呼太子，上曰：勇也。”述、严出阁为敕书，素闻之，以白太子。乃矫诏执述，严系狱，追东宫兵帖。上台宿卫，门禁出入。并取宇文述、郭衍节度，令右庶子张衡，入殿侍疾，尽遣后宫，出就别室。俄而上崩，在位二十四年。晡后，太子封小金盒，遣使者赐陈夫人，夫人以为鸩毒，惧甚。发之，乃同心结也。夫人恚而却坐，不肯致谢，诸宫人共逼之，乃拜使者。是夜太子烝焉，明日发丧即位，是为炀帝。矫称高祖诏，赐故太子勇死，缢杀之，不为置嗣，徙柳述、元严于岭南。初高祖惟与独孤后相爱，旁无姬侍，五子同母，意谓必相和睦，其后互相猜忌，五子皆不得寿终，欲知后事如何，且听下回分解。

第二十六回　**隋炀帝　恣淫乱　授首江都**

诗曰：

九百山前古战场，牧童拾得旧刀枪。
乌江流水潺潺响，仿佛虞姬哭霸王。
霸主乌江血未干，长陵树老朔风寒。
千年暗草埋金谷，几辈征夫老玉关。
去鸟消沉云漠漠，野花零落水潺潺。
豪华一去无踪迹，留得虚名纸上看。

却说隋文帝既篡周，覆灭后梁，至九年正月，又灭陈为一统。子杨广，既弑父，复杀兄。于弑父之夕，又烝淫父妾而篡立。杨广小字阿摩，文帝第二子，初封晋王。既篡位，是为炀帝，立皇后萧氏。命杨素营东京宫室，又敕宇文恺与舍人封德彝等，营显仁宫，南接皂涧，北跨洛滨。发大江以南，五岭以北，奇材异石，输之洛阳。又求海内嘉木异草，珍禽奇兽，以实园苑。自长安至江都，引谷、洛，汴、河、江、淮诸水，各相通为水道，广四十步，旁筑御道，树以柳，沿途置离宫四十余所。又遣黄门侍郎王宏等，往江南造龙舟及杂船数万艘。东京官吏，督役严急，役丁死者什四五。所司以车载死丁，东至成皋，北至河阳，相望于道。筑西苑，周二百里，其内为海，周十余里为方丈、蓬莱、瀛州诸山，高出百余尺。台观宫殿，罗络山上。海北有龙鳞渠，萦纡注海内，缘渠作十六院，门皆临渠，每院以四品夫人主之。堂殿楼观，穷极华丽。宫树秋冬凋落，则剪彩为花为叶，缀于枝条，色渝，则易以新者，常如阳春。沼内亦剪彩为荷芰菱芡，乘舆游幸，则去水而布之。十六院竞以淆羞精丽相高，求市恩宠。上好以月夜纵宫女数千骑，游西苑，作清夜游曲，于马上奏之。行幸江都，发显仁宫，出洛口，御龙舟。舟四重，高四十五尺，长二百尺，上重有正殿，内殿，朝堂；中二重有房百二十间，皆饰以金玉沉檀，以处美女妃嫔；下重内侍处之。皇后乘翔螭舟，制度差小，三重。别有浮景九艘，挽船美女九千余人，谓之殿脚女，皆衣以锦绣之采，艳冶夺目。余数千艘，后宫、诸王公主、百官，僧尼道士、蕃客乘之。挽船士八万余人，舳舻相接二百里，照曜川陆。骑兵翼两岸而行，旌旗蔽野，所过州县，五百里内，皆令献食。多者一州至百辇，极水陆珍奇。后宫厌饫，将发之际，悉弃埋之。新作舆卫仪服，课州县送羽毛，民求捕之，殆无遗类。乌程有高树，逾百尺，上有鹤巢，民欲取之，不可得，将伐其根。鹤恐杀子，自拔氅毛，投于地，时人或称以为瑞。置洛口仓于巩东南原上，城周二十余里，穿三千窖。置回洛仓于洛阳北七里，城周十里，穿三百窖，每窖皆容米八千石。发丁男一百余万，以修筑秦始皇时万里长城。杀高颎、贺若弼、宇文弼，薛道衡等，先朝旧臣及忠谏之士，皆死。隋炀帝善属文，不欲人出其右，薛道衡死，广曰："更能作空梁落燕泥否？"

炀帝北巡，车驾发榆林，甲士五十余万，旌旗辎重，千里不绝。突厥启民可汗，奉庐帐以俟车驾，帝幸其帐，启民奉觞上寿，帝大悦。赋诗曰："呼韩稽颡至，屠耆接踵来。何如汉天子，空上单于台。"赐各有差。

西域诸胡，多至张掖等郡交易，帝使吏部侍郎裴矩掌之。矩知帝好远略，诸胡商至者，矩诱访诸国山川风俗，撰西域图纪三卷，合四十四国，入朝奏之。帝于是慨然慕秦皇、汉武之功，将通西域。四夷经略，咸以委矩。自是西域诸胡，往来相继，所经郡县，疲于送迎，糜费以万万计。西域诸国来朝献地，置西海等郡。诸番来朝，陈百戏于端门，以示之，终月而罢，所费巨万。诸番入丰都市交易，先命整饰店肆，盛设帷帐，珍货充积。胡客过酒食店悉邀入，醉饱而散，不取其值。给之曰："中国丰饶，酒食例不取值。"胡客皆惊叹，其黠者觉之。见以缯帛缠树曰："中国亦有贫者，衣不盖体，何不以此物与之，缠树何为？"市人惭，不能答。帝称裴矩之能，谓群臣曰："裴矩大识朕意，凡所陈奏，皆朕之成算而未发者。自非奉国尽忠，孰能如是。"征高丽王元入朝不至，裴矩说炀帝曰："高丽本箕子所封之地，汉晋皆为郡县，今乃不臣，当陛下之时，何可不取？"乃下诏伐高丽，敕幽州总管元宏嗣，往东莱海口，造船三百艘，官吏督役，昼夜立水中，自腰以下皆生蛆，死者什三四。总征天下之兵，无问远近，俱会于涿郡。又发江淮以南民夫及船，运黎阳、洛口诸仓米至涿郡，舳舻相次千余里。载兵甲，及攻取之具，往还在道，常数十万人，死者相枕于道。天下骚动，于是始相聚为群盗。

七年冬，邹平民王薄倡乱，拥众据长白山，剽掠齐济之郊，自称知世郎，言世事可知矣，又作无向辽东浪死歌以相感动，避征役者多往归之。凡二年，为张须陁所灭。窦建德起兵漳南，能倾身接物，与士卒均劳役，由是人争附之，为之致死，称长乐王，寻改称夏王。张金称聚众河曲，高士达聚众清河。自是所在群盗蜂起，不可胜数。

炀帝至辽东，高丽诸城，各坚守不下。将军宇文述等九军，皆败于萨水而还。初大军渡辽，凡三十万五千人，及还，惟二千五百人。资储器械，失之殆尽。隋炀帝还东都，一时后宫妃主，狼狈相失，与军士杂宿山谷间。复征天下兵集涿郡，募民间骁勇，复自将击高丽。

时太子昭早卒，炀帝命太子昭长子代王侑留守西京，以刑部尚书魏文升辅之。命太子昭次子越王侗留守东郡，以兵部尚书樊子盖辅之。杨素之子楚公杨玄感，起兵黎阳，围东郡，以蒲山公李密为谋主。密少有才略，志气雄远，轻财好士，为左亲侍，帝忌之，密遂屏人事，专务读书。尝乘黄牛，读汉书，杨素遇而异之。谓玄感等曰："汝等不及也。"玄感见朝政日紊，潜就密问计。密曰："天子出征，远在边外，去幽州犹隔千里，公拥兵出其不意，长驱入蓟，扼其咽喉，高丽闻之，必随其后，不过旨日，资粮皆尽，招抚其众，不降则溃，可不战而擒，此上计也。关中四塞，天府之国，今帅众鼓行而西，经城勿攻，直取长安，据险而守之，以徐图天子，此中计也。简兵倍道，袭取东都，以号令四方，若攻之百日不克，天下之兵四面而至，非仆所知也。"玄感曰："不然，今百官家口，并在东都，若先取之，足以动其心。且经城不拔，何以示威。公之下计，乃上策也。"遂引兵向洛阳，围东都。炀帝闻之，乃引兵还。遣宇文述，来护儿等击玄感，玄感复委韦福嗣以心膂，不专任密。密退谓所亲曰："楚公好反而不欲胜，吾属今为虏矣！"玄感引兵趋潼关，宇文述等追之，玄感败死。炀帝使裴蕴推治玄感党与，谓蕴曰："玄感一呼而从者十万，益知天下人不欲多，多则相聚为盗尔，不尽加诛，何以惩后。"由是所杀三十余万，枉死者大半。玄感之围东都也，开仓赈给百姓，凡受米者，皆坑之于都城之南。

李密亡命，为人所获，执送东都。密与王仲伯等，窃谋逃亡，悉出所赍金宝，与使者曰："吾等死日甚近，此金并留付公，幸以些须相瘗，请极欢而死，死无恨矣。"所至觅酒食，觅妓女，宴饮喧哗，竟夕达旦，习以为常。行至魏郡石梁驿，饮防守者皆醉，乃穿墙而逸去。聚徒教授于王秀才家，郡县捕之，值出获免。韦城翟让为东郡法曹，坐事当斩，亡命于瓦岗，为群盗。同郡徐世勣、单雄信皆从之。李密自雍邱亡命，亦归让，诸帅相谓曰："今人皆言杨氏将灭，李氏将兴，吾闻王者不死，斯人再三获济，岂非其人乎！"由是渐敬密，密遂与群盗翟让等，起兵攻荥阳，炀帝徙张须陁为荥阳通守以讨之。通守者，即今之通判也。密画策，分兵千余人，伏林间，杀须陁。罗士信、秦叔宝等俱降于密，河南郡县为之丧气。李密说翟让曰："洛口仓多积粟，将军若亲帅大军，轻行掩袭，发粟以赈穷乏，远近孰不归附！百万之众，一朝可集。"遂将精兵七千人，袭回洛仓，破之，开仓恣民所取，老弱襁负，道路相属。让于是推密为主，号为魏公，用祖君彦为记室，密移檄郡县，数炀帝十罪，且曰："罄南山之竹，书罪无穷；决东海之波，流恶难尽。"祖君彦之辞也。

河间贼帅格谦起兵，自称燕王。炀帝命王世充讨斩之。谦将高开道收其余众，寇掠燕地，复称燕王。杜伏威起兵据历阳，掠江淮，自称总管，以辅公祐为长史，分徇诸县，小盗多附之，众遂盛。东海李子通渡淮，与杜伏威合，自称将军，寻称帝，国号吴。城父朱粲聚众为盗，谓之可达寒贼，自称迦楼罗王，众十余万，引兵转掠荆、沔及山南诸郡县，所过淫掠，以人为粮，噍类无孑遗。鄱阳贼帅操师乞攻陷豫章，自称元兴王。侍御史刘子翊讨之，师乞中流矢死。其乡人林士宏代领其众以战，子翊败死，宏自称楚帝，自九江以南，及番禺皆为所有。鲁郡贼帅徐圆郎，攻陷东平，自琅琊以西尽有之。朔方鹰扬郎将梁师都起兵，自称大丞相。马邑鹰扬府校尉刘武周起兵，自称太守。二人皆北附于突厥，突厥立武周为定扬可汗，武周遂自称帝，取楼烦、定襄、雁门诸郡，据汾阳宫。梁师都取雕阴、宏化、延安等郡，自称梁帝。郭子和坐事徙榆林，会大饥，子和结死士十八人，杀郡丞，开仓赈施，起兵自称永乐王，北附突厥。二年降唐，封郕国公，得善终。金城校尉薛举，起兵陇西，开仓赈施，自称西秦霸王，寻称帝。武威鹰扬府司马李轨据河西，自称河西大梁王。后梁宣帝察曾孙罗川令萧铣，起兵取豫章、江陵、岭南等地，胜兵四十余万，自称梁王，寻称帝。一时起兵据地者，六十四处。

先是群盗得隋官，及士族子弟，皆杀之，独窦建德善遇之。由是隋官多以城降之，声势日盛。内史郎虞世基，以帝恶闻盗贼，诸将有告败求救者，皆不以闻。但云鼠窃狗偷，郡县捕逐，行当殄灭，愿陛下勿以介怀。炀帝以为然。或杖其使者，以为妄言，由是盗贼遍海内，陷没郡县，帝皆弗之知也。时太仆杨义臣击张金称、高士达，斩之，破降河北贼数十万，列状上闻。帝叹曰："我初不闻贼顿如此，义臣降贼何多也！"世基对曰："小窃虽多，未足为虑，义臣克之，拥兵不少，久在阃外，此最非宜。"帝曰："卿言是也。"

遽追还义臣，放散其兵，贼由是复盛，诏百僚复议伐高丽，复征天下兵，百道俱进。时天下已乱，所征兵多不至。高丽困疲，遣使乞降，帝乃班师。仍征高丽王元入朝，元竟不至。有二孔雀，自西苑飞集宝成朝堂，前亲卫校尉高德儒见之，奏以为鸾。时孔雀已去，无可得验，于是百官称贺，诏以德儒诚心冥会，肇见嘉祥，拜朝散大夫，诏江都更造龙舟数千艘。龙舟成，送东都，宇文述劝炀帝幸江都。炀帝大悦，从之。群臣谏者，尽斩之。宇文述死，炀帝以其子化及为屯卫将军，次子智及为将作少监。炀帝至江都，巡江淮，郡官谒见者，专问礼饷丰薄，丰则超迁，薄则停解。由是郡县竞为刻剥，以充贡献。民外逼盗贼，内苦重赋，加之饥馑，采树皮草根木叶而食，诸物尽，乃自相食。官仓充物，群吏畏法，莫敢赈救。江都丞王世充，以献铜镜屏风，迁通守，又简阅民间美女献之，于是益宠任之。

炀帝以唐公李渊为宏化郡留守，渊御众宽简，人多附之。炀帝以渊相貌奇异，又召应图谶，忌之。征诣行在，渊遇疾未谒，其甥王氏在后宫，炀帝问之曰："汝舅来何迟？"王氏以疾对，炀帝曰："可得死否。"渊闻之惧，因纵酒纳赂以自晦。炀帝以渊为山西河东抚慰大使，承制黜陟，讨捕群贼。初渊娶窦毅女，生建成、世民、元霸、元吉。世民聪明勇决，识量过人，见隋室方乱，阴有安天下之志，倾身下士，散财结客，咸得其欢心。晋阳宫监裴寂与刘文静同宿，见城上烽火。寂叹曰："贫贱如此，复逢乱离，将何以自存？"文静笑曰："时事可知，吾二人相得，何忧贫贱！"文静见李世民而异之，深自结纳。谓寂曰："此非常人，豁达类汉高，神武同魏祖，年虽少，命世才也。"文静坐与李密连婚，系太原狱，世民就省之，文静曰："天下大乱，非汉高、光武之才，不能定也。"世民曰："安知其无，但人不识耳！我来相省，非儿女子之情，欲与君议大事也，计将安出？"文静曰："今主上南巡江淮，李密围逼东都，群盗殆以万数。当此之际，有真主驱驾而用之，取天下如反掌耳！太原百姓，皆避盗入城，文静为令数年，知其豪杰，一旦收集，可得十万人。尊公所将之兵，复有数万，一言出口，谁敢不从，以此乘虚入关，号令天下，不过半年，帝业成矣。"世民笑曰："君言正合我意。"乃阴部署宾客，渊不知之也。世民乘间，屏人说渊曰："今主上无道，百姓困穷，晋阳城外，皆为战场，大人若守小节，下有寇盗，上有严刑，危亡无日，不若顺民心，兴义兵，转祸为福，此天授之时也。"渊大惊曰："汝安得为此言！"明日世民复说渊曰："今盗贼日繁，遍于天下，大人受诏讨贼，贼可尽乎？愿大人勿疑。"渊叹曰："吾一夕思汝言，亦大有理，今日破家亡躯亦由汝，化家为国亦由汝矣。"先是晋阳宫监裴寂以晋阳宫人私侍渊寝。渊从寂饮，酒酣，寂从容言曰："二郎阴养士马，欲举大事。正为寂以宫人侍公，恐事觉，并诛，为此急计耳。众情已协，公意如何？"渊曰："吾儿诚有此谋，事已如此，当复奈何，正须从之耳！"

会炀帝以李渊不能御寇，遣使执诣江都。渊大惧，世民与寂等复说渊曰："事已迫矣，宜早定大计！"渊然之。适刘武周据汾阳宫，世民言于渊曰："大人为留守，而盗贼窃据离宫，不早建大计，祸今至矣！"炀帝大业十三年五月，渊乃命世民与刘文静等，各募兵，旬日之间，众至万人。王威、高君雅见渊兵大集，疑有异志，欲讨渊，渊使世民伏兵杀之。时文静劝渊与突厥相结，资其士马，以益兵势。渊从之，遣使如突厥。突厥欲渊为帝，则以兵相助。渊不可。裴寂请尊天子为太上皇，立代王为帝，改易旗帜，杂用绛白以示突厥。渊曰:“此可谓掩耳盗铃。然逼于时事,不得不尔。”乃许之。命刘文静出使,以此告突厥,且借兵。私谓文静曰:“胡骑入中国,生民之大蠹也。吾所以借兵者,恐刘武周引之,共为变患,聊欲藉之以为声势耳。数百人之外,无所用之。”渊使世民将兵击西河郡,郡丞高德儒闭城拒守,攻拔之,执德儒至军门。世民数之曰:“汝指野鸟为鸾,以欺人主,取高官,吾兴义兵,正为诛佞人耳!”遂斩之。其余不戮一人,秋毫无犯,远近闻之,大悦。世民等引兵还晋阳,往返凡九日。渊喜曰:“以此行兵,虽横行天下可也。”遂定入关之计。秋七月,渊以子元吉为太原太守,留守晋阳。渊帅甲士三万发晋阳,立军门誓众,移檄郡县,谕以尊立代王之意。隋代王侑,遣宋老生帅精兵二万,屯霍邑,屈突通将骁勇数万,屯河东,以拒渊。会积雨,渊不得进,军中乏粮。刘文静未返,或传突厥与刘武周乘虚袭晋阳。渊召将佐谋北还,裴寂等皆以为不如还救根本,更图后举。世民曰:“今禾菽被野,何忧乏粮,老生轻躁,一战可擒。”李密顾恋仓粟,未遑远略。武周与突厥,外虽相附,内实相猜。武周虽远利太原,岂可近忘马邑。本兴大义,奋不顾身,以救苍生,当先入咸阳,号令天下。今遇小敌,遽已班师,恐从义之众,一朝解体。还守太原,一城之地,为贼耳,何不自全?”渊不听,促令引发。世民将复入谏,会日暮,渊已寝,世民不得入,号哭于外,声闻帐中。渊召问之。世民曰:“今兵以义动,进战则克,退还则散,众散与前,敌乘于后,死亡无日,何得不悲!”渊乃悟。时左军已发,世民乃与建成分道夜追,左军复还。太原运粮亦至。八月雨霁,渊进军趋霍邑,宋老生将兵三万逆战,世民以数千骑击斩之,遂克霍邑,又克临汾、绛郡、下韩城、冯翊等地。时河东未下,李渊欲引兵西趋长安,犹豫未决。裴寂曰:“屈突通拥大众,凭坚城,吾舍之而去,若进攻长安不克,退为河东所踵,腹背受敌,此危道也,不若先克河东。”世民曰:“不然,兵贵神速,吾席累胜之威,抚归附之众,鼓行而西,长安之人,望风震骇,智不及谋,勇不及断,取之若振槁叶耳!屈突通自守之虏,不足为虑。”渊两从之。留刘文静等围河东,自引兵而西。渊帅诸军济河,关中士民归之者如市。世民所至,吏民及群盗归之如流。世民收其豪俊,以备僚属。渊女李氏适柴绍者,亦将精兵万余,会世民于渭北。与柴绍各置幕府,号娘子军。左亲卫段纶,亦娶渊女,聚徒于蓝田,得万余人以应渊。隰城尉房玄龄谒世民于军门,世民一见如旧识,署记室参军,引为谋主。玄龄亦自以遇知已,罄竭心力,知无不为。世民引兵顿于阿城,胜兵十二万,军令严肃,秋毫无犯。

十一月,李渊克长安,杀留守官阴世师等十余人,与民约法十二条,悉除隋苛禁。马邑丞李靖,素与渊有隙。渊收靖,将斩之。靖大呼曰:“公兴义兵,除暴乱,而以私怨杀壮士乎!”世民为之固请,乃舍之。世民因召置幕府。靖少负志气,有文武才略,其舅韩擒虎每抚之曰:“可与言将帅之略者,独此子耳!”李渊立代王侑为皇帝,遥尊炀帝为太上皇,渊自为大丞相,封唐王。隋帝侑在位一年,禅位于唐,唐主李渊即皇帝位,改元武德,都长安。封隋帝侑为酅国公,明年殂,谥为恭帝,年十五,无后,且搁过不题。

却说炀帝在江都,每夜眠中,恒惊悸,云有贼,必令数妇人抱持摇抚,乃得眠。诸骁果从炀帝在江都者,多逃亡。炀帝患之,以问裴矩。矩对曰:“人情非有匹偶,难以久处,请听军士于此纳室。”帝从之。悉召江都寡妇处女集宫下,恣将士所取。或先与有奸者,听自首,即以配之。民间美妇,骁果诳云有奸,尽夺淫之。炀帝荒淫益甚,宫中为百余房,各盛供张。日令一房为主人,酒卮不离于口。然见天下危乱,亦不自安,退朝则幅巾短衣,遍历台阁,汲汲顾景,惟恐不足。常仰视天文,谓萧后曰:“外间大有人图侬,然且共乐饮耳!”因饮沉醉,又引镜自照曰:“好头颅,谁当斫之。”后惊问故。帝笑曰:“贵贱苦乐,更迭为之,亦复何伤!”

时江都粮尽,从驾骁果,多关中人。思归。虎贲郎将司马德戡,直阁裴虔通等,共谋亡去。因转相招引,于广坐,明论叛计。宫人闻之,言于炀帝,大怒斩之,自是无敢言者。郎将赵行枢以告宇文智及,智及大喜曰:“上虽无道,威令尚行,公等之去,徒取死尔。不如因行大事,此帝王之业也。”德戡等然之。因推宇文化及为主,悉召诸骁果,谕以所为。乃夜于东城集兵,得数万人,举火与城外相应。炀帝望见火,闻外喧嚣。问曰何事,裴虔通对曰:“草坊失火,外人共救之耳!”至五更,德戡使虔通,将数百骑入宫。屯卫将军独孤盛拒战,死之。先是炀帝选骁健宫奴数百人,守玄武门,以备非常。至是化及等结炀帝所宠宫人魏氏,矫诏散其兵。德戡遂引兵自玄武门入,炀帝易服,逃于西阁。校尉令孤行达拔刀直进,扶炀帝下阁,勒兵守之。至旦,以甲骑迎化及,化及战栗不能言。既至,德戡等迎谒引入,号为丞相。虔通以骑逼炀帝出宫,化及曰:“何用将此物出,急还于乎。”于是引炀帝还寝殿。帝叹曰:“我何罪至此!”贼党马文举历数炀帝罪恶,帝曰:“我实负百姓,至于尔辈,荣禄兼及,何乃如是?”炀帝爱子赵王杲,年十二,在炀帝侧,号恸不已,虔通斩之,血溅御服,欲邀弑帝。帝曰:“天子死自有法,何得加以锋刃,取鸩酒来。”文举等不许,令孤行达顿炀帝令坐,帝自解练巾授行达等,缢杀之。炀帝窃位十三年,萧后与宫人,撤漆床板为小棺,与赵王杲同殡于西院之流珠堂。化及杀炀帝诸子幼孙,及隋氏宗室外戚,无少长皆斩之。

惟炀帝侄秦王浩,素与智及往来得免,立为帝,令居别室,惟发诏画敕而已。化及自为大丞相,总百揆,拥众十余万,据有六宫,奸宿萧后妃嫔,宣淫无忌,自奉一如炀帝。以诸骁果欲西还长安,乃引兵而西。至彭城,水路不通,复夺民间牛车,载宫人珍宝,而使军士自负戈甲,道远疲剧,军士皆怨。司马德戡与赵行枢等,谋杀化及,化及杀之。李密据巩洛以拒化及,化及不得西,乃引兵向东都,入滑台。东都留守官得炀帝凶闻,奉越王侗即位,以王世充为纳言,封郑国公。化及引兵趋黎阳,东都闻之,与李密合兵以拒之,化及败,乃北趋魏县。化及兵势日蹙,兄弟更无他计,但相聚酣宴,奏女乐,拥萧后,纵酒宣淫。醉则尤智及,持其两子而泣。智及怒曰:“事捷之日,初不赐尤。及其将败。乃欲归罪,何不杀我以降窦建德。”数相争斗,醒而复饮,以此为恒,众多亡散。化及叹曰:“人生固当一死,岂可不一日为帝乎?”乃鸩杀秦王浩,即帝位于魏县,国号许。唐高祖从弟淮安王神通,击化及于魏县,化及走聊城。夏王窦建德引兵趋聊城,大破之,生擒化及与智及,并其二子丞基、承趾及其党羽,尽斩之,获萧后与传国玺。未几,突厥遣使迎萧后,建德送萧后于突厥。化及既平,隋王世充自为相国,封郑王,加九锡。未几,郑王世充,幽隋主侗于含凉殿,废为潞国公,自称皇帝,寻弑之,亦谥为恭帝。时唐高祖武德二年五月事也。隋亡,凡四主,共三十九年,至唐高祖如何统一天下?话长,且听下回分解。

第二十七回 唐高祖 立根基 二十一帝

词曰：

追想千年往事，六朝踪迹茫然。隋唐相继统中原，世态几回云变。杨柳凄迷汴水，丹青惨淡凌烟。乐游原上草连天，飞起寒鸦一片。

却说唐高祖神尧皇帝姓李，名渊，字叔德，陇西成纪人。今甘肃省天水县是也。虞皋陶、周老聃、汉李广之后，西凉武昭王暠七世孙也。祖虎仕西魏有功，封陇西公。父昞于周世封唐公，渊袭爵。李渊既起兵，克长安，立代王侑为隋帝。其别部刘文静，留围河东郡，与屈突通相持月余。通势穷蹙，及闻长安不守，引兵出走，将趋洛阳。文静遣窦踪等追执之，通乃降。渊以为兵部尚书，遣至河东，招谕尧君素。君素曰："公为大臣，奈何负国生降？"通曰："吾力屈耳。"君素曰："吾力犹未屈，何用多言！"通惭而退。时君素妻在长安，为唐所获，唐遣其妻至城下招之。君素曰："天下名义，非妇人所知。"引弓射之，应弦而倒。及闻炀帝江都之变，左右杀君素以降。隋恭帝禅位于唐，唐王渊即皇帝位，以建成为太子，世民为秦王，元吉为齐王。元霸聪明类世民，年十六早卒，追封为卫王。

初李密兵力甚强，唐祖初起兵时，遣使通好于密。密于唐祖书，多自矜大。有云所望戮力同心，执子婴于咸阳，殪商辛于牧野。唐祖方有事关中，恐更生敌，乃卑辞推奖以骄其志。密大喜。自是信使往来不绝。及李密诱杀翟让，将佐颇有离心。密颇自矜骄，不恤士众。取洛口仓，筑城，方四十里而居之。开仓散米，无防守，取之者随意多少。或离仓之后，力不能致，委弃衢路。自仓城至郭门，米厚数寸。群盗来就食者，近百万口。密喜，谓贾闰甫曰："此可谓足食矣！"闰甫对曰："国以民为本，民以食为天。今民所以襁负如流而至者，以所天在此故也。而有司曾无吝惜，恐一旦米尽民散，明公孰与成大业哉！"密不听，王世充食尽，简精兵击密，密出兵应之，轻世充，不设壁垒。世充夜伏兵山谷中，纵兵击密。先索得一人貌类密者，缚而匿之。战方酣，使牵远阵前，噪曰："已获李密矣！"士卒皆呼万岁。密众大惊。世充伏兵乘万驰下，密众大败。邴元真、单雄信等俱降于世充。密遂与王伯当、魏徵等收败兵二万归唐。密曰："我拥众百万，解甲归唐，岂不以台司见处乎？"及至长安，拜光禄卿上柱国，赐爵邢国公，密大失望。秦叔宝、程知节、罗士信等，既降于世充，知其无成，亦奔归于唐。徐世勣据李密旧境，魏徵遗世勣书，劝之早降。勣曰："此土地人民，皆魏公有也。"乃籍郡县户口士马之数，启李密，使自献之。唐祖大悦，赐世勣姓李。初汾阳薛举，据有陇西之地，及举卒子仁果立，攻唐陇州，降之。世民引兵至高墌，仁果使宗罗睺将兵拒战。世民引大军自原北，出其不意，罗睺士卒大溃，斩首数千级。世民率二千余骑追之，曰："破竹之势，不可失也！”遂进至城下，围之。至夜半，守城者皆降，争自投下，仁果计穷出降。父子僭乱者二年，斩于长安市。世民平仁果还，唐主使李密迎秦王世民于幽州，密自持智略功名，见上犹有傲色，及见世民，不觉惊服。私谓殷开山曰：“真英主也，不如是，何以定祸乱乎！”李密耻与进食，与王伯当谋反，乃言于唐主曰：“山东之众，皆臣故时麾下，请收抚之。以取王世充，如拾芥耳。”唐主许之，以伯当为副而遣之。李密遂据桃林县，驱掠徒众，直趋南山，乘险而东，欲就故伊州刺史张善相，唐行军总管盛彦师击斩之，与伯当俱传首长安，张善相降唐。

时李轨据河西称帝，唐遣张俟德至凉招抚之。轨称从弟大凉皇帝臣轨，而不受唐官爵。唐主怒，议兴师讨之。轨臣安修仁兄兴贵仕唐，表请说轨，谕以祸福，如不听，弟修仁为轨所亲信，图之肘腋易矣。唐主遣之，兴贵至凉，说轨不纳。乃与修仁阴结诸胡，起兵击轨，轨出战而败，兴贵执送长安斩之。僭乱者三年。杜伏威据历阳降唐，唐以为和州总管，封吴王，赐姓李。李子通据海陵攻江都，克之。袭沈法兴于吴郡，大破之，法兴赴江水死，子通徙都余杭。唐杜伏威遣其将王雄诞击破之，子通走保杭州，雄诞又破之，执送长安。

初杜伏威与辅公祐友善，及伏威入朝，公祐留守丹阳，公佑遂背伏威，杀王雄诞造反，称宋帝。唐遣赵郡王孝恭、岭南道大使李靖讨之。孝恭将发，宴集，卮酒忽变为血，合坐皆惊。孝恭举止自若，曰：“此公祐授首之征也。”饮而尽之。众皆悦服。孝恭、李靖等进击公祐兵，大破之。公祐弃城东走，至武康，为野人所执，送丹阳枭首，江淮悉平。江淮起杜伏威，终辅公祐，僭乱者凡十一年。

刘武周引突厥寇唐并州，陷晋阳，裴寂军溃，齐王元吉奔还长安。武周遣宋金刚攻陷晋州龙门浍州等地，关中大震。秦王世民，引军自龙门渡河，屯柏壁，与宋金刚相持。世民屡破金刚将尉迟敬德、寻相等，金刚食尽北走，世民追及寻相于吕州，大破之，乘胜逐北，一昼夜行二百余里，战数十合，众请俟粮集再进，世民曰：“金刚计穷疾走，若稍缓成计，不可复攻矣！”策马而进，追及金刚于雀鼠谷，一日八战，皆破之。世民不食二日，不解甲三日矣。引兵趋介休，金刚背城复战，大败，轻骑走。尉迟敬德与寻相举介休及永安降。世民得敬德甚喜，以为右一府统军，使将其旧众八千，与诸营相参。刘武周闻金刚败，大惧，弃并州，走突厥，金刚亦与百余骑走突厥，并州悉平。武周僭乱凡四年，后与金刚俱为突厥所杀。

楚朱粲有众二十万，剽掠淮、汉间，每破州县，若有积粟，则食粟，裸而淫其妇女，百般戏虐。将去，则焚其余粟，烹妇女婴儿啖之。曰：“肉之美者，无过于人，但使他国有人，何忧于馁？”无粟则食人，税诸城堡妇女婴儿，以供军食。淮安土豪杨士林起兵攻粲，诸军皆应之，粲大败，奔菊潭。士林以汉东四郡降唐，粲亦降于唐。唐遣散骑常侍段确慰劳之，确乘醉，侮粲曰：“闻卿好啖人，人作何味？”粲曰：“啖醉人，正如糟猪肉。”确怒骂，粲烹食之，遂屠菊潭，奔降王世充。

时世充已篡隋称帝，唐遣秦王世民，督诸军击郑，以取东都。郑河南州县，多相继降唐。唐刘武周降将寻相等，亦多叛去。诸将疑尉迟敬德，囚之军中，屈突通、殷开山言于世民曰：“敬德骁勇绝伦，留之必遗后患，不如杀之。”世民曰：“敬德若叛，岂在寻相后耶?”遽命释之,引入卧内,赐之金。曰:“丈夫意气相期,勿以小嫌介意,吾终不信谗言,以害患良,必欲去者,以此金相资,表一时共事之情而已。”已而世民以五百骑行战地,王世充帅骑万余猝至围之,单雄信引槊,直趋世民。敬德跃马大呼,横刺雄信坠马。屈突通引大军继至,世充兵大败,世民谓敬德曰:“公何相报之速也。”赐敬德金银一箧,自是宠遇日隆。初王世充侵夏黎阳,夏窦建德破郑殷州以报之。自是二国交恶,信使不通。至是唐兵逼洛阳,世充遣使求救于建德。夏中书侍郎刘彬曰:“天下大乱,唐得关西,郑得河南,夏得河北,共成鼎足之势。今唐举兵临郑,郑地日蹙。郑亡,则夏不能独立,不如解仇,发兵救之。夏击其外,郑攻其内,破唐必矣。唐师既退,徐观其变,若郑可取则取之,并二国之兵,乘唐之弊,天下可取也。”建德从之。时唐兵围洛阳,城中乏食,建德救至。及遗世民书,请退军潼关,复修前好。世民集将佐议之,皆请避其锋。郭孝恪曰:“王世充穷蹙,垂将面缚。窦建德运粮远来助之,此天意欲两亡之也,不过二旬,两主就缚矣。”世民善之,将骁骑出武牢东。建德迫于武牢,不得进数战,皆不利。凌敬言于建德曰:“大王宜悉兵济河,攻取怀州河阳,使重将守之。遂建旗鼓,逾太行、入上党、徇汾晋、趋蒲津,入无人之境,拓地收兵。则关中震恐,郑围自解矣。”建德将从之,而世充遣使告急,阴以金玉啖建德诸将。诸将皆曰:“凌敬书生,安知战事!”建德乃谢敬,敬固争之。建德怒,令扶出。其妻曹氏曰:“祭酒之言,不可违也。”建德曰:“此非女子所知。”夏王建德悉众出牛口峪,置阵亘二十里。世民命宇文士及将三百骑当之,西而南上。世民戒之曰:“贼若不动,尔宜引归,动则引兵东出。”士及至阵前,阵果动。世民曰:“可击矣。”自帅轻骑先进,大军继之,于是大战,尘埃涨天。世民帅史大奈、程知节、秦叔宝,宇文歆等,卷旆而入,出其阵后,张唐旗帜。淮南王道元,陷阵直出其后,复突阵而回。建德军大溃,建德中槊,杨武威逐之,建德坠马,武威下擒之。世民囚建德等至洛阳城下,以示世充。世充诸将曰:“吾所恃者,夏王,今已为所擒,虽得出,必无成。”世充乃素服帅太子群臣诣军门降,郑地悉定。世充僭乱凡三年。世民入宫,见隋宫室,叹曰:“逞侈心,穷人欲,虽欲无亡得乎!”命撤毁其壮丽者。建德妻曹氏,帅众奉传国玺降唐,夏地悉定。建德僭位五年。世民至长安,献俘太庙,赦王世充,斩窦建德,又斩朱粲于市。朱粲乱,凡四年。唐以天下粗定,大赦百姓,给复一年。

初建德常发邺中墓,开棺见一妇人,颜色美丽,其衣制非近代所有,候之似有气息,乃收还军养之,三日而能言,云我是三国魏文帝宫人,随甄皇后死葬于此。说甄后见害事,了了分明。建德甚宠爱之,至是建德灭,帝将纳之,乃具以事白。且曰:“妾闭泉坏,已三百年,非窦公,何以得见天日,妾不可有负窦公!”乃自杀,帝甚伤之。

时梁萧铣据江南称帝,胜兵四十万,诸将多恃功恣横,铣患之。乃分兵于各处屯田,以夺诸将权。唐李靖说赵郡王孝恭,以取萧铣十策,孝恭上之。帝发巴蜀兵,以孝恭、李靖统之,自夔州顺流东下。萧铣仓猝征兵,不能遽集,乃悉见兵数千出战,李靖纵兵奋击,大破之,乘胜直抵江陵,入其外郭,又攻破其水城,大获舟舰,李靖使尽散之江中,诸将皆曰:“破敌所获,当藉其用,奈何弃以资敌。”靖曰:“萧铣之地,南出岭表,东拒洞庭,吾悬军深入,若攻城未拔,援兵四集,虽有舟楫,将安用之?今弃舟舰,使塞江而下，援兵见之，必渭口陵已破，未取轻发，往来觇伺，动淹旬月，吾取之必矣。”铣援兵见舟舰，果疑不进。铣内外阻绝，乃谓群下曰：“天不祚梁，若必待力屈，则百姓蒙患。”因下令，开门出降。孝恭送铣于长安，斩于都市。南方悉定。萧铣僭位凡五年。

时窦建德虽灭，其诸将在山东者，虽家居，每横暴为民患。唐官吏以法绳之，皆惊惧思乱。会有诏悉征建德旧将，于是范愿、高雅贤等，谓入长安，必无生理，遂谋作乱。卜之，曰：“以刘氏为主，吉。”乃推建德旧部将刘黑闼为主，起兵漳南，设坛以祭建德，告以复仇之义，攻陷冀州，破淮安王神通、李艺及徐世勣等兵，遂拔相州，唐兵多败，半岁之间，尽复建德故地。初鲁郡贼帅徐圆朗降唐，唐以为兖州总管，至是举兵应黑闼。黑闼北通突厥，兵势大振，自称汉东王，都洛州。凡建德时文武，悉复本位，其设法行政，悉师建德，而攻战勇决过之。帝使秦王世民与齐王元吉，讨黑闼。世民复取相州，进军肥乡，列营于洺水。黑闼数挑战，世民坚壁不应，别遣将绝其粮道，相持六十余日。世民度黑闼粮尽，必来决战，使人堰洺水上流，戒守吏战时决之。黑闼果帅步骑，渡洺水，压唐营而阵。世民自将精骑击之，守吏决堰水大至，黑闼众遂大溃。黑闼与范愿等，奔突厥，山东悉平。世民班师回长安，黑闼复引突厥寇山东，唐遣齐王元吉与淮阳王道元，击黑闼。道元将兵三万，与副将吏万宝不协。道元帅轻骑先出犯阵，万宝拥兵不进，由是败没，时年十九。秦王世民闻而深惜之，曰：“道元尝从吾征伐，见吾深入贼阵，心慕效之，以至于此。”为之流涕。世民自起兵以来，前后数十战，常身先士卒，轻骑深入，虽屡危殆，而未尝为矢刃所伤。太子中允王珪，洗马魏徵，说太子建成曰：“秦王功盖天下，中外归心，殿下但以年长，位居东宫。今黑闼散亡之余，众不满万，资粮匮乏，殿下宜自击之，以取功名，庶可自安。”太子乃请行，高祖许之。乃与齐王元吉，将兵同击黑闼。黑闼食尽，众多亡散，遂遁去。黑闼所署饶州刺吏诸葛德威，执黑闼以城降，斩于洺州。黑闼临刑，叹曰：“我幸在家锄菜，为高雅贤辈所误至此。”刘黑闼僭乱者一年，徐圆朗败走，为野人所杀。其余诸贼，或即灭于隋，或见并于郡贼，或灭或降于唐。至武德七年，燕高开道为其下张金树所杀，金树遣使降唐。辅公祐亦灭。除梁梁师都走附突厥，至太宗贞观二年，将军柴绍等讨之始灭，而天下复归一统矣。

高祖欲杀其兵部尚书刘文静，世民为之固请。不许，卒杀之，籍没其家，皆齐王元吉谮之也。初元吉生时，窦后恶其貌，欲不举。侍媪陈善意私乳之。及长，善意数规谏之，元吉拉杀之。性嗜色，好猎，每于夤夜潜出，奸媾民家妇女。最忌秦王世民，及世民得尉迟敬德，元吉大忌之。闻敬德善马矟，元吉素以马矟自负，请与敬德较胜。元吉操矟跃马，意在刺之。须臾，敬德三夺其矟。

帝以秦王功大，前代官不足称之。以世民为天策上将，位在诸王公上。开天策府，置官属。世民以海内寖平，乃开馆于宫西，延四方文学之士，以杜如晦、房玄龄、虞世南、褚亮等十八人，分为三番，更日值宿，供给珍膳，恩礼优厚。世民朝谒公事之暇，辄至馆中，引诸学士，讨论文籍，或夜分乃寝。使阎立本图象，褚亮为赞号十八学士。士大夫得予其选者，时人谓登瀛州。建成、元吉忌之。诸府僚多补外官，杜如晦亦迁陕州长史。世民患之，房玄龄曰：“余人不足惜，至如如晦乃王佐之才。”世民即奏请为府属。

初帝之起兵晋阳也，皆秦王世民之谋。帝谓世民曰："事成，当以汝为太子。"及为帝，将佐亦以为请，世民固辞而止。太子建成喜酒色游畋，齐王元吉多过失，皆无宠。秦王功名日盛，帝尝有意以代建成。建成内不自安，乃与元吉协谋。元吉欲先杀世民，复杀建成而代之。乃相与共倾世民，曲意事诸妃嫔，以求媚于上。世民独不事之，由是诸妃嫔争誉建成、元吉，而短世民。时世民、元吉皆居别殿，舆上及东宫，皆昼夜通行，无复禁限，相遇如家人礼。太子令，秦、齐王教，与诏敕并行，有司莫知所从，惟据得之先后为定。世民以淮安王神通有功，给田数十顷。张婕妤求之，手敕赐之。神通以教给在先，不与。婕妤诉于帝，帝怒，以责世民。复谓裴寂曰："此儿久典兵在外，为书生所教，非复昔日子也！"秦王每侍宴宫中，思太穆皇后早终，不得见帝有天下，或唏嘘流涕。帝不乐，诸妃嫔曰："陛下春秋高，宜相娱乐。而秦王如此，正是憎疾妾等。陛下万岁后，妾子母必无孑遗矣。皇太子仁孝，陛下以妾等子母托之，必能保全。"高祖为之怆然。时帝于窦后所生四子之外，又生十八子，由是无意易太子，待世民日疏，而待建成、元吉日亲矣。世民从上幸元吉弟，元吉伏甲欲刺之。建成见尉迟敬德、秦叔宝在外，乃急止之。

突厥屡寇关中，上欲迁都避之。世民曰："戎狄为患，自古有之。陛下圣武龙兴，奈何欲迁都以遗四海羞。臣忝备藩维，愿假数年之期，请繁颉利之颈，致之阙下。"上曰："善。"建成与妃嫔共谮世民曰："突厥虽屡为边患，得赂则退。秦王外托御侮之名，实欲内总兵权，成其篡夺之谋耳。"上大怒，召世民责之，不解。会有司奏突厥入寇甚急，上乃改容劳勉，诏世民、元吉，将兵出豳州以御之。上每有寇盗，辄命世民讨之，事平之后，猜嫌益甚。世民、元吉与颉利、突利二可汗，遇于豳州。元吉见其兵盛，大惧不敢出。世民独帅骑驰诣颉利曰："国家与可汗和亲，何为负约？我秦王也，可汗能斗，请独出与我斗。"又遣骑前告突厥曰："尔往与我盟，有急相救，今乃引兵相攻，何无香火之情也？"颉利见世民轻出，又闻香火之言，疑突利与世民有谋，突利又疑颉利与世民有谋，乃相与请和，与盟而去。丙戌九年，六月丁巳，太白经天。世民既与建成、元吉有隙，建成于夜宴进酒，世民饮之未尽而倒。淮安王掖世民还，咯血数升，急解之，得愈。上临幸视疾，因语世民曰："尔兄弟终不相下，同在京师，忿阋且深，尔宜往洛阳分陕以东悉主之，许建天子旌旗。建成、元吉相与谋曰："秦王若至洛阳，不可复制，不如留之长安，则一匹夫，取之易矣。"乃令人上封事，言秦王左右，闻往洛阳，无不喜跃，观其志趣，恐不复来，帝乃中止。建成、元吉以秦府多骁将，欲诱之，使为己用。密以金银器一车，赠尉迟敬德，敬德辞不受，以告世民。世民曰："公心如山岳虽积金至斗，知公不移。"元吉乃谮敬德于上，上将杀之，世民固请得免。房玄龄、杜如晦劝世民行周公之事。建成、元吉亦日夜与后宫谮诉于上，上信之。元吉密请杀秦王，上曰："彼有定天下之功，罪状未著，何以为辞？"元吉曰："但应速杀，何患无辞。"上不应。会突厥入塞，建成荐元吉将兵击之。元吉请秦府骁将，秦叔宝、尉迟敬德、程知节、段志元同行，简秦府精兵，悉隶麾下。徙房玄龄、杜如晦等，不得在秦府。东宫官王晊密告世民曰："太子语齐王，吾与秦王饯汝于昆明池，使壮士拉杀之，尽杀秦叔宝等。遣人说上，授我以国，而立汝为太弟。"于是长孙无忌、高士廉、尉迟敬德等，请世民决计。世民命卜之，幕僚张公谨自外来，见之，取龟投地曰："夫卜以决疑，今事在不疑，尚复何卜！"己未，太白复经天。太史傅奕密奏："太白见秦分，秦王当有天下。"帝以其状授世民，于是世民密奏建成、元吉与张婕妤、尹德妃及与诸后宫淫乱状，且曰："臣于兄弟，无私毫负。今欲杀臣，以为世充、建德报仇。"上省之，愕然曰："明当鞠问，汝宜早参。"庚申，世民将入朝，夜享将士，长孙后亲为行酒，士皆感奋愿死。世民遂帅长孙无忌等入，伏兵玄武门。张婕妤窃知之，密告建成。建成、元吉觉变，即跋马东归宫府。世民从而呼之。元吉惶悚，引弓三射不能彀，世民一箭射杀建成，再中元吉坠马。世民马惊，逸入林下，为木枝所絓，坠不能起，元吉遽至，夺弓将扼之。尉迟敬德将七十骑继至，跃马叱之。元吉欲趣武德殿，敬德追射杀之。东宫及齐府兵，乃鼓噪，欲攻秦府。敬德持建成、元吉首示之，宫府兵皆溃。上谓裴寂等曰："不图今日，乃见此事。"萧瑀、陈叔达曰："建成、元吉，疾秦王功高望重，共为奸谋。今秦王已讨而诛之，秦王功盖宇宙，率士归心。陛下着处以元良，委之国务，无复事矣。"上曰："善，此吾之夙心也！"遂立世民为皇太子，又诏自今军国庶事，无大小，悉委太子处决，然后奏闻。杀建成诸子承道、承德、承训、承明、承义等；杀元吉诸子承业、承鸾、承奖、承裕、承度等。元吉妻杨氏，美丽无比，素与长孙后善，尝谏止元吉无与世民为仇，至是亲至世民宫中请死，光彩发越，娇啼宛转，百倍撩人。世民忘其为弟妇，竟以克敌仇家视之，遂与私焉。及即位，纳之宫中，甚宠幸之。赦建成、元吉党与，一无所问。洗马魏徵常劝太子建成，早除秦王。至是世民召见，曰："汝何为离间我兄弟？"对曰："先太子早从徵言，无有今日。"世民素重其才，改容谢之。又召王珪，以为谏议大夫，命纵禁苑鹰犬，罢四方贡献，听百官各陈治道，政令简肃，中外大悦。帝自称太上皇，诏传位于太子。太子世民，即皇帝位于显德殿，是为太宗文武帝，大赦天下，放宫女三千人。高祖在位九年，又在太上皇位九年。崩，寿七十一岁。欲知后事如何，且听下回分解。

第二十八回 宠妇寺 及藩镇 祸乱相寻

词曰：

雨汗淋漓赴选场，秀才落得甚乾忙。白发渔樵诸事懒，萧散，闲谈今古论兴亡。虞夏商周秦楚汉，三分南北至隋唐。看到史官褒贬处，得趣，不摇纨扇自然凉。

却说唐太宗，讳世民，高祖次子。母窦氏，生而不惊。方四岁，有书生见之曰："龙凤之姿，天日之表，其年几冠，必能济世安民。"书生去，高祖使人追之，不见，乃采其语，名为世民。为人聪明英武，有大志，能屈节下士。年十八，举义兵，初封秦王。兄建成，弟元吉，每欲杀之，反为所毙，高祖因传位焉。年号贞观，立妃长孙氏为后。后少好读书，造次必循礼法。上为秦王，后奉事高祖，承顺妃嫔，甚有内助。及为后，务崇节俭，服御取给而已。上深重之。上励精求治，数引魏徵入卧内，访以得失。徵知无不言，上皆欣然嘉纳。王珪等亦数为直谏。裴矩初佞于隋，至是亦为忠直。上神采英毅，群臣进见者，皆失举措。上知之，每见人奏事，必假以辞色，冀闻规谏。尝谓公卿曰："人欲自见其形，必资明镜；君欲自知其过，必待忠臣。朕事有得失，公辈无惜尽言。"上尝得佳鹞，自臂之。望见魏徵来，匿怀中。徵奏事故久，鹞竟死怀内。上每与房玄龄谋事，必曰非如晦，不能决。及如晦至，卒用玄龄之策。盖玄龄善谋，如晦善断故也。二人同心殉国，故唐世称贤相者，推房、杜焉。有告尉迟恭反者，上谓敬德曰："人言卿反，何也？"对曰："臣从陛下，身经百战，今之存者，皆锋镝之余也。天下已定，乃更疑臣反乎！"因解衣投地，出其瘢痍。上流涕抚之，又欲以女妻之。敬德曰："臣闻糟糠之妻，不下堂，臣妻虽陋，相与共贫贱久矣。"上乃止。以为鄜州都督。

鸿胪卿郑元琫使突厥还，言于上曰，"戎狄兴衰，专以羊马为候。今突厥民饥畜瘦，此将亡之兆也，不过三年。"上曰："然。今新与之盟，不可失信，待其有罪，然后讨之。"突厥寇边，遣都督李世勣、李靖、柴绍、薛万彻，为行军总管，众合十余万，皆受李靖节度，分道出击突厥。李靖帅骁骑三千，自马邑进屯恶阳岭，夜袭定襄破之。突厥颉利可汗，不意靖猝至，大惊。时上遣鸿胪卿唐俭慰抚之，靖引兵与世勣会白道，谋曰："颉利虽败，其众犹盛，若走度碛北，则难图矣。今诏使至彼，虏必自宽，若选万骑袭之，不战可擒矣！"张公瑾曰："诏书许降，使者如彼，奈何击之？"靖曰："此韩信所以破齐也，唐俭辈何足惜。"遂勒兵夜发，世勣继之，遂大破突厥于阴山，斩首万余级，俘男女十余万，斥地自阴山北至大漠，露布以闻。时炀帝后萧氏在突厥，李靖送之还朝。年虽四十余，而色犹未落，上召入宫，因幸焉。与谈前朝故事，甚悦之。突厥颉利败走，往依沙钵罗设苏尼失部落。任城王道宗引兵逼之，使苏尼失执颉利，行军副总管张宝相取之以献，苏尼失举众来降，漠南遂空。上御楼受俘，馆之太仆。上皇闻之，叹曰："汉高祖困白登，不能报，今我子能灭突厥，吾付托得人，复何忧哉！"

上皇召上，与贵臣十余人，及诸王妃主置酒凌烟阁。酒酣，上皇自弹琵琶，上起舞，公卿迭起为寿，逮夜而罢。颉利可汗入朝，靺鞨遣使入贡。时远方诸国，来朝贡者甚众，服装诡异。中书侍郎颜师古，请图写以示后，作王会图。从之。四夷君长诣阙，请上为灭可汗，群臣皆称万岁。自后以玺书赐夷狄君长，皆称天可汗。是时天下治平，且大稔，终岁断刑，才二十九人。东至于海，南及五岭，皆外户不闭，行旅不赍粮，取给于道路焉。

长孙皇后崩，上曰："入宫不复闻规谏之言，失一良佐矣！"时齐王元吉妃，改封巢刺王妃杨氏，生子明，甚得幸与上，上欲立为后。魏徵曰："陛下方比德唐虞，奈何以辰嬴自累？"上乃止。寻封子明为曹王，使继元吉后。又故荆州都督武护女，年十四，上闻其美，召入后宫，以为才人。后为高宗后，即武后也。

侯君集灭高昌，以其地为西州。于是唐地东极于海，西至焉耆，南尽林邑，北抵大漠，皆为州县。初太子承乾喜声色，及畋猎，所为奢靡。魏王泰多艺能，有宠于上，潜有夺嫡之志太子知之，阴养刺客纥干、承基等，及壮士百余人，谋杀魏王泰。太子知吏部尚书侯君集怨望，引入东宫，问以自安之策。君集以太子暗劣，欲乘衅图之，遂劝之反。会上第七子齐王祐反，事连纥干、承基系狱当死。承基上变，告太子谋反，敕中书门下参鞠之，反形已具，废为庶人。侯君集等皆伏诛。乃立晋王诏为皇太子，上谓侍臣曰："我若立泰，则是太子之位，可经营而得。自今太子失道，藩王窥伺者，皆两弃之。传诸子孙，永为后法。"上疑太子治柔弱，密谓长孙无忌曰："雉奴懦，恐不能守社稷，吴王恪英果类我，我欲立之，何如？"无忌固争，以为不可，上曰："公以恪非己之甥耶？"无忌曰："太子仁厚，真守文令主，储副至重，岂可数易？"上乃止。至高宗时，吴王恪坐房玄龄之子房遗爱，与高阳公主谋立荆王元景，事觉，冤死。其后为南唐祖。初魏徵常荐侯君集有宰相才，至是以反诛。上疑徵阿党，乃踣其所撰碑。新罗遣使，言百济与高丽连兵，谋绝新罗入朝之路，乞兵救援。上遣使赍玺书谕之。盖苏文不奉诏，使还。上曰："盖苏文弑其君，残虐其民，今又违诏命，不可不讨。"李世勣劝上伐之，上欲自征高丽。褚遂良切谏，勿听。命房玄龄留守京师，帝如洛阳，下诏亲征高丽，以张亮、李世勣为行军大总管，诏诸军分道击高丽。车驾至定州，拔辽东，进攻安市城。高丽延寿、惠真，帅兵十五万救之。上敕诸军齐出奋击。会有龙门人薛仁贵者，大呼陷阵，所向无敌，高丽军披靡，大军乘之，高丽兵大溃。延寿、惠真帅其众降。高丽举国大骇，后黄城、银城，皆率众遁去，数百里无复人烟，帝攻安市城，久不下。以辽左早寒，草枯冰冻，士马难久留，且粮食将尽，敕班师乃耀兵于安市城下而还。安市城主登城拜辞，上嘉其有礼，赐缣百匹，以励事君。上以征高丽不能成功，深悔之。叹曰："魏徵若在，不使朕有是行也！"命驰驿祀徵以少牢，复立所制碑，而劳赐其妻子。

帝还京师，遣李世勣击薛延陁，降之。遣使招谕铁勒诸部，铁勒百余万众，其酋长皆请入朝。回纥等十一姓，各遣使归命。上大喜，为诗曰："雪耻酬百王，除凶报千古。"勒石于灵州。骨利干遣使入贡。骨利干居西域瀚海之北，于铁勒诸部相去最远。昼长夜短，夏至日没后，天色正曛，煮羊胛适熟，日已复出矣。结骨俟利发入朝。结骨人皆长大，赤须绿睛，自古未通中国，至是入朝。上曰："昔汉武帝穷兵三十年，所获无几，赐如今日，绥之以德，使穷发之地，尽为编户乎！"

时太白屡昼见，占云："女主昌。"又秘记云："唐三世之后，女主武王，代有天下。"上以问李淳风，对曰："臣仰稽天象，俯察历数，其人已在陛下宫中，自今不过三十年，杀陛下子孙殆尽。"上曰："凡疑似者尽杀之，何如？"对曰："王者不死，徒杀无辜。且自今以往三十年，其人已老，颇有慈心，为祸或浅。借使得而杀之，天或更生壮者，肆其荼毒，陛下子孙，无遗类矣！"上乃止。

上苦痢，增剧，太子昼夜不离侧，或累日不食，发有变白者。上位曰："汝能孝爱如此，吾死何恨！"丁卯疾笃，诏长孙无忌、褚遂良入卧内，谓之曰："太子仁孝，公辈所知，善辅导之。"谓太子曰："无忌、遂良在，汝勿忧天下。"令遂良草遗诏，有顷，上崩，在位二十三年，寿五十三岁。帝除乱比汤武，致治若成康，躬亲行阵，战无不克，虚己受谏，直无不容，四夷，万古所未及致者，无不服从，功德兼隆，自汉以来，未之有也。

无忌等请太子先宣遗诏，罢东征之役，然后即位，是为高宗，立妃王氏为后。初年长孙无忌、褚遂良，同心辅政，百姓阜安，有贞观之遗风。萧淑妃有宠，王皇后疾之。上之为太子也，入侍太宗，见才人武氏而悦之。太宗崩，武氏出为尼，忌日，上诣寺行香，见之泣，后闻之，阴令长发，纳之后宫，欲以间淑妃之宠。武氏巧慧，多权术。初入宫，屈体事后，后数称其美。未几，大幸，拜为昭仪，后及淑妃宠皆衰，更相与谮之，上皆不纳。王皇后、萧淑妃与武昭仪，更相谮诉，后宠遂衰，然犹未有意废之也。会昭仪生女，后怜而弄之。后出，昭仪潜扼杀之。上至，昭仪阳欢笑，发被观之，女已死矣，即惊啼，问左右。左右曰："皇后适来此。"上大怒曰："后杀吾女。"昭仪因泣数其罪，后无以自明。上由是有废立之志，又恐大臣不从，乃与昭仪幸长孙无忌第，酣饮极欢，拜无忌宠姬子三人，皆为朝散大夫，仍载金宝缯帛十车，以赐无忌。上因从容言皇后无子，以讽无忌，无忌对以他语。上与昭仪不悦而罢。礼部尚书许敬宗，亦数劝无忌，无忌厉色折之。上一日退朝，召长孙无忌、李世勣、于志宁、褚遂良于内殿。遂良曰："今日之召，多为宫中，太尉元舅，司空功臣，不可使上有杀元舅功臣之名。遂良起于草茅，且受顾托，不以死争之，何以见先帝！"勣称疾不朝。无忌等至内殿，上顾谓无忌曰："皇后无子，武昭仪有子，今欲立昭仪为后，何如？"遂良对曰："皇后名家子，先帝为陛下所娶，先帝临崩，执陛下手，谓臣曰：'朕佳儿佳妇，今以付卿。'此陛下所闻，言犹在耳，皇后未闻有过，岂可轻废。"上不悦而罢。明日又言之，遂良曰："陛下必欲易后，请妙择天下令族，何必武氏。武氏经事先帝，众所共知，万代之后，谓陛下何如主，愿留三思！"因置笏于殿阶，解巾叩头流血，曰："还陛下笏，乞放归田里。"上大怒，命引出。昭仪在帘中，大言曰："何不扑杀此獠！"西南夷曰獠，遂良杭州人，故呼之为獠。于志宁不敢言。韩瑗因奏事，涕泣极谏，复上疏曰："妲己倾殷，褒姒灭周，不谓今日，尘黩圣代。陛下不信臣言，臣恐宗庙不血食矣！"言极切直，上皆不纳。他日李世勣入见，上问之曰："朕欲立武昭仪为后，遂良固执，以为不可，事当何如？"对曰："此陛下家事，何必更问外人！"上意遂决。许敬宗宣言于朝曰："田舍翁多收十斛麦，尚欲易妻，况天子乎！"

昭仪令左右以闻。贬遂良、朝瑗等为远州刺史，废王皇后、萧淑妃为庶人，册立武氏为皇后。囚故后王氏、淑妃萧氏于别院。上尝念之，间行至其所呼之，王后泣曰："至尊若念畴昔，使得再见天日，幸甚！"上曰，"朕即有处。"武后闻之大怒，遣人断去手足，投酒瓮中。曰："令二妪骨醉数日而死。"又斩之。武后数见王、萧为祟，如死时状，故后为太后时，多在洛阳，不敢归长安，以避之。削太尉赵公长孙无忌官，黔州安置，寻杀之。而用奸臣许敬宗、李义府等。上渐苦风眩，目不能视，百司奏事，或使皇后决之，后性明敏，涉猎书史，处事皆称旨，由是委以政事，专作威福，上反为所制，中外谓之二圣，诏以武后为天后。

时百济恃高丽之援，数侵新罗。唐熊津总管孙仁师进攻百济，拔之。百济王丰奔高丽，高丽王泉盖苏文死，子泉男生、泉男建争立。男生降唐求救，上以李世勣为辽东大总管，伐高丽，薛仁贵为前锋，与高丽战，大破之。进至鸭绿栅，又破之。进围平壤，月余，高丽王藏降，高丽悉平。分高丽为九督府，四十二州，百县，以统之。

初王皇后无子，请于帝，立子忠为太子。及武后立，因废忠，而立武后子代王宏为太子。宏仁孝谦谨，数忤武后，萧淑妃女义阳，宣城二公主，年逾三十，尚幽掖庭，宏请嫁之。天后恨宏，鸩杀之，而立雍王贤为太子。贤处事明审，天后忌而废之，立英王显为太子。

上在位三十四年崩，太子显即位，是为中宗。裴炎受遗诏辅政，政事咸取决于太后。立妃韦氏为皇后。中宗欲以后父韦元贞为侍中，裴炎固争以为不可。中宗怒曰："我以天下与韦元贞，何不可？而惜侍中耶！"炎惧，以白太后。太后废中宗为庐陵王，幽于别所，寻迁于房州。房州在今湖广襄阳府卢陵县。立豫王旦为皇帝，居于别殿，政事皆太后主之，皇帝不得有所干预。太后改元，及官名。服色旗帜，皆尚金色。立武氏七庙。裴炎切谏勿听。寻炎为太后所杀。

初李世勣卒，孙敬业嗣为英公，为眉州刺史。时诸武用事，唐宗室人人自危，众心愤惋。李敬业与弟敬猷、唐之奇、骆宾王，杜求仁、魏思温各坐事遭贬，皆会于扬州，遂谋起兵。驱囚徒工匠数百，授以甲，遂起一州之兵，杀扬州长史，开府库，赦囚徒，旬日之间得胜兵十余万，移檄州县。其檄文骆宾王所作，义气凛凛，太后见檄问曰："谁所为？"骆对曰："骆宾王。"太后曰："人有才如此，而使之流落不偶，宰相之过也。"遣玉钤卫大将军李孝逸，将兵三十万以讨敬业，追削其祖考官爵，发冢斫棺，复姓徐氏。魏思温说敬业曰："明公以匡复为辞，宜帅大军，鼓行而进，直诣洛阳，则天下知公志在勤王，四方响应矣！"薛重璋曰："金陵有王气，且大江天险，足以为固，请先取之。"敬业不听思温而从重璋谋，遂取润州。李孝逸军至临淮，战不利。魏元忠说孝逸曰："敬业兵精，不可与敌。敬猷军淮阴，不习军事，其众单弱，请先取之。乘胜而进，蔑不胜矣！"孝逸从其计，先击敬猷，走之。进击敬业，因风顺获乾，纵火焚之。敬业大败，轻骑走，孝逸追之。其将王那相斩敬业、敬猷及骆宾王首来降。余党捕得，皆斩之，传首神都。神都即洛阳也。或曰："那相阴逸敬业、宾王，取其面貌相似者斩之以降。"二人后皆为僧云。

太后制，百官及百姓，皆得自举用。僧怀义，本姓杨，名小宝，卖菜洛阳市。阳物伟岸,因千金公主以进,大得幸于太后,以为白马寺主,出入乘御马,朝贵皆匍匐礼谒。武承嗣、武三思,皆执僮仆之礼以事之。怀义多聚无赖少年为僧,纵横犯法,人莫敢言。太后托言怀义有巧思,使入宫营造。补阙王求礼表请阉之,表寝不出。后苏良嗣为相,遇怀义于朝堂,怀义偃蹇不为礼,良嗣大怒,命左右批其颊。怀义诉于太后,太后曰:"阿师当于北门出入,南牙宰相所往来,勿犯也。"

时太后自徐敬业之反,疑天下人多图己,又以久专国事,内行不正,知宗室大臣怨望,欲大诛杀以威之。乃铸铜为匦,可入而不可出,置之朝堂,以受天下表疏,盛开告密之门。有告密者,言或称旨,则不次除官,无实者不问,于是四方告密者蜂起,人皆重足屏息。有胡人索元礼知太后意,因告密召见,擢为游击将军,令按制狱。元礼性残忍,推一人,必令引数十百人,于是周兴、来俊臣之徒效之,纷纷继起。俊臣作告密罗织经数千言,太后得告密者,辄令元礼等推之,竞为讯囚酷法,有定百脉、突地吼、死猪愁、求破家、反是实等名号;又有凤凰晒翅、驴狗拔橛、仙人献果、玉女登梯诸刑。或以铁圈束首,加以木楔,椓之使紧。或倒悬之,以石坠其首,以醋灌其鼻。其女人则倒悬之,以绳勒其阴,令壮士弹竹击之,使酸痛不可忍。或以滚汤熟鸡子,纳数枚于阴中,使酸痛非常。每得囚,先陈其械具以示之,皆望风诬服。太后以为忠,宠任之,中外畏此数人,甚于虎狼。

时华州赤水南岸大山,高二百余丈,昼日忽有声,东移数百步。又雍州新丰县东南,有山踊出,高二十余丈。太后改新丰为庆山县。太后潜谋革命,稍除宗室,诸王内不自安。武承嗣使人作瑞石,其文曰:"圣母临人,永昌帝业。"使人献之,云获之于洛水。太后喜,命曰宝图,亲拜洛受图。皇帝皇子皆从,内外群臣,蛮夷酋长,各依方序立。列珍禽奇兽,杂宝于坛前,文物卤簿之盛,唐兴以来,未之有也。告谢南郊,礼毕,御明堂,朝群臣,召诸宗室,朝于明堂。诸王递相惊。琅玡王冲起兵博州,越王贞起兵豫州,以匡复唐室,众皆不满万。太后分遣将击杀之,因欲悉诛诸王,使周兴按之。于是收韩王元嘉,鲁王灵夔,黄公譔与常乐公主于东都,迫使自杀,亲党皆诛又杀郑王璥等六人。

太后享万象神宫,始用周正,改十一月为正月,十二月为腊月,夏正月为一月,改国号曰周。上尊号曰圣神皇帝,以豫王旦为皇嗣,改姓武氏。太后虽滥以禄位收人心,然不称职者,寻亦黜之,或加刑诛,挟刑赏之柄以驾御天下,政由己出,明察善断,故当时英贤,竞为之用。王庆之数表请立武承嗣为皇太子,李昭德言于太后曰:"陛下身有天下,当传之子孙,为万代业。自古未闻侄为天子,而为姑立庙者也。"太后怒庆之屡奏,命昭德杖之。昭德引出门,示朝士曰:"此贼欲废我皇嗣,立武承嗣。"立杖杀之,其党乃散。或告右丞周兴,与大将军邱神勣,通谋造反者。太后命来俊臣鞫之。俊臣与兴方对食,谓兴曰:"囚多不承,当为何法?"兴曰:"此甚易尔,取大瓮,以炭四周炙之,令囚入其中,何事不承!"俊臣乃索大瓮,火围如兴法,起谓兴曰:"有内状推兄,请兄入此瓮。"兴惶恐服罪,法当死,特原之,流岭南,在道为仇家所杀。其来俊臣、索元礼,寻皆为太后所诛,以慰人心。

时江淮旱饥,禁天下屠杀。拾遗张德生男,私杀羊。会同僚,杜肃怀肉一饺,上表告之。明日太后当殿,谓德曰:“闻卿生男,甚喜。”德拜谢。太后曰:“何从得肉?”德叩头服罪。太后曰:“朕禁屠宰,吉凶不预,卿自今召客,亦须择人。”出肃表示之,肃大惭,举朝欲唾其面。太后自垂拱以来,任用酷吏,先诛唐宗室贵戚数百人,次及大臣数百家,其刺史郎将以下,不可胜记。每除一官,户婢窃相谓曰:“鬼朴又来矣!”不旬月,辄遭掩捕族诛。监察御史严善思,公直敢言。时告密者已不可胜数,后亦厌其烦,命思按问,引虚伏罪,反坐者八百五十余人,罗织之党,为之不振。补阙朱敬则,御史周矩,皆上疏请宽刑,太后善之,制狱稍衰。户婢围儿,谮皇嗣妃刘氏,德妃窦氏,为厌咒,太后杀之。有告皇嗣异谋者,命来俊臣鞠其左右,太常工人安金藏大呼曰:“请剖心以明皇嗣不反。”即引佩刀,自剖其胸,五脏皆出。太后令辇入宫,傅以药,经宿始苏。叹曰,“吾有子,不能自明,使汝至此。”即命俊臣停推,眷宗由是得免。太后思徐有功用法平恕,擢为殿中侍御史,远近闻之,无不相贺。

时御医沈南璆,亦得幸于太后。怀义心愠,乃密烧天堂,延及明堂,皆尽。风裂血像,为数百段。血像者,怀义杀牛取血,画为大佛像。怀义云,自刺血为之也。太后讳之,怀义内不自安,言多不顺,太后执之于瑶光殿前,使武攸宁帅壮士殴杀之。太后多选美少年,为奉宸内供奉。张昌宗、张易之皆年少,美姿容,太平公主饮敷之以淫药,使伟岸其阳物,且能坚久,荐入宫中,太后大幸之。二人常傅朱粉,衣锦绣,赏赐不可胜记。以昌宗为散骑常侍,易之为司卫少卿,皆为内宸供奉。武承嗣、武三思等,皆争候其门,为执鞭辔,谓易之为五郎,昌宗为六郎。又易之尝引蜀商数人,饮博侍晏于禁中,宰相韦安石,见而逐出之。又小说家,盛传薛敖曹故事。则太后之外遇,固不止于怀义、南璆、昌宗、易之也。

娄师德荐狄仁杰于太后,以为同平章事。仁杰不知,意颇轻师德,数挤之于外。太后觉之,问仁杰曰:“师德知人乎?”对曰:“臣与同僚,未闻其知人也!”太后曰:“朕之知卿,乃师德所荐也,亦可谓知人矣!”仁杰既出,叹曰:“娄公盛德,我为包容久矣。”太后一日谓仁杰曰:“朕梦大鹦鹉,两翼皆折,何也?”对曰:“武者陛下之姓。两翼,二子也。陛下起二子,则两翼振矣!”太后由是无立承嗣、三思意。又吉顼说昌宗、易之,劝立庐陵王以慰人望。二人亦乘间,屡为太后言之。太后乃托言庐陵王有疾,遣使召之,及其妃子,皆诣行在。承嗣快快,发病而死。皇嗣固请逊位于庐陵王,太后许之,立为太子,赐姓武氏,以豫王旦为相王。

太后信重狄仁杰,群臣莫能及,尝谓之国老而不名。仁杰好面引廷争,太后每屈意从之。尝从太后游幸,遇风巾坠,马惊不止,太后命太子追执其鞚而繁之。屡以老疾乞骸骨,不许。每入见,太后尝止其拜曰:“每见公拜,朕亦身痛。”及卒,太后泣曰:“朝堂空矣!”自是朝廷有大事,众或不能决,太后辄叹曰:“天夺吾国老,何太早耶!”太后尝问仁杰,朕欲得一佳士而用之。仁杰曰:“未审陛下何所用之?”太后曰:“欲用为将相。”仁杰荐荆州长史张柬之。太后屡迁其官,卒用为相。仁杰又尝荐姚元崇、桓彦范、敬晖等数十人,太后率用之,悉为名臣。或谓仁杰曰:“天下桃李,尽在公门矣!”仁杰曰:“荐贤为国,非为私也。”

太后寝疾,张昌宗、张易之居中侍疾,同平章事张柬之、崔元昕,与中台右丞敬晖,司刑少卿桓彦范，相王府司马袁恕己，谋诛之。谓羽林卫大将军李多祚曰："将军今日富贵，谁所致也？"多祚泣曰："大帝也。"柬之曰："将军亦思报大帝之德乎？"多祚曰："苟利国家，惟相公处分。"遂与定谋。柬之又以敬晖、桓彦范，及荆州长史杨元琰，散骑侍郎李湛，皆为左右羽林将军，委以禁兵。时太子于北门起居，柬之使敬晖、桓彦范谒见，密陈其事，太子许之。柬之、元旿、彦范等，帅左右羽林兵五百余人，至玄武门，遣李多祚、李湛迎太子，斩关而入，斩易之、昌宗于庑下。太后惊起问曰："乱者谁耶？"对曰："张昌宗、易之谋反，臣等奉太子令诛之。"太后见太子曰："乃汝耶？小子既诛，可还东宫。"彦范进曰："太子安得更归？昔天皇以爱子托陛下，今年齿已长，久居东宫，天意人心，久思李氏，愿陛下传位太子，以顺天人之望。"太后乃传位于太子，中宗重复即位。太后徙居上阳宫。帝帅百官上太后尊号曰："则天大圣皇帝。"太后僭位二十一年，让位后，又一年而崩。寿八十一岁，年虽老，而不见其衰，殆人妖与！

复立韦氏为皇后，赠后父元贞为上洛王。初上在房州，与后同幽闭，传尝艰危，情爱甚笃。上尝与后私誓曰："异时幸见天日，当惟卿所欲，不复相禁。"及再为皇后，遂干豫朝政。二张之诛，薛季昶谓张柬之、敬晖曰："二凶虽诛，产、禄犹在，去草不除根，终当复生。"二人曰："大事已定，彼何能为？"刘幽求亦谓桓彦范、敬晖曰："武三思尚存，公辈终无葬地，愿早图之！"勿从，上女安乐公主，适武三思子崇训。上官仪女婉儿者，没入掖庭，辩慧善属文，明习吏事，则天爱之。及上即位，使掌制命，益委任之，拜为婕妤，武三思通焉。故婉儿党于武氏，又荐三思于韦后，三思遂与后通。上使韦后与三思双陆，而自居旁，为之点筹，由是武氏之势复振。张柬之等，数劝上诛诸武，上不听。武三思与韦后，日夜谮敬晖、柬之等云，恃功专权，将不利于社稷，不若封以王爵，罢其政事，外不失尊宠功臣，而内实夺之权柄。上以为然。封敬晖、桓彦范、张柬之等，五人俱为王，皆罢其政事。三思令百官，修复太后之政，不附武氏者斥之，为五王所逐者复之，大权尽归三思矣。

太后崩于上阳宫，上居谅阴，命魏元忠居摄三日。元忠素负忠直之望，武三思矫太后遗制，慰谕元忠，赐实封百户。元忠捧制，感咽涕泗。见者曰："事去矣！"武三思使郑愔告敬晖等五人，与王同皎通谋，欲废皇后。于是削其勋封王爵，各贬为远州司马。三思又阴令人疏皇后秽行，榜于天津桥请加废黜。上大怒，命李承嘉穷核其事。承嘉奏言敬晖等所为，请族诛之。上可其奏。大理丞李朝隐奏称晖等未经推鞫，不可遽就诛夷，乃长流敬晖等于各远州，三思矫制杀之。三思既杀五王，势倾人主。常言我不知代间，何者为善人，何者为恶人，但与我善者则为善人，与我恶者则为恶人耳。韦后以太子重俊非已所生，恶之。武三思尤忌太子，屡谋废之。太子积不能平，与左羽林大将军李多祚，矫制发羽林兵三百余人，并太子侍卫共千人，杀武三思，及三思子崇训于其第，斩关而入，欲杀上官婉儿、安乐公主与韦后。帝与后，及安乐公主、上官婕妤，避兵于玄武门楼，俯谓多祚所部曰："汝辈皆朕宿卫之士，何为从多祚反？"于是千骑反斩多祚，太子走，为左右所杀。安乐公主悦崇训之弟延秀，即以延秀尚焉。

时公主每逾礼制，多外交，而驸马必守贞一。帝女宜城公主，驸马裴巽，有外宠一人，公主遣人执之，剥其阴皮，复剥驸马之额皮，以阴皮附驸马之额，而以额皮补阴门，兼以线缝其内肉，惟以鹅毛通便孔，皆敷以鸾胶，即时生就。乃令驸马厅上判事，集僚吏共观之，见者绝倒。后公主亦自觉不雅，且须朝见，复剥此妇之额皮，以补驸马之额，仍移阴皮于此妇之额，其妇羞愧自缢，自是妇女大惧，无敢与驸马偶语者。又安乐、长宁二公主及皇后妹郕国夫人、上官婕妤等，皆依势用事，请谒受赇，虽屠沽臧获，用钱三十万，则降墨敕除官，斜封付中书，时人谓之斜封官。西京、东都各置两吏部侍郎，为四铨簿，选者岁数万人。上官婕妤创立外第，出入无节，朝士往往从之游处，以求仕进。升婕妤为昭容。崔湜通于昭容，昭容荐于帝，以为相。昭容往往择无赖少年，阳物伟岸而善淫者，荐之韦后，衣以女衣，在宫昼夜淫乐。帝与韦后观灯于市里，纵宫女数千人出游，多不归者。政出多门，滥官充溢，府库空竭，民不聊生。

许州参军燕钦融上言皇后淫乱，干预国政，宗楚客图危社稷。上面诘之，钦融抗言不挠，楚客矫制扑杀之。上意快快。由是皇后及其党始惧。散骑常侍马秦客，光禄少卿杨均，皆得幸于后，恐事泄。安乐公主亦欲后临朝，以己为皇太女，乃相与合谋，于饼饫中进毒，中宗食之而崩，在位五年。

太平公主与上官昭容谋，草遗制，立温王重茂为皇太子，皇后临朝摄政。太子即位，时年十六。韦后深忌太平公主与相王，相王子临淄王隆基，阴聚才勇，密图匡复。初太宗选天下骁勇之士，着虎文衣，跨豹文鞯，谓之百骑。武后时，增为千骑，隶左右羽林，中宗谓之万骑，置使以领之。隆基皆厚结其豪杰。隆基与太平公主，及公主之子薛崇谏，苑总监钟绍京，前朝邑尉刘幽求等，谋诛韦后。会置使韦播、高嵩，数榜捶万骑，万骑皆怨。果毅葛福顺等，见隆基诉之，隆基因讽以诛诸韦，皆踊跃自效。或谓隆基当启相王，隆基曰："我曹为此，以殉社稷。事成，福归于王，不成，以身死，不以累王也。且万一不从，将败大计。"遂不启，微服与幽求入苑中。会于绍京廨舍，夜二鼓，天星散落如雪，幽求曰："天意若此，时不可失。"于是葛福顺直入羽林营，斩诸韦典兵者以殉。曰："韦后鸩杀先帝，谋危社稷，今夕当共诛之，立相王以安天下。敢有怀两端助逆党者，罪及三族。"羽林士皆欣然听命。隆基勒兵入玄武门，诸卫兵皆应之，斩韦后，及安乐公主、武延秀、上官昭容等。幽求曰："众约今夕共立相王，何不早定。"隆基止之。比晓，内外皆定。隆基乃出见相王，叩头谢不先白之罪。相王曰："社稷宗庙，不坠于地，皆汝之功。"遂迎相王入，收捕诸韦亲党，及宗楚客等，皆斩之。封隆基为平王，赐薛崇谏爵立节王，以绍京、幽求，并参知机务。武氏宗属，诛窜殆尽。

相王旦即位，是为睿宗。废重茂复为温王。睿宗将立太子，以宋王成器嫡长，平王隆基有功，疑不能决。成器辞曰："国家安则先嫡长，危则先有功，臣死不敢居平王之上。"上从之。以姚元之为兵部尚书，宋璟为吏部尚书，二人同心，革中宗弊政，进忠良退不肖，赏罚公平，纪纲修举，当时翕然，以为有贞观之遗风。加太平公主实封万户，公主，武后女，上之妹也。沈敏多权略，武后以为类己，独爱之。及诛二张，公主有力焉。至是又与太子共诛韦氏，屡立大功，益尊重。上尝与之议政，宰相进退，系其一言。荐士骤历清显者，不可胜数，权倾人主，其门如市。公主惮太子英武，数为流言以危之。一日上谓侍臣曰："术者言五日中，当有急兵入宫，卿等为朕备之。"张说曰："此必奸人，欲离间东宫，愿陛下早使太子监国，则流言自息矣。"姚元之曰："张说之言，社稷之至计也。”上悦。于是以宋王成器为同州刺史，豳王守礼为豳州刺史，太平公主，蒲州安置。命太子监国。

次年秋七月，彗星出西方，入太微。太平公主使术者言于上曰：“彗所以除旧布新，又帝座及心前星，皆有变，皇太子当为天子。”上曰：“传德避灾，吾志决矣。”八月壬辰，上传位于太子，太子上表固辞。太平公主劝上，虽传位，犹宜自总大政。庚辰，太子即位，是为玄宗明皇帝。尊睿宗为太上皇，在位三年。自三品以上除授，及大刑政，仍决于上皇。太平公主依上皇之势，擅权用事，与上有隙，乃与窦怀贞、岑羲、肖至忠谋废立，又谋毒上。上与岐王范、薛王业，及内给事高力士等，定计，以兵三百人，召萧至忠、岑羲斩之，怀贞自缢，仍戮其尸。上皇下诏，自今军国刑政，一听皇帝处分。上下诏赐太平公主，及公主私人崔湜等死，诸子及党与死者数十人。惟子薛崇简数谏其母，屡被挞，特免之。上赏高力士功，以为监门将军。宦官稍增至三千余人，多衣绯紫，宦官之盛自此始。

四年六月，太上皇崩，寿五十五岁。上励精图治，每事访于姚元之。元之避开元尊号，复名崇。及姚崇谒告归，荐宋璟以自代。时赋役宽平，百姓富庶，唐世贤相，前称房、杜，后称姚、宋，他人不得比焉。上素友爱，近世帝王不能及。群臣以代王成器等地逼，请循故事，出刺外州，上不得已从之。废皇后王氏。时武惠妃宠倾后宫，生寿王瑁。李林甫因宦官言于惠妃，愿尽力保护寿王。妃德之，阴为内助，上擢为礼部尚书。

时有安禄山者，本营州杂胡，初名阿荦山，姓康，其母则巫也。父死，母携之再适突厥安延偃。会其部落破散，与延偃兄子思顺俱逃入塞，更名禄山，冒姓安氏。又有史窣干者，与禄山同里闬，先后一日生。及长相亲爱，皆以骁勇闻。窣干因张守珪遣入奏事，上与语，悦之，赐名思明，即史思明也。禄山狡黠，善揣人意，幽州节度使张守珪爱之，养以为子，以为讨击使。又以窣干为将军。至是守珪使讨击使安禄山讨奚契丹之反叛者，禄山恃勇轻进，为契丹所败。守珪以其失律，囚送京师，请斩之。上惜其才，赦之。张九龄固争曰：“失律丧师，不可不诛，且貌有反相，不杀必为后患。”上勿从。张九龄遇事有不可行者，无细大，皆力争之。上在位岁久，渐肆奢欲，怠于政事。李林甫巧伺上意，日夜短张九龄于上，上浸疏之，而与林甫转亲矣。上即位以来，所用之相，姚崇尚通，宋璟尚法，张嘉贞尚吏，张说尚文，李元弦、杜暹尚俭，韩休、张九龄尚直，皆贤相，各有所长也。初上舍长子嗣真，而立少子嗣谦为太子。嗣谦后改名瑛，乃赵丽妃所生也。驸马都尉杨洄，私附武惠妃，尝伺太子过失，令惠妃泣诉于上。上大怒，欲废之。张九龄力谏乃止。至是杨洄又谮太子瑛，及鄂王瑶、光王琚，潜构异谋。上召宰相谋之，李林甫曰：“此陛下家事，非臣等所宜豫。”上意乃决，废太子瑛为庶人，赐死城东驿，并瑶、琚皆杀之。太子瑛既死，李林甫数劝上立寿王瑁。时武惠妃已薨，寿王无内援。上以忠王玙年长，孝瑾好学，意欲立之，犹豫不决，常忽忽不乐。高力士请择长而立，上意遂决。立忠王玙为太子，改名亨。自开元二十四年，罢张九龄而相李林甫。又安禄山性倾巧，善事人，人多誉之，上以为贤。于开元二十九年，以安禄山为营州都督。自后改元天宝，以年为载，而国事日非矣。

李林甫为相，凡才望功业出己右，及为上所厚，与文学之士，必百计去之。武阳与之善，啗以甘言，而阴陷之。世谓林甫口有蜜，腹有剑。初开元二十三年乙亥，娶蜀州司户杨元琰之女为寿王妃。自武惠妃薨，后宫无当意者。或言寿王妃杨氏之美，上召见，体态丰艳，如绕丽花枝，神魂为之收摄。乃令妃自以其意，乞为女官，号太真，更为寿王娶郎将韦昭训女。潜纳太真于宫中，宠遇一如惠妃，宫中号为娘子。天宝四载八月，册为贵妃，赠其父元琰为兵部尚书，叔父元珪为光禄卿，从兄铦为殿中少监，锜为驸马都尉，姊妹皆赐第京师，宠贵赫然。时妃年二十七，妃每思念寿王，欲私会之。寿王惧祸，避嫌远之。后寿王于代宗十七年薨，六子皆封郡王。杨妃晓音律，性警颖，善承迎上意，恩宠无比。民间为之歌曰："生男勿喜女勿悲，君今看女作门楣。"妃欲得生荔枝，岁命岭南驰驿致之。妃又尝以妒悍不逊，送归杨铦第，上为之不食，即召还。贵妃姊妹三人皆有才色，上呼为姨，并承恩宠，封为韩国、虢国、秦国三夫人，与杨铦、杨锜五家，竞尚奢侈，势倾天下。以安禄山兼御史大夫。禄山体斗肥，腹垂过膝，尝自称重三百斤。外若痴直，内实狡黠。在上前应对敏给，杂以诙谐。上尝戏指其腹曰："此胡腹中何所有？其大乃尔！"对曰："更无余物，止有赤心耳！"禄山欲得常出入禁中，因请为贵妃儿。上与贵妃共坐，禄山先拜贵妃。上问何故，对曰："胡人先母而后父。"上悦。禄山矫健异常，阳物伟岸而善战，贵妃悦之，因与通焉。上命有司为禄山起第于亲仁坊，敕令但穷壮丽，不限财力。禄山生日，上及贵妃赐衣服、宝器、酒馔甚厚。后三日，召禄山入禁中，贵妃以锦绣为大襁褓，裹禄山，使宫人以彩舆舁之。上闻后宫喧笑，问其故。左右以贵妃三日，洗禄山儿对。上自往观之，大喜，赐贵妃洗儿金银钱，复厚赐禄山，尽欢而罢。自是禄山出入宫掖，不禁，或与贵妃对食，或通宵不出，颇有丑声闻于外，上不疑也。

自唐兴以来，边帅皆用忠厚名臣，不久任，不遥领，不兼统。李林甫欲杜边帅入相之路，以胡人不知书。乃奏言文臣为将，怯当矢石，不若用寒族胡人，胡人则勇决习战，寒族，则孤立无党。上悦其言，始用安禄山等。诸节度使，尽用胡人。林甫又数称禄山之美，上既使遥领平卢节度使，又使兼范阳、河东节度使，封为东平郡王，出镇范阳。上以承平日久，专以声色自娱，悉委政于李林甫。命百官阅视天下岁贡物于尚书省，悉以车载赐李林甫家。林甫媚事左右，迎合上意，以固其宠，杜绝言路，掩蔽聪明，以成其奸，妒贤嫉能，排抑胜己，以保其位，屡起大狱，诛逐贵臣，以张其势。自皇太子以下，畏之侧足。在相位十九年，养成天下之乱，而上不悟也。

杨贵妃，从兄钊，不学无行，从军于蜀，贫不能归。剑南节度使章仇兼琼，欲结杨妃为内援，求得之，使献春彩于京师，赆以蜀货万缗。钊至长安，见诸妹分蜀货以遗之曰："此章仇公所赠也。"于是诸杨日夜誉章仇兼琼，上以兼琼为户部尚书，而钊日贵幸用事矣。以杨钊为度支郎中善于聚敛，帑藏充物，奏请上观之，上由是视金帛如粪土，赏赐无限。钊一岁十五迁，以为文部尚书。文部，即吏部也。钊以图谶有金刀语，请更名，上赐名国忠。李林甫既卒，以杨国忠为相。国忠使人诬告李林甫，与突厥阿布思谋反，诏追削其官爵，剖其棺。

初安禄山以林甫狡猾逾己，故畏服之。及杨国忠为相，禄山视之，蔑如也，由是有隙。国忠屡言禄山有反状，上不听。国忠以陇右节度使哥舒翰，与禄山不协，奏以翰兼河西节度使，与共排禄山。是时中国强盛，自安远门，西尽唐境，凡一万三千里，闾阎相望，桑麻翳野，天下称富庶者，无如陇右。翰每遣使入奏，常乘白橐驰，日行五百里。杨国忠言禄山必反，且曰："陛下试召之，必不来。"上使召之，禄山闻命即至，上由是益亲信禄山。禄山辞归范阳，上解御衣以赐之，禄山惊喜，恐杨国忠奏留之，疾驱出关，乘船而下，昼夜兼行，日数百里。及归范阳，使副将何千年入奏，请以蕃将三十二人代汉将。韦见素极言禄山反已有迹，所请切不可听。上不听，许之。禄山专制范阳、平卢、河东三道，阴蓄异志，殆将十年。养同罗、奚契丹降者，八千余人，谓之曳落河，及家僮百余人，皆力举千钧，骁勇善战，一可当百。又蓄战马数万匹，皆高大善走。天下精兵，皆聚于河北。见上春秋高，又武备废弛，素有轻中国心。以上待之厚，欲俟上晏驾，然后作乱。会杨国忠与禄山有隙，屡言禄山且反，上不听。国忠以数事激之，欲其速反，以取信于上。禄山于是决意遽反。

会有奏事官，自京师来，禄山诈为敕书，悉召诸将示之曰："有密旨，令禄山将兵入讨杨国忠，诸君宜即从事。"众愕然相顾，莫敢异言。于是发所部十五万众，反于范阳，引兵而南。

时承平日久，民不知兵，猝闻范阳兵起，远近震骇，所过州县，望风瓦解。上闻禄山已反，乃召群臣谋之。杨国忠扬扬有得色，曰："今反者独禄山耳，其下皆不愿也，不过旬日，必传首诣行在。"上以为然。安西节度使封常清入朝，上以为范阳、平卢节度使，乘驿诣东京募兵，旬日得六万余人，乃断河桥，为守御之备。封常清与贼战于武牢，败绩，禄山遂陷东京洛阳，徙都之。

时禄山子庆宗，尚宗女，在长安，上因诛之。以郭子仪为朔方节度使。平原太守颜真卿，起兵讨贼，遣李平间道奏之，上始闻河北诸郡皆从贼。叹曰："二十四郡，曾无一义士耶及平至！"大喜曰："不识颜真卿作何状，乃能如是！"常山太守颜杲卿，与长史袁履谦等，起兵讨贼。命崔安石等，徇河北诸郡。曰："大军已下井陉，朝夕当至。先降者赏，后降者诛。"于是河北十七郡，皆归朝廷，合兵二十余万。其附禄山者，惟范阳、卢龙、密云、渔阳，汲邺六郡而已。杲卿起兵才八日，守备未完，且诸兵各遣分循州郡，贼将史思明、蔡希德引大兵至常山城下。杲卿告急于王承业，承业欲窃其功，利于城陷，遂拥兵不救。杲卿昼夜拒战，粮尽矢竭，城陷。贼纵兵杀掠，执杲卿、履谦等，送洛阳，缚于中桥之柱而呙之。杲卿、履谦至死，骂不绝口。颜氏死者，三十余人。于是诸郡复陷于贼。

安禄山僭号，自称大燕皇帝，贼群臣各加官有差。真源令张巡起兵讨贼，得精兵千人，至雍邱，与贾贲合兵。贼将令孤潮引兵攻雍邱，贾贲出战，败死。张巡力战却贼，兼领贲众。贼蚁附攻城，巡束膏灌脂，焚而投之，贼不得上。城中矢尽，巡缚藁为人千余，披以黑衣，夜缒城，潮兵争射之，久乃知其藁人，得矢数十万。其后复夜缒城，贼笑不设备，乃以死士砍潮营，贼兵大乱。巡使部将雷万春于城上，与潮语，贼射之，面中六矢而不动。潮疑为木人，谍问之，乃大惊服。巡时伺贼隙，出兵击贼，积六十余日，大小三百余战，贼遂败走，军声大振。

以李光弼为河北节度使。子仪、光弼大败贼将史思明于嘉山，复河北十余郡，禄山大惧。子仪、光弼奏请固守潼关，而臣等引兵，北取范阳，覆其巢穴，则贼不日可定。

时贼将崔乾祐在陕州，故为羸弱以诱王师。上遣使趣哥舒翰进兵复陕洛，翰奏禄山刁兵，必羸兵以诱我，宜守不宜战。杨国忠言于帝，趣使速战。翰不得已，抚膺恸哭，引兵出潼关。遇崔乾祐之兵于灵宝西源，翰大败入关。乾祐进攻潼关，克之，执翰送洛阳，翰降于贼。

上闻之大惧，召宰相谋之。杨国忠首倡幸蜀之策，上然之。明日黎明，上独与贵妃姊妹、皇子、妃主、皇孙，及亲近宦官、宫人，出延秋门。妃主皇孙之在外者，皆委之而去。至咸阳望夷宫，日向中，上犹未食。国忠自市胡饼以献，于是民争献粝饭，杂以麦豆。皇孙辈，争以手掬食之，须臾而尽。上至马嵬驿，将士饥疲，皆愤怒。陈玄礼以祸由杨国忠，欲诛之。会吐蕃使者二十余人，遮国忠马，诉以无食。国忠未及对，军士呼曰："国忠与胡虏谋反。"国忠急走，军士擒杀之，以枪揭其首，并杀其子暄，及韩国、秦国二夫人。上拖履出驿门，慰劳军士，令收队，军士不应。上使高力士问之。玄礼对曰："国忠谋反，贵妃不宜供奉，愿陛下割恩正法。"上曰："贵妃居深宫，安知国忠谋反？"力士曰："贵妃诚无罪，然将士已杀国忠，而贵妃仍在左右，岂能自安，愿陛下审思之！将士安，则陛下安矣。"帝乃命力士引贵妃于佛堂缢杀之，时年三十有八。舆尸至驿庭，后玄礼等入视之，于是始整部伍为行计。国忠妻与幼子晞，及虢国夫人，夫人子裴徽，走至陈仓，县令薛景仙捕诛之。

上将发马嵬驿，朝臣惟韦见素一人，父老皆遮道请留，帝为按辔，久之，乃命太子于后，宣慰父老。父老因曰："至尊既不肯留，某等愿帅子弟，从殿下东破贼，取长安。若殿下与至尊皆入蜀，则中原百姓，谁为之主？"须臾，聚至数千人。太子不可，曰："至尊远冒险阻，吾岂可朝夕离左右！"涕泣披马欲西，建宁王倓，与宦者李辅国，执鞚谏曰："逆胡犯阙，四海分崩，不因人情，何以兴复？今殿下从至尊入蜀，则中原之地，拱手授贼矣。不如收西北守边之兵，召郭、李于河北，与之并力讨贼，克复二京，以迎至尊，岂非孝之大哉！何必区区温情，为儿女之态乎？"广平王俶，亦劝太子留。父老共拥太子马，不得行。上总辔侍太子，久不至，使人侦之，还白状。上曰："天也，乃命分后兵二千人，及飞龙厩马，从太子。又宣旨欲传位于太子，太子不受。太子既留，未知所适。建宁王倓，请太子诣平凉，太子从之。一昼夜驰三百里，至平凉募兵，得五百余人，军势稍振。

安禄山不意上遽西幸，遣使止崔乾祐兵留潼关。凡十日，乃遣孙孝哲将兵入长安，于是贼势大炽，然无远略，日夜纵酒，专以女色财宝为事，无复西出之意，故上得安行入蜀。太子北行，亦无追迫之患。太子至灵武，裴冕、杜鸿渐等上太子笺，请尊马嵬之命，即皇帝位，以号令四方。太子不许。冕等笺五上，固争之，太子乃许之。

是日，肃宗即位于灵武，尊玄宗为太上皇帝，复以载为年。初肃宗为太子时，与李泌为布衣交。泌后隐居颖阳，上遣使召之，至是谒见于灵武，上大喜，每事咨之，言无不从。上皇至成都，从官六军至者，千三百人而已。郭子仪等将兵五万，自河北至灵武，灵武军威始盛，人有兴复之望矣！灵武使者至蜀，上皇喜曰："吾儿应天顺人，吾复何忧！"乃制自今改制敕为诰，表疏称太上皇，四海军国重事，皆先取皇帝进止，仍奏朕知。命崔见素、房琯、崔涣奉传国宝、玉册，诣灵武传位。在位四十四年。

初上皇每大宴，先设太常雅乐，继以鼓吹，出宫人，舞霓裳羽衣，又奏散乐，杂戏，教舞马百匹，衔杯上寿，引犀象入场，或拜或舞，禄山见而悦之。至是命搜捕，悉送洛阳。禄山宴群臣于凝碧池，盛奏众乐，舞象怒目不动，禄山尽杀之。梨园子弟，往往唏嘘泣下，贼皆露刃睨之。乐工雷海清，不胜悲愤，掷乐器于地，西向恸哭。禄山怒，缚于试马殿前，肢解之。

上欲以建宁王倓为元帅，李泌曰："广平，兄也。使建宁既成大功，将何以处之？"乃以广平王俶为天下兵马大元帅，李泌为侍谋元帅长史，以讨禄山。帝如彭原，廨舍隘狭。上与张良娣博，打子声闻于外。李泌言诸军奏报停壅，不宜为此，良娣以是怨泌。张良娣与李辅国，表里为奸，皆恶泌。建宁王倓谓泌曰："先生荐兄广平王为元帅，使倓得尽臣子之礼，无以报德，请为先生除害。"泌曰："何也？"倓以良娣为言。泌曰："此非臣子所宜言，愿王置之！"倓不从。数于上前诋讦良娣及辅国罪恶，二人谮之曰："倓恨不得为元帅，谋害广平王。"上怒，赐倓死。广平王俶大惧，谋去辅国及良娣。李泌曰："不可，但尽人子之孝可也！"王从之。上以良娣为淑妃，未几，竟立为后。李辅国依附之，势倾朝野。

安禄山自起兵以来目渐昏，至是不复睹物。左右动加捶挞，或遂杀之，人不自保。又欲废庆绪，而立嬖妾所生之子庆恩。严庄与庆绪谋，夜遣阉竖李猪儿，执刀直入帐中，斫禄山腹，出其肠，流血数斗而死。庆绪即皇帝位。庆绪以史思明为范阳节度使。先是禄山得两京珍货，悉输洛阳，思明拥强兵，据富资，浸不用庆绪命，庆绪不能制。安庆绪使尹子奇寇睢阳，许远告急于张巡，巡入睢阳，与许远合兵固守，昼夜苦战。远自知才不及巡，其战斗筹画，一听于巡。凡十六日，擒贼将，杀贼兵，贼遂夜遁。尹子奇复引兵攻睢阳，张巡椎牛享士，尽军出战。贼见其少，笑之。巡帅诸将直冲贼阵，贼乃大溃。明日，贼复合兵攻城，巡于城中夜鸣鼓严队，若将出击者，贼闻之，达旦儆备。既明，巡乃寝兵绝鼓。贼以飞楼瞰城中，无所见，遂解甲休息。巡与将军南霁云、雷万春等，十余将，各将五十骑，开门突出，直冲贼营，营中大乱。巡欲射奇而不识，乃剡蒿为矢，射之。中者谓巡矢尽，走白子奇，乃得其状。使霁云射之，中其左目，几获之，子奇乃收军还。尹子奇复围睢阳，城中日蹙，巡乃会南霁云突围出，告急于临淮贺兰进明，进明不肯发兵，而爱霁云勇壮，具食延之。霁云曰："睢阳之人，不食月余矣！云虽欲独食，何能下咽？"因啮一指以示进明曰："霁云既不能达主将之意，请留一指以示信，归报！"坐中皆为泣下。子奇久围睢阳，城中食尽，议弃城东走。张巡、许远谋，以为睢阳，江淮之保障。无睢阳，是无江淮也，不如坚守以待之。始与士卒同食茶纸，既尽，遂食马，马尽，罗雀掘鼠，雀鼠既尽，巡爱妾霍氏曰："城陷，则妾必死，尸烂于地，为蝼蚁所食，甚无益也，不如变无益为有益，妾请以身为粮，延军士数刻之命以待救。妾丑处，君须自食，以完吾贞。埋骨于地，以还父母。"巡义而许之，乃出爱妾，杀以食士。许远亦杀其奴，然后括城中妇人食之。既尽，继以老弱男子，人知必死，无有叛者，所余才四百人。贼登城，将士病不能战，巡西向再拜曰："臣力竭矣，生无以报陛下，愿为厉鬼以杀贼！"城遂陷。巡与南霁云、雷万春等三十六人，俱被杀。生致许远于洛阳，死于偃师。

张镐闻睢阳围急，倍道亟进。且檄谯郡太守闾邱晓救之，晓不受命。镐至睢阳，城已陷三日矣。镐召晓，杖杀之。上飨劳诸将，遣广平王俶、郭子仪攻长安。谓子仪曰："事之济否？在此行也！"子仪对曰："此行不捷，臣必死之。"回纥怀仁可汗遣其子叶护等，将精兵四千余人至凤翔。广平王俶见叶护，约为兄弟，因帅郭子仪、李嗣业、仆固怀恩等，与贼战于长安城西，自午至酉，斩首六万级，贼遂大溃，克复长安，遣使入蜀，请上皇还京师。

广平王俶、郭子仪等，将兵取东京洛阳，安庆绪悉发洛阳兵，使严庄将之，以拒官兵。子仪等初与战，不利。回纥自南山袭其背，贼惊顾曰："回纥至矣！"遂溃。庆绪奔河北，广平王俶入东京。回纥纵兵大掠，俶患之。父老请率罗锦万匹，以赂回纥，回纥乃止。

上皇至咸阳，上备法驾，迎于望贤宫。上皇即日幸兴庆宫，遂居之。赐郭子仪爵汾阳王，李光弼等功臣，各进阶赐爵有差，追赠死节之臣。

安庆绪忌史思明之强，欲图之。思明遂以所部十三州来降，沧瀛、安深、德棣等州皆降。虽相州未下，河北率为唐有矣。张镐上言史思明凶险，人面兽心，难以德怀，愿勿假以威权，征之入朝，分散其兵，补入宿卫，则乱定矣。时上已宠纳史思明，勿听。李光弼以史思明终必为乱，阴使乌承恩图之，已而谋泄。思明乃集将佐吏民，西向大哭曰："臣以十三万众降朝廷，何负陛下，而必欲杀臣！"遂杀乌承恩，挟兵观望。上命朔方郭子仪，淮西鲁炅等七节度使，讨安庆绪。又命河东李光弼、泽潞王思礼二节度使，将所部兵以助之。上以子仪、光弼皆元勋，难以统属，故不置元帅，但以宦官鱼朝恩为观军容使，以监之。

郭子仪等大破庆绪于卫州，追至邺围之。庆绪穷急，求救于史思明，且请以位让之。思明反，发范阳兵十三万救邺。九节度使之师，既无统帅，号令不一。镇西节度使李嗣业中流矢死，思明引大军直抵城下，官军步骑六十万，与之刻日决战，未及布阵，思明将精兵五万，直前奋击，大风忽起，吹沙拔木，天地昼晦，咫尺不相辨，两军大惊溃。子仪以朔方军断河阳桥，保东京，战马甲仗，遗弃殆尽。诸节度各溃归本镇。

史思明杀安庆绪，还范阳，僭号大燕皇帝。鱼朝恩恶郭子仪，因其败，短之于上，以李光弼代为朔方节度使。史思明复入东京，遂引兵攻河阳。光弼以短刀置靴中，曰："战危事，吾国之三公，不可死贼手，万一不利，诸君死敌，我自刭，不令诸君独死也！"率诸将，致死击之，贼众大溃，思明遂遁。史思明猜忍好杀，群下小不如意，动至族诛，人不自保。且爱少子朝清，欲杀长子朝义，立朝清为后。朝义忧惧，乃与部将曹将军谋，遂以兵入，思明逾垣走，射之坠马，执而缢杀之。使人至范阳杀朝清，朝义即伪位称帝。

时李辅国、鱼朝恩，与张后内外表里，壅蔽作奸，上不能制。上皇居兴庆宫，父老过者，往往瞻拜呼万岁。李辅国言于上曰："上皇居兴庆宫，日与外人交通，陈玄礼、高力士谋，不利于陛下，宜移居大内。"上不听。会上病，李辅国矫称上语，将射生手五百骑，露刃迎上皇如西内，居甘露殿。高力士流巫州，陈玄礼勒令致仕。上皇不怿，因不茹荤，辟谷，浸以成疾。上欲以郭子仪，统诸道兵取范阳，定河北，为宦官鱼朝恩所阻，事竟不行。上为张后所制，竟不敢诣西内朝上皇。太上皇崩于神龙殿，寿七十有八。上自仲春寝疾，闻太上皇崩，疾转剧。乃命太子监国，未几上崩。在位七年。

初张后与李辅国相表里，晚年更有隙，欲杀辅国，废太子，而立己子。辅国与内射生使程元振，迁张后于别殿，寻杀之，并其二子。辅国引太子素服与宰相相见，遂即位，是为代宗。辅国恃功益横，明谓上曰："大家但居禁中，外事悉听老奴处分。"上内不能平，以其方握禁兵，外尊礼之，另为尚父而不名。事无大小皆咨之，辅国亦晏然处之。封为博陆王。上夜遣盗入其家，斩辅国之首，及其一臂而去。上诈敕有司捕盗，遣中使存问其家。

上遣中使刘清潭于回纥，修旧好，且征兵讨史朝义。先是肃宗以仆固怀恩女妻回纥可汗，可汗请与怀恩相见。怀恩时在凉州，上令往见之。怀恩为言唐家恩信不可负，可汗悦，遣使上表，请助国讨朝义。制以雍王适为天下兵马大元帅，仆固怀恩副之。诸军发陕州，仆固怀恩与回纥为前锋，与李光弼、李抱玉数道并进。官军至洛阳北郊，贼众数万，立栅自固，官军骤击之，贼众大败。朝义将轻骑数百东走，怀恩进克东京，使其子玚，乘胜逐朝义，累战皆捷。仆固玚等追及史朝义于莫州，围之。贼将田承嗣以莫州降，送朝义母及妻子于官军。朝义以精骑五千，犯北门围而出，奔范阳。贼将李怀仙以范阳降，朝义至，不得入。朝义穷蹙，缢于林中，其下皆散。怀仙取其首以献。仆固怀恩与诸军皆还，回纥归国。河北悉定。禄山乱凡三年，庆绪二年，史思明二年，朝义二年，共九年而灭。

仆固怀恩恐贼平宠衰，奏以史朝义降将薛嵩为相卫节度使，田承嗣为魏博节度使，李怀仙为卢龙节度使，李宝臣为成德节度使，以自为党援。朝廷亦厌苦兵革，苟冀无事，亦因而授之。其后诸镇各收安史余党，坐拥强兵，自署文武将吏，不供贡赋。虽名藩臣，羁縻而已。

吐蕃入寇，边将告急，宦官程元振不以闻。及寇奉天武功，京师震骇。诏以雍王适为关内元帅，郭子仪为副元帅，出镇咸阳以御之。子仪闲废日久，部曲离散，至是召募得二十骑而行。至咸阳，吐蕃帅吐谷浑、党项氏、羌二十余万众，弥漫数十里。子仪使判官王延昌，奏请益兵，程元振遏之，竟不召见。上方治兵，而吐蕃已度便桥，仓猝不知所为，出幸陕州。吐蕃入长安，剽掠府库市里，焚庐舍，长安城中，萧然一空。子仪至商州，行收兵，得四千人，泣谕将士，以共雪国耻，取长安，皆感激，受约束。乃使长孙全绪将二百骑出蓝田，昼则击鼓张旗，夜则燃火，多为疑兵，为流言以绐之曰："郭令公自商州，将大军，不知其数至矣！"吐蕃大恐，悉众遁去。诏以子仪为西京留守。

初程元振专权自恣，人畏之甚于李辅国。诸将有大功者，元振皆忌嫉欲害之。吐蕃入寇，上遣使发诸道兵。李光弼等，皆忌元振居中，莫有至者。太常博士柳伉上疏，请斩程元振以谢天下，诏削元振官爵，放归田里。而鱼朝恩复专权用事，及朝恩势倾朝野，上与相臣元载设谋，擒而缢杀之，以尸还其家。而元载复专权受贿矣。

初河东节度使辛云京，与仆固怀恩构隙，奏怀恩谋反，上优诏和解之。遣使征怀恩入朝，怀恩不至。怀恩自兵兴以来，所在力战，一门死王事者，四十六人，女嫁绝域，说谕回纥，再复东京，平定河南北，功无与比，而为人所构陷，愤怨殊深，上书自讼，言甚切至。遂举兵反，寇太原。上谓郭子仪曰："怀恩父子，负朕实深。闻朔方将士思公，公为朕镇抚河东汾上之师。"乃以子仪为副元帅，河中节度使。怀恩将士闻之，皆曰："吾辈从怀恩为不义，何面目见汾阳王！"仆固玚围榆次，其将焦晖、白玉攻杀之。怀恩闻之，入告其母。母曰："吾语汝勿反，国家待汝不薄，今众心既变，祸必及我，将如之何？"怀恩不对而出，母提刀逐之曰："为吾国杀此贼，取其心以谢三军！"怀恩疾走得免。遂与麾下三百骑，渡河北走。子仪传玚首诣阙，群臣入贺。上惨然不悦曰："朕信不及人，致勋臣颠越，深以为愧，又何贺焉！"命辇怀恩母至长安，给待优厚，月余以寿终，具礼葬之。功臣皆感叹。郭子仪至汾州，怀恩之众数万，悉归之。仆固怀恩北走至回纥，诱回纥、吐蕃、吐谷浑、党项、奴剌等，数十万众，俱入寇，怀恩以朔方兵继之。郭子仪奏请诸道节度使，各出兵以扼其冲要，上从之。然诸道，惟淮西李忠臣，即日就道，余无至者。幸仆固怀恩中途遇暴疾死，于是回纥、吐蕃各争长，不相睦。郭子仪因前主兵时，素与回纥厚，因轻身往见之，说使共击吐蕃，回纥从之，与之设誓定盟而还。吐蕃闻之夜遁，子仪、回纥合兵追之，战于灵台西原，大破之，斩首以万计。上礼重子仪，尝称郭大臣而不名。子仪居亲仁里，中通永巷，子妇侍妾既多，家众三千，每日洞开重门，直达卧所，出入无禁，颇有丑声闻于外，诸子固谏。子仪曰："以吾门第，正欲使人共见共闻，则谗慝无由而生，若一禁出入，则猜疑踵至，必至灭族矣！儿女小嫌，何足屇意。"众乃叹服。其子暖，尚升平公主，尝与争言，暖曰："汝倚乃父为天子耶？我父薄天子而不为！"公主恚，奔车奏之。上曰："此非汝所知，此言诚然。彼如欲为天子，天下岂汝家有耶？"慰谕令归。子仪闻之，囚暧入待罪。上曰："鄙谚有云：'不痴不聋，不为家翁。'儿女闺房之言，何足听也！"子仪归，杖暧数十。

时有盗发郭子仪父冢者，捕之不获。人以鱼朝恩素恶子仪，疑其使之。子仪入朝，朝廷忧其为变。及见上，上语及之。子仪流涕曰："臣久将兵，不能禁御军士，多发人冢。今日及此，乃天谴，非人事也！"朝廷乃安。

上在位十七年崩，太子适即位，即雍王也，是为德宗。夫肃宗、代宗本中材之主，以人心思唐，赖大将力，克复旧物，乃不思经远之谋，专为姑息之政，节度使尚由军士废立，则其他可知矣。卒之藩镇陆梁，上陵下替，养成乱阶，唐之纪纲大坏，不可复振，则肃代之为也。德宗新立，外国贡驯象适至。上曰："象费豢养而违物性，将安用之？"命纵于荆山之阳。又出宫女数百人。遣中使邵光超，赐李希烈旌节。希烈赠以仆马，及缣七百匹。上怒，杖光超而流之。于是中使之未归者，皆潜弃所得于山谷，虽与之，莫敢受也。于是中外皆悦，青淄军士，至投兵相顾曰："明主出矣，吾属犹反乎？"未知后事如何，且听下回分解。

第二十九回 朱温起 号梁朝 归于李氏

诗曰：

山自青青水自流，南征北战几时休。
青春壮士边关老，红粉佳人白了头。

却说德宗初政虽美，而有美中不足，虽励精图治，而性猜忌刻薄。以强明自任，耻见屈于忠言正论，而受欺于奸谄谀佞。先用杨炎为相，专以报复恩仇为事。初安史之乱，天下户口，十亡八九，所在宿重兵，其费不资，皆倚办于刘晏。晏为户部尚书，有精力，多机智，变通有无，曲尽其妙，唐之所以得中兴，军旅不至匮乏者，晏之力也。晏与杨炎有隙，贬为忠州刺史。荆南节度使庾准，希杨炎旨，诬以怨望。上密遣中使缢杀之，天下冤之。于是大臣人人不自保，朝野侧目。上恶炎欲诛之，乃擢卢杞为相。杞貌丑，色如蓝，有口辩，阴险狡猾无比，知上性多猜忌，因以疑似离间群臣。始劝上以严刻御下，中外失望。术士桑道茂上言，陛下不出数年，暂有离宫之厄，臣望奉天有天子气，宜高大其城，以备非常。试以小事，皆能先知。上乃命京兆，发丁夫数千，并六军之事，筑奉天城。初成德节度使李宝臣，与淄青节度使李正已，魏博节度使田承嗣相结，期以土地，传之子孙。故田承嗣之死，宝臣力为之请于朝，使以节授田悦，代宗从之。至是田悦屡为宝臣子惟岳请继袭，上欲革前弊，不许。悦乃与李正已各遣使诣惟岳，谋勒兵拒命。河南士民骚动，李惟岳反，上命张孝忠、朱滔等讨之。惟岳将王武俊杀之以降，成德遂平。滔请深州，不许，武俊欲得节度使，不得，由是怨望。田悦闻之，各遣使说朱滔、王武俊约以合谋，同反之利得以传之子孙。二人皆喜，从之，遂合兵反。平卢节度使李正已卒，子纳擅领军务，请袭位，上不许，亦反。于是朱滔自称冀王，田悦自称魏王，王武俊称赵王，李纳称齐王。上以淮西节度使李希烈兼平卢节度使讨李纳，希烈帅所部移镇许，即与纳通谋，自称天下都元帅，希烈陷汝州。卢杞恶颜真卿，欲杀之，言于上，以真卿名重海内，使之宣慰招谕李希烈。真卿至许，希烈欲降之，百计窘之，真卿终不为屈，遂缢杀之。李希烈寇襄城。初上优恤士卒，每出境，加给酒肉，本道粮，仍给其家，一人兼三人之给，军士利之，各出军，才逾境而止，月费钱百三十命万缗，常赋不能供，乃税间架，除陌钱，以益之。税间架者，每屋二架为一间，上屋税钱二千，中税一千，下税五百也。除陌钱者，凡卖买，每缗官税五十钱，其隐钱与无价同，且加之罪也。于是愁怨之声，盈于远近，又不能给，遂无以善其后。上发泾原等道兵救襄城，泾原节度使姚令言，将兵五千军京师，军士冒雨，寒甚，多携子弟而来，冀得厚赐遗其家。既至，一无所赐，发至浐水。诏京兆尹王翃犒师，惟粝食菜馁，众怒，蹴而复之。因扬言曰："吾辈将死于敌，而食且不饱，安能以微命拒白刃耶！"闻琼林、太盈两库，金帛盈溢，不如相与取之。乃擐甲张旗鼓噪，还趋京师。初神策军使白志贞掌招募禁兵，东征死亡者，志贞皆隐不以闻，但受市井富儿赂而补之，名在军籍，受给赐，而身居市廛，为贩鬻。至是上召禁兵以御贼，竟无一人至者。贼已斩关而入。上乃与王贵妃、韦淑妃，太子诸王，自苑北门出，宦官左右，仅百人以从。翰林学士姜公辅叩马言曰："朱泚尝为泾帅，今废处京师，心常怏怏，苦乱兵奉以为主，则难制矣，请召师同行。"上曰："无及矣。"姚令言因与乱兵谋曰："今众无主，不能久，朱太尉闲居私请，相与奉之第。"众许诺。乃遣数百骑迎朱泚于晋昌里第。泚入宫，居含元殿，自称权知六军。

上至咸阳，思桑道茂之言，乃幸奉天，文武之臣，稍稍继至。左金吾大将军浑瑊至奉天，瑊素有威望，众心恃之稍安。朱泚自称大秦皇帝，寻改国号曰汉，大杀唐宗室之在长安者，以绝人望。帅师犯奉天，李晟将兵入援。朱泚攻围奉天经月，城中资粮俱尽，李怀光以兵五万入援，与李晟合。遣间入城奏上，上大喜，城中欢声如雷。怀光败泚兵于醴泉，浑瑊击朱泚，破走之，泚遁归长安。众以为怀光复三日不至，则城不守矣。李怀光自山东来赴难，数与人言卢杞、赵赞及宦官白志贞之奸佞。且曰："吾见上，当请诛之。"既解奉天之围，自矜其功，谓上必接以殊礼。或以怀光之言告卢杞。杞惧，言于上，宜使怀光乘胜取长安，不必入朝，稽留时日，上以为然。诏怀光直引军屯便桥，与李晟刻期，共取长安。怀光自以数千里竭诚赴难，破朱泚，解重围，而咫只不得见天子，意殊怏怏。曰："吾今已为奸臣所排，事可知矣。"遂引兵去，至鲁店，留二日乃行。初上在东宫，闻监察御史陆贽名。及即位，召为翰林学士。至是因乱，数问以时事得失。贽于政治时务，恳恳直陈，上颇用其言，中外赖之。李怀光屯兵不进，数上表，暴扬卢杞等罪恶，众论喧腾，亦咎杞等。上不得已，贬卢杞、赵赞、白志贞为远州司马。上下诏大赦，王武俊、田悦、李纳见赦，皆去王号，上表谢罪。惟李希烈自恃兵强财富，遂即皇帝位，国号大楚。李怀光既胁朝廷逐卢杞等，内不自安，遂有异志。又恶李晟独当一面，恐其成功，奏请与晟合军，诏许之。怀光屯咸阳累日，逗留不进，密与朱泚通谋，事迹颇露。李晟屡奏，以为怀光反状已明，恐一旦有变，为其所并，请移军东渭桥，上从之。诏加怀光太尉，赐铁券，遣使谕旨。怀光对使者，投铁券于地，曰："人臣反，赐铁券。怀光不反，今赐铁券，是使之反也。"辞气甚悖。怀光潜与朱泚通，其养子石演芬，遣客诣行在告之。事觉，怀光责之曰："我以尔为子，奈何负我？"演芬曰："演芬胡人，惟知事一人，苟免贼名而死，死甘心矣！"怀光使左右脔食之，皆曰："义士也！"以刀断其喉而去。怀光遣其将赵升鸾入奉天，浑瑊闻之，遽请上急幸梁州，上从之。除李晟河中同绛节度使，加平章事。晟得除官制，拜哭受命。谓将佐曰，"长安宗庙所在，天下根本，晟若行，谁当灭贼者。"乃治城隍，缮甲兵，为复京城之计。是时怀光、朱泚连兵，声势甚盛。车驾南幸，人人扰扰。晟以孤军处二强寇之间，内无资粮，外无救援，徒以忠义感激将士，故其众虽单弱，而锐气不衰。初怀光方强，朱泚畏之，与怀光书，以兄事之。及怀光既反，逼乘舆南幸，其下多叛之，势渐弱。泚乃赐怀光诏书，以臣礼待之，且征其兵，怀光渐怒，遂烧营，东走河中。将士在道，散亡相继。李晟家口，及神策军士家属，皆在长安，朱泚善遇之。军中有言及家者，晟泣曰："天子何在？敢言家乎！"泚使晟亲近，以家事遗晟曰："公家无恙！"晟怒曰："尔敢为贼间！"立斩之。军士未授春衣，盛夏犹衣裘褐，终无叛志。浑瑊帅诸军屯奉天，与李晟东西相应以逼长安，韩滉在江东，遣使贡献，运米百万斤，以献朝廷，又运米百艘，以饷李晟。李晟大陈兵，谕以收复京城。遂引兵至通化门外，泚兵不至，晟纵兵击之，贼败走，再战，又破之，贼众大溃。姚令言帅众西走，晟屯于含光殿前，使掌书记于公异作露布，诣行在。朱泚将奔吐蕃，其众随道散亡。至彭原西城，其将梁庭芬等斩之以降，传首行在。朱泚乱凡二年。

车驾至长安，李晟见上，先贺平贼，后谢收复之晚。以李晟为凤翔陇右节度使，进爵西平王。时年连旱蝗，度支资粮匮竭，言事者多请赦李怀光。李晟上言怀光有五不可赦。马燧入朝，奏曰："怀光凶逆尤甚，赦之无以号令天下，愿更得一月粮，必为陛下平之。"上许之。燧以长春宫守备甚严，长春宫不下，则怀光不可得，乃径造城下，呼其守将徐庭光曰："汝曹殉国立功，四十余年，何忽为灭族之计。从吾言，非止免祸，富贵可图也。反叛皆怀光所为，汝曹无罪，第坚守勿出。"众皆曰诺。乃开门降，燧以数骑入城，慰抚之。其众大呼曰："吾辈复为王人矣！"燧等引军，直逼河中。怀光举火，诸营不应。河中军士，自相惊恐，须臾，皆易其号为太平字，怀光不知所为，乃缢而死，将士斩其首以降。燧自辞行，至河中平，凡二十七日。初怀光之解奉天围也，上以其子李璀为监察御史，及怀光屯咸阳不进，璀密言于上曰："臣父必负陛下，愿早为之备。"上惊曰："卿大臣爱子，当为朕委曲弥缝之。"对曰："臣父非不爱子，臣非不爱其父，与宗族也，顾臣力竭无能回也。"上曰："然则卿以何策自免？"对曰："臣父败，则臣与之俱死，复何策哉！使臣卖父求生，陛下亦安所用之！"及怀光死，璀即自杀。上以璀故，诏赦怀光一子，收葬其尸。李希烈在蔡州，兵势日蹙。会有疾，大将陈仙奇使医生陈山甫毒杀之，举众来降。希烈乱凡五年。诏以仙奇为淮西节度使。未几，仙奇为其将吴少诚所杀，上亦即以少诚为留后。

吐蕃入寇，李晟遣兵击败之。其主尚结赞谓人曰："唐之良将，李晟、马燧、浑瑊而已，当以计去之。"乃遣使求和于马燧，燧信其言，为之请于朝。李晟曰："戎狄无信，不如击之。"燧与张延赏皆与晟有隙，欲反其谋，争言和亲便，上计遂决。吐蕃尚结赞请和，欲得浑瑊为会盟使，乃诈诱之曰："浑侍中信厚闻于异域，请必使之主盟。"瑊发长安，李晟深戒之，以为盟所，不可不严备。张延赏言于上曰："晟不欲盟好之成，故戒瑊以严备，我有疑彼之形，则彼亦疑我矣，盟何由成！"上乃召瑊，切戒以推诚待虏，勿为猜疑。浑瑊表奏吐蕃，决于辛未日盟。上大喜，以表夸示群臣。辛未将盟，吐蕃伏精骑数万于坛西。瑊等皆不知，入幕易礼服。吐蕃伐鼓三声，大噪而至。瑊自幕后出，偶得他马，乘之而遁，唐将卒皆东走。吐蕃纵兵追击，或杀或擒之。是日，上与群臣，方庆盟誓得成，乃社稷之福，惟柳浑深以为忧。李晟曰："诚如浑言。"上变色，不悦而罢。是夕，韩游环表言虏劫盟，上大惊。明日谓柳浑曰："卿书生，乃能料敌如此之审耶！"初吐蕃尚结赞恶李晟、马燧、浑瑊曰："去此三人，则唐可图也。"于是离间李晟，因马燧以求和，欲执浑瑊以卖燧，使并获罪，因纵兵直犯长安，会失浑瑊而止。上以李泌同平章事，泌有谋略，谙练军国之事。历事三朝，因事纳谏，为益弘多。且善调停上于君臣父子之间，顺宗之不废，泌之力也。然好仙术，不畜家室，既力辞还山，而复出相，此其所短也。上于乱时，颇能信用李泌、陆贽之言。及乱稍定，李泌复卒，遂罢陆贽，而用裴延龄等，又猜忌轻听而好聚敛，治否各半。上在位二十六年崩，太子诵立，是为顺宗。

时顺帝失音，不能决事，常居深宫，施帘帷，独宦官李忠言，昭容牛氏侍左右，百官奏事，自帷中可其奏。王伾、王叔文、韩泰、柳宗元、刘禹锡等用事。西川节度使韦皋，表请太子监国。上传位于太子纯，在位一年，自称太上皇。

太子即位，是为宪宗。贬王伾、王叔文等。帝刚明果断，能用忠谋。西川节度韦皋卒，刘辟自为留后，求节钺，上以初嗣位，力未能讨，许之。辟益骄，求兼领三川，上不许，遂发兵反，围东川。众以地险难取，杜黄裳独请讨之，力荐高崇文为将。崇文长驱，直指成都，所向崩溃，遂克成都，擒刘辟送京师斩之。市肆不惊，一境皆平。杜黄裳、裴垍、李绛相继为相，上尝与宰相论治道于延英殿，日旰暑甚，汗透御服。宰相恐上体倦，求退。上留之曰："朕入宫中，所与处者，独宫人宦官耳，故乐与卿等，且共谈为治之要，殊不知倦也。"时上处置得宜，诸藩镇逆命者，多畏威怀德，归顺朝廷。惟彰义，即淮西节度使吴少诚卒。吴少阳自为留后，及少阳卒，其子吴元济匿丧，自领军务。上以李光颜为节度使，严授为招抚使，督诸道兵，讨吴元济。诸军讨淮西，久未有功，众请罢征。惟裴度言彰义必可取之状。上以度为相，悉以兵事委之，讨贼愈急。以李晟子李愬为唐、邓随节度使，愬谋袭蔡州，遣马少良将十余骑巡逻，遇吴元济捉生虞候丁士良与战，擒之。愬命释其缚，给其衣服器械，署为捉生将。士良言于愬曰："吴秀琳拥三千之众，据文城栅，为贼左臂，官军不敢近者，有陈光洽为之谋主也。光洽勇而轻，好自出战，请为公先擒光洽，则秀琳自降矣。"遂擒光洽以归，秀琳果以栅降，愬引兵入据其城。愬与秀琳谋取蔡，秀琳曰："公欲取蔡，非得李祐不可，如秀琳无能为也。"会祐帅士卒，刈麦于张柴村，愬使厢虞候史用诚擒之以归，愬待以客礼。士卒不悦，乃牒言祐为贼内应。愬恐谤先达于上，已不及救。乃持祐泣曰："岂天不欲平此贼耶？何吾二人相知之深，而不能胜众口也。"乃械祐送京师。先密奏曰："若杀祐，则无以成功。"诏以祐还愬，愬见之喜，执其手曰："尔之得全，社稷之灵也。"诸军讨淮西，四年不克，馈运疲弊。李逢吉等竞言师老财竭，意欲罢兵。裴度请身自督战，誓不与此贼俱生。上悦，使度以宰相，兼彰义节度使，督诸军讨贼。李祐言于李愬曰："蔡之精兵，皆在洄曲及四境拒守。守州城者，皆羸老之卒，可以乘虚直抵其城。待贼将闻之，元济已成擒矣。"愬然之。因雪，假名出猎。夜半雪甚，行七十里，至州城。近城有鹅鸭池，愬令惊之，以混军声。自希烈乱后，吴少诚拒命，官军不至蔡州城下者三十余年，故蔡人为不备四鼓。愬至城下，无一人知者。李祐等镢其城为坎以先登，壮士从之。鸡鸣，入居元济外宅。或告元济曰："官军至矣！"元济尚寝，笑曰："俘囚为盗尔，晓当尽杀之。"又有告者曰："城陷矣！"元济起，听于庭，闻愬军号令曰，常侍传语，应者近万人。元济始惧，乃帅左右登牙城拒战。时董重质拥精兵万余人，据洄曲，愬曰："元济所望者，重质之救耳！"乃访重质家，厚抚之，遣其子传道，持书谕重质，重质遂单骑诣愬降。元济于城上请罪，梯而下之，监送京师，不戮一人，屯于鞠场，以待裴度。度入城，李愬具櫜鞬出迎，拜于路左，度将避之，愬曰："蔡人顽悖，不识上下之分，数十年矣。愿公因而示之，使知朝廷之尊。"度乃受之。愬还军文城，裴度入蔡州。上御门受俘，斩吴元济，赐李愬爵凉国公。以李祐为神武将军，赐裴度爵晋国公，复入知政事。

淮西既平，成德节度使王承宗闻之，大惧，请以二子为质，及献德棣二州，输租税，请官吏，上许之。初淄青节度使李师道，使盗杀宰相武元衡，又击伤裴度首，上未暇讨。及见吴元济伏诛，大惧，奉表纳质。既而悔之，表言军情不听纳质割地。上怒，令宣武、魏博、成义、武宁、横海诸镇兵共讨之。李愬、田弘正屡败师道兵。师道闻官军侵逼，发民治军州城堑，修守备，役及妇女，民益惧皆怨。都知兵马使刘悟勒兵捕师道与其二子，斩之，函首送弘正营。弘正大喜，露布以闻。淄、青等十二州皆平。自肃、代以来，垂六十年，藩镇跋扈，河南、河北三十余州，自除官吏，不供贡赋，至是尽遵朝廷约束矣。

时天下既平，上浸骄侈。用皇甫镈、李吉甫而罢裴度，政治颇衰。又渐好仙佛，以方士柳泌为台州刺史，使求灵草合长生药。又遣中使至凤翔迎佛骨，刑部侍郎韩愈上疏切谏，上大怒，将加愈极刑。以裴度等言，乃贬为潮州刺史。柳泌至台州，驱吏民采药，岁余无所得，惧而逃入山中。浙东观察使，捕送京师，皇甫镈、李道古保护之。上服其药，日加燥渴，多躁怒，左右宦官，往往获罪有死者，人人自危。内常侍陈弘志用毒药，弑帝于中和殿，其党共为之讳，但云药发暴崩，在位十五年。

中尉梁守谦、王守澄等共立太子恒。穆宗即位于太极殿，贬皇甫镈、李道古为远州司户，柳泌伏诛。翰林学士李德裕，吉甫之子也。以牛僧孺、李宗闵尝对策，讥切其父，恨之。宗闵又与翰林学士元稹，争进取有隙。由是李德裕、元稹为一党，牛僧孺、李宗闵、李逢吉等为一党。号为牛、李二党，更相倾轧，垂四十年。卢龙军乱，囚节度使张弘靖，推朱克融为留后。成德兵马使王庭凑，杀节度使田弘正。魏博节度使李愬闻变，涕泣誓众，欲讨之，会疾作不果。庭凑围牛元翼于深州，官军救之，不能进。朝廷不得已，以庭凑为成德节度使，而遣韩愈宣慰之。自是再失河北，终唐不能复取。初柳泌既诛，方士稍复，因左右以进。上饵其金石之药，至是疾作崩，在位四年。

子敬宗湛即位，年方十五。敬宗以昏童失德，荒淫无度，而稍能信用裴度。裴度在中书，左右忽曰失印，闻者失色，度饮酒自如。有顷，复白已得之，度亦不喜。或问其故，度曰："此必吏人盗之，以印书券耳。急之，则投诸水火，缓之，则还故处。"人服其识量。上好游戏，狎昵群小，嬖幸用事。善击球，好手搏，性复褊急。宦官小过，动遭捶挞，皆怨且惧。夜猎还宫，与宦官刘克明，及击球将军苏佐明等二十八人饮酒。上酒酣，入室更衣，殿上烛灭，刘克明等弑上于室内，在位二年。矫称上旨，以宪宗第六子绛王悟权句当军国事。知枢密王守澄等，以卫兵讨克明，杀绛王悟，迎敬宗弟江王昂立之，是为文宗。

时牛僧孺用，则倾李德裕，李德裕用，则倾牛僧孺。各有朋党，互相挤援。上每叹曰："去河北贼易，去朝中朋党难。"上性俭素，听朝之暇，惟以书史自娱，声乐游畋，未尝留意。且能虚怀听纳，然而优游不断，受制家奴。上与李训、郑注谋诛宦官，既杀王守澄，因谋尽诛宦官。李训复惧郑注专有其功，因帅金吾卫士，先期击之。事败，李训、郑注反为宦官仇士良等所杀。自是天下事，皆决于北司，宰相行文书而已。宦官气益盛，迫胁天子下视宰相，陵暴朝士如草芥。上有疾，少间，坐思政殿，召当直学士周墀，赐之酒，因问曰："朕可仿前代何如主？"对曰："陛下，尧、舜之主也。"上曰："朕何敢上比尧、舜，所以问卿者，何如周赧、汉献耳？"墀惊曰："彼亡国之主，岂可比圣德。"上曰：

“赧、献受制于强诸侯，今朕受制于家奴，以此言之，朕殆不如！”因泣下沾襟，墀伏地流涕。自是不复视朝，在位十四年崩。太子永早卒，上立敬宗子陈王成美为太子，宦官仇士良、鱼弘志以其立不由己，矫诏废而杀之，而立帝弟颖王瀍为皇太弟，更名炎，遂即位，是为武帝。

上英敏特达，委任能臣，以李德裕为相。泽潞节度使刘从谏卒，子刘稹秘不发丧，欲为留后。上以谋于宰相，李德裕曰：“稹所恃者，河朔三镇耳。若遣重臣，往谕三镇。以河朔自艰难以来，列圣巳许传袭，与泽潞不同。即委成德镇王元逵，魏博镇何私敬，卢龙镇张仲武攻之，则稹必成擒矣。”上从之。遣御史中丞李回宣谕河北三镇，三镇奉诏，举兵讨泽潞，破之，邢、洺、磁三州降。李德裕曰：“泽潞根本，尽在山东，三州降，则上党不日有变矣。”上曰：“郭谊，稹谋主也，必枭刘稹以自赎。”德裕曰：“诚如圣料。”未几，谊果斩稹，收稹宗族，尽杀之，函稹首以降。上饵方士金丹，渐觉有疾，而方士以为换骨。凡服金丹者，则阳必暴举，御女多多益善，始亦甚觉壮健美快，故虽以武宗之贤，亦不悟而服之。初宪宗纳李锜妾，生光王怡，怡幼时，宫中皆以为不慧。文宗以后，益自韬匿。及上疾笃，诸宦官密于禁中，定策立怡为皇太叔，更名忱。太叔见百官哀戚，裁决庶务，咸当于理，人始知有隐德焉。上在位六年崩，太叔宣宗即位，即罢李德裕不用。

初武宗无后，王才人宠冠后宫，武宗欲立为后。李德裕以其族寒无子，恐不厌天下之望，止之。武宗疾甚，顾之曰：“我死，汝当如何？”对曰：“愿从陛下于九泉。”武宗以巾授之。武宗崩，才人即自缢。宣宗闻而矜之，赠贵妃，同葬端陵。小说家作孟才人是也。宣宗精于听断，用法无私，从谏如流，重惜官赏，谨饬节俭，惠爱民物，故时人号为小太宗。然以察为明，无复仁恩，自是而唐衰矣。上临朝，接对群臣如宾客。每宰相奏事，旁无一人立者，威严不可仰视。奏事既毕，忽怡然曰：“可以闲话矣，因问闾阎细事，或谈宫中游宴，无所不至。复整容，申饬而后入。上饵方士李元伯等药，疽发于背，密以第三子夔王滋、属王归长等三人，使立之。上在位十三年崩。在军中尉王宗实叱归长等，责以矫诏，皆捧足乞命。乃迎长子郓王，立为太子，更名漼，取归长等杀之。

太子即位，是为懿宗，方士李元伯等伏诛。懿宗骄奢无度，淫乐不悛，李氏之亡，于兹决矣。浙东贼裘甫作乱，攻陷象山，浙东骚动，安南都护王式讨平之。桂州戍卒作乱，推判官庞勋为主，众至十万，康承训与朱邪赤心讨平之。赤心赐姓李，名国昌，以为大同军节度使，即李克用父也。上好奉佛，施与无度。十四年正月，遣使迎佛骨，群臣有言宪宗迎佛骨，寻晏驾者。上曰：“生得见之，死亦何恨！”上疾大渐，中尉刘行深、韩文约立上少子普王俨为太子。上在位十四年崩，太子即位，年方十二，是为僖宗。

僖宗年少，政在臣下，南牙北司，互相矛盾。上之为普王也，小马坊使田令孜有宠。及即位，使为枢密，擢为中尉。上时年十四，专事游戏，政事一委令孜，呼为阿父，除官不复关白。自懿宗以来，奢侈日甚，用兵不息，赋敛愈急。关东连年水旱，州县不以实闻，上下相蒙，百姓流殍，无所控诉，相聚为盗，所在蜂起。濮州人王仙芝，聚众数千起于长垣，今直隶长垣县是也。冤句人黄巢，少与仙芝，皆以贩私盐为事。巢善骑射，喜任侠，粗涉书传，屡举进士不第，遂为盗，与仙芝剽掠州县，横行山东，民之困于重敛者争归之,数月之间,众至数万。飞蝗蔽天,所过赤地,从者益众。王仙芝寇掠荆南等地,招讨使曾元裕大破之于申州,杀万余人,降万余人,又破之于黄梅,杀五万余人,追仙芝斩之。贼将尚让,帅仙芝余党,悉归黄巢,推巢为冲天大将军,剽掠山东、湖广、河南等处,至于江南浙东,开山路七百里,攻剽福建。所至奸淫杀掠,收其精壮为兵。镇海节度使高骈,遣将击破之。巢趣广南,上表求为广州节度使,朝廷不许。巢急攻广州,陷之。左拾遗侯昌业以盗贼满关东,而上专务游戏,赏赐无度,田令孜专权无上,社稷将危,上疏极谏。上大怒,召昌业至内侍省,赐死。黄巢举兵北向,众二十余万,兵势甚盛。因两京无备,遂陷东都,破潼关,直入长安。宦官田令孜以神策兵五百,奉帝自金光门出。惟福王、穆王、泽王、寿王及妃嫔数人从行。凤翔节度使郑畋,谒于道次,请留凤翔。上曰:"朕不欲密迩巨寇,且幸兴元,征兵以图收复。"畋因刺血为表,请合诸道兵讨贼。黄巢僭号,自称大齐皇帝,杀唐宗室之在长安者无遗类。初黄巢帅众,惟事杀掠,流而不守,至是始据地矣。田令孜劝上幸成都,从之。初砀山人朱温。砀山,今江南徐州砀山县是也。其父朱诚以五经教授乡里,生三子:长曰全昱,次曰存,三曰温。及诚卒,三子贫,佣食于萧县刘崇家。全昱无才能,为人颇长者,存与温俱勇而有力,温尤凶悍。崇数笞辱之,崇母独怜之。戒家人曰:"朱三非常人,汝曹善遇之。"及黄巢兵起,存与温,俱从贼。黄巢攻岭南,朱存战死。巢陷长安,以温东南面行营先锋,使攻陷同州,以为防御使,守华、邓诸州。长安之陷,宦官杨光复慷慨忠义,在长安与周岌共起兵击朱温败之,遂克邓州。朱温守华州,高骈畏贼,伪称风痹不复出兵。骈召董昌于广陵,钱镠说昌曰:"观高公无心讨贼,不若去之。"昌从之,引兵入据杭州,使钱镠取越州,昌遂徙镇越州,以镠知杭州事。后镠据浙江等地,为吴越王,详见下回。时寿州屠者王绪,举众盗据寿州及光州,以王潮为军正,信用之。其后王潮据有福建等地,为闽国,详见下回。秦稷杀高骈,上以高骈都将杨行密为淮南留后,后据有江南等地为吴王,又为南唐,详见下回。

初大同军乱,杀防御使段文楚,推李克用为留后,克用表求敕命,朝廷不许,使李可举讨李克用,大破之。使李琢讨李国昌,败之。国昌、克用亡走鞑靼,尝曰:"吾得罪天子,愿效忠而不得,今闻黄巢北来,必为中原患,一旦天子赦吾罪,得与公辈南向,共立大功,不亦快乎!"监军陈景思为之代请于朝,诏如所请。首相王铎见黄巢猖獗,而高骈为方士所愚,无心讨贼,发愤请行。会诸道兵,进逼长安,官军四集。巢势日蹙,号令所行,不出同华。朱温见巢兵势渐弱,知其将亡,遂以华州降。诏以温为招讨副使,赐名全忠。时黄巢兵势尚强,王铎在河中,患之,乃以墨饬召李克用。克用遂以沙陀兵一万七千,及雁门兵四万,趋河中,军皆衣黑,贼惮之曰:"鸦军至矣!"克用以黄巢兵战于渭南,一日三战皆捷。诸军继之,巢众大奔,巢焚宫室遁去。克用时年二十八,于诸将最少,而破黄巢,复长安,功第一,兵势最强,诸将皆畏之。克用一目微眇,时人谓之独眼龙。诏以克用为河东节度使,时以黄巢未平,加朱全忠为东北都招讨使。黄巢虽遁,兵势尚强,周岌、时溥、朱全忠俱求救于李克用。克用将蕃汉兵五万救之。巢围陈州,几三百日,赵犨兄弟,与之大小数百战,虽兵食将尽,而众心益固。克用会许、汴、徐、兖之军于陈州,攻尚让于太甫,拔之。巢闻之惧,解围而去。黄巢趋汴州,李克用等追及巢于中牟，奋击，大破之。尚让帅众降，黄巢收余众，奔兖州，克用至汴州，全忠固请入城，馆于上源驿，就驿置酒甚恭。克用乘酒使气，语颇侵之，全忠不平，薄暮罢酒，从者皆醉。宣武将杨彦洪密与全忠谋，乃连车塞路发兵围驿而攻之，克用缒城得出，全忠误射彦洪，杀之。比明克用欲勒兵攻全忠，其妻刘氏曰："此当诉之朝廷，若擅举兵相攻，则天下孰能辨其曲直？且彼得以为辞矣。"克用从之，引兵去。武宁将李师悦，与尚让追黄巢至瑕邱，败之，巢众殆尽。走至虎狼口，其甥林言斩巢兄弟妻子首以降。黄巢乱凡十年。时溥遣使献巢首，并其姬妾。上御楼受之，其姬妾皆美妇，极天下之选，上意欲纳之。因宣问云："汝曹皆勋贵子女，何为从贼？其居首者应曰："妾等从贼，不过失身，至若国家，以百万之众，不能拒贼，失守宗祧，妾等女子，纵欲保身，不过死耳，岂能拒贼耶！"上大怒，尽斩之。王铎既平贼，宝玩充积，美女成行，皆艳冶夺目。上以为义昌节度使，过魏地，魏博节度使乐从训杀而夺之，以盗闻于朝。宦官田令孜专权妄上，杀害忠良，禁制天子。上患其专，时语左右，流涕而已。李克用表请诛田令孜，诏和解之。克用不听，进逼京城。令孜夜奉天子，自开远门出，幸凤翔。克用还军河中，表请大驾还宫，罪状田令孜，请诛之。令孜请上幸兴元，上不从。是夜令孜引兵入宫，劫上如宝鸡。朱玫、李昌符引兵追逼乘舆，天下共忿疾令孜。令孜内不自安，乃荐杨复恭为中尉，自除西川监军，往依陈敬瑄。复恭斥逐令孜之党，以王建为西川利州刺史，后据蜀，是为前蜀，详见下回。诏削田令孜官爵，长流端州。令孜依陈敬瑄，竟不行，后二人俱为王建所杀。时京师再经兵火，荆棘满城，车驾暂驻跸于凤翔。上疾大渐，观军容使杨复恭，立寿王杰为皇太弟。僖宗在位十五年崩，弟昭宗晔即位。

昭宗体貌明粹，有英气，以僖宗威令不振，朝廷日卑，有恢复前烈之志，尊礼大臣。即位之初，天下欣欣焉。进朱全忠爵东平郡王。初李克用请讨朱全忠，诏和解之。至是朱全忠请讨李克用，张浚欲倚外势以挤杨复恭，请从之。以张浚为招讨使，会诸道兵讨之。克用养子李存孝，力过猛虎，常将骑兵为先锋，身被重铠，腰弓髀槊，独舞铁挝入阵，前破黄巢，所向无敌。至是凡河北骁将至者，存孝率数百骑，悉生擒之。葛从周、朱全忠皆败走，张浚大败而还。李克用上表诉冤，诏复克用官爵，使归晋阳。贬张浚为绣州司户，浚奔依朱全忠。刘隐将兵平定广州，上以隐为清海军节度使，使治广州，后为南汉，详见下回。武安节度使刘见锋为其下所杀，众推马殷为留后，上以马殷为湖南节度使，后为楚国，详见下回。内宦杨复恭专横，上出为凤翔监军，复恭愠怒不肯行，称疾求致仕，从之。未几，走兴元，与杨守亮反，李茂贞讨诛之，献复恭与守亮书，诉致仕之由云："吾于荊榛中立寿王，才得尊位。废定策国老，有如此负心门生天子！"进李克用爵为晋王，克用还晋阳，车驾还京师。初李存孝与李存性皆为克用养子，存性有宠于克用，妒存孝功，谗而杀之。克用痛惜，为之不视事者旬日。又存孝部将薛阿檀，其勇亚于存孝，克用并杀之。自是兵势浸弱，而朱全忠独盛矣。崔胤与上密谋，尽诛宦官，宦官益惧。上自华州还，忽忽不乐，多纵酒，喜怒不常，左右人人自危。于是中尉刘季述、王仲先等，阴谋废立。乃引兵突入宣化门，季述进曰："陛下厌倦大宝，中外群情，愿太子监国，请陛下保颐东宫。"乃扶上与后同辇，嫔御侍者才十余人。适少阳院季述以银挝画地，数上罪数十，乃锁其门，熔铁锢之，穴墙以通饮食。季述等矫诏，令太子裕监国,寻使即皇帝位。崔胤密遣人说神策指挥使孙德昭曰:“今反者独季述、仲先耳,公诚能诛此二人,迎上皇复位,则富贵穷于一时,忠义流于千古矣!”德昭曰:“相公有命,不敢爱死。”遂结右军都将董彦弼、周承诲,擒述等斩之。迎上复位,上曰:“裕幼弱,非其罪。”黜为德王,赐德昭等俱姓李,以为使相,留宿卫,赏赐倾府库,时人号为三使相。

时上悉以军国事委崔胤,宦官侧目,胤欲尽除之。上以问韩偓,对曰:“不若择其尤无良者数人诛之,择其忠厚者使之,有善则赏,有恶则惩,则咸自安矣。”上深以为然,而胤复请尽诛宦官。宦官得胤密谋,日夜谋所以去胤者,胤知谋泄事急,遗全忠书,称被密诏,令全忠以兵迎车驾。全忠得书,举兵发大梁,表请车驾幸东都,京师大骇。中尉韩全诲等陈兵尉前,劫上如凤翔。上不许,拔剑登乞巧楼。全诲等逼上下楼,上不得已,乃与皇后妃嫔,诸王百余人,皆上马恸哭。全诲等遂火宫城,车驾幸凤翔。全忠驻师河中,崔胤诣河中,涕泣请兵,全忠乃将兵五万,进攻凤翔。李茂贞出战累败,储饷已竭,上鬻御衣,及小皇子衣于市,以充用。上乃召茂贞等,议与全忠和,李茂贞独见上,请诛韩全诲等,与全忠和,奉车驾还京。上喜,收全诲斩之,并诛宦官七十余人。车驾入长安,复以崔胤同平章事,胤复奏宦官典兵预政,不剪其根,祸终不已,请悉罢诸内司,及诸道监军,上从之。是日,全忠以兵驱第五可范已下数百人于侍省,尽杀之,冤号之声,彻于内外。又出使者,诏所在收捕诸道监军,悉诛之。止留黄衣幼弱者三十人,以备洒扫。全忠引兵屯河中,杀崔胤、郑元规等,遣牙将奉表,称邠岐李茂贞兵逼畿甸,请上迁都洛阳。上以皇后新产,未任道路,乞俟满月后行,全忠不许。时上御延喜楼,及下,裴枢已促百官东行,驱徙士民,号哭满路。骂曰:“贼臣崔胤召朱温来,倾覆社稷,使我曹流离至此。”上遂发长安,至华州,民夹道呼万岁。上泣曰:“勿呼万岁,朕不复为汝主矣。”馆于兴德宫,谓侍臣曰:“鄙语云:‘纥干山头冻杀雀,何不飞去生处乐?’朕今漂泊,以知竟落何所!”因泣下沾襟,左右不能仰视。上遣间使,以绢诏告急于王建、杨行密、李克用等,令纠率藩镇,以图匡复。曰:“朕至洛阳,则为全忠所幽闭,诏敕皆出其手,朕意不得复通矣。”全忠迎上于新安,杀上左右,及宫女数人。自崔胤之死,六军散亡俱尽,惟余内园小儿二百余人,从上而东,全忠尽杀之。豫选小儿二百余人,大小相类者,衣其服,顶其名而代之。上初不之觉,至累日乃悟。自是上之左右使令,皆全忠之人矣。李茂贞、王建、李继徽合兵讨朱全忠,全忠拒之于河中,皆败还。时李克用兵势衰弱,封疆日蹙,不能出兵,忧形于色。其子存勖进曰:“朱氏穷凶极恶,人怨神怒,今其极也。殆将毙矣!吾家代袭忠贞,大人当遵养时晦,以待其衰,奈何轻为沮丧乎!”克用大悦。朱全忠还大梁,惧上有英气,愁变生于中。遣朱友恭、氏叔琮,弑帝于椒殿,在位十六年。立帝第九子辉王祚,年方十三,是为昭宣帝。宫中恐惧,不敢出声哭。全忠闻之,阳惊哭,自投于地曰:“奴辈负我,令我受恶名于万代。”至东都,伏梓宫恸哭,杀友恭、叔琮。友恭临刑大呼曰:“卖我以塞天下之谤,如鬼神何?”全忠遂辞赴镇。全忠使蒋元晖邀德王裕等九人,置酒九曲池,悉缢杀之,投尸池中,皆昭宗之子也。彗星出西北,长竟天。全忠杀不附己者,聚裴枢、独孤损、崔远、陆扆、王溥等三十余人于白马驿,尽杀之,以应天变。李振言于全忠曰:“此辈常自谓清流,宜投之黄河,使为浊流。”全忠笑而从之。昭宣帝在虚位三年,君臣惧祸,遣使奉册宝,如大梁,让位于朱全忠。梁王朱全忠更名晃，称皇帝，国号梁，都大梁，是为后梁太祖。废昭宣帝为济阴王，寻弑之。唐亡，起高祖戊寅，终昭宣帝丁卯，凡十二帝，共二百九十年。

梁主既篡位，与宗戚饮博于宫中，其兄全昱谓曰："朱三，本砀山一民也。从黄巢为盗，天子用汝为四镇节度使，富贵极矣，奈何一旦灭唐家三百年社稷，他日得无灭吾族乎？"梁王不怿而罢。时惟河东晋王李克用，凤州岐王李茂贞，淮南吴王杨行密之子杨渥，西川蜀王王建，不奉梁年号，余皆禀梁正朔。梁以高季昌为荆南节度使，遂据江陵，后为南平王，详见下回。契丹耶律阿保机始建国，是为辽太祖，详见第三十二回。

梁遣康怀贞将兵攻晋潞州，晋李嗣昭闭门拒守，怀贞昼夜攻之，半月不拔，乃于潞州城下，更筑长城，内防冲突，外拒援兵，谓之夹寨，堑而守之，久不下。晋王李克用卒，子存勖立为晋主。存勖与诸将谋曰："朱温所惮者，独先王耳，闻吾新立，必有骄怠之心，若简精兵，倍道趋之，出其不意，破之必矣。"乃大阅士卒，帅周德威等发晋阳，进兵直抵夹寨，鼓噪而入，梁兵大败南走，亡失将校士卒以万计，委弃资粮器械山积。潞州围解，梁王闻夹寨不守，大惊。既而叹曰："生子当如李亚子，克用为不亡矣。至如吾儿，豚犬耳。"燕王刘守光称帝，国号大燕。晋王闻之，大笑曰："俟彼十年，吾将问其鼎矣！"晋王存勖屡败梁兵，梁主疾增甚，谓近臣曰："我经营天下三十年，不意太原余孽，更昌炽如此，吾观其志不小，天复夺我年。我死，诸儿非彼敌也。吾无葬地矣。"因哽噎，绝而复苏。初张后严整多智，梁主敬惮之。后殂，梁主恣意声色，尝避暑于河南尹张宗奭家，淫其妇女，殆遍。梁主诸子虽在外，常征其妇入侍。七子皆亲生，惟幼子友文，本姓康，名勤，梁主养子也。其妇王氏色最美，且善承人主颜色，枕席间曲尽其妙。其余七子妇，虽委曲承顺，尚有勉强之容，不能及也。梁主宠爱王氏，请以友文为太子，梁主许之，诸子心皆不平。梁主疾甚，遂传命王氏召友文，欲付以后事。第七子友珪妇张氏知之，密召友珪，珪与统军韩勍合谋，夜斩关入，至寝殿，梁主惊起曰："我固疑此贼，恨不早杀之。汝悖逆如此，天岂容汝乎？"友珪曰："老贼万段。"友珪仆夫冯廷谔刺梁主腹，刃出于背，以败毡裹之，殡于寝殿，在位六年。友珪遂即位。梁赵岩奉使至大梁，梁主晃第三子友贞，密与之谋诛友珪。岩曰："此事成败，在招讨杨令公耳，得其一言谕禁军，吾事立办。"均王友贞乃遣腹心马慎交往魏州，说杨师厚曰："郢王篡位，人望属在大梁，公若因而成之，此不世之功也。"师厚乃遣其将王舜贤至洛阳，阴与袁象先谋。象先帅禁兵数千人，待旦突入宫中。友珪闻变，自度不免，令冯廷锷先杀妻，次杀己，廷谔亦自杀。均王乃即帝位于大梁，更名瑝，又更名瑱，是为末帝。

时晋王存勖，明赏罚，举贤才，黜贪残，严盗贼，重农积谷，训练士兵，张承业辅之，境内大治。初克用表奏刘仁恭为卢龙节度使，后征兵于仁恭，以入援唐室。仁恭抵书谩骂，克用怒伐之，仁恭击败其师。仁恭子守光，通于仁恭之爱妾罗氏，仁恭杖而斥之，守光遂以兵入，幽其父于别室，而自立为燕王，寻复称帝。晋王存勖以其父克用临终之命，举兵伐燕。燕王刘守光遣其将单廷珪出战，晋将周德威奋击，擒之。晋王分兵徇燕山后八州，皆下之，进逼幽州。晋王督诸军四面攻城，克之，擒刘仁恭刘守光父子及其妻妾以归，献于太庙，自临斩刘守光，械仁恭至代州，刺其心血以祭父墓，然后斩之。梁分天雄为两镇，魏人不服，降于晋，并求援师。晋王入魏州，梁将刘鄩，以晋兵尽在魏州，晋阳必虚，及潜兵以袭晋阳。晋李存审击败之，郛奔还。梁王檀密疏请发关西兵以袭晋阳，梁主从之。兵至晋阳，夜急攻城，城几陷者数次。晋北代故将安金全帅兵夜出，击败之。契丹既归梁，举兵围晋幽州。李嗣源、李存审率兵前后奋击，大败之，幽州围解，晋国大强。晋王得传国玺，因称帝，改国号曰唐，是为后唐庄宗。

唐遣李嗣源袭梁郓州，取之。梁敬翔言于梁主曰："事急矣，非用王彦章为大将，不可救也。"梁主从之。彦章攻唐德胜、南城皆拔之，进攻杨刘。初王彦章疾赵岩、张汉鼎、张汉杰兄弟乱政。谓所亲曰："待我成功归，就诛奸臣，以谢天下。"赵张闻之，恐其成功，百计阻之。由是彦章功竟无成。梁主犹恐彦章功成难制，征还大梁，以段凝代之，于是宿将愤怒。梁右先锋指挥使康延孝奔唐，唐主问以梁事。对曰："梁地不为狭，兵不为少，然迹其行事，终必败亡。近又闻欲数道出兵，决以十月大举，臣窃观梁兵，聚则不少，分则不多，愿陛下养勇蓄力，以俟其分兵，帅精奇五千，自郓州直抵大梁，擒其伪主，旬月之间，天下定矣！"唐主大悦。唐主闻梁人欲大举，数道入寇，召诸将会议。郭崇韬对曰："段凝本非将才，不能临机决策，本无足畏。降者皆言大梁无兵，陛下若留兵守魏，固保杨刘城。自以精兵与郓州合势，长驱入汴，彼城中空虚，必望风自溃。苟伪主授首，则诸将自降矣。"唐王曰："此正合朕意，大丈夫，得则为王，失则为虏，吾行决矣。"冬十月，唐主以大军济河，至郓州，一战败之。追至中都，围其城，城无守备，少顷，梁兵溃围出，唐兵擒王彦章。唐主欲降之，彦章曰，"余本匹夫，蒙梁主恩，位至上将，今兵败力穷，死自其分。"唐主命斩之。康延孝请急攻大梁，李嗣源曰："兵贵神速，今彦章既擒，段凝未必知之，此去大梁至近，前无山险，方陈横行昼夜兼程，信宿可至，段凝未离河上，友贞已为吾擒矣！延孝之言是也，请陛下以大军徐进，臣以千骑前驱。"唐主从之。令下，诸军皆踊跃愿行。梁主日夜涕泣，不知所为，置传国宝于卧内，忽失之，已为左右窃之迎唐军矣。梁主谓皇甫麟曰："吾不能自裁，请可断吾首。"麟泣从之，遂杀末帝，因自杀，末帝在位十一年。末帝为人，温良俭约，无荒淫之失，但疏忌宗室，宠任赵岩及德妃兄弟张汉鼎、张汉杰等，依势弄权，卖官鬻狱，离间旧将相，政事日紊，以至于亡。唐毁梁宗庙，追废朱温、朱友贞为庶人，屠灭其族。梁亡，凡二主，共十七年。后唐庄宗李存勖，既灭燕，复并梁，足称英主。欲知后事如何，且听下回分解。

第三十回　晋灭唐　汉继晋　郭氏周承

词曰：

千古伤心旧事，一场谈笑春风。残编断简记英雄，总为功名引动。
个个轰轰烈烈，人人扰扰匆匆，荣华富贵转头空，恰似南柯一梦。

却说后唐庄宗李存勖，本姓朱耶，沙陀人。祖赤心，赐姓名李国昌，父克用，破黄巢，以功封晋王。及存勖袭封，以兵灭梁称帝，迁都洛阳，号曰后唐。初李克用临终，以三矢赐存勖曰："梁，吾仇也；燕王，吾所立；契丹背约归梁，三者吾遗恨也。与汝三矢，无忘父志。"至是唐主果系燕父子，函梁君臣之言，而契丹亦服，祭于太庙，还三矢焉。以郭崇韬为侍中，崇韬权兼内外，谋猷规益，竭忠无隐，亦颇荐引人物焉。唐主幼善音律，或时自傅粉墨，与优人共戏于庭，以悦刘夫人。优名谓之李天下，尝自呼曰，"李天下，李天下。"优人敬新磨，遽前批其颊，唐主失色。新磨徐曰："理天下者，只有一人，尚谁呼耶？"唐主悦，厚赐之，而宠刘夫人如故。由是诸伶出入宫掖，侮弄缙绅，群臣嫉愤，莫敢出气。时内府钱财山积，不肯赏赐军士，而于赏赐伶人则无度。又采民间美女三千余人，以充后宫，学女戏，蜀王无道，唐主与宰相议伐蜀，以魏王继岌为西川都统，郭崇韬为都招讨使，军事悉以委之。同光三年，十一月戊申，大军西行，入散关，倍道而进，诸城镇望风款附，遂进兵逼成都，蜀主舆衬衔璧出降，大军入成都。崇韬禁军士侵掠，市不改肆。自出军至克蜀凡七十日。时成都虽下，而蜀中盗贼群起，布满山林。崇韬恐大军既去，更为后患，是以淹留未还。唐主遣宦者何延嗣促之，崇韬待之倨。延嗣归，言崇韬专权，王寄身于虎狼之口。唐主遣马彦珪驰诣成都，观崇韬所为何如。刘皇后自为教与继岌令杀崇韬。至是继岌命崇韬登楼计事，崇韬方升阶，继岌从者李环击碎其首，并杀其子廷诲，以孟知祥为西川节度使，后据蜀，详见后。唐主复因谗，杀郭崇韬诸子，又杀功臣李继麟，朝野骇惋。李嗣源叹曰："吾心不负天地，祸福之来，委之命耳！"天下不解崇韬之罪，人情恟恟，邺都遂作乱。唐主命李嗣源讨之，嗣源至邺都，下令军中，明旦攻城。是夜，马直军士张破败作乱，帅众大噪焚宫，嗣源叱而问之。对曰："将士从主上十年，百战以并天下，今主上弃恩任威，我辈初无叛心，但畏死耳！今欲与城中合势，请主上帝河南，令公帝河北。"嗣源泣下，谕之，不从，乃诡说得出，遂引兵向大梁。李绍荣奏李嗣源已叛与贼合，嗣源遣使上章自理，一日数辈，皆为李绍荣所遏，不得通。嗣源由是疑惧，石敬瑭曰："夫事成于果决，而败于犹豫，请速从众议。"康义诚曰："主上无道，军民怨怒，公从众则生，守节则死。"嗣源乃令安重海移檄会兵，军势大盛。李绍荣请唐主幸关东招抚，唐主从之。唐主至万胜镇，闻嗣源已据大梁，诸军离叛，神色沮丧。登高叹曰："吾不济矣！"即命旋师归。唐伶人郭从谦帅所部兵，攻兴教门,唐兵将俱散。唐主帅亲王卫士守城,为流矢所中。鹰坊人善友,扶至绛霄殿庑下,抽矢渴懑求水,刘后不省视,遣宦者进酪,须臾遂殂,在位三年。善友敛乐器,覆尸而焚之。刘后囊金宝系马鞍,与其所私庄宗之弟申王存渥及李绍荣逃走。宫人逃散,诸军大掠。是日,李嗣源至罂子谷,闻之,恸哭谓诸将曰:“主上素得士心,止为群小蔽惑致此,今吾将安归乎?”乃入洛阳,止于私第,禁焚掠,拾庄宗骨于灰烬之余而殡之。唐监国李嗣源获刘后与申王杀之,又杀李绍荣及魏王继岌等。同光四年四月,嗣源用旁支入继之礼,于柩前即位,是为明宗。

明宗目不知书,四方奏事,皆令安重诲读之。重诲也不能尽通,乃奏选文学之臣,置端明殿学士,以冯道、赵凤为之。唐以郭从谦为景州刺史,既至,遣使族诛之。唐初刻九经板,印书卖之,自是学者得书始易。明宗本胡人,克用养子,性不猜忌,与物无竞,登极之年,已逾六十。每夕,于宫中焚香祝天曰:“某胡人,因乱,为众所推,愿天早生圣人,为生民主。”天感其诚,次年,宋祖生。帝在位八年,年谷屡丰,兵革罕用,校于五代,粗为小康。及殂,第五子从厚立,是为闵帝,在位一年。

唐成德节度使潞王从珂,举兵凤翔,入洛阳,废其主从厚为鄂王,寻弑之。从珂本姓王,小字阿三,镇州平山寡妇魏氏之子,明宗掠得,养以为子,至是继明宗而自立,是为废帝。废帝以千春节置酒,河东节度使石敬瑭之妻,晋国长公主上寿毕,辞归晋阳。唐主醉曰:“何不少留,遽归欲与石郎反耶!”敬瑭闻之大惧。又使敬瑭移镇天平,敬瑭益惧。谋于将佐曰:“吾之再来河东也,主上面许,终身不除代,今忽有是命,得非如今年千春节公主所言乎?”都押衙刘知远曰:“明公久将兵,得将士心,今据形胜之地,士马精强,若称兵传檄,帝业可成,奈何以一纸制书,自投虎口乎?”掌书记桑维翰曰:“主上初即位,明公入朝,不于此时移镇,而卒以河东相授,是天意假明公以利器也。明宗遗爱在人,主上非明宗后,公明宗爱婿,契丹素与明宗约为兄弟,公诚能推心屈节事之,朝呼夕至,何患不成?”敬瑭意遂决,表唐主养子,不应承祀,请传位许王。唐主手裂其表,抵于地,以张敬达讨之。敬瑭令桑维翰草表称臣于契丹,且请以父礼事之,约事捷之日,割卢龙一道,及雁门关以北诸州与之。刘知远谏曰:“称臣可矣,以父事之,太过。厚以金帛赂之,自足以致其兵,不必许以土田,恐异日大为中国之患,悔之无及。”敬瑭不从,表至契丹,契丹主大喜。俟中秋,倾国赴援。契丹主耶律德光,将兵救石敬瑭,以五万骑,与唐将高行周、符彦卿合战。敬瑭乃遣刘知远出兵助之,唐兵大败。唐王惧,下诏亲征,诸军骄悍不为用。符彦卿恐其为乱,不敢束之以法。唐主至河阳,但日夕酣饮。群臣或劝其北行,则曰:“卿辈勿言石郎,使我心胆堕地。”契丹主谓石敬瑭曰:“吾三千里来赴难,必有成功,观汝气貌识量,真中原之主也,吾欲立汝为天子。”敬瑭辞让,将吏复进劝,乃许之。契丹主作册书,命敬瑭为皇帝,敬瑭割幽、蓟十六州以与契丹,仍许岁输帛三十万匹,改国号曰晋。敬瑭,沙陀人,姓石氏,是为后晋高祖。唐主与宋审虔等四将复向洛阳,而将校已皆飞状迎晋主矣。唐主遂与曹太后、刘皇后、雍王重美,及宋审虔等,携传国玺,登玄武楼自焚。在位三年。后唐亡,凡四主三姓,共十四年。

是日晚,晋主入洛阳,唐兵皆降。晋主命知远部署京城,城中肃然。寻还都于大梁,在位七年,招抚藩镇,善事契丹,中国稍安。及殂,以幼子童睿托冯道,欲道辅立之。

道与景延广议，以国事多艰，宜立长君，乃奉高祖兄敬儒之子齐王重贵立之。齐王既立，以契丹王德光为祖，以高祖为父，而于本生父敬儒，反臣而名之。大臣议奉表称臣，告哀于契丹。时契丹改国号曰辽，景延广请致书，称孙而不称臣。辽主大怒，遣使来责让，延广复以不逊语答之。辽卢龙节度使赵延寿，欲代晋帝中国，屡说辽王击晋，辽主颇然之。辽兵入寇，晋主命刘知远，会兵山东，皆不至，晋主疑其有异图。郭威见知远有忧色，谓知远曰："河东山河险固，风俗尚武，士多战马，静则勤稼穑，动则习军旅，此霸王之资，何忧乎？"辽主大举入寇，桑维翰以国家危在旦夕，求见言事。晋主方在苑中调鹰，辞不见。又诣执政言之，执政不以为然。还谓所亲曰："晋氏不血食矣！"辽兵环晋营，杜威与李守贞、宋彦筠谋降辽，辽主给之曰："景延广威望素浅，恐不能帝中国，汝果降者，当以汝为之。"威喜，遂降。命军士释甲，军士皆恸哭，声振原野。梁主遣兵入大梁，执晋主重贵以归，在位四年。杀桑维翰，囚景延广。晋亡，凡二主，共十一年。

辽王入大梁，杀张彦泽，景延广自杀。辽封晋王为负义侯，徙之黄龙府。辽主纵胡骑四出剽掠，奸淫妇女，于是内外怨愤，始患苦契丹，皆思逐之矣。时晋臣刘知远在河东，富强冠诸镇，见晋主与辽结怨，知其必危，分兵守四境，以防侵轶。及闻辽兵入汴，掳执天子，将佐军士等，俱请知远称尊号，以号令四方，知远从之。知远姓刘，名暠，字知远。其先沙陀人，微时为晋阳李氏赘婿，仕晋，以功封北平王。及晋主重贵被掳，乃即位于晋阳。知远欲掠晋阳民财，以赏军士，夫人李氏谏曰："陛下因河东创大业，未有惠泽及民，而先夺其生生之资，非新天子所以救民意也。请悉宫中所有以劳军，虽复不厚，人无怨言。"知远从之，中外大悦。辽兵肆掠，民不堪命，东方群盗大起。辽主耶律德光谓左右曰："我不知中国之人，难制如此！"乃引兵北归，尽载府库之宝以行，死于杀胡林，国人剖其腹，实盐数斗，载之北去。晋人谓之帝羓。

晋主刘知远入大梁，诸镇多降，仍都大梁，改国号曰汉，是为后汉高祖。以弟刘崇为太原河东节度使，后郭威篡汉，崇更名旻，即位于晋阳，是为北汉，详见后。汉主不豫，召苏逢吉、杨邠、史宏肇、郭威入受顾命。曰："承祐幼弱，后事托在卿辈。"遂殂，在位二年。

皇子承祐立，时年十八，是为隐帝。河中李守贞，永兴王景崇，凤翔赵思绾，三镇拒命，推守贞为主。汉遣诸将讨之，久无功，汉主患之。以郭威为招慰使，诸军皆受节制。郭威攻河中，入其外郭。李守贞与妻子自焚。赵思绾好食人肝，及人肉，取妇女为食粮，已约降汉，因收敛财物，三改其期，郭威执斩之。威使赵晖急攻永兴，王景崇自杀。三镇既平，汉主寖骄纵。汉主年益壮，狎昵嬖幸，厌为大臣所制，左右乘间潜之，遂杀其枢密使杨邠，侍卫指挥使史宏肇，三司使王章。宏肇御众严整，将兵所向必克，汉得天下，皆其力也。三人之死，人尽冤之。汉主又遣使至邺都，杀郭威，威举兵反，留养子荣镇邺。命郭宗威将骑兵前驱，自将大军继之。至封邱，人情恟惧，汉主遣慕容彦超等将兵拒之，彦超等战败，遂还。是日汉主出劳军，为敌兵所杀，在位三年。冯道帅百官谒见郭威，威犹拜之。郭威帅百官，奏李太后，宜早立新君。太后令百官议，以高祖子承训，承训年尚幼，立高祖弟崇之子刘赟为后。会辽主入寇，李太后命郭威将大军击之。十二月，威发大梁，馆于澶州。癸丑旦，将发，将士数千人，忽大噪。威命闭门，将士逾垣发屋而入。曰："天子须侍中自为之,将士辈已与刘氏为仇,不可立也。"或裂黄旗以披威体,共扶抱之,呼万岁振地,因拥威南行。威乃上太后笺,请奉汉宗庙,事太后为母。太后诏废赟为湘阴公,以郭威监国,遂即位。

郭威,邢州尧山人,今直隶唐山县是也。改国号曰周,仍都大梁,是为后周太祖。罢四方贡献珍物,毁宝玩于庭,诏百官上封事,爱士恤民,用人得宜,为五代之令主。太祖无嗣,以皇后兄柴守礼之子柴荣为嗣,封晋王,在位三年殂。晋王荣即位,是为世宗。

时北汉主闻太祖晏驾,自将兵三万,与辽兵万余骑入寇。周主自将兵御之,战于高平之南,合战未几,樊爱能、何徽引骑兵先遁,右军溃,步兵千余人,解甲呼万岁,降于北汉。周主见兵势危,自引兵,亲犯矢石督战,宿卫将赵匡胤谓同列曰："主危如此,吾属何得不致死。"乃身先士卒,驰犯其锋,士卒死战,无不一当百,北汉兵大败。爱能等闻捷,稍稍复还。周主责之曰："汝辈皆累朝宿将,非不能战,今望风奔逃者,无他,正欲以朕为奇货,卖与刘崇耳。"悉斩之。由是骄将惰卒,始知所惧,不行姑息之政矣。因大阅诸军,去老弱,择精壮,募壮士以补之。又命赵匡胤募壮士以补宿卫,由是士卒精强,近代无比,毁铜佛以铸钱。世宗召陈抟问以黄白飞升之术,对曰："陛下为天子,当以治天下为务,安用此为?"乃遣还山。诏州县长吏,常存问之。世宗既为周太祖嗣,人无敢言柴守礼子者,但以元舅处之,优其俸给,未尝至大梁。尝以小忿杀人,有司不敢诘,世宗知而不问。南唐北通契丹,后伐周,周世宗下诏,亲征南唐,命李重进将兵赴正阳。南唐刘彦贞引兵来拒,重进大破之,斩彦贞,唐人大恐。皇甫晖、姚凤退保清流关,周主命赵匡胤袭之,晖等走入滁州,欲断桥自守,匡胤挥兵涉水,直抵城下。晖曰："人各为其主,愿容成列而战。"匡胤笑而许之。晖整众而出,匡胤拥马突阵击晖擒之,并擒姚凤,遂克滁州。匡胤威名日盛,每临阵,必以繁缨饰马,铠杖鲜明。或曰如此,恐为敌所识。匡胤曰："吾固欲其识之耳!"南唐主屡败而惧,遣李德明来言,请去帝号,割寿、濠、泗、楚、光、海六州之地,仍岁输金帛百万,以求罢兵。周主以淮南之地,已半为周有,诸将捷音日至,欲尽得江北之地,不许。唐主大怒,命弟齐王李景达,精兵二万趋六合,赵匡胤奋击,大破之。于是唐之将锐尽矣,是战也,士卒有不致力者,匡胤阳为督战,以剑砍其皮笠。明日,遍阅皮笠有剑迹者数十人,皆斩之,由是部兵莫敢不尽死。周以赵匡胤为定国节度使,兼殿前都指挥使。周主还都,命将围寿春,连年不下,周主复自将伐南唐,抵寿春,唐寿州监军周廷构以城降。又攻濠、泗二州,二州皆降。进克楚州,周主如迎銮镇至江口,遣水军击破唐兵,唐主恐,遂南渡,又耻降号称藩,乃遣陈觉奉表,请传位于太子宏冀,使听命于中国。觉至迎銮镇,见周兵之盛,白世宗请遣人渡江取表,献西川之地,画江为境,以求息兵,辞旨甚哀。世宗曰："朕本兴师,止取江北。今尔主能举国内附,朕复何求。"赐唐主书,慰纳之,谕以息兵,不必传位。唐主奉表,献江北四州,岁输贡物数十万,于是江北悉平。南唐主更名景,去帝号,奉周正朔。

世宗以北鄙未复,将幸沧州,即日帅步骑数万,直趋契丹之境。契丹守将,皆举城降,于是关南悉平。宴诸将于行营,议取幽州,适有疾而还。世宗疾大渐,召范质等入受顾命,在位六年,寿三十九而崩。世宗在藩邸时,多务韬晦。及即位,人始服其英武。其御军,号令严明,人莫敢犯。其攻城对敌,应机决策,出人意表,动无不胜,又勤于为治，百司簿籍，过目无所忘。发奸摘伏，聪察如神。闲暇则召儒者，读前史，商榷大义，性不好丝竹珍玩之物，重农恤民，制礼作乐，文武参用，各尽其能，人皆畏其明而怀其惠，故能破敌广地，所向无前，足称令主。登遐之日，远近哀慕焉。

世宗太子梁王宗训即位，时方七岁，是为恭帝。恭帝幼冲，中外物情，皆附于赵匡胤，密有推戴之意。时镇定二州，传言辽与北汉连兵入寇，周主遣归德节度使殿前都检点赵匡胤，率禁兵御之。正月癸卯，发汴京。殿前散指挥使苗训善观天文，见日下复有一日，黑光摩荡者久之。指示楚昭辅曰："此天命也。"是夕，次陈桥驿，军士聚于驿门，殿前都指挥使石守信等相与谋曰："主上幼弱，我辈出死力破敌，谁则知之，不如先立检点为天子，然后北征。"都押衙李处，具以其事白匡胤之弟匡义，及归德掌书记赵普。甲辰黎明，军士擐甲执兵，直逼寝所曰："诸将无主，愿册太尉为天子。"匡胤惊起披衣，未及对，黄袍已加身矣。众即罗拜，呼万岁，掖之上马，拥逼还汴。匡胤揽辔，誓诸将曰："汝等自贪富贵，立我为天子，能从我命则可，不然我不能为汝主也！"皆下马曰："愿受命！"匡胤曰："太后主上，我北面事者，不得惊犯。公卿皆我比肩，不得侵陵。朝市府库，不得侵掠。用命有重赏，不然当族诛。"皆应曰诺。遂肃队而行。乙巳至汴，自仁和门入，秋毫无所犯。匡胤令将士归营，而自退居公署。将士拥范质、王溥等至，质以义让匡胤，匡胤流泣曰："吾受世宗厚恩，为六军所迫，一旦至此，负惭天地，将若之何？"质等未及对，列校罗彦环挺剑厉声曰："我辈无主，今日必得天子！"质等相顾，不知所为。溥降阶先拜，质不得已亦拜，遂奉匡胤入宫。召百官，至晡时，班定，犹未有禅诏，翰林承旨陶谷，出诸袖中，遂用之。宣徽使引匡胤就庭，北面拜受讫，乃掖升崇元殿，服衮冕，即皇帝位。奉周主为郑王，在位半年，后十一年殂，宋主素服发哀，辍朝十日。世宗七子皆寿终。奉符后为周太后，迁之西宫。周亡，凡三主，共十五年。五代通共五十三年。

宋主大赦改元，国号宋，是为宋太祖。石守信、高怀德等，悉进爵有差。华山隐士陈抟闻太祖代周曰："天下自此定矣！"宋祖开基，其说颇长，留待下回再叙。

其唐末河北七藩镇，割据土宇，隐同列国，及残唐十僭国，今且逐渐叙明，以便观者。唐末藩镇，有卢龙，初名平卢，今直隶卢龙等处是也。自唐玄宗以安禄山为平卢节度使起，及禄山反后，凡更二十七人，共易二十姓。至刘守克称帝于后梁末帝时，晋王李存勖击破幽州，擒守光，并其父仁恭斩之。有魏博，亦名天雄，今直隶大名县等处是也。唐代宗时，田承嗣执史朝义妻子降，以为魏博节度使，凡更十九人，共易九姓。至后梁末帝时，杨师厚卒，魏人以其地降于晋王李存勖。有成德，后名武顺，今直隶正定县等处是也，唐肃宗时，以安史降将李宝臣，为成德节度使。凡更十二人，共四易姓。至后梁末帝时，王熔为其下太保王德明所弑，晋王存勖讨诛之。有泽潞，亦名昭义，今山西长沼县等处是也。唐代宗时，以安史降将薛嵩为泽潞节度使。凡更三十人，共二十六易姓。至丁会，以朱全忠弑昭宗，会降于晋王李克用。又有淄青，今山东东平县是也。唐肃宗时，以侯希逸为淄青等六州节度使。凡五人，二易姓。至李师道，唐宪宗遣兵讨之，其下刘悟斩献其首。又有淮西，后名彰义，今河南汝南县等处是也。唐肃宗时，以来瑱为节度使。凡八人，七易姓。至吴元济，唐宪宗遣李愬讨诛之。又有沧景，亦名横海，今直隶河间县等处是也。唐德宗时，以程日华为横海军节度使，凡更二十七人，共十五易姓。至卢彦威，于唐昭宗时，为刘守光之父刘仁恭所取。又有宣武，今河南开封县等处是也。唐德宗时，以刘元佐为宣武节度使。凡更十九人，共九易姓。至唐实，于唐僖宗时，以朱全忠代之，后遂篡唐。此唐末河北藩镇之大略也。

至于唐五代诸僭国，前后共约十国。其最大莫如吴与南唐。初合肥人杨行愍，以为盗见获，刺史郑棨奇其状貌，释之。后应募为兵，充卢州牙将，高骈以为卢州刺史，改名行密。时高骈好神仙，吕用之、张守一、诸葛殷等，共为妖妄，淫刑滥赏，夺人资财妇女，人大怨恨。毕师铎、秦彦起兵讨之，秦彦杀高骈并其子弟甥侄，共为一次瘗之。杨行密尽取高骈故地，唐昭宗以杨行密为淮南节度使，据有江南、江西等地。行密取濠州，得徐州人李氏子，养以为子。其长子渥憎之，行密赐与徐温为子。名之曰知诰。知诰勤孝过诸子，温特爱之。每谓诸子曰："汝辈事我，能如知诰乎？"使掌家事。行密节度淮南十四年卒，长子渥嗣。渥骄侈信谗，多以旧怨杀人。燃十围之烛，以击球，或单骑出游，从者不知所之，左右牙指挥使张颢、徐温泣谏不听，遂谋作乱，因弑渥，渥嗣位三年。颢立渥弟杨隆演，徐温密使人斩颢与牙堂，暴其弑君之罪。温出镇润州，留养子徐知诰居广陵辅政。隆演嗣位十年，又僭王位二年卒。徐温入朝，或劝温自取，温正色曰："我受杨氏厚恩，使杨氏无男有女，亦当立之，敢妄言者斩。"乃迎立隆演之弟，丹阳公溥。及温卒，吴王赠温齐王。以徐知诰都督诸军事。吴王杨溥在王位六年，又僭称帝十一年，为徐知诰所篡，号为让皇。寻卒，溢曰睿。吴亡，凡四世，共四十六年。称帝十一年。

徐知诰称帝，复姓李，改名昇国号唐，都金陵，是为南唐。南唐主李昇，字正伦，乃唐太宗子吴王恪之后也。世本微贱，父荣早卒。昇少孤，流落濠、泗间，杨行密得之，奇其状貌，嘱其将徐温，养以为子。及长，身长七尺，广颡隆准。为人好学，温厚有谋。篡位后，追尊徐温为忠武皇帝，庙号义祖，立唐七庙。勤俭爱民，兴利除害，在位六年，以服方士灵丹，疽发背而殂，庙号烈祖。长子璟嗣位，璟性和柔，好文事，喜人顺己，于是谀臣日进，政事日乱。既克建州，并有殷国，复破湖南，并有楚国，益骄肆，有并吞天下之志，遣使通契丹及北汉，约共图中国。周世宗将兵伐之，唐兵大败，去帝号，尽献淮南江北之地，画江为界，奉表称臣于周。唐主在帝位十九年，去帝号称国主者四年，徙都豫章。以境土蹙弱，忧虑成疾而殂，庙号元宗。子煜时留建康，遂即位。煜酷信佛法，出禁中金钱，募人为僧，都下僧将万人，皆仰给于县官。唐主与后，服僧衣，诵佛经，拜跪手足成赘。宋太祖闻之，乃选少年有口辩者为僧，南渡见唐主，论性命之说，唐主信重，谓之一佛出世，自是不复以治国守边为事。宋遣曹彬将大军取江南，江南主日以后苑引僧及道士诵经，宋师驻城下累日，江南主犹未知，及知之，乃遣使召都虞候朱令赟将上江兵入援，遣吏部尚书徐铉等，贡方物，上表求退师。铉言于宋帝曰："李煜无罪，煜以小事大，如子事父，奈何见伐？"反复辩论不已。帝怒曰："江南亦有何罪，但天下一家，卧榻之旁，岂容他人鼾睡耶！"铉惶恐而归。唐令朱令赟入援，号众五十万，顺流而下，曹彬击败之，遂擒令赟。金陵孤城愈蹙，一日城将破，彬忽称疾不视事。诸将皆来问疾，彬曰："余之疾，非药石所能愈，惟须诸君诚心自誓，于克城之日，不妄杀一人，则自愈矣！”诸将许诺，共焚香为誓，彬即称愈，遂克升州。江南主率臣僚，诣军门请罪，彬安慰之，待以宾礼，请煜入宫治装。煜治装毕，遂与其宰相汤悦等四十五人，赴汴京。煜嗣位十九年而降于宋。南唐亡，凡三主，共三十九年。

其见灭于南唐者，有闽国，亦号殷。唐僖宗时，寿州屠者王绪，与其妹夫刘行全，聚众五百，盗据本州，复陷光州，有众万余人。蔡州节度使秦宗权，表为光州刺史。固始县佐王潮，及弟审邽、审知，皆以才气知名，绪以潮为军正，信用之。时黄巢已平，秦宗权责租赋于光州刺史王绪，绪不能给，宗权怒击之。绪惧，悉光、寿二州兵渡江，转掠江、洪、虔州，又陷汀、漳州，然皆不能守。王绪以漳州道险粮少，令军中无得以老弱自随，惟王潮兄弟扶其母以从，绪责之，潮等曰：“人皆有母，未有无母之人，将军奈何使人弃其母乎？”绪怒，命斩其母。潮等曰：“潮等事母，如事将军，既杀其母，安用其子，请先母死。”将士为之请，乃舍之。有望气者谓绪曰：“军中有王者气。”于是绪见将士有勇略魁岸者，皆杀之。刘行全亦死，众皆自危。行至南安，潮说其前锋将，伏壮士篁竹中，就马上擒绪，反缚以徇。前锋将推潮为将军，引兵还光州，所过秋毫无犯，遂取泉州，遣使降于观察使秦岩。岩表潮为泉州刺史，潮沉勇有智略，招怀离散，均赋缮兵，吏民悦服。秦岩病卒，诏以潮为观察使。未几，升福州为威武军，以潮为节度使。一年卒，表其弟审知为威武留后，朝廷因而命之。审知状貌雄伟，隆准方口，常乘白马，军中号为白马三郎。后梁篡位，以审知为闽王。审知俭约，宽刑薄赋，好贤下士，境内以安。嗣位二十九年卒。子延翰嗣，骄淫残暴，自称大闽国王。以弟延钧为泉州刺史，义弟延禀为建州刺史，皆令采择民间美女，二人皆谏，遂有隙。二人合兵袭福州，杀延翰，翰嗣位一年。众推延钧为留后，更名璘，璘好神仙，大作宫殿，用度不足。以薛文杰为国计史，文杰巧佞谄媚，阴求富民之罪，而籍没其财，被掳掠者，胸背分受，仍以铜斗火熨之，国人皆怨怒。太后及长子继鹏，泣请于璘而杀之。璘后陈金凤善淫，曲尽其妙，闽主嬖之。后与幸臣归守明、李可殷等私通，国人皆恶之。会璘疾甚，长子继鹏，与皇城使李仿，杀李可殷。璘力疾视朝推求可殷死状，仿大惧，遂帅所部兵，鼓噪入宫弑璘。继鹏杀陈后。璘嗣位九年，又称帝三年而被弑。子继鹏立，更名昶。昶既嗣立，骄纵好聚敛，重方士而崇宫室，又忌杀宗族。其叔父延义弑之而自立，昶僭位三年。延义更名曦，曦骄淫苛虐，宗族勋旧，相继被诛，每乘醉杀人。僭位六年，朱文进弑之，而自立。时审知子延政，已据建州称帝，改国号曰殷。会南唐查文徽表请击殷。南唐主遣徽兴兵南下，延政使人诈告福州曰：“唐助我讨贼臣，大兵今至矣。”福人大惧，斩文进以降于延政。唐兵与闽，相持未决。唐查文徽请唐主益兵，唐主遣将军祖全恩将兵会之，闽兵大败。唐兵拔镡州，又拔建州，殷王延政降，僭位三年。汀、泉、漳等州相继皆降，国亡。凡七传，四主，共五十年，内称帝二十年。

其见灭于南唐者，又有淮南，亦号楚国。唐僖宗时，秦宗权与杨行密争扬州，马殷与刘建锋等俱属宗权将孙儒。及行密击斩孙儒，刘建锋、马殷收余众七千，走洪州，推建锋为帅。至江西、众十余万，杀武安节度使邓处纳，自称留后。建锋既得志，嗜酒不亲政事。长直兵陈赡妻美，建锋私之，赡杀建锋，诸将杀赡。马殷尝同建锋领兵，众服之，推为留后。唐昭宗以马殷为湖南节度使，殷练卒厉兵，尽取湖南之地，节度湖南三十一年。又建楚国，在王位四年殂，遗命诸兄弟相继。子希声立，声嗣位二年殂，弟希范立，范纵意声色，为长夜之饮，内外无别，盛为宫室，选美女，率子弟僚属，游宴其间。嗣位十五年殂，母弟希广立，嗣位三年，懦弱不能自决。庶兄希萼争立，广不忍杀其兄，反为其兄希萼所弑。萼篡立一年，多思旧怨，杀戮无度，纵酒荒淫，悉以军府事委庶弟希崇。崇多私曲，政刑紊乱，军民皆怨。指挥使徐威等以兵废希萼而立希崇。初希萼素有怨于衡山人彭师暠，希崇送希萼至衡山幽之，实欲衡山人杀之。乃衡山彭师暠，奉希萼愈谨，聚众万余人，立希萼为衡山王。而希崇日纵酒荒淫，使妇女裸侍。为政不公，语多骄妄，国人不附。徐威等患之，密表请兵于南唐。南唐主命边镐将兵击楚，希崇、希萼皆降。楚亡，凡六传，共五十六年，内建国称王者四十五年。

唐既平湖南，悉收其金帛、珍玩、美女、仓粟、亭馆、花果之类，皆徙金陵。遣郎中杨继勋等收租赋，专务苛刻。湖南人大失所望。南汉王刘晟遣兵争岭南之地，大败唐师。楚辰州刺史王逵乘间迎刘言为帅，击败唐兵，尽复马氏嶺北故地。惟彬连入于南汉，奉表乞降于周，周许之。以言为武平节度使，在任二年。周行逢、张文表劝王逵自取之，逵杀刘言，奉表于周，求为节度使，亦许之。周主自将伐南唐，诏王逵攻南唐鄂州，逵领兵过岳州，团练使潘叔嗣燕犒甚谨。逵左右求取无厌，叔嗣帅众袭逵，逵败死，在任二年。叔嗣迎周行逢为武平留后，行逢诱执潘叔嗣，数其罪而斩之。周以周行逢为武平节度使，行逢在任七年，疾甚，谓子保权曰："我死，张文表必为乱，万不得已，当举族归朝，无令陷于虎口。"及卒，文表果为乱。保权请兵于宋，宋祖遣兵赴之，保权已诛文表。保权牙将张从富挟保权以拒宋，宋击破之，斩从富，获保权以归，释为卫将军，寻迁羽林将军以善终。湘湖悉平，自刘言至保权，再共十三年而亡。

此外又有吴越。唐僖宗时，王郢作乱，劫掠浙江、福建等地，陷明、台二州，大为民患。及贼平，临安人董昌，以土团讨贼有功，补石镜镇将。临安人钱镠，字具美，素无赖，贩盐为盗。有术者望斗牛间有王气，占之在临安，乃以相法隐市中，阴求其人，与县录事钟起善，私以告起。起为置酒，悉召县中贤豪为会，术者遍观，皆不足当。会术者过起家，镠适从外来，术者大惊曰："此真贵人也。"因顾起曰："君之贵，因此人。"初起诸子常从镠饮博，起辄禁之，至是始纵其子与镠游，时贷其穷乏。镠善射与槊，以骁勇闻。事董昌有功，为都知兵马使。时王仙芝与黄巢余党，侵掠江淮两浙间，独畏二人，不敢犯临安。高骈闻而壮之，召昌及镠，欲与共讨贼。镠见骈无讨贼心，说昌辞去。昌自石镜，引兵入据杭州。镇海节度使周宝不能制，表昌为杭州刺史。时王铎将刘汉宏据浙东，欲并江西。董昌谓钱镠曰："汝能取越州，吾以杭州授汝。"镠击破浙东军，克越州。越州今绍兴县是也。刘汉宏走台州，刺史杜雄执送昌，斩之。昌遂徙镇越州，以镠知杭州府事。会镇海节度使周宝为其下刘浩、薛朗等所逐，镠讨平之，拔常州及润州。润州，今丹徒县是也。又拔苏州。唐昭宗以钱镠为镇海节度使，以董昌为浙东威胜节度使。董昌求为越王，朝廷未许，昌遂自称帝，号大越巢平，令群下谓己为圣人。钱镠遗昌书曰："与其闭门作天子，陷九族百姓于涂炭，岂若开门作节度，使终身富贵耶！及今悛悔，尚可及也！"昌不听，镠将兵诣越州城下，昌战败，固守越州，镠破斩之，传首京师。遂以镠兼镇海、威胜两节度使，镠拔淮南之松江、无锡、常熟、华亭，湖州等地，镠又取严州，遂取金华及衢州。梁朱温篡位，以钱镠为吴越王，始建国，仪卫名称，多如天子之制，惟不改元称帝。吴越与吴争常州，战于无锡，为吴所败，杀吴越将何逢，斩首万级。镠见何逢马，悲不自胜，将士感悦，皆心附之。镠自少在军中，夜未尝寐，倦极则就圆木小枕，寐热，辄欹而寤，名曰警枕。置粉盘于卧内，有所配，则书盘中。或寝方酣，外有白事者，令侍女振纸即寤。镠善事天子，始与吴争地，后与吴连和，境内以安。为节度使三十年，又建国十年殂。中子传瓘立，更名元瓘，抚御将帅，和好兄弟，境内称安。嗣位九年殂，子弘佐立。佐好书礼士，躬勤政事，发伏摘奸，人不能欺。嗣位六年殂，弟弘倧嗣。倧性刚严，大将胡进思忌之，遂废之而立其弟弘俶。弘俶曰："能全吾兄，乃敢承命。"进思许之。俶遣兵卫之，进思屡欲弑倧，俶保全之。进思忧惧而死。俶徙倧于东府，为筑宫室，治园囿，以娱悦之，岁时供馈甚厚。淑遣使入贡于宋，宋主谓之曰："江南倔强不朝，我将讨之。元帅当助我，无惑人言。"密告以师期，吴越王俶帅兵五万攻常州，拔之。江南主贻俶书曰："今日无我，明日岂有君，一旦明天子易地酬勋，王亦大梁一布衣耳！"俶不答，以书上宋。宋主优诏褒之。吴越王俶，闻唐亡而惧。帝亦谓其使者曰："愿一相见。"俶与妻孙氏，子惟浚，孙承祐来朝。帝赐礼贤宅以居，亲幸宴之，赏赐甚厚，赐俶剑履上殿，书诏不名，命与晋王匡义，叙昆弟之礼，封孙氏为王妃，留两月遣还。帝赐以黄袱，封识甚固。戒曰："途中宜密观。"及启之，则皆群臣乞留俶章疏也。俶益感惧，既归亲事，命徙坐于东偏。谓左右曰："西北者，神京在焉，天威不违颜咫尺，俶岂敢宁居乎！"每修贡，必列于庭，焚香再拜而后遣之。至宋太宗之三年，吴越王俶朝于朱，求还不许。其臣崔仁冀曰："朝廷意可知矣，大王不速纳土，祸且至。"俶乃籍境内十三州，一军，八十六州县以献。帝御崇元殿受之，俶朝退，将佐始知之。皆恸哭曰："吾王不归矣！"俶嗣位三十一年而亡，后又十年而卒。宋太宗封俶为王，诸子孙皆为显官，七子皆贵显。吴越亡，凡五世，共八十一年，内建国五十六年。

此外又有前蜀、后蜀。前蜀者，唐僖宗时，舞阳人王建，隆目广颡，状貌伟然。少无赖，以屠牛盗驴，贩私盐为事，里人谓之贼王八。为田令孜假子，拜卫将军，僖宗自凤翔移幸兴元，以王建为清道使，使奉玺以从。至大散关，凤翔李昌符焚栈道，栈道几断，建控帝马，冒烟焰中过，宿坡下，帝枕建膝而寝。既觉流涕，解御衣赐之。及田令孜败，王建以令孜党，出为四川和州刺史。建骁勇，知人善任，听言纳谏，士乐为用，召寡溪洞酋濠，有众八千，袭阆州，逐杨茂实，进攻西川节度使陈敬瑄，表敬瑄之罪于朝，求讨敬瑄以自赎。诏削敬瑄官爵，以建为节度使。建攻斩陈敬瑄，拔成都，据有西川之地，复攻杀顾彦晖于梓州，并有东川之地。遣使入贡，并修好于朱全忠。及全忠篡位，建移檄诸道，欲与岐晋会兵兴复唐室，卒无应者，建遂自称帝。建于诸将有功名者，多因事诛之。太子作乱，为卫兵所杀。建立宗衍为太子。蜀主建久疾昏瞀，任节度使十七年，又称帝十年殂。少子衍立。衍奢纵无度，日与徐太后、徐太妃游宴贵臣之家，及游近郡名山，所费不可胜记。强取民间女子，纳入宫中。太后太妃各有幸臣，每卖官，人数多，则以赂多者得之。衍有宠姬徐氏，别号花蕊夫人，有美色，亦以淫乱闻。衍每好微行，酒肆娼家，无所不到。又以韩昭、潘在迎等为狎客，与宫女杂坐，谑浪亵狎，无所不至。王承休妻严氏色美，蜀主衍私焉。以秦州多美妇人，蜀主封承休为鲁国公，天雄节度使，使治秦州，以采择美女。承休强取民间美妇，教以歌舞，毁府署为行宫，请蜀主临幸秦州观之。衍引兵发成都，后唐主李存勖，遣子继岌及郭崇韬伐蜀。蜀武兴节度使王承捷，告唐兵西上。衍急欲与承休妻相会，且观女戏，不以为意，承捷以凤、兴、文、扶四州降。衍至利州，遇威武卒逃回，始信唐兵之来，意欲迎敌，兵皆怨愤不肯战，遂降。前蜀亡，凡二世，共三十五年。内称帝十七年。衍降后，一家俱为后唐主所杀，及后唐大将郭崇韬，以无罪被杀。

唐以董璋为东川节度使，以孟知祥为西川节度使。知祥后据蜀，是为后蜀。后蜀孟知祥，邢州龙冈人，今直隶邢台县是也。知祥既为节度使，蠲除横赋，安集流散，下宽大之令，与民更始，阴有据蜀之志。阅库中铠甲，得二十万，置左右牙兵十六营。后唐明宗时，东川节度使董璋反，知祥亦与同反。唐使石敬瑭讨之，敬瑭攻剑州不克，还屯剑门，以运粮不继，烧营北归。董璋会诸将谋袭西川成都，反为知祥所败，璋还梓州，知祥破斩之，因兼有东川之地，上表谢罪于唐，唐以知祥为蜀王。未几，称帝于成都。知祥为节度使九年，僭号一年殂，子仁赞立，更名昶。昶日事奢纵荒淫，以蜡书与北汉，约同举兵伐宋。细作赵彦韬献之朱。宋主得书，以王全斌为大将，刘光义、崔彦进、王仁赡、曹彬等，将步骑六万，分道伐蜀，蜀兵大败，蜀主昶请降，嗣位三十二年。宋主以吕余庆知成都府事。后蜀亡，凡二世，共四年，内称帝三十三年。初徐匡璋纳女于昶，拜贵妃，亦号花蕊夫人，意花不足拟，似花蕊轻盈也，与昶极相爱。王师平蜀，宋主闻花蕊名，命别将护送入宫，纳为妃。昶美丰仪，喜猎善弹，夫人心尝忆昶，悒悒不敢言。因自尽昶以祀，复佯言于众曰："祀此神者多子。"一日宋祖见而问之，夫人亦托前言，讳其姓，遂假张仙。自是求子者多祀之，迄今不改。

此外又有南汉。初上蔡人刘安仁商于南海，因家焉。子谦为广州牙将，升封州刺史。封州，今广东封川县是也。及卒，子隐居丧于贺江，土民百余人谋乱，隐一夕尽诛之。岭南节度使刘崇龟，表为封州刺史。诸贼为乱者，隐与战，悉擒斩之。唐昭宗时，以重赂接好朱全忠，全忠奏以为清海节度使，屡进爵南海王，凡十一年卒。弟严立，谓中国纷纷，天子尚且无定，安能及远，遂称帝，改名䶮。穷奢极丽。宫殿悉以金玉珠翠为饰，用刑惨酷，有灌鼻割舌，支解刳剔，炮炙烹蒸之法。或聚毒蛇水中，以罪人投之，谓之水狱。末年，尤猜忌不信臣下，专任宦者，由是宦者大盛。为节度使六年，又称帝二十六年殂。子弘度立，更名玢，骄奢不亲政事，作乐酣饮，裸男女而观之，左右忤意辄杀，无敢谏者。嗣位一年，弟晋王弘熙弑之而自立。弘熙更名晟，尽杀诸弟及其诸子，悉纳其女，以充后宫。作离宫千余间，饰以珠宝，杀镬汤刀山椐杵之刑，号生地狱。以宫人卢琼仙、黄琼芝等，为女侍中，朝服冠带，参决政事。宗室勋旧，诛戮殆尽，惟宦官林延遇等用事。晟嗣位十五年殂，子继兴立，更名𬬮，时年十六。𬬮谓群臣皆有家室顾子孙，不能尽忠，惟官者可任，于是国事皆决于女侍中卢琼仙及宦官龚澄枢等。凡群臣有才能，及进士状头，皆先下蚕室，然后得进。一状头闻之惧，辞官而逃。及抵家，则候阉者已在门矣。状头请与妻孥诀别三昼夜而后就刑，许之。三日后，即于其家阉焉。𬬮得波斯女，丰腯而慧艳，善淫，曲尽其妙。𬬮嬖之，赐号媚猪。𬬮好观人交，选恶少年配以雏宫人，就后园褫衣，使露而偶。张扶媚猪巡行，观其交接之势，号曰大体双。见女子号叫畏避，则大喜。见男子势弱，则鞭之。又择美男于媚猪对，鸟兽见之，熟亦作合。张举兵侵宋，宋太祖命潘美为将，尹从珂为副以讨之。南汉都统李承渥，将兵十余万，屯莲花峰下，列象为阵。潘美集劲弩射之，象奔还，乘象者皆坠，反践承渥军，军遂大溃，承渥仅以身免。宋师下韶州，遂克英、雄二州，进次泷头，汉主大惧。宋师直进，张焚其府库宫殿，明日出降。南汉亡，凡四世，共六十八年，内称帝五十五年。

此外又有北汉。北汉起后汉高祖刘知远之母弟刘崇。崇，太原人，美须眉，目重瞳子。少无赖，嗜酒好博，尝黥为卒。高祖镇河东，以为都指挥使。及即位，以为太原留后。隐帝立，以为节度使。崇乃收豪杰，籍民为兵。及郭威弑隐帝，崇将起兵讨之。会威立崇之子赟为汉嗣，崇喜曰："吾儿为帝矣。"遂罢兵。及郭威自立为帝，废赟为湘阴公。刘崇遣使请赟归晋阳，周主报曰："湘阴公比在宋州，今方取归，必令得所，公勿以为忧。"未几，弑赟于宋州。崇乃称帝于晋阳，所有者：并、代、宪、隆、忻、岚、汾、沁、辽、蔚、麟、石十二州之地。宰相俸钱，月止百缗，节度使二十缗，其余薄有资给而已。崇谓诸将曰："朕以高祖之业，一朝坠地，今日位号，不得已而称之。朕是何天子，卿等是何节度使耶？"遣使通好于契丹辽主，辽册命崇为大汉神武皇帝，更名曰旻。北汉土瘠民贫，内供军国，外奉契丹，赋役繁重，民不聊生。北汉主旻闻后周太祖晏驾，甚喜，约契丹同伐周，战于高平之南，败还。周世宗伐北汉，亦不克而还。北汉主旻称帝六年殂，子承钧立，更名钧。钧性孝谨，既嗣位，勤于政事，爱民礼士，境内粗安。其上表于契丹称男，契丹谓之儿皇帝。初北汉世祖旻女适薛钊，生子继恩。再适何氏，生子继元。二人俱幼孤。世祖以钧无子，命养以为嗣。钧在位十一年殂，养子继恩立。立二月而为供奉官侯霸荣所弑，宰相郭无为使人杀霸荣，而立继恩之弟继元。继元亦钧养子，即何氏子也。性残忍，世祖子十余人，皆为所杀。宋太祖亲征北汉，围太原城，不克而还。初宋太祖尝微行，雪夜过赵普家，与普谋取北汉。普曰："太原当西北二面，太原既下，则二边之患，我独当之，不如姑俟削平诸国，则太原弹丸之地，将安逃乎？"帝以为然。故虽连年攻伐，败辽师，然至城下，辄退师不取。盖北汉恃辽以为援，宋祖并欲诱至辽而疲弊之，因并灭之，故太祖不灭北汉，是计也，非力不足也。宋太祖兴国四年，以潘美为大将，帅崔彦进、李汉琼等六将军，太宗自将，分道伐北汉。北汉求救于契丹，辽主遣耶律沙将兵救之，战于白马岭下，辽师大败。宋师围太原，攻城甚急。继元嗣位十二年，奉表乞降于宋，宋封为彭城郡公。北汉亡，凡四世，共二十九年。又北汉主钧义子刘继业，为北汉将，甚骁勇，尽忠北汉，杀宋师甚众。宋帝使继元招而降之，使复姓杨，更名业，号杨无敌。其后王侁强令其将兵击辽，败死，即世所谓杨老令公是也。业子延昭，昭子充广，广子贵迁，遂有四川播州之地，为播州宣慰使，至明万历时始亡。

此外又有南平。初河南陕州硖石人高季昌，少为汴州富人李让家僮。唐昭宗时，朱全忠为宣武节度使，李让入资于全忠，得幸为养子，易其姓名为朱友让。季昌因让得进见，全忠奇其才，命让以子畜之，以为指挥使。及梁兵攻凤翔，李茂贞坚壁不出，季昌请以计诱致岐兵而败之，由是知名。梁主篡位，以高季昌为荆南节度使。季昌到官，城邑残毁，户口雕耗。季昌安集流散，民皆复业，潜有据荆南之志。造战船五百艘，治城堑，缮器械，招聚亡徒，交通吴蜀，梁不能制，梁封季昌为渤海王。季昌又降于唐，更名季兴。唐封季兴南平王，唐魏王继岌送蜀货四十万，浮江而下，季兴杀而夺之。唐主诘之，季兴言当问之水神。唐主遣兵伐之，因乱不克而还。季兴在官二十二年卒，子高从诲嗣。从诲性敏达，亲礼贤士，委任梁震，以兄事之，以经史自娱，省刑薄赋，境内以安。荆南介居湖南、岭南、福建之间，地狭民弱，自高季兴时诸道入贡，过其境者，多掠夺其货币。及诸道移书诘让，或加以兵，不得已，复归之，曾不为愧。及从诲立，唐、晋、契丹、汉，更据中原。南汉、闽、吴、蜀皆称帝，从诲利其赐与，所向称臣，诸国贱之，谓之高无赖。从诲嗣位二十年卒，子高保融立。融嗣位十二年卒，母弟保勖立。勖嗣位二年卒，保融子继冲立。继冲嗣位一年，宋太祖因湖南周行逢乞师讨张文表之便，假道江陵，继冲以牛酒犒师，而宋兵已袭取其地矣，继冲乃尽籍其境内所有，以降于宋，宋以继冲为武宁节度使。南平亡，凡四世，共五十七年。

此外有契丹，即辽国，另见三十二回，不赘。此外又有南诏，即今云南地，以时为外国不载，略见第四十一年，号回中。至于宋祖既受周禅，如何治国，如何平定天下，话长，且听下回分解。

第三十一回　宋太祖　统中原　未能混一

词曰：

检尽残遍并断简，细数兴亡，总是英雄汉。物有无常人有限，到头落得空长叹。

富贵荣华春过眼，汉主长陵，霸主乌江岸。早悟夜筵终有散，当此赌甚英雄汉。

却说宋太祖，姓赵，名匡胤，涿群人，今直隶涿县是也。高祖朓为唐幽都令，曾祖珽为唐御史中丞，祖敬为琢州刺史，父弘殷为周检校司徒，岳州防御使。弘殷娶杜氏，生匡胤于洛阳夹马营，亦光满室，营中异香，经宿不散，人谓之香孩儿营。及长，容貌雄伟，器度豁如，识者知其非常人。累官殿前都指挥使，掌军政，数建大功，人望归之。周世宗尝于文书囊中，得长三尺余木，题云："点检作天子。"时张永德为殿前都检点，命匡胤代之。及恭帝宗训立，加检校太尉，领归德节度使。时主少国疑，中外密戴匡胤，陈桥兵变，遂代周而有天下，以火德王，都汴京。立七庙，追帝其祖考，增葺学宫，塑先圣先贤像，自为赞，书于孔颜座端，于是臣庶始贵学。以范质、王溥同平章事。质等自以周朝旧臣，稍存形迹，且惮宋主英睿，乃请用札子，各疏其事，而取旨，上从之。后世用札子奏事始此。昭义节度使李筠起兵，会北汉伐宋，宋击破之，筠自焚死。淮南节度使李重进复起兵反，宋击败之，进亦自焚。太祖谓赵普曰："天下自唐季以来，数十年间，帝凡易八姓，十三君，僭窃相踵，战争不息，其故何也？"普对曰："此无他，方镇之权太重，君弱臣强而已。宜制其钱谷，收其甲兵，则天下自安矣！"太祖大悟。一日因晚朝，与石守信等饮酒酣，屏左右谓曰："朕非卿等不及此，然天子亦大艰难，殊不若为节度使之乐，居此位者，谁不欲为之，朕终夕未尝安枕也。"守信等曰："陛下何出此言，今天命已定，准敢异心。"太祖曰："卿等固然，其如麾下欲富贵何？一旦有以黄袍加汝身，虽欲不为，不可得矣！"守信等泣谢曰："臣等愚不及此，愿陛下哀矜，指示可生之路。"太祖曰："人生如白驹之过隙，所以图富贵者，不过欲多积金銀，厚自娱乐，使子孙无贫乏耳。卿等何不释去兵权，出守大藩，择便好田宅市之，为子孙立永远之业，多买歌儿舞女，日饮夕酒为欢，以终其天年，上下相安，不亦善乎！"守信等皆谢曰："陛下念臣等至此，所谓生死而骨肉也。"明日，皆称疾，乞罢典兵，赐赉甚厚。惟石守信兼职如故，其实兵权不在也。其诸州守土官，帝用赵普谋，或因其卒，成因迁徙致仕，皆以文臣为之。又令各州诸节镇，得自奏事，不属诸藩，于是节度使之权始轻。以吕余庆参知政事，诏百官以次转对，指陈时政得失，事关急切者，许非时上章奏闻。诏举孝弟力田，奇才异能，文武可用者。太祖朝杜太后于殿上，群臣称贺。太后愀然不乐，左右异之。太后曰："吾闻为君难，若治得其道，则此位可尊，苟或失驭，则求为匹夫而不可得。"太祖再拜曰："谨受教。"及杜太后疾革，召赵普入受遗命，谓宋主曰："汝知所以得天下乎？"宋主曰："正由祖考及太后之积庆耳。"太后曰："不然，由周世宗以幼儿主天下，故汝得至此；汝万岁后，当传位光义，光义传光美，光美传德昭，国有长君，社稷之福也。"宋祖泣曰："敢不如教。"后顾谓赵普曰："汝同记吾言，不可违也。"普即就榻而为约誓书，于纸尾署曰："臣普记。"藏之金匮，命谨密宫人掌之。太后遂殂。

帝遣慕容延钊、李处耘伐荆南，并袭南平。南平高继冲，荆南周保权俱降，湘、湖悉平。命王全斌等伐蜀，蜀主孟昶降。全斌在蜀，纵部下淫掠女子，夺取财物，蜀人苦之，遂作乱。曹彬招慰击破之，两川遂定。是役也，惟刘光义、刘廷让、廉谨、曹彬能戢下，上优赏之。使潘美将兵伐南汉，克广州。南汉主刘鋹降，两广悉定。帝遣使谕江南国主入朝，不至，遣曹彬将兵十万伐之。将行，帝戒之曰："江南之事，一以委卿，切勿暴掠生民，务广威信，使自归顺，不须急击也。"且以剑授彬曰："副将而下，不用命者斩之。"潘美等皆失色。自王全斌平蜀，多杀人，上每恨之。彬性仁厚，故专任焉。彬克江南，振旅而还。封江南主李煜为违命侯。彬归自江南，舟中惟图籍衣衾而已。阁门进榜子云，奉敕差往江南勾当公事回，时人嘉其不伐。以上削平诸国事迹，各见上回诸国下，不赘。诸国既平，吴越大惧，遣使纳赂于赵普。初帝每微行，屡幸赵普家，相与谋事甚密。至是帝又幸其第，会吴越所遣使适到，致书于赵普，及海物十瓶，置于庑下，未及发而帝至，仓促不暇屏。帝顾问何物，普以实对。帝曰，"海物必佳。"即命启之，皆瓜子金也。普惶恐谢曰："臣未发书，实不知。"上曰："第受之，彼谓国家事，皆由汝书生辈尔。"普不自安，遂求罢政。又上表于帝，乞遵太后遗诏，传位晋王光义。帝手封其表，藏之宫中。

宋都东京开封府汴梁，而以洛阳、河南府为西京。帝如西京，遂封其父宣祖墓安陵，祭天地于当郊，都民垂白者相谓曰："我辈少经乱离，不图今日复睹太平，天子仪卫。"有泣下者。帝欲留都洛阳，群臣咸谏，弗听。晋王光义言其非便，帝曰："迁河南未已，终当居长安耳。"光义问其故，帝曰："吾欲西迁，据山河之胜，以去冗兵。"光义曰"在德不在险。"力请还汴，帝不得已从之。因叹曰："不出百年，天下民力尽矣。"遂还东京。五星聚奎，窦俨曰："天下自此太平，文明自此日盛矣。"帝友爱光义，数幸其第，恩礼甚厚。光义尝有疾，亲为灼艾。光义觉痛，帝亦取艾自灼，以分其痛。帝元配贺氏早卒，继王氏，又宋氏。宋氏欲立皇子德芳。十月壬子，夜大雪，帝召晋王光义，属以后事，宦官宫妾悉屏之，左右皆不得闻。但遥见烛影下，晋王时或离席，若有避逊之状，既而帝引玉斧戳地曰："好为之。"俄而帝崩，在位十七年，寿五十岁。帝仁孝豁达，质任自然，不事矫饰，宫中苇帘，缘用青布，常服之衣，瀚濯至再。性严重寡言，独喜观书，虽在军中，手不释卷，闻人有奇书，不吝千金购之。尝读二典，叹曰："尧舜之时，四凶之罪，止于投窜，何近代法网之密耶？"于是立法，鞭朴不行于殿陛，骂辱不及于公卿。臣下除谋叛外，不得诛戮，故臣下得以有为，而忠君爱国之心，油然而兴矣。

帝既崩，弟晋王光义立，是为太宗，更名炅。吴越王钱俶来朝，上留之不遣。俶惧，尽献其地，封俶为淮南国王。上遣潘美等，分道伐北汉，又自将继之。辽遣使来言曰：

“何名而伐汉也？”帝曰：“河东逆命，所当问罪，若北朝不援，和约如故，不然，惟有战耳！”潘美等屡败北汉兵，北汉求救于辽，辽遣兵赴之，潘美等大败辽师，尽锐以攻北汉，北汉王出降。帝发太原，遂伐辽。辽将多降。辽耶律学古守燕，悉力御宋，不能支。辽主遣耶律休哥救燕，帝与辽将耶律沙，大战于高梁河。沙败将遁，休哥兵适至，与耶律斜轸分左右翼以进，复战，帝大败，急乘驴车走免，自是辽好遂绝。太祖适子德昭从帝攻太原，军中尝夜惊，不知帝所在。有谋立德昭者，帝不悦。及还，以北征不利，久不行太原之赏，德昭以为言，帝大怒曰：“待汝自为之赏未晚也。”德昭退而自刎，帝闻之惊悔，往抱其尸，哭曰：“痴儿何至此耶！”追封魏王。北汉既平，天下复归一统。惟契丹内据河北、幽、蓟之地，宋师取之屡败，不能克复，天下非复汉、唐之旧矣。

赵普奉朝请者累年，卢多逊益毁之，谓普初无立上意，普郁郁不得志。会晋邸旧僚柴禹锡等告秦王廷美骄恣，将有阴谋窃发，帝疑以问普。普因言愿备枢轴，以察奸变，且自陈曰：“臣忝旧臣，为权幸所沮。”遂备道预闻昭宪太后顾命，及前朝上表等事。帝发金匮，得誓书，及览普前表。因召见，谓曰：“人谁无过，朕不待五十，已知四十九年之非矣！”乃拜普为司徒，兼侍中。初昭宪太后遗命，太祖传位于帝，帝传廷美，美传太祖子德昭。及德昭不得其死，德芳相继夭殁，廷美始不自安。柴禹锡因上变以摇之，帝意不决，召赵普谕以太后遗旨。普对曰：“太祖已误，陛下岂容再误。”廷美遂得罪，卢多逊得贬窜，赵普复相。廷美竟以忧卒。帝长子元佐少聪警，貌类帝，帝钟爱之。廷美迁房州，元佐尝力救，及廷美死，遂发狂疾。会重九，召诸王宴射苑中，元佐以新瘥不预。及诸王宴归，暮过元佐，元佐恚曰：”若等侍上宴，我独不预，是弃我也。”因发愤被酒，夜纵火焚其宫。帝大怒，废为庶人。赵普免相，以吕蒙正参知政事，初入朝堂，有朝士指之曰：“此子亦参政耶！”蒙正佯为不闻而过之，同列不能平，诘其姓名，蒙正遽止之曰：“若一知其姓名，恐一时不能忘情，不若弗知之为愈。”时人服其量。夏州李继迁作乱，契丹封继迁为夏王，后鼎立为夏国，详见下回。

帝在位日久，储贰未立。寇准自凤翔召还，入见，帝曰：“朕诸子孰可付神器者？“准对曰：”知子莫如父，惟陛下择所以副天下望者。”帝曰：“寿王可乎？”准曰：“圣虑既以为可，愿即决定。”于是立寿王元位为太子，更名恒，以寇准参知政事，以吕端平章事。初帝欲相端，或曰：“端为人糊涂。”帝曰：“端小事糊涂，大事不糊涂。”决意用之。帝不豫，宣政使王继恩忌太子英明，阴与参知政事李昌龄，殿前都指挥使李继勋等，谋立故太子楚王元佐。宰相吕端问疾禁中，见太子不在旁，疑有变，乃以笏书大渐字，令亲密吏，趋召太子入侍。帝在位二十三年崩，寿五十九岁。

皇后令继恩召端议所立，端知有变，即给继恩使入书阁锁之。亟入宫，后问端曰：“宫车已晏驾，立嗣以长，顺也，今将何如？”端曰：“先帝立太子，正为今日。今始弃天下，岂可遽违命，有异议耶？”后默然。乃奉太子即位。太宗仁恕恭俭，爱民下士，性无他好，惟喜读书。而李昉、吕蒙正、张齐贤、吕端、寇准、李沆、向敏中等，相继登用，足称守成之令主。然而金匮渝盟，背母负兄，一弟二侄，俱不得其死，后世不能无感。太子既立，是为真宗，垂帘引见群臣。吕端平定殿下，不拜，请卷帘，升殿审视，然后降阶，率群臣拜焉。及吕端以疾免，以寇准平章事。初夏李继迁作乱，叛服不常，其降也，赐姓名，为赵保吉。时赵保吉死，子明德立。曹玮上书："继迁擅据河南北二十年，使中国有西顾之忧，今乘其国危子弱，不即捕灭，后复强盛，不可制矣！愿假臣精兵，出其不意，擒德明送阙下，复河西为郡县，此其时也！"帝欲以恩致德明，下诏招抚之，德明降于辽。辽册立德明为西平王。辽主隆绪大举入寇，边事告急，一夕五至，中外震惧。寇准不发，饮笑自若。帝闻之，大骇。以问准，准对曰："陛下欲了此，不过五日。愿驾幸澶州。"帝难之，欲还内。准请毋还，而速议行。毕士安力劝帝如准所请。王钦若临江人，请帝幸金陵。陈尧叟阆州人，请帝幸成都。准曰："陛下神武，将成协和，大驾亲征，敌当自遁。不然，出奇以挠其谋，坚守以老其师，我得胜算矣！若弃宗庙，幸他方，示之以弱，敌乘势深入，天下可复保耶！"帝乃决策幸澶州，二人由是怨准。帝发京师，准以钦若多智，惧其妄有关说，凝阻大事，出钦若知天雄军。契丹至城下，钦若束手无策，闭门修斋，诵经而已。帝次于澶州，契丹大将萧挞览，出视地形。宋威武军头张环，守床子弩，发矢射死萧挞览。契丹主大惧，欲引去，而宋师数十万方至。帝至澶州南城，望见契丹军势甚盛，群臣请驻跸，寇准固请车驾渡河，远近望见御盖，诸军皆踊跃，呼万岁，闻数十里。契丹益惧，遣骑薄城，高琼击败之。契丹大惧请和，准欲击之，帝方厌兵曰："吾不忍生灵重困，姑听其和可也。"契丹遣使持书来请盟，宋遣曹利用如契丹军，议岁币，帝曰："必不得已，虽百万亦可。"准闻之，召利用至幄，谓曰："虽有敕旨，汝所许过三十万，吾斩汝矣！"利用竟以绢二十万匹，银十万两，定和议。南朝为兄，北朝为弟，交誓约，各解兵归。自是南北弭兵，寇准之力也，帝待寇准甚厚，王钦若深嫉之。一日会朝，准先退，帝目送之，钦若进曰："陛下敬准，为其有社稷功耶！"帝曰："然。"钦若曰："城下之盟，春秋耻之，澶渊之举，是也。陛下闻博乎，博者输钱欲尽，乃罄其所有出之，谓之孤注，陛下乃寇准之孤注也！"帝由是顾准浸衰，竟罢相，出知陕州，以王旦平章事。帝深以澶渊城下之盟为辱，常居怏怏。王钦若度帝厌兵，因谬进曰："陛下以兵取幽、蓟，乃可涤耻。"帝曰："河北生灵，始免兵革，朕安忍为此！可思其次。"钦若曰："惟封禅，可以镇服四海，夸示外国。然自古封禅，当得天瑞，然后可，天瑞安可必得！前代盖有以力为之者，惟古人主深信而崇奉之，以明示天下，则与天瑞无异也。"帝沉思曰："王旦得无不可乎！"钦若曰："臣谕以圣意，宜无不可。"乃乘间为旦言，旦勉强从之。帝召王旦饮，欢甚，赐以尊酒曰："此酒甚佳，卿归与妻奴共之。"及归发封，则皆美珠也，旦自是不敢有异议。戊申正月朔，帝谓群臣曰："朕于去年十一月二十七日，夜将半，方就寝，忽室中光曜，见神人，星冠绛衣，告曰：'当降天书三篇。'适睹皇城司奏言，承天门有黄帛，曳鸱尾上，其所降之书乎！"王旦等皆称贺。帝步至承天门，遣二内侍升屋，奉之以下，旦跪进，帝再拜受之，付陈尧叟启封。其书词，类老子道德经，读讫，盛之金匮，而言祥瑞者纷纷矣。独龙图阁侍制孙奭言于帝曰："以臣愚所闻，天何言哉！岂有书耶？"帝默然。诏议封禅，帝封泰山禅社首，大赦，皇太子生。太子，后宫李氏所生，李氏杭州人。初入宫，侍刘修仪，庄重寡言，帝命为司寝。既有娠，从帝临砌台，玉钗坠地，帝私卜，钗完当生男子，左右取钗以进，殊不毁，帝甚喜，已而果举子，刘修仪攘为己子，李不言，中外亦不知。帝得子已晚，始得，昼夜啼不止。有道人言能止儿啼，召入，则曰："莫叫，莫叫，何似当初莫笑。"啼即止。盖真宗尝吁上帝求嗣，上帝问群仙，谁当往者，皆不应。独赤脚大仙一笑，遂命降为真宗子。在宫中，每好赤脚，此其验也。帝立刘氏为后，后家世微寒，而性警敏，渐干外政。立升王受益为太子，更名祯，即李氏所生也，帝宽仁慈爱，有帝王之量。景德以前，吕端、张齐贤、李沆、吕蒙正、毕士安、寇准、王旦诸君子辅之，足为继世之贤君。祥符以后，王钦若、陈尧叟、冯拯、丁谓、曹利用诸小人辅之，于时好奉道教，信惑邪说，天书封祀，制作纷纷焉。在位二十五年崩。

太子祯立，是为仁宗。时年十三。刘太后与帝，五日一御承明殿，垂帘听政。丁谓欲擅权，潜结内侍雷允恭，密请太后，降手书云："帝朔望见群臣，大事则太后召对辅臣决之，非大事，则令允恭传奏，禁中画可。"于是允恭恃势专恣，丁谓权倾中外，众莫敢抗。独王曾正色立朝，时倚为重。初真宗临朝，惟言寇准、李迪可托。丁谓怨准，而太后憾迪尝谏立己，遂诬以朋党贬之。王曾疑责太重，谓熟视曾曰："居停主人勿复言，恐不免耳！"曾遂不复言。葬真宗，以丁谓为山陵使，以内侍雷允恭为都监。司天监邢中和谓允恭曰："今山陵上百步，法宜子孙，但恐下有石与水耳！"允恭曰："第移就上穴，我入见太后言之！"允恭方贵横，人不敢违。太后命与山陵使议，丁谓惟惟而已。既而穿上穴有石，石尽水出，众惧，不能成功。内侍毛昌达自陵还，奏之。诏遣王曾复视，曾还对，因言丁谓包藏祸心，故令允恭擅移黄堂于绝地。太后大惊，怒甚，欲并诛丁谓。冯拯曰："新帝即位，亟诛大臣，骇天下耳目。"遂止诛允恭而贬丁谓，以王曾平章事，吕夷简参知政事。初刘太后既取帝为己子，与杨太妃保护之，李氏默然，处先朝嫔御中，未尝自异。人畏太后，亦无敢言者。以是帝虽春秋长，不自知为李氏出也。至是疾革，乃顺自容，进位宸妃薨，太后欲以宫人礼，治丧于外，吕夷简时为首相，奏礼宜从厚，太后遽引帝起，有顷，后独立帘下，曰："一宫人死，相公云云，何也？"夷简对曰："臣待罪宰相，事无内外，皆当预也。"后怒曰："相公欲离间吾母子耶？"夷简曰："太后他日不欲全刘氏乎？"时有诏，欲凿宫城垣以出丧。夷简又谓内侍罗崇勋曰："宸妃诞育圣躬，而丧不成礼，异日必有受其罪者，莫若夷简今日不言也！当以后服殓，用水银。"崇勋惧，驰告太后，乃许之，刘太后爱帝如己出，帝亦尽孝，故始终无毫发间隙。及刘太后崩，尊杨太妃为皇太后，帝始亲政。帝与吕夷简谋，以张耆，夏竦、陈尧佐等附刘太后，欲悉罢之。夷简以为然。帝退，以语郭后。后曰："夷简独不附太后耶？但多机巧，善应变耳！"由是夷简亦罢。制下，夷简方押班，闻唱名，大骇，不知其故。因令素所厚内侍阎文应诘之，乃知事由郭后，于是深憾后。及吕夷简复相，时尚美人、杨美人皆有宠于上，数与后忿争。一日尚氏于上前，有侵后语，后不胜忿，批其颊，帝自起救之，误批上颈，上大怒。内侍阎文应，因与帝谋废后，且劝帝以爪痕示执政。帝以示夷简，夷简因旧怨，遂主废黜之议，帝犹疑之。夷简曰："光武汉之明主也，郭后止以怼怨坐废，况伤陛下颈乎！"帝意遂决。于是中丞孔道辅，率谏官范仲淹、宋庠等切谏，皆坐贬。废郭后为净妃，玉京冲妙仙师。夷简劝上立曹彬孙女曹氏为后。郭后既废为净妃，出居瑶华宫。上密遣人召之，后辞曰："若再见召，须百官立班，受册方可。"文应以尝潜后，惧其复位。会后小疾，帝遣文应挟医视疾，后暴崩，帝深悼之，追复后号。知开封府范仲淹劾奏内侍阎文应之罪，窜之岭南，道归。荆王元俨太宗第八子也，性严毅不可犯，人呼为八大王。元俨为帝言，陛下乃李宸妃所生，妃死以非命。帝始知为宸妃子，因号恸累日。下诏自责。幸洪福寺，祭告易梓宫，亲启视之，妃以水银殓，玉色如生，冠服如皇后。帝叹曰："人言其可信哉！"待刘氏加厚。

夏州赵元昊反，寇环庆，遂称立，国号夏。夏人寇保安军，指挥使狄青击败之。元昊陷塞门诸岩，以范仲淹知延州，仲淹大阅州兵，得万八千人，分六将领之，日夜训练，量贼众寡，使更出御贼。故人相戒曰："无以延州为意，今小范老子腹中有数万甲兵，不比大范老子可欺也！"大范谓范雍也。元昊寇三川诸岩，韩琦使任福等领兵，夜趋白豹城，平明克之，破四十一族，焚其积聚而还。辽主乘朝廷有西夏之忧，遣使求割关南地，帝许以增岁币，遣富弼报之。富弼两次使契丹，以言语谆谆折服契丹，于是止许岁增银绢各十万，并前共各五十万，和好复定。以韩琦、范仲淹为陕西路安抚经略招讨使，二人号令严明，爱抚士卒，诸羌畏威怀德，不敢犯边境。上谣曰："军中有一韩，西贼闻之心胆寒。军中有一范，西贼闻之惊破胆。"天下称为韩、范。夏主元昊，更名曩霄，上书请和，再上誓表。帝约岁赐银绢茶二十五万五千以和，自是边境稍宁。范仲淹司监选，取班簿，视不才者，一笔勾之。富弼曰："一笔勾，一家哭矣！"仲淹曰："一家哭，何如一路哭耶！"时贝州妖贼王则反，文彦博讨平之。广南蛮贼侬智高反，狄青讨平之。以赵抃为御史，弹劾不避权幸，声称凛然，京师目为铁面御史。以文彦博、富弼同平章事。及文彦博罢，以韩琦同平章事，朝野共庆得人。以包拯知开封府事，拯立朝刚毅，贵戚宦官，为之敛手，吏民不敢欺，童稚妇女，亦知其名，呼曰包待制。京师为之语曰："关节不到，有阎罗包老。"又以其笑比黄河清焉。召河南处士邵雍不至，雍德气粹然，深于易理，遇事能先知。

初上三子皆早亡，无子。取太宗曾孙汝南郡王允让之子宗实入宫，命曹后拊鞠之，以为子，生四岁矣。至是年虽长，尚未立为皇嗣。复以年长出居于外，时居父汝南王之丧。司马光、欧阳修、包拯、吕景初、赵抃、吴奎等，皆上疏力请早建皇嗣。宰辅文彦博、富弼、王尧臣相继劝帝早定大计，皆未见听。司马光上疏曰："向者臣进豫建太子之说，意谓即行，今寂无所闻，此必有小人言陛下春秋鼎盛，何遽为此不祥之事。小人无远虑，欲待仓促之际，援立其所厚善者耳！定策国老，门生，天子之祸，可胜言哉！"帝大感动。时知江州吕诲亦上疏言之，韩琦入对，以光、诲二疏进读，帝遽曰："朕有此意久矣！谁可者？"琦惶恐对曰："此非臣辈所可议，当出自圣择。"帝曰："宫中尝养二子，小者甚纯，近不慧，大者可也。"琦请其名。帝曰："宗实。"琦等遂力赞之，议乃定。命下，宗实固请终丧，许之。宗实既终丧，诏复起之，犹力辞。帝命王珪作诏，立为皇嗣。宗实复称疾辞。司马光言于帝曰："皇子辞不赀之富，其贤于人远矣，然父召无诺，君命召不俟驾，愿浚子源佳义责之，宜必入。"帝从之。宗实遂受命，将入宫，戒其舍人曰："谨守吾舍，待上有嫡嗣，吾即归矣。"因肩舆赴召，良贱不满三十人，行李萧然，惟书数橱而已，中外相贺。既为皇子，更名曙，慎静恭默无所猷为，天下阴知其圣德云。仁宗恭俭仁恕，始终如一，敬天重民，有司尝请以玉清旧址为苑，帝曰："吾奉先帝苑囿，犹以为广，何以是为？"大辟疑者，皆令谳上，所活岁以千计。尝云："朕未尝詈人以死，况敢滥刑乎！"尝语近臣曰："昨因不寐而饥，思食烧羊。"近臣曰："何不取索。"帝曰："恐遂为例，何不忍一夕之饥，而启无穷之杀乎。"燕私常服浣濯之衣，帐帷衾裯，多用绘絁。

或献蛤蜊二十八枚，枚值千钱。帝曰："一下箸，费二十八千，吾不堪也。"北使言高丽职贡疏，令欲加兵，仁宗谓曰："此只王子罪，不干百姓事，今加兵，王子未必能诛，且屠戮百姓。"卒以寝兵。又好学崇儒，当经筵，谓侍臣曰："朕盛暑未尝少倦，但恐卿等劳耳！"诏州县皆立学，定太学生员。王尧臣及第，赐中庸篇，吕臻及第，赐大学篇。于礼记中，表章此二经，以风厉儒臣，实开四书之端。其后程颐配以论语、孟子，朱熹集注，圣学为之昭然。庆历以前，朝未尝无小人，而不足以胜善类之气。庆历以后，君子满朝，传曰，为人君，止于仁，帝诚无愧焉。在位四十三年崩。

皇子曙即位，是为英宗。尊曹后为皇太后，遗制下日，虽深山穷谷，莫不奔走悲号，如丧考妣。英宗有疾，诏请皇太后权同处分军国重事。太后性慈俭，颇涉经史，及听政，多援经义以决事，中外章奏，日数十上，一一能记纲要。于外戚左右，分毫无所假借，宫省肃然。帝疾甚，举措或改常度，遇宦者尤少恩，左右多不悦，乃共为谗，间太后与帝，遂成嫌隙，中外恟惧。知谏院吕晦上书，两宫犹未释然。一日韩琦、欧阳修奏事帘前，太后呜咽流涕，具道所以。琦曰："此病固尔，病已，必不然。子病，母可不容之乎？"太后意不解。修进曰："太后事先帝数十年，仁德著于天下。昔张贵妃有宠，及卒，追册为温成皇后，太后为温成之宠，尚能处之裕如，今于母子之间，反不能容耶？"后意稍和。琦又进曰："臣等在外，圣躬若失调护，太后不得辞其责。"后惊曰："是何言？我心更切也！"同列闻者，皆为缩颈流汗。后数日，琦独见帝。帝曰："太后待我少恩。"琦对曰："自古圣帝明王，不为少矣，独称舜为大孝，岂有余尽不孝哉！盖父母慈而子孝，此常事，不足道。惟父母不慈，而子不失孝，乃为可称，但恐陛下孝未至耳，父母岂有不慈者哉！"帝大感悟。帝自六月不御殿，至是初御紫宸殿见百官。琦因请乘舆祷雨，且素服以出，人情大安。帝命侍臣讲读经史于迩英阁，翰林侍读学士刘敞，进读史记，至尧授舜以天下，拱而言曰："舜至侧微，尧禅之以位，天地享之，百姓戴之，非有他道，惟孝友之德，光于上下耳。"帝悚然改容。太后闻之，亦大喜，两宫疑渐释。立妃高氏为后。后母曹氏，太后姊也，少育于宫中，与帝同年生，又俱抚鞠于太后。仁宗尝曰："异日必以为配。"既长，遂成婚，生三子，至是册为后。韩琦欲太后撤帘还政，乃取十余事禀帝，裁决悉当。琦即诣太后复奏，太后每事称善。琦因白太后求去，太后曰："相公不可去，我当归深宫耳，却每日在此，甚非得已！"琦即称："前代如马、邓之贤，不免贪恋权势，今太后便能复辟，诚马、邓之所不及，未审决取何日撤帘？"太后遽起，琦即命鸾仪司撤帘，帝始亲政。内侍任守忠乘间交构两宫。一日，韩琦出空头敕一道，欧阳修已签，赵概难之。修曰："第书之，韩公必自有说。"概不敢违。既而琦坐政堂，召守忠立庭下，曰："汝罪当死，遂谪蕲州。"取空头敕填与之，即日押行。琦意以为少缓则中变也。其党史昭锡等，窜于南方，中外快之。帝有疾，韩琦入问起居，因进言曰："陛下久不视朝，愿早建储以安社稷。"帝颔之，即召学士承旨张方平至福宁殿，帝凭几，言不可辨。方平进笔，帝乃书曰："立大大王为皇太子。"方平请书其名，帝力疾书之，方平退草制，立颖王顼为皇太子。太子既立，帝因泫然下泪。文彦博退谓琦曰："见上颜色否，人生至此，虽父子亦不能不动情也。"在位四年崩。帝以明哲之资，膺继统之命，优礼大臣，爱民好士，每裁决，皆出群臣意表，足为良主，乃天不假以年，不克大有所为,惜哉!

太子顼即位,是为神宗,立妃向氏为后,乃向敏中之曾孙女也。神宗即位之初,励精求治,不御游畋,不治宫室,惟勤惟俭,志欲破辽灭夏,大有为于天下。先忧财用之不足,王安石为翰林学士,越次入对,说以富国强兵之术。曰:“昔周置泉府之官,变通天下之财,后世惟桑弘羊、刘晏,无合此意,学者不明先王之法,意更以为人主不当与民争利,今欲理财,当修泉府之法。”帝纳其说。安石犹恐帝不决意任之,复言曰:“昔尧使群臣,共择一人治水,尚不能无败事,后乃成功。今欲变法,所使或非其人,岂能无一二之败事,当计其利害之多少,不为众论所惑,决意行之,久久自收其效矣。”帝深然之。坚意任之,乃以安石为相。唐介言安石狷狭少容,好学而泥古,不通于今,用必为害。若欲求贤相,则吕公著、司马光、韩维其人也。帝不听。王安石既执政,士大夫皆以为得人。吕诲独言其不可,将入谏,与司马光相遇并行。光密问今日所言何事,诲曰:“袖中弹文,乃新参也。”光愕然曰:“众喜得人,奈何论之!”诲曰:“君实亦为是言耶?安石虽有时名,然好执偏见,轻信奸回,喜人佞己,听其言则美,施于用则疏,误天下苍生,必斯人也!”遂上疏极谏,帝不听,出诲知邓州。诲既出,安石所为益执,光由是服诲之先见,自以为不及也。后青苗法盛行,诲乞致仕,及病亟,手书嘱司马光为墓铭,光往省之,至则目且瞑。光呼曰:“更有见嘱乎!”诲张目强视曰:“天下事尚可为,君实勉之!”遂卒。王安石欲行新法,见诸臣排之者,众乃引用吕惠卿、章惇、曾布、韩绛等,奸邪附己之人为腹心。由是农田、水利、青苗、均输、保甲、免役、市易、保马、方田诸法相继并兴,号为新法,行之天下,而民不聊生矣。农田、水利者开诸路废田,兴水利,而收其税,并察官吏之家皆同役,不得有所私也。青苗者,于方播种青苗时,令民自度麦粟所赢几何,先贷以钱,使出息二分,俟谷熟还官也。均输者,凡诸州郡所当输官粮,皆令平其所在时价,输其土地所饶出之物,官转迁于所无之地而卖之,以收利也。保甲者,十家为保,有保长,五十家为大保,有大保长,十六保为都保,选众所服者二人,为都保长,一正一副,听保丁自置弓箭,司武艺,以御寇也。免役者,凡当役人户,以等第出钱免役也。市易者,以金帛诸货为抵当,而贷之钱,责期使偿,半岁输息十一,及岁倍之,过期不输,息外更加罚钱也。保马者,令保甲为官养马,死则偿之也。方田者,以东南西北各千步为一方,计量田地,分五等以定税也。诸法皆害民,而青苗法为尤甚。初英宗时,邵雍与客散步天津桥上,闻杜鹃声,惨然不乐。客问其故。雍曰:“洛阳旧无杜鹃,今始至,天下将治,地气自北而来,将乱,自南而北,今南方地气至矣,禽鸟飞类,得气之先者也。”不二年,上用南人作相,多引用南人,专务变更,天下自此多事矣,至是其言果验。时帝坚意用安石,行新法,万民愁怨。于是富弼、韩琦、司马光、赵抃、张方平、苏轼、苏辙、吕公著、吕公弼、范纯仁、程颢、欧阳修、郑獬、孙觉、李常、张戬、刘庠、范镇、王拱辰、韩维、刘挚、杨绘、唐坰等,前后相继上疏,极言新法之为害,请复祖宗之旧法,安静以守之。上皆不听,于是群臣纷纷相继引去,或加贬逐。乃安石性执拗,巧为文饰,持新法益坚。会岁饥,征敛苛急,东北流民,每风沙霾曀,扶携塞道,羸疾愁苦,身无完衣。或茹木实草根,至身被锁械,而负瓦揭木卖以偿官,累累不绝。监上安门郑侠,乃绘所见为图,发马递上之,且云:“旱由王安石所致,去安石,十日不雨,乞斩臣以正欺君之罪。”疏入，帝反复观图，长吁数四，袖以入内。是夕寝不能寐，翌日，令罢青苗免役等新法，民闻之，欢呼相贺。是日果大雨，远近沾洽。而吕惠卿、邓绾诋侠为狂夫，治其擅发马递之罪，下之狱，窜之英州，而新法复行如故。知湖州府苏轼，托诗以讽朝政，其咏青苗曰：“赢得童儿语好音，一年强半在城中。”其咏课吏曰：“读书万卷不读律，致君尧舜终无术。”其咏水利曰：“东海若知明主意，应教斥卤变桑田。”其咏盐禁曰：“岂是闻韶解忘味，迩来三月食无盐。”为中丞李定，御史舒亶所奏，下之狱，以为诋谤朝政，欲置之死。曹太皇太后违豫中，闻而为帝言之，乃得免。

初青涧守将种谔，受夏臣嵬名山之降，遂城绥州。夏主谅祚，乃诈为会，诱杨定等杀之，边衅复起。时神宗欲并西夏，屡遣兵伐夏，夏人亦屡入寇，互相胜负，得西夏边岩六堡之地。其后用宦者李宪伐夏，灵州永乐之役，死者六十余万人，亡失钱谷银绢，不可胜计。事闻，帝临朝恸哭，用之不食，自是无意于西伐，而夏人亦困弊矣。夏主秉常上表，乞复修好，诏许之。辽人见中国之行新法，惧其图己，乃遣萧禧来求割地。安石曰：“将欲取之，必姑与之。”乃割河东地，以分水岭为界，东西割地七百里以与辽，而国势愈弱。自神宗以前，为治平之世；自神宗以后，为丧乱之世矣。王安石以子雱死，悲伤不堪，求解机务，上许之。未几卒。上有疾，立第六子延安郡王佣为皇太子，更名煦，时年十岁。诏皇太后高氏权同处分国事。在位十八年崩。

太子煦立，是为哲宗。太皇太后高氏，同临朝听政。明年改元元祐，即罢新法十余事，起用司马光、吕公著、文彦博、韩维、范纯仁、苏轼、吕大防、刘挚、程颐、苏辙、范祖禹等，贬吕嘉问、吕惠卿、蔡确、章惇等，尽罢新法，天下大悦。时太皇太后临朝，司马光秉政，天下大治。司马光卒，吕公著秉政。公著卒，吕大防、范纯仁秉政。时帝年益壮。太皇太后历选世家女百余人入宫，至是谓执政曰：“孟氏女能执妇道，宜正位中宫。”命大防为皇后六礼使，册为皇后。因语帝曰：“得贤内助，非细事也。”既而叹曰：“斯人贤淑，惜福薄耳，异日国有事变，必此人当之。”八年九月，太皇太后不豫，吕大防、范纯仁等问疾。太皇太后曰：“先帝追悔往事，至于泣下，此事官家宜深知之。”又曰：“老身没后，必多有调戏官家者，公等亦宜早退，令官家别用一番人。”乃呼左右，问曾赐出社饭否。因曰：“公等各去吃一匙社饭，明年社饭时，思量老身也。”九月，太皇太后崩，太后听政，召用故老名臣，罢废新法苛政，举边寨之地，以赐西夏，于是宇内复安。辽主戒其臣下，令勿生事于疆场。曰：“南朝尽行仁宗之政矣。”临朝九年，朝廷清明，华夏绥定，力行善政，抑绝外家私恩。人以宣仁为女中尧舜。太皇太后既崩，帝始亲政，改元绍圣。群小力排太后时事，罢吕大防、苏轼、苏辙、范祖禹、范纯仁等，而用章惇、蔡京、吕惠卿、曾布等。章惇专以绍述为国是，以司马光为奸邪，遂引其党蔡卞、林希、张商英等，居要地，任言责，协谋朋奸，报复仇怨，于是朋党之论起。诏谕天下，复行新法，人人怨忿。追贬元祐宰执吕公著、司马光、王岩叟、傅尧俞，及孙固、明宗愈等有差。言公著等倡为奸谋，诋毁先帝。变易法度，罪恶深重。章惇、蔡卞请发司马光、吕公著之墓，斫棺暴尸。许将曰：“此非盛德事也。”乃止。安置元祐宰执吕大防、刘挚、苏辙、梁焘、范纯仁于岭南，贬韩维、刘奉世等以下三十人有差。章惇、蔡卞媒孽宣仁太皇太后，诬以常欲危帝之事，请追废为庶人。向太后闻之，号泣谓帝曰：“吾日侍崇庆，天日在上，此语曷从而出。且帝必如此，亦何有于我！”帝感悟。取惇、卞奏就烛焚之。明日，惇、卞再具状坚请。帝曰：“卿等不欲朕入英宗庙乎？”抵其奏于地，事遂寝。时刘婕妤恃宠，无礼于孟后，后不能平，遂成隙。章惇阴附刘婕妤，遂废孟后为仙师，出居于瑶华宫，而立刘氏为皇后，邹浩极谏勿听。帝在位十五年崩，亲政以后，七年之间，奸党专权，有二蔡二惇之谣。二蔡者，蔡京，蔡卞也；二惇者，章惇、安惇也。天下怨疾，卒归大乱矣。

帝无子，向太后哭谓宰臣曰，“国家不幸，大行皇帝无嗣。”章惇抗声曰：“在礼律当立母弟简王似。”太后曰：“老身无子，诸王皆神宗庶子，不可如此分别。以长则申王佖当立，但有目疾，以次则端王佶。”乃迎立端王佶，是为徽宗。群臣请向太后权同处分军国事，追复司光、吕公著等官，用韩忠彦、范纯仁等，免蔡卞、章惇、蔡京等官。初政略有可观，未几，向太后罢政，帝亲政。元年正月朔旦，有流星自西北入尾，抵拒星，其光烛地。是夕，有赤色起东北，亘西方，中出白气二，将散，复有黑气在旁。任伯雨极言时政得失，上不听。曾布专权，进绍述之说，排击元祐诸贤臣，罢任伯雨、范纯仁、江公望、陈瓘等，遣内侍童贯诣三吴访书画奇巧，制御器于苏、杭州。贯留杭月余，蔡京与之游，不舍昼夜。童贯荐京于帝，帝复召用京，京为绍述之议，复追贬司马光等，诏元祐党人子弟，无得官京师。蔡京籍元祐宰执司马光等，侍从苏轼等，文臣程颐等，武臣王献可等，宦者张士良等，一百二十人，列其罪状，谓之奸党，请帝书之，刻石于端礼门。又颁元祐奸党碑于各州县，皆令刻石。有长安石工安民，当刻字，辞曰：“民愚人，固不知立碑之意，但如司马相公者，海内称其正直，今谓之奸邪，民不忍刻也。”府官怒，欲加之罪。民泣曰：“被役不敢辞，乞免刻安民二字于石末，恐得罪于天下后世。”闻者愧之。贬任伯雨等二十人于远州，以王安石配享孔子，位次孟轲。以蔡京子蔡攸为学士。命蔡京监铸九鼎成，奉安九成宫。帝临幸，酌献至北方宝鼎，鼎忽裂破。帝性机巧，多技能，大兴土木，穷极淫乐，好花石。蔡京讽朱勔密取浙中珍异以进，初致黄杨三本，帝嘉之，后岁岁增加，舳舻相衔于淮汴，号花石纲。凡士庶之家，一石一木，稍堪玩者，即领健卒，直入其家，用黄封表识，使护视之，微不谨，即被以大不恭之罪，及发行，必拆屋撤墙以出。人不幸有一物小异，芟夷惟恐不速。篙工舵师，倚势贪横，凌虐州县，道路以目。上好道教，访集方士。初宠王老志、王仔音，以其能先知也。再宠林灵素，灵素无他能，惟习五雷法，召风霆祷雨，小验而已。遂竭国家之力，以营土木之工，于景龙门，作上清宝箓宫，密连禁署宫中，以便斋醮之事。上玉帝徽号，又诏天下洞天福地，修建宫观，塑造圣像。命林灵素讲道经，自是每设大斋，辄费缗钱数万道。箓院上章，册帝为教主道君皇帝。王黼、蔡攸二人，有宠于上，进见无时。尝言于上曰：“人主当太平，正宜及时为娱，岁月几何，何徒自劳苦耶！”帝深纳之，遂数微行。令苑囿皆仿浙江为白屋，不施五彩，多为村居野店，及聚珍禽异兽，动数千百，以实其中。都下每于秋风静夜，禽兽之声四彻，宛若山林，识者知其不祥之兆焉。王黼为太宰，竭天下财力，凡四方珍异之物，悉苛取于民，进上者不能什一，余皆入于黼家。仪同三司蔡攸，权势与父京相轧，父子各立门户，遂为仇敌。彗星见于西方，其长竟天，有星如月南行。有龙见于京师，军器作坊兵士取而食之，大雨七日，水高十余丈。起居而李纲，请采求直言，以答天戒。上贬纲官。

建德军睦州，即今浙江建德县。清溪民方腊，家有漆园。造作局屡酷取之，腊怨而未敢发。时吴中困于朱勔花石之扰，腊因民勿忍，阴聚贫乏游手之徒，以诛勔为名，旬日，众至数万人，遂陷建德军睦、婺、歙、处、衢、杭、卢等州。盖自保甲之法行，民有部伍器械，易相聚为盗。此保甲之所以只行于西北，以拒辽夏，不可行东南方也。以童贯为浙江宣抚使，领兵十五万讨之。腊遁还清溪帮源洞，清溪即今淳安县，众尚二十万，与官军力战而败，深据岩屋，为三窟，莫知所入。裨将韩世忠，潜行溪谷间，问野妇得径，即挺身杖戈领兵，直前捣其穴，格杀数十人，擒腊以出，并取腊妻子及伪相方肥等五十二人，杀贼七万余人，其党皆溃散。腊凡破六州五十二县，戕平民二百万，所掠妇女，自贼洞逃出，裸而缢于林中者，相望百余里。淮南宋江起为盗，以三十六人为天罡，七十二人为地煞，横行江湖，转掠十郡，官军莫敢婴其锋。知亳州侯蒙上书，言江才必有大过人者，不若赦之，使讨方腊而自赎。帝命蒙知东平府，未赴而卒。又命张叔夜知海州，江将至海州，叔夜使间者觇其所向，江径趋海浜，劫巨舟十余，载卤获。叔夜募死士，得千人，设伏近城，而出轻兵至海，诱之战，先匿壮士于海旁，伺兵合，举火焚其舟，贼闻之，皆无斗志，伏兵乘之，擒其副将，江等乃降。

初帝以内侍童贯监洮西军，贯复湟州及洮州，而权益张，奸益甚。既得志于西，遂谓辽亦可图，而图辽之议始此。时辽属国女真完颜阿骨打叛辽，数败辽师，称皇帝，国号金。乃遣武义大夫马政浮海使金，约夹攻辽，预请燕云之地。马政以金散睹来，言若与宋夹攻得者，则宋有之，若金自取者，不在分割之议。遣马政复如金，坚请燕云之地，且报师期，许岁币。金粘没喝袭辽主行营，辽主走夹山，宋遣童贯勒兵十五万以应金击辽，辽败童贯于白沟，诏班师。辽遣使来言曰：“女真之叛本国，亦南朝之所甚恶也，今射一时之利，弃百年之好，结虎狼之邻，启他日之祸，谓为得计可乎？救灾恤邻，古今通义，惟大国图之！”贯不能对。朝散郎宋昭上书，极言辽不可攻，金不可盟，乞诛王黼、童贯、赵良嗣等。且曰两国之誓，败盟者祸及九族，陛下其思之乎？诏除昭名，编管海州。初高丽国王俣有疾，求医于宋，至是俣卒，子楷立，遣医归宋，附奏言，辽为兄弟之国，不可攻，存之足为边扞，勿听。辽主淳薨，妻萧氏主国事。童贯复进兵攻辽，辽涿州留守郭药师以城降宋，金主陷辽、燕京。辽萧太后出奔天德，宰相左企弓等奉表降金。初宋与金约，但求石晋赂契丹故地。至是遣赵良嗣如金，并求刘仁恭所厌契丹营、平、湾三州，金主不许。时左企弓以诗献金主曰：“君王莫听捐燕议，一寸山河一寸金。”故金人欲背初约，要求不已。良嗣还奏，王黼欲功之速成，乃请复遣良嗣如金，许以辽人旧岁币四十万以外，每岁更加燕京代税钱一百万缗。金主大喜，遂使银术可等，持誓书来，许以燕京，及涿、易、檀、顺、景、蓟六州之地来归，而山后诸州，及西北一带，不在许与之限。帝曲意从之。时燕之金帛子女，职官富民皆为金人所掠，惟存空城而已。粘没喝犹欲止割涿、易，金主曰：“海上之盟，不可忘也。我死，汝则为之。”遂与宋以燕京六州之地。金人驱辽宰相左企弓、虞仲文、曹义勇、康公弼等，同燕京大家富民俱东徙。燕民流离道路，不胜其苦，过平州，言于张瑴曰：“左企弓不谋守燕，使吾民流离至此。今公临巨镇，握強兵尽忠与辽，必能使我等复归故土，人心亦惟公是望！”瑴遂召诸将议，皆曰：“闻天祚兵势复振，出没漠南，公若仗义勤王，奉迎天祚，以图兴复。先责左企弓等以叛降之罪而诛之，尽归燕民，使复其业。今且暂以平州归宋，即使金人加兵，内用营平之军，外借宋人之援，又何惧焉！”毂乃召左企弓等，数以十罪，缢杀之。遣使至燕山，说宋王安中以求降于宋。安中以闻，王黼劝帝纳之。赵良嗣谏曰：“国家新与金盟，如此必失其欢，悔不可追。”勿听。金主阿骨打死，弟吴乞买立。金将斡离不袭平州，张毂奔燕山。斡离不遣人以纳叛来责，遂欲以兵攻燕。帝诏王安中以毂与金，安中不得已，缢杀之，函其首，并毂二子与之。郭药师曰：“金人欲毂头，即与之。若求药师头，亦将与之矣！”自是辽之降将皆解体，而金人遂用此以兴师矣！

天狗星陨，有声如雷，黑眚见于禁中。黑眚者，有物大如席，长丈余，仿佛如龟，金睛，行动硁硁有声，黑气蒙之，不大了了，气之所及，腥血四洒，兵刃不能施，每得人声则出，先若列屋摧倒之声，其后出入人家，初夜，掠食小儿，二年乃息。都城有女子生髭，长六七寸，疏秀宛如男子。又有男人孕而诞子。有狐升御榻而坐。又有都城东门鬻菜夫，至外宣德门下，忽若迷惘，释荷担，向门戟手，且詈曰：“太祖皇帝，神宗皇帝，使我来道，尚宜速改也。”逻卒捕之，下开封狱，一夕方省，则不知向者所为，乃于狱中毙之。

金将粘没喝、斡离不分道入寇，童贯自太原逃归。金粘没喝入朔州，克代州，遂围太原。知府张纯孝悉力死守，金斡离不入檀州，陷蓟州，郭药师迎战于白河，败绩，遂还燕山。执知府蔡靖以降于金，金尽取燕山州县。时金兵日迫，诏臣庶极谏，天下勤王，帝欲避兵东行，太常少卿李纲曰：“今敌势猖獗，非传太子以位号，不足以招徕天下之豪杰。”上在位二十六年，遂传位于皇太子。

太子桓即位，是为钦宗，尊徽宗为教主道君太上皇帝，以李纲为兵部侍郎。遣李邺如金师，告内禅，且请修好。斡离不欲从之，郭药师谏曰：“南方未必有备，不如进军。”金兵遂进。太学生陈东，率诸生上书曰：“败天下者蔡京、梁师成、李彦、朱勔、王黼、童贯也，请斩此六贼，以谢天下。”上嘉纳之。窜王黼于永州，盗杀之。李彦、梁师成赐死，朱勔放归田里，俱籍其家。惟蔡京、童贯从上皇东行，未抵罪。上皇出奔亳州，遂居镇江，金师入相、浚二州。梁方平帅禁旅屯于黎阳河北岸，金兵奄至，河南守桥者，望见金兵旗帜，烧桥而遁，方平之师溃还。金人取小舟以济，旋渡旋行，无复队伍，金人笑曰：“南朝可谓无人，若以一二千人守河，我岂能飞渡哉！”遂进取滑州。金斡离不等既济河，宋人大惧。宰执议请帝速幸襄、邓以避之。吴敏切谏，勿听。李纲泣拜请留，以死邀之，帝犹有行意。纲复谏曰：“陛下已许臣留，复戒行，何也？今六军父母妻子，皆在都城，方一中道散归，陛下孰与为卫？敌兵已逼，知乘舆未远，以健马来追，何以御之？”帝感悟，遂止。禁卫六军闻之，皆悦。李纲治守战之具，数日而毕。金斡离不进军，围京师，帝召群臣共议。李邦彦等主割地请和，李纲以为击之便。帝竟从邦彦计，使李棁使金军，纲请行，帝不许。纲曰：“安危在此一举，臣恐李棁怯懦，误国事也！”不听。是夜，金人来攻宣泽门，李纲败之，斩首百余人，至旦始退。棁至金军，斡离不谓之曰：“今若议和，当输犒师之物金五百万两，银五千万两，牛马万头，表缎百万匹，尊金帝为伯父，割中山、太原、河间三镇之地，而以宰相亲王为质，送大军过河乃退耳！”棁等惟惟不敢措一言，遂与金使萧三宝、奴耶律忠等偕来索赂要质。凡金人所要求，皆郭药师教之也。帝括借都城金银，倡优家财，得金二十万两，银四十万两，而民间已空。李纲言金人所需金币，竭天下且不足，况都城乎！三镇国之屏蔽，割之何以立国。至于遣质，则宰相当往，亲王不当往。若坚守数日，援兵四集，彼孤军深入，亦将速归，此时与盟，则不敢轻中国，而和可久也！”李邦彦等坚请从金议，一如其言，纲不能夺。以张邦昌为计议使，奉康王构往金军为质，以求成。金兵攻通律、景阳等门，李纲亲身督战，斩其将校十余，杀其众数千，何灌力战而死。金人从康王构之请，解围退师于孟阳。种师道、姚平仲诸路勤王兵至汴京，金人敛游骑，但守牟驰冈，增垒自固。师道请缓给金币于金，俟彼惰归，扼而歼诸河。李邦彦坚执不从，朝廷日输金币于金，而金人需求不已，日肆屠杀淫掠。四方勤王之师渐至，李纲言金人贪婪无厌，凶悖日甚，其势非用师不可。且敌兵号六万，吾勤王之师集城下者已二十余万，彼以孤军深入重地，若扼河津，绝饷道，复诸城邑，坚壁勿战，俟其食尽力疲，然后纵其北归，待其济河，半渡而击之，此必胜之策也。”种师道计甚善，帝然之。而姚平仲虑功名独归种氏，因以士欲速战为言，请夜劫营，李纲许之。遂帅步骑万人，夜斫敌营。平仲方发，金候吏觉之，斡离不遣兵迎击，平仲兵败惧诛，亡去，金师复围汴城。李纲帅诸将出封邱门，战于幕天坡，以神臂弓射之，金人少却。金斡离不召诸使者，诘责用兵违誓之故。时张邦昌恐惧涕泣，康王不为动。又康王尝与金人较射，连发中的，金意其为将家子，使王汭来责，更召他王为质。汭至，李邦彦语之曰：“用兵乃李纲、姚平仲尔，非朝廷意也！”因罢李纲以谢金人。时帝欲遣人奉使，辨劫营非朝廷意，大臣皆不欲行。宇文虚中承命，慨然如金师。太学生陈东等，及都人数万人上书，言李纲奋不顾身，任天下之重，所谓社稷臣也，罢纲正坠金人之计，乞复用纲而斥邦彦等。挝坏登闻鼓，喧呼动地。帝恐生变，乃复纲官。除元祐党籍学术之禁，追封范仲淹、司马光等。金使王汭随宇文虚中来，更以肃王枢为质于金，康王构、张邦昌还。以太原、中山、河间三镇之地畀金人。金斡离不既得三镇，且知京师有备，遂不俟金币数足，遣使告辞北去，肃王从之。京师解严，御史中丞吕好问言于帝曰：“金人得志，益轻中国，秋冬必倾国复来，御敌之备，当速讲求。”勿听。初太上皇南幸，童贯、高俅等以兵扈从，道路籍籍，言贯等将有变，朝议使聂昌往图之，独李纲不可。至是李纲请亲迎太上皇于南京，纲见太上皇，具道帝圣孝思慕，请陛下早还京师。太上皇感悟，出玉带金鱼象简赐纲，纲还，具道太上慈爱，帝始释然。道君太上皇帝还京师，窜蔡京于儋州，道死；诛蔡攸、童贯，枭其首于市。时既许以太原畀金人，而张孝纯仍固守不下。金师围太原日久，上复诏种师中与姚古进军救之，师中乘胜复寿阳、榆次等县，留屯真定。许翰遣使趣师中速战，责以逗挠，师中不得已，即日领兵，与金人战于杀熊岭，士卒溃散，师中力战死之。姚古军不战而溃，乃以李纲为河南、河东路宣抚使，刘韐副之，以救太原。纲方欲合诸路兵亲帅击虏。会以议和，止纲进兵，召还。金粘没喝入太原，执知府张纯孝以归，释而用之，副都总管王禀死之。金兵复至，大臣不知所出，惟以遣使讲和为事。金人佯许，而攻略自如。金人围袭庆府，吕诲之子知府吕由诚，率军民死守，金人百道来攻，城陷，由诚一家四十余口俱死之。金兵复渡河，诏康王构复如金师，至磁州，守臣宗泽迎谓曰：“肃王一去不返，今敌又诡辞以致大王，其兵已迫，去复何益，愿王勿行！”民亦遮道留王。会金游骑日至磁州城下，踪迹王所在。知相州汪伯彦，亟请王如相，部兵迎于河上。王行至相，劳伯彦曰：“他日见上，当首以京兆荐公。”由是受知于王。

初相州汤阴人岳飞，字鹏举。汤阴，今河南彰德府汤阴县是也。父和母姚氏，节食济饥，有耕侵其地者，割而与之，贳其财者不责偿。生飞，少负气节，家贫力学，尤好左氏春秋、孙吴兵法，有神力，能挽弓三百斤，弩八石。刘韐宣抚真定，募敢战士，飞与焉，屡擒剧贼。至是见王，以为承信郎。金斡离不、粘没喝师，次汴京城下。时援兵皆为唐恪，耿南仲遣还，无一人至者。城中惟卫士，及弓箭手七万人而已。南道都总管张叔夜帅师入卫，叔夜入对，言贼锋甚锐，愿如明皇之避禄山，暂诣襄阳，以图幸雍。帝不答。诏康王构为天下兵马大元帅，帅师入卫，孙傅使成忠郎郭京，撰六甲正法，以御金人。其法用七千七百七十七人，无问能否，但择年命合六甲者，云择日出兵三百，可生擒金二将。袭击至阴山，识者危之。金人攻通津、宣化二门，何桌、孙傅使郭京出师，京用六甲法，尽会守御人下城，毋得窥视。因大启宣化门出师，金兵分四翼，噪而前。京兵见之，不战而败，死者甚众。京引余众南遁，金师遂登城，城陷。帝闻之，恸哭。时宋师尚众，金人恐帝他遁，宣言议和退师。帝使何桌如金师请平，粘没喝、斡离不曰：“自古有南必有北，不可相无也。今之所议，期在割地而已，请与帝面约相订。”桌还言之。帝曰：“朕当亲往。”帝出郊，如粘没喝军，奉表请降，留二宿乃还。帝至自金营，士庶及太学生迎谒，帝掩面大哭曰：“宰相误我父子。”观者无不流涕。金遣使来索金币，金一千万锭，银二千万，帛一千万匹。于是大括金银，遣使如河南、河北，割地以畀金人。使至两河，两河民坚守不奉诏。时金人索金银甚急，且遣使，再邀帝至营。帝有难色。何桌及吏部侍朗李若水以事出无奈，劝帝行。二年正月，帝与何桌、李若水等复如青城，至金营。金人逼帝易服，李若水持抱而哭，诋金人为狗辈。金人曳若水出击之仆于地，若水骂不绝口而死。刘韐自经于金军。钦宗在位二年而被掳。金人复征太上皇、太皇后，且以玉牒，按名征诸王宗室入金军，复按名征皇后、太子、诸公主、妃嫔，及诸王妃眷属入金军。金废二帝为庶人。遣吴幵、莫俦入京师，集百官，议立异姓，众莫敢出声。王时雍探知故意在张邦昌，乃以邦昌姓名入议状。张叔夜不肯署状，且移书金师，请立太子。金人执置军中。太常寺簿张浚，开封士曹赵鼎，司门员外郎胡寅，皆逃入太学中，不书名。御史马伸、吴给，中丞秦桧，共为议状于金师，极言异姓不可立，愿复嗣君以安四方。且论张邦昌当上皇时，蠹国乱政，以致社稷倾危。金人怒，执桧而去。三月，金人奉册宝至，邦昌北向拜舞，受册即位。阁门舍人吴革，率内亲事官数百人，皆先杀其妻子，焚所居，举义金水门外。范琼诈与合谋，袭杀之。是日风霾，日晕无光，百官惨沮，邦昌亦变色。惟吴幵、莫俦、范琼等，欣然以为有佐命功。邦昌以金不留兵，而宗泽、康王构等兵势正强，知必无成，大惧祸及，拜官皆加权字。金斡离不以道君太上皇及郑太后，并上皇子二十九人，与诸亲王、皇孙、驸马、公主、妃嫔，及康王母、韦贤妃、康王邢氏等，由滑州北去。张邦昌率百官遥辞于南薰门，众恸哭，有仆绝者。四月，金粘没喝以帝及朱皇后，太子与诸妃嫔、宗室，及诸王妃，与何桌、孙傅、张叔夜、司马仆、秦桧等，并凡法驾、卤簿、礼器、祭器、教坊乐器、宝玩、九鼎、圭璧、浑仪、铜人刻漏、古器、秘书、内人、内寺、娼优、技艺等，由郑州北去。公私上下，府库蓄积，为之一空。独哲宗元祐皇后孟氏，以废居私第获免。

时康王构有众八万，次于济州。因宗泽屡败金兵，故金人不能得康王而去。金兵既去，吕好问谓张邦昌曰：“相公欲真立耶，抑姑塞故意，而徐为之图耶？相公亦知中国人情所向乎？特畏女真兵威耳！女真既去，能保其无变乎？大元帅在外，元祐皇后在内，此殆天意，盍亟还政，庶可转祸为福！为今计者，当迎元祐皇后，权摄国事。请康王早定大位，庶获保全！”御史马伸具书，请张邦昌速奉迎康王，极陈顺逆利害。邦昌读其书，气沮。乃遣谢克家至济州往迎，王不许。吕好问遣人言于王曰：“大王不早自立，恐有不当立而立者。”王然之。邦昌乃使韦渊，奉大宋受命宝，诣济州。复以手书，号元祐孟后曰太后，入居禁中，垂帘听政，以俟复辟。钦宗渡白沟河，签书枢密院事。张叔夜死之。北宋亡，起太祖庚申，终钦宗丁未。凡九主，共一百六十七年。

是年五月，康王构即位于应天府，大赦改元，后定都于杭州，是为南宋，待三十三回再叙。下回且先将辽金西夏之事叙明，以便观者。

第三十二回　**西北方　辽金夏　不住相争**

词曰：

三百余年宋史，辽金西夏纵横。争强赌胜弄刀兵，谁解倒悬民命。富贵草头垂露，英雄水上浮萍。是非成败总虚名，一枕南柯梦醒。

却说徽、钦二帝被掳，高宗中兴，不过一月间事。宋朝国统，原未断绝，此回本应接叙高宗中兴之事，然灭北宋者金，而金先灭辽，辽实起于北宋之先，夏亦起于北宋之初，至元灭金灭夏，又在南宋未灭之先，不便将此三国悬搁。今且将南宋之事搁起，待下回再叙。此回先将辽、金、西夏之事叙明。

按辽国初名契丹，本东奚种，神农氏之后，其先为匈奴所破，保鲜卑山。燕慕容氏时，窜于松漠之间，后魏初，大破之，遂逃迸。经数十年，稍滋曼。自魏至隋，虽或寇边，亦入贡不绝。唐太宗、高宗时，俱内附，至中宗时始叛，其后叛服不常。八部各有大人，以次为主。三年传旗鼓，一交代。至唐昭宣帝时，耶律阿保机为主，尤雄勇，不肯代，居古汉城，地宜五谷，有盐池之利。击灭七部，东征室韦女贞，西取突厥故地，诸夷畏服。后梁太祖时，帅众三十万，寇云州，晋王与之连和，约为兄弟，共击梁。或劝晋王擒之，王曰："仇敌未灭，而先失信夷狄，自亡之道也！"厚赠遗之。阿保机既归而背盟，更附于梁，晋王由是恨之。

时燕节度使刘守光，残虐其下，军士多亡归契丹，契丹掠取燕地士民，日益强大。阿保机遂更名亿，称皇帝，是为辽太祖，国人号为天皇。妻述律氏亦勇决多权变，名震诸夷，号地后。刘守光为李存勖所攻，遣使献平、营，湾三州之地，以求援于契丹，契丹救之，为存勖所败。存勖灭燕，而三州之地，归于契丹未取。初守光遣韩延徽于契丹，延徽不拜，契丹主大怒，使牧马。契丹述律后，察其贤，劝阿保机礼而用之。韩延徽有智略，能属文，始教契丹建牙开府，筑城郭，立市里，以处汉人，使各有配偶，垦艺荒田，由是汉人乐业，逃亡者少。契丹威服诸国，延徽有功焉。阿保机取夫余城，更名东丹国，命长子突欲镇之，号为人皇。次子德光守西楼，号元帅。阿保机称帝二十年，死于夫余城。

述律后欲立德光，至西楼，命与突欲皆乘马，立帐前，谓诸酋长曰："二子，吾皆爱之，莫知所立，汝曹择可立者，执其辔。"酋长知其意，争执德光辔。后曰："众之所欲，吾安敢违？"遂立德光，是为太宗。遣突欲归东丹。德光尊后为太后，国事皆决焉。德光性孝谨，母病不食，亦不食。以韩延徽为政理事，令葬阿保机于木叶山。太后左右有桀黠者，后辄谓曰："为我达语于先帝。"至墓所杀之，前后百数。最后平州人赵思温当往，不肯行。后曰："汝事先帝，常亲近，何为不行？"对曰："亲近莫如后，后行，臣则继之。”后曰：“吾非不欲从先帝于地下也，顾嗣子幼弱，国家无主，不得往耳！”乃断一腕，令置墓中，思温亦得免。

时后唐潞王从珂，疑石敬瑭，使移镇天平。敬瑭拒命，唐发兵讨之。敬瑭危急，乃割卢龙一道，及雁门关以北，幽、蓟等一十六州，以假兵灭唐。仍许岁输帛三十万匹。契丹册立敬瑭为晋帝。乃以幽州为燕京，徙都之，改国号曰辽。终晋高祖之世，征求无厌。至出帝齐王立，不奉表，不称臣于契丹。契丹主积怒，举兵灭晋而归，死于杀狐岭，嗣位二十一年。侄永康王兀欲即位于中京。兀欲，乃太祖阿保机长子突欲之子也。突欲以国让弟，后反见疑，遂浮海至中国。后唐明宗以庄宗妃夏氏妻之，赐姓名李赞华，拜节度使。赞华好割妇女之臂腿而饮其血，诸姬妾刺臂或腿以吮之，则大悦。夏氏数被其割，不胜苦，奏请离婚为尼。赞华后为潞王从珂所杀，至是其子兀欲立，追尊其父突欲为义宗。兀欲更召阮，是为世宗，嗣位五年，为燕王述轧所弑。述轧自立，诸部不服，奉太宗德光子寿安王兀律，攻杀之。遂立兀律为帝，更名璟，是为穆宗。穆宗好畋猎饮酒，不恤国事，每夜则酣饮达旦，昼则常睡，国人谓之睡王。周世宗攻取三关瀛、莫、易之地，穆宗闻之曰：“此亦汉地，今以还汉，又何惜耶？”又嗜酒，酒后加人以炮烙铁梳，诸奇巧极刑。

嗣位十八年，近侍小哥、花哥、辛古等弑之。世宗兀欲之子贤立，是为景宗。以萧守兴为尚书令，纳其女燕燕为后。景宗宿婴风疾，国事皆决于燕燕。辽与宋通好，宋太宗伐北汉，辽遣兵救之，大败而还。宋灭北汉，遂乘胜伐辽，以取幽、燕之地。辽遣耶律休哥与战，宋亦大败而还。

景宗嗣位十四年而殂，子隆绪立，是为圣宗。萧太后专国政，宠幸用事。宋太祖遣曹彬、潘美等，乘衅伐辽，以取幽、燕之地，为契丹将耶律休哥所败。辽太后亦兴师寇宋，宋骁将杨业死之。宋真宗时，萧太后与隆绪大举寇宋，宋寇准亦劝真宗自将御之，契丹围澶州，不克，与宋战不利，大将挞览为宋所杀，而寇准劝真宗，复直前渡河，契丹大惧，请和，自是而两朝修好，南北弭兵，边境稍安矣。契丹圣宗隆绪二十七年，萧太后燕燕卒。萧氏有机谋，善驭大臣，得其死力。每入寇，亲披甲胄督战。与韩德让通，太后死后，未几，德让亦死，陪葬陵旁。隆绪遭母丧，哀毁骨立，群臣请改元，又请以日易月，皆不许。及宋真宗崩，隆绪集蕃汉大臣，后妃以下皆举哀。曰：“吾兄与吾同月生，年大两岁，吾又得几多时也？”因又泣，特置真宗御灵，建资福道场，百日而罢。契丹主隆绪病革，谓其子宗真曰：“宋朝信誓，当守而不失。”遂殂，嗣位四十八年。

子宗真立，是为兴宗。国内无事，户口蕃息。宋增岁币银绢，共各十万，并前各五十万。其地凡五京六州，军城百五十六，县二百九，属国六十，东至海，西至流沙，北至胪朐河，南至白沟，幅员万里。嗣位二十四年殂。

子道宗洪基立，洪基嗣位四十六年殂。太子浚早卒，浚之子天祚帝延禧立，好畋猎淫酗，怠于政事。辽属国生女真完颜阿骨打，以兵叛辽。

女真之先，古肃慎氏地，世居混同江之东，长白山、鸭绿江之源。姓拿，又号完颜氏。唐太宗时，始闻于中国，其系籍于辽者，号熟女真。在北者号生女真，亦素服于辽。生女真旧无官属，至乌古乃，始有官属。其部内旧无铁，邻国有以甲胄铁器往鬻者，必厚价酬之。得铁既多,因以修弓矢,备器械,兵势稍振。乌古乃死,子劾里钵嗣,严重多智,基业始大。其官之尊者,皆曰勃极烈。其名无徭役,壮者即为兵。自五十百,皆有长。伍长击柝,什长执旗,百官挟鼓,千人将,则旗帜金鼓悉备。伍长战死,国人皆斩;什长战死,伍长皆斩;百长以上亦然。一军退,则诛一军之长。凡部长曰勃茎,行兵则称曰猛安、谋克。猛安,犹千夫长;谋克,犹百夫长也。劾里钵生十一子,长曰乌雅束,次曰阿骨打。劾里钵疾笃,呼弟盈哥谓之曰:“乌雅束柔善,若办集契丹事,阿骨打能之。”劾里钵死,弟颇刺淑嗣。颇刺淑死,弟盈哥嗣。盈哥死,兄子乌雅束嗣。乌雅束死,弟阿骨打嗣,自称都勃极烈。

时辽主好猎淫酗,怠于政事,每岁遣人市名鹰海东青于海上,道出生女真,使者贪纵,征求无厌,女真怨苦之。女真部阿疏叛奔辽,阿骨打索之不得,遂逆命。辽遣军伐之,阿骨打曰:“先发者制人!”遂与侄粘没喝,弟阇母,及宗室银术可、娄室等,起兵击辽,传挺而誓,勇气百倍,辽军大奔。辽以司空萧嗣先帅师伐女真,阿骨打帅众来御,未至混同江,夜就枕,若有扶其首者三,阿骨打寤而起曰:“神明惊我也!”即鸣鼓举燧而行。黎明,至混同江,与辽兵遇。会大风起,尘埃蔽天,阿骨打乘风奋击,辽兵大溃,将士皆死,获免者十七人。自是士无斗志,遇敌辄溃。辽人尝言女真兵满万,则不可敌,至是始满万矣。

女真完颜阿骨打称皇帝,更名旻,国号金,是为金太祖。辽使请和与金,金人不许。辽主起空国之兵,用百万之师,下诏亲征女真。金主攻辽黄龙府,次混同江,无舟以渡。金主使一人前导,乘赭白马径涉,曰:“视吾鞭所指而行,诸军随之,水及马腹。既济,使舟人测其渡处,深无涯矣,遂克黄龙府。辽师至混同江,金主闻辽主亲征,乃聚众,以刀剺面,大哭曰:“始与汝等起兵,盖苦契丹残忍,欲自立国。今天祚亲至,恐不能当,不若杀我一族,汝等迎降,或有生理。然辽人怨已切骨,天祚之气方骄,纵降亦必无生理,奈何,奈何?”诸军罗拜曰:“事已至此,惟命是从。”金主曰:“然则惟有人人死战耳!”遂帅众迎敌。金主曰:“彼众我寡,兵不可分,观其中军最坚,主必在焉,败其中军,可以得志。”使左右翼,合而攻之。辽主遁,辽兵大溃,枕尸相属百余里,所获器械、宝物、马牛,不可胜纪。辽东京,及东京州县,与南路系辽女真,皆降于金。金约宋共攻辽,金人取辽上京,中京及西京。金主命谷神,始制女真文字。辽主为金粘没喝斜也所迫,轻骑走夹山,命令不通。

时辽秦晋国王耶律淳,与参知政事李处温守燕京。处温与都统萧干等,谋奉淳为主,诸大臣耶律大石,左企弓等,及蕃溪百官,诸军父老,数万人劝进拜舞山呼。上尊号曰天锡皇帝,军旅之事,悉委耶律大石。耶律大石者,太祖八世孙,通辽汉文字,善骑射,举进士,为翰林学士承旨。辽谓翰林为林牙,故称大石林牙。辽耶律淳死,萧干等立淳妻萧氏为皇太后,遥立秦王定为帝。李处温欲为乱,萧后杀之。金主阿骨打袭辽主延禧于石辇驿,以其子斡离不为前锋,所将不过千人,辽兵围之数重。辽主谓金兵少,必败,遂与妃嫔登高埠观战。斡离不以铁骑驰赴之,辽主大惊,遁去,辽兵遂大败。金主分三道攻燕,辽人以劲兵守居庸关。金兵至关,崖石自崩,戍卒多压死,辽人不战而溃。金兵度关而南,遂入燕京,辽将相皆降。耶律大石走,为金所获。萧后出奔天德。于是辽五京皆没于金。辽主奔四部族,萧后来见,辽主杀之,追废淳为庶人。金使斡离不、银术可、娄室等,分道袭辽主。辽主奔应州,其子秦王定、许王宁、及妃嫔从臣,皆被执。辽主西走云中。

金太祖在位八年殂,弟吴乞买立,更名晟,是为金太宗。耶律大石自金归辽。辽主既败,谋奔夏。会党项也遣人请临其地,辽主从之,至应州东,为金将娄室等所获以归,金废为海滨王,寻杀之,以万马践其尸。辽主天祐帝延禧嗣位二十五年而被执,辽亡。自后梁太祖丁卯称帝起,至宋徽宗乙巳。凡八主,共二百有十年。

初辽主之与金人战也,耶律大石以谏不从,遂率众走北庭都护府,自立为王。会西鄙七州十八部,谕以兴复事,得精兵方余,置官吏,具器械。文遗书回鹘,回鹘主毕勒哥迎至邸,送于境外,兵行万里,归者数国。至寻思千,西域诸国举兵十万拒战,大石进击,大败之,僵尸数十里。回回国王来降,又西行至起儿漫,群臣共册大石为天祐皇帝,改元延庆,是为西辽。西辽王大石引兵东还,行二十余日,得善地,遂建都成,号虎思斡耳朵。金主闻耶律大石在和州之域,遣兵攻之,不克而还。德宗大石立十二年而殂,子仁宗夷列幼,遗命其后萧氏权国事,号感天皇后,称制七年殂。夷列始亲政,又十三年而殂。子幼,遗命其妹普速完权国,号承天皇后。承天后称制十四年,与其夫萧朵鲁不之弟朴古只沙里通,出朵鲁不为东平王而杀之。朵鲁不之父斡里剌以兵问罪,杀普速完,及朴古只沙里,迎夷列次子直鲁古立之,改元天禧。立三十四年,因出猎,乃蛮国灭屈出律伏兵八千擒之,而据其位,尊直鲁古为太上皇,以善终。西辽亡,凡三主二后。起于宋徽宗二十五年乙巳,亡与南宋宁宗七年辛酉,共七十八年。

却说金太祖旻即阿骨打,既叛辽,大败辽兵,取有五京之地,迫辽主远遁。生十五子,皆不立,而立其弟太宗晟,即吴乞买。太宗晟既灭辽,复遣斡离不、粘没喝寇宋,破汴京,掳二帝,而取宋天下之半。又遣太祖第四子兀术,及粘没喝、娄室,银术可,挞懒,斡离不等,屡寇南宋。又立刘豫为齐帝以害宋,诸事尽见南宋回中。太宗晟嗣位十三年殂,子十四人,皆不立,而立太祖嫡孙合剌,更名亶,乃太祖太子绳果之子也,是为熙宗。

熙宗亶厌用兵,颇读书,使挞懒、兀术袭执刘豫,与宋通好,兴礼乐,立孔庙于上京,求孔子支派四十九代孙璠,封为衍圣公,元朝因之。而孔子嫡源,从南宋渡者,今据浙江。熙宗嗣位十四年。末年好饮酒,妄杀大臣,平章事完颜亮亦太祖之孙,太祖第三子辽王宗翰之子也,谋篡位,阴结死士,而通于熙宗妻裴满后,忌金主之弟胙王常胜等,因构杀之。熙宗素有积怨于裴满后,因并杀后,而召弟妇胙王之妻撒卯入宫为继后。亮党大兴国给事寝殿,被杖怨望,亮使为内应,已巳十二月,夜二鼓,兴国启门,亮与妹婿徒单贞及秉德乌带,李老僧、唐括办等入寝殿。熙宗亶善用刀,常置佩刀于榻上。是夕,兴国取刀投榻下。熙宗求刀不得,亮直前,手刃之。

亮本名迪古,是为废帝。以太宗诸子强盛,遂杀其子孙七十余人,又杀粘没喝子孙三十余人,诸宗室五十余人,太宗吴乞买与粘没喝之后遂绝。又杀秉德等,又杀宗室撒离喝、孛吉干带等,皆族之。改筑燕京宫室,一依汴京制度。宫殿偏傅黄金,而后间以五彩,金屑飞空如落雪,一殿之费,以亿万计,成而复毁,务极华丽。金主亮杀其叔父曹王阿鲁补,纳其妻阿懒,封为昭妃,又纳宗妇四八于宫。崇义节度使乌带妻定哥,旧与亮通，亮使杀乌带，许以为后。定哥不忍，亮谓之曰："不杀汝夫，将族汝家。"定哥大恐，缢杀乌带，纳为贵妃。又使秘书监完颜文出其妻定哥，以为丽妃。又使乙剌补出其妻义察，亦纳之。义察，亮姊之女也。金主亮闻葛王乌绿妻乌林答氏美，召之。乌林答氏曰："我不行，上必杀王。"遂行，至良乡，得间自杀，亮降封葛王为曹国公。亮迁都燕京，亲选良家子女百十三人，以充后宫，皆美女也。亮恣意淫恶，寿宁县主什古，静乐县主蒲剌，及习捻，师姑儿，混同县君莎里古贞，及其妹余都，皆亮之从姊妹，郕国夫人重节，亮之侄张定安妻奈剌忽，太后大氏之兄嫂蒲卢胡只，石奇之妹，皆有夫，亮无所忌耻，皆纳之，分属诸妃位下。莎里古贞最得幸，每召，必亲候廊下。立久，则坐于师姑儿膝上。宫人在外有夫者，初犹分番出入，后乃尽遣其夫。每幸妇人，必奏乐撤帷，或妃嫔列坐，恣意淫乱，使共观之。常于卧内，遍设地衣，裸逐以为戏。金主亮以江南多美女玉帛，又闻宋有刘贵妃美艳，欲得之，谋大举灭宋。亮嫡母太后徒单氏谏之，亮不悦。亮迁都于汴，以太后居宁德宫，太后使侍婢高福娘问亮起居，亮通之，太后不悦。亮使点检大怀忠等弑太后，太后方樗蒱，怀忠等至，令太后跪受诏，太后愕然下跪，尚衣局使虎特末从后击之，仆而复起者再。亮命焚其尸，击骨于水，并杀其左右及弟侄，又大杀宋辽宗室之在其国者无孑遗。遂举兵南征，众六十万，号百万，妃嫔皆从，宋人大震。金主亮入和州，以梁山泺水涸，前所造船不得进，乃使李通更造小船，坏城中民居以为材木，煮人膏以为油。宋总管李宝，败其先锋。金主亮无道，人心离散，将士多亡归。至公言于路曰，"我辈今往东京立新天子矣！"金主亮披金甲，率众渡江，宋虞允文大败金师于采石。

时东京留守曹国公乌禄，太祖之孙，性仁孝，沈静明达，众心归之。猛安福寿等，共杀副留守高存禄，立乌禄为帝与辽阳，更名雍，是为世宗。下诏暴扬金主亮罪恶数十事，遣兵，断其归路。而召谕其兵将，令北还安业。金主亮闻曹国公即位，改元大定。金主亮拊髀叹曰："朕本欲平江南，改元大定，此岂非天乎？"遂召诸将帅，谋北还。恐将士解散，而宋人蹑其后，乃分兵渡江，欲先灭南宋，而后北平内乱。诏诸将，约以三日济江，否则尽杀之。军士危惧，谋欲亡归。又闻曹国公乌禄即位于辽阳，遂共谋作乱，决计于浙西都统制邪律元宜，及猛安唐括乌野，请行大事。元宜然之。乃帅诸将薄亮营，亮疑宋兵奄至，揽衣遽起，取箭视之，愕然曰："乃我兵也！"方取弓，已中箭仆地，遂杀之，焚其尸。军士取行营服用宝器皆尽，裸淫其妃嫔，不从者杀之。杀太子光英，及李通等。遣人议和于宋，而求赦于新主。金主雍下令，废亮为庶人，招谕下江南之众，皆令散归。金主雍入燕京。金世宗雍仁孝节俭，崇儒尚文，与宋讲和，两得休息。断狱十七人，几致刑措。以其妻乌林答氏死节，终身不立后。真金国之贤君也。在位二十九年殂。

太子允恭早卒，太孙章宗璟嗣立。李宸妃专政，疏远宗亲，国势稍衰，嗣位十九年殂。以世宗第七子卫王永济柔弱，立之，是为后废帝。

时蒙古兵日强，连岁侵扰金西北边地，金主求和，蒙古不许。蒙古与金独吉千家奴等战于灰河，金师败绩，遂取大同府。金西北州县，尽入于蒙古。蒙古主复进，与金完颜九斤等战于会河堡，金兵大败，东京不守，西京覆没。金胡沙虎将兵出战屡败，金主不能诛，而反用之，胡沙虎遂作乱，以兵入宫，自称监国，迫金主出居卫邸。永济嗣位五年。

胡沙虎迎世宗之孙，允恭之庶长子升王珣于彰德，至燕即位，是为宣宗。蒙古兵日迫，高琪战败，胡沙虎欲杀之。高琪惧诛，乃以兵围胡沙虎之第而杀之，诣阙请罪，金主赦之。

时蒙古凡破金九十余郡，两河，山东数千里人民，杀戮几尽，金帛子女，牛马羊畜，皆席卷而去。庐屋焚荡，城郭丘墟，惟大名、真定，青郓以南未下。金求和于蒙古，蒙古主欲得其公主，金主珣以废主永济之女，及童男女五百，马三千，金银缯帛，各万两万匹与之。既成婚，蒙古主乃出居庸关北还。金主珣徙都汴，蒙古主闻之，怒曰："既和而迁，是疑心未释也！"复图南侵，蒙古将木华黎攻金北京、辽西州郡，皆下之。金主遣兵救燕，与蒙古兵遇于霸州，大溃，蒙古遂入中都。吏民死者甚众，宫室为乱兵所焚，火月余不息。金祖宗神御，及诸妃嫔，皆沦没焉。蒙古将木华黎取金河北、山东，将趣汴，至解州，病卒。蒙古取陕西等地，遂入三关。

金宣宗珣嗣位，十一年殂。子哀宗守绪立，金人尽弃河北、山东、关陕等地，惟并力守河南保潼关，自洛阳至邳州，东西二千余里，立四行省，帅精兵二十万以守之。蒙古入金陕西大昌原，金平章政事完颜合达，以忠孝军提控完颜陈和尚为前锋。陈和尚环甲上马，以四百骑，大败蒙古八千之众，士气百倍。金自有蒙古之难，二十年间，始有此捷。由是陈和尚之名震国中。金以为定远大将军，世袭谋克。金人既胜而骄。蒙古主怒，与其弟拖雷帅众入陕西，破寨栅六十余所，遂取凤翔，陷凤州，破武休关，入围兴元，军民散走，死者数十万。破饶风关，由金州而东，趋汴京，至禹山，金兵与战，蒙古兵少却。明日，蒙古兵忽不见，入光化北岸枣林中，昼作食，夜宿马上。四日，林外不闻音响，金兵谓蒙古已退，皆解散。蒙古忽至，金兵大败。蒙古入钧州，完颜陈和尚趋避隐处，杀掠稍定，方出。自言曰："我金国大将，欲见白事。"蒙古兵士，以数骑夹之，诣太弟帐前，问其姓名。曰："我忠孝军总领完颜陈和尚也，大昌原、卫州、倒回谷之胜，皆我也。我死乱军中，人谓我负我国家，今日明白死，天下必有知我者。"蒙古兵欲其降，斫足胫折之，划口吻至耳，噀血而呼，至死不屈，遂杀之。蒙古将士有义之者，以马乳汁酹地而祝曰："好男子，他日再生，当令我得之。"金之精锐既尽，蒙古遂围汴。

金汴京粮尽援绝，势益危急。金主决意东行，入宫与后妃别，大恸而出。金主入归德，遣人迎后妃与汴，诸军怨愤，后妃不得出。蒙古速不台攻汴日急，内外不通，米一升，至银二两，人相食，贵家第宅，皆撤以爨。西面元帅崔立，性淫狡，因民汹汹，杀左右二相完颜、奴申，及习捏阿不，勒兵入宫，集百官，议所立。崔立曰："卫绍王太子从恪，其妹公主，现在北兵中为后，可立。"乃以太后命召从恪为梁王监国，崔立自为太师都元帅，送款与蒙古速不台。速不台喜，饮之酒，崔立以父事之。还城，悉烧楼橹，又托以军前索随驾官吏内眷家属，聚军民子女于省中，亲阅之，日淫数人，犹以为不足。乃禁民间嫁娶，有以一女之故，致死数人者。诸王妃嫔，亦被其淫。时入后宫，淫妃嫔。又与妻同入见太后、皇后两宫，两宫赐予，不可胜计。立因讽太后归降，立遂以梁王从恪，荆王守纯，太后王氏，后徒单氏，及诸妃嫔，凡车三十七辆，宗室男女五百余人，赴青城。

速不台杀二王，及族属，送后妃等于和林，在道艰楚万状，尤甚于宋徽、钦之时焉。别记载有金夫不躬之说，事或然也。

速不台入汴城，时立在城外，兵先入其家，取其妻妾宝玉以出，立归大恸而已。后崔立为蒙古汴京都尉李伯渊所杀。蒙古遣王檝使宋，议同伐金。宋遣使报谢，蒙古许俟成功后，以河南地归宋。

金主闻蔡州城坚池深，兵众粮广，遂决计幸蔡州。时久雨，朝士随从者，徒行泥水中，掇青枣为粮，足胫尽肿，从者二三百人，马五十匹。至亳州，避雨双沟寺中，蓬蒿满目，无一人迹。金主太息曰："生灵尽矣！"为之一恸。及入蔡，以完颜忽斜虎为尚书右丞，总领省院事。忽斜虎有文武才，选括士马，缮治兵甲，兵威稍振。时蒙古兵去蔡差远，金主亦安之。而宋以孟珙为将，大败金兵于马磴山。蒙古都元帅塔察儿使王檝至襄阳，约攻蔡州。宋帅次于息州之南，降者日众。金息州刺史请益兵，金主以参知政事，抹捻、兀典师忠孝军五百往，将行，金主谕之曰："北方兵强马壮，智勇兼备，我实难与之敌。至是宋人，何足道哉！朕得甲士三千，纵横江淮间，有余力矣。"金主使完颜阿虎带，乞粮于宋，将行，谕之曰："宋人负朕深矣，彼自为谋亦浅。蒙古灭国四十，以及西夏。夏亡及我，我亡，必及于宋。唇亡齿寒，自然之理，若与我连和，所以为我者，亦为彼也。卿其以此意晓之。"阿虎带至宋，宋朝不许。蒙古塔察儿围金蔡州，日耀兵城下，旗帜蔽天，城中骇惧。宋史嵩之命孟珙、江海帅师二万，运米三十万石，赴蒙古之约。塔察儿大喜，与珙结为兄弟，酌马乳汁饮之。蒙古既得宋助，益修攻具，斫木之声，闻于城中，城中益惧。金忽斜虎日与国家恩泽，君臣大义，抚循其民，忠诚昭著，军民感奋。宋师及蒙古，以攻具薄城。金尽籍民丁防守，民丁不足，复括妇人壮健者，假男子衣冠守城。宋孟珙进逼柴潭楼，金人恃潭为固，外即汝河，潭高于河五六丈。相传下有龙，人不敢近，而城楼伏巨弩，将士疑畏。珙召麾下饮酒，酒再行，谓曰："柴潭楼，非天造地设，伏弩能射远，不能射近，彼所恃者，水此耳，决而注之，涸可立待。"遂凿堤，潭果决入汝水。珙命实以薪苇。蒙古亦决练江，两军皆济，鱼贯而上，攻其外城，破之，进逼土门，遂攻西城，克之。忽斜虎竭力捍御，金主谓侍臣曰，"我为金紫十年，太子十年，人主十年，自知无大过恶，死无所恨。所恨者，祖宗传祚百年，至我而绝，与古荒淫暴乱之君，等为亡国，独此介介耳！"自宋理宗九年九月，蔡州受围起，至次年正月朔旦，蒙古兵会饮，欢吹之声，四望相接。城中饥窘，叹息而已。孟珙见黑气压城上，日色无光，下令诸军衔枚，分运云梯攻城。是夕，金主传位于东面元帅承麟，承麟拜泣不敢受。金主守绪曰："朕所以付卿，岂得已哉！以朕肌体肥重，不便鞍马驰突，有死而已。卿趫捷有将略，万一得免，祚胤不绝，此朕志也。"承麟起受玺，明日即位，宋孟珙师攻南门，马义先登，赵荣继之，万众竞进。金百官称贺礼毕，亟出捍敌，南城已立宋旗帜矣。金主守绪自经死，嗣位十年。忽斜虎闻之曰："吾赴汝水从吾君矣。"遂赴水死。参政孛术鲁、小娄室等，及军士五百余人，皆从死焉。承麟退保子城，闻守绪死，帅群臣入哭。谥曰哀宗。奠未毕，城已陷，承麟为乱兵所杀。嗣位一日。金亡，起宋徽宗乙未，终宋理宗甲午。凡十主，共一百二十年。

其有先金立国，亦先金而灭于蒙古者，有夏国。唐初，宥州刺史拓跋忠恭，本党项羌也。其先有拓跋赤辞，唐太宗贞观初来归，赐姓李，置静、边等州以处之。其后析居夏州者，为平夏部，至唐僖宗避黄巢之乱，幸蜀。平夏部李思恭，纠合夷夏兵，会鄜延节度使李孝昌等，同盟讨贼，诏以恭思权知夏绥节度使。思恭卒，弟思谏嗣。思谏卒，子彝昌嗣。彝昌为其将高宗益所弑，立其族叔父仁福以为节度使，后封朔方王。仁福卒，子彝超嗣，彝超卒，追封夏王，子克睿嗣。克睿卒，子继筠嗣。李继筠卒，弟继捧嗣。继捧以诸父昆弟，多相怼怨，以银、夏、绥、宥四州降宋，留居京师，宋太宗赐赍甚厚，遣使至夏州，护缌麻以上亲赴阙。族弟李继迁叛去，袭据银州围三族岩，宋太宗遣将击走之。继迁降于契丹，契丹以为定难节度使，以女妻之。李继迁侵扰日甚，宋赵普请复命李继捧镇夏州，赐名姓赵保忠，复以为定难节度使。保忠与继迁战于安庆泽，继迁中流矢遁。继迁遣使归款，奉表谢罪，诏以为银州观察使，赐名姓赵保吉。而赵保忠叛降契丹，契丹封为平思王。未几，赵保吉复叛，徼击灵州运饷蒭粟四十万，尽夺之。宋太宗大怒，命将五路出师讨之，不克而还。

宋真宗时，赵保吉陷清远军，复陷灵州。赵保忠陷西凉，杀知府丁惟清，于是潘罗支等，伪降于保吉，保吉受之不疑。潘罗支遽集上合番部合击之，保吉大败，中流矢，创甚，奔还灵州。自虑孤危，病且死，嘱其子德明，必归宋。一表不听，则再请，虽累百表，不得请，勿止也，遂卒。赵德明屡表既款，宋真宗嘉之，以为定难节度使，封平西王，赐赉甚厚。未几，契丹亦册封德明为夏国王，德明于本国则称帝，奉表于宋与契丹，则去帝号而称臣。

宋仁宗十年，赵德明卒，子元昊立。元昊以五月五日生，圆面高准，性雄毅，多大略，善绘画，能创制物始。凡行兵，令部长各陈所见，择取其长，悉有夏、银、绥，宥、盐，胜、甘、凉、灵、会，静诸州，又取瓜沙、肃州，仍居兴州，阻河，依贺兰山为固，西至吐蕃塔塔，地方万里，遂更名曩霄，称帝改元，上表于宋，求西郊之地。宋削元昊赐姓官爵，绝其互市，募人能得元昊首者，即受定难节度使。元昊遂入寇，攻保安，取金明岩，又取安远、塞门、永平诸寨，乘胜抵延州城下，大败宋师，会大雪解去。自后屡次入寇，屡败宋师，朝廷为之旰食，赖韩琦、范仲淹捍御有方，又赖狄青善战，以故元昊不能深入。元昊大将野利与天都，皆骁勇善战，屡败宋师。宋种世衡用反间之计，使王嵩遗书野利，言既有志本朝，宜及早归降，故达元昊所，元昊疑而杀之。乃为文以祭野利，书之于板，痛其与天都同归本朝，而不获成功，祭于境上。见有虏至，急燃之以归，而遗其板，虏得之以献元昊。元昊并杀天都。自是元昊之势稍弱，遂请与宋和。自元昊至乾顺，历代叛服不常，不能悉记。曩霄嗣立十七年，谥景宗。曩霄初娶野利氏，生宁令哥，以为太子。既而宁令哥娶没移氏为妻，已婚矣，见其美，遂自娶之。宁令哥大愤恨，谋弑曩霄，乘间以刀砍之，不死，截去其鼻。宁令哥匿国舅讹庞家，为讹庞所杀。元昊病鼻创而殂，年四十六。少子谅祚嗣。

谅祚年方幼，讹庞遂与三大将分治国事。谅祚嗣位十六年殂，谥毅宗。子秉常立。秉常，嗣位十九年殂，谥惠宗。子乾顺立。乾顺嗣位五十四年殂，谥崇宗。子仁孝立，始建学校于国中。仁孝嗣位五十五年殂，谥仁宗。子纯祐立。纯祐嗣位十四年，谥桓宗。乾顺之孙李安全，废纯祐而自立。未几，纯祐卒，安全既立。蒙古入灵州，夏屡为蒙古所攻，求救于金，金不能救，夏人怨之，称臣于蒙古，遂与金人构兵。安全立五年而殂，谥襄宗。子遵顼立。夏与金构兵，约十年，精锐俱尽，两国皆敝，乃遣使修好于金，称弟而不称臣，各用本国年号。金遣使报之，两国复和。蒙古围夏兴州，夏主遵顼奔西凉。蒙古攻夏，夏主遵顼嗣位十三年，传国于其子德旺，自称太上皇。又四年殂，谥神宗。德旺既立，蒙古伐夏，取甘州、雍州，及西凉府。蒙古入夏，城邑多降，夏主德旺忧悸而卒。嗣位四年，谥献宗。国人立其弟之子晛。蒙古尽克夏城邑，其民穿凿土石以避锋镝，免者百无一二，白骨蔽野。夏主晛力屈出降，遂絷以归。嗣位二年，为元所灭。夏亡，夏起唐僖宗辛丑，至宋仁宗戊寅，李曩霄称帝，至宋理宗三年丁亥亡。凡二十一传，通计三百四十七年。内称帝者九人，共一百九年而亡。

辽、金、西夏之事，已述其概，下回再将南宋之事叙明。观者当以三十三回，直接上三十一回，而以此三十二回作闰回，则事皆接续可观矣。南宋之事如何，且听下回分解。

第三十三回 **康王构 仗名将 偏安半壁**

诗曰：

铁甲将军夜过关，马蹄到处骨如山。
气高无奈乌江阻，色重方知蜀道难。
长夜酒能倾社稷，琼林富不救饥寒。
若将四堵墙推倒，海晏河清日月闲。
物换星移几度秋，鸟啼花落水空流。
人间何事堪惆怅，贵贱同归土一丘。

却说北宋徽、钦二帝被掳，金人立张邦昌为楚帝。张邦昌不敢居，先迎元祐孟太后入居禁中，垂帘听政。又遣人至济州，迎立康王构。丁未五月，王发济州，至应天府，张邦昌来见，王慰谕之，命筑坛子府门之左。王登坛即位，大赦改元，是为南宋高宗。高宗恸哭，遥谢二帝。是日元祐皇后在东京撤帘，遥尊靖康帝为孝慈渊圣皇帝。遥尊母韦氏为宣和皇后，后尊为太后。遥立妃邢氏为皇后。初徽宗生帝时，梦吴越王钱镠入宫而生帝，后都临安，寿八十一，与镠同。又为康王时，遣为质于金，以射矢连中，金疑为将家子，遣还换质。既而得实，悔而急追之，高宗因奔走疲倦，卧崔府君庙中，梦神人醒之曰："金人追将及，可速去之，已备马于门首。"高宗惊觉，马在侧，遂跃马南驰，既渡河，马不复动，视之，乃泥马也。高宗以李纲为相。李纲请罢张邦昌王爵，安置潭州，及受邦昌伪命臣僚王时雍、吴幵、莫俦、孙觌等有差。封赠诸路死节之臣，还元祐党籍人官爵，遣宣议郎傅雱使金军，通问于二帝，且致书于粘没喝。时议定都之所，李纲言关中为上，襄阳次之，建康为下。请先幸南阳，以收人心。而黄潜善、汪伯彦阻之。上遂决意东幸，如扬州。纲所陈论，其言切直，帝初无不容纳，至是惑于黄潜善、汪伯彦之言，常留中不报。纲因求去，遂罢纲提举洞霄宫。纲罢，凡纲所规划军民之政，一切废搁，而国事不可为矣。前太学生陈东、布衣欧阳澈上书，乞留纲。黄潜善、汪伯彦以语激怒帝，言复将鼓众，帝斩陈东、欧阳澈于市，天下冤之。

立沿河沿江沿滩帅府，以宗泽为东京留守，知开封府事。时敌骑留屯河上，金鼓之声，日夕相闻，而京城楼橹尽废，兵民杂居，盗贼纵横。泽威望素著，既至，捕诛盗贼，抚循军民，修治楼橹，屡出师以挫敌。有王善者，河东巨寇，拥众七十万。泽单骑驰至其营，泣谓之曰："朝廷当危难之时，使有如公一二辈，岂复有敌患乎！今日乃汝立功之秋，不可失也！"善感泣曰："敢不效力！"遂解甲降。又有杨进、丁进，杨再兴、李贵、王大郎等，各拥众数万，往来京西、淮南、河南，河北等地，抄掠为患，泽悉招降之。于京城四壁，各置使以领招集之兵，造战车千二百乘。又据形势，立坚壁二十四所于城外，驻兵数万。又沿河鳞次为连珠寨，结河北、河东山水寨忠义民兵，于是陕西、京东、京西诸路人马，咸愿听泽节制。泽累表请帝还京，而帝用黄潜善计，决意幸东南，不报。

秉义郎岳飞，犯法将刑，泽一见奇之曰："此将才也。"会金人攻汜水，泽以五百骑授飞，使立功赎罪。飞遂大败金人而还。泽升飞为统制，谓之曰："尔智才勇艺，古良将不能过，然好野战，非万全计。"因授飞阵图，飞曰："阵而后战，兵法之常，运用之妙，存乎一心。"泽是其言。飞由此知名。岳飞上书，请帝亲率大军北渡，恢复中原。坐越职言事夺官。时张所为河北路招抚使，飞归诣所。所问之曰："尔能敌几何？"飞曰："勇不足恃，用兵在先定谋，谋定后战，蔑不胜矣！"所矍然曰："君殆非行伍中人。"补飞为武经郎。张所使都统制王彦，率岳飞等十一将，部七千人渡河。至新乡，金兵盛，彦不敢进。飞独引所部鏖战，夺其纛而舞，诸军争奋，遂复新乡。明日战于侯兆川，飞身被十余创，士皆死战，又败之。会食尽，飞诣彦壁乞粮，彦不许，飞乃引兵益北，与金人战于太行山，擒其将拓跋野乌。居数日，又与敌遇，飞单骑持丈八铁枪，刺死其将黑风大王，金人败走。飞知彦不悦己，遂率所部，复归宗泽，泽复以飞为统制。金主阿骨打第四子兀术犯东京，东京留守宗泽遣将前后夹击，大败之。金自是不敢犯东京。

泽前后请帝还京二十余奏，每为黄潜善、汪伯彦所抑，发愤成疾，疽发于背。诸将入问疾，泽矍然曰："吾以二帝蒙尘，愤愤至此，汝等能歼敌，我死无恨！"连呼过河者三而卒。都人号恸，讣闻，赠观文殿学士，谥忠简。泽子颖，居戎幕，素得士心。都人请以颖继父任，帝不许。令杜充代泽，充酷而无谋，悉反泽所为，于是豪杰离心，降盗复去剽掠矣。

张悫荐刘豫，起为济南知府，豫不愿行，请易东南一郡。执政不许，豫忿而去。金挞懒围济南，刘豫遣子麟御却之。挞懒遣人啗豫以利，豫惩前忿，遂杀济南骁将关胜，率百姓降金，百姓不从，豫缒城纳款。帝以黄潜善、汪伯彦为左右相。时金兵横行，盗贼蜂起，二人皆不以闻。金粘没喝入寇，围徐州，知州王复死守，城陷，阖门百口皆被杀。诏刘光世阻淮以拒金，光世兵溃走还。金粘没喝遂陷天长军。报至，帝即披甲乘骑，驰至瓜洲，得小舟渡江，惟护圣军卒数人，及王渊、张浚等从行。日暮至镇江。时汪伯彦、黄潜善方率同列，听浮屠克勤说法，或有问边耗者，犹以不足畏告之。堂吏大呼曰："驾已行矣。"二人相顾仓皇，乃戎服，策马南驰，居民争门而出，死者相枕藉，无以怨愤。司农卿黄锷至江上，军士以为黄潜善，骂之曰："误国误民，皆汝之罪。"锷方辩其非是，而首已断矣。太常少卿季陵，自扬州奉太庙神主以行，未数里，回望城中，烟焰烛灭。陵为金人所追，亡太祖神主于金。金人焚扬州而去。帝如杭州，黄潜善、汪伯彦以罪免官。以王渊同枢密院事。

扈从统制苗傅，自负世为将，以王渊骤迁显职，心不平之。而刘正彦亦以招降剧盗，功大赏薄，怨上。时内侍康履等，妄作威福，诸将嫉之。中大夫王世修，亦嫉内侍恣横，遂相与同谋，伏兵杀王渊，及内侍康履等，劫帝传位皇太子旉，请元祐太后同听政。太后见傅等，谕之曰："今强敌在前，吾一妇人，于帘前抱三岁儿决事，何以令天下。"傅等不从，遂迫帝禅位与旉，改元赦书至平江。张浚知必有兵变，谋起兵讨之。张俊亦知其伪，即引所部至平江，浚与俊语，相持而泣。赦书至江宁，吕颐浩曰："是必有变。"遣人寓书于浚，且告刘光世于镇江。会韩世忠由海道，将赴行在。张俊曰："世忠来，吾事济矣。"因白浚，以书招之。世忠以酒酹地曰："誓不与此贼共戴天。"至平江见浚，浚乃草檄，声苗傅、刘正彦之罪，与韩世忠、张俊、刘光世、吕颐浩合兵讨之。傅等忧恐，不知所为。朱胜非劝之速请帝还宫，可以免祸。傅等遂帅百官，朝帝于睿圣宫，帝慰劳之。苗傅、刘正彦以手加额曰："圣天子度量如是也。"遂请帝复位。吕颐浩谓诸将曰："今虽反正，而贼犹握兵据内，若不济，必反以恶名加我。"进败苗翊于临平，苗傅、刘正彦南走。勤王兵入北关，张浚、吕颐浩等入见，伏地涕泣待罪。帝问劳再三，解所服玉带以赐张浚，斩吴湛、王世修等，诛贬逆党有差。帝至江宁府，韩世忠追获苗傅、刘正彦送行在，诛之。帝手书忠勇二字，揭旗以赐世忠。

皇太子旉卒。金人将渡江入寇。诏张浚屯襄、郢、唐、邓，杜充、韩世忠、刘光世分屯江东以备金。帝如临安府。金兀术入建康，守臣杜充以降。帝闻充降，谓吕颐浩曰："事迫矣，可若何？"颐浩因进航海之策，帝然之。遂如明州，明州今浙江鄞县是也。金兀术陷临安，遣阿里蒲卢浑追帝于明州。帝航于海，次于定海县。金阿里蒲卢浑陷越州，遂寇明州。张浚使统制杨沂忠，迎战于高桥，败之。金人陷明州，屠其民，遂袭帝于海，追三百余里。提领海州张公裕，引大舶击却之，金人引还。帝走温州，江淮统制岳飞大败金人于广德，六战皆捷。韩世忠以前军驻青龙镇，中军驻江湾，后军驻海口，欲俟兀术师还击之。及兀术由秀州趋平江，世忠乃移师镇江以待之。兀术欲济江，世忠谓诸将曰："此间形势，无如金山龙王庙者，敌必登之，以觇我虚实。"乃遣苏德将百人，伏庙中，百人伏庙下岸侧。戒之曰："闻江中鼓声，则岸兵先入，庙兵继出，以合击之。"及敌至，果有五骑趋龙王庙。庙中伏兵，先鼓而出，获其二骑，其三骑则振策而驰。驰者一人，红袍玉带，既坠复跳而免。诘诸获者，则兀术也。既而接战江中，凡数十合。世忠妻亲执桴鼓，敌终不得济，擒兀术之婿龙虎大王。兀术惧，请尽归所掠以假道，世忠不许，兀术窘甚，或谓之曰："老鹳河故道，今虽湮塞，若凿之，可通秦淮。"兀术从之，遂趋建康。岳飞以兵邀击于新城，兀术大惧，复出江中。兀术穷蹙，祈请甚哀。世忠曰："还我两宫，复我疆土，则可以相全。"兀术见海舟乘风使篷，往来如飞，谓其下曰："南军使船如使马，奈何！"乃募人献破海舟之策。如是闽人王姓者，教以火箭射舟篷。世忠师溃，兀术始克济。世忠以八千人，拒兀术十万之众，凡四十八日而败。金人自是不敢复渡江矣。兀术既济江，大肆焚掠，尽掳建康少壮妇女，自静好镇渡宣化而去。岳飞邀击，大败之，尽夺所掠而还。金主吴乞买废徽宗为昏德公，钦宗为重昏侯，徙之韩州，又徙二帝于五国城，去金上京东北千里。宋使洪皓自云中，密遣人奏书，以桃李粟面等，献二帝于五谷城，始知康王即位焉。庚戌九月，太后郑氏卒于五国城。后六年，太上皇卒。又四年，邢后也卒于五国城。金立刘豫为齐帝于大名府，畀以河南、陕西之地，豫约世修子礼于金。

初秦桧从二帝至燕，金主以桧赐挞懒，为其任用，及南侵，以为参军。桧妻王氏，色娇美而多智，与挞懒通。至是挞懒纵秦桧还，使为内奸。桧与妻王氏俱还。自言杀金人监己者，夺舟而来，遂航海至越州，求见帝。帝谓辅臣曰："桧忠朴过人，朕得之喜而不寐。喜得闻二帝母后消息，又喜得一佳士也。"先是朝廷虽数遣使于金，但且守且和，而专意与敌解仇息兵，则自桧始。

金人欲窥蜀，刘子羽与吴玠、吴璘等，扼险于凤翔大散关之和尚原，金人知有备，遂引去。金兀术复攻和尚原，吴玠与弟璘，伏兵夜击，大败之。兀术中流矢，仅以身免，亟剃其须髯而遁，蜀赖以全。

初北宋行保甲之法，民有部伍，易聚为盗。北宋末，东南盗贼群起，至是张俊、岳飞，大败江淮贼李成等于楼子庄，复筠、江州。俊等复引兵渡江追成，至蕲州黄梅县，又败之。成北走降刘豫，张用率众数万，降于岳飞，江淮悉平。闽贼范汝为入建州，韩世忠率步卒三万，水陆并进，直抵凤凰山，五日破之，范汝为死，闽地悉平。湖海贼曹成拥众十余万，据道、贺等州，岳飞击败之，成走邵州。适韩世忠既平范汝为旋师，忽由处信，径至豫章，连营江滨数十里，曹成大惊，率众降于世忠，得战士八万。岳飞大败盗彭友于雩都，赣州、吉安等地悉平。飞入见帝，帝手书精忠岳飞字，制旗以赐之。太湖贼杨么，僭号大圣天王，么与刘豫通，欲顺流而下。帝以岳飞为荆南制置使，飞渡江，中流顾幕属曰："飞不擒贼，不涉此江矣！"既破李成，复受命讨杨么，而所部皆西北人，不习水战。飞曰："兵何常，顾用之何如尔！"乃先遣使招谕之，其党黄佐曰："岳节使号令如山，若与之战，万无生理。"遂降。飞表授佐武义大夫，单骑按其部，拊佐背曰："子知顺逆者，果能立功，欲复遣子至湖中，视其可乘者擒之，可劝者招之。"席益疑飞玩寇，欲以上闻。浚曰："岳侯，忠孝人也，兵有深机，胡可易言！"益惭而止。黄佐袭周伦寨，杀之。飞表迁佐武功大夫。会有旨，召张浚还防秋，飞袖小图示浚，浚欲俟来年议之。飞曰："已有定画，都督能少留八日，可破贼。"浚曰："何言之易。"飞曰："因敌将，破敌兵，夺其手足，离其腹心，是以易也。"浚许之。会黄佐招杨钦、全宗、刘诜等降，夜掩贼营，降其众数万。么舟以轮激水，其行如飞，旁置撞竿，舟逢之辄碎。飞散腐木乱草于水，以碍其轮，使不得动，遂大破之。么技穷，赴水死。果八日，而捷书至潭州。浚叹曰："岳侯神算也。"初么恃其险，官军自陆路攻之，则入湖，自水攻之，则登岸，因曰："破我者除是飞来。"至是人以其言为谶云。

湘湖既平，张浚还防秋。浚奏遣岳飞屯荆襄，以图中原。时金兵少息，诏颁黄庭坚所书戒石铭于州县曰："尔俸尔禄，民膏民脂，下民易虐，上天难欺。"令刻石文于州县前。刘豫徙都汴京，使其子麟以金兵寇淮南。帝以赵鼎为尚书右仆射，兼知枢密事。赵鼎劝帝亲征，帝从之。韩世忠大败金人于大仪。帝自将御金，次于平江。金齐之师日迫。张浚长驱至临江，召刘光世、韩世忠、张俊等，各出师以御金人。金人围庐州，岳飞使牛皋救之，金兵败走。时挞懒屯泗州，兀术屯竹墩镇，为韩世忠所扼。会雨雪，金馈道不通，野无所掠，杀马而食，蕃汉军皆怨愤，乃夜引师还。兀术等既去，刘麟、刘猊不能独留，亦弃辎重遁。帝语张浚曰："赵鼎佐朕中兴，真宰相也。"以赵鼎、张浚为左右相。张浚会诸将于江上，遣张俊屯盱眙，韩世忠屯楚州，刘光世屯庐州，岳飞屯襄阳，杨沂中屯泗州，以图中原。飞在襄阳，屡战皆捷，遣牛皋复镇汝军。杨再兴复河南长水县。飞及伪齐李成、孔彦舟连战，皆败之。至蔡州，克其城。飞遣王贵败刘豫之众于唐州，上疏请进军恢复中原。帝不许，飞乃还鄂州。伪齐刘豫闻之，大惧，恐其讨己，告急于金，请先出师南侵，而乞师救援。金主亶召诸将议之，蒲卢虎曰："先帝所以立豫者，欲其开疆保境，我得安民息兵也。今豫进不能取，又不能守，兵连祸结，愈无休期。从其请，则豫收其利，败则我受其弊，奈何许之？”金主遂不许豫，而遣兀术提兵黎阳以观其衅。于是豫佥乡兵三十万，分三道入寇。刘麟率中路兵，由寿春以犯合肥。刘猊率东路兵，由紫荆山出涡口，以犯定远。孔彦舟率西路兵，由光州以犯六安。刘猊至藕塘，杨沂中迎击，大破之。猊曰："适见髯将军，锐不可当，果杨殿前也。"即与精骑遁去。麟在顺昌，闻猊败，亦拔寨去。杨沂中及王德，乘势追麟，至南寿春而还。北方大恐。金人闻豫败，来诘其状，始有废豫之意。

岳飞知刘豫结粘没喝而兀术恶之，可以间而动。会中军得兀术谍者，飞阳责之曰："汝非吾军人张斌耶？吾先遣汝至齐，约诱致四太子，汝往不复来。吾继遣人问齐，齐已许我，今冬以会合寇江为名，致四太子于清河，汝所持书竟不至，何背我耶？"谍冀缓死，即诡服。乃作蜡书，因谓谍曰："吾今贷汝。"复遣至齐，间举兵期。刲股纳书，戒勿泄。谍还，以书示兀术，兀术大惊，驰白金主，于是废豫之意益决。金人袭汴，执刘豫而废之，立行台尚书省于汴。韩世忠，岳飞请伐金收复中原，不报。初何藓还自金，始闻太上皇及太后之丧，帝成服。以王伦为奉迎梓宫使如金，伦陛辞，帝命伦谓挞懒曰："河南、陕西之地，上国既不有，与其付与刘豫，曷若见归下国。"及金人执刘豫，王伦还自金。伦入对，言金人许还梓宫、太后，及河南、陕西地。遂复遣之。初赵鼎、张浚并相。后赵鼎罢，而张浚独相。再后张浚罢，而赵鼎独相。其后赵鼎为秦桧所卖，言于帝，以为桧可大任。至是帝以秦桧为相，而罢赵鼎，专主和议，而中兴之望绝矣！

帝定都于临安，王伦与金使偕来，议以河南，陕西之地与宋。有诏谕江南之名，礼部侍郎曾开当草国书，以太卑弱论之，勿听，于是晏敦复、尹焞、朱松、李纲等，皆极言其不可。胡铨抗疏极言，贬于广州。秦桧以勾龙，如渊为御史中丞，以孙近参知政事。凡异己者，尽劾去之，而大权悉归于桧矣。和议成，以王伦为东京留守。伦至汴，金人归河南、陕西之地。以方庭实为三京宣谕使。庭实至西京，先朝陵寝，自太祖以下，皆遭发掘，而哲宗至暴露，庭实解衣覆之，归以白帝。秦桧恨之。张焘还自金，帝问诸陵寝如何。焘不答，惟言万世不可忘此贼，帝默然。秦桧患之，二人俱坐贬。

兀术言于金主曰："挞懒、蒲芦虎主割河南、陕西地与宋，必有阴谋，今宋使在汴，勿令逾境。"伦闻之，即遣介具言于朝。会孟庾至汴，伦即使庾权留守之任，而身为使者，赴金国议事。会挞懒反。金人遂执伦索还河南、陕西地，伦力拒之。金欲伦降，伦不屈，冠带南向，再拜恸哭曰："先臣文正公旦，以直道辅两朝，臣何敢辱命？"遂就死。金兀术、撒离喝分道入寇，复陷河南，陕西诸州郡。东京副留守刘锜，率所部四万人赴东京，至涡口闻金人败盟南下，锜与将佐舍舟陆行，急趋至顺昌，谍报东京已降。知府陈规，见锜问计。锜曰："城中有粮，则能与君共守。"规曰："有米数万斛。"锜曰："可矣。"乃与规议，敛兵入城，为守御计。时守备一无可恃，锜督取车轮辕，埋城上。又撤民户扉，周匝蔽之，凡六日粗毕，而金兵遂围城。锜夜遣千余人击之，杀敌颇众。既而金乌禄以兵三万来薄城，锜用破敌弓，翼以神臂弩，射却之。复以步兵邀击，溺河死者，不计其数。金兵乃移寨于李村，锜遣阎充募壮士五百，夜砍其营。是夕天欲雨，电光四起，见辫发者，辄歼之。复募百人，折竹为叫子，如儿戏。人持一为号，直入，乘电奋击，闻吹器声即聚。电止，则匿而不动，敌众大乱。于是终夜自战，积尸盈野，退军老婆湾。兀术在汴闻之，即索靴上马，帅十万众来援。兀术至城下，责诸将丧师之罪，众皆曰："南朝用兵，非比昔日，元帅临城自见。"锜遣耿训以书约战，兀术怒曰："刘锜何敢与我战，以吾力破汝城，直用靴尖踢倒耳。"耿训曰："太尉非但请与太子战，且谓太子必不敢济河，愿献浮桥五所，济而大战。"迟明，锜果为五浮桥于颍河上，敌由之以济。锜遣人毒颍水上流，及草中。戒军士，虽渴死，毋得饮于河。时大暑，敌远来疲弊，人马饥渴，食水草者辄病。锜士气闲暇，军皆分番休息。方晨，按兵不动。待未申时，敌力疲气索，方出接战，以锐斧犯之，敌大败走，死者数万。是夕大雨，平地水深尺余，兀术遂走还汴。韩世忠遣兵复海州。张俊使王德复宿州，德乘胜入亳州。岳飞收复河南州郡，留大军于颍昌，命诸将分道出战，自以轻骑驻郾城。兀术合龙虎大王，盖天大王及韩常之兵逼郾城，飞遣子云领骑兵，直贯其阵。云与金人战，凡数十合，金尸布野。兀术以拐子马万五千来，飞戒步卒，以麻扎刀入阵，勿仰视，第砍马足。拐子马相连，一马仆，二马不能行。飞军奋击，大破之。兀术大恸曰："自海上起兵，皆以此胜，今已矣。"愤甚，复合师十二万，侵颍昌。飞使王贵及子云，又大败之。兀术夜遁，追奔十五里，中原大振。飞使梁兴渡河。会太行忠义，两河豪杰，败金人于垣曲，又败之于沁水，遂复怀卫州。太行道绝，金人大恐。飞又大败兀术于朱仙镇，兀术走还汴。飞遣使修治诸陵，兀术欲弃汴北去，有书生叩马曰："太子毋走，岳少保且退矣。"兀术曰："岳少保以五百骑，破吾十万，京师日夜望其来，何以得退。"生曰："自古未有权臣在内，而大将能立功于外者，岳少保且不免，况欲成功乎！"兀术悟，遂留不去。时梁兴会太行两河豪杰，结忠义社，中原尽磁、相、泽、潞、晋、汾、隰、卫之境，皆期日兴兵，与官军会，其所揭旗，皆以岳为号，父老百姓，争挽车牵牛，载糗粮以馈义军。自燕以南，金人号令不行。兀术欲佥军以抗飞，河北无一人应者。乃叹曰："自我起北方以来，未有如今日之挫衄。"金将乌陵思谋，素号骁勇桀黠，亦不能制其下。但谕之曰："无轻动，俟岳家军来，即降。"金将王镇、崔庆及韩常等，皆以众内附。飞大喜，语其下曰："直捣黄龙府，与诸君痛饮耳。"

时金主亶纵酒荒淫，将士离心。蒙古兵起，国势稍弱，善将者不过兀术一人。大有可为之机，而秦桧方欲画淮以北与金为和，讽台臣奏请诸将班师，且知飞志锐不可回，上言飞孤军不可久留，乞速召回。于是飞一日奉十二金字牌。飞愤极泣下，东面再拜曰："十年之力，废于一旦，良可惜也！"乃自郾城引兵还，民遮马恸哭，诉曰："我等戴香盆，运粮以迎官军，金人皆知之，相公去，我辈无噍类矣！"飞亦悲泣，取诏示之曰："吾不得擅留。"哭声震野。飞留五日，以待民徙，从而南者如市。飞亟奏，以汉上六郡闲田处之。飞还，飞所新复河南府州县，复为金有。飞至鄂，力请解兵权，勿许。已而入觐，帝问之，飞拜谢而已。秦桧力主和议，恐诸将难制，欲尽收其兵柄，乃罢韩世忠、张俊为枢密使，岳飞为副使。罢刘锜知荆南府。时兀术遗秦桧书曰："汝朝夕以和请，而岳飞方为河北图，必杀飞，乃可和。"桧亦以飞不死，终梗和议，已必及祸，故力谋杀之。遂讽谏议大夫万俟卨等交章论飞，奉旨援淮西，畏敌逗留，罢为万寿观使，奉朝请。秦桧必欲杀飞，乃与张俊谋，密诱飞部曲，能告飞者，优以重赏，卒无应者。闻飞统制王俊，善告讦，号雕儿，使人谕之，王俊许诺。乃自为状，付王俊，妄言副都统制张宪，谋据襄阳，还飞兵柄。执宪赴镇江，行枢密府鞫之。宪被掠无完肤，竟不伏。桧矫诏召飞父子证宪事，飞笑曰："皇天后土，可表此心。"遂与云就大理狱，桧命中丞何铸，大理卿周三畏鞫之。铸引飞至庭，诘其反状，飞裂裳，以背示铸，有旧涅尽忠报国四大字，深入肤理。既而阅实，俱无验。铸察其冤，白之桧，桧曰："此上意也。"铸曰："强敌未灭，无故戮一大将，失士卒心，非社稷之长计。"桧乃改命万俟卨。卨素与飞有怨，遂诬飞令于鹏、孙革致书张宪、王贵，令虚申探报，以动朝廷，云与宪书，令措置，使飞还军。且云，其书已焚。飞坐系两月，无可证者。大理卿薛仁辅等，皆言飞无辜，判宗正寺齐安王士㒟，请以百口保飞，皆不听。韩世忠心不平，诘其实。桧曰："飞子云与张宪书，虽不明，其事体莫须有。"世忠曰："莫须有三字，何以服天下也！"韩世忠抗疏言秦桧欺君误国之罪，桧讽言官论之，遂罢为醴泉观使。世忠自是杜门谢客，绝口不言兵。时跨驴携酒，从一二童仆，纵游西湖以自乐。平时将佐，罕见其面，十余年卒。时岁已暮，而飞狱不成。一日桧手书小纸付狱，即报飞死矣，年三十九，云与张宪皆弃市。凡讼飞冤者，或黜或死。傅成其狱者，皆进秩。洪皓在金，以蜡书奏言。金人所畏服者惟飞，及闻其死，诸酋皆酌酒相贺。飞事亲至孝，立志慷慨，以必取中原为念。自奉甚薄，凡有所欲为，召诸统制与之谋，谋定而后战，故无不胜。猝遇敌不动，故敌为之语曰："撼山易，撼岳家军难。"张俊尝问用兵之术，飞曰："仁智信勇严，阙一不可。"飞好贤礼士，博览经史，雅歌投壶，恂恂若一书生。然忠愤激烈，议论持正不阿，卒以此得祸云。

和议成，以何铸签书枢密院事，奉表称臣于金，又割唐、邓、商、秦之地畀金。铸等陛辞，帝召至内殿，谕之曰："朕北望庭闱，无泪可弹，卿见金主，当言慈亲之在上国，一老妇人耳，在本国则所系甚重，以至诚说之，庶彼有感。"铸至金，首以太后为请。金主曰："先朝业已如此，岂可辄改。"副使曹勋再三恳请，金主乃许之。遂遣何铸还。金使人以衮冕来册帝为大宋皇帝，归徽宗皇帝，及徽宗后郑氏，帝后邢氏之丧。帝生母韦氏自金归，居于慈宁宫。立贵妃吴氏为皇后，后开封人，习书史，善翰墨，才色俱全，尝戎服侍左右，帝甚爱之。帝怜邢后在金，故虚中宫以待之。至是始立吴氏为后。自是称臣奉贡，边境稍宁。

秦桧自以为太平莫大之功，专以忌刻贬逐忠良为事。桧趋朝，义士施全挟刃于道，遮桧肩舆刺之，不中，被杀。秦桧必欲杀赵鼎、李光、胡铨、张浚等。及鼎卒，而憾不已，下鼎子汾等于大理狱，诬与张浚、李光、胡寅、胡铨等五十三人谋大逆。狱成，而桧病不能书，得释。诏封秦桧为建康王。是夕，秦桧死。桧居相位十九年，劫制君父，倡和误国，一时忠臣良将诛锄略尽，开门受赂，富敌于国，外国珍宝，死犹及门，晚年残忍尤甚，数兴大狱。桧以妻妒无子，以内侄王熺为子，至是勒令致任，黜其亲党之在位者。桧墓在金陵江宁镇，岁久榛芜，至明成化乙巳秋八月，为盗所发，获财货以巨万计。盗被执，有司故出其罪。桧与妻王氏，僭用水银敛，颜色如生。有司阴令人碎其尸，分投于各处厕中，亦一快事也！

金完颜亮弑金主亶而自立，且欲并宋为一统。乃密隐画工于奉使中，传写临安湖山以归，为屏，图己象于吴山绝顶，题诗其上，有"万里车书盍混同，江南岂有别疆封？

提兵百万西湖上，立马吴山第一峰”之句。因遣使征诸道兵，遂迁都汴京。宋钦宗卒于金，钦宗后朱氏，生皇子训于五国城，在金，不知所终。金主亮使高景山、王全，来求汉淮之地。帝问之，全曰：“赵桓今已死矣。”始闻靖康帝之丧。金主亮欲南侵，太后徒单氏谏之。亮弑太后，遂大举入寇，众六十万，号百万，远近大震，两淮失守。金主亮帅大军临采石江上誓师，明日济江。会虞允文奉命往芜湖，迎李显忠，交王权军，且犒师采石。允文至采石，王权已去，显忠未来，敌骑充斥，官军三五星散。允文为坐待显忠，则误国事。遂立招诸将，勉以忠义。众请死战，乃命诸将列阵。部分甫毕，敌已大呼，麾数百艘，绝江而来，抵南岸直薄宋军，军少却。允文入阵中，抚统制时俊之背曰：“汝胆略闻四方，立阵后，则儿女子尔。”俊即挥双刀出，士殊死战。中流，宋军以海鳅船冲敌舟，皆平沉。敌半死半战，日暮未退。会有溃卒自光州至，允文授以旗鼓，从山后转出。敌疑援兵至，始遁。允文又命劲弩尾击追射，大败之。亮乃率军趋扬州，金人怨金主亮之暴虐，另立曹国公乌禄为帝，更名雍，下诏暴金主亮罪恶数十事，遣兵绝其归路。金主亮至瓜州，召诸将，约以三日济江，否则尽杀之。军士危惧，又闻曹公乌禄即位于辽阳，遂共谋杀亮，金师渡淮北还。金主雍遣使来聘，宋遣起居舍人洪迈使金，以贺金主登极，且请河南地，欲正敌国之礼。金主不从。

初二帝北辕，金以玉牒追捕太宗之后，鲜克全者，惟高宗得脱。高宗止有元懿太子旉，三岁而卒。帝无子，选太祖子秦王德芳，五世孙偁之子伯琮，命张婕妤鞠之，生六岁矣，封为普安郡王。王天资英明，豁达大度，平居服御俭约，每以经史自适，骑射翰墨，皆绝于人，至是已三十岁矣。帝知其贤，更名瑗，立为皇侄。未几，更名眘，立为皇太子。帝在位三十六年，传位于皇太子，自称太上皇，退居德寿宫。谓群臣曰：“付托得人，吾无忧矣。”后又二十五年崩。眘即位，是为孝宗。追复岳飞官爵，以礼改葬，官其孙六人。

帝锐意恢复，以张浚为枢密使，都督江淮军马，开府建康。张浚入见，谓金人至秋，必为边患，当及其兵未发攻之。帝然其言。史浩阻之，勿听，乃议出师，渡淮。会李显忠、邵宏渊亦献捣虹县、灵壁之策，帝命先图二城。浚乃遣显忠出濠州，趋灵壁；宏渊出泗州，趋虹县。金都统萧琦，用拐子马来拒，显忠与之力战，遂复灵壁。显忠入城，宣布德意，不戮一人，于是中原归附者接踵。宏渊围虹，久不下。显忠遣灵壁降卒，开谕祸福，金守将乃出降。宏渊耻功不自己出。会有降千户诉宏渊之卒，夺其佩刀，显忠立斩之。由是二将不协。李显忠败金萧琦于宿州，获之，复其城。捷闻，帝手书劳张浚曰：“近日边报，中外鼓舞，十年来，无此克捷。”金孛撒复率步骑十万，来攻宿州，李显忠率所部，力战却之。邵宏渊耻前功不自己出，因按兵不动，且顾众曰：“当此盛夏，摇扇之不暇，奚暇披甲苦战乎！”人心遂摇，无复斗志，诸将各遁。显忠知势不可孤立，遂夜引还，至符离师大溃，所丧军资器械殆尽。张浚还扬州，上疏自劾。

帝以符离师溃，乃议讲和，因贬张浚。浚行次余干得病，数日卒，帝遂决意定和。盖时值金主雍之贤，无可乘之衅。适金遣使来责，兼督岁币。帝遣魏杞至金，正敌国之礼，易表为书，改臣称侄，减岁币十万而还。于是南北讲好，俱得休息矣。

帝聪明英毅，节用爱民，好学勤政，听言纳谏，崇儒重道，疏斥宦官，严防赃吏，逸欲之事，毫无可指，为南宋之贤君。以虞允文、梁克家、陈俊卿等为相，境内治安，人民乐业。

朱熹资治通鉴纲目成，上之。熹字元晦，婺源人，今安徽婺源县是也。少有求道之志。父松，知饶州，疾亟，嘱熹曰："胡宪、刘勉之、刘子翚三，学有渊源，吾所敬畏。我死，汝宜师之。"熹遂往学焉。宪，安国从子。高宗时，禁伊洛之学，宪与勉之求得程颐书，潜抄默诵，夜以继日。勉之结草堂，读书其中，力耕自给，淡然无求于世。子翚，韐仲子。勉之与宪、子翚，日相往来讲，学者踵至。勉之以女妻熹，熹得道统之正，自勉之始。熹又闻建平府李侗学于罗从彦，从彦学于杨时，杨时学于程颢。遂徒步往从侗，得大学及中庸语孟之传，乃作四书集注，开后代儒教之宗。熹弟子蔡忱著书经传注。熹又与张栻、吕祖谦等交。栻字敬夫，浚之子，世称南轩先生。祖谦，好问之孙，世称东莱先生。曾祖希哲，从程颐游，以儒行名于世。故吕氏之孙，有中原文献之传。朱熹历仕外任，至是帝以熹为兵部郎官。兵部侍郎林栗，言熹所至携门生数十人，习为春秋战国之态，妄希孔孟历聘之风，绳以治世之法，则乱人之首也。熹因辞归。

丁未十月，太上皇崩。帝奉上皇，孝养备至，升遐之日，哀慕尤切。致丧三年，群臣屡请遵移月之制，不从。诏皇太子参决庶务，帝在位二十七年，传位于太子惇，是为光宗。尊考宗为寿皇圣帝，退居崇华宫。

光宗欲诛宦者，近习皆惧，遂谋离间寿皇与帝后。帝疑之，不能自解。会帝得心疾，寿皇购得食药，欲因帝至宫授之。宦者遂诉于李后曰："太上合药一大丸，俟宫车过，即投药，万一有不虞，其奈宗社何？"后心衔之。顷之内宴，后请立嘉王扩为皇太子，寿皇不许。后退，持嘉王泣诉于帝，谓寿皇有废立之意。帝惑之，遂不朝寿皇。李后又以黄贵妃有宠，因帝祭太庙，宿于斋宫，后杀贵妃，以暴疾闻。翼日合祭天地，风雨大作，黄坛烛灭，不能成礼，而罢。帝既闻贵妃卒，又值此变，震惧增疾，遂不视朝，政事多决于李后，后益骄恣。寿皇闻帝疾亟，往南内视之，且责后，后怨愈深。帝疾瘳，群臣请朝重华宫，帝已许诺。李后阻止，遂不果行。帝自有疾不视朝以来，胡晋臣与留正同心辅政，中外帖然。寿皇有疾，帝与皇后游玉津园，兵部尚书罗点请先过重华宫，帝不许。起居舍人彭龟年连疏切谏，不报。群臣上疏请者相继，帝复以疾辞。彭龟年、黄裳等奏，乞令嘉王诣重华宫问疾，许之，王至宫，寿皇为之感恸。

寿皇圣帝崩，帝称疾不出。留正与赵汝愚议请寿圣母吴太后垂帘，暂主丧事。尊高宗后寿圣皇太后吴氏为太皇太后，寿成皇后谢氏为皇太后，叶适言于留正曰："帝疾不执丧，将何辞以谢天下？今嘉王长，若预建参决，则疑谤释矣！"正从之，率宰执入奏云："皇子嘉王，仁考夙成，宜早正储位，以安人心。"不报。越六日，御批云："历事岁久，念欲退闻。"留正得之，大惧，因朝，佯仆于庭，即出国门，上表请老。赵汝愚谋欲以太皇太后旨，禅位嘉王。会帝临朝，忽仆于地。时将谭祭，赵汝愚、叶适等，乃与知阁门事韩侂胄定计。侂胄琦五世孙，乃吴太皇太后妹之子也。白内禅之意于太皇太后，太后许可。甲子禫祭，汝愚率同列奏事，袖出所拟云："皇帝以疾，至今未能执丧，曾有御笔，欲自退闲，皇子嘉王扩可即皇帝位，尊皇帝为太上皇。"太后览毕曰："甚善！"乃命汝愚以旨谕皇子即位，众扶皇子诣几筵，奠哭尽哀，遂衰服出就重华殿登位。百官起居讫，乃入行禫祭礼。汝愚即丧次，奏乞召还留正，民心悦服，中外晏然。

光宗在位五年而禅位，又六年崩。嘉王扩即位，是为宁宗，亦不朝于上皇。以留正、赵汝愚为左右相，以朱熹为待制，兼侍讲。韩侂胄欲推定策功，赵汝愚曰："吾宗臣，汝外戚也，何可以言功！"但迁侂胄为汝州防御，侂胄大失所望。然以传导诏旨，浸见亲幸，时乘间窃弄威福。既罢左相留正，日夜谋去赵汝愚，先引其党为台谏，罢朱熹官。赵汝愚上疏留熹，不听。侂胄谋逐赵汝愚而难其名，谋于京镗。镗曰："彼宗姓也，诬以谋危社稷，则一网打尽矣。"侂胄然之，以李沐尝有怨于汝愚，引为右正言，使奏之，遂罢汝愚，出知福州，而大权悉归于侂胄矣。李祥、章颖、徐谊、杨简等，皆抗疏请留汝愚，李沐劾为党，皆斥之。太府寺丞吕祖俭，上书白赵汝愚之忠，并论朱熹、彭龟年不当罢斥。安置俭于吉州，竟死贬所。侂胄怨赵汝愚，欲诬朱熹等罪，于是疏熹门下，及知名之士，目为伪学。窜故相赵汝愚于永州，汝愚至衡州暴卒，天下闻而冤之。朱熹家居，草封事数万言，极陈奸邪蔽主之祸，明赵汝愚之冤，缮写已具，子弟诸生皆谏，以为必且贾祸。熹不听，门人蔡元定，请蓍龟决之，遇遁之同人，熹默然，取奏稿焚之。因更号遁翁。时伪学之禁愈急，六经语孟大学中庸之书，为世大禁。遂诏监司帅守，荐举改官，并于奏牍前，声明非伪学之人。会乡试，漕司前期取家状，必令书以不是伪学五字。乃置伪学之籍，赵汝愚、留正、周必火、王蔺、朱熹等，凡五十九人。

婺州处士吕祖泰，上书请诛韩侂胄。诏配祖泰于钦州牢城，加韩侂胄太傅，封平原郡王。韩侂胄厌前事乖戾，欲稍更改以消中外之议，乃遂复赵汝愚官，而弛伪学之禁，贬斥者渐还故职。时有劝韩侂胄宜立盖世功名以自固者，侂胄然之。恢复之议遂起。邱崈阻之，勿听。造战舰，增置襄阳骑军。追封岳飞为鄂王，其后理宗赐谥武穆。以伐金诏四方，以程松为四川宣抚使，以吴曦为副使。曦素有反志，既得归蜀，又有兵权，遂决意反。阴献阶、成、和、凤四州于金，以求封蜀王。韩侂胄分道出师。王大节帅师复蔡州，不克。郭倪使郭倬、李汝翼、田俊迈会师复宿州，败绩，金人执俊迈。皇甫斌败绩于唐州，李爽败绩于寿州。韩侂胄以师出无功，乃以邱崈代邓友龙为两淮宣抚使，驻扬州。崈至镇，部署诸将，悉以三衙江上军，分守江淮。贬王大节、李汝翼、皇甫斌、李爽等，斩郭倬于镇江。金人分道来侵，以邱崈督视江淮军马。金人攻淮南日急，或劝崈弃庐和州为守江计。崈曰："弃淮则与敌共长江之险，吾当与淮南俱存亡。"乃益增兵防守。金兵渡淮，入安丰军，遂围和州，江表大震。邱崈遣使与金师议和，金人从之。还师下蔡，和州围解。金立吴曦为蜀国王，曦叛降金。四川转运使安丙与监兴州杨巨源、四川总领刘崇之、兴州中军李好义等，起兵诛曦，复西、和、阶、成、凤州，及大散关等地。宋使参谋官方信儒于金，金人许和，而欲宋缚送首谋。自兵兴以来，公私之力大屈，而侂胄以金人欲罪首谋，乃复锐意出师，中外忧惧，然皆畏侂胄，莫敢言者。史弥远入对，因力陈危迫之形，请诛侂胄以安邦。皇后杨氏，素怨侂胄。亦使皇子荣王㬅具疏，言侂胄再启兵端，将不利于社稷，后从旁力赞之，帝始允可。翼日，侂胄入朝，史弥远令殿前司夏震，以兵三百，拥侂胄至玉津园侧，殛杀之，籍其家，并诛其党苏师丹。以韩侂胄、苏师丹首畀金以请和。以史弥远为丞相。

时蒙古奇渥温铁木真称帝于干难河，屡败金师，而今亦渐弱矣。金潍州民李全兵起，定远民季先以李全归宋。至理宗时，以许国为淮东制置使，全妻杨氏郊迎，不见，杨氏惭归，国又痛抑之。李全袭国杀之。蒙古围李全于青州，全降于蒙古。复自蒙古还宋地，募兵袭宋。赵范、赵葵击杀之，妻杨氏降金。

帝八子皆早卒，无嗣。立沂王嗣子贵和为皇子，更名竑。沂王柄，孝宗孙也，亦无子，竑实德芳九世孙宗室希瞿之子也。帝以竑为嗣，而沂王又无子，帝命选太祖后十五以上者，教育宫中，如高宗择普安王故事。史弥远以帝未有储嗣，欲借沂王置后为名，阴择宗室中可立者，以备皇子之选。会馆客余天锡告假回乡，弥远密语之曰："今沂王无后，宗室子有贤厚者，幸具以来。"天锡渡浙，舟抵越西门，过全保长家避雨。保长知其为丞相馆客，具鸡黍甚肃。须臾，有二子侍立，曰："此吾外孙赵与莒，与芮也，系太祖长子德昭九世孙希垆之子。"天锡因忆弥远言，及还临安，以告弥远。遂召见。弥远善相，大奇之，遂留与莒，更名贵诚，立为沂王后，补秉义郎，年十七矣。与莒凝重寡言，洁修好学，见者敛容，弥远益异之。弥远使学录郑清之教之，学问日进。

时史弥远用事久，权势熏灼，皇子竑心不能平，尝书于几上曰："弥远当决配八千里。"又尝呼弥远为新恩，以他日非新州，即恩州也。弥远闻之，大惧。

帝有疾，史弥远矫诏立沂王嗣子贵诚为皇子，更名昀。帝在位三十年崩。史弥远遣皇后兄之子杨谷石，以废立事白后。后不可，谷石等一夜七往返，泣拜曰："内外军民，皆已归心，苟不立之，则祸变必生，杨氏无噍类矣！"后默然。良久曰："其人安在？"弥远即于宫中，遣快行宣召昀，令之曰："今所宣召，是沂靖惠王府中皇子，非万岁巷皇子。苟误，则汝曹皆处斩。"昀入宫见后，后抚其背曰："汝今为吾子矣。"弥远引昀至柩前，举哀毕。然后召竑，弥远亦引竑至柩前，举哀毕，引出帏，使殿帅夏震守之。遂召百官立班，听遗制，则引竑就旧班。竑愕然曰："今日之事，我岂当仍在此班？"震绐之曰："未宣制以前，当在此，宣制后，乃即位尔。"竑以为然。已而遥见殿上烛影中，已有人在御座，则昀已即位矣。竑不肯拜，夏震捽其背下拜。遂称遗诏，封竑为济阳郡王，寻封济王，出居湖州。昀即位，是为理宗。帝幼在家，与群儿嬉戏，帝每登高独坐为大王，令群儿拜，群儿呼为赵大王，至是果即位焉。追封本生父宗室希垆为荣王，妻全氏为国夫人，以其子与芮袭封奉祀。

弥远欲收众望，召用真德秀、魏了翁等。湖州人潘壬起兵，谋立济王竑，其党不过太湖渔人数十人而已。王知事不成，遂帅州兵讨平之。史弥远因杀济王竑于湖州。魏了翁、真德秀相继直言其冤，弥远患之，乃以梁成大为监察御史，尽劾去之。成大与莫泽、李知孝共为弥远鹰犬，凡忤弥远意者，三人必相继击排之。时人目为三凶。

初孟宗政知枣阳军，屡败金兵，号忠顺军。宗政卒，以江海代之，众不服，乃以宗政子珙代海，众乃帖然。蒙古使王檝来议同伐金，京湖制置使史嵩之奏允之，帝遣邹伸之报谢，蒙古许俟成功，以河南地归宋。金主奔蔡州乞粮于宋，宋不许。史嵩之使孟珙等帅师伐金，孟珙帅师入蔡州，蒙古从之。金主守绪自经，金亡。

史弥远独相二十六年，权倾内外，初欲反韩侂胄所为，故收召贤才老成，布于朝廷。及济王不得其死，论者纷纷，遂专任憸壬为台谏，一时君子贬斥殆尽。帝德其立己，惟言是从，故恩宠终身焉。至是卒，帝始亲政，励精求治。郑清之亦慨然以天下为己任。

以陈、蔡西北地，分属蒙古。史嵩之使孟珙分屯京西。赵范、赵葵请乘时抚定中原，收复三京。郑清之力主其说，群臣皆以为敌锋正锐，恐开衅以召兵端。史嵩之，杜杲皆以为未可，勿听。乃命赵范移镇黄州，刻日进兵，诏全子才合淮西兵万人赴汴。时汴京都尉李伯渊等，为崔立所侮，欲杀之。及闻子才军至，伯渊诛崔立，以汴降。赵葵帅师会全子才于汴，葵遣徐敏子帅师入洛阳。时蒙古闻宋来争河南，还师南下，决黄河寸金淀之水，以灌宋军，宋军多溺死。史嵩之忧其召衅，不致馈，粮用不继，而所复州郡，率皆空城，无兵食可因，全子才难之。范、葵督促益急，乃檄范用吉等提兵，命徐子敏为监军，又命杨谊率军继之，各给五日粮，趋洛阳。徐敏子入洛阳之明日，军食已竭，乃采蒿和面，作饼食之。杨谊至洛东三十里，方散坐蓐食，而蒙古伏兵突起蒿中，谊仓促无备，师遂大溃。蒙古兵至洛阳城下，徐敏子与战，胜负相当，士卒乏粮，因杀马而食。敏子等不能留，乃班师。赵葵、全子才遂皆引师南还。诏各贬秩有差。

帝因民望，召还真德秀、魏了翁二人，德秀以所作大学衍义上进，二人极陈时政，帝皆嘉纳之。以孟珙屯襄阳以备蒙古。蒙古使王檝来言曰："何为而败盟也？"自是淮汉之间，无宁日矣！

蒙古太子阔端，引兵图蜀，知天水军曹友闻击败之，遂引兵扼仙人关，及友闻战死，蒙古遂长驱入蜀，屠成都，城中骸骨计一百四十万，而城外不与焉。时宋师屡为蒙古所败，襄、汉、江、淮，日事兵争，诸守臣死节者，力屈叛降者，相继。帝甚悔前事，郑清之免相，赵葵以罪免官。蒙古攻掠诸州县无虚日，赖孟珙、杜杲屡战却之。以孟珙为荆湖制置使，知岳州，使复荆襄。珙遣兵先复郢州，及荆门。史嵩之复光州，孟珙复樊城、襄阳。珙奏襄阳、樊城为朝廷根本，今百战得之，非甲士十万，不足分守，乃益置先锋焉。珙又遣师御蒙古于蜀口，遂复葵州。孟珙复蜀，大兴屯田以守之。以余玠为四川制置使，播州冉琎、冉璞兄弟，请玠徙合州城于钓鱼山以守蜀，玠大喜从之。城成而蜀始可守，以孟珙兼知江陵府。沮、漳之水，旧自城西入江，珙障而东之，俾绕城北入于汉，而三海遂通为一，随其高下，为渠蓄泄，三百里间，渺然巨浸，土木之工，百七十万，民不知役，遂为江陵天险。珙曾祖安，从岳飞行兵，故其父宗政亦善兵，遂以延宋祚，而成大功云。封周敦颐、张载、程颢，程颐、朱熹爵，并从祀孔子，罢王安石从祀。诏求遗书，复封张栻、吕祖谦爵，亦从祀焉。

时阎妃怙宠，丁大全、马天骥用事。有无名子书八字于朝门曰："阎马丁当，国势将亡。"蒙古主亲率兵攻蜀，太弟忽必烈帅诸军渡江，进围鄂州，朝廷大震。诏诸路出师以御蒙古，大出内府银币犒师。初帝以贾贵妃弟似道为籍田令，似道恃宠不检，日纵游诸妓家，至夜，则燕游湖上不返。帝尝夜凭高望西湖中灯火异常，语左右曰："此必似道也。"明日询之，果然。帝使京尹史岩之戒之，岩之对曰：'似道虽有少年气习，然其才可大用也！"至是帝似似道为右丞相，以援鄂州。蒙古人攻城益急，似道大惧，乃密遣宋京诣元帅，请称臣纳币，太弟不许。会元宪宗殂于合州城下，讣闻，而阿里不哥欲袭尊号，郝经请班师议和，似道亦再遣宋京往，太弟乃许之，且约岁币之数，拔寨而去。贾似道使夏贵等，杀其殿卒于新生矶。似道匿其议和称臣纳币之事，以所杀获殿卒，上表，以诸路大捷闻。帝以似道有再造功，召入朝，以为独相，封卫国公。蒙古使翰林学士郝经来修好，贾似道方以鄂功自颂，惧奸谋呈露，命幽之于真州忠勇军营，驿吏防守，严谕狱犴。经数上书于帝，不得达。经曰："揆之天时人事，宋祚殆不远矣。"知泸州刘整，宋骁将也。似道之杀蒙古殿卒，整之力为多，至是欲杀整以灭口。整惧，降于蒙古。湖南制置使向士璧，屡败蒙古兵，似道以其事不关白，恨之。遂建议，遣官会计边费。于是赵葵，史岩之等皆坐侵盗掩匿，罢官征偿，而向士璧所费尤多，竟安置潭州而死，复拘其妻妾征之。潭人闻之，有垂涕者。行经界推排法，于是尺寸之地，皆入官籍，东南大扰。似道又以国用不足，买公田于浙西六郡。始焉除二百亩外，继焉除百亩以外，皆买给以银绢，或度牒告身，其价甚廉，凡买三百五十余万亩。初买之时，务欲数多，不计田之美恶，及收入之际，田亩或少或瘠，佃人或贫或顽，凡有所负，悉取偿于田主，于是六郡之民，莫不破家。继又增公田官所于平江诸路。

时蜀郡已失，宋所恃以为险者，惟襄、樊一带。刘整言于蒙古曰："南人惟恃吕文德耳，然可以利诱也，请遣使以玉带与之，求置榷场于襄阳城外。"蒙古从之。至鄂，请于文德，文德许焉。或谓文德曰："榷场成，我之利也，且可阴以通好。"文德乃为请于朝，开榷场于樊城外，筑土墙于鹿门山外，通互市，内筑堡壁。蒙古又筑堡于白鹤，由是敌有所守，以遏南北之援。时出兵哨掠襄、樊城外，兵威益炽。文德弟文焕，知为蒙古人所卖，以书谏止，文德始悟，然已无及矣。文德大恨，每曰："误国家我也。"因疽发背而卒。

帝无子，以本生父荣王希琁之孙，母弟与芮之子孜为嗣，赐名禥，立为皇太子。帝在位四十年崩，太子禥即位，是为度宗。尊皇后谢氏为皇太后，谢氏天台人，有贤德，降元后，又七年，以寿终。帝自为太子时，似道有功，及即位，每朝，必答拜，称之曰师臣，而不名，朝臣皆称为周公。理宗山陵事竣，径弃官还越，而密令吕文德诈报蒙古攻下沱甚急，朝中大骇。帝与太后手诏起之，似道乃至。似道时以去要君，帝至涕泗，拜留之。江万里以身掖帝曰："自古无此君臣礼，陛下不可拜。"似道不可，复言去。似道阳谢之，而忌之益深，出万里知潭州。帝以贾似道为太师，平章军国重事，三日一朝。似道上疏，乞归养，帝命大臣侍从，传旨固留，又赐第西湖之葛岭，使迎养其中。似道于是五日，一乘湖船入朝，不赴都堂治事，吏抱文书，就第呈署，大小朝政，一切决于馆客廖莹中，堂吏翁应龙，宰执充位而已。正人端士，罢斥殆尽。吏争纳赂，以图为帅阃监司郡守者，不可胜数。兵丧于外，民困于下，莫敢言者。

蒙古史天泽筑长围以围襄阳，蒙古阿术帅师围樊城，张世杰、夏贵、范文虎帅师救襄阳，皆败绩。时襄、樊之围日急，贾似道日坐葛岭，起楼台亭榭，作半闲堂，延羽流，塑己像其中。取宫人叶氏，及娼尼有美色者为妾，日事淫乐。尝与群妾踞地斗蟋蟀，所狎客戏之曰："此军国重事耶！"又广收奇器异物，酷嗜宝玩，建多宝阁，一日一登，自是或累月不朝，有言边事者，辄加贬斥。一日帝问曰："襄阳之围，已三年矣，奈何？"似道对曰："北兵已退，陛下从何得此言！"帝曰，"适有大嫔言之。"似道诘其人，诬以他事，赐死，由是边事虽日急，无敢言于帝者。蒙古张宏范言于史天泽曰："今规取襄阳，周于围而缓于攻者，计待其自毙也。然而夏贵乘江涨，送衣粮入城，我无御之者。而江陵归峡，行旅道出于襄阳南者，相继也，宁有毙之时乎？若筑方山以断其西，立栅灌子滩以绝其东,则庶几毙之之道也!”天泽请而从之。遂筑万山,至是襄阳道绝。蒙古改国号曰元。时襄阳被围五年,援兵不至,吕文焕竭力拒之。李庭芝使统制张顺、张贵救援,发舟百艘,乘风破浪,径犯重围,元兵皆披靡以避其锋。抵襄阳城下,及收军,独失张顺,越数月,浮尸溯流而上,披甲胄,执弓矢,直抵桥梁,视之,则顺也,身中四创六箭。当时盛夏,怒气勃勃如生,诸军惊以为神,结冢殓葬之。张贵入襄阳,文焕固留共守,贵恃其骁勇,却还郢,乃募二士能伏水中数日不食者,持蜡书赶郢求援,竟达郢还报。许发兵五千,驻龙尾州,以助夹击,刻日已定。既而谋泄,贵鼓噪冒进,渐近龙尾州,遥望见军船旗帜,贵兵以为郢兵来会,及合;则来兵皆元兵也。盖郢兵前一日已退矣。贵身被十创,力不能支,遂被执,见阿术,欲降之,贵不屈,乃见杀。元人令舁贵尸至襄阳城下,守陴者皆哭,城中丧气,文焕以贵附葬张顺冢侧,立双庙祀之。

时樊城被困四年,守将张汉英、范天顺、牛富力战不降。元张宏范进攻,为流矢中其肘,束创见阿术曰:“襄在江南,樊在江北,我陆攻樊,则襄出舟师来救,攻襄亦然,终不可取,若截江道,断救兵,水陆夹攻之,则樊必破,而襄亦下矣。”阿术从之,遂以师截江,而出锐师薄樊城,城陷。汉英死焉。天顺仰天叹曰:“生为宋臣,死为宋鬼。”即于所守处缢死。元兵入城,牛富率死士百人巷战,元兵士死伤者,不可胜计,转战而进,遇民居,烧绝街道,富身被重伤,赴火死。裨将王福叹曰:“将军死国事,吾岂独生!”亦赴火死。樊城即破,襄阳势孤援绝,文焕每一巡城,南望恸哭而后下。告急于朝,贾似道不督列阃赴援,而累上书,请行边,复讽台谏,上疏留己。以为师臣出顾襄,未必能及淮,顾淮,未必能及襄,不若居中以运天下。于是帝谓似道曰:“师相岂可一日离左右耶?”阿术益兵攻襄阳,文焕力不能支。会元主招降,文焕遂以城降。襄阳既失,则东南不可守矣!

贾似道以母丧去位,诏起复之。大学博士陈著帅太学诸生切谏,勿听。度宗自为太子时,以好内闻。既即位,耽于酒色,每在宫,妇女不释于怀。故事嫔妾进御,晨诣阙门谢恩,书其日月。帝一日谢者,多至三十余人。在位十年崩。

皇子显即位,时方四岁。皇太后谢氏临朝称制,封兄昰及弟昺为王,诏贾似道独班起居。尊谢太后曰太皇太后,全后曰皇太后。元命平章事史天泽及左丞相伯颜帅师二十万南侵。吕文焕以伯颜自襄阳趋郢州,刘整以唆都自枣阳趋淮泗,旌旗数百里,水陆并进。元阿术自青山矶济江,伯颜侵阳逻堡,夏贵不能守,弃师走还庐州,师遂大溃。伯颜入堡,遂济江,合阿术趋鄂州,知汉阳军王仪以城降元。吕文焕侵鄂州,守将程鹏飞以城降。伯颜遂帅师东下,规取荆湖。时鄂州既破,朝廷大惧。三学生及群臣上疏,以为非师相亲出师不可。似道不得已,始开督府于临安。时元史天泽卒,伯颜、阿术顺流东下,以吕文焕为乡导,沿江诸将,皆吕氏部曲,望风降附。贾似道之婿范文虎,以安庆叛降元。贾似道帅师次芜湖,似道畏刘整,不敢发,及闻整死,喜曰:“天助吾也。”乃上出师表,抽诸路精兵,凡三十万人以行,金帛辎重之舟,舳舻相衔,百有余里。遣宋京如元师,请称臣,纳岁币,如前约。伯颜不许,似道以精锐七万人,尽属孙虎臣,次于池州下流之丁家州。夏贵以战舰二千五百亘江中,似道将后军为殿。夏贵既尝失利于鄂,恐督府功成,又忌虎臣新进,虽列阵向敌,殊无斗志。元阿术挺身登舰,擂鼓大震，遣人掠宋舟，大呼曰："宋军败矣。"虎臣前锋将姜才方接战，虎臣遽过其妾所乘舟，众见之，懽曰："步师遁矣。"于是宋军大乱，夏贵不战而走。似道错愕失措，遽鸣钲收军。阿术，伯颜水陆夹攻，杀溺死者，不可胜计。似道仓皇，召夏贵计事，贵曰："诸军已胆落，吾何以战？师相惟有入扬州，招溃兵，迎驾海上，吾以死守淮西耳！"遂解舟去。似道乃与虎臣单舸奔还扬州。明日，溃兵蔽江而下，似道使人登岸，扬旗招之，皆莫应。有为恶语谩骂者，似道檄列郡，如海上迎驾。姜才收兵至扬州，元师遂乘胜东下矣。赵溍弃建康而逃，诸知府皆弃城逃，有叛降元者，有死节者。元人徇池州，通判赵卯发摄州事，与妻雍氏约同死节。晨起，书几上曰："国不可背，城不可降，夫妇同死，节义成双。"遂与雍氏同缢于从容堂。元人徇饶州，知府唐震、故相江万里死之，万里凿池于芝山后圃，扁其亭曰止水，人莫喻其意。及城欲破，万里遂赴水死。初汪立信进守边讲和二策，似道不用，至是扼吭而卒。

诏天下勤王，李庭芝遣兵之援，张世杰帅师入卫。勤王诏至赣州，知赣州文天祥，捧之涕泣。文天祥性豪华，自奉甚厚，声妓姬妾满前，至是痛自抑损，尽以家资为军费，乃发郡中豪杰，并结溪洞山蛮，有众万人，遂入卫。李芾遣兵入援。陈宜中初附贾似道，得骤登政府，及翁应龙自军中还，宜中问似道所在，应龙以不知答之，宜中意其已死，即上疏乞诛似道，太后不许，罢为醴泉观使。凡似道诸不恤民之政，次第除之，公田给还田主。有二星斗于中天，一星陨。执政及侍从台谏，弃位逃去数十人，太皇太后诏谕之，然亦不能禁也。元主遣礼部尚书廉希贤，工部侍郎严忠范，奉国书来至建康。希贤请兵自卫，伯颜曰："行人以言不以兵，兵多，反致疑尔。"希贤固请，遂以兵五百送之。希贤等至独松关，张濡部曲杀忠范，执希贤送临安，希贤病创死。诏张世杰等四道出兵以御元，世杰与刘师勇、孙虎臣等，大出舟师万余艘，次于焦山，今以十舟为方，碇江中流，非有号令不得发碇，示以必死。元阿术至，以火矢攻之，篷樯俱焚，烟焰蔽江，宋师大乱，无敢发碇，赴江水死者万数。元张宏范、董文炳复以锐卒横冲宋师，于是世杰不复能军，奔圌山，师勇还常州，虎臣还真州。三学生及台谏侍从，皆上疏，乞诛贾似道，太皇太后不许。王爚复论之。诏籍其家，安置循州。会稽尉郑虎臣以父尝为似道所配，请为监押。时似道寓建宁之开元寺，侍妾尚数十人，虎臣至，悉屏去之，夺其宝玉等类，撤轿盖，暴行秋日中，令舁轿夫，唱杭州歌以谑之，窘辱备至。至漳州木棉庵，虎臣讽令自杀，似道不从，虎臣曰："吾为天下杀似道，虽死何憾！"即于厕上拉似道胸，杀之。放手半身入厕，即殡于庵厕屋中。

元阿术围扬州，李庭芝固守不下。伯颜遂议深入，因越扬州，渡江，分兵东下。元兵破独松关，邻邑望风皆遁，诸关兵皆溃。朝廷大惧，遣柳岳如元师请平，伯颜不许。曰："汝国戮我行人，故我兴兵至此，汝国得天下于小儿，亦失天下于小儿，尚何多言！"元伯颜帅师次于皋庭山，文天祥、张世杰请移三宫入海，而已帅众，背城一战。陈宜中不许。太后遣监察御史杨应奎，上传国玺以降，伯颜受之，遣使召陈宜中，出议降事。宜中弃位，逃归于温州之清澳。张世杰、苏刘义、刘师勇以不战而降，各帅所部兵，去临安，入于海。杨应奎自皋亭还，言伯颜欲执政面议。太后乃以天祥为右丞相，与吴坚偕往。天祥见伯颜，乞退军嘉兴，以俟讲和，争辩不屈。伯颜大怒，遂拘留天祥，而遣坚还。伯颜使人喻天祥，欲天祥降，天祥哭而拒之。驸马都尉杨镇，奉益王昰、广王昺走婺州。元伯颜使范文虎追之，执杨镇还临安。杨淑妃与弟杨亮节，奉二王随走温州，太后下手诏，诏谕郡县皆降元。元伯颜次于湖州市，遣张惠、阿剌罕等入临安府，封府库，收史馆图书，及百官符印告敕，罢官府及卫卒。时元军分驻钱塘江沙上，杭人方幸之，而潮汐三日不至。丙子三月，元伯颜入临安，以帝及太皇太后谢氏，太后全氏，福王与芮，并庶僚三学诸生内侍等，皆北去。帝在位二年而国亡，时方六岁，后为僧，有子。谢太皇太后不久卒，全太后亦为尼。

元人以文天祥北去，天祥至镇江，与其客杜浒等十二人夜亡入真州，苗再成出迎。且喜且泣，遗书李庭芝，遣使四出，纠兵结约。初天祥未至真时，扬有脱归兵言，元人密遣一丞相，入真州说降矣。庭芝信之，以天祥来说降，使再成亟杀之。再成不忍，给天祥出视城垒，以制司文示之，闭之门外。天祥如扬州，将入城，闻制置司下令，捕文丞相甚急，天祥乃变姓名，由通州浮海如温州，以求二王。陆秀夫、苏刘义闻二王在温州，以兵来会。杨亮节闻陈宜中在清澳，遣使召之。宜中来谒，相与共议兴复，乃奉二王为都帅，入闽中，如福州，檄召诸路忠义，兵势稍振。陈宜中、张世杰等，奉益王昰即皇帝位于福州，是为端宗。遥上孝恭懿圣皇帝等尊号，遂尊母度宗淑妃杨氏为皇太后，同听政。文天祥至自温州以为右丞相，天祥开府南剑州，经略江西，遂复邵武军。时元阿术围扬州，久不下，庭芝守御益力，及临安既降，元人以恭帝北去，庭芝与姜才，以四万人夜捣瓜州夺驾，众拥恭帝避去，不克而还。阿术以太皇太后手诏谕降，庭芝登城谓使者曰："奉诏守城，未闻以诏谕降也。"不从。既而福州使至，庭芝乃命制置使朱焕守扬州，而自与姜才将兵七千，趋泰州。庭芝既行，焕即以城降。阿术帅兵追庭芝，庭芝走入泰州，会姜才疽发背，不能战，泰州守将孙贵、胡惟孝，开北门纳元兵，庭芝与姜才皆被执。阿术欲降之，庭芝与姜才不屈而死。东莞民熊飞起兵，会赵溍复韶广州。文天祥帅师次于汀州，遣赵时赏，张日中等，将一军赴赣，以取宁都，遣吴浚将一军取雩都。刘洙等皆自江西起兵来会。元人围韶州，守将刘目立以城降，熊飞率兵巷战，赴水死。秀王与柽及元人战于温州，败绩，死之，帝舟居于泉州港。招抚使蒲寿庚作乱，帝走潮州，蒲寿庚以泉州叛降元。文天祥复海州。陈文龙既死节，文龙之侄陈瓒，起兵复兴化军。文天祥自梅州出江西，遂复会昌县，张日中、赵时赏兵皆会之。张世杰复潮州。文天祥败元人于雩都，次于兴国县，使赵时赏、张日中等，帅师复吉赣诸县，遂围赣州。帝舟迁于潮州之浅湾，张世杰会师讨蒲寿庚于泉州，寿庚闭城自守，世杰传檄诸路，遂复邵武军。

时宋兵浸盛，元主诏塔出、李恒、吕师夔等，以步卒入岭，从岸路；诏忙兀台、峻都、蒲寿庚、刘深等，以舟师下海，从水路，以追二王。李恒遣兵援赣州，而自将攻文天祥，天祥不意李恒猝至，乃引兵走，至方石岭及之，巩信与张日中拒战，皆死，兵尽溃。天祥妻欧阳氏，男佛生、环生及二女，皆见执。赵时赏坐肩舆在后，元人问为谁，时赏曰："我姓文。"众以为天祥，执之。天祥由是得挺身，与长子道生，及杜浒、邹凤乘骑逸去，遂奔循州。时赏被擒，大骂不屈而死。元唆都入兴化，陈瓒闭门坚守。唆都临城谕之，矢石雨下。唆都大怒，攻破城，获瓒，车裂之，屠其民，血流有声。元刘深以舟师袭浅湾，帝舟迁于秀山,陈宜中逃之占城,遂不复,后死于暹罗。帝舟迁于井澳,飓风作,帝有疾,元刘深来袭井澳,帝迁于谢女峡。都统凌震复广州,帝迁于硇州。夏四月,帝崩,在位二年,寿十一岁。

帝弟帝昺即位于硇州,太后杨氏同听政。适有黄龙见海中,改元祥兴,升硇州为翔龙县。杨太后垂帘与群臣语,犹自称奴。陆秀夫与张世杰共秉政,张世杰以硇州不可居,而崖山在海中,去潮广各四百余里,两山相对,势颇宽广,中有一港,其口如门,可以藏舟,世杰以为形势之地,乃奉帝移驻焉。遣人入山伐木,造军屋千间,行宫正殿曰慈元,杨太后居之。升广州为祥兴府。时官民兵尚二十余万,多居于舟,资粮取办于广右诸郡。复刷人匠,造舟楫,制器杖,民不能堪,始有离叛之志。有大星南流陨海中,小星千余随之,声如雷,数刻乃已。文天祥闻帝即位,乞入朝,不许。加少保,封信国公。会军中大疫,士卒多死。天祥子道生复亡,家属皆尽。天祥屯潮阳,邹沨、刘子俊皆集师会之。盗陈懿导张宏范兵济潮阳,天祥力不能支,帅其麾下走海丰,张宏正追之。天祥方饭五坡岭,宏正兵突至,众不及战,皆顿首伏草莽,天祥仓皇出走,千户王惟义执之。天祥吞脑子,不死。邹沨自刎,刘子俊自诡为天祥,冀可免天祥。及执天祥至,各争真伪。元人遂烹子俊,而执天祥至潮阳,见宏范,左右命之拜,天祥不屈。宏范释其缚,以客礼见之。天祥固请死,宏范不许,求族属被俘者,悉还之,处之舟中以自从。张宏范由潮阳港,乘舟入海,获斥堠将,乃知帝所在。或谓张世杰曰:"北兵以舟师塞海口,则我不能进退,盍先据之,幸而胜,国之福也。不胜,犹可西走。"世杰恐久在海中,士卒离心,乃曰:"频年航海,何时已乎!"遂结大舶千余,作一字阵,舵海中,贯以大索,四周起楼栅如城堞,奉帝居其间,为必死斗,人皆危之。崖山两门如对立,其北浅,舟胶不可进。元人由山,东转而南,入大洋,与世杰之师相遇薄之,且出骑兵,断宋师汲路。宋舟坚不能动,元人以舟载茅茨,沃以膏脂,乘风纵火焚之。宋舰皆涂泥,缚长木以拒火,舟不能焚。宏范无如之何!宏范招世杰降,世杰不从。宏范乃以舟师据海口,宋师樵汲道绝,兵吐大渴,乃下汲海水饮之,水咸,饮即呕泄,兵士大困。世杰帅苏刘义、方兴等,旦夕大战。宏范乃四分其军,自将一军,相去里许,令曰:"闻吾乐作,乃战。"令李恒乘早潮退,先攻其北。世杰以淮兵,殊死战,至午潮上,元中军乐作,宋兵因而少懈。宏范以舟攻其南,四路并进,世杰前后受敌,兵士皆疲,不能复战。俄有一舟樯旗仆,诸舟樯旗皆仆。世杰知事去,乃抽精兵入中军,诸军大溃,元师薄宋中军。会日暮,风雨昏雾,咫尺不可辨。世杰乃与苏刘义断维,以十六舟夺港而去。陆秀夫走帝舟,帝舟大,且诸舟环结,度不得出,乃先驱其妻子入海,即自负帝同溺,在位二年,寿九岁。后宫诸臣,从死者甚众。余舟尚八百,尽为元人所得。越七日,尸浮海上者十余万人,因得帝尸,及诏书之宝。张世杰复还崖山收兵,遇杨太后,欲奉以求赵氏后而复立之。杨太后始闻帝崩,抚膺大恸曰:"我忍死,间关至此者,正为赵氏一块肉耳,今无望矣!"便赴海死。世杰葬之海滨。世杰将趋安南,至平章山下,遇飓风大作,舟人欲舣舟向岸,世杰曰:"无以为也,为我取瓣香来。"至则仰天大呼曰:"我为赵氏,亦已至矣!一君亡,复立一君,今又亡,我未死者,庶几敌兵退,别立赵氏以存祀耳。今若此,岂天意耶!天若不欲我复存赵氏,则大风覆我舟。"舟遂覆,张世杰溺死焉。宋亡。南宋起高宗丁未,终帝昺己卯。凡九主,共一百五十三年。两宋通计十八主,通共三百二十年。

张宏范送故宋丞相文天祥于燕,囚于狱,元主召之于狱,欲用之,固辞,欲杀之,亦不屈,乃赦之。天祥留燕三年,坐卧一小楼,足不履地。元主议将释之归家,以方外备顾问。会中山狂人,自称宋主,有众数千,欲取文丞相者。帝乃召天祥入,谕之曰:"汝何愿?"天祥曰:"愿一死耳!"元主从其请,杀于燕都之柴市。天祥临刑殊从容,谓吏卒曰:"吾事毕矣!"南面再拜而死,年四十七。其衣带中有赞云:"孔曰成仁,孟曰取义,读圣贤书,所学何事,而今而后,庶几无愧!"其妻欧阳氏,收葬其尸,面色如生。有张毅甫者,负天祥骸骨,归葬吉州。天祥子俱亡,遗命以弟璧之子为后。又知信州谢枋得,初与元师迎战而败。枋得因有九十三岁之老母,遂变姓名,奔于建宁府之磨石山,以养母。妻李氏,并二子一女,死焉。及母卒,元主闻其贤,欲用之,枋得不屈,执赴燕都,枋得不食而死。子定之护骸骨,归葬信州,以上南宋之事,已经约略叙完,其元朝之事如何,且听下回分解。

第三十四回　蒙古兴　灭金夏　覆宋江山

诗曰：

赌胜休嫌力不加，功名富贵眼前花。
千年田地八百主，守到如今有几家？

却说元朝，初号蒙古，在女真之北，唐为蒙兀部，亦号蒙骨斯。其人劲悍善战，夜中能视。以鲛鱼皮为甲，可捍流矢。其先曰孛端义儿，母阿兰果大，生二子而寡居。夜寝，屡有光明照其腹，又生二子。既又有白光自天窗中入，化为金色神人，来趋卧榻，与交有孕，生孛端义儿，沉默寡言，人谓之痴皇帝。十传而至也速该，并吞诸部，势益盛大。攻塔塔儿部，获其部长铁木真，还而生子，因以铁木真名之。也速该死，铁木真嗣，善抚其众，深沉有大略，用兵如神。族人泰赤乌部，地广民众，而无纪律，其下谏曰："铁木真衣人以己衣，乘人以己马，真吾主也。"相帅归之。未几塔塔儿部叛金，铁木真自干难河，帅众会金师灭之。金以为察兀秃鲁，犹中国之招讨使也。铁木真以乃蛮部强盛，事之甚谨，乃蛮反侵掠之。铁木真攻乃蛮，大败之，益以强盛。诸部皆慕义来降，于是大会诸部于干难河之源，建九旄白旗。群臣上尊号曰成吉思皇帝，遂灭乃蛮国，复灭西域之国四十。灭回回国，其主走死。蒙古主遂进，次于印度国之铁门关。侍卫见一兽，鹿形马尾，绿色而独角，能为人言。谓之曰："汝主宜早还。"蒙古主怪之，以问耶律楚材，楚材对曰："此兽名角端，日行一万八千里，解四夷语，是恶杀之象。今大军征西已四年，盖上天恶杀，遣之以告陛下，愿承天心，宥此数国人命，实陛下无疆之福。"蒙古主即日班师，大掠忻都而还，遂灭西夏。

先是金主遣卫王允济往靖州，受铁木真之贡。允济奇其状貌，归言于金主，请以事除之，金主不许，铁木真闻而憾之。及允济嗣为金主，因大兴师伐金，遂败金而取其土地之半。其所用之臣木华黎，雄勇善谋，与博尔木、博儿忽、赤老温，俱忠勇善战，谓之四杰。然并中国之功，木华黎为第一。蒙古太祖铁木真伐金，殂于六盘山，在位二十二年，寿六十六岁。少子拖雷监国。蒙古主临死，谓左右曰："金精兵在潼关，南据连山，北距大河，难以遽破。若假道于宋，宋金世仇，必能许我，则下兵唐邓，直捣大梁，金急，必征兵潼关，千里赴援，人疲马乏，至弗能战，破之必矣！"言讫而终。

第三子窝阔台自霍博之地，来会太祖之丧。耶律楚材以太祖遗诏，召诸王毕会，请监国拖雷，奉窝阔台即位，是为太宗。有宽宏之量，信任贤臣耶律楚材，量时度力，事无过举，华夏殷富，庶民乐业，行旅不赍粮，时称治平，约宋灭金，国势愈昌焉。

在位十三年殂，遗命以孙失列门为嗣。第六后乃马真氏不从，遂临朝称制。耶律楚材劝之遵遗诏，勿听。幸臣奥都剌、合蛮专权，楚材忧愤成疾而卒。乃马真氏临朝四年,乃会诸王百官,议立太宗长子贵由,即乃马真氏子也。乃即位于汪吉宿灭秃里之地,是为定宗,朝政犹出于后。时国内大旱,人不聊生,诸王各部各遣使四出,征求财货宝物,驿骑络绎,民力益困。

定宗在位二年殂,皇后干兀立海迷失抱太宗之孙,曲出之子失列门,听政称制。凡三年,诸王大臣皆不服。诸王末哥,及大将兀良合台等,共推拖雷长子蒙哥即位,是为宪宗。追尊父拖雷为睿宗。失列门不服,宪宗取首谋者诛之,由是始定。

自太宗以来,群臣擅横,政出多门。宪宗凡有诏令,必亲为之,罢不急之役,严军律,以安民,政始归一。命弟忽必烈总治汉地民户事,开府金莲川。忽必烈遣赵璧召姚枢,枢至,见太弟才有可为,乃为书数千言上之,由是相得,动必见询。姚枢请任杨惟中、史天泽等,屯田积谷,练兵守险,国益治强,以廉希宪为京兆宣抚使,希宪抑强扶弱,摘伏摧奸,境内大安。忽必烈召僧海云,海云召僧刘秉忠与俱。及入见,应对称旨,忽必烈大爱之,凡有谋议征伐皆咨焉。宪宗在位九年,大举伐宋。遣太弟忽必烈攻江南路,自引兵攻蜀路,围宋合州城,遂殂于合州城下。众解围北还。忽必烈方攻鄂州;闻讣欲引还。会宋贾似道请称臣纳币以和,遂班师。似道遣兵杀其殿卒以为功。

忽必烈归而即位,是为元世祖,谥为圣德神功文武皇帝,改国号曰元,遣伯颜等将兵二十万灭宋,并中国为一统,事见前回。又灭高丽、交趾、南诏、占城等国,从古幅员之广莫如元。惟征日本、爪哇、八百媳妇,竟不能克。帝仁明英武,屡立大功,连年用兵,混一区宇。文臣如许衡、姚枢、刘秉忠、史天泽等,谋谟庙堂;武将如伯颜、阿里、海涯、张宏范、董文炳等,攻城略地,大阐嘉猷。制礼作乐,民康物阜,其致治之盛,古今所希。惜其分天下人为十等,有七匠、八娼,九儒,十丐之目。又纵西僧杨琏真加,发掘宋朝陵寝,及诸宦家坟墓,听其到处奸淫妇女。又纵相臣阿合马,专权恣横,病国害民。千户王著因人心怨愤,矫制杀之。帝斩王著,乃始觉阿合马之奸,诛其子侄,籍没其家。又相桑哥,听其紊乱朝政,诬杀谏臣,病国害民,始终四年,乃因奉御官彻里极言其奸而后觉,籍没其家,财宝如内藏之半。又纵诸王、公主、驸马、部曲,恣意扰害居民,奸淫妇女。又取民间美女入宫供御,有司采择,大为民害。又于岁首元宵之日,不禁奸淫,军民化之,或相与易室而饮。至于弟收兄妻,子烝父妾,上下相习,恬不为怪。其为政颇无男女之别,盖因蒙古习俗使然,而不能改,此则其所短也。

帝之初年,运粮于海,多为风浪所飘没,至是郭守敬开通惠河以运粮,即今之运河也。昔孔子宗支,从宋南渡,时故宋衍圣公孔洙寓居衢州,或言其为孔氏宗子召赴阙。洙逊于曲阜者,帝曰:“宁违荣而不违亲,真圣人后也。”以洙为国子祭酒。

初帝后弘吉剌氏甚贤,时时有所规益,早卒。后立其妹弘吉剌氏为后,因帝春秋高,颇与朝政焉。帝在位十九年,而灭宋。后又十六年,前后共在位三十五年,寿八十岁,甲午正月,崩于紫檀殿。

帝太子真金,仁孝恭俭,优礼大臣,性喜读书,甚有贤行,早卒。皇孙铁木耳,时抚军北边,自军中来奔丧,至上都即位,是为成宗。追尊父真金为裕宗,帝承混一之后,垂拱而治,可谓善于守矣。末岁寝疾,内任宫闱,外委大臣,致贼时警,然皆随起随灭。在位一十三年崩。

太子德寿早卒，安西王阿难答与左丞相阿忽台等，潜谋推成宗后伯岳吾氏称制，而己辅之。右丞相哈剌哈孙称疾，守宿掖门，密持其机，阳许之。夜遣人密启于爱育黎拔力八达曰："怀宁王远，不能猝至，恐变生不测，当先事图之。"八达即言于太后，率卫士入内，诛阿忽台等，执安西王阿难答，遣使迎其兄怀宁王于北边。

怀宁王海山，太祖太子真金之孙也，由北边至上都，废皇后伯岳吾氏，居东安，杀之，遂即位，是为武宗。追尊其父答剌麻八剌为顺宗，尊母弘吉剌氏为皇太后，以母弟爱育黎拔力八达为皇太子。帝当富有之业，慨然欲创治改法，故其封爵太盛，而遥授之官众，赐赉太隆，而应赏之恩薄，政失之宽，百姓艰食，盗贼充斥。西番僧之在上都者，强市民薪，民诉于李璧，璧方询其由，僧已率其党，持挺突入公府，隔案引璧发，捽诸地，捶扑交下，拽归，闭诸空室，久乃得脱，奔诉于朝，僧竟遇赦免。未几，其徒龚柯等，与诸王合儿八拉妃争道，拉妃堕车殴之，语侵上，事闻，亦释不问。盖元人最重佛教，纵僧害民，甚至公然与后妃、公主、大臣妻女交欢，谓之舍身大布施。甚至明尚公主，封王。又西僧驰驿四出，假馆民舍，迫逐男子，奸淫妇女，往返无度。又时作佛事，每作佛事，则为赦令，凡杀人大盗，随犯随赦。又作佛事至一年，斋儒至万万，创造寺院，动以数十百万计。凡奴仆弑主，妻妾弑夫者，俱可乞于僧而赦之。人犯有罪者，急走入佛寺，抱持佛脚，即释不问，遂度为僧。其富民多以钱乞护持玺书，依倚以欺贫民，侵占民田，强奸民妇，无所控诉。又官无常俸，取给于公田，而实无田，俱分取于小民。凶恶者得以横行，良善者坐受其毙，积不能堪，以致其后英雄并起，以至于亡。

帝在位五年崩，弟皇太子爱育黎拔力八达即位，是为仁宗。以脱虎脱等变乱旧章，流毒百姓，奸邪误国，择其尤者诛之，而罢黜其党羽。仁宗慈孝恭俭，通达儒术，爱养民力，一遵世祖之成宪，为元盛德守文之令主，在位十年崩。

皇太子硕德八剌立，是为英宗。英宗天性至孝，仁宗不豫，焚香告天，泣愿身代。及嗣位，御大安阁见太祖、世祖遗衣皆缣素木棉，重加补缀，嗟叹良久。谓侍臣曰："祖宗创业艰难，节俭如此，朕焉敢顷刻忘之。"其用法果于诛杀。初以铁木迭儿为相，怀私固宠，乘间肆毒，帝察其奸，以拜住代之。拜住辅君以正，知无不言。及铁木迭儿既死，罪恶日彰，帝乃命追削其官爵，籍没其家。御史大夫铁迭等，以奸党不自安，乃生异谋。帝在位三年，秋八月，自上都南还，驻跸南坡。是夕，铁失与知枢密院事也先铁木耳、诸王按梯不花等谋逆，以铁失所领阿速卫兵为外应，铁失先与前平章赤斤铁木儿杀拜住。铁失直犯禁幄，手弑帝于卧所。乃迎裕宗真金之孙，英宗之叔，晋王也孙铁木耳于北边，即位于龙居河，是为泰定帝。

帝既立，即诛铁失、也先铁木耳及赤斤铁木儿等于燕都，皆戮其子孙，籍没其家产，流诸王按梯不花等于海岛。帝守祖宗之成法以行，天下无事，称治平焉。在位五年，崩于上都，太子阿速吉八即位。

初武宗传弟仁宗，约以次传武宗长子和世𤩽。及仁宗既立，丞相铁木迭儿欲固宠，及立仁宗子英宗。又与太后幸臣失列门谮和世𤩽，封为周王，出镇云南，行至金山西北，诸王闻其至，率众来附，因居北部。逮泰定帝崩于上都，皇后皇太子遣使诣燕都，收印章。时签枢密院事燕帖木儿，遂谋举义，大书群臣，从兵皆露刃。令曰："武皇有子二人,大统所在,当迎立之,不从者死。"以周王远在沙漠,猝未能至,而周王弟怀王图帖睦尔,时徙江陵,乃迎入燕都,怀王固让曰:"大兄在北,以长以德,当有天下。"燕帖木儿曰:"人心向背之机,间不容发,一或失之,噬脐无及。"怀王曰:"必不得已,当明著朕意,布告中外,而后可。"怀王遂袭皇帝位,改元大历,明告中外以摄位之意。

时倒剌沙在上都,已立泰定帝子阿速吉八为帝,遣兵分道攻燕都,败绩。齐王月鲁帖木儿等,以兵围上都,倒剌沙奉皇帝玺出降。泰定帝子阿速吉八,不知所终。泰定帝后,后为丞相燕帖木儿夫人。怀王遣使迎周王和世㻋于漠北,周王还至和宁之北,遂称帝,是为明宗。遣使立弟怀王图帖睦尔为皇太子,皇太子发京师北迎帝。时戊辰九月十八日,大明太祖生。明宗在位半年,太白经天,帝次于旺忽察都,皇太子入见,帝宴皇太子及诸王大臣于行殿。帝暴崩,皇太子图帖睦尔袭位于上都,是为文宗。明宗后八不沙有后言,被谗遇害。

文宗在位五年崩。丞相燕帖木儿,请立文宗子燕帖古思,文宗后卜答失里弘吉剌氏以文宗遗命,传位于明宗嫡子懿璘质班,是为宁宗,时方七岁。百司政务咸取决于皇后。宁宗在位二月而殂。

燕帖木儿复请立文宗子燕帖古思,文宗后曰:"吾子尚幼,明宗庶长子妥欢帖睦尔在广西,今年十三矣,礼当立之。"乃命迎妥欢帖睦尔于靖江,入即位,是为顺帝。文宗后曰:"万岁后,其传位于燕帖古思。"或曰:"顺帝名为明宗庶子,实故宋恭帝瀛国公赵显之子也。"赵显在北方为僧,与娼妇罕禄鲁氏名迈来迪者善而生子。明宗北狩,见迈来迪之美,遂载以归,并以其子为己子,即顺帝是也。元朝诸帝,俱无恁失德,但宠信诸僧,失之宽耳。惟至顺帝,荒淫无度,卒以亡元。未知后事如何,且听下回分解。

第三十五回　有元朝　九十春　群雄并起

词曰：

山色消磨今古，水声流尽年光。翻云覆雨数兴亡，回首一般模样。
清景好天凉夜，赏心春暖花香。百年身世细思量，不及樽前席上。

却说宁宗驾崩，丞相燕帖木儿，议立文宗子，文宗后不从，迎立顺帝。顺帝至靖江，丞相燕帖木儿见帝，并马徐行，且陈迎立之意。帝幼，且畏之，一无所答，燕帖木儿疑之。故至京，久不得立。乃燕帖木儿以大权归己，酷爱女色，后房美女充斥，又时强取他人美妇，淫至三日，则还之。燕帖木儿逐日宣淫，其善淫者赏，不善淫者鞭，众妇聚淫，体羸溺血而死。文宗后乃与大臣立帝，帝以后伯颜为右丞相，以燕帖木儿之弟撒敦为左丞相。撒敦死，以其子唐其势代为之。唐其势妹为顺帝后，而右丞相伯颜独专权用事，唐其势大愤，谋另立所亲。事觉，后伯颜率兵掩捕，获唐其势与其弟塔剌海。塔剌海走匿皇后座下，后蔽之以衣，左右拽出斩之，血溅后衣。伯颜使入并执后，后呼帝曰："陛下救我！"帝曰："汝兄弟为逆，我何能救。"及迁后出宫，杀之于开平民舍。封后伯颜为秦王。是日秦州山崩地裂。伯颜既灭唐其势，独秉国钧，专权自恣，虐害天下，渐有奸谋，帝患之。其从子脱脱，深以为忧。私请于其父马札儿台曰："伯父骄纵已甚，万一天子震怒，则吾族赤矣，曷若于其未败图之！"其父亦以为然，复怀疑久未决，质之于其师吴直方，直方曰："传有云：'大义灭亲。'丈夫但知忠于谋国耳！余复何顾焉。"脱脱乃乘间言于帝，帝遂与定谋。会伯颜请帝出猎，帝命太子燕帖古思同往，猎于柳林，脱脱以所掌兵，及宿卫士拘伯颜，夜奉帝御玉德殿，诏数伯颜罪恶，赍赴柳林，黜为河南行省。伯颜请乞陛辞，不许，遂行，未几而死。

顺帝以父明帝暴崩，身死不明，诏撤文宗庙主，徙文宗后太皇太后于东安州，寻卒。放太子燕帖古思于高丽，杀诸途。以脱脱为丞相。脱脱悉更伯颜所为，中外翕然，称为贤相。无奈帝性优柔少断，纪纲废弛，政治日紊，灾异迭见，雨血于汴梁，着衣皆赤，天雨毛，如线而绿。民谣云："天雨线，民起怨，中原地，事必变。"湖广、河南大旱，自三月不雨，至于八月。太白屡昼见经天，京师地震，鸡鸣山崩，陷为池，方百里，人畜死者甚众。浙江自春间不雨，至于八月，民大饥。有星孛于王良，没于贯索，彗星见东北，凡六十四日，自昴至房，历十五宿而灭。上都雨雹，大如拳，有小儿狮象龟玦之形。汀州大水，平地水深三丈，没民庐舍八百余家。常州山水溢，势高一丈，坏民庐舍。彰德有赤风，自西北起，昼晦如夜。枣阳民张氏妇生男，甫周岁，暴长四尺许，容貌异常，皤腹臃肿，见人嬉笑，如俗所画布袋。和尚云，京师大饥，民父子相食。陨石于棣州，色黑，中微有金星，先有声自西北来，至州二十里而陨。有星大如月，入北斗，震声如雷。有二星陨于耀州，化为石，如斧形，削之有屑，击之有声。饶信等路两黍，民多取而食之。陇西地震，百余日不止，陵谷变迁。会州公廨墙崩，获弩五百余张，长者丈余，短者八九尺，人莫能挽。霍山崩，前三日，山如雷鸣，禽兽惊散，陨石数里。大都无云而雷。汴梁城东汴河冰，皆成五色花草，文采如绘画，三日方解。潮广雨黑雪。陕西有一山，西飞十五里，山之旧基为深潭。有两日相盈，又日旁有一星一月。彰德李实如黄瓜。先是童谣云："李生黄瓜，民皆无家。"大名有星如火，从东南流，芒尾如拽篲，坠地有声，火焰蓬勃，久之乃息，化为石，青黑光莹，形如狗头，命藏于库。司天监奏，天狗星陨，血食人间五千日，始于楚，遍及齐赵，终于吴，其光不及两广。有龙斗于乐清江，海风大作，所至有火光如球，死者万余人。大都昼雾，静江路山崩地陷，大水。大同路夜间黑气蔽西方，有声如雷，东北方有云如火，交射中天，遍地俱见火光，空中有兵戈之声。山东地裂，天雨白毛。山东、河东、河南、关中等处，飞蝗蔽天，壅塞人马，不能行，民大饥相食。彗星见于危室，光芒长丈余，色青白，行过太阳，惟有星而无芒，行至昴宿，凡三十四日始灭。长星见，其形如链，长数十丈，在虚危之间，后四十余日乃灭。山东有赤气千里。大都雨氂，长尺许。绍兴卧龙山裂。绛州天鼓鸣，有如空中战斗之声。皇太子寝殿后新甃井中，有龙出，光焰烁人，宫人皆震慑仆地。乃帝不思反躬修德，惟事逸乐，不理朝政，加之以水旱虫灾，于是民愁盗起，盗扼运河，劫商旅运船三百艘，无能捕之者。盗窃太庙神主，盖神主以金为之也，捕之不获，沿江盗起，剽掠无忌，有司不能禁。

广州贼朱光卿兵起，自称大金皇帝，寻灭。台州黄岩民方国珍，世贩盐为业，怨家陈氏讼其与海盗通，国珍戕杀陈氏。捕者至，国珍格杀捕者，遂与兄国璋，弟国瑛、国珉等六人入海，聚众数千作乱。帝命浙江参政朵儿只班讨之，国珍知事危，焚舟将遁，元兵忽自相惊溃，朵儿只班反为国珍所擒。国珍迫其上招降之状，朝廷从之，授国珍兄弟以官。国珍等不之官，纳赂执政，使无讨己，以海为巢穴，据温台、庆元、衢州之地。庆元今宁波府是也。叛服不常，势益猖獗，天下闻之，遂群起为盗矣。其后国珍据浙东二十余年，元官为太尉，封衢国公，明太祖讨降之，以善终，见下回。

黄河决，脱脱集群臣廷议，漕运使贾鲁以为必塞北河，疏南河，使复故道，役不大兴，害不能已。于是遣成遵等行视河，成遵力言其不可，且曰："山东连岁荒歉，若聚众二十万于此地，恐为他日忧。"脱脱曰："汝谓民将反耶！"勿听。命贾鲁以工部尚书，充河防使，发河南北兵民十七万治河。兴工五阅月，诸埽堤成，河复故道。

先是河南北童谣云："石人一只眼，挑动黄河天下反。"及贾鲁治河，果于黄陵岗得石人一只眼。于是颍州妖人刘福通兵起，以红巾为号，陷颍州。栾城人韩山童，祖父以白莲会烧香惑众，至山童，倡言天下大乱，弥勒佛下生，河南及江淮愚民，翕然信之。福通等复诡言山童实宋徽宗八世孙，当为中国主。欲同起兵，事觉，福通遂反，山童就擒，其妻杨氏及子韩林儿，逃之武安。刘福通既破颍州，遂据朱皋，攻破罗山、真阳，寻攻舞阳、叶县等处。刘福通陷汝宁府，及息州、光州，众至十万。刘福通等，迎韩林儿至，立为帝，号小明王，建都亳州，国号宋，以为宋徽宗九世孙也，改元龙凤。宋将毛贵破济南路，元河南行省董抟霄与战，死之。抟霄被杀，无血，惟见白气冲天。是日，其弟昂霄守淮南，亦死。宋刘福通破汴梁，迎其主韩林儿徙都之。宋将关先生攻保定路，不克，遂逾太行，焚上党，破辽、晋、冀、云中、雁门、代郡，烽火数千里。复掠大同，破上都，焚宫阙，大掠塞外诸郡而还。

时沈邱人察罕帖木儿与罗山李思齐同起兵讨贼，事闻，元并用之。察罕善用兵，转战无敌，军声大振。宋将李武、崔德破商州，攻武关，直趋长安，分掠向、华诸州。元豫王大惧，御史王忠诚，请求救于察罕。察罕帖木儿得书，遂与李思齐提轻兵五千赴援，转战而前，杀获无算，贼党溃散。朝廷论功，遂以二人镇陕西。察罕帖木儿图复汴梁，乃大发秦晋军，诸路并进，攻拔汴梁。刘福通奉宋主走安丰，察罕进军复山东，宋将田丰、王士诚以城降。察罕进军围益都城，益都今益都县是也。田丰与王士诚阴谋刺察罕，察罕推诚待之不疑。田丰请察罕看营垒，察罕帖木儿行至丰营，遂为王士诚所刺。田丰、王士诚走入益都城，讣闻，帝震悼，封忠襄王，使其子扩廓帖木儿仍袭父职。扩廓攻益都城愈急，遂克之，取田丰、王士诚之心以祭父，余党皆伏诛。韩林儿称帝十二年，为吴张士诚将吕珍所破。珍入安丰，杀刘福通，宋主韩林儿走滁州，归于明，诸将欲奉之，刘基止之，后三年卒。关先生引兵欲复攻上都城，元孛罗帖木儿击降之。

其与刘福通同时起兵者，又有蕲州罗田县人徐真，一名寿辉。寿辉为布贾，浴于盐塘。麻城人邹普胜以弥勒佛教，鼓煽湖湘，过而见其有异光，因与黄坡渔人倪文俊等，共推为主，聚众反，亦以红巾为号。陷蕲水及黄州、饶信等处，以蕲水为都，国号天完，僭称帝，改元治平。陷汉阳，兴国、武昌诸郡。安陆知府丑驴，战败死之。攻江州，总管李黼出战，身先士卒，大呼陷阵，贼大败。既而诸路守臣皆遁，黼无援，城陷，犹巷战，骂贼而死。寿辉兵遂陷南康路，分兵陷袁、瑞、岳、房、归等州。时有沔阳渔人陈友谅，本姓谢，祖千一，赘于陈，遂从其姓，父普才。友谅生而多力，优武艺，尝为狱吏不乐，往投寿辉，为倪文俊簿书掾，寻亦领兵为元帅。倪文俊破沔阳、汉阳、襄阳、荆州、常德、衡州、澧州诸路。倪文俊建宫室于汉阳，迎其主寿辉都之。寿辉本庸才，既居汉阳，权归文俊，文俊遂谋杀寿辉，不果，奔于黄州。天完将陈友谅袭杀文俊，自称平章事，居江州。陈友谅陷安庆，元守将淮南行省余阙死之。友谅破龙兴，龙兴今江西南昌县是也，尽陷江西诸路。天完主徐寿辉，闻陈友谅破龙兴，欲徙都之。友谅忌其来，阳出迎，而伏兵尽杀其部曲，惟存寿辉一人，遂以江州为都，居之。事权一归友谅，寿辉惟拥虚位而已。次年五月，陈友谅弑其主徐寿辉，称帝，改元大义，国号汉。寿辉凡称帝十年而亡，而友谅遂为强敌，凡五年，为明太祖所灭，见下回。

初随州人明玉珍，世农家，身长八尺，目重瞳，以信义为乡党所服。徐寿辉兵起，玉珍集乡兵于青山，往投之，隶倪文俊部下，镇沔阳。玉珍以兵克重庆，取成都，蜀中郡县皆附焉。及闻陈友谅弑寿辉，遂据蜀地称帝，国号夏，凡四年，传子明升六年，明太祖讨之，降于明，封归义侯，见下回。

其与徐寿辉同时而起者，又有萧县李二、彭早住、赵均用，同起兵攻陷徐州。李二号芝麻李，亦以烧香聚众而起。

濠州定远人郭子兴起兵据濠州，自称元帅。元将彻里不花率兵欲复濠州，惮不敢进，惟日掠良民，指称为盗，以邀赏。由是民益不安，多入城投子兴以自保。大明太祖朱元璋，在皇觉寺为僧，亦不自安，入濠投子兴，几斩得释，收为步卒，两月余为亲兵。

明祖战无不克，子兴配以养女马氏，日见亲爱。时丞相脱脱，见天下乱，亲请出征，至徐州，破芝麻李，败赵均用、彭早住，将次平贼。朝廷诏之班师还朝，而贼益恣，赵均用，彭早住既为脱脱所败，自徐奔濠州，郭子兴屈己下之，反为所制，居子兴上，遂据濠称王。明祖时在濠，识其非道，率乡里壮士徐达等二十四人，南游定远，取横涧山，破义兵营，得军二万余人，入滁阳守之。时郭子兴为彭、赵所挟，东屯泗州。明祖乃遣人赂彭、赵，迎子兴入滁，称滁阳王。彭早住寻死，赵均用益专。其后赵均用袭杀宋将毛贵，其党续继祖自滁阳入益都，执均用杀之，所部遂散。郭子兴既入滁称王，未几卒。大明太祖，遂继之而兴焉。

时又有泰州白驹场亭民张士诚，与弟士义、士德、士信，皆以贩盐为业。士诚有膂力，寡言笑，轻财好施，为盐场牙侩，乡里多侮之，弓兵邱义尤甚。士诚乃与诸弟及壮士李伯升等杀义。并素相凌侮者，纵火焚其居，遂起兵陷泰州，复陷兴化，据高邮，自称诚王，号大周，寻改号曰吴。元淮南行省遣知府李齐诏谕之，士诚呼齐使跪，齐不屈死之。士诚攻扬州，又陷盱眙及泗州。会元丞相脱脱将兵讨之，士诚大败几危。未几，脱脱以谗去职，士诚复振，入据平江，平江即今吴县是也。分兵掠湖州、松江、常州，破杭州。士诚数为明将所败，乃请降于元，元赐以御酒龙衣，征海运。时方国珍亦降元，士诚乃运米十万石于京师。士诚之地，南至绍兴，北至济宁，称王四年，为明所灭，见下回。

此外一时起兵作乱者，凡百余处，其起没不可胜记。各处官兵，俱各怠玩纵寇，或杀平民，指为盗贼以邀功，而淫掠其妇女，由是群盗益盛。丞相脱脱复请出师讨贼，脱脱出征，所至克捷。时帝怠于政事，荒于游宴，以脱脱出外，而召用哈麻为右丞相。哈麻与妹婿秃鲁帖木儿等，阴进西番僧行房中运气之术，又进僧伽璘真，为秘密法，帝皆习之。以西番僧为司徒，伽璘真为国师，各取良家美女三四人以奉之，谓之供养。尝谓帝曰，“陛下尊富，不过百年而止，人生几何，当受此秘密大喜乐禅定，广采女精，即得长生不死。”于是帝日从事于其法，广取妇女，惟淫戏是耽。帝弟宠臣，皆得在帝前演法，男女裸处，相与亵狎，号所处室曰皆即兀该，犹华言事事无碍也。群僧出入禁中，明与妃嫔宫人交，君臣宣淫，丑秽之声外闻。又以宫女十六人，首戴象牙金襄冠，身披大红锁金缨络，为天魔舞。又以宫女十一人，执龙笛、头管、小鼓、筝箫、琵琶、胡琴、响板，每宫中赞佛，则奏之。又于内苑造龙舟，首尾长一百二十尺，广二十尺，上有五殿，龙身并殿宇俱五彩金装，用水手二十四人，皆衣金紫，自后宫至前宫，山下海子内，往来游戏。行时，龙首眼目爪尾皆动。又自制宫漏，高六七尺，为木匮，藏壶其中，运水上下，匮上设西方三圣殿，匮腰设玉女，捧时刻筹，时至，辄浮水而上，左右列二金甲神人，一悬钟，一悬钲，夜则神人自能按更而击。

时脱脱出征，屡败贼兵，进军高邮，运战大捷。分兵平六合，张士诚势大蹙。右丞相哈麻与脱脱有隙，讽监察御史袁赛、因不花等，劾奏脱脱，出师三月，略无寸功，倾国家之财，以为己用，半朝廷之官，以为己随。诏夺脱脱官爵，淮安安置，而以雪雪代之。脱脱与诸将别，副使哈剌答曰：“丞相此行，我辈必死他人之手，今日宁死丞相之前。”遂拔刀自刎而死。未几哈麻矫诏，遣人以鸩酒赐脱脱而杀之。自是听贼攻掠城邑，守臣或死或降或遁，而元事不可为矣。

顺帝日事荒淫，哈麻自以前所进西番僧为耻，告其父曰："我兄弟位居宰辅，宜导人主以正，今秃鲁帖木儿专媚上以淫亵，天下士大夫，必讥笑我，且上日趋于昏暗，何以治天下？皇太子年长，且聪明，不若立以为帝，奉上为太上皇。"其妹闻之，归告其夫秃鲁帖木儿，即以上闻，不敢言淫亵事，但曰："哈麻谓陛下年老故耳！"帝大惊曰："我发未白，齿未落，遽以为老耶！"并其弟雪雪杖杀之。时帝怠于政事，以天下乱，乃命太子监国。阳翟王阿鲁辉帖木儿，拥兵数十万，将犯京师，遣使来言曰："祖宗付汝以天下，汝已失其大半，若以国玺付我，我当自为之。"元主遣使报曰："天命有在，汝欲为，则为之。"命知枢密院事，秃坚帖木儿等，将兵击之，不克，军士皆溃。秃坚帖木儿走上都，阿鲁辉以兵逼上都，太子言于上，请以丞相太平为上都留守。太平中华人，太子恶之，实欲杀之也。适有阿鲁辉部将脱驩者，太平子也先忽都故将也，引兵缚阿鲁辉帖木儿至军前。太平不以为己功，令缚送阙下，诛之。帝复欲以太平为相，太子令人诬而杀之，逼令自裁，以搠思监为右丞相。搠思监徇太子旨，诬老的沙及宣政院使也先忽都谋为不轨，收其党，锻炼其狱。搠思监与宦者朴不花附太子，必欲穷究其事，连逮不已。也先忽都等皆死，老的沙逃匿孛罗帖木儿部下。下诏削孛罗官爵而夺其兵，孛罗帖木儿不受命，令秃坚帖木儿举兵犯阙，太子遣兵拒之而败。太子率侍卫兵，出古北口东走，秃坚兵至清河，京师大震，使达达至其军问故。秃坚言必欲得搠思监与朴不花，于是执二人与之。诏复孛罗帖木儿官爵，加太保，仍守大同。秃坚帖木儿兵自建德门入，觐帝于延春阁，恸哭请罪。帝宴赉之，以为平章事。乃引军迁大孛，同罗帖木儿留朝辅政。孛罗日与老的沙等酣饮，荒淫无度。帝密令威顺王和尚，阴结勇士上都马、金那海、伯达儿刺之。孛罗帖木儿入朝，伯达儿自众中跃出，砍中其胸，诛之。老的沙以孛罗帖木儿母妻及子北遁，乃遣使函孛罗首，往济宁召太子还京师。老的沙与秃坚帖木儿寻亦被诛。

明太祖朱元璋，既迎郭于兴入滁，称滁阳王。未几，滁阳王病卒，明太祖因并统其军，遂渡江，取金陵等地，日以强盛。先灭陈友谅，复灭张士诚，乃命大将徐达，副将常遇春等，北定中原。达等由淮入河，克沂州、峄州，取益都路。元平章保保降，宣慰使普颜不花、总管胡浚、知院张俊皆死之。普颜不花妻阿鲁真，抱其子投舍北井中死，其女及妾，皆随溺焉，明徐达师至东平，取莱州济宁。元兖州以东，郡县相继降，山东悉平。徐达师至河南，所向皆下。明师至德州，元人望风奔溃，元都大震。明师至通州，元五十八国公率敢死士万余出战，明将郭英设伏败之。时京城兵卫卑弱，守备全无，元主闻报大惧，集后妃太子，议避兵北行。迟明，召群臣会议，左丞相迭烈门，知枢密院事黑厮，宦者赵伯颜不花等，皆劝固守京城，元主徘徊叹息曰："今日岂可作徽、钦被掳耶！"遂决计北去，命淮王帖木儿不花、丞相庆童等，留守大都。夜半，开建德门，出居庸关北去，在位三十六年。

明师定大都，执元淮王帖木儿不花、丞相庆童等斩之。封府库图籍。其宫人妃主，令其宦寺护视以待命。元亡。元起宋宁宗十二年丙寅，至顺帝丁未，凡十三主，共一百六十二年。自世祖己卯灭宋，至顺帝丁未，凡九主，共八十九年。顺帝遁归沙漠，又二年，殂于应昌。明左将军李文忠等，出征沙漠，趋应昌，克之，获元皇孙买的里八剌，及后妃、宫人、诸王、省院官，并宋元玉玺、金宝等物。降其兵民四五万。惟元太子爱猷识里达腊，从数十骑遁去，朔庭遂空，文忠等归，封买的里八剌为崇礼侯。至于明太祖如何起兵，如何统一天下，话长，且听下回分解。

第三十六回　壬辰年　明太祖　应运龙兴

诗曰：

暑往寒来春复秋，夕阳西下水东流。
将军战马今何在，野草闲花遍地愁。
桃李花开树满红，转头青子绿荫浓。
梧桐叶上犹残雨，雪片檐前又舞风。
时序往来千古在，人生聚散一场空。
今朝有酒今朝醉。说甚英雄十大功。

却说大明太祖高皇帝朱元璋，字国瑞，濠州人。父世珍，徙居钟离之太平乡。母陈氏，生四子，太祖其季子也。生于元文宗戊辰之九月丁丑，其夕赤光烛天，里中人惊呼朱家火，及至无有。三日洗儿，父出汲，有红罗浮至，遂取衣之，故所居名红罗障。少时常苦病，父欲度为僧，盖元朝所重惟僧也。岁甲申，泗州大疫，父母兄及幼弟，俱死，贫不能殓，藁葬之。仲与太祖，舁至山麓，索断，仲还取索，留太祖守之。忽雷雨大作，太祖避村寺中。比晓往视，土已起成高垄。地属故乡人刘继祖。继祖异之，遂以地归焉。寻仲又死。太祖年十七，乃入皇觉寺为僧。逾月，僧乏食，太祖乃游江淮，崎岖三载，仍归寺中。

时元政不纲，四方兵起。壬辰年，有定远人郭子兴起兵据濠州，太祖欲避兵，诣伽蓝神卜筊，问避去，不吉；问守旧，不吉。因祝曰："岂欲予倡义耶？"大吉。以闰三月朔入濠州，见子兴，子兴奇之，以养女马氏妻焉，即高后也。太祖在甥馆，有救天下安生民之志，乃纠合义旅，自是威名日著，豪杰景从。徐达、汤和等，率先归附。时赵均用、彭早住为元脱脱所败，奔濠州。郭子兴屈己下之，反为所制。赵彭御下无道，太祖乃以七百人属他将还之，而独与徐达、汤和、吴良，吴祯、花云、陈德、顾时、费聚、耿再成、耿炳文、唐胜宗、陆仲亨、华云龙、常遇春、郭英、郭兴、胡海、张龙，陈桓、谢成、李薪材、张赫、周铨、周德兴等二十四人，南略定远。定远张家堡有民兵，号驴牌塞者，太祖诱执其帅。于是民兵焚旧垒悉降，得壮士三千人。又招降秦把头八百余人。定远缪大亨以义兵二万屯横涧山，太祖命花云夜袭破之，亨举众降，军声大振。定远人冯国用与弟国胜，率众归附，上奇之，因问大计，国用对曰："金陵龙蟠虎踞，帝王之都，愿先拔金陵定鼎，然后扫除群寇，救生民于水火，勿贪子女玉帛，倡仁义以收人心，天下不难定也。"上悦，留居帷幄。兄子朱文正，姊子李文忠来归。文忠年十二，上命高后养以为子，又养定远人沐英为子。太祖克滁州，迎郭子兴，立为滁阳王。滁阳王二子，恶上威名，阴置毒酒中，邀太祖饮。太祖已觉，姑应诺，即与偕行。二子喜其堕计，迨至中途，遽跃马起，仰天若有所见。少顷，即勒马转，因骂二子曰："我何负尔，适空中神言，尔以酒毒我。"二子股栗谢去，自是不敢萌害意。时有铁冠道人者，姓张名中，精数学，能知未来事，来谒上。曰："明公龙瞳凤目，天地相朝，附骨插鬓，声音洪亮，贵不可言，应在千日之内。"后果然。胡大海、邓愈、常遇春、李善长等来归，军势益振。太祖克和阳，诸将多虏人妇女，太祖命纵还之，民大悦服。

滁阳王卒，太祖乃统其军。滁阳王起壬辰，终乙未三月，凡四年。太祖驻和阳既久，欲东渡江，取金陵，患无舟楫。适巢县人廖永安与弟永忠，及俞廷玉与子俞通海、俞通源、俞通渊等，各聚众，泊舟巢湖，连结为水寨，以捍寇盗。闻义，率舟师来降。上大喜，亲至巢湖，慰安之，率诸将渡江。时北风顺，舳舻齐发，举帆，顷刻达牛渚。元兵阵于采石，常遇春奋戈先登，元兵败走，遂拔采石，乘胜径取太平路，遂率众进取金陵。元将陈野先降而复叛，被杀。野先之子陈兆先战败被擒，复以众降，太祖复用之，太祖克金陵，元御史大夫福寿战死。太祖入城，谕父老曰："我来，为民除乱耳！凡旧政有不便者，尽除之。"民大悦服。太祖发兵取镇江，克之。命邓愈等将兵取广德路。诸将奉太祖为吴国公。上克宁国，擒元将朱亮祖。亮祖骁勇，初降复叛，至是再降，上复释而用之。遣诸将取江阴、徽州、池州，皆下之。又取扬州，以康茂才为营田使。谕之曰："理财之道，莫先于农，务在蓄泄得宜，始得多收粮足。若所至扰民，便非付任之意。"立领民兵万户府，其法精选民间武勇，编辑为伍，农时则耕，闲则练习，有事则用之，事平，有功者升赏，无功者令还为民。太祖兵取婺州，召儒士进讲经筵，兴学校。上欲遂取浙东诸郡，召诸将谕之曰："师旅之行，势如烈火，为将者能以不杀为心，非惟国家之利，在己亦蒙其福。"上遣徐达等，屡败张士诚兵。方国珍以温台、庆元降，而据地如故。太祖兵取处州，遣使征青田刘基，浦江宋濂，龙泉章溢，丽水叶琛。上喜曰："我为天下，屈四先生，咨以时事，甚见尊礼。"基明于天文兵法，尝游西湖，有异云起西北，诸同游者，皆以为庆云，欲赋诗。基独纵饮不顾曰："此天子气也，应在金陵，十年后有王者起，我当辅之。"时杭城犹全盛，众大骇。以为狂。至是陈时务十八策，上嘉纳之。

陈友谅攻陷太平，知府许瑷死之。守备花云被缚，云奋起，缚尽绝，夺守者刀，连杀五六人，贼射杀之，妻郜氏，亦赴水死。侍儿孙氏抱云三岁儿逃，遇汉军夺舟，捽孙氏及儿，投之江，偶附断木，入芦渚中。渚有莲实，孙氏取啗儿，凡七日，不死。忽逢雷老，与偕行，始达上所。孙氏抱儿泣拜，上亦泣，置儿于膝曰："此将种也。"命赐雷老衣，忽不见，一时惊为神异。陈友谅既篡其主徐寿辉称帝，国号汉，声言东下，建康震动。或欲降，或欲奔据钟山，独刘基请击之，上深然之。时友谅遣人约士诚，同侵建康，上恐二寇合，则不能支，欲速其来。乃召康茂才曰："汝与友谅有旧，宜作为伪降，招其速来。"茂才依计行，友谅果信而进兵。上伏兵奋击，大败之，遂乘胜拔江州及蕲、黄等郡，友谅奔武昌。方国珍以金玉饰马鞍来献，上曰："吾所需者，文武才能，所用者，布帛菽粟，宝玩非所好也。"却之。汉江西行省胡廷瑞守南昌，遣使约降，请无分散其部曲若干事。上初有难意，刘基自后踹其所坐胡床，上悟，许之。廷瑞遂降。上命朱文正守南昌，陈友谅愤其疆域日促，作大战舰，悉其兵，号六十万，空国而来，乘江涨，直抵南昌，围其城。朱文正、邓愈督兵死守，遣千户张子明赴建康告急。太祖亲率舟师二十万，进次湖口。

友谅闻之，即解围东出，与太祖遇于鄱阳湖之康郎山。友谅联舟纵战，望之如山。太祖军舟小，怯于仰攻，往往退缩。郭兴曰："彼舟如此，大小不敌，非火攻不可。"上然之。明日，东北风起，上令诸将乘风纵火，焚其水寨舟数百艘。友谅弟友仁、友贵，及其平章陈普略，皆焚死。明日复联舟大战，敌兵大败。友谅敛舟自守，不敢战，相持三日。友谅计穷，冒死突出，将奔武昌。上麾诸将邀击之，友谅中流矢，贯睛及颅而死。其将张定边乘夜以小舟载友谅尸，及其子理，径趋武昌，复立陈理为帝。

初鄱阳之战，上亦屡滨于危。一日被围莫解，指麾韩成，服上冠袍，对贼众投水中，围稍解，救至得免。又一日，太祖方与友谅鏖战，刘基忽跃起大呼曰："难星过，急更舟。"上急更之，旧舟已为贼炮碎矣。

甲辰正月，上即吴王位。命有司先立宗庙社稷，定文武科取士之法，令有司访求古今书籍，以备阅。陈理既还武昌，太祖复进兵围之，遣其降将罗复仁，入城谕之。理遂衔璧肉袒率张定边等降。上怜之，慰谕友谅父母。凡府库储蓄，令理自取，妻子资装，皆俾自随，封理为归德侯。城中饥困，命给粟赈之。于是湖广、江西悉平。

时张士诚自立为吴王，于平江治宫室，立官属。士诚委政子弟士信，士信惟务酒色荒淫，复委政于王敬夫、蔡彦夫、叶德新。三人皆谄佞奸邪，惟事蒙蔽，时为之谣曰："丞相做事业，专用王蔡叶，一朝西风起，干瘪。"上乃以徐达为大将，常遇春副之，帅师二十万伐吴。师将发，上问诸将曰："此行用师孰先？"常遇春曰："惟有直捣姑苏耳！"上曰："不然，士诚起盐贩，与张天骐、潘原明等，相为手足。苟士诚穷蹙，若天骐出湖州，原明出杭州，内外夹攻，何以取胜？莫若先攻湖州，使彼疲于奔命，羽翼既除，然后移兵姑苏，庶几万全！"诸将敬服。师至湖州，张士诚发兵来援，达等大败之，守将李伯升、张天骐举城降。李文忠师下浙口，杭州守将潘原明，遣使诣军门降。徐达会诸将进逼姑苏，士诚引兵来拒，大战于尹山桥，败之。又败之于鲇鱼口，遂进围城，筑长围以困之，城中大震。士诚被围既久，欲突围出，以城左阵严，不敢犯，转至磐门，欲奔常遇春营，遇春先命骁将王弼，驰铁骑往击之，敌少却，遇春率众乘之，敌大败，溺死于沙盆潭者甚众。士诚马惊，亦坠水，几不救，肩舆入城。逾三日，士信方在城楼上督战，忽飞炮碎其首而死。徐达督将士破葑门，常遇春破阊门。晡时，士诚兵大溃，诸将遂蚁附登城。士诚谓其妻刘氏曰："我败且死矣，若曹奈何？"刘氏曰："君勿忧，妾必不负君！"乃积薪齐云楼下，驱其群妾侍女登楼，纵火焚之，刘氏乃自缢死。日暮，士诚距户自经。旧将李伯升决尸抱解之，乃以旧盾舁至舟中，送建康，上欲保全之，士诚竟自缢死。改平江曰苏州府，浙西、吴会皆平。乃遣大将军徐达，副将军常遇春，率甲士二十五万，北定中原。命胡廷瑞为征南将军，何文辉副之，由江西南取闽。命杨璟为主帅，周德兴等副之，率荆湘之众，以取广西。命汤和等帅师讨方国珍，国珍遁入海岛上。复命廖永忠帅师，自海道讨之。国珍惶惧，遂与弟国珉等，率家属降，浙江悉平。上遂命汤和、廖永忠等，助取闽。李善长等奉表劝进，上曰："恐德薄，不足以当尊！"善长等固请，乃从之。

洪武元年，戊申正月，上即皇帝位，定有天下之号曰大明，建元洪武。追尊四代祖考妣，皆为帝后，立妃马氏为皇后，上初渡江时，后谓上曰："今豪杰并争，虽未知天命所在，然以妾观之，惟以不杀人为本，人心所归，即天命之所在。”上深然之。又尝于仓促中，宁自忍饥饿，怀糗饵以食上。又上为郭氏所疑，后于内消释宽解之，得免于难。上甚贤之，立世子标为皇太子，以李善长为左丞相，徐达为右丞相。自壬辰投军，至即位，凡十七年，而帝业成矣。定律令，颁戊申历。上所居新宫，初建时，上命去其雕琢奇丽者，制皆朴素，命书古人行事，可为法为戒者于壁。又命书大学衍义于两庑，诏衣冠悉如唐制，而稍更之。定郊杜稷宗庙之礼，定卫所官军及将帅领兵之法。凡有事出征，则诏总兵官佩将印领之，既还，则上将印，官兵各回本卫，大将军身还第。禁宦官不得预政典兵，读书识字。

却说汤和、廖永忠等助取闽，进兵延平，遣使谕元福州平章陈友定使降，友定不从，和等进攻福州。元参政文殊海牙以城降，执陈友定械送京师。胡廷瑞等进兵克兴化，元汀州路守将陈国珍纳款，于是郡县相继降附，福建悉平。命廖永忠为征南将军，朱亮祖副之，由海道以取广东。俟广东既定，即移师助取广西。廖永忠等兵至广东，元分省左丞何真，奉表归附。元德庆守将张鹏程，弃城走，广东悉平。廖永忠、朱亮祖进兵助取广西，斩元尚书普颜帖木儿等，诸州县相继降。进攻平乐府，杨璟等克全州，引兵攻靖江，元平章也儿吉尼，督众坚守。朱亮祖等亦自平乐来会，攻城益急，也儿吉尼仓皇出走，追执之。廖永忠等兵次南宁，元千户宋真执其守将平章咬住等以降，广西悉平。徐达等出师北伐，既平山东、河南，率师至通州，元主北遁。元都既平，徐达、常遇春等进取山西路。适汤和、杨璟等南征还，上命汤和、杨璟俱为偏将军，引兵助徐达等进取山西。又调副将军冯胜，帅师由河南进征山西，所过郡县多降。时扩廓帖木儿以元主命，帅师出太原，取道保安，径由居庸关进攻北平。徐达等乘虚进兵，直取太原。扩廓帖木儿闻之，还兵来救，其锋甚锐。傅友德、薛显率敢死士击却之。敌军营于城西，郭英、常遇春请夜劫之。会扩廓将豁鼻马，潜使人约降，请为内应。达大喜，遂与订期，乘夜袭之，内外夹攻，敌兵大乱。扩廓帖木儿闻变，仓促跣一足，急逾帐后，从十八骑遁去，遂克太原。其猗氏，平阳等处皆降。徐达克河中府，遂会诸将进取陕西，造浮桥，攻西安府。元平章王武，率官属军民降，达遂遣冯胜，进取凤翔。李思齐率所部奔临洮。徐达进兵陇州、秦州及巩昌，乃遣冯胜统兵，进蹙临洮。李思齐穷追，遂举城降。大军围庆阳，王保保率兵来援，为明师所扼，不得至。庆阳城破，张良臣投井中，引出斩之。庆阳平，并下平凉，王保保，贺宗哲皆北遁，陕西悉平。徐达等班师还京城。

上封子九人为王，大封功臣为公、侯、伯有差，死者肖像祀之。置六部官以分理庶务。放元宫人。旁求隐逸及孝弟力田、贤良方正、文学之士。建大本堂，命取古今图籍允其中，延儒臣教授太子诸王。以孔希学袭封衍圣公，孔希大为曲阜县知县。亲耕藉田，轮免天下各处田租，未几又统免天下田租。命皇后亲蚕。翰林为文，无事浮藻，禁四六文辞。诏天下郡县皆文学，群臣亲老者许归养。

时天下大定，惟伪夏主明升尚据巴蜀。洪武四年正月，上命汤和为征西将军，同杨璟、廖永忠、周德兴、曹良臣等，率舟师自荆湘，由瞿塘，趋重庆。傅友德为征虏将军，同顾时、陈德、汪兴祖等，率步骑自陕西，由秦陇，趋成都，太祖密谕友德曰：“蜀人闻吾西伐，必悉其精锐，东守瞿塘，北阻金牛。若出其不意，直捣阶文，门户既隳，腹心自溃。”

友德顿首受命。傅友德进兵，扬言出金牛，直捣阶文。连战克阶、文、绵、汉四州。廖永忠乃与汤和，分道并进，约会重庆府。永忠师行，沿江州县，望风奔附，乘胜抵重庆。明升君臣大惧，其臣刘仁劝升奔成都，母彭氏曰："事势如此，纵往成都，不过延命旦夕，何益，不如降也。"升遂面缚衔璧奉表降，蜀地悉平。明升至京师，上封为归义侯。遣使祭历代帝王陵寝，置通政使，禁奏事不许关白中书。纵苑中禽兽，惟以虎缚送光禄寺，禁僧道闲游，无度牒者不许越境，每县只准存寺观一所，月具结，男女非年过四十者，不许为僧尼。定大明律法。

上欲相胡惟庸，刘基力言其不可，勿听，竟相惟庸。惟庸谗刘基，上夺刘基禄，基遂留京师。胡惟庸欲谋乱，忌基，鸩杀之。十三年，丞相胡惟庸谋逆，诳言所居井涌澧泉，邀上往观。乘舆将出，内侍云奇知其谋，勒马言状，气方勃，舌鸩不能达意。上怒其不敬，左右挝捶乱下，奇垂毙，尚手指贼臣第，弗为痛缩，上方悟。登城眺察，见惟庸第内，兵甲伏屏帷间数匝。上亟反，遣兵围其第，罪人一一就缚，悉诛之。上召云奇，死矣，深悼之，追封右少监，赐葬钟山。胡惟庸辞连李善长，上赦之。宋濂孙宋慎，坐党逆被刑，籍其家，械濂至京师，上怒，欲诛之。皇后谏曰："宋濂亲教太子诸王书，岂有若是恝，况濂致仕家居，必不知。"上乃使宋慎茂州安置，至夔州卒。胡惟庸死，上乃思刘基，以基孙封为诚意伯。

时天下已定，惟元梁王把匝剌瓦尔密据云南，杀信使。十四年九月，上命颍川侯傅友德为征南将军，永昌侯蓝玉，西平侯沐英，为副将军，帅师三十万，以征云南。上饯于龙江，授以成算，旌旗蔽江而上。友德至湖广，分遣都督郭英等帅兵五万，由四川趋乌撒。友德等率大兵，由辰沅趋贵州。友德等师至普安，元梁王把匝剌瓦尔密遣平章达里麻，将精兵十余万，屯曲靖，以拒明师。而兵方到，友德倍道疾趋，出其不意，径至曲靖。忽大雾四塞，冲雾而行，阻水已临白石江矣。顷之雾霁，达里麻望见大惊。友德欲济，沐英曰："不可。"乃整军，临流欲济，潜遣数十百人，从下流渡，出其后，于山谷间，鸣金鼓，树旗帜，为疑军。达里麻急撤众御之。沐英乃拔剑，督师济口。元阵动，明师奋击，大破之。生擒达里麻，遂平曲靖。友德分遣蓝玉、沐英，帅师趋云南。而自以众数万，向乌撒，为郭英等声援。把匝剌瓦尔密闻达里麻败，弃城走，驱妻子俱赴滇池而死。蓝玉、沐英等师至云南，元右丞观音保出降，云南平。自出师至平云南，仅百余日。云南平后，上召傅友德班师，沐英留镇云南。沐英，定远人，上初起兵时，养以为子，故命之留守。命天下朝觐官，各举所知一人，遣使求经明行修之士。江夏秀士曾泰有学行，上以为户部尚书。皇后马氏崩。后性恭俭宽仁，每劝上积德，不可枉杀人，上甚贤之。及崩，上终身不立后。诏选高僧，分侍诸王。有僧道衍者，姚姓，名广孝，苏州人，幼出家，改名道衍，字斯道，好读书，工诗文，遇异人传术，能预知人休咎。文皇在燕邸，广孝自请于燕王曰："殿下若能用臣，臣当奉白帽子与大王戴。"至是燕王自求广孝于上，许之。遣御史录囚于诸省，颁行科举成式，定生员巾服之制。上亲视，必求典雅，凡三易其制，始定襕衫。诏公侯各还乡，赐赉有差。

时帝大杀京民之怨逆者，李善长请免其亲戚数人，上大怒，遂赐死。上命大将军蓝玉，征沙漠。蓝玉深入，至捕鱼儿海，侦知元主营在海东八十里，遂乘风沙，直薄其营，元主惊遁，玉追千余里，不及而还，获元主次子地保奴，及后妃公主一百三十余人。又获吴王朵儿只等将相官校三十人，男女七万，马驼五万。上大悦，下玺书褒之。玉奸淫元主妃，秋七月师还，上闻其事，切责之。二十五年，皇太子标薨，谥曰懿文太子，甚有贤行。及薨，以嫡孙允炆为皇太孙。凉国公蓝玉，恃功横暴，以上数裁抑之，乃聚甲士家奴，伏甲将为变，事觉，磔玉于市，夷其族，一时公侯木吏，以至偏裨将卒，坐党论死者二万余人。并前胡惟庸党，前后所诛，共四万余人。又帝因元宵灯谜，画一妇人，手怀西瓜，乘马，而马后脚甚大。上曰："彼以皇后为戏谑，盖言淮西妇人马后脚大也。"乃大杀京民之不守本分者。又尝微行，遇一老妪，呼帝为老头儿，乃大杀京民之怨逆者。二次所杀，又数万人。此外以疑似诛杀者甚众。呜呼，亦惨矣哉！帝聪明睿智，神武性成，收揽英雄，平定四海，纳谏如流，求贤若渴，重农桑，兴礼乐，褒节义，崇教化，制度咸宜，近古以来，未之有也。然性严明，果于诛杀，一时开国元勋，鲜克令终，此则其所短也。在位三十一年，戊寅闰五月，帝崩，寿七十一岁。

太孙允炆即位，是为建文皇帝。以遗诏，遣使止诸王入临。上皇祖考谥曰：钦明启运、峻德成功、统天大孝高皇帝。庙号太祖。尊母吕氏为皇太后，追尊父懿文太子为兴宗孝康皇帝。诏行三年之丧，而不废政事。卓敬密奏裁抑宗藩，疏入，不报。于是燕、周、齐、湘、代、岷诸王，颇相煽动。齐泰、黄子澄首建削夺之议，齐泰欲先削燕，黄子澄请先削其党，乃命李景隆至河南，执周王橚，及其世子妃嫔，送京师，削爵为庶人，迁之云南。燕王见周王被执，遂简壮士为护卫，以钩逃军为名，招致异人术士。浙江鄞人袁珙，善相术，道衍尝游嵩山佛寺，遇珙，珙相之曰："宁馨胖和尚乃尔耶？目三角影白，形如病虎，性必嗜杀，他日刘秉中之流也。"衍大喜，至是荐珙于燕王。王使召之至燕，使人与饮于酒肆，王易服杂卫士中，亦杂肆饮。珙一见，即趋拜王前曰：殿下何自轻若是？殿下异日太平天子也。"王大喜，馆珙于道衍僧舍，荧惑守心。四川岳池教谕程济通术数，上书言北方兵起，期在明年。朝议以济妄言，召入，将杀之。济曰："陛下幸囚臣，至期无兵，杀臣未晚也！"乃囚济于狱。燕王入朝，行皇道而入，登陛不拜。监察御史曾凤韶劾王不敬，帝曰："至亲勿问。"户部侍郎卓敬密奏曰："燕王智虑绝人，酷类先帝。夫北平者，强干之地，金元所由兴也，宜徙封南昌，以绝祸本。"上亦不听。燕王归，即称疾，久之，遂称疾笃。太祖小祥，燕王遣世子高炽，及其弟高煦、高燧至京师。齐泰、徐辉祖请留之，徐增寿力保其无他，上遣高炽等还。燕王大喜曰："天赞我也。"上遣使执湘王柏，王怒，焚其宫室美人，已亦乘马执弓，跃入火中而死。又废珉王楩、齐王榑、代王桂为庶人。燕护卫百户倪谅，上告燕官于谅、周铎等阴事，言欲为变，逮系至京，皆戮之。有诏责燕王，王乃佯狂称疾，走呼市中，夺酒食，语多妄乱，或卧土壤，弥日不苏。张昺、谢贵入问疾，王盛夏围炉，摇颤曰"寒甚！"宫中亦杖而行，朝廷稍不以为意。

燕府长史葛诚密告昺、贵曰："殿下本无恙，公等勿懈防，恐一旦事不可测。"贵等谋益急，齐泰奏遣内官逮燕府官属，又密敕北平都指挥使张信，使手执燕王。信惊告其母，母曰："不可，若父尝言，王气在燕分。王者不死，非汝所能执也。"信乃往燕邸请见，召入，拜于床下。燕王佯为风疾，不能言。信曰："殿下无尔也，有事当以告臣。"王称疾益坚。信曰："王果无意乎？臣奉密敕在此，当就执。"王始以诚告之。疾召僧道衍与谋，适檐瓦坠地而碎，王不怿。道衍曰："天欲殿下易黄瓦耳！"王乃喜，遂与定谋。时谢贵等集兵布阵，围王城，又以木栅断端礼门。燕王急呼护卫指挥张玉、朱能等，将八百人入卫。燕王曰："彼军满城，而吾兵甚少，奈何？"朱能曰："先擒谢贵、张昺，余无能为矣！"燕王曰："是当以计取之。今奸臣遣内官来逮官属，依所坐名收之，就令内官召贵、昺付之，将必入，入则缚之。"明日，燕王称疾愈，御东殿，伏兵左右。贵、昺不深虑，果入，为壮士所缚，于是两庑伏兵尽出，捽葛诚下殿。燕王掷杖起曰："我何病？为汝辈奸臣所逼耳！"遂曳贵、昺、诚，皆斩之。围者惊相告，贵、昺皆溃散，遂据北平。以太祖祖训有云："内有奸臣，许藩王起兵，以清君侧之恶。"因以诛齐泰、黄子澄为召，去建文年号，仍称洪武三十二年，号所起兵为靖难。署官属，以张玉、朱能、邱福为都指挥佥事。燕王棣上书，请诛奸臣齐泰、黄子澄。诏削燕王属籍。燕王遣张玉降通州，破蓟州。燕兵陷怀来，而开平、龙门、上谷，云中守将，往往降附。

时帝方锐意文治，日与方孝孺等，讨论周官法度，以北兵为不足畏。黄子澄谓北兵素强，不早御之，恐河北遂失。乃以耿炳文佩大将印，以李坚、宁忠为左右副将，帅师三十六万北伐。又命安陆侯吴杰、江阴侯吴高等帅师并进。擢程济为军师，护诸将北行，众号百万，数道并进，直捣北平。檄山东、河南、山西三省，合给军饷。帝诫诸将士曰："一门之内，自极兵威，不仁之极，尔将士务体此意，无使朕负杀叔父之名。"耿炳文至真定，率所部兵，分营滹沱河南北。徐凯率兵十万驻河间，潘忠驻莫州，杨松率先锋九千人，据雄县。燕王乘其中秋不备，亲率兵破雄县，杨松与麾下九千人皆战死。王度、潘忠在莫州，必引兵来救，乃伏兵桥侧，及水中。既而忠等果至，王进兵迎击，伏兵起，忠腹背受敌，趋桥不得，遂生擒忠。王率师直趋真定，耿炳文部将张保迎降，言耿炳文兵三十万，先至者十三万，分营滹沱河南北。燕王以为率兵薄北岸，则南岸之众，渡河击之，恐难取胜。乃厚抚张保遣归，使言雄、莫败状，令炳文并其军。保归，诈言兵败被执，窃马逃归，因言燕兵旦夕且至，若河南兵移并北营，庶可并力御敌。炳文遂用保言，移其营。燕王遣张玉、谭渊、马云、朱能等率兵奋击。王以奇兵出其背，循城夹击，横贯南阵。炳文大败，奔入真定，斩杀几五万，溺死无算。

炳文素称老将知兵，至是败，帝有忧色，召群臣问计。黄子澄曰："胜负兵家常事，区区一隅，岂足以当天下之力，愿调兵五十万，四面攻之，众寡不敌，必成擒矣。"曰："孰堪将者？"子澄曰："李景隆文武全才也。"帝然之。亲饯景隆于江浒，召耿炳文还京师。李景隆乘传至德州，收集耿炳文败亡将卒，并调各路军马五十万，进营于河间。燕王闻之呼景隆小字曰："李九江膏粱竖子耳，寡谋而骄，未尝习兵，付以五十万众是自坑之也。"乃谋外出以诱之。初太祖诸子，燕王善战，宁王善谋。帝恐宁王与燕合，诏削宁王三护卫，燕王闻之，喜曰："取大宁必矣！"乃遗宁王书，告以穷蹙求解，而阴帅师趋大宁，驻师城外，燕王单骑入城会宁王，执手大恸。言北平旦夕且破，非吾弟表奏，吾死矣。宁王为草表谢，请赦其罪。居数日，情好甚洽。燕王辞归，宁王出饯郊外，伏兵起，遂拥宁王，及妃妾、世子、宝货还北平。李景隆闻燕师攻大宁，遂帅师进攻北平。都督瞿能奋勇，与其二子帅精骑千余，杀入张掖门，城几破。景隆忌其成功，使人止之，于是城中守益坚。燕王以拔大宁之兵，还击之，城中兵亦出，内外夹攻，景隆不能支，遂败，走还德州。黄子澄等匿不以闻。但云天寒，暂屯德州，俟明春大举。二年四月，景隆又自德州进兵过河间，与郭英、吴杰等，合军六十万，号百万，次于白沟河，与靖难兵合战。都督平安与瞿能父子，率众奋击，矢石如雨，杀伤甚众。南军飞矢如注，射燕王马，马三被枪，三易之，马却，阻于堤，几为瞿能所及，燕王急走登堤，佯麾鞭，若招后继者。景隆疑有伏，不敢上堤。会旋风忽起，折南军大将旗，南军大乱，崩声如雷。瞿能父子，力战而死。燕王因命乘风纵火，焚其诸营，于是郭英等溃而西，景隆溃而南，被杀溺死者二十余万人。靖难兵入德州，燕王率众围济南。山东参政铁铉、统兵盛庸等，悉力防御，大挫燕兵。燕王命决堤水灌城，城中大惧。铉曰："无恐。"乃诈令军民出降，请燕王无多带兵入城。王大喜，许之，遂止灌。铉定计，伏勇士，开门候王入，悬铁板伏城上，下之，发太早，中燕王马首，王惊，易马而驰。王大怒，乃以炮击城，城将破，铉书高皇帝神牌，悬城上，燕兵不敢击。燕兵围济南三月，不能破，因解去。铁铉、盛庸等，乘势复德州，兵势稍振。上召李景隆还，以铁铉为兵部尚书，盛庸为平燕将军，以御北军。燕王率兵至汶上，掠济宁。盛庸、铁铉蹑其后，营于东昌。燕兵向东昌，庸与铉等背城而阵，具列火器毒弩以待。燕军至，即鼓噪前薄之，尽为火器所伤。会平安兵至，与庸军合，于是庸麾兵大战。燕王以精骑冲左翼，入中坚，庸军围燕王数重。朱能率蕃骑冲入，奋力死战，翼燕王出。张玉不知王出，突入阵救之，没于阵。庸军乘胜，擒斩万余人，燕兵大败，遂北奔。庸促兵追之，击杀无算。燕王独以一骑殿后，追者数百人诸将以奉帝诏，莫敢加刃。适高煦领指挥华聚等至，击退庸兵而去。北平大震，僧道衍谓燕王曰："前固已言之，师行必克，但费两日耳。两日，昌字也，自此全胜矣。"与朱能力劝复起兵前进，燕王自撰文，祭阵亡将士张玉等，涕零如雨，自褫所服袍焚之，以衣亡者，引兵而前。盛庸及靖难兵，大战于夹河。忽东北风大起，尘埃涨天，庸军中昏暗，不辨咫尺，燕兵大呼，乘风纵击，庸军大败，踏残死者无算，遂还保德州。燕王遣都指挥李远烧南军积聚，远等至济宁，焚粮船数万艘，粮数百万，军资器械，俱为煨烬。德州粮饷遂艰，京师大震。燕王棣发北平，决计直趋金陵，帅师南下，陷东阿，入沛县。平安等与燕兵战于淝河，燕设伏以败南军，安骁将火耳、灰者、哈三帖木耳俱被擒。平安退屯宿州，燕兵陷萧县。总兵何福、都督平安等，率屯灵璧。上命徐辉祖帅师，会何福等，与靖难兵大战于齐眉山。何福击破燕军，斩燕将陈文于阵。平安转战而前，遇燕王于北坂，王急，几为安诉所及。安马忽蹶，不得前，燕蕃骑指挥王骐跃马入阵，援燕王得脱，南军勇气百倍，一时传言靖难兵败北归，廷臣有曰："燕兵北矣，京师不可无兵。"乃召徐辉祖还京，何福孤军无援。燕遣轻骑截南军粮饷，何福下令，移营灵璧以就粮。燕兵劫粮，平安等帅师救之，为燕伏兵所败。何福、平安等入营坚守，燕兵围之。是夜，福下令，期明旦闻炮声三，即突围出师。就粮于淮河。明日未旦，燕兵攻灵璧营，燕王率诸将先登，军士蚁附而上，燕兵三震炮，福军误以为己炮，急趋门，门塞不得出，营中纷扰，燕兵急攻之，遂破其营。何福遁走，平安被执，南军势益衰。

时驸马都尉梅殷，尚高帝长公主，镇守淮安，悉心防御。燕王来假道，殷拒之甚严，燕王不得道，乃渡泗水攻盛庸。盛庸帅马步兵数万，战舰数千，列营南岸。燕王令舷舟编筏，扬旗鼓噪，若将渡者。潜遣邱福、朱能、狗儿等，西行二十里，以小舟潜渡，出庸后，渐近庸营，连举炮，南军惊走。庸股栗，不能上马，遂单舸脱去。燕兵尽得其战舰，渡淮据南岸，樊士信死之。燕兵陷盱眙、天长进至扬州，守将崇刚，监察御史王彬死之。燕兵至高邮，遂陷仪真，诏天下勤王。仪真既破，北舟往来江上，旗鼓蔽天。燕王驻师江北，朝廷六卿大臣，多为自全计，求出守城，都城空虚。遣使四出，征兵勤王。方孝孺请于帝，以吕太后命，遣庆城郡主如燕师议和，以割地分南北为请。郡主，燕王从姊也，燕主见郡主哭，郡主亦哭。燕王问周齐二王安在，郡主言周王召还未复爵，齐王仍拘囚。燕王悲不自胜。郡主徐申割地议，燕王曰："凡所以来，为奸臣耳！皇考所分吾地，且不能保，安望割也？为我谢天子，吾与上至亲，无他意，但得奸臣之后，谒孝陵，朝天子，求复典章之旧，免诸王之罪，即还北平，祇奉藩辅。更为我语诸弟妹，吾几不免，赖宗庙神灵，相见有日矣，"郡主还，具言之。上出与方孝孺议，孝孺曰："长江天堑，但尽烧江北船，北师岂能飞渡耶？"燕王兵至浦子口，盛庸诸将逆战，败之。会高煦引北骑至，燕王大喜，抚煦背曰："勉之，世子多疾，事成，吾以汝为太子。"于是煦殊死战。燕王帅精骑，直冲庸阵。庸军小却，帝遣都督佥事陈瑄，帅舟师往援盛庸，瑄乃降燕。瑄具舟至江上，来迎燕王，王乃誓师渡江。庸所驻海艘，列兵沿江，上下二百里，皆大惊愕。师渐近岸，庸等整众以御，燕王麾诸将，鼓噪先登，以精骑数百，冲庸军，庸军溃，追奔数十里，庸单骑走，余将士皆降燕。燕兵招降镇江而进，方孝孺请令诸王分守城门。乃命谷王穗、安王楹，分守都城门。帝会群臣恸哭，或劝帝且幸浙。或曰："不如幸湖湘。"方孝孺请坚守京城以待援，万一不利，车驾幸蜀，收集士马，以图后举。齐泰奔广德州，黄子澄奔苏州。帝太息曰："事出汝辈，而今皆弃我去乎？"长吁不已。燕王整兵而进，屯金川门。时谷王穗与李景隆守金川门，遂开门降。魏国公徐辉祖率师迎战，败绩，京师破，朝中文武俱迎降。帝命左右捽徐增寿至，盖增寿通燕，时为燕地，以致帝败也。帝大恨，责以大义，遂手刃之，急命举火焚大内，皇后马氏赴火死。上欲自杀，翰林院编修程济曰："不如出亡。"少监王钺跪进曰："昔高帝升遐时，有遗箧，曰临大难可开，谨收藏奉先殿之左。"群臣齐言，急出之。俄而舁一红箧至，四围俱固以铁，二锁亦灌以铁，帝见而大恸。程济急碎箧，得度牒三张，一名应文，一名应能，一名应贤，袈裟、僧帽、僧鞋、剃刀俱备，白金十锭。朱书箧内，应文从鬼门出，余从水关御沟而行。薄暮，会于神乐观之西房，帝曰："数也。"程济即为帝祝发，吴王教授杨应能，愿祝发随亡，监察御史叶希贤曰："臣名贤，应贤无疑。"亦祝发。各易衣披牒，凡五六十人，俱矢从亡。帝曰："多人不能无生得失，各宜从便。"九人从帝，至鬼门，而一舟舣岸，为神乐观道士王升，见帝叩头称万岁，曰："臣固知陛下之来也。畴昔之夜，高皇帝见梦，令臣至此耳！"乃乘舟至太平门，升导至观，已薄暮矣。俄而杨应能、叶希贤等十三人同至，共二十二人。帝曰："今后但以师弟称呼，不必拘主臣礼也。"约定左右不离者三人。杨应能、叶希贤俱称比丘，程济称道人，给运衣食者六人，冯漼、郭节、宋和、赵天泰、王之臣、牛景光，余俱遥为应援。黎明，取道溧阳而去。帝在位四年，孝敬宽和，仁慈节俭，尊贤礼士，一时风俗醇厚，天下共爱戴之，惜乎拘泥古礼，擅改祖制，庸腐拘执，无驾驭雄才，遂及于难。初帝在宫分别时，兵部侍郎廖平请于帝，匿帝长子文煃以去，寄于黎乎土司曾长官家,遂姓曾氏。平以少妹妻之,其后复姓朱氏,至今云礽繁衍。帝遁后,先入蜀,未几,入滇。尝往来浙东、天台、广西、云贵诸寺中。正统五年出滇南,语寺僧曰:“我建文皇帝也。”寺僧大惧。白思恩州官,转迎至藩司堂,南面趺坐,自称原姓名,送至京,朝廷命当时太监吴亮审视。建文帝一见亮,辄曰:“汝非吴亮耶?”亮曰:“非也。”建文帝曰:“吾昔御便殿,食子鹅,赐汝肉,汝手执壶,我弃肉于地,汝据地,狗餂之,乃云非是耶?”亮伏地哭。建文帝左趾有黑痣,摩视之,持其踵,复哭,不能仰视,退而自经。于是迎建文帝入西内,宫中人俱呼为老佛。程济闻之,乃散去。建文帝二十六岁出亡,归京时,年六十四岁,后以寿终,葬于西山,不封不树,此是后话。

时京城既破,诸王及文武臣僚,皆诣燕王劝进。燕王命驾谒孝陵毕,然后入城。七月朔且,大祀天地于南郊,遂诣奉天殿即皇帝位,是为太宗文皇帝。诏是年仍称洪武三十五年,以明年为永乐元年,复周王橚、齐王榑封爵。清宫三日,诸宫人、女官、内官多诛死,惟得罪于建文帝者乃得留。上诘问宫人内侍,以建文帝所在,皆指认皇后尸应焉。乃出尸于煨烬中,哭之曰:“小子无知,乃日后乎!”召翰林侍读王景问葬礼当何如,景对曰:“当葬以天子之礼。”从之。迁吕太后于懿文陵,降封懿文太子之子允通、允熞、允熙俱为郡王,寻降为庶人,后皆不得其死。幽建文帝少子于广安宫,后不知所终。榜奸臣齐泰、黄子澄等百余人,出赏格收之。自是以告讦擒获得官者甚众,乘机仇劫者纷纷。文皇召徐辉祖亲问,取伏状。辉祖惟书其父有开国功劳,子孙免死而已。文皇大怒,勒归私第,革其禄米。初道衍密荐方孝孺于文皇,至是文皇召孝孺至。孝孺衰绖,号恸阙下。文皇欲令草即位诏,孝孺大书曰:“死则死耳,诏不可草!”掷笔于地,且哭且骂。文皇大怒,族诛之,一时坐孝孺族党死者,八百七十余人。兵部尚书铁铉,被执京师陛见,背立庭中,大骂不屈,遂寸磔之。文皇命舁大镬至,纳油数斛熬之,投铉尸,顷刻成炭。文皇命导其尸,使朝上,展转向外,文皇命内侍,用铁棒十余,夹持之,使北面,笑曰:“尔今亦朝我耶!”语未毕,油沸蹙溅起丈余,诸内侍手糜烂,弃棒走,尸仍反背如故。上大惊,命葬之。户部侍郎卓敬、礼部尚书陈迪、刑部尚书暴昭、右副都御史练子宁、礼部侍郎黄观、大理寺丞邹瑾、佥都御文司中、大理寺少卿胡闰、刑部尚书侯泰、监察御史高翔、王度、董镛、巨敬、宗人府经历宋徵等,俱不屈,悉惨诛之,皆夷其族。执黄子澄、齐泰至京,皆诛之,夷其族。一时诸臣妻女,死节稍不力者,或给配象奴,或发教坊为妓,或纵兵遍淫之,发为娼,死则裸暴其尸。此外或与妻奴阖家自尽,或痛哭自尽,或不屈被杀,或遁迹自全者,不可胜数。佥都御史景清,知建文帝出亡,犹思兴复,诡自归附。会灵台官奏文曲星犯帝座甚急,其色赤。八月望日早朝,清独衣绯衣而入,疑焉。朝毕,清奋跃而前,将犯驾,文皇急命左右收之,得衣衽中佩剑。清知志不遂,乃立起谩骂,命抉其齿,含血直噀御袍。文皇命剥其皮,实以革,系长安门,碎磔其骨肉。是夕,精英迭见,车驾过长安,索忽断,所械皮趋前数步,为犯驾状,上大惊,乃命烧之。已而上昼寝,梦清仗剑追绕御座,觉曰:“清犹为厉耶!”命赤其族,村里为墟。大封靖难功臣,邱福、朱能、张武、郑亨、顾成、王聪、陈圭、孟善、郭亮、王忠、徐忠、张信、李远、张辅、谭忠等,各论功封赏有差。立妃徐氏为皇后。欲知后事如何,且听下回分解。

第三十七回　**明传世　十有二　一十七帝**

诗曰：

慷慨樽前发浩歌，休教世事苦相磨。
东风要与花为主，无奈青春老去何？

却说明太宗文皇帝，号永乐。既篡位，诏以北平为北京，复代王桂、岷王梗封爵。上议立嗣，武臣咸请立高煦，谓其有扈从功也。惟文臣金忠、解缙、黄淮曰：“嫡长承统，万世正法。”解缙复曰：“好圣孙。”上乃立高炽为太子，封高煦为汉王，高燧为赵王。以姚广孝为太子少师，赈济苏湖。广孝往见其姊，姊拒之曰：“贵人何用至贫家！”不纳。广孝万易僧服往，姊坚不肯出，家人劝之，姊不得已，出立堂中。广孝即连下拜，姊曰：“我安用尔许多拜耶？曾见做和尚不了底，是个好人么？”遂还户内，不复见。李景隆僭逾不法，造图谶，谓十八子当有天下，遂伏诛。

安南国王陈日焜，为其臣黎季离所弑。季离窜易姓名，上表诈称陈氏绝嗣，求权署国事，上从之。逾年，故安南国王孙陈天平，走至京师诉冤，上遣人责之。季离卑辞，表请天平还国，上遂命广西都督黄中，以兵送天平还。季离伏兵杀天平，中等引兵还。事闻，上大怒曰：“蕞尔小丑，罪恶滔天，朕推诚容纳，乃为所欺，此而不诛，兵则奚用！”乃命朱能、张辅等，帅兵分道进讨。朱能有疾，留龙州，寻卒。张辅等入安南。张辅等至安南，黎季离守备甚严，辅袭破其西城，又以画狮蒙马，用神机铳，破其象阵，遂克东都。黎季离遁入海，辅军追败之，生擒季离，及其子澄，余众悉降。安南平，得府十五，州四十一，县二百有八，户三百十二万。

山东蒲台县妖妇唐赛儿反，能剪纸为人马，相战斗，且言能知未来事。初以新寡祭夫坟，得书剑，因削发为尼，后复蓄发，美色妖淫，据益都等地，杀伤官军甚众，势甚猖獗。上遣安远侯柳升剿之，不获而遁。上捕之急，累及妇女。赛儿忽自首，裸而缚之，怡然不惧，临刑，刀枪箭铳俱不能伤，俄复遁去。

开浚会通河。上命皇太子监守京师，巡幸北京。又命皇长孙留守北京，上率众北征，至清水源，其地水碱苦不可饮，人马皆渴，忽于营西北，有清泉涌出，赐名神应泉。上至长清塞，夜间南望北斗，车驾至干难河，即元太祖始兴处。本雅失里率众拒战，上一鼓败之。本雅失里远遁，上乃班师。次年，瓦剌顺宁王马哈木朝贡不至，且欲寇边，上复亲征之，击破其军。马哈木北遁，上遂班师，因定都于北京，以京师为南京。上封高煦于云南，以远不肯行，改封青州，又不肯去，阴造兵器，养死士，上大怒，欲诛之，太子力救，上徙封之于乐安州。曰：“如其祸作，可朝发而夕擒之。”阿鲁台寇边，杀兴利守将王焕，上亲征之，驾至鸡鸣山，阿鲁台闻之，夜遁。阿鲁台弑其主本雅失里，自称可汗，复寇边，上复亲征，至上庄堡，鞑靼王子也先土干率众来降，上遂班师。次年阿鲁台复寇大同，上命皇太子监国，复率众亲征。大学士杨荣、金幼孜从，师次清水源，阿鲁台远遁，上梦神人告曰："上帝好生。"如是者再，上遂班师。师次苍崖，上不豫，七月庚寅，师次榆柳川，上大渐，召张辅受遗命，传位皇太子。次日上崩，杨荣等秘不发丧，密奉大行皇帝讣至京师，皇太子遣皇太孙赴开平，迎梓宫，军中乃发丧。上文武全才，宽严并济，知人善任，谗间不行，用兵应变，机智如神，郡县灾伤，捐租赈谷，容受直言，保全功臣，外国受封者三十余国，亦盛矣哉！独于建文忠臣，男诛戮，女为娼，不能无遗恨焉。在位二十二年，寿六十五岁。

梓宫至京师，皇太子高炽即位，是为仁宗昭皇帝，改明年为弘熙元年，立妃张氏为后，任用蹇义、杨士奇、杨荣、夏原吉、金幼孜、黄淮、杨溥等，天下称治。赦建文时奸党，族属并放还家，发教坊者，并宥从良，给还田产。时有自南京来者，上问所过地方何如，对曰："淮、徐、山东，民多乏食，而有司征税方急。"上不令部议，召杨士奇草诏，悉免之，然后令户工二部知。上明于星象，忽夜见星变，召蹇义，士奇等语曰："天命尽矣！"乃叹息曰："监国二十年，为谗慝所构心之忧危，吾三人共知，赖皇考仁明，得蒙保全，吾去世后，谁复知吾三人心者。"言已，泫然。蹇义、士奇亦流涕。五月，上不豫，召蹇义、杨士奇、黄淮、杨荣至思善门，命书敕，驰召皇太子于南京，翌日上崩。上天禀纯明，至性孝友，从善改过，恭俭爱民，足称令主，在位一年，寿四十八岁。

时皇太子未至，群臣请郑、襄二王监国。乙巳六月，太子瞻基至自南京，遂即位，是为宣宗章皇帝，改明年为宣德元年，立妃胡氏为后。汉王高煦在乐安，未尝一日忘反，及上帝位，谋益决，招集亡命，复遣人密约英国公张辅等，俾为内应。辅即缚其人，白于上。高煦上书，指夏原吉等为奸佞，当诛之。上曰："高煦果反。"夜召辅臣入议，杨荣首劝上亲征，上有难色。夏原吉曰："兵贵神速。"杨荣言是，上意遂决。明日，谕百官亲征，即治兵，遂与蹇义、夏原吉、杨士奇、杨荣、杨溥发京师，命郑、襄二王留守。车驾至乐安，汉王大惧。上以书谕汉王，令执献首谋，归命朝廷，犹可保全。又以敕系矢射城中，令执献高煦，城中人多欲执献高煦。上驻跸乐安城北，发神机铳，声震如雷，城中股栗。高煦狼狈失据，遂潜出，顿首谢罪，上遂班师，系汉王父子以归。群臣遂欲并取赵王，独杨士奇以为不可。杨溥与士奇意合，上乃封群臣奏章，遣使付赵王，使自处。赵王大喜曰："吾生矣。"即献护卫，上表谢恩，言者始息。上至京，废汉王高煦为庶人，锁絷于大内逍遥城，上往观之，庶人出不意，伸一足，勾上仆地，左右急救起，上大怒，亟命力士舁铜缸覆之，缸重三百斤，庶人有力顶负缸起，乃积炭缸上如山，燃炭，逾时火炽铜熔，庶人死，诸子皆死。

安南黎利反，屡败官军。利请于朝，请复立陈氏后。上以疲毙中国，远征无益，遂许之，册封陈暠为安南国王，罢征南兵。后黎利篡陈暠而自立，遣使入贡，谢罪，求封，群臣请讨之，上亦不许，封黎利为安南国王。安南，即交趾国，自后朝贡不绝。

上欲立贵妃孙氏为后，乃以意导胡后，使以疾辞后位，因废胡后而立孙氏为后。胡后居别宫，上亦不废恩御。进膳如常仪，每燕会必命居孙后之右。上以秋高马肥，恐胡骑寇边，遂整士马，驻喜峰口以待之，守将奏报兀良哈率万骑寇边，上选铁骑三千，驰赴之，敌望见，以为戍边之兵，即悉众来战。上命分铁骑为两翼，夹击之，上亲射其前锋三人，殪之，两翼飞矢如雨，敌不能进。继而神机铳叠发，敌人马死者大半，余悉溃走。上以数百骑直前，敌望见黄龙旗，始知上亲征，悉下马罗拜请降，皆生缚之而归。

乙卯正月，上不豫，百官朝皇太子于文华殿，翌日上崩，在位十年，寿三十七岁。上天资英畅，敬礼大臣，勤恤民隐，慎于用人，严惩赃吏。或言臣下过失，密加详察，实则加罪，诬则重惩言者。张辅、夏原吉、蹇义、杨士奇、杨荣、杨溥、金幼孜、吕震、胡荣等，同心辅政，号称治平之世。及崩，太子年方九岁，内议颇有欲立长君之说。英国公张辅、杨士奇、杨荣等入临，哭罢，请见皇太子，即叩头呼万岁，浮议乃息。

太子祁镇即皇帝位，是为英宗睿皇帝，改明年为正统元年。太监王振，山西大同人，初侍上于东宫，及即位，遂命掌司礼监，宠信之，呼为先生而不名，振遂专权，大作威福。张太皇太后御便殿，召英国公张辅，大学士杨士奇、杨荣、杨溥，尚书胡荣等入内。上东立，太后顾谓上曰："此五人，先朝所简以贻皇帝，凡有行，必与之计。"命宣王振至，太后颜色顿异，欲诛之。上跪为之请，乃得解，二年六月，京师旱，时御巷小儿，为土龙祷雨，拜而歌曰："雨帝雨帝，城隍土地，雨若再来，还我土地，"成群呼噪，不知所起。未几，有监国即位之事，继有复辟之举，说者谓雨帝者，与弟也，城隍者，郕王也，再来还土地，谓复辟也，后悉如谣。太皇太后张氏崩，王振益无忌惮。侍讲刘球劾王振专权，下狱。振使小校入狱，断球头而去。王振忌大理少卿薛瑄，下之狱，将杀之，赖诸大臣救免，放归田里。适三杨俱卒，王振益横。福建民邓茂七反，僭称闽王，乌合至数十万，一时震动。其媳廖氏，尤妖淫善战。御史张楷讨斩茂七，宁阳侯陈懋，削平其余党。

十四年，北敌也先，遣使二千余人马进，报三千人。王振怒其诈，减去马价。北使回报，遂失和好，发兵寇边。荧惑入南斗，久不退舍。侍讲徐珵，苏州人，颇知天文，曰："祸不远矣！"丞命妻孥南归。妻孥重迁，有难色。珵怒曰："汝欲作鞑子妇耶？"北敌也先，大举入寇，大同兵失利，边塞城堡多陷没，声息甚急。王振不与大臣议，挟天子，帅师亲征，百官伏阙上章恳留，不从。七月十七日，驾行，命太监金英，辅郕王居守，文武大臣皆匆匆随行。官军及私属，共五十余万人，出居庸关，过怀来，至宣府，连日非风则雨，人情汹汹，声息愈急。边将井原等败报踵至，随驾文武，连上章留之。振怒，皆令掠阵，未至大同，兵士已乏粮，僵尸满路。至大同，振欲进兵，北行益急，迫成国公朱勇膝行听命。户部尚书王佐，竟日跪伏草间。惟钦天监正彭德清斥振曰："象纬示警，不可复前，若有疏虞，谁任其咎！"振怒曰："倘有此，亦天命也！"前军西宁侯朱瑛，武进伯朱冕，全军覆没，振始有回意，明日班师。大同副总御郭登，谓驾宜从紫荆关入，庶保无虞。振不听，师过鸡鸣山，敌追至。遣朱勇率兵五万御之，敌于山下，张两翼夹攻，杀之殆尽。兵部尚书邝野，请车驾疾驱入关，而严兵为殿。振怒曰："腐儒安知兵事？"次日，驾至土木，日尚未晡，去怀来城二十里，欲入保怀来。振辎重千余辆，在后未至，留待之，遂驻土木。敌见我营不行，伪退，遣使持书来通和。上召曹鼐草敕与和，遣二通事，与敌使偕往。振急传令，移营南行。既行，未三四里，敌四面追之，士争先奔走，行列大乱，敌骑跳阵而入，大呼解甲投刃者不杀，乃弃甲，相蹈藉而死，蔽野塞川。

上与亲兵，乘马突围，不得出。上下马，盘膝南面坐，有一敌将，索衣甲不与，欲加害，其兄来曰："此非凡人。"拥见也先之弟赛刊王。上问曰："子其也先乎？其伯颜帖木儿乎？赛刊王乎？大同王乎？"闻其语，大惊，见也先曰："部下获一人甚异，得非大明天子乎？"也先乃召曾使中国者二人视之，问是否，一人见，大惊曰："是也。"也先曰："我尝祝天，求大元一统，今乃落我手，将何以处之？"众皆欲杀之。伯颜帖木儿曰："不可，大明天子在云端里坐，不知天何故推下之。万众死伤之中，镞矢不沾，寸兵不染，吾知天意之有在也！我等尝受其赐，不如还之，令中国遣使来迎，一旦复登宝位，岂不有万世之美名乎？"众皆曰："者。"胡语云者，然辞也。于是也先以上送伯颜帖木儿营，令护视之。伯颜，也先弟也。上在位十四年而北巡，百官扈驾者，英国公张辅，尚书邝野、王佐，学士曹鼐、张益等，皆死之。护卫将军樊忠从帝旁，以所持锤，捶杀王振，遂突围，杀数十人而死。报至京师，朝野大震。皇太后遣使赍重宝文绮，载以八骑，皇后钱氏，尽括宫中物佐之，诣也先营，请还车驾，不报。群臣忿极，请族诛王振家，郕王旨未下，锦衣卫指挥马顺，叱各官起去。众曰："马顺，王振党也。"争前殴之，蹴踏抢裂，顷刻而毙。复索振所亲信长随，毛、王二人，亦殴杀之。众竞喧哗，班行杂乱，无复朝仪，都御史陈镒，奉郕王令旨，籍王振家，并脔振从子山于市，族属无少长，皆斩之，众乃定。掘家在京城，内外凡数处，重堂邃阁，拟于宸居，器服绮丽，上方不逮，玉盘径尺者十面，珊瑚树高六七尺，金银六十余库，币帛珠宝无算。皇太后以于谦为兵部尚书。也先拥帝至大同，索金币，约赂至即归帝。广宁伯刘安等，括公私金银共万余两，出迎驾，既献，敌复拥上去。都督郭登谋夺驾，不果，上出塞，始入也先营。也先初欲害上，会雷震死也先所乘青骟马而止，继又使人雪夜行刺，见一大蟒蛇，绕护帐外，大怖而去，于是益加礼焉。袁彬与哈铭及卫沙、狐狸三人侍左右，供薪水，劳苦备至。

皇太后传旨，皇太子幼冲，未能践祚，郕王年长，宜早正大位，以安国家。于是文武百官，交章劝进，遂择日行礼。乙巳九月，郕王祁钰即皇帝位，是为景皇帝，遥尊上为太上皇，诏赦天下，以明年为景泰元年，尊皇太后孙氏曰上圣皇太后，生母吴氏曰皇太后，立妃汪氏为皇后。也先复遣使致书，辞语悖慢。兵部尚书于谦见上泣言曰："寇贼不道，劳将长驱深入，宜急遣官，分设召募，朝夕训练，以补前死亡之数。其通州霸上仓粮，宜急令百官，关支为月粮，以免寇据之而久留。"上嘉纳之。初杨洪、石亨守宣府，坐不救乘舆，诏系狱，至是以于谦言，赦出之。命洪仍守宣府，石亨总京师兵马，立功赎罪。太监喜宁故鞑靼也，土木之败，降于也先，尽以中国虚实告之，为彼向导，奉上皇入寇。七日至大同城下，郭登曰："赖天地祖宗之灵，国有君矣！"也先知有备，不攻去。九日至广昌，破紫荆关，朝野汹汹。侍讲徐珵方有时名，太监金英，召珵问计，珵曰："验之星象，天命已去，请幸南京。"英叱之，令人扶出。明日，于谦抗疏言京师天下根本，宗庙社稷陵寝，百官万姓，帑藏仓储咸在，若一动，则大事尽去，宋南渡之事可鉴也，徐珵妄言当斩。金英宣言于众曰："死则君臣同死，有以迁都为言者，斩之。"乃出榜告谕，固守之议始决。于谦闻寇追关，思各处刍粟以数万计，恐为敌资，乃为清野计，急遣使焚之，然后奏闻。也先长驱至京城西北关外，于谦躬擐甲胄，身先士卒，出营德胜门，泣以忠义谕三军，人人感奋，勇往百倍。既而宣府杨洪援兵至，军声大振。时诸军：

十二万列城下，寇见大军盛而严，不敢轻犯。石亨出安定门，与其从子彪，持巨斧，突入敌中坚，所向披靡，敌却而西，亨追战城西，敌复却而南，神机营都督范广，以飞枪火箭击之，杀伤甚众。于谦使谍，谍知上皇移驾远，命石亨等，夜举大炮击其营，死者万人。也先以上皇北遁，脱脱不花闻之，遂不敢入关，亦遁。京师解严，杨洪等班师还京，封洪昌平侯，石亨武清侯，加于谦少保，总督军务。

也先挟上皇北去，至小黄河苏武庙，伯颜帖木儿妻阿挞剌阿哈剌，令侍女设帐迎驾，宰羊，递杯进膳。寻值圣节，也先上寿，进蟒衣貂裘，筵宴。哈铭、袁彬常宿御寝旁，无寒甚，每夜上皇令彬以两胁温足，上皇使哈铭致意伯颜妻，令劝伯颜送还朝。铭时时慰上皇勿忧，或成疾，喜宁教也先扰边，且不欲送上皇还，上皇深恶之。宁又忌袁彬，诱彬出营，将杀之，上皇急救之，乃免。彬与上皇谋诛宁，乃遣宁传命入京，令军士高磐与俱，密书系磐髀间，令至宣府，与总兵等官计擒之。宁至宣府，参将杨俊出与宁饮城下，磐抱宁大呼，出髀间书，俊遂缚宁送京师，诛之。也先闻宁诛，与赛刊五等，分道入寇。大同参将许贡，请遣使与瓦剌修好，兵部尚书于谦，言于理于势，必不可和，上是之，于是边将人人言战守，也先不得挟上皇为重质，始谋归上皇矣。

也先遣其参政完者脱欢等，赍书来请和。诏以礼科给事中李实，为礼部右侍郎，充正使，罗绮为大理寺少卿，充副使，赍玺书报之。书中止言息兵讲和，不及迎复上皇意。实等至也先营，既见也先，读玺书毕，乃引见上皇，上皇居伯颜帖木儿营，所居毡毳帐服，食饮皆膻酪，牛车一乘，为移营之具，左右惟袁彬、哈铭。实等见上皇泣，上皇亦泣，上皇曰："朕非为游畋而出，所以陷此者，王振也。"因问太后、皇上、皇后俱无恙，又问二三大臣。上皇曰："也先欲归我，卿归报朝廷，善图之。"日暮，实等归宿也先营，酌酒相待，实等言欲奉迎上皇意，也先曰："南朝遣汝通问，非奉迎也，若归，急遣大臣来。"实等遂辞归。实等未至京，会瓦剌复遣使议和，朝廷复遣右都御史杨善，中书舍人赵荣报之。道遇实，实告以故。善曰："得之矣，即敕书所无，可权以集事也。"善等至也先营，也先甚喜，善因力请上皇还京，反复数千言，也先悦服。平章昂克问善欲迎复，来何操？善言若操贿而来，后人皆以尔为贪贿，今无操而归上皇，书之史册，后世皆称仰。也先然其言。明日，也先设宴饯上皇，妻妾以次起为寿，又明日，宴使臣。又明日，伯颜帖木儿设宴饯上皇。又明日，亦宴使臣。又明日，上皇驾行，也先率众头目罗拜而别。伯颜送至野狐岭，恸哭良久，始别去，仍命其部将，率五百骑，护送至京。八月，上皇入塞，礼部议迎复仪注未定。上皇先遣使，诏谕避位，免群臣迎。百官迎上皇于安定门，上皇自东安门入，上迎拜，上皇答拜，各述授受意，逊让良久，乃送上皇至南宫，群臣就见而退，大赦天下。二年正月，百官请朝上皇，不许。命靖远伯王骥，守备南宫，北敌来和，请以所掠男女易米，每一人，易米一石。广州盗黄萧养，眇一目，有智数，在狱中，所卧竹床忽生竹，众以为瑞，惊附之，因越狱造反，屡败官军，据广州称王。凡数月，都督董兴等讨平之。废英宗太子见深为沂王，立己子见济为皇太子。群臣请朝上皇，不许。废皇后汪氏，立妃杭氏为皇后。后太子生母也。未几，皇太子见济卒。南京大理寺少卿廖庄上疏，请上时朝上皇，笃亲亲之恩。御史钟同，礼部仪制司郎中章纶，俱请上朝上皇，复太子。皆下狱。御史高平言南宫南城多树，事叵测，遂尽伐之。时盛暑，上皇常倚树憩息，及树伐，得其故，大惧。少保于谦，以疾在告。上遣太监兴安，与舒良视之，见谦自奉甚俭，相与叹息，因以闻。上为计所资用，一切上方给之。

天顺元年正月，景帝不豫，以储位未定，中外忧惧。兵部尚书于谦，日与廷臣疏请立太子，石亨知景帝疾必不起，念请复立东宫，不如请太上皇复位，可得功赏，遂与都督张軏，太监曹吉祥，以南城复辟谋，叩之太常卿许彬，彬请谋之徐元玉。元玉，徐有贞字，徐有贞即徐珵改名者也。亨、軏于十四日夜，会有贞宅，有贞曰："如公所谋，南城亦知之乎？"亨、軏曰："一日前，已密达之。"有贞曰："俟得报乃可！"亨、軏去。至十六日暮，复会有贞曰："得报矣，计将安出？"有贞乃升屋，览步乾象，亟下曰："事在今夕，不可失！"会有边吏告警，言北敌欲寇京师。徐有贞、石亨、张軏、张輗与王骥、杨善、陈汝言等，借此以备非常为名，阴结中官曹吉祥、蒋冕等，通信于孙太后，收诸门钥。夜四鼓，开长安门，纳兵千人，宿卫士皆惊愕，不知所为。石亨等率众薄南宫，毁垣坏门而入，共掖上皇登舆以行。入大内，门者呵止之。上皇曰："吾太上皇也！"门者不敢御，遂升奉天殿，登御座，鸣钟鼓，启诸门。是日，百官入，候景帝视朝，议立太子。有贞号于众曰："上皇复辟矣！"趋入贺，百官震骇，乃就班贺。景帝闻钟鼓声，大惊，闻知为太上皇，连声曰："好，好！"明日，上皇临朝，诏改景泰八年，为天顺元年，下少保于谦、王文于狱。上以于谦有功，未忍杀，而石亨、徐有贞与谦有隙，必欲杀之，遂与王文、范广及太监舒良、王诚、张玉、王勤同斩于市，妻子戍边。论迎复功，封石亨、张軏、张輗、杨善等为公侯伯，论随驾功，擢哈铭、袁彬，并为锦衣卫指挥佥事。复廖庄，钟同等官，各荫一子入太学。废景帝仍为郕王，皇后为王妃，迁居西内，寻薨，在位七年，葬以亲王礼。景帝知人善任，外倚于谦，内信兴安，不动声色，使社稷危而复安，可谓英主。特处天性之间未尽善，致起奸臣之衅，惜哉！复立故太子见深为皇太子，曹吉祥，石亨憾徐有贞，谪之云南。有贞去，而曹、石益横矣！后曹、石败，放还。上颇知石亨等骄恣，屏人语大学士李贤，贤对曰："权不可下移，惟独断乃可！"上语及夺门功，贤曰："景帝不起，群臣自当表请陛下复位，何用夺门。此辈特藉陛下图富贵耳！假使当日事泄，此辈固不足惜，不审置陛下于何地！"上大悟，浸疏之。于是忠国公石亨，遂与定远侯石彪同谋反，事觉，下狱死，党余皆伏诛。太监曹吉祥与从子昭武伯曹钦谋反，事泄，上执吉祥于内。钦与王师大战于东华门，大败，钦投井死。磔吉祥于市，同谋者尽死，籍其家。

时有河套空地三千里，无人守御，忽为北敌所据，遂为中国大患。上不豫，既而大渐。复辟后，又八年崩，前后共在位二十二年，寿三十八岁。上初宠王振，后宠曹、石，政治固不足称，其晚年，任用李贤，听言纳谏，仁俭爱民，美善颇多。

太子见深即位，是为宪宗纯皇帝，改明年为成化元年。上钱后号曰慈懿皇太后，尊生母周贵妃为皇太后。钱后无子，性孝谨，不妒忌。英宗北狩，后夜哀吁拜天，倦则卧地，因损一股，哭泣太多，复损一目。倾宫中所有，以为迎驾费。复辟后，待景皇后，犹尽礼焉。立妃吴氏为后，寻废之，而立王氏为后。后纪妃生皇太子祐樘，废后吴氏抱护惟谨，乃得免万贵妃之难。再后万贵妃子祐极薨，乃立祐樘为太子。纪妃暴卒。诏复于谦官，遣使往祭其墓，以其子冕为世袭千户。谦婿朱骥等，各给还家产。

荆襄民刘千斤作乱，众至四五万，命抚宁伯朱永等讨平之。又陕西固原土官满四，据石城反，右副都御史项忠讨平之。又襄阳李胡子作乱，亦命项忠讨平之。上之初年，任用李贤，彭时、商辂等，天下称治，继宠万贵妃，贵妃认万安为兄弟，遂以安入阁办事，黜陟任意。又置西厂，命太监汪直提督刺外事，直遂罗织生事。直仗提督陈钺，威宁伯王越为羽翼，于附己者用之，于异己者倾之，权势震赫，天下畏之。又直欲立功于外，妄开边衅。上命直掌十二团营。

时有中官阿丑者，善诙谐，每于上前作院本，颇有东方朔谲谏之风。一日丑作醉人酗酒，一人佯曰："某官至。"佯骂如故，又曰："驾至。"酗亦如故。曰："汪太监来矣。"醉者即惊迫帖然。旁一人曰："天子驾至不惧，而惧汪太监何也？"曰："吾惟知有汪太监，不知有天子也！"至是直宠渐衰。时王越、陈钺媚直，结为死党。丑一日复作直持双斧，趋跄而行。或问故，答曰："吾用兵，惟仗此两钺耳！"或问两钺何名，曰："王越、陈钺。"上微哂焉。于是御史徐镛等，劾直欺罔弄权，擅开边衅。上纳其言，遂逐直并其党，窜斥皆尽，内外莫不快之。

上以房中术，宠妖僧继晓，赐美姝十余，金宝不可胜记。刑部员外林俊直谏，上大怒，下之狱。经历张黻论救，并逮赴狱，各杖数十，欲杀之。时有太监怀恩，每以忠直事上，叩头诤曰："自古未有杀谏官者，臣不敢奉诏。"上怒，用御砚掷之，俊狱乃得解。上又以符水小术，宠江西人李孜省，擢为礼部侍郎，掌通政司事。主事张吉，舍人丁玑等疏谏，俱被谪。时又有东宫内监覃吉，每事以正道辅太子。曰："吾老矣，安望富贵？但得天下有贤主足矣。"上英明仁恕，天下无事，惜宠用奸邪，不无少病焉。在位二十三年，寿四十岁而崩。

太子祐樘即位，是为孝宗敬皇帝，改明年为宏治元年，尊太后曰太皇太后，皇后曰太后，立妃张氏为后，后追尊生母纪氏为太后，以报育功，奉废后吴氏以太后礼。李孜省、僧继晓伏诛。上于宫中得一小箧，皆房中术也。悉署曰："臣安进。"上遣内侍怀恩持至阁下，示万安曰："是岂大臣所为乎？"安惭愧流汗，不能出一语。恩摘其所悬牙牌曰："请出矣。"安始惶悚归第。京师西直门有熊入城，兵部尚书马文升等请备非常。兵部郎中何孟春曰："熊于字为能火。宜慎火灾。"已而禁中礼部俱大火，果如其言。上敬谨英明，仁慈恭俭，节欲爱民，礼贤纳谏。即位之初，徐溥、刘健入内阁，王恕入吏部，自是众贤并进。李东阳、谢迁、邱浚、马文升、刘大夏、戴珊、王镦、杨廷和、林俊、杨一清等诸君子，相继并进，翼赞皇猷，内外安宁，几致刑措。升遐之日，远近悲哀，呜呼盛哉！上不豫，召刘健、李东阳、谢迁等入受顾命。健等叩头御榻下，上曰："张皇后生东宫，年十五岁矣，性虽聪明，好逸乐，先生们须勤请他读些书，辅他做个好人。"健等叩头曰："臣等敢不尽力。"五月上崩，在位十八年，寿三十六岁。

太子厚照即位，是为武宗毅皇帝，改明年为正德元年。尊太后曰太皇太后，皇后曰太后，立妃夏氏为皇后。命刘瑾掌司礼监，兼提督团营。瑾陕西兴平人，本姓淡，景泰中，自宫入刘太监名下，因其姓。上在东宫时，瑾以俳优戏弄，为上所悦。及上即位，瑾朝夕与其党八人，为狗马鹰犬，歌舞角戏，以娱上。上狎焉，与之游戏无度。大学士刘健、谢迁、李东阳等上疏切谏，勿听。户部尚书韩文，合九卿诸大臣，具疏谏。太监王岳，亦东宫旧臣，素刚直，与太监范亨、徐智等，欲助外廷去谨等。刘谨知之，诉于上，逐之南京，使人杀之于途。于是刘健、刘大夏、谢迁各上疏致仕去，罢韩文官，下谏臣吴翀、刘玉、吕翀、戴铣、薄彦徽等于狱，斥为民。兵部主事王守仁直谏，杖五十，谪为贵州龙场驿丞。刘瑾多构杂戏男女声色以娱上，候上娱，则多上外廷章奏，请省决。上曰："吾安用尔为？乃一一烦朕。"瑾由是自专决。刘瑾矫诏，榜奸党刘健、谢迁、韩文、李梦阳、王守仁等五十五人于朝堂，追夺刘健、谢迁、马文升、刘大夏、韩文、许进等六百七十五人诰敕，并黜为民，充军。

五年二月，陕西宗室安化王寘镭反。起都御史杨一清，命太监张永同督兵讨之，八月寘镭就擒。杨一清因密说张永，请上诛刘瑾，且教以上请之术。曰："公班师入京，请上间语宁夏事，上必就问公，公于此时即上真镭伪檄，并述渠乱政，谋为不轨状。上英武，必悟，但须得请即行，若少缓机泄，则祸不旋踵。"永攘臂许之。及还献俘，上迎之于东华门，赐宴。比夜，瑾先退。永出怀中疏，言瑾激变宁夏，及谋为不轨状。永党张雄、张锐亦助之。上悟，允其奏。当夜，即命禁兵逮瑾。时漏下三鼓，瑾方熟寝，禁兵排闼入，瑾披衣起，趋出户，被执，就狱。明日降诏，闲住之于凤阳。初无意杀之也，及籍其家，得金二十四万锭，又五万七千八百余两；元宝五百万锭，又一百五十八万三千六百余两；宝石二斗；又金甲、玉带、蟒衣、衮袍、盔甲弓弩等项甚多。上大怒，曰："瑾果反矣！"命凌迟之。亲属皆论斩，张彩死狱中，罢大学士刘宇、曹元、焦芳等，并削籍为民，天下快之。

初霸州文安县大盗张茂家，有重楼复壁，多为深窖，响马盗刘六、刘七、齐彦名，杨虎等皆附之。茂以贿交结内监，尝进豹房，观上蹴鞠，郡县无可如何！至是御史宁果掩捕茂，折其股。刘六、刘七等势穷，劫取已擒盗党齐彦名等反。一时穷民响应，众至数千，劫掠霸州文安县。文安县生员赵风子者，名鐩，有勇力，好任侠。刘六等攻掠文安县，鐩避贼，立水中。会盗数人，劫淫其妻于岸上。鐩大怒，夺刀杀伤二贼，为贼党所擒，遂与弟赵镭、赵镐俱降贼，招致党与，贼势益炽，劫掠畿内州县，拥众北向，京师戒严。既而流贼赵风子、刘六等，分寇河南、山东州县，攻徐州，掠淮西，官军屡败。乃命太监谷大用总督军务，调宣府大同边兵讨贼。大同游击江彬宣府人，骁勇狡险，从征流贼，惟杀掠良民以邀赏。刘六等乘船劫掠，往来江上，至通州狼山，遇飓风，舟尽覆，贼尽死，悉为官兵所擒杀。班师还京，彬赂太监钱宁，引入豹房，得见上。彬机警，善迎人主意，上喜，留侍左右，升左都督。冒国姓为义儿，诱上为微行。上狎虎，为虎所伤，卧病者累月。江彬言宣府之乐，诱上出居庸关，至宣府。彬为上营镇国府第于宣府，辇豹房珍玩女御其中，时时夜出，见高门大户，即驰入，宣淫其妇女。彬益索民间美妇进之，上乐而忘归，号宣府曰家里。上还京，复议北巡，乃自称威武大将军太师镇国公朱寿巡边。命内阁杨廷和、梁储等草敕，储等言君不可以臣名，不肯草，上遂自称之，以行幸宣府，至大同，抵榆林而还。上以南方多美妇，复下制南巡。

初宁王宸濠，既纳贿，得复护卫屯田，时时欲反，廷臣忧之。乃起王守仁为佥都御史，巡抚南、赣、汀、漳等处。守仁请提督军务，许之。至是南巡制下，人情汹汹。会御史萧淮，劾奏宁王不法事，宁王宸濠，遂与所厚乡宦李士实，举人刘养正，举兵反。娄妃泣谏，固止之，勿听。遂以计杀守宦孙燧，许逵等，取有南昌。复遣贼首闵念四、吴十三等，夺舟顺流，攻南康、九江，皆陷之。宸濠自率兵攻安庆，知府张文锦等率众死守。提督南赣军务都御史王守仁，与吉安知府伍文定等，起兵讨贼，径袭南昌，宸濠解安庆围还救，至鄱阳湖，守仁督兵与战，贼众大败，宸濠就擒，槛车北上，娄妃赴水死。宸濠曰："昔纣用妇言而亡，我今不用妇言而亡，悔之何及！"时守仁捷音犹未至京师，上欲南游，遂下诏亲征，出师驻良乡。守仁捷音方至，上令退回，待至南京，另奏。梁储、蒋冕力请回銮，勿听。王守仁发南昌，将献俘阙下。内监张忠、朱泰等，谓当纵之鄱阳，俟上亲与决战，然后奏凯论功，守仁勿听。乘夜过玉山，张永已候于杭州，永谓守仁曰："吾之此出，为群小在侧，欲调护左右，以默辅圣躬，非为掩功来也！但皇上顺其意而行，犹可挽回万一，不然，徒激群小之怒，无益也。"守仁信其无他，乃以濠付之，张忠、朱泰屡矫伪命，召守仁，守仁不赴，乃谗于上曰："王守仁必反，试召之，必不来。"张永闻之，密遣人急报守仁。上召之，立至。永复调护之，上曰："王守仁道学人也。"仍命还江西。上驻跸南京，既久，复有游苏、杭，泛江、浙，入绍兴，溯湖、湘，登武当之意。杨廷和、毛纪题请回銮，梁储、蒋冕等泣请回銮，坚跪不起。上不已从之。张永令王守仁重上捷音，宸濠及逆党皆伏诛。其后嘉靖元年，追录平濠功，封王守仁为新建伯。十六年正月，上还京师。初江彬进淫药，上服之，日淫妇女以十数。三月，上不豫，未几大渐，遂崩于豹房。在位十六年，寿三十一岁。太监陈敬、苏进奔告慈寿皇太后，乃移殡于大内。太后下懿旨，磔江彬于市，藉其家，得黄金七十匮，每匮一千五百两；银二千二百匮；其余珠玉首饰宝玩不可胜记。

是日太后召杨廷和等议，传遗旨，立兴献王长子厚熜为嗣。夏四月，孝宗从弟兴献王祐杬之子厚熜至京师，即皇帝位，是为世宗肃皇帝。诏以明年为嘉靖元年，命礼部会议崇祀兴献王典礼。杨廷和等，请以孝宗为考，兴献王及妃为皇叔父母，而令益王子崇仁为兴献王后。上曰："父母可互易若是耶？其再议。"上必欲考兴献王，而以孝宗为皇伯父。观政进士张璁，南京主事桂萼，俱阿上意，上大礼疏，上大是之，骤升为学士。大学士杨廷和、蒋冕等，力争不得，遂致仕去。毛纪、石瑶、丰熙、马理等，力谏，勿听。于是何孟春、王元正、杨慎等，二百二十余人，俱跪伏左顺门，大呼高皇帝，孝宗皇帝，声彻于内。上使司礼太监谕退，不从。杨慎、王元正乃撼奉天门大哭，群臣皆哭，声震阙廷。上大怒，命录为首者戍边，四品以上夺俸，五品以下杖谪。于是大礼议定，以孝宗为皇伯考，慈圣太后曰皇伯母，追封兴献王为恭穆献皇帝，称皇考，现封母蒋氏为章圣太后，祖母宪宗贵妃邵氏为寿安皇太后，立妃陈氏为皇后。七年崩，立妃张氏为后，又废张后，而立德妃方氏为后。上尝幸曹妃宫，既寐，宫婢杨金英等谋弑上，以组系上颈。有宫婢张金莲者，驰告太后，后驰救，得免，并杀曹妃，上尝冤之。

田州土官岑猛反，两广总督姚镆讨诛之，已而猛党卢苏、王受复叛，上命王守仁为两广总督讨平之。上之初年，用张敬孚、桂萼等，邪媚弄权。敬孚即张璁改名也。及以夏言为大学士，忠诚为国。未几，罢夏言，以严嵩为大学士，窃弄权威，内外官员，有所建白，必先白嵩，嵩许诺，然后奏闻。于是副封苞苴，辐辏其户，御史叶经劾嵩，嵩激上杀之。嵩子世蕃，复专权纳贿，上微闻之，复起用夏言，位在嵩上，嵩甚恨之。会都御史曾铣夜捣北敌巢，胜之，铣因议复河套，夏言主之。适北敌入冠，大掠，仇鸾讦铣开衅，严嵩论曾铣开边启衅，夏言和同附会，法司会议，铣以失陷城池律，夏言以交通律，俱论斩，妻子流三千里，天下冤之。仇鸾重赂严世蕃，得为宣大总兵，北敌俺答入犯宣府，由蓟州入古北口，转掠怀柔、顺义，遂逼通州，复自北河东渡，直薄京师，大掠金帛子女而还。仇鸾诈称败敌，驱之出境，委罪于兵部尚书丁汝夔而杀之。越二年，俺答复寇大同及蓟州，徐阶奏鸾通敌误国，全家斩于市，籍没其家。

倭寇浙江，倭即日本国，其所统有五畿，七道，三岛，为郡五百七十有三，皆依水附屿而居，名虽为郡，实不过中国一村镇而已。鄞人宋素卿初奔日本，教之寇掠中国。时有徽人汪直，以事亡命走海上，倭爱服之。倭勇而戆，不甚别生死，每战，辄赤体，提三尺刀，舞而前，善以少击众，无能捍者。其魁则皆浙闽人，奸淫掳掠，裸妇女而饮酒，百姓大受其害。工部侍郎赵文华，请祷海神，以杀贼，遂遣如浙，陵轹官吏，搜括财物，公私苦之。总督张经，大败倭寇于嘉兴，杀获几尽。赵文华以其不附已，反先奏劾其玩寇殃民而杀之。倭寇掠浙江，江西、闽广、山东无已时，后赖总兵戚继光、俞大猷等，力战，尽歼之于福建之平海卫，倭寇乃平。

时大学士严嵩与子太常卿后为工部侍郎世蕃仆严年，客罗龙文、牛信，及门下赵文华、鄢懋卿、万寀等，招权纳贿，中伤善类，颠倒是非。厉汝进、徐学诗、王宗茂、杨继盛、沈炼、吴时来、张翀、董传策等，前后上疏，极言其奸，或谪、或死、或戍，于是搢绅皆畏嵩，不敢言。阁臣吕本亦附之，专权者二十余年，上颇疑之，渐近徐阶。御史邹应龙疏劾严世蕃，交通贿赂诸不法事，及严嵩植党蔽贤，溺爱恶子，上览之心动，命严嵩致仕，而下世蕃于狱，以鄢懋卿等属法司，惟赵文华前以忤嵩去职，不在其内。严世蕃坐赃戍雷州，及其爪牙罗龙文，严年等，俱远戍，世蕃等俱不至戍所，竟归家，鸠工大治宫室。推官郭谏臣以公事过嵩里，具揭于御史林润。润上疏言，臣巡视上江，备访江洋盗贼，多入逃军罗龙文家，龙文卜筑深山，乘轩衣蟒，阴有不臣之心，推严世蕃为主，近者假治第为名聚众至四千人，道路汹汹，咸谓变且不测。疏上，即命林润逮捕，润捕严世蕃、罗龙文等至京，下法司讯状。徐阶略问，不待其服，即具疏以闻，言事已勘实，其交通倭寇，潜谋叛逆，具有显证，乞正典刑。上从之，命斩世蕃、龙文于市，籍其家，金银珍宝充斥，几于天府埒。万寀、鄢懋卿并充军，严嵩寄食人家而死，上自即位以来，好道术，会宫中黑眚见，方士陶仲文治之有验，上尊宠之，累官至礼部尚书，封恭诚伯。及仲文死，复宠用方士王金、陶仿、刘文彬、申世文、高守中、陶世恩等，晚年斋居西苑，专意玄修，然不废政事，批决无停晷，故不至废弛。又好言祥瑞，恶闻死亡字。户部主事海瑞，罗上过失，上疏极谏。上大怒，命逮系瑞于镇抚狱。上以服方士药，渐渐火发，十二月疾甚，自西苑还乾清宫，遂崩。上英明苛察，严以驭吏，宽以治民，足称令主，然用严嵩，杀忠谏，好道教，宠方士，不无少损焉。在位四十五年，寿六十岁。

大学士徐阶等宣遗诏，请上第三子裕王载垕即位，是为穆宗庄皇帝，改元隆庆，立妃陈氏为皇后。追录先朝忠谏诸臣，杨继盛、沈炼等，并复职，赠荫谕祭，复海瑞官，追赠王守仁为新建侯，谥文成，诸方士伏诛。以张居正为大学士，徐阶致仕，以高拱为内阁大学士。北敌俺答孙把汉那吉者，酋妇所钟爱也。因小忿，率其仆阿力哥等来降。总督王崇古纳之。边吏大哗，以为不可。崇古不听，以闻于朝。廷臣喧然，以为不可。

御史叶梦熊争之尤力，上曰："慕义来降，宜加奖励。"其以把汉那吉为指挥使，阿力哥为五千户，各赐衣一袭。俺答妻恐中国杀其孙，日夜怨俺答，俺答亦自悔，遂拥众十万压境。崇古令人谕以国恩，且邀其缚叛人示信。俺答夫妇感且愧曰："汉乃肯全吾孙，吾且齿臂盟，世世服属，何有于叛人？"遂定盟。通贡市马，执赵全等来献。崇古遣那吉归，诏封俺答为顺义王，以功进王崇古兵部尚书，世袭锦衣千户。五月上不豫，既而大渐，召阁臣高拱、张居正、高仪至乾清宫受顾命。翌日上崩，在位六年，寿三十六岁。上宽仁大度，勤俭爱民，留心边事，处置咸宜。足称令主。及崩，太子翊钧即位，年方十岁，是为神宗显皇帝，以明年为万历元年。

时太监冯保，方居中用事，张居正乃结保以自固。首相高拱谋遣冯保，反为冯保所逐。未几，高仪亦病卒，而居正裒然首辅矣。上早朝，出乾清宫，见一无须男子伪作宦者状，袖有佩刀，趋走惶遽，左右执之。冯保立鞫之，对曰："我是南兵，召王大臣，自总兵戚继光所来。"张居正因密语冯保曰："可借是以除高氏。"因教之言，高相君怨望，使来行刺，愿先首免罪。群臣俱忿忿不平。及会审，风霾、大晦、雨雹，杂治王大臣，王大臣不能堪。冯保问曰："谁主使者？"大臣曰："尔教我言，高相公主使。"冯保惧，遂罢审。已而王大臣中毒哑，不能言，遂处斩。自是居正威望日重矣。居正虽内结冯保以自固，然性沈沉，多智数，亦不甚贪财，而能辅上以正，请帝日御经筵，又进帝鉴图说，进讲章，进宝训日录等类，以辅成君德。又信赏必罚，知人善任，赈饥荒，损积逋，动合机宜，灭岭东贼蓝一清。又两浙兵民乱，命张佳允视师两浙，遂不动声色，而乱平。于治河，则用潘季驯；于治兵，则用李成梁、戚继光等，天下大治。而刘台等犹劾其专权。张居正以父丧去位，帝手诏慰留之。吴中行、赵用贤、艾穆、沈思孝、邹元标等，交章劾居正忘亲贪位。居正大怒，上俱杖谪之。居正在丧次，凡阁中事，令吏赍奏，就拟处分。手诏称元辅、称太师、称先生，慰谕甚至。六年五月，帝始冠。三月，立妃王氏为后。十年六月，大学士张居正卒，上震悼辍朝，遣司礼太监张诚，监护丧事，赐赙甚厚。两宫太后，及中宫，俱赐金币。赐祭十六坛，赠上柱国，谥文忠。

未几，废司礼监冯保，南京闲住。冯保每裁抑中贵，毋与朝政，内侍多怨之，又每辅上以正，上亦恨之，故坐贬，时潞王婚礼，所需珠宝未备，太后以为言。上曰："办此不难，年来廷臣无耻，尽献张、冯二家耳。"于是御史羊可立，追论居正罪恶。一时攻之者，锐气不可解。诏夺张居正封诰赠谥，籍没其家，家财不甚丰，株连颇多，荆州骚动。其长子敬修不胜刑，自缢死。其弟张居易，次子张嗣修及张顺、张书等，俱发烟瘴地面充军。刑部尚书潘季驯上言，"居正家产，奉旨抄没，国法已正，众愤已平，但其八旬老母，衣食不周，子孙相继死亡，殊失罪人不孥之意。"上恻然，乃诏有司保全之。自是大臣无敢实心任事者矣。以申时行，王锡爵入阁办事，天下亦治。及张位秉政，奸人史锦、王君锡等请开矿。二十四年冬，张位以为天地自然之利，可益国，无病民，采之便，于是遣太监张忠往山西，曹金往两浙，赵钦往陕西，鲁坤往河南，一时各遣内官四出开矿。编富民为矿头，而矿实无银，勒民间纳银以代税，违者即破其家。遣内监采木于川、贵、湖、广间。又遣内监开皇店于各处。又命内监采珠于广州，兼征市舶。又设福建市舶。又命采云南大理石。诸内监各处肆虐，民不堪命。临清民变，殴税使马堂几死。税监陈奉勒居民黄金，拷及妇人，并拘钟祥知县邹尧弼，远近大震。武昌民变，逐陈奉，奉匿楚府中，众执奉左右六人，投之江。有旨降知府知县为民。太监孙隆采税浙江，驻苏州，激变市人，饥民倡义，杀其委官七人。抚按诘乱民，有葛成者，独引服，不及其余，下狱论死。云南矿务太监杨荣，恣行威福，杖毙数千人，榜掠指挥樊高明等，指挥贺世勋、韩光大倡众杀荣，焚其署，徒众辎重，皆为灰烬。事闻，上怒不食。曰："荣不足惜，何纪纲顿废至此？"于是世勋下狱死，光大戍边。御史况上进、王立贤，给事中杨应文、包见捷、田大益，刑部侍郎吕坤，礼部侍郎冯琦、郭正域，户部尚书赵世卿，辅臣朱赓，皆上章极言矿使之为害，勿听。凤阳巡抚李三才上疏，言矿税繁兴，万民失业，千里之区，中使四布，加以无赖亡命，附翼虎狼，沿途掘坟，得财方止，奸淫子女，侮官虐民，圣心安乎，不安乎，试观朝廷有如此政令，天下有如此景象，而不乱者哉！不报。

历来朝鲜国，即高丽国，与辽东接壤，舆地六千里，饶庶有华风。国王李昖，湎与酒。而倭酋关白平秀吉起人奴，篡立。以枭雄据六十六州。倭酋，即日本。关白，犹华言宰相也。平秀吉闻朝鲜弛备，遂攻陷之，李昖奔辽东求救。上以其修贡谨，遣总兵祖承训率兵渡鸭绿江援之。攻平壤，失利。上复遣宋应昌为经略，李如松为大将，援之，遂败倭酋于平壤，而明师精锐亦多丧。会倭酋遣使请朝贡，于是群议急图休息，遂撤兵还。朝廷以李宗城充正使，杨方亨为副使，封日本平秀吉为王。宗城经行之处，在在索赂。次对马岛，太守义智饰美女，更番纳行幄中，宗城安之。宗城闻义智妻美，必欲淫之。义智大怒，诳其左右曰："倭将有变。"宗城惧，遂弃玺书逃回。事闻，下宗城于狱。乃改杨方亨为正使，沈惟敬为副使。倭酋复攻陷朝鲜，上复命邢玠为经略，杨镐为经理，以麻贵、刘綎为将军，讨之。凡三年，平秀吉死，倭酋陆续遁归。麻贵、刘綎等，分道进兵，追击，破之，擒平秀政、平正成等。二十六年，南海遂平。

二十七年，四川播州宣慰使杨应龙，即北宋杨业后也。置关据险，劫掠州县。令诸苗对父奸女，面夫淫妻。或令妇女裸体高卧，用团头箭，射中其阴以为乐。或烧蛇入妇女阴中，使之号叫踊跳，以至人蛇俱毙。蜀臣奏闻，上命将军刘綎等发兵讨之，刘綎誓将士，分道并进。应龙子杨朝栋，率苗兵数万迎敌，官军夹攻，大败之，退守关险。刘綎从间道，攀援直入娄山关，营火烛天，应龙大惧，遂同二爱妾，阖室缢死，擒其妻子，献俘阙下，遂以其地为遵义、平越二府。

时有姚安知府李贽，寄居麻城，谓大道不分男女，作观音问，引诱士人妻女归教，用邪术掩人耳目。诡言入房中传道，白日行淫。诏逮系狱，贽自经死。又有凤阳人刘天叙，与其党，抬一小佛像，历乡村募化。妄言有法术，能指天天开，画地地陷，且能知人生三世事。引诱愚人妇女为徒，择美少妇女，声言传道，即携去行淫。聚徒万余人，遂谋反。将据城僭号，有司捕擒之。诏为首者磔，为从者斩。

初申时行为相，性宽平，所斥必旋加拔擢。自是沈一贯为相，以才自许，不为人下。文选司郎中顾宪成以言事被谪归，讲学于东林，故杨时书院也。孙丕扬、邹元标、赵南星等以蹇谔自负，每与政府相持，皆附之。而宪成讲学，天下趋之，结淮抚李三才，遥执朝政，号东林党。而沈一贯持权求胜，附一贯者，科道亦有其人，号为浙党。其后二党更相倾轧，垂五十年。上晚年，因有足疾，高居深宫，惟宠郑贵妃，全置国事于不理。于奏疏，概留中，无所处分。惟言路所纠，其人不待旨，竟罢去。于是台省之势，积重不返，有齐、楚、浙三方鼎峙之名，诸臣结党相攻，章奏日烦，上皆不理，甚至告老乞休表章，亦不发。诸臣不待命，竟归。诸司员缺，皆不补官。镇抚司缺理刑官，日久无人问断。监犯淹系死亡，家属百余人，聚哭长安门。辅相不问是非贤否，俱为言官所劾，乃以模棱为工，群臣但为己私，不复为国。南北科道，互相攻诋，纷如聚讼。户部库银，现存止八万两，国事大坏，天下将亡。

是时满洲国主努尔哈赤，崛起辽东。当万历四十六年，建元天命，是为清太祖，起兵入抚顺，大败明师。明以杨镐为兵部右侍郎，经略辽东。明神宗恐师老财匮，下廷议。于是大学士方从哲，兵部尚书黄嘉善，兵科赵兴邦等，发红旗，趋杨镐进兵。镐不得已，分四路出师，计胜兵十余万，命马林督金台失兵，攻北路，命杜松攻西路，李如柏攻南路，刘綎督朝鲜兵，攻东路。时蚩尤旗见，长竟天。又彗见东方，星陨地震，识者知为败征。四十七年，正月十九日，出兵，值大雪，兵不前，师期泄。杜松欲立首功，越五岭关，先期抵浑河，既渡遇伏，杜松血战，力竭而死，兵无存者。马林由三岔堡，抵二道关，闻松败，结营自固，满洲兵乘胜攻之，林败，游击麻岩死之。刘綎独领兵，由马家寨口，深入三百余里，克十余寨，满洲兵冒作杜松兵，为向导，诱入重围，众溃，綎没于阵。惟清河一路，李如柏以经略令撤回，获全。或曰："李如柏因前者游击李永芳已降满洲，阴通结纳，故得全也。"是役也，军士死者四五万。事闻，京师大震。于是满兵克辽东诸城邑卫所，明起前御史熊廷弼经略辽东，逮杨镐、李如柏进京听勘，皆论斩。

初明神宗自即位以来，立王皇后，无子。王恭妃生皇长子，郑妃生皇三子。上宠郑妃，进封贵妃。给事中姜应麟，主事孙如法等，上言，以为恭妃诞育元嗣五年未闻进封，郑妃一生子，即封贵妃，天下不能无疑。上大怒，俱谪为典史。自后沈鲤、申时行、许国、王锡爵、王家屏等，九卿科道，交章请立太子不休。上恶其激聒，愈置不理。迨皇长子十三岁，辅臣王锡爵坚请，始命与皇三子同出阁，讲学读书。河南大饥，人相食，上与郑贵妃览奏恻然。郑贵妃请出私蓄五千金发赈，上喜，亦给内帑五千金，河南赖之。诸臣日请立太子，至二十九年，始立长子常洛为太子。时年已二十二矣，始冠。福王、瑞王、惠王、桂王俱冠，始册立郭氏为太子妃。有粘匿名书于各处者，其书一夕间，自宫门迄于衢巷皆遍。大约言郑贵妃欲危太子，题曰："续忧危竑议。"竑者，宋宁宗嗣子名。宋宁宗欲立竑，及宁宗崩，史弥远矫诏，杀竑而立理宗也。事闻，上大怒，中外危疑。下令捕妖书甚严，长安中无敢偶语。吴江人沈令誉以疑似捕治，并捕高僧达观弃市，株连甚惨。最后得皦生光，生光不胜刑，遂自诬服。侍郎李廷机，尚书赵世卿，劝辅臣沈一贯，朱赓力持之，狱始具，磔生光于市，妻子戍边。然妖书实非生光所为，其后中书舍人赵士徵疾笃，自言为此，肉碎落如磔而死。四十一年，群臣合辞请福王之国。武人王日乾，讦奏奸人孔学，与郑贵妃宫中姜内相插盟，请妖人王三诏至家诅咒太子。上大怒，徬徨莫知所处，至掀翻御案。辅臣叶向高具密揭奏曰："王日乾、孔学等，皆京城光棍，此事大类往年妖书。但妖书匿名，无可究治。今告者与被告者皆在，一审，其情立见。"上默然，霁容，遂不复问。向高因密请，速令福王之国，上纳之，令福王之国河南。四十三年五月，蓦有男子闯入东宫，以挺掊仆守门内侍一人，众共执之。皇太子亲奏，送部鞫审。是犯名张差，御史刘廷元疏言，其迹涉风魔，貌似黠猾。刑部郎中吴士相等，定为风癫，提牢官王之寀重加诘问，言有马三道，诱至庞、刘二太监处，教之行事，语多涉郑贵妃弟郑国泰。科臣何士晋上疏，请穷究其事，于是群臣纷纷劾奏不已。上大怒，传旨止将本犯张差，即时凌迟处死，不许波及一人。寻毙太监庞保、刘成于内庭，事遂寝。四十八年，夏四月，王皇后崩。五月，上不豫。七月，上疾大渐。召阁臣方从哲，托以后事，遂崩。

太子常洛即位，是为光宗贞皇帝。诏以明年为泰昌元年，令停止矿税，撤回诸内监，简补诸废官，发帑银一百万两以赈九边，天下称庆。八月，上不豫，内医崔文升下通利药，上一昼夜三四十起，支离床褥间。封元妃郭氏，才人王氏，为皇后。又谕选侍李氏，侍朕勤劳，著封为贵妃。鸿胪寺丞李可灼进红铅丸，上服之，少愈，可灼复进一丸。九月朔，上崩。在位一月，寿三十九岁。或曰："郑贵妃用泄药所鸩也。"内急宣召诸臣，诸臣趋进。给事中杨涟曰："李选侍非可托少主者，急宜请见嗣主，呼万岁以定危疑。随拥出宫，移住慈庆为是。"诸臣皆然之。大学士方从哲，率群臣哭临毕，即请叩见皇长子。良久未出，诸臣力请之，皇长子始出。诸臣遂拥皇长子至文华殿，行五拜三叩头礼，呼万岁，群臣请即日登极，谕初六日即位，复拥入慈庆宫。阁臣刘一璟奏曰："今乾清宫未净，殿下请暂居此。"时李选侍犹居乾清宫，御史左光斗，给事杨涟，请选侍立刻移宫。选侍不得已，及移居仁寿殿。皇长子由校即皇帝位，是为熹宗哲皇帝。诏以本年八月起，至十二月止，为泰昌元年，以明年为天启元年。

初光宗服李可灼药而少愈，方从哲拟旨赏银五十两。至是群臣交章论崔文升、李可灼以弑逆大罪，发法司究问，俱遣戍。立妃张氏为后。时经略熊廷弼在辽东修筑城池，训练军士，通商贾，集粮饷，竭力支撑，方得二年无事。乃御史冯三元、顾慥，科臣姚宗文等，以私忿，劾其无谋而欺君，廷弼不去，则辽之存亡未可知。又嗾其党魏应嘉、郭巩、张修德、魏应科等，交章前后疏论，熊廷弼回籍听勘。兵科杨涟疏救勿听，诏廷弼革职家居。以袁应泰经略辽东，满洲复兴兵攻沈阳，明兵大败。总兵贺世贤、尤世功、陈策、童仲揆、石柱，士官秦邦屏等皆死之。满兵克辽东，明兵又大败，经略袁应泰、巡按御史张铨、守道何廷魁、监军崔儒秀等，皆死之。事闻，京师大震。初辽东巡抚薛国用，以病辞官，至是以参议王化贞为辽东巡抚。御史江秉谦上疏，讼熊廷弼之冤，言廷弼若在，决不使辽事败坏至此。乃诏廷弼至京，复命为辽东经略。时辽西尚未失，廷弼驻扎右屯，以为挫败之余，无兵可战，且宜固守。而王化贞误信西人之助，力主进战以复辽东，廷议主之，遂趣战。令总兵刘渠移军振武，而广宁遂空。满兵至振武，大败明兵，斩刘渠，王化贞股栗，不战而逃，从者数十人，走闾阳。适经略熊廷弼，自右屯引兵至，化贞向廷弼大哭，廷弼曰："公不召募敌骑，不撤广宁兵于振武，当无今日。此时惟有护百万生灵入关，勿以资敌足矣。"乃整众，西行入关，辽西复失，明兵遂严守山海关。逮王化贞、熊廷弼听勘，而廷臣复以私忿恨廷弼，议与王化贞并坐斩，而熊廷弼反传首九边，于是忠良解体，而明事不可为矣。

时辽东紧急，征兵于四方。四川永宁宣抚使奢崇明与子奢寅，素有逆志，请提兵三万，赴援辽东。遣其将樊龙、樊虎。以兵至重庆。四川巡抚徐可求点核，汰其老弱，发饷，饷复不继，龙等遂鼓众反，杀徐可求，已而引兵逼成都。左布政使朱燮元悉力捍御。石柱土司秦邦屏战死于辽，其妹秦良玉掌其印，提兵赴援，与燮元大破贼于成都城下。崇明父子拔营走，遁归重庆。事闻，以朱燮元为四川巡抚。奢崇明既败，乃诱其亲党贵州水西土目安邦彦同反。邦彦据平彝、龙里等地，破乌撒进围贵州，用诈降计杀巡抚王三善。贼兵大炽，约三路兴兵。一攻云南，一攻遵义，而奢寅专攻永宁。奢寅性凶淫，遇部下妻女有姿色者，必淫之。富于财者，勒索之。不遂，辄死。其下苗老虎、阿引等恨之，候其酣歌醉卧，刺杀之，逃降明朝。而奢崇明与安邦彦为乱犹未已，直至崇祯年间，总督朱燮元讨平之。

又有山东妖贼徐鸿儒，于万历末年，以白莲教，聚众数千人。深州人王森，以救一妖狐，狐令断其尾藏之，能知人休咎。见人，即放妖香，人闻其香，即自归附，得资巨万。至是其子好贤，与景州于宏志约鸿儒同反，破郓县、邹县、滕县、巨野县，攻长镇，掠粮船四十余艘，众至十余万，遂据兖州、济南等地，势甚锐，自五月至九月，巡抚赵彦讨平之。然此等贼，俱无损与明，其有剥尽明朝元气，遂致亡明者，内贼魏忠贤与客氏是也。客氏故定兴民侯二妻，生子国兴，年十八，进宫，乳太孙，又二年而寡，遂在宫奉事太孙。魏忠贤初名进忠，肃宁县人，少黠慧，无籍，目不识丁，好酒善骑射，有胆力，因赌博不胜，遂自宫，隶司礼太监孙暹名下，导太孙游宴，甚得太孙欢心。因通于客氏，人每疑夫既宫矣，何物与通。或曰：“用天灵盖，及割童子阴，锻炼和药服之，自能抽出，久服，长大无比。”或曰：“宫中有鸾胶，乃外国所进，希世宝也。于所割处，去其皮，割驴马阴七八寸，傅以鸾胶而缝之，立时生就，亦能伸缩，知痛痒，惟不能生育，如欲验时，割去，傅以鸾胶，贴以去毛羊皮，或鸡皮，亦立时生就，无所痛苦也。”时魏朝亦私于客氏，上既即位，一夕魏朝与忠贤争拥客氏于乾清宫暖阁，争先后，嚣声达御前。时上已寝，俱跪御榻前，听上命。而客氏久厌朝而喜忠贤，忠贤言于上，乃退朝而与忠贤。忠贤矫旨，发魏朝于凤阳缢杀之，而遂得专客氏矣。司礼太监王安，素刚正，上之立也，与诸大臣同受顾命，见忠贤侵权，欲重惩之。而忠贤遂嗾给事中霍继华劾安，客氏从中附和之，因矫旨革安职，谋杀之。于是客魏相通，恣为不道。御史王一心、倪思蕙，科臣侯震旸等，相继疏劾，皆降谪。魏忠贤设内操万人，皆裹甲出入，钲鼓之声，喧阗宫禁。内监王进，试铳上前，铳炸，伤进手，上几危。御史刘之凤，李应升、黄尊素、宋师襄交章论之，忠贤皆矫旨切责。光宗选侍赵氏，与客、魏不协，矫旨赐死。上裕妃张氏方妊，客氏妒之，谮于上，绝饮食，闭禳道中而卒。冯贵人尝劝上罢内操，客、魏恶之，矫旨赐死。李成妃从容为上言之，乃矫旨革封，绝饮食，成妃鉴裕妃饥死，密储食物壁间，数日不死，客、魏怒少解，斥为宫人。皇后张氏，素精明，客、魏惮之。后方妊，腰痛，客氏密布心腹宫人，陨焉。又于上郊天日，掩杀胡贵人，以暴疾闻。荫客氏子，及忠贤弟侄，赐以田地官爵。都御史杨涟疏劾魏忠贤二十四大罪，下旨切责不少贷。盖上并不识字，旨出魏忠贤，忠贤又不识字，其党李永贞、李实、李明道、崔文升等，阿其意而为之也，群臣见之，无不愤激。于是南北科道卿寺，魏大中、周宗建、左光斗、赵南星等，继涟申奏者，不下百余疏，无不危悚激切，而上不识字，何以得省。诏削都御史杨涟、左光斗籍，罢尚书赵南星、都给事魏大中等。一时正人尽去，部署为空。大学士魏广微等附忠贤以自固，而崔呈秀、阮大铖、倪文焕，武臣田尔耕、许显纯等，俱以邪媚进用矣。

四年三月，刑科傅魁诬参左光斗、魏大中，词引故内臣王安，及中书汪文言。遂逮治文言，受杖，革职为民。十二月，御史梁梦环复论之，大理寺丞徐大化，复诬劾杨涟、左光斗，工部主事曹钦程；复诬劾赵南星、周宗建、张慎言、李应升、高攀龙、魏大中等，受熊廷弼赂，以汪文言为过付。诏复逮治汪文言，命锦衣卫指挥许显纯勘问，辞连赵南星、杨涟、左光斗、魏大中、缪昌期、袁化中、王之寀、施天德、周朝瑞、黄光龙、顾大章等，锻炼两月余。文言不为屈，最后严鞫，备极酷刑。文言不能堪，仰视许显纯曰："任汝巧为之，我承焉可也！"显纯教诬魏、周诸人，以受熊廷弼赂。文言蹶然起曰："天乎冤哉，以此污蔑清廉之士，有死弗承！"下杨涟、左光斗、周朝瑞、顾大章、袁化中等于北镇抚司狱，捶楚甚酷，俱毙之于狱。赐魏忠贤印，文曰："顾命元臣。"客氏印，文曰："钦赐奉圣夫人。"

时魏大中被逮过吴，苏州吴县致仕吏部主事周顺昌家居，与之周旋，留连累日，即以其女，许配其孙。缇骑趋大中行，语侵顺昌。顺昌张目叱之曰："汝不知世间有不畏死男子耶？汝曹归语魏忠贤，我即故吏部郎周顺昌也！"及大中下狱，御史倪文焕，即以缔姻事劾顺昌，忠贤矫旨逮之。丙寅六年三月，缇骑至吴中，吴中沸然。士民素德顺昌，闻其逮，不胜忿。顺昌改囚服出门，士民拥送者数千人，俱恳巡抚毛一鹭疏救。一鹭流汗，不能出一语。缇骑厉声曰："东厂逮人，鼠辈何敢置喙。"于是市人颜佩韦等，直前问曰："旨出朝廷，乃东厂耶！"缇骑曰："旨不出东厂，将谁出？"众怒，哄然而登，丛殴缇骑，立毙一人。顺昌为书别亲友，私行赴京，下镇抚司狱。许显纯严刑酷拷，毙之于狱。毛一鹭奏闻民变，有旨密拿颜佩韦等五人斩之。

是年八月，满洲太祖努尔哈赤殂。第八子皇太极嗣立，是谓太宗，改元天聪。明熹宗佞臣浙江巡抚潘汝徵，请建魏忠贤生祠，又乞赐额，诏从之。遂建祠于西湖之麓，备极壮丽，赐额曰："普德"。于是四方效尤，请建祠宇，几遍天下。各曲意献媚，务穷工作之巧。象以沉香木为之，眼耳口鼻手足，宛转如生人。七年八月，上不豫。无子，召御弟信王入，谕以当为尧舜之君，及善视中宫，委用魏忠贤等语。信王出，上崩。在位七年，寿二十三岁。忠贤欲篡位，不敢，遂自出迎信王入。王危甚，袖食物以入，秉烛独坐以待旦。次日，信王由检即皇帝位于中极殿，受百官朝贺，忽天鸣有声，改明年为崇祯元年。魏忠贤乞辞位不许。命奉圣夫人客氏出外宅。御史杨维垣首参崔呈秀，语侵魏忠贤；吏部主事钱元悫，疏参魏忠贤。嘉兴县贡生钱嘉徵，疏参魏忠贤十大罪。十一月谪魏忠贤于凤阳，守皇陵，籍其家。忠贤既行，拥徒繁众，上闻之，赫然震怒，著锦衣卫擒赴治罪。忠贤行至阜城，知不免，因自经。上清宫，得宫人妊身者八人，皆客、魏两家侍妾，因已孕，纳之宫中，冀如吕不韦故事也。上大怒，立命同客氏等，赴浣花局掠死，籍其家。客氏子锦衣卫指挥侯国兴，与魏忠贤侄宁国公魏良卿等，皆伏诛。魏忠贤、客氏磔戮其尸，斩崔呈秀、许显纯、由尔耕。凡附逆奸党，以七等定罪，天下快之。无奈明朝元气丧尽，上天不佑，旱蝗为灾，流贼群起，明遂以亡。欲知后事如何，且听下回分解。

第三十八回　李自成　寇京邑　明社为墟

诗曰：

濯濯春风旧柳条，昔年曾斗楚宫腰。
繁华去后行人绝，犹自枯枝拂板桥。
板桥霜冷马蹄忙，为送行人下夕阳。
多少遗宫成瓦砾，无穷战垒聚锋芒。
旧京芳草铜驼卧，故冢冬青麦饭香。
野老早知兴废事，一蓑烟雨钓沧浪。

却说明之将亡，灾异特甚，如太白昼见，日食地震地裂涌血之类，不一而足。闽县有少妇，摘蔬园中，虎逾园，攫取妇淫之，妇惊怖几绝，家人共驱虎，逾时乃去，后产一虎，弃之郊外。余杭周氏与龙交，一产四蛇。太原乐静县民李良雨，忽变为妇人，与同贾者苟合为夫妇。睢宁大雨河溢，五龙见云中。是日，有龙为蛛网所挂，不得脱。须臾，复有一龙，纵火焚其网，龙乃脱去，蛛死山中，丝网尚弥山谷。万载县有巨石，自天而坠。张方伯修甘州城，得小棺五百余具，约长二尺余。启视，内敛小人，男女老少不同，而皆纱帽红袍，凤冠霞帔。其少妇，皆美丽动人，去衣视之，体皆莹白可爱。南宿州村民妇，一产七男，肤红白青黑诸色各异，以为妖，嘱人瘗之。是夜，里中有长者，梦神谓曰："明日有七将军在阨，过尔门，尔当救之。"长者起觇门外，果见有人携一筐，以衣覆其上，内有群儿啼声，问而知其故，遂如神言收养。及长，皆勇猛异常。崇祯时，俱为盗首。甲午九月初六日夜，一星圆大似碗，色如血，红光烛地，霎时变为五聚，各如碗大，俱血色，至三更，复并为一，至四更，复分为五，至五更，总归为一，大如米箩，俱血红色。顺德县民生一女，暴长，甫月，已如成人。甲辰二月，厚载门皇城一带，忽影出城郭、山川、树木、人物之形，又有铁骑无数临城，城上皆竖旗帜。京城大水，有巨人从北来，着白衣白帻，耳有坠，高二丈余，两目炯炯，火光射地，望南而去。苏州城东，陆太学邦杰家人妇，产一肉胞而无血，破之，中裹小儿百数，皆一二寸长，能蠕蠕动。苏城吴乙妻，产金色鲤鱼，长四尺，投之渊。山东一带人家，藏仓小黑马料豆尽飞不见，雨于仪真，人检收，一有撮可至二三合者。壬戌六月，日正午，北有一星明显，随日而转。当涂县民产一物，如鸦而无羽毛，倏化为血。平阴县人养蚕上簇，未成茧，忽一夕变为黄旗，长皆丈许。崇祯即位，将就宝座，大声忽发于殿之西，若天崩地塌然，伏马皆惊，百僚震恐。于五凤楼前，得一黄袱，内有小函，题曰："天启七，崇桢十七，还有福王一。"戊辰七月廿三日，杭州仁和县牛头堰于望云生一子，甫弥月，忽大潮涌至，于家惶惧奔逃，子随潮去。次日，赭山港王渔户获一大鱼，重百余斤，抬至彭敬全家易酒米。初破鱼，肠中一小儿，端坐不动，以为神异。彭无子，遂乳哺为己子。于望云亦无子，闻之，往彭敬全家求还。彭不允，于讼之官。府尹判鱼腹全子，千古异事。著两家合子之，待长，两家各为娶妇，其宿于于家妇而生者，即为于孙；宿于彭家妇而生者，即为彭孙。后各生数子。松江莫翁女已适人，忽化为男。河南大旱，密县民妇生旱魃。河南草木，生如战斗人马披甲持矛之形。孟县民孙光显祖墓，及同陌王氏党氏墓中一带，有葡萄草，夏抽新条，条列万状，有为美人书生达官者；有为龙凤龟鳞雀鱼蛇鼠者；有为蝉为孔雀鹦鹉者；皆五彩，点染奇巧，生动可爱。和州芥菜结茄。宣城出血。京师城门哭，声如女子啼。炮空鸣，鬼夜哭。山东雨血。京师宣武门外斜街民家白鸡，羽毛鲜好，啄距纯赤，渐大，重至四十余斤，占曰："此鹙也，所见之处国亡。"己卯，凤翔大鼠成群，食牛，咬人人腹，食人见骨。四月，有星陨于凤翔袁画师家，不及地旋转如冶金，良久，渐高飞去，照数十里。各处鬼夜哭，咆哮有声，逐之有影。松江有大鱼，长数十丈，目中可容三人而无睛。襄阳春山乡获一牛，两头二目。德安府天雨鱼。庚辰九月之望，两日并出。壬午顺天三河县，空中忽堕一龙，牛头蛇身，有鳞有角，宛转叫号于沙土中，以水沃之，则稍止，三日而死。泰州两大山合而为一，其居民两山间者，皆不见。京师铁炮自鸣。四川水变为血，井鸣有声。山东妇人生一儿，人身双猫首，首有角，角之颠有目，手垂过膝，兼雌雄两体。嘉定一男子无家室，忽腹大面黄，人以为蛊，其邻夜闻呼唤声，启户视之，见生一男儿，邻人以闻于官，其人抱儿遁去。蕲州有鬼，白日成阵，行墙屋上，揶揄居人。奉先殿鸱吻忽落地，作披发鬼，哭出宫而去。癸未正月，京营巡捕军，夜宿棋盘街之西，更初定，一老人嘱曰："夜半子分，有妇人缟素涕泣，自西至东，勿令过，过者厄不浅，鸡鸣则免矣。吾乃土神，故以告也。"夜半，妇果至，军如所戒，不听前，五鼓，偶熟睡，妇折而东，旋返，蹴逻者醒之曰："我丧门神也，上帝命我行罚此方，汝何听老人言阻我，灾首及汝。"言毕不见。逻者奔归，告家人，言未终，仆地而死，疫乃大作，人鬼错杂。薄暮，人不敢行，一时贸易，多得纸钱，乃置水投之，有声则钱，无声则纸。大疫定后，河北小儿见一人白而毛，逐之，入废棺中，发棺则白毛飞满空中。俄而羊毛疫大作，渐染至江南，群相戒曰："无食茄，食茄必病。"既而验之，以手折茄，中分之，辄有羊毛。此病投以药，皆死，惟刺中指节间，出紫血，去羊毛，即愈。汤溪李生黄瓜。义乌有牛生两头，一身八足。癸未十月初十日，黄昏时，御库银一片飞出，银边相触有声，自西飞向东去。光州雨绵絮。宫中黑眚见。杭州鸺鸟见，鸟身人面，两翼四足。沅州、铜仁连界处，掘出古碑，上有字二行云："东也流，西也流，流到天南有尽头。张也败，李也败，败出一个好世界。"凡流贼所至城邑，三日前，必有鬼先至，其鬼千百成群，先大而后渐小。至则一城之人，皆不知所为，恁其奸淫屠戮，其余灾异，多不胜书。所谓国家将亡，必有妖孽也。其崇祯何以亡国，请得而粗言之。

崇祯，明谥怀宗，清谥为愍帝。愍帝既诛魏忠贤，天下歙然望治。无奈愍帝虽英明，勤俭爱民图治，而性刚愎自用，专以察察为明，反为群臣所壅蔽。而且吝于粮赏，既不知人，又不知兵，毫无经济驾驭之才。而二三文臣，皆系章句腐儒，无益于用，但知结党朋比，惟为身谋，并不知有天下国家之大计。而二三武臣，又以贼灭，则太平无事，必为文臣所欺凌，且难淫掠，故虽屡败贼，而必不肯灭贼，盖欲挟贼以自重。所以民谣有言，甲申十七年三月十八日，明朝诸臣送礼于李自成，具柬云："谨具大明江山一座，奉申敬，文八股顿首拜。"盖忿腐儒之亡国也。

愍帝即位之初，即起袁崇焕为兵部尚书，兼右副都御史，总督蓟、辽、登、莱、天津军务。而袁崇焕遂以私忿，杀左都督毛文龙。先是游击毛文龙，奉辽抚王化贞命，安抚猪岛、广鹿岛等处，以二百人据铁山皮岛，招集亡命，众至十余万，逼近辽东，为满洲患。于二年四月被杀，辽东虚若无人矣。

戊辰崇祯元年，陕西延安大饥，府谷民王嘉胤倡乱，又有不沾泥杨六郎等同起，延安人张献忠从乱。献忠阴谋多智，贼中号为八大王。又有白水盗王二兵起应嘉胤，比与嘉胤合，众至五六千，掠延安、蒲县、韩城等地。米脂人李自成，往从嘉胤。自成家贫，性狡黠，善走，能骑射。既而参政洪承畴击贼，破之。不沾泥杨六郎相继俘获。自成走匿延安山泽间，得免。己巳二年，官军剿平汉南贼。张献忠据米脂十八寨，乞降于秦抚杨鹤。而杨鹤昏懦无能，遣官四出招抚，贼魁黄虎、小红狼、一丈青、龙江水、掠地虎、郝小泉等，俱给免死牌。贼名虽降而实叛，但不焚杀，而淫掠如故，百姓吞声，自是而大患成矣。

冬十月，满洲大宗率兵南下，过京城，群臣欲遂取明，太宗以山海关未下，恐明军袭其后，遂班师而还。明逮蓟辽总督袁崇焕下狱，磔于市。因都城警，诏天下勤王，山西巡抚耿如杞以兵入援，其所统兵，皆沿边劲卒。会京师解严，兵部屡调其兵不已，又不与粮，哗于涿州，大掠良乡。朝廷逮耿如杞论死，其兵遂叛，为盗，大扰山东，与李自成合众万余，共推高迎祥为闯王，李自成为闯将，流寇山西、河南等处，淫掠极惨。庚午三年，秦地大旱，米粟腾贵，军饷告匮，兵无粮，往往亡命山谷间为盗。时东事甚急，廷议核兵饷，各边镇共厘汰至数十万，多哗而流亡倡饥民为盗。又给事刘懋请裁定驿站，谓可岁省金钱数十万，上从之。岂知河北游民，向藉驿糈，至是无所得食，遂群起为盗，而盗风大炽。给事吴执御请罢加派、捐助、搜括三项，以苏民困，勿听。又请于沿边诸邑，择贤守宰，畀以本地钱粮，训练土著兵丁，各自为守，使贼无所掳掠，再发兵讨之，将不战自息矣，亦不听。六月，曹文诏击斩王嘉孕于阳城，其党复推王自用为首，号紫金梁。其党自相名目，有老回回、八金刚、闯王、闯将、八大王、扫地王、闯塌天、破甲锥、邢红狼、乱世王、混天王、显道人、乡里人、活地草、革里狼、左金王、曹操、关索、混天星、过天星，独行狼、蝎子块、一字王、射塌天、混十万、可天飞、混天飞、点灯子、王老虎、金翅鹏、满天星、混天猴、上天龙、马老虎、独头虎、上天猴、黑煞神、飞山虎、一只虎、撞天王、翻山鹞、整齐王，紫微星、托天王、十反王、小秦王、混世王、上天王、一连莺、一盏灯、钻天硝、开山斧、一座城、通天柱、爬天王、抓地虎、滚地狼等名号。以上诸贼，或一人为一营，或二三四五人合为一营，分为三十六营。而张献忠等亦皆叛去，分寇陕西、山西、山东、河南、四川、湖广、江西、北直之南、南直之北，其杀戮之惨，亘古未闻。有缚人之夫与父，而淫其妻女，然后杀之者。有驱人之父，淫其女，以为戏，而后杀之者。甚至裸孕妇于前，共卜腹中之男女，剖而验之，以饮酒者。又以大锅煮人油，掷孩子于内，观其跳跃啼号以为乐。或注婴儿于槊，或列木为高台，聚稚子千百于其中，焚其四面，听其哀号，以为笑乐。或杀人，去其肠胃，实人血米豆于内以喂马，使腹壮而能冲敌。或裸少年美妇千人，以攻城，使詈于城下，少愧阻，即磔之。或裸妇女千百，沓淫讫，断其首，倒埋之，露其下私以厌炮，而攻城者。沓淫，谓众共淫之也。其入人家，妇女欢然从淫，一家或有生理。若有守节不从者，则以棒闩缚其手，以绳高悬其足，裸而沓淫之，执缚其夫与父，使以口舌净阴，不从，则割其肉，淫讫，即于阴处，用刀刺杀之，并杀其夫与父枭首号令于市。或竖长木于舟，车驴背上，木首造如阳物状，下用木闩，中为宽孔，放于木中。妇女有不从淫者，沓淫讫，用绳缚其手，而缚其足于闩两头，复以绳缚闩于下，以阴器承木端，坐其上，名曰人旗，以游行号令于市。数日后，木灌肠胃，及心而毙，出口乃止，严示众也。以故妇女从淫，甚于娼妓。盖淫以救死，不得不然耳。其所掠妇女，必使艳妆，而裸其下体，游行营内。临行不及移，多杀之以去。惟欲再过者，则勿杀也。又诸贼曹操等，每寇城邑，精选妇女之极美者，共数百人，教为戏，声色极一时之盛，以备饮酒淫乐焉。逮总督三边都御史杨鹤下狱，以主抚被欺也。时诸贼败则就抚，旋抚旋叛，廷臣任其所为，于是有官贼之谣。而官军亦复到处淫掠，于是民不聊生，尽皆为盗，几于无民矣。

八月，命洪承畴总督三边。洪承畴、曹文诏击贼赵四儿擒之，即点灯子也。壬申五年，秦贼流入山西，大掠四出。山西巡按罗世锦，归咎于秦，谓以邻国为壑。给事裴君锡，晋人也，上言，请责成秦抚，驱之回秦，然后再议剿抚，当事之无识如此。洪承畴、曹文诏大败贼于西澳，又败之于铁角城，斩可天飞，独行狼等。曹文诏忠勇无敌，屡建大功，而为文臣所排，其后力竭，自刎于娑罗寨。时文臣结党营私，武臣观望畏缩，诸贼寇陷城邑无虚日，有一过者，有至数过者。其数过者，则妇女人民庐舍皆尽，惟有空城而已。又八大王张献忠，所过蒸美女婴儿为食，兵则以老弱妇女为食，而收其精壮为兵，焚其庐舍无孑遗。凡献忠陷城邑，必择妇女绝色者为妻妾，使之艳妆，亦许着裙，而裸其下体，夏则或竟裸逐，或着五色背心一件。数日前，恩情倍至，数日后，即被蒸食矣。癸酉六年，上命诸内臣，各视师行营。诸内臣动以威倨上官庶司，于是上官庶司，群相壅蔽，而军事愈多掣肘矣。张道浚擒满天星，总兵张应昌擒一盏灯，延绥巡抚陈奇瑜击斩钻天硝、开山斧、一座城。山西、陕西大饥，人相食，民投贼者愈众。甲戌七年，总督陈奇瑜围李自成于车厢峡，会连雨四十日，贼无所得食，遂大窘，乃自缚，乞降于奇瑜，奇瑜受之。已而贼既出栈道，遂不受约束而叛。闯贼先锋高杰，因窃自成妻，乞降于贺人龙。山西巡抚戴君恩，诱斩贼首通天柱。山西、陕西大饥，人相食，贼益炽，削总督陈奇瑜职，听勘。洪承畴奏言，贼兵猖獗，动至数十万，而官兵不过一二万。贼多精骑，每跨双马，而官兵马三步七，不能追逐。贼到处攻掠城堡，即可得食，而官军必待转运，若不大发兵饷，何能克敌哉！河南大旱，贼众益炽。

乙亥八年，秦贼数十万，出关，分而入晋、入豫、入楚、入蜀。河南贼入江南，趋六安，陷凤阳，焚皇陵，恣意淫掠，闯、献皆与。皇陵报至，上素服避殿，亲祭告太庙。蕲黄村民擒斩爬天王。爬天王父子，日啖人肉，双目俱赤。丙子九年，武举陈启新上言科甲之无用，惟知虐民剥民以自富，民奈之何不穷且为盗哉？势不以皇上之天下，断送于章句腐儒之手不止也！上异之，擢为吏科给事中。然启新实无奇才异能可用，至十四年，以匿丧被劾，下抚按讯，遂遁。总理卢象升败贼于谷城，斩贼首黑煞神、飞山虎。是年四月，满洲太宗建国号曰清，改天聪十年，为崇德元年。七月，明陕抚孙传庭擒闯王高迎祥，及刘哲等，送京师，磔之。贼众共推李自成为闯王。副将祖大乐败贼于永城，斩贼首混天王，而紫金梁、扫地王诸贼，归于闯王。丁丑十年正月，老回回等，趋桐城，总兵秦翼明败之于麻城。老回回所部整齐王、八大王九营，溃而为四。一支走罗田，一支走团风，一支向蕲水，一支趋岐亭。闯塌天等诸贼，又分两路至江北。一自桐城，犯庐江舒城。一由光固，逾霍山六合东行。又分为数十股，分扰江北。时诸贼混天星侵轶商洛，李自成纵横西安，过天星盘踞汧龙，独行狼屠毒汉南，蝎子块焚掠河西，而贼势大盛矣。左良玉大破贼于舒城、六安间，连战三捷。秦翼明败闯塌天于细石岭，擒贼首一条葱、新来虎。贼窜入大山中，张国维檄左良玉入山搜捕。良玉惮于入山，兵将日拥贼中夺回美女数千为乐。国维三檄之，始自舒城进发，而贼已饱掠出境矣。诏革左良玉职，俾杀贼自赎。命陕西巡抚孙传庭，兼理河南，以熊文灿为兵部尚书总理直隶、山、陕、川、湖军务，督剿流寇。戊寅十一年正月，左良玉、陈洪范破贼于郧西，张献忠再降于陈洪范。八月，曹操会群盗革里眼、过天星、托天王、十反王、整齐王、小秦王、混世王、整十万等于陕州，犯襄阳。熊文灿次襄阳，遣副将龙在田邀击革里眼、射塌天于双沟，大破之。老回回奔枣阳，群贼披靡四逸。曹操独留内淅山中，势孤，乞降于提督太监李维政。维政为言于熊文灿，文灿檄止诸军，曹操九营俱就抚，授为游击将军，供亿甚备。罗汝才自言不愿为官，愿为百姓耕田，乃分屯群贼于房、竹、郧、均诸邑，与居民错壤而居，文灿一切羁縻之。时张献忠就抚，屯谷城，汝才遥为声援。李自成陷泸溪，洪承畴、孙传庭大破贼于襄阳，闯贼困于潼关。

初闯贼父守忠，祷于华山，梦神以破军星为之子，生自成，呼为黄来儿。自成妻韩氏，故娼也，县役盖君禄与之通。自成杀淫者，偕李过亡命甘州。后妻邢氏，又与高杰通，杰窃之以降于明。及潼关原之败，其再娶妻小及女，尽为官军所得，止从十八骑过谷城，依张献忠。献忠与之饮酒，半酣，献忠抚其背曰："李兄盍亦从我降，而仆仆奔走乎？"自成仰而嘻曰："不可。"献忠乃资以衣马，走依老回回营，卧病半年。老回回授以百人，使同诸贼出阶文，向陕西。左良玉大破贼，射塌天降之。射塌天即李万庆也，降后屡立战功，官至副将，守襄城。后李贼陷襄城，杀之。时诸贼几平，而总督熊文灿庸懦无能，调度失宜。己卯十二年，张献忠复叛于谷城。飞蝗蔽天，食禾稼殆尽，饥民并起从贼。罗汝才九营复叛应献忠。七月，二贼合于房县，左良玉追及之，大败而还。事闻，逮熊文灿弃市。以大学士杨嗣昌督师讨贼，罗汝才、过天星七股入蜀，犯夔州。石柱女帅秦良玉邀击，斩东山虎。秦良玉帅师勤王，见邵巡抚，公然带美貌男妾十余人。

时李自成向陕西，势复振。九月，秦兵大破李自成于函谷关，自成众略尽。秦兵蹙之于北，左良玉扼之于南，自成穷蹙，不得他逸。食且尽，自经者数四，养子李双喜救之。诸将围自成甚密，督师杨嗣昌曰："围师必缺，不若空武关一路，待其走而执之。"自成因尽杀军中所掠妇女，以五十骑，冲围而南，诸将不能御，遂自武关逃入郧阳。时河南大饥，民从之者数万，贼复大振。杨嗣昌，即杨鹤子也，父子前后误国。庚辰十三年，秦军复大破闯贼于淆函，斩首数千级，诛蝎子块。而整十万、扫地王、小秦王、金翅鹏、托天王、过天星、关索、满天星、张妙子、邢家米、大天王、镇天王、一条龙、小红狼、九梁星等,相继降,闯贼溃围而出,走河南。

时南北、两京、山东、河南、山西、陕西、浙江大旱蝗,人相食,草木俱尽,贼复大炽。又开州人袁时中,聚众寇开州,旬日间,众至数万。时官军不能杀贼,反日肆淫掠,杀避难男女以邀赏。其在家稍富者,府县等官,又加以通贼之名,杀而籍没之。其有美貌妇女,则收为婢妾。其实通贼者,反畏之而不敢问,民无逃生之路,遂群迫而为盗,盗日炽,而亡日逼矣,辛巳十四年,河南、山东土寇,尽归于李自成。自成会群贼攻陷河南府,脔福王,杂以鹿肉,名为福禄酒,饮之。福王,神宗之爱子,母郑贵妃,富厚甲天下,其后宫珍宝山积,俱为闯贼所得,闯席卷子女玉帛入山,以兵围开封。周王恭枵,出金五十万,募兵御却之。献贼袭襄阳,焚襄王府,执襄王。献忠据坐王宫,坐王堂下,劝之以卮酒。曰:“吾欲断杨嗣昌头,而嗣昌远在蜀,今当借王头,使嗣昌以陷藩伏法。”遂斩之。淫掠宫眷,其军费器械山积,尽为贼有。三月,督师杨嗣昌自缢于军中。闯贼陷归德,牛金星降于贼,自成以其女为妻。金星荐卜者宋献策,善河洛数。献策长不满三尺。见目成献图谶云:“十八孩儿,当主神器。”自成大喜,拜军师。

时闯众已五十万,曹操复与之合,贼益强。赦故兵部尚书傅宗龙于狱,以为陕西总督。闯贼攻项城,宗龙将兵救之。贼破宗龙军,宗龙骂贼而死。遂陷项城,分兵屠商水扶沟,复合陷叶县,将军刘国能死之。国能即降将闯塌天也。时诸贼弱而稍知礼义者,半降于官军;其强而桀骜者,半归于闯部。惟老回回、革里眼、左金王、曹操、八大王及袁时中尚存。老回回即马守殷。革里眼即贺一龙。曹操即罗汝才。八大王即张献忠也。回、革、左陷宿松、英山、潜山等处。张献忠陷郧西,有众数十万,掠信阳,左良王大败之。献奔李自成,自成将杀之,献因东走,与回、革合。回、革、左、献会闯于河南,众逾百万,陷襄城。

先是陕抚汪乔年发自成祖墓,得一蛇,若龙形,飞空数日,咋口而堕,乔年即斩以殉。至是将兵救襄城,兵败被杀。又米脂令边大绶,掘自成祖墓得一物,鳞甲满身,醢而灰之。贼陷南阳,唐王遇害。闯、献合兵陷禹州,徽王遇害。复围开封,周王恭枵与巡抚高名衡、总兵陈永福,竭力固守。永福射中自成左目,自成退屯朱仙镇。壬午十五年正月,自成攻开封益急,以洞车附城,执汴人凿城搏土而空之,纵横丈余,凡为数十窟,、辇火药数万斤实之,而实土砾于外,成邱阜以蔽之,贼环甲持矛,望城崩,即拥上,乃以火燃药,岂知旧土实而新土虚,火药二发崩天,砖缶皆飞鸣外响,贼之布围于外者,人马皆成血糜,乃大骇,解围而去。回、革、左、闯、操,群盗八十万,屠陈州,陷睢州,太康、归德、宁陵,考城等处。督师孙传庭,斩总兵贺人龙。人龙米脂人,以诸生效用,屡杀贼有功,上疑其与贼通,密敕传庭杀之,贼闻人龙死,酌酒相庆曰:“贺疯子死,取关中如拾芥矣。”

山陕有妖鼠,产于虾蟆腹中,一产数十,食禾稼立尽,民大饥,人相食,贼愈炽。回、革、左、操、闯、献三围开封,守臣告急,总兵许定国以山西兵渡河援开封。时贼兵势盛,众皆畏之,溃于覃怀。督师丁启睿,及援剿诸军杨文岳、左良王、虎大威、杨德政、方国安等,溃于河上。山东总兵刘泽清援开封,立营朱家寨,贼攻之三日,诸兵不至,泽清亦引兵去。开封久困食尽,人相食,开封城北枕黄河,巡抚高名衡等,恃引黄河之水,环壕以自固，贼乃大决河水灌城，河流直冲入城，势如山岳，水骤长二丈，士民溺死数十万，贼亦淹死万余。高名衡、陈永福与周王等，咸乘小舟，逾城而过，至城西，上山寻路而遁。城中遗民，尚余数万，贼浮舟入城，尽掠之以去。张献忠再陷六安，将州民尽断一臂，男左女右。总兵黄得功、刘良佐将兵救六安，败绩，献忠遂谋渡江，入南京，僭号改元。献忠南下，黄得功大破之于潜山，刘良佐再破张献忠于安庆。十月，献忠引兵西走蕲水，黄得功忠勇无敌，时人号为黄闯子。闯贼合诸贼，屠汝宁，陷襄阳，掠崇王由樻，世子诸王妃嫔以行。贼陷武岗，杀岷王。癸未十六年正月，李自成陷承天府，巡抚宋一鹤、钟祥知县萧汉死之。

初李自成流劫秦、晋、楚、豫、攻剽半天下，然志乐狗盗，所至焚荡屠灭。既而连陷荆襄、鄢郢，席卷河南，有众百万，始侈然以为天下莫与争，思据城邑，擅名号，群贼俱奉其号令，推自成为奉天倡义文武大元帅。自成据襄阳，号曰襄京，其余所陷郡县，俱改易名号。修襄王宫殿为宫，设官分职。老回回降于李自成，革里眼、左金王虽与闯合，恃其众，意不相下。三月闯贼置酒宴左、革，杀之席上，并其军。闯贼命罗汝才攻郧阳，久不下，所部多死，因怨闯贼。四月，闯贼以数十骑，突入罗汝才营，汝才卧未起，入帐中斩之，一军皆哗，七日始定，所部多散亡，降于秦督孙传庭。袁时中欲归款于明，五月，闯贼攻杀时中。自后止闯、献二贼，陆沉中原矣。

去年十月，张献忠既西走蕲水，是年正月，夜袭蕲州陷之。令缙绅孝廉文，各自东门入，西门出，尽斩之，遂屠蕲州，惟留少年美妇，裸之以毁城，稍不力，即杀之。三月，复屠蕲水。遂自蕲水疾驰至黄州，乘大雾以攻城，黎明，城陷，贼执副使樊维城，不屈死之。献忠沿江而上，悉师破汉阳，由煤炭州渡江，直遭武昌城下。时库藏空虚，楚王有积金百万，长史徐学颜，请王发数十万金以赡军，王不听，而募兵助守城。贼攻城，参将崔文荣御之，多有斩获。而楚府新募兵，为贼内应，城遂被。文荣与前大学士贺逢圣，及楚府长史徐学颜俱死之。贼执楚王，沉之于西湖，获宫中积金百余万。屠楚宗，戮士民，投尸于江，浮尸蔽江而下。遂据楚王府，而裸淫其宫眷。僭称武昌曰京城，伪设六部五府，铸西王之宝，开科取士，授郡县官。李自成闻之怒，遣人贺之曰："老回回已降，曹、革、左皆被杀，行将及汝矣！"献忠惧而恨之。七月，方国安合左营副将徐懋德、马士秀，率步骑二万，夜击贼，胜之。左镇诸军并进，献忠令别贼守武昌，而己趋岳州，官军复武昌，遂复汉阳，并诸属县。献忠陷岳州，复陷长沙，拆桂王宫殿于长沙。以长沙为京城，开科取土。献忠遣兵取江商，陷瑞安、临江、新喻、分宜，淫掠焚杀一空。又陷袁州、吉安。十一月，江督吕大器兵复吉安，左良玉移镇武昌，令马士秀等趋长沙捣贼，后令马进忠等趋袁吉，击其前，诸军奋击，贼大败，遂复岳州及袁州，尽诛诸伪官。十七年正月，献忠遂弃长沙，引步骑数十万人入夔州。六月，献忠陷涪州、泸州，蜀王告急于江南。献忠陷重庆，瑞王阖宫被难。八月，献忠陷成都，蜀王阖宫被害。献忠自称西王，改元大顺。献忠大索全蜀绅士，至成都，皆杀之。既而悬榜试士，云不到者斩。诸生远近争赴，献忠以兵围而击杀之，咸挟笔握策而死。蜀中士类俱尽，复大杀蜀民，或剥人皮，或割人手足，或割少妇阴与足而食之，全蜀数千里无人迹，惨矣！

闯贼自十六年五月，并袁时中之后，大造战舰于荆、襄，谋自王于荆州，遣亲信大帅二十九人，分守各处郡邑要害。以刘宗敏总步，白旺总骑。闯贼行军，虽左右不知所往，鸡再鸣，并起蓐食，鞴马以俟，百万之众，惟自成马首是瞻，席卷而趋。遇大川，则囊土壅上流而渡，不携粮，随掠而食，饱则弃余，饥则食人，兵各携所掠美女为妻孥，惟供淫乐，生子则弃之，不令育。惟掠男子十五岁以上者为养子，每有谋略，集众计之，自成不言可否，而阴用其长者。其攻城，望风降者不杀，守一二日，则杀十分之三四，或五六日以上，则必屠，无噍类矣。杀人数万，聚尸为燎，名曰打亮。性最酷。断耳剔目，指截折足，剖心锯体，日以为常，谈笑对之。其兄自秦中来，自成执而杀之。无子，以李双喜为养子，嗜杀更酷于自成。

时流贼之乱，十余年，自北京以南，南京以北，纵横数千里间，白骨满地，人烟断绝，行人稀少。上召保定巡抚徐标入见，标曰："臣自江淮来，数千里，荡然一空，即有城池，仅余四壁，蓬蒿满目，鸡犬无闻，曾未遇一耕者，陛下将何以致治呼？"上闻之，唏嘘泣下，为祭难民，祭阵亡将士，祭各亲王，作佛事于宫中，以祈太平。下诏罪己，趋督师孙传庭作速剿寇。八月，孙传庭次阌乡，克宝丰，诛伪州牧陈可新，遂入唐县，贼家口悉伏诛。孙传庭复郏县，李自成将兵逆战，大败，时孙传庭前锋，尽收左、革故部，皆致死于贼，而高杰所统诸降将，备悉贼中曲折。自成复遣其弟一只虎李过逆战，三战三北。自成奔襄城，诸军进逼之，自成累败，挑土筑墙以自固。已而食尽，有饥色，自成谋所向。牛金星请先取河北，直捣京师。杨承裕欲先据河南，独顾君恩曰："否，否！先据留都，势居下流，难济大事，其策失之缓；直捣京师，万一不胜，退无所归，其策失之太急；如先取关中，为元帅桑梓之地，秦邦百二山河，足以建国立业，然后旁略三边，贤其兵力，攻取山西，后向京城，进退有余，方为全策。"贼从其计，正欲进取关中。会大雨连旬，孙传庭军乏饷，兵噪于汝州。降盗李际遇阴通于贼，贼率诸骑大至，官军与战，堕贼伏中，遂大败。孙传庭与高杰走河北，自成向潼关，孙传庭亦整兵向潼关，众尚有四万。一只虎陷阌乡，疾走潼关，获督师大纛，贼以纛绐守关者，突入潼关，官军大溃。贼既入关西行，一只虎陷华阴，孙传庭退屯渭南。冬十月，贼合众数十万，陷渭南，孙传庭没于阵，杨暄被执，不屈死之。贼屠渭南，李自成陷商州，商洛道黄世清死之。李自成陷西安，陕西巡抚冯师孔，按察使黄炯，长安知县吴从义，指挥崔尔达，秦府长史章世炯等，皆死之。贼据秦王府，掳秦王，伪授权将军。秦藩富甲天下，拥资数百万，尽为贼有。贼分兵徇诸郡县，皆陷之。李贼改西安府为长安，搒掠巨室助饷。十一月，李贼陷延安，复陷凤翔，屠之。总兵高杰，引兵奔山西，高杰即翻山鹞，后率入江南。李贼陷榆林，备兵副使都任，总兵尤世及诸将，一城男妇尽死之，无一人屈节辱身者。贼捣宁夏，宁夏以降。贼陷庆阳，屠之，执韩王。贼陷平阳，杀西河王等数百人。山西郡县，望风款附。贼遣伪牌，遍行山西，其辞甚悖。

崇祯十七年甲申正月，李自成称王号于西安，僭国号曰顺，改元永昌。贼掠河东，河津一路俱陷。李自成伪牒兵部约战，言三月十五日至。上忧寇，临朝而叹。大学士李建泰曰："主忧如此，臣敢不竭力，愿以家财佐军，提兵西行，剿寇立功。"上悦曰："卿若行，朕当仿古推轮礼行之。"遂命大学士李建泰出师，上以特牲告庙，廷授节剑，驾御正阳门，设宴作乐，亲赐卮酒曰："先生之去，如朕亲行。"建泰顿首起行，上目送之。是日大风扬沙，占曰："不利行师。"建泰肩舆，不数步杆折，识者忧之。建泰出都，闻山西烽火甚急，家已破，进退失措，次于涿州。未几，为贼所执。二月朔，上平旦视朝，忽得伪封，启之，其词甚悖，末云："限三月望日，至顺天会同馆缴。"一时相顾失色，朝罢，遂不复问。李自成至太原，太原无重兵为守。巡抚蔡懋德，遣骁将牛勇、朱孔训出战，孔训伤于炮，勇陷阵死，一军皆没。贼移檄远近，有云："君非甚暗，孤立而炀蔽恒多，臣尽行私，比党而公忠绝少，甚至贿通宫府，朝廷之福威日移，利入戚绅，闾左之脂膏尽竭。"又云："公侯皆食肉纨绔，而倚为心腹，宦官皆龁糠犬豚，而借其耳目，狱囚累累，士无报礼之心，征敛重重，民有偕亡之恨。"人读之，多为扼腕。蔡懋德知事必不支，写遗表，令监纪、贾士璋间道奏京师。贼陷太原，执晋王，巡抚蔡懋德，中军盛应时等，皆死之。李自成兵趋正定，知府邱茂华叛降贼，贼遣数骑入城，收帑籍，近京三百里，寂无言者。吏科都给事中吴麟征，请弃山海关，征吴三桂入卫京师，廷臣皆以弃地非策，不从。

李自成兵薄宁武关，总兵周遇吉，悉力拒守，大炮击杀贼万余人。会火药尽，或言贼势盛，可款也。遇吉曰："战三日，杀贼且万，君辈何怯耶？能胜之，则一军尽为忠义，万一不胜，缚我以献，若辈可无恙。"于是开门奋击，衣服旗帜，悉与贼同，而自为记别，贼大乱，杀贼数千人。贼惧欲退，或为贼策曰："我众彼寡，请去帽为识。见戴帽者击之，可歼也。"贼引兵复战，皆脱帽以自别，明兵大败。遇吉阖家自焚，身挥短刀力斗，见执，骂贼而死。贼遂屠宁武关，自成叹曰："使守将尽如周将军，吾安得至此！"李贼陷大同，杀代王。总兵朱三乐、巡抚卫景瑗等死之。上以贼兵日迫，问战守之策，群臣默然。上叹曰："朕非亡图之君，诸臣尽亡国之臣耳！"遂拂袖而起。钦天监奏帝星下移。李自成兵陷保定，御史金毓峒及其妻王氏与其从子振孙等皆死之。贼执督师李建泰，自成长驱向宣府。监视太监杜勋，与众约降。巡抚朱之冯独巡城，见大炮，命众燃之，众不应，之冯乃自起燃火，兵民竞挽其手，之冯乃夺士卒刀，自刎。宣府军民俱降贼。时帝内库银，不肯发饷，必取给于户部。户部用竭，乃征勋戚大珰助饷，遣太监徐高，谕嘉定伯周奎为倡，奎谢无有，不得已，奉捐乃金。太监王之心最富，上面谕之，仅献万金，其余各献多寡不等，惟太康伯张国纪输二万金。后贼拷王之心，追现银十五方，他金银器玩称是。周奎抄现银五十二万，珍币复数十万。贼警益迫，有劝上南迁者，上怒曰："卿等平日专营门户，今日死守，夫复何言！"分营都门，设大炮，给九门守者人百钱，召前太监曹化淳守城。南京太祖孝陵夜哭。贼自柳沟，直抵居庸关，伪权将军移檄至京师云："十八日至幽州，会同馆暂缴。"京师大震，诏三大营屯齐化门外。贼陷昌平州，总兵燕守镠，骂贼不屈而死。贼焚十二陵享殿，传警至京师。上乃下前吴麟征疏，飞檄吴三桂入援，然已无及矣！贼骑过昌平，太监高起潜弃关走西山，贼分兵掠通州粮储。

十六日，上方御殿，召考选诸臣入对。问裕饷安人，滋阳知县黄国琦对中旨，授给事中，其余以次对，未及半，秘封入，上览之色变，即起入，诸臣立候移刻，命俱退，始知为昌平失守也。是夜，贼直犯平则门，竟夜焚掠，火光烛天，京师内外雉堞，凡十五万四千有奇，时登陴守城，止羸弱五六万人，又无炊具，市饭为餐，饷久阙，仅人给百钱，无不解体。贼潜遣其党，辇金钱，饰为大贾，列肆于都门。更遣奸党，挟资充衙门掾吏,专刺阴事,纤悉必知。十七日,上早朝,召对诸臣而泣。俄闻贼大至,方报过卢沟桥,俄攻平则、彰义等门矣。城外三大营,皆溃降贼。火车巨炮,皆为贼有,贼反炮攻城,轰声震地。诸臣方侍班,襄城伯李国桢匹马驰阙下,汗浃沾衣,内侍呵止之。国祯曰:“此何时也,君臣见求相见,不可多得矣!”上召入,国桢奏守军不用命,鞭一人起,一人复卧如故。上因命内侍俱守城,凡数千人,上括中外库金二十万犒军。是日,细民有痛苦输金者,各授锦衣卫千户。十八日贼攻城,炮声不绝,流矢雨集。贼仰语守兵曰:“亟开门,否且屠矣!”守者惧,空炮向外,不实铅子,徒以硝焰鸣之,犹挥手示贼退,乃发。李自成对彰义门设坐,晋王、代王左右席地坐,太监杜勋侍其下。因呼城上人莫射,我杜勋也,可縋下一人以语。守者曰:“留一人下为质,请公上。”勋曰:“我杜勋无所畏,何质为!”提督太监王承恩縋之上,因入大内,盛称贼兵势重,皇上可自为计。守陵太监申芝秀,自昌平降贼,亦縋上入见,备述贼犯上不道语,请逊位,上怒叱之。诸内臣请留勋,勋曰:“有秦、晋二主为质,不反,则二王不免。”乃纵之出,仍縋下。勋谓守城内珰王则尧等曰:“吾党富贵自在也。”初误传杜勋殉难,赠司礼监,荫锦衣卫,立祠,至是方知其从贼也。

上下诏亲征,召驸马巩永固,谋以家丁,护太子南行。对曰:“臣等安敢私蓄家丁,即有之,何足当贼。”乃罢。申刻,彰义门启,盖太监曹化淳献城开门也。李自成率大队疾驱入,沿途杀掠。大学士蒋德璟宿会馆,被创。上亟召阁臣入,曰:“卿等知外城破乎?”曰“不知。”上曰:“事亟矣,今出何策?”俱曰:“陛下之福,自当亡虑,如其不利,臣等巷战,誓不负国。”命退。是夕,上不能寝,内城陷,一阉奔告。上曰:“大营兵安在?李国桢安在?”答曰:“大营兵散矣,皇上宜急走。”其人即出,呼之不应。上即同太监王承恩幸南宫,登万岁山,望烽火烛天,徘徊逾时,回乾清宫,朱书谕内阁成国公朱纯臣提督内外诸军事,夹辅东宫。内臣持至阁,因命进酒,连沃数觥,叹曰:“苦我民尔!”以太子永王、定王分送外戚周、田二氏,语皇后曰:“大事去矣。”各泣下,宫人环泣,上挥去,令各为计。皇后顿首曰:“妾侍陛下,十有八年,卒不听一语,致有今日。”拊太子二王,恸甚,遣之出,后自尽。召公主至,年十五,叹曰:“尔何生我家?”左袖掩面,右手挥刀,断左臂,未殊死,手栗而止。命袁贵妃自尽,系绝复苏,上拔剑,刃其肩,又刃所御妃嫔数人。召王承恩对饮,少顷,易靴出中南门,手持三眼枪,杂内竖数十人,皆骑而持斧,出东华门。内监守城,疑有内变,施矢石相向。时成国公朱纯臣守齐化门,因至其第,阍人辞焉。上太息而去,走安定门,门坚不可启,天且曙矣。丁未十九日鸡鸣时,上御前殿,鸣钟集百官,无一至者。遂仍回南宫,登万岁山之寿皇亭,自尽。亭新成,所阅内操处也。太监王承恩对缢。上披发,御蓝衣,跣左足,右朱履,衣前书曰:“朕自登极十七年,逆贼直逼京师,虽朕薄德匪躬,上干天怒,然皆诸臣之误朕也!朕死,无面目见祖宗于地下,去朕冠冕,以发覆面,任贼分裂朕尸,勿伤百姓一人。”又书一行,百官俱赴东宫行在。犹谓阁臣已得朱书也,不知内侍持朱谕至阁,阁臣已散,置几上而返,文武群臣,并无一人知者。先是大内有秘室,镭键甚严,相传刘诚意藏秘记于内,非大变,戒勿启。至是事急,启之。得绘图三轴,末一轴,图像酷肖圣容,身穿白背心,右足跣,披发中悬,于今无异,诚天数也。

时方昧爽，天忽雨，俄微雪，城陷。贼骑塞巷，投矢，令人持归，闭门，得免死，于是俱门书顺民。贼经象房桥，群象哀鸣，泪下如雨。太子走诣周奎第，奎卧未起，叩门不得入，因走匿内宫处舍。初上之出至南宫也，使人诣懿安张皇后所，劝后自裁，仓促不得达。宫中既乱，懿安皇后青衣蒙头徒步走入成国公第。尚衣监何新入宫，见长公主断肩仆地，与宫人救之苏，负之而出。既而贼入，宫人魏氏大呼曰："贼入大内，我辈必遭所污，有志者早为计。"遂跃入御河死。顷间，从死者一二百人。自成毡笠縹衣，乘乌骏马，先使人清宫，遂入宫。问帝所在，大索不得。乃下令，献帝者，赏万金，封伯爵，匿者夷族。明日午刻，始得先帝凶闻于煤山。自成令以双扉舁帝后于东华门侧，殓以柳棺，覆以篷厂，莫有敢往哭者。贼分宫嫔，宫人费氏年十六，投眢井，贼钩出之，见其姿容，争相夺。费氏绐曰："我长公主也，若不得无礼，必告汝主。"群贼拥见自成，自成令内官审之非是，赏部校罗贼。费氏复绐曰："我实天潢之胄，义难苟合，望将军择吉成礼。"贼喜，置酒极欢。费氏怀利刃，俟贼醉，断其喉，因自刎。自成大惊，命收葬之。内臣献太子，自成封为宋王，太子不为屈。辛亥，改殡先帝后，出梓宫二，以丹漆殡先帝，黝漆殡先后，加帝冀善冠衮玉，渗金靴，后袍带亦如之。明亡，凡十六帝，共二百七十七年。

诸臣闻变，大学士范景文，并妾；户部尚书倪元璐，并一门，共十三人；左都御史李邦华；副都御史施邦曜；大理卿凌义渠；兵部右侍郎王家彦；刑部右侍郎孟兆祥，并妻何氏、子章明、媳王氏；左谕德乌世奇，妾朱氏、李氏；左中允刘理顺，并妻万氏、妾李氏及子与婢仆辈，阖门一十八人；太常少卿吴麟征；左庶子周凤翔，并二妾；检讨汪伟，并妻耿氏；户科给事中吴甘来；御史王章；御史陈良谟，并妾时氏；御史陈纯德、赵谍；太仆寺丞申佳允；吏部员外许直；兵部郎中成德，并母张氏、妻张氏及子；兵部员外金铉，并母章氏、妾王氏及弟鋐；光禄寺署丞于腾蛟，并妻；新乐侯刘文炳，并祖母与弟；左都督文耀及妹，子孙男女共十六人；驸马巩永固，并乐安公主及子女五人；惠安伯张庆臻，并阖门男女；宣城伯魏时春，并阖家；锦衣卫都指挥王国兴；锦衣卫指挥同知李若琏；锦衣卫千户高文采，并一家十七人；顺天府知事陈贞达；副兵马司姚成；中书舍人宋天显，滕之所、阮文贵；经历张应选；阳和卫经历毛维张；儒士张世禧，并二子；百户王某，失其名；顺天府学教官五人，俱失其姓名；长州生员许琰；俱死之。诸臣死难，惟孟兆祥守正阳门，死于门下。王章、赵谍，骂贼而死。范景文、申佳允、刘文炳、卫时春，赴井。金铉、滕之所、阮文贵、张应选投御河。施邦曜饮药。凌义渠扼吭。巩永固及乐安公主，张庆臻自焚。其余皆投缳自缢而死。襄城伯李国桢，闻贼舁帝后梓宫于东华门外设厂，百官过者，莫敢进视。国桢泥首去帻，踉跄奔赴，跪梓宫前大哭。贼执国桢见自成，自成以好语诱国桢使降。国桢曰："有三事，尔从我即降。一祖宗陵寝不可发；一须葬先帝以天子礼；一太子二王不可害。"自成悉许之。扶出，贼因以天子礼，葬愍帝于田贵妃墓。惟国祯一人，斩衰徒步往葬。至陵襄事毕，恸哭，作诗数章，遂于帝后寝前自缢。布衣汤文琼，见愍帝梓宫过，恸哭，触石而死。贼既窃据，一时诸臣，尽节稍不决烈，即被其拘执于朝，极刑搒掠、追胁献金。献不满意，仍复受刑，受刑不过，复自寻死。贼兵充塞街巷，恣意淫掠。惟殉难诸臣家，贼戒不敢骚扰。贯城罪囚，一时尽放，京师汹汹。

早有官民劝进，劝进表文有云："比尧舜而多武功，迈汤武而无惭德"之句，出自才华，一时相传，为士林之羞。李自成称帝，即位于武英殿，每升御座，辄目眩头晕，见白衣人数丈长者前立。命铸永昌钱，字不成文。又铸九玺不成。又于明朝制度，任意纷更，识者已知其终于贼矣。

时明总兵平西伯吴三桂守宁远，奉召入援，途次闻燕京已陷，不敢前。李自成执三桂父襄，并其家属，迫襄作书招三桂降，三桂允之。嗣闻爱妾陈沅为自成所劫，大愤，疾归山海关，整军抵御。陈沅一名圆圆，玉峰歌妓也，有殊色。初为田贵妃父田畹所纳，宠号专房。会乱亟，田畹惧甚。适三桂入觐，畹浼其保护。三桂初闻圆圆名，至是得见，索为侍妾，畹不得已允之，三桂遂携圆圆去。明廷促三桂出关，三桂即赴宁远，留圆圆在京。既闻圆圆被劫，遂仇视自成。适清睿亲王多尔衮，率师略山海关外地，三桂遣使乞援。多尔衮得三桂书，兼程赴急，将至关，李自成方率精锐二十万，击三桂，又分二万骑，绕出关外夹攻。清师至，败关外贼。三桂开关迎清军，即剃发为誓。翌日出战，多尔衮令三桂先进，自率英王阿济格、豫王多铎，登山观战。自成悉众阵关内，横亘至海，张两翼围三桂数匝，三桂军殊死战。及午，风发尘起，阿济格等，率铁骑横跃入阵，所向摧残。俄尘开，自成见辫发军，大惊曰："满洲至矣！"遂遁，余众大溃。三桂追至京师，自成遣将求和，不许，与战又失利，缚吴襄及家属于城上，尽杀之，惟陈沅不与焉。三桂攻城益急，清军亦踵至，自成焚宫阙，挟明太子西走。故明文武百官，遂出迎三桂及多尔衮入京。多尔衮禁兵士入民家，百姓安堵，秋毫无犯。寻为崇祯帝发丧，令官民等服丧三日，谕礼部太常寺以礼改葬。多尔衮命修筑宫殿，遣迎銮大臣屯齐、喀和托至沈阳，奉帝迁都，于是入关定鼎之局定，时顺治元年五月也。欲知清室源流，且看下回分解。

第三十九回 **清室兴 平世乱 戡定中原**

诗曰：

长白山头王气钟，觉罗遗种竟成龙。
留传十叶从头溯，犹记灵池天女踪。

却说清之先世，实为女真。女真为蒙古所灭，其别族散居辽东。辽东海滨，有长白山，即清室发祥之地。山之东有布库里山，山下有池，名布尔湖。相传有天女三人，同浴于池。适神雀衔朱果，置季女衣。季女名佛库伦，取而吞之，遂孕，生一男，命姓爱新觉罗，取名布库里雍顺。爱新译言金也，觉罗即姓氏之义。布库里雍顺生而伟岸，及长，天女编柳条为筏，令布库里雍顺乘之，顺流而下，至三姓村。三姓方争为雄长，日相仇杀，见布库里雍顺舍筏登岸，群惊为神，迎至家，议推为主，妻以女百里，奉为贝勒，贝勒犹国主也，其争遂定。贝勒居长白山东之鄂多里城，国号满洲，数传至都督孟特穆，徙居赫图阿拉地，今奉天省兴京县是也。孟特穆生子福满，福满有六子，四子觉昌安承先业，居赫图阿拉城，余五子环城分居，并称宁古塔贝勒。觉昌安生子五人，四子塔克世，生子名努尔哈赤，即为清太祖。觉昌安多才智，收服邻近部落，辟地渐广。有长孙女嫁古埒城主阿太章京，互敦和好。会苏克苏浒河部图伦城尼堪外兰，勾结明宁远伯李成梁，合兵攻古埒城，为觉昌安所闻，急偕塔克世往援，与明军战，互有杀伤。尼堪外兰，诡辞招抚，诱城中人杀阿太章京，旋复屠其城，并杀觉昌安父子。努尔哈赤闻而大恸，立遣使者诘明边吏，明遣使归其祖父丧，封为龙虎将军，并给建州都督敕书。努尔哈赤复索交尼堪外兰，明不许，努尔哈赤遂率遗甲十三副，攻图伦城。尼堪外兰遁入明边，边人拒之，寻为努尔哈赤所执，杀之以复仇。会满洲附近浑河部，入寇赫图阿拉，努尔哈赤大破之，擒其主李岱，乘胜并苏克苏浒、董鄂、哲陈诸部，统一满洲。又降服鸭绿江部，尽有其众。

是时满洲北有扈伦四部：曰叶赫、曰哈达、曰辉发、曰乌拉。叶赫最强，其主扬吉砮闻努尔哈赤英武过人，妻以幼女。后生子皇太极，嗣位为太宗。扬吉砮死，子纳林布禄嗣，遣使至满洲求地，努尔哈赤不允，纳林布禄遂纠合哈达、辉发、乌拉三部，并扈伦西之蒙古部落，及长白山部落，共九部三万人，分三路来侵，努尔哈赤大败之。哈达、辉发、乌拉三部，旋为努尔哈赤所灭；长白山部，亦被其征服。叶赫大恐，乞援于明。明发兵二十万，由辽东经略杨镐统军出塞，进图满洲。努尔哈赤自称为帝，建元天命，追尊孟特穆为肇祖原皇帝，福满为兴祖直皇帝，觉昌安为景祖翼皇帝，塔克世为显祖翼皇帝，立宗庙社稷。以七大恨告天，率师攻明。明杨镐正会合叶赫、朝鲜各军，来攻满洲，交战于萨尔浒山，明军败溃，事见三十七回。努尔哈赤遂灭叶赫，擒贝勒金台石，缢杀之。金台石临死时，语刑者曰："吾后世虽存一女子，亦必覆满洲。"先是努尔哈赤兴筑宫室，掘一碑，镌有灭建州者叶赫六字。至是闻金石台言，益有戒心。第因皇太极生母，为叶赫女，不忍绝其宗祀，惟垂戒子孙不得娶叶赫氏。后来慈禧后为叶赫后裔，竟三次临朝，颠覆清室，详见下文。叶赫亡后，努尔哈赤屡攻明，得辽沈地，复迁都沈阳，嗣称盛京。天命十一年，努尔哈赤殂，寿六十八岁，庙号太祖，第八子皇太极嗣。

皇太极尝随父征讨，所向有功，兄弟皆敬服之，故推为嗣主，史称太宗，改元天聪。明宁远巡抚袁崇焕，遣使吊丧，微示议和意，卒未协。遂发兵征朝鲜，朝鲜世奉明朔，杨镐出塞，朝鲜兵亦来会。太宗嗛之，故遣贝勒阿敏等往讨，朝鲜王李倧不能御，奉币乞和，约为兄弟国，乃班师。转略明边，毁大小凌河二城而还。蒙古诸部落闻满洲强盛，争遣使朝贡，太宗命蒙古兵为向导，再兴兵攻明，由长城喜峰口入关，围遵化，趋蓟州，明蓟、辽总督袁崇焕，入援明京，清太宗用反间计，致崇焕下狱弃市。明将赵率教、满桂相继战死。太宗恐师劳饷绝，竟还军。

天聪七年，明故将孔有德、耿仲明，航海来降。孔、耿本毛文龙部下，毛为崇焕所杀，乃降清，太宗待以殊礼。孔、耿导清兵攻旅顺，总兵黄龙阵亡，副将尚可喜亦降清。寻太宗收服内蒙古察哈尔部，得历代传国玺，为元顺帝所遗。爰祭告天地，受温仁圣皇帝尊号，国号清，改元崇德。设国史秘书宏文三院，每院置大学士一人。又仿明制设六部，及都察理藩二院，官制大备。惟兵制自太祖时，已编立黄红蓝白四旗，及镶黄镶红镶蓝镶白四旗，共八旗。太宗复分设蒙古八旗。至崇德七年，又分设汉军八旗。每有调遣，地广则并进，地狭则序行，交战必互相策应，攻城必列阵始登，军律森严，信赏必罚，故所向克敌。太宗复欲发兵攻明，征朝鲜兵不至。改元时，朝鲜使臣入贺，又不拜。遂督军亲征，长驱入国都。国王李倧穷蹙乞降，称臣奉质，如事胡之礼，太宗乃还。至是屡遣将攻明，明蓟、辽总督洪承畴，率八总兵御清军，败绩。承畴被虏，太宗欲降之，承畴不屈。太宗妃博尔济吉特氏，有殊色，亲诣劝降，承畴惑之，乃降清。崇祯帝闻承畴遭擒，料其必死，为之筑祠，将亲制文以祭之，嗣闻承畴降乃止。太宗以崇德八年崩，寿五十有二，第九子福临嗣位。

福临系吉特氏所生，年甫六龄。践阼后，尊嫡母生母俱为皇太后，改元顺治，是为世祖。郑亲王济尔哈朗、睿亲王多尔衮辅政，二人皆皇叔也。顺治元年三月，命多尔衮为奉天大将军，督师略明山海关外地。适明宁远总兵平西伯吴三桂乞援，遂入关驱李自成，迎世祖入明都，即中国皇帝位。加封多尔衮为叔父摄政王，济尔哈朗为信义辅政叔王，并赏赉满汉各官有差。尽除明季加派税饷厂卫诸弊政，畿内大悦。吴三桂觅得爱姬陈沅，益嬖之。嗣受清命封平西王爵，偕英亲王阿济格及尚可喜等，追剿李自成。闻自成已自晋入陕，乃由大同边外，沿长城而西。豫亲王多铎，亦率孔有德等，由河南赴陕，夹攻自成。自成腹背受敌，南走湖广，七战七败。窜至通城，尚有残众十余万，因食尽，四出抄掠。明湖广总督何腾蛟邀击之，自成大败，余众多降腾蛟。自成仅以数十骑遁，掠食山中，为村民击毙。截其首献腾蛟，腾蛟验之，左目伤镞，始知为自成。或曰："自成以二十余骑祷九宫山，村民疑为劫盗，聚击之，锄碎其首，糜烂不可辨，未知孰是？"

是时畿南一带，溃贼群起。山东诸州县，亦争杀自成所设伪官，据城自保。明福王由崧，又称帝于南京。多尔衮命直隶巡抚卫国允等平畿南，肃亲王豪格平山东，调豫王多铎师下江南。多锋循河而东，所过州县皆迎降，江南大震。

福王之帝江南也，凤阳总督马士英实主之。福王为神宗孙，与从父潞王常淓，避寇居淮安。崇祯殉国，马士英迎立为帝，改元弘光。南京兵部尚书史可法，初以福王庸暗，议立潞王。及福王入南京，马士英以拥戴功入阁，遂出史可法督师江北，统辖四镇。四镇总兵，为刘泽清、高杰、黄得功、刘良佐。泽清驻淮安，杰驻瓜州，得功驻仪征，良佐驻寿春，各不相能。福王又肆意纵淫，广采美女入宫，日夜取乐，朝政则一委马士英。士英引用魏阉余党阮大铖等，骫法舞弊。可法上书屡谏，不之省。多尔衮闻可法贤，贻之书，责以屈服，可法不屈，惟遣兵部右侍郎左懋第等报书。懋第被囚，嗣以不遵剃发令，为清所杀。可法锐图恢复，进师清江浦，将屯田开封，为战守计。会闻清师南下，飞书告急，士英置若罔闻，各镇亦拥兵观望，无急公者。独高杰自瓜州进次徐州，联络睢州总兵许定国，期合力备御。不意定国已纳款清军，反诱杀高杰，导清军进破泗州，可法闻变流涕曰："中原不可为矣！"驰赴徐州，移高杰部兵至扬州。会宁南侯左良玉，拥兵武昌，与士英不和，扬言入清君侧，引兵东向。士英急召可法及四镇兵入援，沿淮无守卒。可法至燕子矶，闻良玉已病死九江，其部众为得功击退，乃复驰回扬州。适清兵渡淮而东，直抵扬州城北。可法檄各镇兵会援，皆不至，惟总兵刘肇基，自白洋镇趋赴，与可法分陴固守。凡七昼夜，城卒陷。肇基率所部巷战，力竭而亡。可法被执，大呼曰："我史督师也！"亦被杀。可法在军，食不兼味，行不张盖，与军士同甘苦。每上疏，披胆沥陈，闻者泪下。乃以权奸内忌，悍将外争，终死于难，世人比诸宋末之文天祥焉。

多铎既入扬州，屠戮十日，河流尽赤，遂渡扬子江。明侍郎杨文骢，总兵郑鸣逵，皆自京口遁去。清兵陷镇江，越丹阳句容，直抵南京。福王闻警，亟率宫人宦官走芜湖。士英、大铖先后奔杭州。明忻城伯赵芝龙以下，开城迎降。多铎入南京，遣贝勒尼堪、贝子屯齐，追袭福王。福王走依黄得功，得功率兵御清军，中流矢死。明总兵田雄、马得功劫福王降清军，江南悉定。清英王阿济格，亦顺道至九江，接应多铎，途次收降左良玉子梦庚，得部兵十万。因闻南京已下，乃遣章天声暨降将金声桓略江西，自率兵北还。多铎既掳福王，解送京师。复派博洛徇杭州，马士英迎战不利，又遁去。清军涉钱塘江，扎营江岸，江潮三日不至。明潞王常淓，正流寓杭州，至是开城出降。多铎遂奏改南京为江南省，设巡抚以下各官，班师北去。清廷命贝勒勒克德浑为平南大将军，偕内阁大学士洪承畴，出驻南京，镇抚南方。

会明鲁王以海，监国绍兴。唐王聿键，称帝福建，改年隆武。以海为明太祖十世孙，由明故兵部尚书张国维等拥戴。聿键为明太祖九世孙，为明故礼部尚书黄道周及南安伯郑芝龙等拥立。二王有叔侄谊，据地自王，东南对峙。唐王遣给事中刘中藻，颁诏浙东，鲁王不纳。寻复遣佥都御史陆清源，赍饷银十万两，犒劳浙东军士，为鲁王麾下总兵方国安所劫。且历数唐王罪，唐王大愤，杀鲁王使陈谦，以此益不相容。清廷以人民携贰，遍下剃发令，东南遗老，遂相率起兵。明故给事中陈子龙、总督沈犹龙等，联合水师总兵黄蜚、吴志葵，起兵松江。故兵部尚书吴易，起兵吴江。故行人卢象观，奉明宗室朱盛沥，起兵宜兴。故中书葛麟，奉明宗室朱盛澂，起兵太湖。故主事荆本彻、员外郎沈廷扬，起兵崇明。副总兵王佐才，起兵昆山。故通政使侯峒曾、进士黄淳耀，起兵嘉定。故吏部尚书徐石麟、平湖总兵陈梧，起兵嘉兴。故典史阎应元，起兵江阴。故佥都御史金声，起兵徽州。或通表唐王，或归鲁王节制，但各据偏隅，势如散沙。清贝勒勒克德浑，大学士经略洪承畴，及贝勒博洛，自江浙分兵四攻，诸遗臣先后战死。嘉定城陷，侯峒曾、黄淳耀自尽，城被屠，三日乃止。后人称扬州十日屠，嘉定三日屠，最为惨烈。江阴阎典史，守城八十一日，亦被清降将李成栋、刘良佐攻入，阎遇害，满城男妇，悉遭淫戮，所存只五十三人，匿寺观塔上，乃得免。自清兵南下，罹祸最甚者，扬州、嘉定外，莫若江阴。

清贝勒博洛，复统兵临钱塘江，窥绍兴。明尚书张国维与总兵方国安，隔江拒战。国安营灶，为清兵红衣大炮所毁，国安即拥兵数万遁回。挟鲁王奔台州，国维尚孤守江上。适夏旱水涸，徒步可涉，清兵由上流渡江，明营骇溃，国维亦退守东阳。马士英、阮大铖奔方国安营，嗾国安执鲁王献清。鲁王走脱至海滨，遇故定西侯张名振，航海去。国安、士英、大铖遂降清，导清军入金华，转攻东阳。国维知不可守，投水死。国安、士英、大铖后皆为博洛所诛。博洛乘胜图闽，闽中大恐。唐王在闽，颇奋志有为，惟事事受制于郑芝龙，号令不行。芝龙率兵守仙霞关，闽中空虚。爰令黄道周出关募兵，徒手号召，无所得。至婺源，为洪承畴侦悉，袭执之，嗣被杀。唐王闻道周死，益耸惧。适明湖广总督何腾蛟，收集闯众，分为十三镇，列戍两湖，势颇盛。明兵部侍郎杨廷麟，募民兵二万，峒蛮四万，据赣州，取吉安，军容亦盛。两人各受隆武封爵，遣使迎驾。唐王欲由赣入楚，依腾蛟，为芝龙所阻，不得行。芝龙阴受洪承畴招抚，诡言海寇入犯，驰还安平，且尽撤水陆防兵。清贝勒博洛，长驱入仙霞关，唐王急自延平出奔。博洛遣将昼夜穷追，至汀州执唐王，及其妃曾氏。曾氏通诗书，明礼义，被掳后渡九泷江，投水自尽。唐王被逮至福州，绝粒而亡。闽地平，博洛凯旋。郑芝龙降清，其子成功不服，投海岛去讫。

是年，清肃亲王豪格与吴三桂率兵西略，平定陕西余乱，分兵入川。张献忠部将刘进忠迎降，导清军攻西充，与献忠遇，发矢殪之。献忠淫恶异常，至是伏诛，远近称快。豪格班师，留三桂镇守四川，西陲亦平。明兵部侍郎瞿式耜与两广督臣丁魁楚，闻唐王覆没，迎神宗孙桂王由榔于梧州，监国肇庆，寻称帝，改元永历，传檄远近。时杨廷麟已败没赣州，江西各郡县，由清降将金声桓略定，独湖广尚为腾蛟有。腾蛟奉桂王檄，与云贵督师堵胤锡连署劝进，誓守臣节。独故大学士苏观生，奉唐王弟聿𨮁至广州，称帝改元，招海上徐、马、郑、石四姓盗魁，授为总兵，与肇庆对抗。二百里间，两帝并立，互相争哄，不遑外御。清贝勒博洛，遣副总兵李成栋，率偏师至广州。观生仓促自尽，聿𨮁被擒，亦自杀。成栋分兵攻高雷各郡，自督兵进攻肇庆。式耜请战，魁楚与宦官王坤，请西奔。遂弃肇庆走桂林。成栋取肇庆，连陷梧州、平乐，桂林震慑。王坤又劝桂王奔全州，式耜谏阻不从，愿为留守，乃许之。丁魁楚走降成栋，成栋杀之，并戮及妻孥，竟率兵攻桂林，式耜督参将焦琏固守。其夫人邵氏，以簪珥充饷，兵民感奋，各无叛志，成栋不能下，退兵昆阳。会明遗臣张家玉、陈子壮等，起兵东莞端州间，合趋广州。清督佟养甲，急檄成栋回援，家玉、子壮皆败死。式耜独乘间复广西郡县，表请桂王还都。桂王在全州，为镇将刘承胤所制，不能行。承胤本何腾蛟属镇，即三十六镇之一也。桂王往依之，承胤劫桂王至武岗，矫旨封拜，诸镇离心。清廷命恭顺王孔有德为大将军，与尚可喜、耿仲明等，率师入湖南，何腾蛟不能御，退保衡州，堵胤锡亦遁，各镇闻风四溃。刘承胤以武岗降清，桂王脱走柳州。腾蛟又奔至桂林，与式耜定议，划地分守，遂移镇全州。清军攻之不能克，转攻桂林。因腾蛟还救，亦引退，桂王乃得还桂林。

未几，清降将金声桓，以略定江西，未沐升赏，遂怨清归明，杀巡按董学成，囚巡抚章干天，迎故明大学士姜日广，共守江西，通表桂王。李成栋转战东南，亦因赏不副功，怏怏失望。成栋有爱妾，名珠圆，系云间歌妓，被掠为妾，宠号专房，至是亦劝成栋归明，且自杀以激之。成栋遂劫总督佟养甲，以广东归桂王。桂王封声桓为昌国公，成栋为惠国公。同时蜀中故将李占春及义勇杨大展等，分据川南川东，愿为桂王臣属。清降将姜瓖，镇山西大同，亦叛清附明。何腾蛟复自全州发兵，收复湖南大部。于是桂王诏敕，复及两广、云贵、江西、湖南、四川诸省，且遥至山陕。清廷忧甚，亟遣都统谭泰及和洛辉，会耿仲明、尚可喜征江西、广东。亲王济尔哈朗及勒克德浑，会孔有德攻湖南。郡王博洛及尼堪击姜瓖于大同。留吴三桂徇川、陕，洪承畴镇江南。金声桓方围赣州不下，闻清军南来，急回南昌，中途被清军要击，大败，入南昌城固守。谭泰、和洛辉等围之，复分兵绝其粮道。声桓遣使至成栋乞援，成栋逾岭赴急，为赣州清守将高进库所阻，不能进，退屯信丰。南昌势益孤，卒被陷。明臣姜日广殉难，声桓中二矢，投水死。清师援赣，进逼信丰，成栋兵溃，走死城东川中，江西复入清。清亲王济尔哈朗等，亦于此时进湖南，各郡县守将，莫有斗志，皆奔溃。何腾蛟入守湘潭空城，长沙清守将徐勇往袭，执腾蛟归，杀之。济尔哈朗令孔有德、尚可喜分军南进，有德连取衡永，直逼桂林。瞿式耜檄诸将军拒战，无一至者，惟戎政总督张同敞，自灵川至，见城中皆溃散，遂与式耜对饮待死。有德入桂林，拥二人去，幽诸密室，劝降不应，惟隔屋赋诗相唱和，寻见杀。式耜孙昌文，为清降将王陈策所获，劝有德戮之，未就刑，陈策七窍流血死，有德大惊，旋诣城隍庙祷祭，见同敞南面坐，亟奔还，乃命立双忠庙于独秀岩下，迄今犹存焉。桂王先自桂林迁肇庆，命杜永和为广东总督，驻广州，严兵守庾岭，清将尚可喜不敢进。嗣由明镇将罗成耀等，密为向导，从间道入庾关，抵广州城下，相持数月，始破广州。杜永和遁，桂王由肇庆奔梧州，闻桂林亦陷，又走南宁。两广州县，次第归清。济尔哈朗班师先归，孔有德留镇广西，尚可喜留镇广东，南方渐定。大同镇将姜瓖，与清郡王博洛等相持，几一载。清英王阿济格，督师继至，城中食尽，姜瓖为其下所杀。吴三桂亦收降李占春，并平陕西余寇，回镇川中。向之通表永历者，至此殆尽矣。

清摄政王多尔衮，勋望日隆，尊为皇父。羡太后吉特氏美，竟私焉。顺治六年，多尔衮元妃卒，太后下嫁摄政王，命礼部创定礼仪。礼部奏上，奉旨有皇太后独居无偶，寂寂寡欢；皇父摄政王，又赋悼亡，朕躬实深歉仄。今由诸王大臣合词吁请，佥谓父母不宜异居，宜同宫以便定省。爰择本年某月某日，恭行皇父母大婚典礼云云。届期诸王大臣，俱上表庆贺，颁诏大赦天下，以嫂妻叔，恬不为怪。张苍水有“春官昨进新仪注，大礼恭逢太后婚”之句，指此事也。多尔衮意犹未足，复讦肃亲王豪格罪，逮系至死，纳其福晋博尔济锦氏。豪格为多尔衮从子，福晋博尔济锦氏，即其侄妇。满人向称王妃为福晋，以侄妇为妃，乱伦尤甚。清朝东华录，只载多尔衮纳豪格福晋事，不及太后大婚，闻由乾隆朝纪昀所删，未知确否。多尔衮弟多铎，南下扬州，掠妇女多人，以孀姝刘三季为最美，发长委地，光可鉴人。多铎迫令侍寝，三季以死拒之。北归后，多铎妃殁，许三季为继室，三季乃委身事焉。多铎卒年三十有六，多尔衮卒年三十有九，皆以纵淫亡身。多尔衮以顺治七年卒，是年春，出猎山海关，犹纳朝鲜女子二人。及冬，殁于喀喇城，丧仪悉如帝礼，祔于太庙，号成宗。

顺治八年，世祖亲政，近侍苏克萨哈、詹岱穆济伦，首告多尔衮私制帝服，藏匿御用珠宝，指为蓄谋不轨之证。郑王济尔哈朗以下，合词证成其狱，且及逼死肃王，遂纳其妃之罪。乃撤去庙享，追夺其母妻封典，停嗣子多尔博袭爵。凡从前之阿附多尔衮者，皆罪之。或谓世祖不慊于母后，因示意近侍，罗织成狱。案定后，太后吉特氏亦出居睿亲王邸，至康熙二十三年而殂。雍正五年，葬昭西陵，不合葬太宗，微示绝于太宗之意，仍称陵者，以世祖所自生也。多尔衮既得罪，多铎亦追降为郡王，惟肃王豪格得复爵。嗣册立皇后博尔济锦氏，后为多尔衮指定，世祖与之参商。顺治十年，降为静妃，改居侧宫，另册科尔沁镇国公绰尔济女为后，世祖之怀忿深矣。

其时中原已定，惟云南、贵州二省，犹为张献忠余党所踞，推孙可望为长。既而李定国、白文选、刘文秀等与可望争权，各不相下。可望乃纳款桂王，求王封，桂王左右持不可。迨桂王窜南宁，势日蹙，乃封可望为秦王、定国为西宁王、文秀为南康王，促其出兵。可望迎桂王居安隆，使文秀图四川，定国图广西。文秀入叙州，败吴三桂军，嗣出川峡规湖南，清都统辰泰等击走之，乃遁还云南。定国出沅、靖、武岗，袭击桂林，孔有德不能守，死焉。还攻辰州，杀清总兵徐勇，屯守武岗。清命亲王尼堪、贝子屯齐南征楚、粤，尼堪殁于阵，屯齐战胜定国，定国走南宁。会可望跋扈贵阳，擅杀明宗室，桂王惧，密敕封定国晋王、文秀安南王，召之入卫。定国遂入抵安隆，扈桂王至云南，与文秀联合。可望大怒，举兵攻桂王，定国、文秀合军御之。可望麾下诸将，皆不直可望，倒戈鼓噪，可望骇走，奔湖南。适清经略洪承畴，移镇长沙，收降可望。探知明将内讧状，遂奏请乘机大举。清廷本不欲穷追，因承畴奏，乃令贝子洛托会承畴军，自湖南进。平西王吴三桂，偕都统墨尔根等，自四川进。都督卓布泰与提督线国安，自广西进。三路向贵州进发，合陷贵阳。清信郡王铎尼，复奉命为安远大将军，总统三路，率禁旅至贵州，令承畴、洛托一军留贵阳理饷，亲督诸军入云南，定国不能拒。先遣将扈桂王走腾越，自伏精兵于高黎贡山，以待追者。清军前队已中伏，得降官卢桂生言，泄定国计，急舍骑为步。发炮轰击，伏兵四起，互有杀伤。定国见事不成，赴腾越，至则桂王已走缅甸矣。

时郑芝龙子成功，亡命海岛，招集旧属得数万人，据福建海滨之金门、厦门，明鲁王走依之。成功奉永历正朔，鲁王乃去监国号，为寓公。鲁王臣张名振、张煌言与成功交甚睦，协图恢复。名振旋卒，鲁王继逝。成功与煌言谋大举，通使桂王，受延平郡王招讨大将军之职，兴练水师，乘清军入云南，进窥江、浙，破温、台，达崇明，乘风入江，陷瓜州、镇江，直薄南京。令煌言别领所部，进取徽、宁，东南大震。世祖幸南苑，集六师议亲征。寻由崇明总兵梁化凤，赴援南京，出成功不意，大破之于仪凤门外，成功亟航海还厦门。煌言军亦为贵州凯旋兵所败，遁入山中。于是全国版图，尽为清有，世祖混一之业以成。

世祖践阼十有八年，自亲政后，鉴明季宦官干政之失，屡诏裁抑，且惩贪墨，除苛扰，美政迭书，询英主也。惟废后事颇累盛德，十七年秋，皇贵妃董鄂氏卒，竟追封为后，弃嫡宠妃，不无可议。十八年正月，世祖崩于养心殿，年仅二十有四，皇三子玄烨嗣位，是为圣祖，以明年为康熙元年。或曰："世祖以贵妃之逝，伤感过甚，遁五台山为僧。"吴梅村清凉山赞佛诗，有"可怜千里草，萎落无颜色"之句，是暗指董妃。又有"回首长安城，缁素惨不欢。房星竟未动，天降白玉棺"之句，是暗言帝实未崩，遁迹五台，朝中以大丧告者伪也。或又谓董妃名小苑，系南中词人冒辟疆妾，为清军所掳，辗转入宫，大被宠眷，用满洲姓称董鄂氏，亦讳莫如深之意，是姑不必细表，且看下回述康熙朝事。

第四十回　康熙帝　靖内外　创制显庸

词曰：

珥笔记康熙，武功文德，赫赫声灵振蛮貊。中原平靖，又把外夷荡辟，有清三百载推贤辟。世事日非，追怀帝泽，青史虽留尽陈迹。蠲租免税，只付后人称述，遗风何处也江山碧。

却说圣祖嗣统，年只八龄。奉世祖遗诏，以内大臣索尼，苏克萨哈、遏必隆、鳌拜辅政。遗诏颁至江苏，巡抚朱国治以下，相率哭临，独秀才倪用宾等十八人，聚哭文庙，并至府堂进揭帖，讦吴县令任维初罪。朱国治指为震惊先帝之灵，聚众倡乱，摇惑人心，请旨严惩。朝命侍郎叶尼等往谳，定为大逆不道，一律处斩，才子金圣叹与焉。嗣复诛郑芝龙，并杀郑氏子弟在京者。以郑成功不受招降，屡为边患，杀其父，所以惩其子也。成功闻父死，益仇清。因厦门一隅，不足为根据地，乃令长子经守厦门，自率舰队向台湾。台湾系福建口外一大岛，明时为荷兰人所据，成功以兵击之。荷兰知事哥依德，拒战败绩，兵士死者千余人，不得已与成功议和，愿即迁让。荷人去，成功入居台湾，与厦门作为犄角，势颇张。欧罗巴洲人称成功为国姓爷，盖成功曾入侍唐王，受赐国姓，故云。成功之母，系日本肥前人田川氏女，芝龙降清，其母曾自杀，亦一女杰也。张煌言自徽宁败归，变姓名，出山航海，遗书成功，劝其率兵内响。成功图再举，适罹疾，以康熙二年卒于台湾。长子经入台嗣立，厦门旋为清所夺。张煌言避居海岛，卒被官军袭执，死于杭州。鲁、唐遗臣已尽。桂王由榔，与其臣华亭侯、王维恭等，亦为吴三桂军俘絷而归。

先是云、贵告平，诸将帅皆奉命班师，独吴三桂极陈边患，愿俘桂王以绝根株。清廷乃命内大臣公爱星阿等，赴滇会剿。康熙元年，清军入缅甸境，严檄缅人，令执献桂王君臣。缅酋巴哇喇达姆摩，适篡兄位，思见好于清，遂劫执桂王及其眷属从臣，献三桂军。明晋王李定国，先自腾越奔景线，闻明遗臣马九功、江国泰等，流寓古剌、暹罗各国，遂遣使通殷勤，拟联各国拒清军。谋定将发，三桂已俘桂王北去，定国愤懑死。桂王被俘至云南，三桂缢杀之，并杀太子。太子年十二，临刑大呼曰："我朝何负于汝，我父子何仇于汝，乃至于此！"三桂佯若罔闻。明华亭侯王维恭等百余人皆死焉。明室宗支无噍类，吴三桂之力居多，洪承畴次之，耿仲明、孔有德、尚可喜等又次之。承畴以平滇归乞休，幸得令终。有德自裁于桂林。吴、耿、尚三族，皆以叛逆被夷，事见后文。

自康熙元年以迄六年，国家政务，皆由四辅政大臣裁决。索尼为四朝老臣，资望最优，遏必隆、鳌拜、苏克萨哈，则相次也。鳌拜骄横，勾结党与，倒施刑赏，康熙四年，擅杀内大臣费扬古。五年，又擅杀大学士苏纳海，及直隶总督朱昌祚，巡抚王登联。索尼不能与争，郁郁死。圣祖亦隐嫉之。乃于六年秋亲政，鳌拜擅权如故。苏克萨哈与鳌拜有嫌，恐罹祸，疏请守陵。鳌拜劾其怨望，并讽王大臣奏列二十四大罪，圣祖悉其情，持不下，鳌拜攘臂强奏，卒坐苏克萨哈处绞，其子查克旦等凌迟处死，弟侄皆斩决。圣祖强为容忍，隐召宗室少年，入直内廷，习拳演技，成为童子军。八年夏，与内大臣索克图谋，召鳌拜入见，数其罪，鳌拜不服，童子军起而执之，讯得罪状三十款，革职拘禁，籍其家，其亲党班布尔善、穆哩吗、塞本德、阿思哈、噶褚哈、泰璧、图纳莫等，皆斩决。雪苏克萨哈及苏纳海诸人冤。复厘订官制，改内三院为内阁，设殿阁大学士，满汉并用，互相牵制。各省督抚提镇，以及布政按察巡道各官，量为增损。文武异途，兵民分治，渐成中央集权之制。

会广东留镇尚可喜老病，受制于长子之信，之信酗虐，可喜恐罹祸，疏请归老辽东，留子镇粤。圣祖正有徙藩意，遂令尽撤兵回籍。诏下，三藩乱起。三藩者，云南、广东、福建是也。顺治十六年，云、贵平定，曾命平西王吴三桂镇云南，平南王尚可喜镇广东，靖南王耿继茂镇福建。继茂即仲明子。仲明早死，继茂袭爵，是为三藩并建之始。三藩中，吴三桂功最高，兵亦最强。桂王受俘，清廷更隆厚赏，晋封三桂为亲王。云、贵督抚，咸归节制。用人行政，听其自由。三桂广为封植，遍树爪牙。子应熊，尚太宗第十四女和硕公主，居京师，朝政无不悉。以此根蒂益固，渐蓄异谋。及闻朝旨令广东撤藩，内不自安，佯请解兵纳土，以试上意。耿继茂子精忠，适父死袭封，亦如三桂计，上疏请撤兵。圣祖下廷议，多主张勿撤。惟户部尚书米思翰，兵部尚书明珠，刑部尚书莫洛，议从其请，圣祖准之。撤藩命下，三桂遂反。

康熙十二年十月，三桂杀巡抚朱国治，自称天下都招讨兵马大元帅，蓄发易衣冠，以明年为周昭武元年。贵州巡抚曹申吉，提督李本深，云南提督张国柱，皆从逆。云，贵总督甘文焜，仓皇趋镇远，战败自杀。警报达京师，阖廷震动。大学士索额图，请诛米思翰等谢三藩，圣祖弗许，只止闽，粤两藩勿撤。特布三桂罪状，削其官爵，下吴应熊于狱。命都统巴尔岱等，率满洲精骑三千，由荆州驰守常德。都统珠满，率兵三千由武昌驰守岳州，阻其入湘。命西安将军瓦尔喀进屯四川，阻其入蜀。特简顺承郡王勒尔锦，督大兵讨之。师未集，三桂已遣将马宝、王屏藩分道寇湘、蜀。马宝入湘，陷沅州，执总兵崔世禄，湖南巡抚卢震弃长沙，遁走岳州。王屏藩入蜀，四川巡抚罗森、提督郑怀麟等，款屏藩军。三桂命屏藩窥陕西，自率师出湖南，陷常德，分兵据长沙，直达岳州。卢震复遁，参将李国栋以城降。清军云集荆，襄，莫敢渡江。圣祖杀应熊及其子世霖，更命贝勒尚善，助尔锦图岳州。大学士莫洛，经略陕西，为瓦尔喀后应。未几，广西将军孙延龄，复叛应三桂。耿精忠囚总督范承谟，亦据福建反。分三路发兵，遣曾养性窥浙东，白显忠窥江西，马九玉窥浙省之金、衢。圣祖再命康亲王杰书，偕贝子傅喇塔，出浙江。安亲王岳乐，出江西。简亲王喇布镇守江南，策应各路。遥饬靖南王尚可喜，与总督金光祖讨孙延龄。三桂闻精忠起应，自长沙遣将犯江西，入袁州，陷萍乡、安福、上高各城，又诱陕西提督王辅臣，攻杀莫洛，下平凉，东西响应，势益震。圣祖议亲征，群臣力谏乃止。会信郡王图海，自蒙古靖寇归，奉命赴陕，大破辅臣军，辅臣降。三桂方命王屏藩援辅臣，亲率军至松滋。将取道秦中，以攻京师，会闻辅臣败降，屏藩遁还，乃折回。清亲王安乐，乘三桂西上，已略定萍乡各邑，出醴陵攻长沙。勒尔锦尚善，亦自荆州渡江，进规湖南。适三桂军还，勒尔锦等遁回。安乐亦退守江西。时耿精忠方约台湾郑经，及潮州总兵刘进忠，内外夹击广东。三桂亦嗾广西提督马雄攻肇庆，尚可喜东西受敌，又内制于其子之信，力不支，飞奏求援。诏以江西将军舒恕，及副都统莽依图赴之。甫至，尚之信已受三桂伪札，改帜易服，严兵防父，移檄诸郡。粤督金光祖亦怀异志，牵制清军，使不得进。可喜以忧死，三桂封之信辅德亲王，使之出师，于是三藩并叛清。既而耿精忠背郑经约，经夺其漳、泉诸郡。康亲王杰书等，乘机下浙，破马九玉，降曾养性，长驱入仙霞关，进攻延平。精忠惧，急遣子显祚，献印于清军，自杀范承谟以灭口，率所属文武出降。其在江西之白显忠，早已为岳乐所败，反降浙军。闽藩平，郑经亦退守厦门。尚之信因精忠失败，势遂孤，阴萌悔志。三桂又遣官索饷，派兵监守，之信遂与金光祖议，仍通款江西清军。适清廷又命都统赖塔，自闽赴粤，遥应莽依图。于是莽、赖两军，同时入粤，之信即迎降军前，刘进忠亦以潮州降，粤藩亦定。孙延龄者，故定南王孔有德婿也。有德殉难广西，遗女四贞，蒙养宫中，视郡主食俸，长适延龄。延龄叛，四贞尝泣谏。至是失粤东援，乃浼其妻入京转圜，并约傅宏烈迓清军。宏烈旧为庆阳知府，尝讦三桂于朝，坐诬谪苍梧。及三桂叛，独募义勇五千人，移檄讨三桂，受封广西巡抚。闻延龄反正，愿为先容，迎清军于韶州。三桂诇延龄怀贰，遣从孙世琮，引兵入广西，陷桂林，擒杀延龄。宏烈返援不及，与世琮相持者二年，卒复桂林，世琮走死。初三桂之叛清也，其爱姬陈沅，曾劝阻之，三桂不从。陈沅辟室茹斋以终。及陕、闽、粤皆为清有，三桂失三大援，颇思陈沅言，但势成骑虎，不能再下，乃思窃帝号自娱，且藉以笼络人心。

康熙十七年三月，三桂僭号称帝，建元昭武，以衡州当兵冲，自长沙徙都之，改名定天府。殿瓦不及易黄，髹以漆；朝房不及筑，代以芦舍。适天大风雨，潦草成礼而罢，识者已知其不永矣。衡州之门户为永兴，相距仅百里，为清军所踞。三桂召集马宝、王绪、胡国柱诸将，悉锐进攻。城垂克，三桂暴卒，诸将解围去。三桂孙世璠，自云南至衡州，始发丧，退居贵阳，改元洪化。诸道清军，破衡州，复常德、长沙、岳州等郡，湖南平。信郡王图海，率提督赵良栋、王进宝等，亦于此时由陕入川，击毙王屏藩，进拔成都，四川亦定。伪周所有，第云、贵二省而已。圣祖召杰书、岳乐二王归，逮勒尔锦、尚善、喇布、巴尔岱、珠满、瓦尔喀、舒恕等至京，以劳师疲民治罪。改命贝子彰泰，继岳乐后任，统湖南各军趋云、贵。并令湖广总督蔡毓荣，节制汉兵先进。授赵良栋为云、贵总督，领川师入滇北。饬贝子赖塔率闽、粤各师捣滇南。

康熙十九年冬，湖南大军克镇远，由平越达贵阳，世璠奔云南，彰泰督军西进。翌年，贝子赖塔亦至，两军相会于曲靖，并指云南。世璠遣将郭壮图，率象阵迎战。彰泰、赖塔两军夹攻之，敌死战，五却五进。蔡毓荣纵火焚林，象惊，反践敌军。郭壮图不能止，遂大溃。世璠据五华山宫城，誓死守御，累月不下。世璠乞师于达赖喇嘛。适赵良栋军自川而南，获其书，兼程驰入，与湘、粤军合围，攻益力，并绝其粮道，城中食尽援绝，开城降。世璠及郭壮图等自杀，伪相夏国相、伪将马宝等皆就俘。析三桂骸骨，函世璠首献阙下。诸将争取子女玉帛，惟良栋禁掳掠，独簿籍藩产以献。吴氏亡，云、贵悉平。圣祖乃追论耿、尚二藩罪，召之信入京，令自尽。逮耿精忠下狱，磔于市。尽撤藩兵还京师，籍藩产入官充饷。别设八旗驻防，垂为定制。中央集权之局，自此成矣。

台湾郑经，退守厦门，复遣将刘国轩等，入犯闽中，下海澄，围漳泉。闽督姚启圣，及水师提督万正邑，击却之，乘胜复海澄，并夺金、厦二岛，经与国轩遁台湾。时贝子赖塔在闽，曾致书郑经，许以台湾为栖身地，彼此不相犯。经报书愿如约，惟请留海澄为互市场。姚启圣持不可，议复寝。经于云、贵平定之年卒。长子克壓贤，为侍卫冯锡范所基，指为乳婢子，不当立。成功妻董氏尚存，信之。锡范遂袭杀克壓，立经次子克塽。塽幼弱不任事，国内乱。姚启圣奏请乘机出师，且荐提督施琅，习海道可用。圣祖从其请，施琅遂进军澎湖，逐守将刘国轩。长驱逼台湾，至鹿耳门，水浅不得入，泊舟旬余，潮骤涨，舟师浮而进。国轩望而骇曰："先王得台湾，鹿耳涨，今复然，天也。"乃拥克塽出降。圣祖令克塽入都，封海澄公，隶汉军。郑氏自成功传三世，三十八年而灭。收其地，设一府三县，置吏治之。台民愚悍不易治，时思蠢动。至康熙末年，复有贩鸭徒朱一贵之乱。一贵诡称明裔，结党起事，七日陷全台，自称中兴王，号永和，假优伶冠服衣之。闽督满保出驻厦门，急檄提督施世骠，总兵蓝廷珍入台湾，收复全台亦七日。世骠，琅子也。擒一贵，送京伏法。台民谣曰："头戴明朝冠，身着清朝衣。五月号永和，六月还康熙。"此系后事，因连类而附记之。台湾既定，清威震海外，琉球、安南、暹罗诸国，皆遣使朝贡。远如荷兰、意大利之在欧洲者，亦通使修好，请开海禁，求互市。廷议准海滨通商，设粤、闽、江、浙四关，置吏榷税，中外互市，此其始也。

圣祖以海内大定，乃思出幸。于二十二年二月幸五台山。九月，复奉太皇太后至五台，太皇太后中道还。圣祖造谒诸寺，乃回銮。厥后巡幸五台，又三次，相传为省觐世祖，故屡巡幸。其末次有幸清凉山诗云："又到清凉境，巉岩卷复垂。劳心愧自省，瘦骨久鸣悲。膏雨随芳节，寒霜惜大时。文殊色相在，惟愿鬼神知。"盖其时世祖已殂，有霜露之感，故云。清凉山，即五台最高之一峰也。西巡后又南巡。康熙二十三年十月，车驾至山东，登泰山，祀东岳，阅黄河诸险，命河道总督靳辅，添筑堤防。渡江至江宁，谒明太祖陵。江宁，即南京，古名金陵。还经泗水东境，幸曲阜，谒孔林，赐衍圣公书籍裘服等，遂回銮。嗣后南巡又五次，每巡必阅河，所过辄蠲粮免税，所以示恩意也。二十四年又北巡，命都统彭春等，率兵出黑龙江，备俄罗斯。俄罗斯为欧洲大国，幅员达亚洲东北。清太宗时，略地至黑龙江外，俄远征军亦至，两军相值，各罢兵。迨世祖入关，不遑远顾。俄将喀巴罗，乘隙据黑龙江上流北岸，于尼布楚、雅克萨二处，筑城居之。圣祖既平内乱，复务外攘。先遣都统瓦山往黑龙江，偕将军萨布素，窥雅克萨城，日久无功，乃继遣彭春往。即于是年夏破雅克萨城，逐俄将图尔布青，毁其城而还。越年，图尔布青，得俄将伯伊顿援，复偕至雅克萨，筑垒自固。清军又攻之，炮毙图尔布青，伯伊顿代之守，逾年不下。圣祖命荷兰使者，致书俄皇大彼得，责其越境构衅。俄皇乃遣使费耀多罗，来勘界，与清内大臣索额图，会议于尼布楚城外，索额图以万人为后援，俄使亦以千人当之。既开议，俄使欲以黑龙江分为界，清使欲以黑龙江上流之尽处为界，议未协。清使拔营向尼布城，示决裂意，旦夕且宣战。清译官天主教徒张诚等，往复调停，互为让步，乃以黑龙江支流格尔必齐河，沿外兴安岭以至于海，岭南属中国，岭北属俄；其西则以额尔古纳河为界，河南属中国，河北属俄。毁雅克萨城，地归中国。两国猎户人等，不得越界，彼此不得容留逃人。惟行旅有官许文票，得贸易不禁。约文共七条，用满、汉、拉丁、蒙古、俄罗斯五体文字，勒碑于黑龙江西岸，是为尼布楚条约，成于康熙二十九年。清使之与外人立约始于此。俄约成，圣祖下诏亲征噶尔丹。噶尔丹为厄鲁特部酋长，居蒙古西，与漠南北内外蒙古，皆出元裔，独支派不同。漠南北蒙古，系出元太祖。厄鲁特系出元太师脱欢，及明也先瓦剌可汗之后。支部有四：曰和硕特、曰准噶尔、曰杜尔伯特、日土尔扈特。准噶尔最强。噶尔丹为准噶尔汗，兼并四部，与漠南北蒙古邻。漠南蒙古，早臣服清室。漠北蒙古，与厄鲁特蒙古，犹以荒远未服。噶尔丹既并厄鲁特，且欲据漠南北蒙古为己有。漠北蒙古分土谢图、札萨克三部，各有汗，译言主也。札萨克汗有美妾，土谢图汗诱而夺之，因起内哄。噶尔丹阳为调停，阴肆吞并，突率骑三万越杭爱山，袭土谢图。土谢图汗仓皇东走，适清使索额图与俄议约，道出车臣部，土谢图汗驰使乞援，索额图第晓谕噶尔丹，噶尔丹知清不遑顾，且东西击逐札萨克、车臣两汗。三汗部众数十万，皆投漠南请降。圣祖命尚书阿尔尼，发粟赐三汗，且传谕噶尔丹，使返地罢兵。噶尔丹不从，反选锐东犯，侵及内蒙古。于是圣祖亲征，命裕亲王福全，率师出古北口，为左翼，副以皇子胤禔。恭亲王常宁，出喜峰口，为右翼，副以简亲王雅布，及信郡王鄂札。圣祖自率王大臣等，出边外以节制之。常宁遇敌，战不利。噶尔丹深入乌兰布通，去京师仅七百里，与裕亲王福全军遇，用橐驼万条，缚足蒙毡，号为驼城，以拒炮火。清军聚炮攻中坚，驼颠仆，断阵为二，乘势蹙之。噶尔丹大败，夤夜遁。翌日，遣使谢罪，誓不犯边，圣祖乃班师。越年，复出幸古北口阅兵，受觐蒙古各部落，责土谢图汗启衅召侮，令具疏谢罪，然后使入朝。还京后，征噶尔丹朝贡，不之报，且屡书索土谢图汗，并诱内蒙古叛清，科尔沁亲王以闻。圣祖密令复书，伪称内应，使其来而歼之。康熙三十四年，噶尔丹果入寇，沿克鲁伦河而下。圣祖又亲征，自出中路。令将军萨布素出东路，大将军弗扬古出西路，约期夹攻。翌年春，圣祖至克鲁伦河，东西两军，道阻不至。大学士伊桑阿等，力请回銮。圣祖不许，遣使噶尔丹，告以驾至。噶尔丹登山，望见御营，大惊，宵遁。圣祖亲追至拖诺山，不及而还。费扬古闻敌西窜，急率军邀击于昭莫多，设伏以待，敌冒死酣战。至日暮，费扬古命左右翼绕击其后，袭其辎重，毙敌数千人，殪其可敦阿奴，敌始溃。阿奴颀晰善战，为噶尔丹妃，准部称汗妃为可敦，至是亦毙于炮，噶尔丹以数十骑遁去。圣祖得捷奏，率师回京。翌年春，圣祖又亲征噶尔丹，渡黄河，至宁夏，命内大臣马思哈，将军费扬古，分道深入。噶尔丹兄子策妄阿布坦，据准部，通使助清，拒绝噶尔丹，噶尔丹穷蹙自杀。其族丹吉喇，以其骸骨及一女来降，策妄阿布坦夺献军前。圣祖乃勒铭狼居胥山而还。令漠北蒙古三汗，各归游牧，岁修朝贡礼。

朔漠平，西藏事起。西藏，即唐朝吐蕃，俗尚佛教。元初，藏僧拔思巴为国师，受封大宝法王，衣冠皆赤，称红教。至明永乐时，西宁卫人宗喀巴，入山修道，别立教宗，服黄衣黄冠，称黄教。红教得娶妻，黄教禁之，以教徒为嗣续，有高徒二：一达赖喇嘛，一班禅喇嘛，居前藏拉萨地，谓世世以呼毕勒罕出现。呼毕勒罕，系藏语，即传世化身之义。清顺治年间，达赖五世罗卜藏坚错入朝，受封为西天自在大善佛。及归，用其下桑巴计，结和硕特部固始汗，逐后藏藏巴汗，移班禅喇嘛，治其地，居扎什伦布。固始汗助藏有功，得前藏喀木地，留子镇拉萨。桑结又嫉其干涉，闻准酋噶尔丹强，阴为联络，使略和硕特以挫其势。康熙二十一年，罗卜藏坚错卒，桑结匿丧，乞封爵。圣祖封为图伯特国王。嗣得桑结欺诈状，赐书切责。桑结诡词乞怜，立假达赖，圣祖方征噶尔丹，不遑讨也。

噶尔丹死，桑结失援，和硕特部复盛。固始汗曾孙拉藏汗，攻杀桑结，立新达赖伊西坚错为六世，废假达赖，执献清廷，清封为翊法恭顺汗，使镇藏地。青海、蒙古，别立噶尔藏坚错于青海，两部纷争。准部酋策妄阿布坦，遂谋袭西藏。策妄多狡谋，自通好清廷后，思并吞诸部。先娶土尔扈特汗女为妻，复嗾其妻弟逐父，得父诉，又发兵逐妻弟，据其地。至是又娶拉藏汗姊，复以元配女赘拉藏子丹衷，不令归，谋藏之心益急，恐拉藏得清援，发兵至哈密，掠清属五寨，以图牵制。甘肃提督闻于朝，朝命吏部尚书富宁安等出巴里坤，屯兵为备。并饬拉藏汗严防。拉藏老而嗜酒，不以为意。策妄遣丹衷夫妇归，阴以兵随其后，突入前藏，击杀拉藏汗，执拉藏所立达赖六世，幽之，藏中大乱。圣祖命西安将军额伦特等，自西宁赴前藏，道出喀喇乌苏河，与敌遇，敌据河以拒，分兵截清军饷道，相持月余，额伦特等粮尽矢竭，全师皆覆，时已康熙五十六年矣。圣祖命皇十四子胤禵为抚远大将军，督诸路军征藏。改四川巡抚年羹尧为总督，治饷济军。胤禵至青海之木鲁河，以西宁军属都统延信，出青海；以川军属护军统领噶尔弼，出四川，分道入藏。青海、蒙古诸部，亦率兵扈新达赖随征。诏就军中封新达赖噶尔藏坚错，为六世达赖喇嘛。于是延信自中路入，噶尔弼自南路入。延信方与准部将策零敦多布相持，噶尔弼前锋岳钟琪，已迭越重隘，直入拉萨，诛喇嘛助逆者五人，幽九十余人，僧俗慑伏。策零敦多布进退受敌，遂溃遁。新达赖六世登座，以拉藏旧臣康济鼐掌前藏，颇罗鼐掌后藏，留蒙古兵二千守之，此康熙五十九年事也。

大将军胤禵尚未归，而宫廷之隐祸作。圣祖有子十余人，胤礽以嫡长当立。甫二岁，即立为太子。及年长有失德，状类狂疾，圣祖乃执而废之，幽禁咸安宫。皇八子胤禩，觊觎储位，联结皇长子允禔，日夕营谋，为圣祖所诇洞察，穷治之，得胤禔餍魅太子，及胤禩结党潜谋状，乃幽胤禔、胤禩，复立废太子胤礽。越三年，又废黜禁锢，自是不复言建储事。康熙六十一年春，召集千叟宴，夏幸热河，冬幸南苑行围。自南苑返，回驻畅春园，得疾，拟飞召胤禵归，传之位。皇四子胤禛入侍，圣祖仓促，驾崩，寿六十九岁。

当时大臣中之承顾命者，惟尚书隆科多一人。隆科多，胤禛元舅也。或言圣祖遗诏，传位皇十四子胤禵，胤禛与隆科多谋，窜改御书易十字为于字，且亲为圣祖更衣，逆谋隐秘，莫能知之。胤禛遂奉遗诏即位，改明年为雍正元年。圣祖为清代第一英主，武功已如前述，文治亦卓越一时。自鳌拜伏法后，惟大学士明珠，以骄恣闻，圣祖辄裁抑之。此外名臣，如魏裔介、魏象枢、汤斌，李光地等，通理学；于成龙、傅拉塔、张伯行、熊赐履、张鹏翮、陆陇其等，著廉名；彭孙遹、高士奇、朱彝尊、方苞等，达文史，皆治世选也。圣祖又好学不倦，五龄后即日夕读书，至老犹手不释卷，上自天文地舆历算音乐法律兵事，下至骑射医药及蒙古西域拉丁文书字母，无所不览。尝撮取大义，令文臣编撰书籍，所成者为佩文韵府、渊鉴类函、数理精蕴、历象考成、音韵阐微、康熙字典、韵府拾遗、骈字类编、分类字锦、子史精华各书，遗惠士林不少焉。康熙初，任汤若望、南怀仁为钦天监正副，二人皆意大利籍，用人以才，不分中外。且自奉节俭，待民宽惠，蠲赋免税，时有所闻。晚年复定滋生人丁，永不加赋之制，可谓仁矣。庙号圣祖仁皇帝，不为尽谀。惟四兴文字狱，用法太苛。浙江庄廷钺私辑明史，死且戮尸，连坐甚众。江南沈天甫、吕中、夏麟奇等，以撰诗触忌弃市。湖北朱方思与其徒刊刻秘书，又见杀。翰林院编修戴名世，著南山集，采录方孝标之滇黔纪闻，关涉清事，以狂悖罪论斩，并戮方孝标尸，连坐者七十余人。此为历史所仅见之惨状，延及雍、乾两朝，犹未已焉。康熙一朝，大略如此，且看下回续述之雍正朝。

第四十一回　雍乾朝　拓版图　清室全盛

诗曰：

一代枭雄算泰陵，相传文献岂无征。
禁门未辟刀光落，恶报原来总有凭。
六秩皇图付史编，武功文治迈前贤。
华夷混一天难限，此是清朝极盛年。

却说皇四子胤禛嗣位，改元雍正，即世宗宪皇帝是也。即位后，命贝勒胤禩，十三阿哥胤祥，与大学士马齐，尚书隆科多，总理事务。复命抚远大将军胤禵回京，一切军政，由川督年羹尧接续办理。世宗之得立也，内恃隆科多，外倚年羹尧，故亲政后即有是命。元旦受朝，颁朱谕十一条，训饬各省督抚以下文武各官，词多严厉。至八月，定建储特例，密书太子名，置诸匣，藏置宫中正大光明殿匾后，别书密旨贮内府，留待对勘，垂为永远家法。又增改官制，收揽政权。清初官制，多仍明旧。封奏章疏，属通政司；稽察部曹，属六科给事中；票拟批答，属内阁；参赞要政，属议政王大臣。世宗命诸臣密奏直达，不由通政司间接。六科给事中隶都察院，不另分曹。增设军机处，以满汉大臣充职，选部曹及阁掾为僚属，称军机章京，职司在密拟谕旨，明颁内阁，或暗递外臣。因此内阁无实权，议政徒存虚名，不过为满人之兼衔而已。

会青海作乱，即命川督年羹尧为大将军，率提督岳钟琪等讨之。青海本唐吐蕃地，明时为蒙古部酋所据。清顺治时，和硕特部长固始汗，尝遣使通贡。康熙朝，嗣子达什巴图尔复入朝。达什卒，子罗卜藏丹津嗣，随清军征藏有功，丹津以下诸部长，获封王公者甚多。丹津欲乘机独立，竟于雍正元年，召诸部与盟，令摒弃清封，各复故号，自称达赖阵台吉，统领诸部。时策妄阿布坦犹为准部长，丹津阴约为援，胁从番众二十余万，分寇西宁。惟其同族郡王额尔德尼，及亲王察罕尔津不从，先后挈族内奔。世宗令兵部侍郎常寿往抚，反被执。于是年羹尧奉命出西宁，分兵四守，饬岳钟琪巡弋边疆，相机剿抚。自川边至西宁一带，皆征服。丹津技无所施，乃送还常寿，并谢罪。世宗知丹津穷蹙，益促令羹尧进兵。羹尧拟缓期四进，钟琪议兼程直捣，上于朝，世宗从钟琪策，令专任西征事。钟琪于雍正二年出师，日夕迅赴，歼敌中哨探，直入丹津所驻地。丹津衣番妇衣遁，其母弟及妹，不及奔，皆就俘，降番众数万，追丹津不及，乃还。青海部落悉平，特设西宁大臣辖之，钟琪受封三等公。羹尧于雍正元年，已授三等公，至此进爵一等。父遐龄亦封一等公，长子斌得子爵，次子富得男爵。

羹尧坐是骄恣，入觐时，公卿有跪迓者，羹尧不之顾，在世宗前，亦箕踞无人臣礼，世宗皆优容之。相传羹尧与世宗为潜邸交，胤礽之废，主谋者实世宗，羹尧与有力焉，故宠遇特隆。既而胤礽死于禁所,胤禩等有后言。世宗先遣置胤禟于西宁,革胤䄉、胤䄉郡王爵,复出胤禵守陵,以孤胤禩之势,胤禩益不平,对众咒咀,且与胤禟往来通讯,有异谋,世宗为文告庙,屏胤禩、胤禟于宗籍外,逮禁之,改胤禩名为塞思黑,胤禟名为阿其那,满语所谓猪狗也。胤䄉、胤禵俱坐罪禁锢。阿其那、塞思黑且于雍正四年,先后暴毙。六年复降诚亲王胤祉为郡王,责其失人臣礼,寻复拘禁,终世宗朝。惟胤䄉得复爵,余不赦。世宗之待遇兄弟,刻薄甚矣。胤禩既得罪,年羹尧亦同时被劾,改调杭州将军。幕客有劝其叛者,夜观天象,喟然曰:“事不谐矣!”至杭州,连降十八级,为驻防防御,罚守涌金门。羹尧素严厉,部属违命,立杀无赦。守城时,鬻薪卖菜者,犹不敢出其门,曰年大将军在也,其余威尚如此。羹尧卒以是伏辜,廷议列九十二大罪,诏令自尽,父兄皆革职,子年富处斩,余子戍边。羹尧记室汪景祺,著有西征随笔,涉及圣祖事,斥为大不敬,斩立决,妻子为奴,此为雍正三年事。

越二年,尚书隆科多又获罪。隆科多为孝懿皇后父佟国维子,袭公爵,官吏部尚书,加太保,世宗尝以舅舅称之。羹尧之狱,隆科多以徇庇获谴,削太保职衔。河南抚臣田文镜,复希旨弹劾,廷议为四十二重罪,律应诛,改为永远禁锢,诸子革职充戍有差。隆科多曾奏称仁庙升遐,尝带匕首卫世宗。又言白帝城受命之日,即死期已至之时。后人目世宗为隋炀,隆科多为张衡,有由来也。

世宗除亲王,杀功臣,复遍置逻察,臣下有纤细事,无不闻,刑赏多出人意料。王殿撰云锦,尝于元旦朝贺归,约友人作叶子戏,寻失一叶,觅不获,乃罢。越宿召对,世宗问元日何事,王以实对,世宗嘉其不欺,出袖中一叶还之,故其时王公以下,隔宿无事,即相贺,清代君主之严刻,莫过于此。且吹求文字,株连大狱者凡数次。礼部侍郎查嗣庭,典试江西,出题为维民所止,讦者谓去雍正二字之首,并以嗣庭日记有悖乱语,立逮下狱。病殁,仍戮其尸。其子坐死,家属流放。未几,御史谢济世注释大学,毁谤程朱,指为怨望朝廷,坐罪遣戍。粤人陆生楠,曾在军前效力,作通鉴论十七篇,论封建养兵隋炀等事,目为狂逆,命即正法。又有曾静、吕留良一案,惨核尤甚。留良号晚村,浙江石门人,尝评选时文,有论夷夏之防,及井田封建等语。湖南曾静慕之,闻留良已死,乃与其徒严鸿逵、沈在宽等相投契,并复以川督岳钟琪为宋岳飞后人,令徒张熙投书钟琪,劝其反正,历数世宗罪恶,如害父逼母弑兄屠弟贪财好杀鸩酒淫色戮贤共九条。钟琪以闻,立拘曾静、张熙解京。并命浙督李卫,拿解案内人犯,到京讯谳。谳定,鸿逵已病逝,锉尸枭示,沈在宽凌迟处死,杀吕留良子毅中,并戮留良尸,罪犯子孙,遣戍,妇女入官。独曾静、张熙,以误听流言,得免罪释放,特刊大义觉迷录,颁行全国。既而又杀庶吉士徐骏,以其所著诗文,有讥讪语故也。

专制既固,复勤远略,遣内大臣四格,侍郎图理琛,暨外蒙古郡王策凌,与俄罗斯使臣萨瓦,勘定漠北蒙古与俄属之西伯利亚界线。西起博木沙奈岭,东至额尔古纳河,为两国分界。所立约章,如通商传教之制限,置吏安边,驰驿递书置堡互市之地点,以及互交逃犯,各禁偷越等事,共十一条,是为雍正五年之恰克图条约。

是年,准酋策妄阿布坦死,子噶尔策零嗣,遣使特磊入朝。世宗以罗卜藏丹津,曾由青海窜入准部,先时曾向策妄索交,不报,至是复谕特磊,令还执丹津以献,策零仍不奉诏，世宗议讨之。大学士朱轼，都御史沈近思等，奏从缓。独大学士张廷玉与世宗同意，议遂决。令领侍卫内大臣傅尔丹，出屯阿尔泰山，自北路进；川、陕总督岳钟琪出屯巴里坤，自西路进。策零佯请献丹津以缓清师，阴遣大小策零敦多布，率众内犯。傅尔丹出军拒之，至科尔多，误信敌探言，以万人袭博克托岭，抵和通泊，遇伏被围，后军往援，索伦兵先遁，诸军继溃，副将巴赛、查纳弼等皆战死，傅尔丹仅率二千人遁还。诏降傅尔丹职，命专守外蒙古，代以顺承郡王锡保。又令大学士马尔赛屯归化城，为后援。准部小策零多布，乘胜侵外蒙古，由间道入三音诺颜部境。三音诺颜，旧属土谢图部，自额驸策凌，留京尚主，携眷北归，乃许其独立，为三音诺颜部。三音，译言善也；诺颜，译言君长也。策凌善用兵，闻小策零至，迎战于鄂登纳楚河，击走之。诏晋封为亲王，时雍正九年也。翌年，噶尔丹策零大举入寇，顺承郡王锡保，檄策凌御诸本博图山，策凌西出，噶尔丹策零侦知之，潜袭其帐于塔密尔河，尽掠子女牲畜。策凌闻警，告急锡保，请夹攻，自率兵驰还，遇准兵于额尔德尼昭，大破其众，夺牲械无算。而锡保兵不至，策凌复檄马尔赛邀击，截其归路，马尔赛亦按兵不动，噶尔丹策零遁归。事闻于朝，诏赐策凌超勇名号，诛马尔赛，削锡保爵，并以岳钟琪久屯老师，召还夺职，交兵部拘禁之。命平郡王福彭代锡保任，副以策凌。适噶尔丹策零遣师乞和，世宗亦厌用兵，许之，乃班师。

会云贵总督鄂尔泰，改定苗疆，奉召入觐，授职大学士，袭封襄勤伯。岳钟琪之被劾，鄂尔泰为领衔。世宗即命为陕、甘经略，班师后，鄂尔泰还。至雍正十三年，贵州苗疆复乱。苗民向居南岭中，为上古九梨三苗遗裔，历代令其自治，第选其酋长为土司，余不问。苗民习成犷悍，往往四出焚掠，屡为边患。鄂尔泰督云、贵时，创改土归流之议，令游击哈元生、总兵石礼、知府张广泗等，剿抚并用，辟苗疆二三千里，几当贵州全省之半。云南、广西诸苗酋，亦相率震慑，先后缴印，纳军械。惟台拱九股苗，尚未附。巡抚元展成蔑视之，遽遣兵屯驻。苗疆吏又苛切激变，台拱苗遂发难。号召群苗，逐戍兵，戕疆吏，连陷边境各州县。朝授哈元生为扬威将军，与湖广提督董芳会征。元生主剿，董芳主抚。诏复命张照为抚苗大臣，察其利害。照倡弃地议，密陈改流非策，全局几尽变。鄂尔泰以前功不成，自请罢斥，乃夺伯爵，解大学士任，食俸如故。

是年秋，世宗不豫，越日暴崩。或谓为吕四娘所刺。四娘，留良孙女也。当时大江南北，擅拳勇者八人。其首为僧了因，吕四娘次之，又次为曹仁虎、吕元、路民瞻、周玙、白泰官、甘凤池。世宗御极，屡饬各直省督抚捕甘凤池等，卒未获。独吕四娘为祖复仇，有志竟成。相传聊斋志异，有侠女一节，实隐指吕四娘事。所谓须发交血模糊之头颅，即元首也。宫中尚疑为妃嫔所为，经辅政大臣鄂尔泰、张廷玉等，力持大体，不致穷究。只雍正以后，妃嫔侍寝，须尽褫亵衣，外罩长袍，由宫监负入，复除外罩，裸体入御，所以严防行刺，乃知世宗暴崩，不为无因。世宗崩，年五十八岁。

皇四子宝亲王弘历，奉密旨嗣立，是为高宗，改元乾隆。高宗初政，矫严为宽。甫即位，释宗室之圈禁者，复胤禩、胤禟名籍。纪元后，赦汪景祺、查嗣庭兄弟族属罪，令回浙。二年，释岳钟琪于狱。复以傅尔丹、陈泰，于雍正季年被禁，亦释之。赐胤禩，胤禵公爵，屡命刑部理狱减囚，颇有干蛊之意。

时苗疆未靖，张照等久出无功，逮之还。特擢张广泗经略七省，统制诸军。广泗建暂抚熟苗，力剿生苗之策。乃分兵攻台拱苗，自率精兵设清江下流各寨，所向皆捷，苗众尽窜入牛皮大箐。箐亘数百里，危岩丛树，人迹罕经。广泗饬诸军分把箐口，以次进剿，俟苗众饥困，冒险捣入，斩馘万余，其颠仆崖谷者不胜计。复搜剿附近熟苗，毁千二百四十二寨，赦三百八十八寨，苗疆肃清。

高宗好文术，元年即试博学鸿词，取刘纶等十五人，并授翰林院官。二年又补试，取万松龄等四人，授职如前。六年，令各省探访名人著作，旋复令内外各大吏，举经术士，得陈祖范、吴鼒、梁锡玙、顾栋高四人，均授国子监司业。嗣后南巡江浙凡六次，所至地，辄召诸生试诗赋，荣以科第，无非偃武修文，歌颂升平之意。

乾隆十二年，大金川安抚司莎罗奔叛，于是兵端又开。金川在西蜀边徼，为大渡河上流，分大小二支，以临川诸山有金矿，故名。土俗信喇嘛教，清初从事羁縻，授小金川酋卜儿吉细土司职，继复授大金川酋嘉勒巴演化禅师印。嘉勒巴孙莎罗奔，以从征西藏有功，封安抚司，势渐强。小金川酋泽旺袭职，其妻阿扣，莎罗奔女也。阿扣有姿色，憎泽旺粗鄙，与夫弟良尔吉通，诉诸父，言泽旺有异心，令劫泽旺去。自与良尔吉纵淫，俨若夫妇。莎罗奔叛清，侵邻近土司，高宗调张广泗督川，率军进剿，良尔吉至军，诡请为兄复仇，广泗信之。良尔吉密报莎罗奔，使为备，乃导清军深入，为番众所困。副将张兴、游击孟臣皆战死。高宗复命大学士讷亲，经略四川，起故将军岳钟琪，赴军效力。讷亲至，锐意破敌，战辄败，丧总兵任举，参将贾国良，自是不敢专军事，仍委广泗办贼。广泗以讷亲不知兵，有轻视意，且仍信用良尔吉。莎罗奔竟以阿扣妻之，使通消息。钟琪察其奸，言于广泗，不见从，乃密奏其事。讷亲也劾广泗，朝旨革广泗职，逮京治罪，以大学士博恒代讷亲。傅至军，诛良尔吉及阿扣，率岳钟琪分道入，连克敌寨。莎罗奔惧，诣军前乞降。高宗杀广泗，赐讷亲自尽，促傅恒班师归。凯旋时，高宗亲御紫光阁，行饮至礼，以诸葛、郭子仪比傅恒，赏赉特隆。傅恒皇后富察氏兄也。相传傅夫人尝入宫，高宗幸之。后数诮让高宗，高宗不能堪，于乾隆十三年，率后东巡，至德州，逼后坠水，以暴疾闻，谥贤孝。或曰："傅恒子福康安，为高宗所出，故待遇其父子，始终从优，然傅恒固将才也。乾隆十六年，高宗复奉太后南巡，至杭州，独幸海宁故大学士陈元龙第，驻跸安澜园。海宁陈氏，夙称巨族。清初出仕者甚众，陈诜尝仕工部尚书，诜子世倌及从弟元龙，皆官至大学士。高宗驻园，流连最久。及回銮，议复古衣冠制，闻为太后所阻，不果行。后人疑高宗为陈氏血胤，致有世宗以女易男之说，未知确否。高宗继后纳兰氏，与高宗亦不相协，屡反目。至乾隆二十七年，车驾又南巡，后与焉。比至杭，忽自剪发，失其常度，先送还京师，次年病逝。满洲旧俗，最忌剪发，故高宗谕旨，谓其行事乖违，理应废黜，姑存名号，以示优容，所有丧仪，止照皇贵妃例行，大臣谏不听。及嘉庆五年，始改从后礼。或谓后以剪发故，留杭州为尼，则系传闻之讹，姑不细表。

自大小金川乞降后，越七年，又有准部用兵事，准酋噶尔丹策零，以战败乞和，定议以阿尔泰山，为准、蒙分界，不相侵越。既而策零死，次子那木札尔嗣，童昏被戕，庶兄喇嘛达尔济继之，部众不服，欲立其弟策妄达什，喇嘛达尔济先发制人，杀其弟，并及贵族小策零子达什达瓦。达什达瓦部下萨拉尔率族内附，大策零孙达瓦齐，独联结辉特部酋阿睦撒纳，袭杀达尔济而自立。阿睦撒纳，丹衷子，噶尔丹策零之甥也。丹衷父拉藏汗，为策妄所戕，丹衷亦被戮，其妻改适辉特部酋，有遗腹，生阿睦撒纳，寻嗣为部酋长。辉特部游牧地，即土尔扈特故址，在塔尔巴哈台。阿睦撒纳既干涉准部，遂思扩充部落，先并吞杜尔伯特部，渐及准部边境。达瓦齐为自卫计，屡遣兵攻之。阿睦撒纳虑不敌，走降清。先是萨拉尔内附，曾请征准部，阿睦撒纳至，怂恿益力。高宗乃遣尚书班第，率阿睦撒纳出北路；陕甘总督永常，率萨拉尔出西路。于乾隆二十年春，入伊犁。达瓦齐走保格登山，清军追击之。复南窜，逾天山，入回疆。乌什城主霍吉斯，执之以献。同时青海叛酋罗卜藏丹津，亦为清军所获，献俘京师。高宗御午门受之，皆赦其死，论功行赏有差。阿睦撒纳已封亲王，至是食亲王双俸。时班第与西路参赞鄂容安，尚留伊犁，与阿睦撒纳筹善后。阿睦撒纳欲总长诸部，班第以闻。高宗不许，诏即军中诛之。班第因兵少，不敢发，惟促之入觐。阿睦撒纳中道遁，密召番众，攻杀班第、鄂容安。朝命策楞、玉保、富德、达尔党阿等出讨，皆无功，先后逮还治罪。遣巴里坤办事大臣兆惠，及故亲王策凌子成衮札布，大发兵剿准部。兆惠出西路，成衮札布出北路。适西路诸部多内讧，又瘟疫盛行，兆惠兵至，皆败溃。阿睦撒纳穷奔入俄罗斯界，患痘死。清廷移檄索之，以尸归。兆惠搜剿余孽，所至无孑遗。举厄鲁特蒙古地，悉入版图，建官筑城，置伊犁将军统辖之。今之新疆省天山北路，及西域、蒙古，即其地也。

惟天山南路，旧为元太祖次子察哈台领土。数传后，回教徒和卓木子孙，侵入其境，反客为主，握政教实权。回教远祖为摩罕默德，唐时建大食国于西方，和卓木即其后裔也。准酋噶尔丹策零，曾拘和卓木兄弟，幽之。大和卓木曰那布敦，小和卓木曰霍集占。清军入伊犁，释那布敦，送还叶尔羌城，使统旧部。留霍集占于伊犁，使掌教务。阿睦撒纳叛，霍集占附之。阿走死，霍集占南窜，嗾兄同叛。乾隆二十三年，命将军雅尔哈善讨之，与敌遇，两战皆胜。两和卓木入库车城，将成擒矣。雅尔哈善不为备，被其宵遁。诏诛雅尔哈善以下诸将，命兆惠移师南征。翌年，兆惠转战至叶尔羌河，被围。副将军富德赴援，为敌所阻，不能进。会巴里坤参赞阿里衮，以兵六百夜至，与富德大呼驰薄，敌惊遁，兆惠亦突围破敌，同还阿克苏。乃议两路进师，连战皆克。两和卓木皆遁去，清军追至巴达克山。山酋索勒坦沙，擒杀两和卓木，函首送军前，兆惠并籍其家属以献。霍集占有妃，国色也，体有异香，不假薰沐，世人称为香妃。至是被俘入宫，处之西内，高宗欲纳之，妃誓不从，且袖出刃示宫人曰，"国破家亡，死志久决，第欲得一当以报故主耳。上如逼我，我志遂矣！"太后微闻其事，屡戒高宗毋再往。会长至郊祀，高宗出宿斋宫，太后召香妃至，问其意。妃曰："死耳！"太后使人缢之。及高宗得报，返视妃，已早绝矣，面如生，犹仿佛含笑也，乃厚其棺殓，以妃礼葬之。

未几。又有乌什之乱。乌什系回疆一大都会，前城主霍克斯，曾擒献达瓦齐，后被召入京，代以哈密伯克阿布都拉。哈密亦回城，伯克回官名。阿暴戾，不足服众。回疆办事大臣苏成，亦驻乌什，尤纵酒渔色，尝宣召回妇入署，令侑饮侍寝，且使与兵役裸逐为乐，回民大愤，遂聚众为乱，杀苏成，及阿布都拉。阿克苏办事大臣卞塔海，与喀什噶尔纳世通，先后驰剿，皆无功，朝命皆诛之。调伊犁将军明瑞往讨，围其城，敌内溃，缚首逆以降。嗣昌吉城屯官，张宴中秋，遍召回妇，迫使尽讴，亦为屯民所戕。都统温福驰击之,克日即平,西域乃定。

至乾隆三十一年,复有缅甸之役。缅甸与云南接壤,吴三桂追明桂王,曾一至其地。云南商民吴尚贤,赴缅开矿,设茂隆银厂,劝缅酋麻哈祖入贡。缅酋乃遣贡使至京,赏赉如例。旋滇吏以尚贤中饱厂课,执而毙诸狱,茂隆场亦解散。既而缅酋为木疏土司瓮藉干所篡,建新缅甸国。桂家及木邦两土司不服,遂相攻。桂酋宫里雁战败,遁入滇边。滇督吴达善索贿不获,逐之,转投孟连土司。雁妻囊占美,孟连土司刁派春,执雁献滇督,留囊占欲以为妾。囊占袭杀之,奔孟艮,闻其夫为滇督所戮,吁请孟艮土司入犯,边境大震。朝命刘藻代吴达善,藻书生不知兵,檄总兵刘得成等,三路防剿,皆败绩。诏削藻职,命大学士杨应琚代之。藻惧,自刎死。应琚至滇,遂孟艮土兵,檄缅酋内降。缅酋反引兵陷木邦、景绿,副将赵宏榜赴援,败还铜壁关。缅人入关肆掠,应琚匿不以闻。事发,逮应琚,调伊犁将军明瑞征缅。明瑞复木邦,进攻缅都阿瓦,以失道退归,途次被围,力战死焉。高宗授大学士傅恒为经略,阿里衮、阿桂为副将军,再出征缅。缅酋瓮藉牙已死,其子孟驳嗣,遣使乞和,诏不许,傅恒乃率水陆军入缅,破缅兵于蛮莫江,入攻老官屯不下,将士多病瘴者,阿里衮卒于军,缅酋再乞和,乃许之。缅允修表贡礼,及清师还,缅贡不至。其酋孟驳,称兵灭暹罗。暹罗,缅甸之邻也。嗣暹民愤缅无道,推中国侨民郑昭为主,驱缅人,再兴暹罗,都盘谷。既而昭遇弑,其子华统兵在外,入靖内乱,遂嗣位,通表清廷,受册为暹罗国王,尝侵缅报怨。缅酋孟驳弟孟云,嗣兄位,徙都避之,虑清为暹援,乃遣使乞封,定十年一贡制。

暹罗之东为安南,旧分大越、广南二部,黎氏王大越,阮氏王广南。康熙初,大越王黎维禧,奉朝贡,册封安南王。至乾隆朝,广南土豪阮文岳,与弟文惠,起灭广南,复入大越。安南嗣王黎维祁,出亡,乞援于清。高宗遣粤督孙士毅等,率师讨阮,出镇南关,自谅山分道进,沿途破敌,直入河内,逐阮氏守兵,复黎维祁位,有旨令班师。士毅欲并俘阮惠,悬军月余,又骄不设备,阮兵乘间攻之,维祁挈家族先遁,士毅继溃,提督许世亨以下,皆死焉。高宗逮还士毅,代以傅恒子福康安。阮惠惧,更名光平,赍表谢罪。且言阮、黎世仇,非君臣,蛮触自争,不敢抗上国,愿立庙祀死绥将士,并亲觐京师。高宗嘉其恭顺,许之,封光平为安南王。乾隆五十五年,高宗八旬万寿,光平入朝,并祝嘏焉。

大小金川复叛,莎罗奔从孙索诺木,与小金川酋僧格桑,屡寇边。僧格桑,泽旺子也。莎罗奔曾释泽旺返小金川,泽旺老病,僧格桑用事,联结索诺木,订攻守同盟约。川督阿尔泰不能制。高宗以其养痈贻患赐自尽。命大学士温福讨之,以阿桂为参赞。军至金川,僧格桑不能敌,走大金川。温福檄索诺木缚献僧格桑,不应,乃与阿桂分军进剿。温福至木果木,为敌所袭,中枪死,师大溃。独阿桂军无恙,转战深入。索诺木恐,鸩杀僧格桑,献其尸,乞停战。阿桂不应,攻益力,敌守亦益坚。自乾隆三十八年至四十年,各险乃迭下,索诺木及莎罗奔,皆就俘。改两金川为厅,直隶川省,戍以重兵,川边乃安。阿桂献俘京师,磔莎罗奔、索诺木,悬僧格桑首于市,大赏功臣,照前年准、回例。

迨乾隆五十一年,台湾土豪林爽文,聚党结天地会,官兵捕之,遂叛,陷彰化,新罗二县。凤山盗庄大田，亦起应之，直犯府城，总兵柴大纪力御获全。翌年，福建水师提督黄仕简，陆路提督任承恩，各以兵渡海至，累战无功，惟柴大纪攻克诸罗。诏逮回黄、任二人，代以闽督常青，及将军恒瑞，又畏缩不敢前。敌愈炽，合围诸罗，赖大纪固守，得不陷。朝命福康安代常青，海兰察代恒瑞，又命大纪捍卫兵民出城，再图进取。大纪以诸罗为府城保障，奏请死守，高宗览奏，至垂泪，立封大纪义勇伯，改诸罗为嘉义县。福康安至台湾，赖海兰察力，连战皆捷，驰入嘉义城，乘胜进攻，擒林爽文，俘庄大田。大纪反以忤福康安获罪。福康安之至嘉义城也，大纪出迎，不执櫜键礼，福康安遂劾其奏报失实。会侍郎德成，自浙返京，亦劾大纪罪。提督任承恩逮至，供亦同。高宗信之，遂逮大纪至京廷讯，大纪诉冤，高宗谓其始终负气，命处斩，黄仕简、任承恩反减罪。后人疑福康安为龙种，其以此欤！

厥后复命福康安、海兰察等，征廓尔喀。廓尔喀与后藏邻，自古不通中国。高宗七旬万寿，后藏班禅喇嘛，入京朝贺，寻卒，资送归藏。其兄仲巴据其资，弟玛尔巴无所得，愤诉廓尔喀，导之入寇，藏人不能御。高宗遣侍卫巴忠，及将军鄂辉等往援，反调停贿和，阴令藏人给岁币，达赖喇嘛持不可，喀兵复大举深入。乃命福康安等，兼程驰剿。乾隆五十六年，清军入藏，逐喀兵，尽复藏地，进攻廓尔喀，喀人乞和，不许。福康安冒险轻进，为敌所败，赖海兰察驰救得免，乃许喀人和，定五年一贡例。先是雍正二年，曾设驻藏大臣正副各一人，监藏政。至此复留兵戍藏，并创达赖、班禅相传法，颁金奔巴瓶于西藏大昭寺，遇达赖、班禅转世化身，互报差异者，书明于签，纳诸瓶中，由驻藏大臣会同喇嘛等掣之，自此垂为常制。惟藏俗迷信宗教，地广人稀，向有一夫多妻，及一妻多夫之习。地不辟，民不蕃。虽设驻藏大臣，大都尸位素餐，未知教化，殊可惜也！

清室版图，以此时为最广，国势亦最盛。高宗历图功臣象于紫光阁，并亲制十全记以昭武功。十全者，两平准噶尔，收回部，再定金川，靖台湾，服缅甸、安南，并降廓尔喀至再是也。每遇凯旋，赐宴赋诗，辄与群臣相唱和。又令群臣编撰巨籍，不下数十种。乾隆三十六年，开四库全书馆，网罗古今文籍，成一大部，令河间才子纪昀总其成。纪昀字晓岚，长文学，善诙谐，与汉之东方朔相类。书成，以三部饷士林，于江苏之镇江扬州，浙江之杭州，各建阁贮之，听士人就观，或传写焉。然杀故内阁学士胡中藻，戮浙江举人王锡侯，及徐述夔尸，绞大理寺卿尹嘉铨，俱以文字遭忌，置诸重典，则仍一康雍故辙也。乾隆六十年议内禅，自发密缄，立十五子颙琰为太子，定于翌年禅位。大学士和珅等，谏阻不从，诏以明年为嗣皇帝嘉庆元年。欲知内禅情形，待至下回分解。

第四十二回　嘉道继　兵祸兴　国祚中衰

词曰：

江山无恙夕阳西，空余征马声嘶。休言祸乱本天机，一半君迷。狐鼠凭陵城社，豺狼充斥京畿。上和下穆又耆伊，苦我遗黎。

却说高宗御极，盈六十年，多福多寿多男子，尝有十全盛遇，五世一堂之谕。皇六子永瑢，曾绘岁朝图，进呈孝圣皇太后，高宗御题一诗，末句云："永绵奕载奉慈娱。"其后即以永绵奕载四字，为子孙命名。乾隆四十九年，皇玄孙生，取名载锡。因于宫中悬五代五福堂额，诚古今帝王中所仅见者。高宗自谓即位之初，曾以周甲归政告天，不敢上符圣祖历数，故于六十年冬，决议受禅，王大臣等皆奉命维谨，独和珅不乐。和珅本满洲官学生，应役銮仪卫，选舁銮舆。一日，驾将出，仓促求黄盖，不得。和珅谓典守不得辞其责，高宗颇嘉之。旋召问，以奏对称旨，擢总管，升侍卫，累迁至尚书，授大学士。自乾隆四十年后，向用益专。高宗最爱十公主，尝使作男装，随驾微行，和珅亦从之。十公主戏呼和珅为丈人，后竟下嫁于其子丰绅殷德。和珅故无学行，既得志，贪婪无厌。督抚如国泰、王亶望、陈辉祖、福崧、伍柱、纳浦霖辈，皆以受赇伏法，实则皆和私人，及罪发，无从蔽也。故乾隆初年，若史贻直、孙嘉淦、梁诗正、刘统勋诸大臣，多以廉直称。至晚年和珅擅权，贪风大肆，清之衰，和珅为之也。高宗内禅，和珅恐失宠，阻甚力，高宗不从。即于嘉庆元年元旦，行内禅礼，尊高宗为太上皇。嗣皇颙琰即位，是为仁宗。

先是黔苗石柳邓，聚众为乱。湖南永绥苗石三保，镇筸苗吴半生，乾州苗吴八月，同时蠢动，川、湘、黔三省边境均戒严。云、贵总督大学士福康安，与四川总督和琳，湖、广总督福宁，奉命会剿，破石柳邓，擒吴半生。独吴八月负隅乾州，并据平陇，诡称三桂后裔，僭号吴王。石三保、石柳邓，皆走附之，势转盛。福康安平昔立功，多赖海兰察。至是海公已死，失臂助，先后奏益兵数万，不能收效，既而诱擒吴八月。八月子廷礼、廷义，犹抗据如故。福康安、和琳相继殁，朝旨以侍卫额勒登保、德楞泰继之，又令将军明亮，自湖北往会，于是俘石三保，斩石柳邓父子，及吴廷义等，毁吴氏庐舍，事未竣，而移征川楚之命下。

川楚之乱，始自白莲教首刘松。松安徽人，假治病持斋为名，造经咒惑人，旋被捕，遣戍甘肃，其徒刘之协、宋之清等，复授教传徒，遍川、陕、湖北。日久党众，以同教子王发生，诡托明裔朱姓，煽民图乱，事觉，各伏辜。惟刘之协远飏，有旨大索。吏役遍闾阎，民情怨愤。湖北荆州教徒聂杰人、张正谋等，乘机诱胁，于嘉庆元年正月发难。巡抚惠龄调兵进剿，擒聂杰人，戮其党齐林。齐林妻王氏，美而悍，声言为夫复仇，联结襄阳教徒姚之富扰襄阳。仁宗命都统永保往湖北，会合川、陕各军剿之，寇势少衰，西北分窜。四川达州土豪徐天德，与太平东乡民王三槐、冷天禄等，起应襄阳教徒，自川逼陕。朝旨责永保纵敌，逮入京。令惠龄继之，亦无功。乃移明亮、德楞泰之征苗军，剿天德、三槐。四川乡勇桂涵、罗思举，以勇悍闻，助清兵夹击，杀敌甚众。会襄阳教徒由陕入川，与三槐、天德合，势又张。诏夺惠龄职，令陕甘总督宜绵，总统军务。宜绵倡四面兜剿议，督诸军分道要击。襄阳教徒复东窜，明亮、德楞泰悉锐追蹑，连败之。惟天德、三槐犹在川，与教徒李全，焚掠川境。宜绵奏请别简大臣，任川事，自督师办贼。诏留宜绵治军需，别简威勤侯勒保，总督湖广，代统军务。适明亮、德楞泰等，追襄阳教徒至湖北，蹙敌于三岔河。齐王氏、姚之富，坠崖死。襄阳首领，始就败灭。或谓齐王氏屯寺中，桂涵、罗思举夜袭之，斫其一足，齐王氏受伤死，众乃溃，未知孰是！勒保复诱执王三槐，以生擒首逆奏，得封一等公，其弟永保亦免罪。大学士和珅，且晋封公爵，无功滥赏，当日之军务可知矣。嘉庆四年，太上皇崩，仁宗始专政，夺和珅职，宣布二十大罪，赐死。穷治私党，下户部尚书福长安于狱，追夺和琳封爵，勒令大学士苏凌阿休致。福长安，即福康安弟，为和珅密友。和琳，和珅弟。苏凌阿，和珅戚也。凡向之阿附和珅者，皆治罪。惟额驸丰绅殷德，得赦免。籍其家，除金银外，珍宝不计其数，富逾皇室。不数日，教徒王三槐解京，仁宗亲讯，供言官迫民反。仁宗怒诘曰："官皆不法耶？"三槐曰："只一刘青天。"盖指建昌道刘清言也。继复称巴县令赵华、渠县令吴桂为良吏。仁宗恻然，命禁三槐，暂缓行刑。立奖刘清等数人，拿问酿祸各官，如达州知州戴如煌、武昌同知常丹葵等，分别治罪。又逮宜绵，罢惠龄，下哀痛诏，申刑赏律令，优恤乡勇，予敌众自新。专任勒保为经略大臣，明亮、额勒登保为参赞，以一事权。勒保乃令明亮、额勒登保及德楞泰等，分路痛剿。自春至夏，惟额勒登保斩冷天禄，并歼其党萧占国、张长庚，所向有功。德楞泰与徐天德转战川东，多胜少败。明亮驰驱陕境，迄未获胜。勒保安坐达州，无一策。诏逮勒保回京，擢明亮经略。明亮仍玩寇无功，复褫职逮问，代以额勒登保。额满洲人，旧隶海兰察麾下，每战，辄先陷阵。海曰，"子将才，惜不识汉字。"取三国演义，释满文授之，卒成名将。仁宗亦以其不识汉文之嫌，未授特权，旋以统帅乏才，卒任为经略。德楞泰为参赞，军务方有起色。额勒登保，驰剿徐天德，为其党冉天元所败，乃约德楞泰夹攻。会川北教徒王廷诏，又乘间扰陕、甘，牵制官军。徐冉二人势益张，诏起明亮赴湖北，勒保赴川，分办军务。命德楞泰专剿冉天元，额勒登保移征王廷诏。嘉庆五年，德楞泰擒冉天元于马蹄岗，以搜剿余党事属勒保，自赴额勒登保军，夹攻廷诏。适教首刘之协，就俘河南，解京伏法。自是教徒失倚，势日衰。王廷诏被获于西乡，徐天德溺死于均州，悍目已尽，更搜剿余孽，至嘉庆七年冬，始报肃清。足役也，军费二万万两，杀伤数十万人，乡勇平民，死亡不可胜计。额勒登保、德楞泰，以功封一等侯，勒保一等伯，明亮一等男，以下各赏赉有差。越数年，又有宁陕之变。川、楚、陕之役，多募乡勇佐官军，事平后，即以乡勇补兵额，称新兵，于陕西添设宁陕镇辖之。陕西提督杨遇春入觐，宁陕总兵杨芳，署提督，副将杨之震护宁陕镇。适朝议减饷，布政使朱勋，竟停饷不发，兵大哗。之震笞治哗者，营卒陈达顺、陈先伦，劫库狱以叛。旬日，胁从至数万。是时额勒登保已卒，朝议令德楞泰驰办，并饬杨遇春回镇。遇春至，与战不利，乃与杨芳谋，令入叛兵营，说其酋蒲大芳，使反正。大芳故隶杨芳麾下，服其为人，乃诱缚首逆二陈来降。德楞泰尽释归伍，以叛兵穷蹙乞降。奏，仁宗怒其专擅，夺职留任。降杨遇春为总兵，谪杨芳戍伊犁，降卒蒲大芳等二百人，皆随戍，寻皆诛死，惟杨芳得赦还。二杨为额侯部将，以忠勇蒙冤，当时多惜之。

至苗疆之靖，实出同知傅鼐功。自明亮等移师川、陕，苗众犹四扰。湖南巡抚姜晟，月给盐米羁縻之，苗盗骄。凤凰厅同知傅鼐，独招募流亡，集团设碉，为守御计，苗屡攻不克，焚掠边境，姜晟且欲以启衅罪劾鼐，适镇筸苗吴承受，纠众内犯，朝旨切责晟，鼐为擒之，乃奏加鼐知府衔。嗣贵州石岘苗叛，鼐得云贵总督琅玕檄，率乡勇会剿，尽破诸寨。琅玕奏闻，诏令鼐总理边务。鼐平余逆，立屯田，并设书院义学育婴堂养济院等，苗疆大定。鼐于嘉庆十五年卒于任，苗人感其德，哭声震郊野焉。

当川、陕之将平也，海盗蔡牵、朱濆，扰闽、粤海滨，为商舶患。浙江提督李长庚，与巡抚阮元议，造大艇三十艘，名霆船，配以大炮四百余门，任浙海防御。嘉庆八年，牵进兵普陀山，至定海，长庚掩袭之，牵仓促遁，被长庚追击，几不免。伪乞降于闽督玉德，玉德檄浙师还，牵扬帆去。九年，牵、濆连䑸犯闽。总兵胡振声战死。诏以长庚总统浙、闽水师，专剿海寇。长庚大破牵、濆于定海北境。牵复犯台湾，沈舟塞鹿耳门，号召土匪万余，攻台南府城，自称镇海王。长庚亟引军赴援，五战皆捷，檄闽师截阻不至，牵复遁去。长庚列状上闻，诏褫闽督玉德职，代以阿林保。阿至闽，召长庚与宴，嘱以冒功邀赏之策，长庚不允，阿遂连劾长庚，赖新任浙抚清安泰，白其诬，乃得久任。转战闽、粤沿海者复两年，阿犹屡促歼敌，于嘉庆十二年冬，击牵于南澳海面，几擒牵，为牵奴林阿小发炮所中，没于阵。事闻，追封壮烈伯，谥忠毅。长庚，同安人，习海战术，风云沙线无不悉，每战必自持舵。家故与蔡牵同籍，数过县境，未尝一顾，以厄于奸佞，卒于海上。裨将王得禄、邱良功嗣其任，愿为长庚复仇。牵复与朱濆合，游弋浙海，被击退。濆走闽，为总兵许松年击毙。牵势日孤，朝命方维甸代任闽督，联合浙、闽水师为一致，蹙牵于定海之渔山。牵惧，东南遁，追及之于绿水深洋，围攻一昼夜。牵自知不免，举炮自裂其船，沉于海。王得禄以功封二等子，邱良功二等男。先是英国舰长度路利，率舰来粤，入虎门，进泊黄埔，投书粤督吴熊光，愿助剿海盗，熊光拒之，封禁水路，严断接济。英舰迁延数月，始去。诏责熊光办理迁延，夺其职。寻任百龄为粤督，迫降艇盗郭学显、张保等，亦得赏云骑尉世职。海盗悉平。

会仁宗五旬万寿，御太和殿，受朝贺，盈廷欢呼。越二年，彗星现西北方，钦天监谓星象主兵，应在十八年闰八月，至移改闰历以禳之。仁宗令百官修省。至十八年七月，竟秋狩木兰。木兰在长城外，地近热河。康熙时，始仿秋狝木兰制，示不忘武事之意，仁宗屡出狩。是年又循行，天理教徒遂乘间作乱。天理教亦名八卦教，与白莲教略同，授徒甚众。以直隶大兴人林清、河南滑县人李文成为首，文成党数万最盛。清则贿通内侍，外结文成为援。伪造二八中秋，黄花落地之谶。欲乘仁宗出狩，约文成入京起事。滑县令强克捷闻之，拘文成，刑断其胫，其党劫狱据城，戕克捷，祸延山东、直隶间。诏命直隶总督温承惠，与山东巡抚同兴，河南巡抚高杞，会三省兵剿办。林清以文成事泄，不及待援。九月望日，使其党二百余人，由宣武门潜入内城。至日晡，分犯东华、西华门。内监阎进喜、刘金高、广福等为内应。东华门甫入数人，为卫军关门格拒，皆奔散。其入西华门者，反关拒官军，进袭隆宗门，门已阖，不得入。皇次子绵宁闻变，与贝勒绵志，登垣了望，见有手白旗攀垣入者，连发鸟铳，殪其二人，绵志亦发铳殪其一。教党欲火隆宗门，忽天大雷雨，乃奔。诸王大臣率禁旅入，搜捕之，教党皆就擒，并擒内监之通敌者。越二日，获林清于黄村。仁宗自行在闻警，急驰回，下罪己诏。回京后，亲讯林清及通谋诸内监，皆磔之。封绵宁为智亲王，加绵志郡王衔，赐强克捷祭葬世职。令陕、甘总督那彦成，驰剿河南教匪，以固原提督杨遇春副之。文成既据滑，以胫创甚，不能出，遣党围浚县，别萃精锐于道口镇，阻官军。温承惠、高杞、同兴，皆按兵不敢发。遇春至，率固原兵奋击，敌惊走，相骇曰："髯将军至矣！"遇春美须髯，故云。遇春遂夺道口，进围滑。文成轻车突围，入辉县山，据司寨。那彦成遣总兵杨芳追剿，文成穷蹙，自焚死。河南平。山东盐运使刘清，署直督章煦，亦以次肃清境内。那彦成受封三等子，杨遇春二等男，杨芳、刘清以下皆蒙赏焉。

自教徒海寇，骚扰十余年，疲敝国力。清廷遂严海禁，斥教士，排斥外人，不遗余力。嘉庆十年，严禁西洋人刻书传教，锢德天赐于热河。粤民陈若望，坐递送西人书函罪，流伊犁。十六年，饬各省地方官查拿教士。二十年，湖南耒阳县，访获西洋人亚月旺，以传教惑众，处绞决罪。二十一年，英使亚墨尔斯入京，不肯行跪叩礼，逐之。尚书苏楞额、和世泰、穆克登额等，以不善谕英使坐罪，皆夺职，闭关之见深矣。

二十五年，仁宗又行秋狝制，驻跸避暑山庄，遇疾崩，寿六十有一。智亲王绵宁，扈跸热河，奉遗旨嗣位，是为宣宗，以明年为道光元年。仁宗朝，颇多贤相，如刘墉、朱珪、戴衢亨、董诰、刘权之等，皆以称职闻，因鉴于和珅覆辙故也。刘墉工书，董诰工绘，后人多珍藏之，姑不细表。

宣宗即位，奉梓宫回京。治丧毕，始御乾清门听政，习以为常。宣宗改名旻宁。即位后，首尚节俭，减御用，省内政，后妃以下，悉屏繁华，放侍女出宫多人。又命亲王贝勒等，务从俭约，不得广纳姬妾。豫亲王裕兴，奸侍婢寅格，致之死，诏即夺职拘禁。以此臣工多敛迹，顾壅蔽之习，即因之酿成。乾隆季年，英灭印度，鸦片为印度所产，英商尝运华贩卖，吸者日众。嘉庆间，屡下朝旨，示禁无效。宣宗改元，即申鸦片烟禁。二年，命广东督抚及海关监督，严缉鸦片烟。三年，定失察鸦片例，嗣后禁令迭下，贩者吸者，皆处重罪。然禁令益严，秘密卖买亦益盛，识者已知其壅遏之弊矣。

天山南路参赞斌静，性渔色，贪暴不法，失回众心。会大和卓木遗孙张格尔，匿居浩罕，诵经祈福，传食诸部，为回人所尊信，至是遂纠众数百，入袭喀什噶尔边境。领队大臣色普征额击走之，擒敌百余人，皆为斌静所杀。仁宗疑其肇衅之由，命伊犁将军庆祥往勘，得斌静贪淫纵虐诸罪状，逮入京，代以永芹。芹亦未善抚驭，张格尔出没塞外，煽惑回众。诏命大学士长龄署伊犁将军，调庆祥代永芹任。道光六年，张格尔招安集延、布鲁特两部回兵，共五百余人，突入回城，拜其先祖和卓木墓，回城距喀什噶尔城只八十余里，庆祥即发兵袭之。张突围出，纠合各回部，旬日，得万人，攻庆祥。庆祥令乌凌阿、穆克珪布等迎战浑河，败绩，先后殁于阵，喀城旋陷，庆祥自缢。英吉沙尔、叶尔羌、和阗三城，相继失守。朝命陕甘总督杨遇春，提督杨芳，与山东巡抚武隆阿，各率兵往剿，以长龄为扬威将军节制之。大破张格尔于浑河，乘胜复喀城，余三城亦以次克复，惟张格尔遁去。宣宗以渠魁漏网，严旨切责，令杨遇春还陕，以杨芳代为参赞。长龄、武隆阿，请以所复之四城，封和卓木子孙。宣宗斥长龄悖谬，与武隆阿均革职留任。复命直隶总督那彦成，赴回疆筹善后。长龄悬赏缉张格尔，并纵反间诱张入塞。回众向分白山、黑山二派，黑山回往诱张，诡言官军全撤，喀城空虚，张遂入寇。长龄、杨芳邀击之，杀敌殆尽，追至喀尔铁盖山，擒张格尔。捷闻，封长龄二等公，杨芳二等侯，令槛张格尔至京，举行献俘礼，磔张格尔，绘西征功臣像于紫光阁，得四十人。军机大臣曹振镛、王鼎、玉麟诸人，因办公勤谨，亦列入。御制碑文，勒石大成殿外。长龄以献俘还京。那彦成檄浩罕国王，令献张格尔家属，不应。诏令严守边境，逐浩罕人，禁其贸易。自是渐撤西征军，那彦成、杨芳先后归。浩罕王摩诃末阿利，愤商人被逐，迎张格尔兄玉素普为和卓木，复入寇。参赞大臣札阿隆，仓促拒战，将士多败没，喀、叶二城被围。伊犁参赞容安，奉命驰援，迂道和阗久不至。幸叶尔昌办事大臣壁昌，奋力退敌，提督哈丰阿，自阿克苏至，解喀城围。杨遇春、杨芳、长龄等，奉诏驰至，浩罕兵已遁。容安以迁延罪充戍。长龄拟进征浩罕，适浩罕遣使乞和，长龄以不便劳师，奏请允议，复准浩罕通商，惟须为中国监守和卓木。议成，移喀什噶尔参赞于叶尔羌，屯兵守之，时道光十一年也。

翌年，湖南瑶人赵金龙复作乱。瑶即苗种，为楚、粤奸民所欺，聚众复仇，杀奸民二十余人。官军剿之，瑶窜蓝山，胁众数千，推赵金龙为首，掠宁远。参赞成喜不能敌，败退。提督海凌阿等往讨，中伏战死。朝命总督卢坤，及提督罗思举赴剿。至永州，瑶已裹胁万人，分三路出没山中。罗思举建驱敌出山之计，三面夹攻，逼瑶窜归一路。瑶果东窜，为官军兜围，不得遁。金龙中枪死，其子弟妻女皆被擒，歼瑶数千。卢坤、罗思举，得赏一等轻车都尉世职。湘瑶平，粤瑶复起。粤东连州有八排瑶，亦受奸民猾吏之困，出掠报怨。总督李鸿宾，令提督刘荣庆，署按察使庆林往察之。刘主抚，庆独主剿，鸿宾从庆议，引兵入山。瑶首八人出迎，皆被杀。妄奏歼瑶七百人。瑶据险死拒，鸿宾与战不利，士卒多阵亡，反以硝药失火焚烧入奏。诏饬尚书禧恩，将军瑚松额及提督余步云至粤，得鸿宾等罪状，逮罪治问。调卢坤为粤督，禧恩闻坤将至，急欲以平瑶为功，遣按察使杨振麟，贿瑶招降。瑶贪利踵至，仅获三人抵罪。即以逆首已得，余党乞降奏闻。禧恩封公，瑚松额、余步云，均世袭一等轻车都尉。卢坤至粤，禧恩交印即行，宣宗亦未尝闻问也。

宣宗初政，披览章奏，常至夜半。某夕有宠妃取而裂之，翌晨即遣出。至回瑶迭平，渐萌逸豫，苦章奏不能遍阅，用军机大臣曹振镛言，视章奏之稍误者，严斥不贷。以此臣下多徇隐，无敢直言者。且自道光三年始，停秋狝制，奉孝智王太后居绮春园。绮春旁为圆明园，宏敞无匹，历雍、乾两朝建筑而成。宣宗以便于定省，随时临幸。于是佞臣窥伺上意，冀邀宠眷。穆彰阿、琦善、耆英、伊里布辈，相继登进。穆彰阿最佞，洊升大学士，得君最专。鸦片之战，洪杨之变，所由来也。道光十三年，皇后佟佳氏崩。越年，册立全贵妃钮祜禄氏为后，钮祜禄氏为侍卫颐龄女，美而慧，尝用乞巧板排成六合同春四字，呈御览，宣宗甚爱之，故得继为后。越年太后六旬万寿，宣宗亲制寿颂诗十章，后亦恭和御诗，传诵宫中。至道光二十年正月，太后赐酒一罂，后服之，竟暴崩。宣宗因孝亲故，不之究。以后所生子奕詝，命静妃博尔济锦氏抚字，升静妃为皇贵妃，终身不再立后，密旨以奕詝为皇太子，所以报后也。

后崩之岁，适鸦片事起，中外开衅，鸦片愈禁愈盛。御史米成烈，鸿胪寺卿黄爵滋，力请严禁。湖广总督林则徐，语尤痛切，大旨谓烟不禁绝，国日贫，民日弱，十余年后，不惟无可筹之饷，抑且无可用之兵。宣宗韪之，特命为钦差大臣，赴粤查办。则徐抵粤，传集英商，限三日内尽出鸦片。英商不奉命，则徐停贸易，杜粮道。英领事义律惧，乃令各商船尽缴鸦片，得二万二百八十三箱，奉旨于海口销毁。乃就虎门海岸，凿坎投烟土，倾石灰焚之。又宣告各国商船，令具不夹带鸦片甘结。义律不遵约，为则徐所逐，遂怂恿英政府宣战。英开议会，决战事，集水陆军攻粤，则徐率水师提督关天培击败之。英舰赴闽，侵厦门，闽督邓廷桢防甚力。英舰转攻浙海，陷舟山，入定海，浙东大震。有构造蜚语罪则徐者，权相穆彰阿，素嫉则徐，谮于廷。宣宗乃令两江总督伊里布，赴浙视师，并责则徐空言无实，疆事遂坏。适英海军统将伯麦与义律驾舰至天津，投书直督琦善，索偿烟价，及辟通商场。琦善以闻，且密陈抚议。朝旨遂调琦善赴粤查办，并褫则徐职，留粤听勘。

琦善至，力反则徐所为，撤沿海兵备。英将伯麦及义律还粤，于前索诸款外，复增割让香港议。琦善不许，英水师突攻沙角、大角两炮台，副将陈连升战死，炮台陷。琦善大惊，允英要索，以危词奏闻。伊里布亦奏请主抚。宣宗怒，褫琦善职，召伊里布还。命御前大臣奕山为将军，提督杨芳、尚书隆文为参赞，赴粤东。调江督裕谦赴浙，任浙防。英义律闻和议决裂，急攻虎门，水师提督关天培死焉。进攻省城，陷城西北各炮台。奕山束手无策，惟恃杨芳为守，不得已使知府余保纯出城议款。义律索偿军费六百万元，烟价在外，香港再议。将军参赞，退屯城外，英军亦退出虎门，奕山皆允之。即竭力搜括，偿英军费。并偕隆文退屯金山，留杨芳驻城弹压。隆文愤恚死。奕山犹饰词上告，谓英人止乞照旧通商，宣宗不之诘，惟追问历任疆吏罪，谪林则徐戍伊犁，革伊里布职，发往军台效力，定琦善罪为监斩候焉。是时闽督邓廷桢，亦已遭谴去闽，颜伯寿继之，增筑炮台，防多力分。英大使璞鼎查及海军少将巴尔克等，又至，复犯厦门，陷海岸各炮台。转入定海，总兵葛云飞、郑国鸿、王锡鹏皆战殁。进逼镇海，提督余步云先溃，总兵谢朝恩独力拒战，中炮死，钦差大臣裕谦自尽。朝命协办大学士奕经，及副都统特依顺、侍郎文蔚至浙，分三道攻英兵，皆败退。浙抚刘韵珂，力主和议，奏请起用伊里布，至浙调停。宣宗从刘言，复命宗室尚书耆英，署杭州将军，与参赞齐慎同赴浙。伊里布先至，议无成。英舰又航至江南，攻吴淞口。江督牛鉴，及提督陈化成拒战，击沉敌舰二艘。化成中炮死，牛鉴急奔回江宁。英舰长驱入江，陷镇江，副都统海龄，阖门殉难。英舰直逼江宁城下，牛鉴无他策，惟日促耆英、伊里布至江宁议款。朝旨亦命耆英、伊里布及牛鉴为全权大臣，与英使璞鼎查议和。璞要索多款：（一）索偿烟价六百万元，商欠三百万元，军费千二百万元；（二）割让香港；（三）开广州、福州、厦门、宁波、上海五口通商，并许设领事；（四）两国往复文书，用平行款式。余如释放汉奸，交还俘虏等款。末请钤用国宝，以昭诚信。共约文十三条。耆英等飞书驰奏，宣宗览之，愤甚。穆彰阿谓兵兴三载，无尺寸效，不如抚之便。乃如所请，订约于江宁城下，称《江宁条约》。以道光二十二年七月成立，英舰乃退，战局终结。逮治牛鉴、奕山、奕经等，交部治罪。余步云情罪较重，斩决。以耆英督两江，伊里布为广州将军，筹善后。时大学士王鼎，自河防归，大愤，服药自尽，遗疏呈穆彰阿等欺君误国之罪，并荐林则徐可大用。穆彰阿闻之，使人以危言怵其子，疏竟不得上，第以疾卒闻，予谥文恪而已。

台湾总兵达其阿，与兵备道姚莹，且为耆英所劾，遣闽督怡良往台，逮二人治罪。先是英人乘厦门之捷，分兵窥台湾。赖达、姚二人督兵击退，俘白人二十四，黑人百六十五，炮二十门及英军所得浙东器械等件。至江宁议和，台中仅遣还白人。濮鼎查捏称台中所获，均系遭风难民，由镇道乘危徼功，请沿海疆吏会奏惩处等语。耆英以闻，及怡良渡台查办，居民合词诉冤。怡良阳许昭雪，阴承耆英旨，奏称其铺张失实，请从重治罪。宣宗颇知其枉，仅从革职例，然琦善、奕经、奕山等，卒以穆相转圜，仍复起用。伊里布至粤病死，调耆英督粤，与英使濮鼎查订定通商章程十五条。法、美亦遣使至粤，请援例通商，耆英皆与缔约，大旨如英约例。至道光二十七年，瑞典国亦遣使求互市，复由耆英与订约章，门户洞开，自此兆矣。通商局定，英兵始退尽，且要求舟山群岛，不得让与他国，并许英人入粤城，耆英皆从之。惟粤东绅民集团，阻英人入城，势颇张，耆英乃与英使约，乞延期二年。届期耆英早去粤，继任者为徐广缙，英人以兵舰入粤河，申前约，仍为乡团所阻，不得前。徐广缙单舸前往，告以众怒难犯，英使欲留广缙为质，见两岸乡团林立，有戒心，乃更定粤东商约，以英人不得入城语，载入约中。事闻于朝，宣宗封广缙一等子，时护理粤抚为叶名琛，亦得封一等男，粤民亦蒙嘉奖焉。宣宗以道光三十年正月崩，皇四子奕詝，奉密旨嗣位，是为文宗，改翌年为咸丰元年。其时老成迭逝，宿将尽凋。文臣如卢坤、陶澍、阮元辈，武将如杨遇春、杨芳、罗思举等，先后谢世。清廷威信日替，大乱遂蔓延矣。欲知后事，请观下文。

第四十三回　洪杨起　英法来　世变日亟

诗曰：

红巾四扰已堪哀，况复狼烽逐海来。
灵囿被焚天子走，可怜一去竟难回。

却说文宗嗣位，即封奕䜣为恭亲王，其余兄弟封郡王。奕䜣，宣宗第六子也，宣宗最钟爱之，欲立为太子。侍读学士杜受田，在上书房行走，正授文宗读，默窥宣宗意，思设法挽回。某日宣宗命各皇子校猎南苑，受田教文宗毋猎兽，并嘱以应对各语。文宗出至围场，如所教行之，宣宗问其故，文宗谓时方春和，鸟兽孳育，不忍伤生命，且不欲与诸弟争一日长。宣宗大喜，嘉其仁。且因孝全皇后之暴崩，始终不忘，遂决立之。惟遗旨有封奕䜣为亲王之嘱，故文宗不敢违。文宗念静贵妃抚育之劳，尊为康慈皇贵太妃，旋尊为皇太后。又忆杜学士拥戴功，立擢为协办大学士。杜感知遇，颇尽忠告，因此求贤旌直之诏，连篇迭下。其缘事降革诸员，若故总督林则徐，漕督周天爵，台湾道姚莹等，皆以时论所推，相继召用。旋以穆彰阿妨贤病国，宣罪夺职。耆英同恶相济，降为六品员外郎，海内称快。不意洪、杨变起，酿成大乱。

粤东花县人洪秀全，训蒙卖卜，往来江湖间。尝师事上帝教首朱九涛。九涛死，秀全更取基督教义，附会成说，赴粤西鹏化山中，蓄发传教。同邑冯云山，与秀全同师，阴助之。武宣人萧朝贵，先入教，妻以妹洪宣娇。厥后桂平人杨秀清、韦昌辉，贵县人石达开、秦日纲等，陆续依附，辗转传授。会粤西岁饥，群盗四起。巡抚郑祖琛，老病惮事，盗日炽。秀全乘势谋变，伪作死状，七日乃苏，自言能知未来，谓世有大灾，惟入会拜上帝者，可免。凡入会皆平等，男称兄弟，女称姊妹，称上帝为天父，以耶稣为天父长子，称天兄，己为其弟。密造真言宝诰等书，分途劝诱，附从者日众。道光三十年六月，秀全至桂平县之金田村，聚众起事。诏促郑祖琛出省剿寇，复令固原提督向荣，故云南提督张必禄，至粤会剿。时盗贼遍四郊，向荣等往来击逐，寇少衰，惟洪氏转盛。朝夺祖琛职，遣戍，起林则徐为钦差大臣，兼巡抚事，迅赴广西。秀全闻则徐将至，大惧，欲航海，则徐至潮州病卒，秀全乃复炽。故两江总督李星沅，奉命代则徐，周天爵署巡抚。令张必禄攻金田，败殁。向荣移师往剿，亦失利。秀全进屯大黄江，分攻桂平、武宣、平南等县，扰及象州。广州副都统乌兰泰赴援，与向荣分道防战，相持不下。星沅、天爵，又以事相龃龉，疏请统帅，诏遣大学士赛尚阿，驰往接办，召天爵还。授邹鸣鹤为巡抚，赛尚阿至粤西，遣军往讨。

秀全自大黄江趋永安州，陷之，自称天王，建号太平天国。封杨秀清东王，萧朝贵西王，冯云山南王，韦昌辉北王，洪大全天德王，奉日纲、胡以晃以下，各称丞相、军师。

部众皆蓄发，裹以红巾。呼官为妖，官呼为发逆，俗号长毛，外人称为太平军。赛尚阿督诸军围之，四阅月不下。咸丰二年，秀全突围北走，乌兰泰追擒洪大全，进至六塘墟中炮死。向荣料敌趋桂林，急由间道返省城，偕邹抚固守，故县令江忠源，募乡勇驰援，战屡捷。秀全围桂林月余，不能破，遂北陷全州，劫民舟顺流而下，入湖南境。江忠源邀击于蓑衣渡，败之，炮毙冯云山。秀全弃舟登陆，东破道州，分陷江华、永明、蓝山各县，及桂阳、郴各州，直趋长沙。诏罢湖南巡抚骆秉章，代以张亮基。亮基未至省，萧朝贵已率太平军抵城下。骆秉章率提督鲍起豹坚守。赛尚阿驻永州，湖广总督程矞采驻衡州，皆相戒不敢前。幸总兵和春，及江忠源驰至，守乃固。赛、程皆夺职，以粤督徐广缙兼代之，并促向荣赴援。向荣抵长沙，亮基亦至，击毙萧朝贵。洪宣娇闻夫死，请秀全复仇，秀全悉众攻长沙。宣娇募健妇，自成一队随其后。适长沙援军四集，秀全猛攻不下，惧为所乘，乃解围西去，渡洞庭湖，破岳州，得吴三桂所遗军械炮位，势益振，遂入汉阳，陷武昌，湖北巡抚常大淳死焉。秀全在武昌渡岁，得浙人钱江，封为军师。钱江请速趋江南，秀全从之，遂弃武昌东行。诏逮治徐广缙，授向荣为钦差大臣。并命两江总督陆建瀛，出防江、皖。建瀛率舟师堵九江，遇太平军溃退。九江、安庆相继失守。安徽巡抚蒋文庆等皆死。太平军沿江而下，拔太平、芜湖，长驱至江宁，昼夜环攻，城遂陷。陆建瀛被戕，将军祥厚，副都统霍隆武以下均死之。

秀全欲进取河南，闻清廷起用故大学士琦善，在河南屯驻。又信老舟子言，河南水少粮缺，遇困莫解，乃决议以江宁为国都，改称天京。建龙凤殿，置百官，定朝仪，封王数十，立约法十章，大旨禁蓄妾贩奴买娼缠足等弊。以三百六十六日为年，有闰日，无闰月。每七日一礼拜，赞美上帝。其军制，则仿古时军师旅卒成法，秀全自为元帅。又开科分男女两榜，男科题为蓄发檄，女科题为北争檄。池州男子程文相，文中有忍看辫发胡奴，衣冠长玷，从此簪缨华胄，髦弁重新等语，选为男状元。江宁女子傅善祥，文中有直扫北庭，痛饮黄龙之酒，雪仇南渡，并摧北伐之巢等语，选为女状元。以下复有榜眼探花诸名目，男女同制。东王杨秀清，权出秀全右，纵恣无度，即召傅善祥等，充东王府女簿书，昼夜行淫。掠童子阉之，以充府役。并与天妹洪宣娇私，秀全虽知之，不敢问也。清钦差大臣向荣自湖北追至江宁，结营孝陵卫，称江南大营。琦善亦自河南至扬州，立营城外，称江北大营。洪杨分军堵御。且遣丞相林凤祥、李开芳等，引兵北犯，由扬州出滁州，破凤阳，入河南。又遣豫王胡以晃，及丞相赖汉英、石祥贞等，分攻安徽、江西，通长江上游。

时中原承平日久，绿营老朽不堪用。林凤祥孤军深入，所向披靡。及进攻开封，方为官军所败。西涉黄河，围怀庆府城，直隶总督讷尔经额，偕尚书恩华等，驰救怀庆。江北大营琦善，又会学士胜保，率军蹑凤祥后，前后会攻，毙太平军丞相吉文元，凤祥解围去，由间道入山西。讷尔经额凯旋直隶，方次临洺关，凤祥已破山西平阳府，直入直隶境，诈冒清军旗帜，掩袭讷军。讷军仓皇奔溃，诏夺讷尔经额职，以授胜保，并命惠亲王绵愉，科尔沁郡王僧格林沁，督师守御，败凤祥于深州。凤祥转攻天津，由胜保力疾驰堵，乃退据静海，分屯独流杨柳青等处，为自固计。旋皆为僧格林沁所破，分窜连镇及高唐州，又先后失据，凤祥、开芳皆成擒，河北肃清，洪氏北犯之策遂失败。惟长江一带，自胡以晃、赖汉英、石祥贞等分道进攻，安庆再破，南昌被围，太平军势甚嚣张。江忠源已擢道员，署湖北按察使，道出九江，闻南昌围急，兼程往援，战屡捷。赖汉英分军入腹地，吉安土匪又起，遥为声援。忠源急向湖南乞救，在籍侍郎曾国藩，正招练乡勇，仿明戚继光兵法，部勒成营。至是遣勇三千，营兵六百，属夏廷樾、罗泽南、江忠济等，率往江西。先平吉安土寇，继至南昌，赖汉英等解围走湖北，忠源追至田家镇，与战不利，黄州、汉阳二府复被陷。新任湖广总督吴文熔，急驰守武昌，各防军亦分道抵御，敌乃自汉阳退黄州。湖北未靖，安徽大扰。胡以晃、石达开、秦日纲等，相继赴皖，由安庆出集贤关，破桐城、舒城，直逼庐州。诏授江忠源巡抚江西，促其往援。忠源力疾赴急，驰入城，秦日纲，胡以晃等，率众麇至，围数重，城守空虚，月余被陷，忠源投水死。朝命漕督福济代忠源，与江南提督和春，规复庐州。且饬湖广总督吴文熔，迅复黄州。文熔赴黄州督师，为敌所乘，师溃，死之。太平军乘胜取汉阳，连陷德安、随州、枣阳。石祥贞且绕出武昌，拔岳州，入湘阴，进窥长沙。曾国藩方在本籍湘乡县，督练水陆各军，成陆师十三营，水师十营。陆师以塔齐布为先锋，周凤山、储玖躬、林源恩、邹世琦、邹寿璋、杨名声、曾国葆等分统之；水师以褚汝航为总制，成名标、诸殿元、杨载福、彭玉麟、邹汉章、龙献琛、夏銮、胡嘉垣、胡作霖等分率之，悉军出援。水师至湘潭，敌闻风遁。陆师至岳州，前队溃退，敌袭入湘潭。国藩邀击于靖港，又败，发愤投水，以左右援救，乃免。塔齐布驰至，大破敌军，水陆十战十胜，复湘潭，并克岳州。石祥贞复入湖北，会合随州、枣阳诸太平军，再陷武昌。巡抚青麟，弃城遁长沙，奉旨正法，以杨霈代之。国藩出湖南，连战皆捷，至螺矶失利。褚汝航、夏銮以下，死者数百人。湖南巡抚骆秉章，重莅任，造舟助国藩，再逐敌至湖北，会合荆州将军官文兵，收复武昌、汉阳。总督杨霈亦复黄州，国藩乃进图江西。攻九江不下，分兵入鄱阳湖，败绩，为敌所断，内外隔绝。敌复西上，败杨霈于广济，入汉口，破汉阳，又陷武昌，巡抚陶恩培死焉。诏革杨霈职，命官文总督湖广，擢布政使胡林翼为巡抚，图规复。国藩方赴南昌，整理内湖水师，闻武昌复陷，拟遣将往援。适塔齐布卒于九江军，国藩急驰赴九江，以周凤山领其众。塔齐布满洲人，在湖南叠著战功，以都司洊升提督，至是围攻九江病卒，时论惜之。罗泽南以欲攻九江，必先据武昌，请率所部行。国藩从其言，命赴湖北，与胡林翼会，合攻武昌。会太平翼王石达开，乘虚入江西，连破新昌、瑞州、临江，南昌大震。国藩回南昌，与巡抚文俊拒守，并檄九江军退援，势危甚。泽南闻警，欲急复武昌，回援江西，极力攻城，中弹而殒。泽南与国藩同籍，讲学宗程、朱，国藩募兵，泽南实助之，统兵者皆其受业弟子，大小二百余战，辄身先士卒，朝旨擢为道员。阵亡后，胡林翼以其高弟李续宾代之，令返援江西，此咸丰六年间事也。

是年夏，皇长子载淳生，其母为懿妃那拉氏，叶赫之后裔也。性敏慧，通经史文籍，为故安徽道员惠征女，以秀女入宫，甚得幸。国藩以乡兵破敌，大学士祁寯藻，谓匹夫起闾里，一呼百应，恐非国家福，文宗颇疑之，赖懿妃暗中斡旋，始专任。文宗除立后钮祜禄氏外，妃嫔多人，皆无嗣，及载淳生，益加宠誉，懿妃遂以此预政，国藩果忠诚如懿妃言。江西被困，郡县多失守，幸国藩死守南昌，省城得屹立。惟江南大营，被各省太平军之牵掣，势分力薄，竟坐陷。先是江南大营，威望出江北大营上。江北三易统帅，先琦善，继托明阿，又继德兴阿，仅克一扬州城。江南大营，始终倚任向荣。向荣因江、皖一带，敌兵四扰，尝分军援剿。太平军乘虚进袭，自江宁、镇江两路夹攻，向荣不能御，众大溃，总兵张国梁，翼荣出，退保丹阳，荣忧愤而卒。诏命江南提督和春代之。时和春在安徽，复庐州、舒城，奉命赴丹阳，与国梁击退敌兵，军势复振。太平天国又内讧，于是长江一带，始有转机。

初向荣卒，太平诸王群相庆，洪、杨益骄恣。洪秀全纳妃八十八人，杨秀清纳妾三十六人，皆称王娘。秀全纵淫，不理事。秀清日治军务，夜拥丽姝，爱则嬖之，憎则戮之。傅善祥乘间逸去，朱九姝、赵碧娘等，隐图秀清，事泄，皆被杀。金陵李氏女，行刺秀清，不中，为所执，施以点天灯刑。用帛裹人，渍油使透，悬竿焚之，谓之点天灯，秀清所特创也。秀清既揽权，徐有自立意，令其下呼万岁。秀全恐，密召韦昌辉、石达开，令图秀清。昌辉自江西先归，秀清招之饮，昌辉于席间刺杀之，尽戮其家属妾媵。达开至，责昌辉过酷。昌辉怒，将杀达开。达开缒城遁，纠合安徽太平军，向江宁。昌辉杀达开母妻子女，又谋攻天王府。秀全急召秀清余党，袭杀昌辉，赤其族，达开乃退。自是与秀全起事之诸王略尽，军政皆出秀全兄弟仁发、仁达，渐拂众意。江南提督和春，令张国梁取镇江。江北大营德兴阿，亦拔瓜州，乃进逼江宁。湖北巡抚胡林翼，与总督官文，合军复武昌、汉阳。武汉三失三复，自此始屹成重镇，为东征后援，林翼之力居多焉。官文满洲人，有嬖妾，生日张宴，司道无先至者，林翼独往贺，乃毕集，官文大喜，与林翼约为兄弟，军事皆取决之，故得以成功。武汉既复，湘楚各军合援江西。国藩弟国华、国荃，亦募兵至南昌。南昌围解，江西各郡县，亦次第规复。会国藩丁父忧回籍，朝命其墨绖从戎，不之应。诏以杨载福统领水师，彭玉麟副之。厥后载福克彭泽，玉麟克小孤山。只九江已被陷，六年由太平悍将林启荣踞守，相持不下。李续宾自楚返赣，率陆师八千余，锐攻湖口，克之。复会杨、彭水师，合围九江，又岁余，不能拔。曾国华继至，始毁城入，杀敌万七千余人，启荣与焉。太平军中衰，洪氏所据之都会江宁外，惟一安庆而已。

乃粤东启衅，海氛迭张，内乱未靖，外患又炽。咸丰六年，英人巴夏礼，为粤东领事，与粤督叶名琛不相能。名琛代广缙督粤，喜大言：尤好扶乩。巴夏礼与争入城事，辄不理。适有华船悬英旗者，入粤河，巡兵疑为奸民，毁其旗，絷舟中十三人去。巴夏礼责名琛谢罪，遂以兵舰攻黄埔炮台，旋攻广州，以兵少，不久退去。粤民暴动，纵火焚各国商馆，英、法遂联军图粤。于咸丰七年冬，致书名琛，迫偿侨商损失，及重订约章。名琛置不复，乃宣战登陆，据炮台，攻省城。将军巡抚等筹守备，名琛安若无事。问之，则曰："过十五日必无事。"此盖乩语也。是时，已为十一月十四日。是夕，省城竟被陷，英法军虏名琛去。将军穆克德讷、巡抚柏贵，与英法军议和。英法军驻广州者凡三年。名琛被虏至印度，未几病死，以其尸归。英、法军复贻书清相裕诚，索偿改约，俄、美亦与焉。清廷用裕诚名，分别答复，令各就疆臣议之。四国军舰，径达天津，攻陷大沽炮台，京师戒严。乃命大学士桂良，尚书花沙纳，赴津议款。又起已革大学士耆英偕行，耆英往谒英使，不得见，遽返京师，诏令自尽。桂良至津，英索立约五十六条，最要者为增开牛庄、登州、台湾，潮州、琼州等处为商埠。又于长江一带，许选择三口，并偿商亏二百万两，军费二百万两，此则改税则，准传教，侨民得挈眷居京等事。法约四十二条，与英略同，军费赔款减半。美约三十条，俄约十二条，除军费赔款外，皆如英、法例。是为咸丰八年之天津和约。

太平军乘英、法之衅，复四出为乱。自江西败溃者，分窜浙、闽。浙之处州，闽之邵武，皆失守。诏起复侍郎曾国藩援闽、浙。国藩由湘乡起程，至南昌，闻浙、闽之太平军，已回趋江西，抚州、建昌两郡戒严，乃进驻建昌。太平英王陈玉成，为后起骁将，从江宁出攻浦口，破德兴阿营，越扬州，陷六合，顺流而下，据桐、舒，再夺庐州。清荆州将军都兴阿，与杨载福水师，正攻安庆，李续宾独率万余人，攻克桐、舒各城，分军驻守，自督精锐，向庐州进发。抵三河镇，与敌军遇，大破之，平其九垒。三河距庐州五十里，为陈玉成屯粮储械之所。玉成闻警，自庐州率大队至，太平侍王李世贤，纠合捻党张洛刑，亦趋集三河，众十余万，围续宾军数匝。续宾突围不能出，乘夜跃马入敌阵，死之。曾国华及诸员弁从死者六千人，湘军精锐歼焉。续宾弟续宜，收抚散卒，屯黄州。都兴阿等，亦撤安庆围，退驻宿松，皖、楚之间复大震。

时胡林翼以丁忧去位，诏起复原职。林翼亟莅任，进驻黄州，拊循士卒。太平军已上犯宿松，为多隆阿、鲍超军击退。多、鲍二将，系都兴阿前锋，楚军之选也。湖北少舒，湖南为石达开所攻，又告急。达开自江宁再出，不复禀承天王命，历走江西、福建，皆受挫，乃返攻湖南。湖南巡抚骆秉章，委军事于左宗棠，飞檄召诸将入援。刘长佑、江忠义、田兴恕等，皆至，匝月成军四万人，湘防乃固。左宗棠，湘阴人，为骆抚幕宾，有文武才，故骆抚尝器重之。达开入湖南，围衡州，不克，转攻宝庆，刘长佑等赴援，互有杀伤。胡林翼遣李续宜督军援之，乃击走达开，城围始解。于是曾、胡二公，会议图安徽，相偕入皖境，分驻宿松、华山。奏请以多隆阿总统诸军，鲍超、李续宜等为辅，大举入太湖。陈玉成纠众至，连营百余，多、鲍合军大破之，毁敌垒七十余座，玉成遁。玉成骁悍绝伦，眼下有双疤，清军号为四眼狗，是役乃第一大创云。多军方进规安庆，江南大营又溃。当德兴阿之败绩湖口也，有旨夺职，令和春兼辖南北。和春颇骄蹇，军事全赖张国梁，国梁转战无虚日，兵力渐疲，浙、皖诸路太平军，伺隙麇集，环扑大营。国梁苦战八日，不能支，退至丹阳，敌踵至，国梁创甚，投河死，和春突围走常州，亦呕血而亡。国梁初为盗，名嘉祥，旋投诚易名，隶向荣麾下，以善战闻，保障苏、浙郡县垂七八年，及死，常、苏皆陷，江、浙境内均告警。诏令曾国藩署两江总督，督办江南军务。国藩志在图皖，拟克复安庆，继及江、浙。适其弟国荃，募勇至，自请攻安庆，乃令国荃率军先进，多隆阿、李续宜等，为后援。复奏保左宗棠为四品京堂，襄戎机。起在籍道员沈葆桢，办江西、广信防务，通饷需。自调鲍超、朱品隆各军，渡江驻祁门。祁门，徽、宁往来之要道也。时在咸丰十年。

是年秋，英、法联军复入天津，诏促南军北援，事益棘。先是天津和约，应各钤国宝，以一年为换约期。咸丰九年，英、法各使以换约抵津，适僧格林沁设防大沽，令各使从北塘入。英使不从，突入大沽，击炮台，守台军还击之，英舰受创去。翼年，英、法联军复北犯，窥北塘无备，直入内港，复僧格林沁军于新河，陷大沽炮台，进据天津。诏命桂良赴津议和，未协。飞饬南军勤王，胜保自河南驰至，与联军战，伤颊坠马，师奔。联军逼通州，怡亲王载垣，又奉命议款。英领事巴夏礼，已为参赞，载垣与议约，巴夏礼佯睡不语。英使额尔金，且衷甲欲袭载垣，载垣退，密告僧格林沁，诱擒巴夏礼解京。英军益奋，入攻京师，文宗率后妃人等，北狩热河，留恭亲王奕䜣居守。奕䜣释巴夏礼，主和议。巴既出，纵兵毁圆明园以泄忿。俄使伊格那提也夫，力任调停，于八年原定和约外，英增九款，法增十款，偿英银千二百万两，割粤东九龙司界英，更辟天津为商埠，偿法银六百万两，战事乃结。美使于上年从北塘入，已换约。俄则于咸丰年，与黑龙江将军奕山，立瑷珲条约，已攫去黑龙江北岸地，至是又因居间索酬，复订续约十五条，以乌苏里河东岸地让俄，是谓北京条约。乃谕止南方勤王之师，令专剿太平军。国藩时驻祁门，太平军侍王李世贤与忠王李秀成等，三面环逼。文报饷路，几皆不通，亟檄鲍超、张运兰各军，分遏其锋，敌焰不少戢。左宗棠募军至乐平，连破敌军，乃通赣、皖饷道，祁门少安。国荃围安庆益力，太平英王陈玉成，纠众十万援安庆，被国荃击退。东北走桐城，又为多隆阿、李续宜所破。改图入楚，陷黄州、蕲州、德安诸郡县，李续宜还救，败之。再至安庆，筑垒菱湖，为城中援应，国荃不少却，国藩又派鲍超军，及杨载福水师，助攻安庆，胡林翼亦遣成大吉军辅之，扫平敌垒，击走陈玉成。遂于咸丰十一年八月，毁城入，斩守将叶芸来，歼敌无算。安庆陷敌已九年，与江宁为犄角，安庆克复，江宁乃岌岌矣。捷书方上，文宗已崩于热河行宫，遗诏立载淳为皇太子。

文宗北狩逾年，东京王大臣，因京师已靖，屡请回銮，为载垣、端华等所阻，不果行。载垣、端华，皆清廷宗室。咸丰初，已袭爵亲王。端华弟肃顺，以郎中供奉内廷，工迎合，洊升至协办大学士。三人盘结，久干国政。肃顺尤狡黠，以科场事杀大学士柏葰，又借铸钱局事兴大狱，官商多嫉之。是时皆扈跸行在，与大臣景春、穆荫、匡源、杜翰、焦祐瀛同受顾命。因太子载淳，年甫六龄，不能亲政，俱称为赞襄政务大臣。尊皇后钮祜禄氏，及皇太子生母懿贵妃那拉氏，均为皇太后，拟改元祺祥。御史董元醇疏请太后垂帘听政，太后下王大臣议，载垣等力驳之。恭亲王奕䜣，由京奔丧，欲谒见太后，杜翰以嫂叔避嫌为词，不予见。奕䜣微服入行宫，终得见太后，密谋诛载垣等。议定，即还京。太后亦即下谕回銮，载垣等复力阻，不听。遂命肃顺护送梓宫，载垣等扈从太后等，先从间道还京。大学士贾桢等，合疏请太后垂帘，钦差大臣胜保，亦应和之。太后遂命定垂帘仪，拘载垣、端华，并逮肃顺于密云。谳定，令载垣、端华自尽，杀肃顺，革景寿、匡源、杜翰、焦祐瀛职，穆荫充戍，尚书陈孚恩、侍郎黄宗汉等，皆坐党附罪，夺职遣戍有差。或曰是皆那拉氏主谋，钮祜禄后坐受其成而已。皇太子载淳即位，是为穆宗。奉两宫皇太后听政，东西列坐，世人乃以东太后、西太后呼之。旋上皇太后徽号曰慈安，生母皇太后徽号曰慈禧，改祺祥二字为同治，以明年为同治元年。恭亲王奕䜣，得授为议政王，垂帘之局大定，后事须阅下回。

第四十四回　**东西后　秉朝政　内难敉平**

诗曰：

东南大局由规定，西北余氛又扫平。
假使慈禧身早死，后人谁不仰英名？

却说两宫太后，垂帘听政。慈安后秉性恬静，凡事多归慈禧后裁决。慈禧后果断有为，听政后，即命曾国藩统辖四省军务，所有江、浙、皖、赣文武各官，悉归节制。其时太平忠王李秀成，侍王李世贤，俱窜入浙境，陷严州，破绍兴，进逼杭州。提督张玉良，率军赴援，中炮死，杭城被围。玉良本隶向营部下，颇善战。咸丰十年，杭州已为李秀成所陷，江南统帅和春，遣玉良至杭立复之。嗣因江南大营失败，玉良遂留浙，出任防堵，至是没于阵。杭州陷，巡抚王有龄，将军瑞昌等，皆死焉。国藩奏荐左宗棠为浙抚，诏允之。嗣因苏、常糜烂，上海告急，复荐道员李鸿章，才大心细，堪膺疆寄，诏乃令鸿章署抚江苏。鸿章安徽合肥人，以科第登籍，曾任福建道员，国藩闻其才，延为幕宾。既奉诏抚苏，即回募乡勇，照湘军成制，督练淮军。国藩又遣湘军名将程学启、郭松林助之。国荃于克安庆后，决攻江宁，曾回籍增募新勇，与季弟国葆率之东下，任规复南京事。适胡林翼殁于任，朝旨倚重国藩，授为协办大学士，仍督两江。于是国藩建节安庆，指挥众军。除左宗棠赴浙、李鸿章赴苏，曾国荃赴江宁外，江北有多隆阿围庐之师，李续宜援颍之师，江南有鲍超进攻宁国之师，张运兰防剿徽州之师，肃清下游，有杨载福、彭玉麟之师，皆承国藩调度。余如袁甲三，及李世忠淮上之师，都兴阿扬州之师，冯子材镇江之师，亦由国藩统筹兼顾，权有专归，军政乃肃。

多隆阿自桐、舒进兵，围攻庐州，破陈玉成营，遂入庐州城。玉成奔寿州，为城守苗沛霖所赚，擒送颍州。沛霖系安徽练总，初叛清，曾授太平国封爵，后为胜保招降，授道员。胜保正剿捻至颍，得玉成劝之降，玉成不从，乃槛送京师，诏命于途中正法，遂杀之。玉成妻绝美，胜保纳之，宠专房，随军次焉。嗣胜保以罪被逮，甫至河，其宠妾又为德楞额截留，语人曰："此陈玉成妇也，不得随行！"胜亦无如何云。玉成与秀成，同为太平国后起悍将。玉成死，秀成失一声援，尝流涕焉。玉成党陈得才，由玉成遣扰陕西，与川寇蓝大顺等，互为应援。胜保、多隆阿先后奉调入陕，李续宜亦以母丧回籍，旋病逝，江北乏一劲旅。曾国荃克芜湖，会杨、彭水师收金柱关，下秣陵关，进军南京。国藩以江北乏援，恐蹈孤军深入之弊，屡止之，国荃不可。适鲍超攻克宁国府，走太平辅王杨辅清，军威颇盛，足为国荃后应，故国藩允国荃议。国荃遂进军雨花台，南京太平军出战，辄败回。洪秀全促李秀成、李世贤入援。时秀成至苏州，与谭绍洸拒淮军，因南京围急，率大队趋江宁。国荃军合水师不满二万人，秀成军倍蓰之，围国荃营数重；

日夜轰击，国荃裹创苦守。李世贤在浙攻衢州，为左军击败，亦率所部至江宁。开隧袭粮，皆无效。相持四十六日，国荃见敌势已懈，开壁出战，大败之。世贤、秀成，相继遁去，官军亦伤亡五千人。国荃弟国葆，以病后过劳卒。是役也，江南苦疫，营兵多死者。宁国鲍超军，金柱关杨彭水师，皆为敌所阻，不得前。国藩檄苏、浙分兵往援，又以围攻要地，不能应命。幸国荃竭力支撑，太平军亦悍不如前，故卒挫大敌，不蹈向、和覆辙，国荃以是升巡抚。越年国藩自安庆出巡，至国荃营，见围师稳固，始罢退军之议焉。于是苏、浙捷音，联翩踵至。

李鸿章初至上海，适上海设会防局，联合外国兵御敌。英提督何伯，法提督卜罗德，美人华尔，屡却太平军。鸿章复募勇三千人，会华尔教练洋枪，称常胜军。鸿章部下衣服多朴陋，外人见笑之。鸿章曰："兵贵能战，不在华美，待吾一试，笑未晚也。"既而李秀成自浙返苏，破太仓、嘉定，进攻青浦，洋兵皆败走，卜罗德中枪死。太平军逼上海，薄程学启营，学启奋呼出击，鸿章又率兵继之，敌骇奔，斩俘无数，自此淮军之名乃著。太平慕王谭绍洸守苏州，遣兵窥上海，又败之。会华尔战死，代以美人白齐文。白屡索饷不听命，鸿章撤退之，以英将戈登领其军，嗣是连克太仓、昆山，吴江、江阴各县，进逼苏州，谭绍洸偕李秀成协守，鸿章亲往督攻。水师提督黄翼升，率师助之，城内颇汹惧。秀成以江宁促援去，太平纳王部云官，刺杀绍洸，以城降。学启恐其难制，请于鸿章，尽杀云官等。苏州肃清，调学启攻浙西，克嘉兴，学启受伤卒。时左宗棠已破李世贤于衢州，会合新至之蒋益澧军，克龙游、兰溪、浦江等县，直入诸暨。暨邑有包村，村人包立身，习奇门遁甲术，聚村民拒太平军。太平军与战屡失利，纠众围攻，绝其饷道，乃陷之，立身死焉。左军至，太平军皆溃遁。宁、绍台道史士良，亦先后用法将勒伯勒东、德克碑等，收复绍兴。蒋益澧拔富阳，薄杭州，太平守将听王陈炳文，出战败回。法总兵德克碑，用炸炮轰城，炳文惧，宵遁，杭州亦下。左宗棠移驻省城，与益澧筹善后事宜。寻复德清，降石门，全浙郡县，以次荡平。

骆秉章时调川督，亦擒杀石达开于川边，歼其党。太平天国遂坐困江宁，无外援。苏州军复克常州，镇江、扬州诸官军，又收丹阳，复金坛，江宁益蹙。国荃因各路告捷，攻益力，迭扫城外诸敌垒。以同治三年六月，用隧道轰城，亲督部将李臣典、萧孚泗等，逾城入，城遂破。洪秀全已于五月间服药死。太平军自毁天王府，挟其子洪福瑱突围去。国荃闭城搜杀，毙酋目三千，生擒李秀成、洪仁达。捷闻，诏封国藩一等侯，国荃一等伯，李臣典一等子，萧孚泗一等男，东南统兵诸将帅，各赏赉有差。国藩自安庆至江宁，验洪秀全尸毁之，磔李秀成、洪仁达于市。洪福瑱辗转走江西，为江西军席宝田所擒，磔于南昌。秀全兄洪仁政，弟洪仁玕，及其党黄文英等，皆与焉。自秀全起兵历十四年，蔓延十六省，蹂躏六百余城，至是乃亡。仅存李世贤、汪海洋一股，窜入福建，袭汀、漳诸州。按察使张运兰，署福建提督林文察，先后为敌所乘，皆败没。江、浙诸官军合蹙之，世贤、海洋尽入粤境。海洋又刺杀世贤，自据嘉应州，官军四面环攻，海洋中炮死，余党悉降，太平军乃无孑遗。时同治四年十二月也。

粤寇既平，捻众尚炽。捻者捏也。不逞之徒，聚捏成队，肆行劫掠，故谓之捻子。或因其明火劫人，捻纸捻脂，亦称为捻匪。安徽、河南、山东、湖北诸省皆有之。洪杨发难，捻首张洛刑，亦踞安徽之蒙城为巢穴，四出骚扰，与洪杨为声援。清廷命太仆寺卿袁甲三往剿，日久无功。嗣命钦差大臣胜保，督办安徽军务，降捻酋李兆受，令改名世忠。练总苗沛霖，素通发捻，亦降胜保军。旋沛霖有贰心，安徽巡抚李续宜拟讨之，胜保袒沛霖，朝命胜保赴陕西，剿发捻余党。别简亲王僧格林沁，统军南下，攻蒙城捻巢。捻首张洛刑，遁宿州，为知州英翰擒获正法。其从子张总愚，代领余众，走山东。苗沛霖又叛，据寿州怀远，勾结群捻，窥蒙城。僧军连破沛霖，沛霖为其下所杀。僧格林沁移师追张总愚，总愚与任柱、赖文光诸捻，互相纠合，集众四万，待僧王至曹州，覆其师，僧格林沁死焉。时江宁平定，已将一载，乃调两江总督曾国藩，赴山东剿捻，以李鸿章暂署江督。国藩出徐州，捻众又回扑安徽，被淮军击退，乃北窜。于是国藩建设四镇，为圈剿捻匪之策。安徽以临淮为老营，山东以济宁为老营，河南以周家口为老营，江苏以徐州为老营，遣将张树声、潘鼎新、刘松山、刘铭传分驻之。一省有急，三省往援。并设黄河水师，扼河防捻。捻众多善驰突，往来飙忽。国藩复于山东之运河东岸，河南之贾鲁河、沙河西岸，沿堤筑墙，分汛设戍。同治五年，河南长墙，被捻众窜破。张总愚趋陕西，任柱、赖文光入湖北，分为东西两捻。朝臣相率劾国藩，国藩亦自请罢斥。诏命回江督原任，代以李鸿章。鸿章仍主圈捻议，筑防如故。任柱、赖文光，由湖北窜河南，由河南窜山东，溃运河东防。鸿章饬倒守运河，进扼胶、莱，任、赖二酋复突破胶莱防。提督刘铭传，亟追至日照县，枪伤任柱。柱奔江苏临榆县境，其下潘贵升，杀柱以降。赖文光东走寿光，败退扬州，官军追之，擒斩之。东捻乃平。西捻张总愚入陕，陕西正乱事蔓延，益以总愚，乱愈炽。同治元年，太平扶王陈得才，纠集发捻十余万，入陕，陷汉中。诏调胜保往讨，无功赐死。川寇蓝大顺，又与得才合据周至。多隆阿续调至陕，攻周至拔之，大顺走死，多隆阿亦负伤卒。再调杨岳斌督陕、甘，岳斌即载福也。陈得才回窜湖北，总督官文檄各军会剿，杀毙甚众。适江宁已破，得才退无所归，服毒自尽。

独陕、甘回民，时抚时叛。陕回白彦虎，甘回马化龙，为叛回渠魁，四扰不休。西捻张总愚至陕，与叛回勾结，回势益盛。总督杨岳斌以病归，朝命左宗棠代之。宗棠莅任，议先剿捻，后征回。乃令提督刘松山等，率军驱捻。总愚窜山西，入直隶，京畿戒严。盛京将军都兴阿入援，李鸿章、左宗棠两军，先后驰至，追总愚入山东，蹙之于黄河、运河间，尽歼捻众。总愚携数骑走茌平，为官军追及，投水死，西捻亦平。宗棠还陕，土匪董福祥适犯绥德，遣军击败之。福祥降，宗棠分道出军，攻陕回老巢于董志塬，破其寨。回酋白彦虎走甘肃，依马化隆，提督刘松山等进击之，屡败回众。旋松山中炮死，从子锦棠统其军，筑长围困化隆。化隆惧，出降，磔于市，白彦虎遁去，酿成新疆战祸，事见后文。

陕、甘回乱，云、贵亦未靖。回酋杜文秀，据大理，占领五十三城，西及四川，东及贵州，建筑禁城，自拟王制。云、贵总督恒春自缢死，继以潘铎，为回将马荣所戕，兵吏无如何，清廷亦不暇问。独粤西诸生岑毓英，带勇入云南，屡败叛回，积功至按察使，署藩司事。潘铎被害，毓英密抚回将马如龙，合击马荣，斩之。及劳崇光简督云南，奇毓英才，委以军事。适黔苗陶新春兄弟倡乱，即令毓英督军往剿。毓英至贵州，击毙新春等。未返，崇光卒，代以刘岳昭。杜文秀大举犯省城，全滇震动，毓英已受命为巡抚，亟还援，仍约马如龙协力击回，连破敌垒，斩杀几尽，所失州县，次第规复。文秀退守大理，毓英令杨玉科等，乘胜进捣，毁其外城。文秀穷蹙，服毒图自尽。毓典亲至城下，城回舁文秀出，乞降，斩以徇。令各回缴械投诚，各回期半年。毓英袭入城中，坑死数万，获文秀子女及党酋，皆戮之，全滇底定。

自两宫太后垂帘听政，各省乱事，渐次敉平，至此乃一律告靖，时人称为同治中兴。两宫迭加徽号，慈禧太后之名益著。有太监安得海者，慈禧太后之内侍也，垂帘之成议，安实与谋，故慈禧甚嬖之。同治八年，安矫旨出都，托词至江西，织办龙衣，涉河南下，驾巨舰，载龙凤旗，挈男女多人，沿途奏乐，过德州，为山东巡抚丁宝桢所闻，密词奏劾。清制内监不得出都，违者杀无赦。恭亲王奕䜣览奏后，即饬宝桢拿捕，就地正法。宝桢立命总兵王正起，追至泰安获之，押解济南枭示。随从陈玉麟、李平安等，皆处绞。及慈禧太后赦旨至，已行刑矣。慈禧太后始嫉奕䜣，并憾慈安太后。安伏诛，继其后者为李莲英，骄恣亚于安，而狡黠尤过之。

越年天津人民，讹传天主教堂，有迷拐幼孩，挖目剖心，以供药料等事。又以义冢内尸骸暴露，亦指为教堂所弃，人情汹汹，遂聚众毁教堂，并殴毙法国领事丰大业。时曾国藩调任直隶总督，因病乞假，朝命力疾赴津，与通商大臣崇厚，会同办理。法使罗淑亚，请以府县官抵偿。崇厚欲许之，国藩不可，但以知府张光藻，知县刘杰有疏防之咎，奏请革职。津民谤崇厚，并及国藩，国藩病剧增。法国又有兵舰到津，诏遣尚书毛昶熙，往津会办，并调李鸿章督师，驻扎近畿。嗣仍由国藩与法使议结，于赔修教堂外，定滋事人民十五人正法，军流二十一人，张光藻、刘杰，皆遣戍黑龙江，案乃结。两江总督马新贻，被刺，国藩又回督两江，直督由李鸿章接任。国藩至江宁，钦差大臣郑敦谨，亦奉诏来南，与国藩会讯马案。刺马者为张汶祥，连讯无实供，竟处极刑。相传汶祥为友刺马，马淫其友妻，并杀其友，故汶祥刺之，以泄忿焉。

又越年，日本遣使至天津，请援照各国通商立约。直督李鸿章，受命为全权大臣，与日使伊达宗城，订立修好条规十八款，附通商章程三十三款，是为中日立约之始。既而日人至台湾，为生番劫杀，又遣使诘责。清廷置不问。日本派中将西乡从道，率兵至台湾，攻生番。船政大臣沈葆桢，及福建布政使潘蔚赴台筹防，且迫令日本撤兵。西乡从道不允，葆桢咨直督李鸿章派兵至台。及淮军十三营至，将决战，日本复遣使大久保利通至京，索恤款及军费。英使威妥玛，代为调人，乃由各国总理事务衙门，与日使定约，出抚恤银十万两，军费赔款银四十万两，日兵始自台湾撤归。各国总理事务衙门，设自咸丰十年，专司外交。外洋各国，援英、法、俄、美例，乞互市。咸丰十一年，与德意志定通商约。同治二年，与丹麦、荷兰；三年与西班牙；四年与比利时；六年与意大利；八年与奥斯马加，皆立约通商，由总理衙门总其成。曾国藩、李鸿章等，因外势日渐，相形见绌，力请创办新政，改习洋务。大学士倭仁等，皆以为非计。两宫太后倚任曾、李，颇采行，于京师立同文馆，于江南设制造局，于福建置船政局。既遣同知容闳出洋，办机器。复遣钦差大臣志刚、孙家谷，偕美人蒲安臣，游历西洋，与美国订互派领事，优待游学等约，募生徒赴美学艺。且命江督充南洋大臣，直督充北洋大臣，兼理洋务，创办机器局，及轮船招商局。至同治十三年，又筹派使臣驻外洋各国，中国之注重外务，于此为初步焉。

同治十一年二月，大学士两江总督曾国藩卒。国藩讲求理学，以词林起家，治古文，工书法，公诚之心，形于函牍。及洪杨乱兴，率湘勇出征，卒夷大难。生平善驭将，以知人闻。与骆秉章、胡林翼为莫逆交，左、李诸名臣，皆出门下。捻寇一役，首主圈剿，朝议皆以为迂缓，后卒籍此收功。至天津教案，因大乱初平，不惜遭谤，屈意求和，是故一清代名臣也。殁谥文正，子纪泽袭爵。

是年九月，册立阿鲁特氏为后。后父崇绮，系翰林院修撰，任侍讲，嗣擢为尚书。翌年两宫太后，撤帘，归政穆宗。穆宗既亲政，以全国承平，颇耽逸乐，拟借奉养两宫为名，修复圆明园。恭亲王奕䜣力谏，乃改命整理三海。三海者，明郭守敬所浚，有南北中三水通流，即所称西苑是也。既而奕䜣子载澂，辄导穆宗微行，奕䜣又谏阻之。穆宗不怿，降奕䜣为郡王，并其子载澂，亦革去贝勒郡王衔。旋奉两宫懿旨，赏还原爵。穆宗每夕必出游，慈禧太后屡戒不悛，放任之，终以沉湎酒色，染毒致疾，惟命军机大臣李鸿藻代批章奏。至十一月，病益剧，传谕在廷王大臣，只云朕于本月遇天花之喜，所有内外陈奏事件，呈请皇太后披览裁定。所云天花者，饰词也。十二月遂崩，年仅十九，无嗣。两宫皇太后，召恭王奕䜣等入宫，会商立储事宜。恭王奕䜣倡议立长，奏请立溥伦为嗣皇。慈禧太后不从，欲立醇王奕𫍽子载湉。载湉与穆宗为兄弟行，甫四龄。廷臣迎合太后意，遂决议，入为文宗嗣子，承继大统，是为德宗。德宗之母，慈禧太后之妹也。慈禧太后初入宫，得宠幸，遂以妹妻醇王奕𫍽。清制无兄终弟及之例，此其创始也。王大臣复奏请两宫训政，允之。封穆宗后为嘉顺皇后，即以次年为光绪元年。嗣复颁发懿旨，内称大行皇帝无嗣，俟嗣皇帝生有皇子，即承继大行皇帝为嗣。内阁侍读学士广安，奏请颁立铁券，以昭信实，奉旨申饬。嘉顺皇后素悫谨，沉默寡言，动必以礼，惟不为慈禧太后所宠爱。穆宗崩，慈禧太后尝斥责之。后恸甚，誓以身殉，竟不复食，遂谢世。距穆宗之崩，未百日也。越四年，合葬惠陵。吏部主事吴可读，襄办陵工，既蒇事，还蓟州，仰药自杀，遗疏请太后明降谕旨，预定将来大统，仍归承继穆宗嗣子。疏入，命诸王大臣议奏，均以继统似涉建储，不敢参议。慈禧太后特谕嗣皇帝诞生皇子，自能慎选元良，缵承统绪，其继大统者，为穆宗嗣子，皇帝必善体此意，所有吴可读原疏，及王大臣会议折，并谕旨，均另录一份，存毓庆宫云云。

德宗既改元，遂派钦使往驻各国。郭嵩焘、许钤身使英，何如璋使日本。又命左宗棠为钦差大臣，督办新疆事务，并处置俄国交涉事宜。新疆回乱，由回民阿浑妥得璘起事，与参将索焕章相连，戕提督聂布冲，及都统平瑞，据乌鲁木齐，自称清真王，附近各城皆被陷。独和阗回民不服，乞援浩罕。浩罕方受创于俄罗斯，只东城安集延酋帕夏，与张格尔子布苏洛，率兵援应，陷喀什噶尔。布苏洛不道，帕夏复逐之，连陷天山南路八城，号召汉民徐学功，攻妥得璘。妥得璘败死，帕夏遂踞乌鲁木齐，自称毕调勒特汗。陕回白彦虎遁出关，亦依附之。俄罗斯乘隙发兵，蚕食边境，并入据天山北路之伊犁城，声言代为防守。左宗棠奉命西征，自驻肃州调度，令京卿刘锦棠，提督张曜等，分道进攻。锦棠以骁将谭慎典克复乌鲁木齐迪化州，及玛纳斯城，复会张曜军南下，攻克达板及吐鲁番。帕夏欲遁回浩罕，浩罕已为俄所灭，归路断绝，遂自杀。其子伯克胡里，尚据英吉沙尔、喀什噶尔、叶尔羌、和阗四城，白彦虎复走助之。锦棠率军进捣，连战皆克。伯克胡里、白彦虎，均遁入俄境，俘帕夏妻及幼子斩之。宗棠晋封二等侯，锦棠封二等男，其余诸将，皆受优赏。宗棠以新疆已平，向俄索还伊犁，俄不允。光绪五年，命侍郎崇厚使俄，议收还伊犁事。崇厚擅与俄订约十八条，偿俄兵费二百八十万，割伊犁西南二境，各数百里与俄，并增开口岸，添设领事，暨勘界行轮，运货免税等条件。中国所得，只一伊犁城。事闻，朝野骇然，廷臣交章劾崇厚。诏逮崇厚归，命曾袭侯纪泽代之。纪泽至俄，商改俄约未谐。左宗棠请用兵进取，俄遂增兵防戍，并遣军舰游弋海上，为恫吓计。诏召回左宗棠入军机，以刘锦棠督办新疆事务，曾国荃、李鸿章等，严守海防。会俄皇被刺，俄乃允改原约，彼此商定，计改前约七条：（一）归还伊犁南境；（二）喀什噶尔界务，不据崇厚所定之界；（三）塔尔巴哈台界约，照原约修改；（四）嘉峪关通商，照天津条约办理，西安、汉中、汉口等均删去；（五）废松花江行船至伯都讷专条；（六）仅允于吐鲁番增一领事，余缓议；（七）俄商至新疆贸易，改均不纳税为暂不纳税。此外添偿卢布四百万元。以光绪七年签约俄都，乃结案。越三年，刘锦棠巡抚新疆，改新疆为行省，行郡县制，于是中国本部十八省，及东三省、台湾外，复增新疆，共二十三省。

是时日本已据琉球为冲绳县。琉球在日本南，乾隆时曾入贡受册，至是为日本所灭，清廷与争不之理。美总统格兰德出面调停，亦未协，案悬未决。会慈安皇太后暴崩，年四十有五，谥曰孝贞显皇后。慈安太后未崩时，慈禧太后曾患病，御医诊治无效。一病数月，慈安太后独视朝，临崩之晨，犹召见恭亲王奕䜣，大学士左宗棠，尚书王文韶，协办大学士李鸿藻等，慈容和怡无疾也，但两颊微赤而已。退朝后，午后四时，内廷忽传慈安崩。王大臣奉召入，皆惊讶。但见慈安已小殓，慈禧太后坐矮凳，第言东太后向无疾，不意暴疾至此。王大臣仰慰顿首，出议丧礼。曩例后妃薨逝，必传戚属入内，瞻视后始小殓。慈安崩，椒房无预其事者，且丧仪甚草草，慈禧后竟不持服，以此廷臣多疑之。或谓文宗在热河，临危时，曾密授朱谕一纸，与慈安后，谓懿贵妃如持子为帝，骄纵不法，可按祖宗家法治之。及文宗崩，慈安尝持以警慈禧，慈禧遂曲意事慈安。慈安偶婴小疾，服太医方不甚效，嗣竟愈。忽见慈禧左臂缠帛，诧之，慈禧曰："前日人参汁中曾割臂肉同煎，聊尽心耳！"慈安感甚，取密谕对慈禧焚之。慈禧遂日渐放肆。至安得海之死，嫉慈安益甚。故相传慈安之崩，由慈禧致之，自此慈禧得独秉朝政无他虞矣。欲知慈禧专政情形，且至下回续叙。

第四十五回　**外患迫　增国耻　百日变法**

词曰：

辽海战云生，鼙鼓轻鸣。养军千日孰干城，一败乞和甘忍耻，割地丧兵。

列辟太凭陵，圜起相争。帝心愤怒震雷霆，谁料反违慈母意，功败垂成。

却说慈禧太后专政后，用人行政，犹仍旧章。只朝鲜国忽生内变，由署直隶总督张树声，遣提督丁汝昌、吴长庆，及道员马建忠等，往靖内乱。朝鲜王李熙，以支派入承君位，其本生父大院君李昰应摄政，性喜保守，拒绝外人，第与日本交通已久，日人往来朝鲜，尝受大院君苛待，以此日人曾诘问清廷，清廷以不预朝鲜外交为解。会李熙年长，王妃闵氏用事，闵族执政，多主和平，与日人结江华条约，开元山津与仁川二口岸，为通商地，清廷亦不过问。光绪五年，且由直督李鸿章致书朝鲜，许其与各国通商立约，因此美、英、法各国次第与朝鲜互市。李昰应正失权怏怏，其党多不直政府所为，遂借入清君侧之名，杀人臣及外交官数人，并袭日本使馆，戕日本兵官数名。清提督吴长庆等，率军入朝鲜，诱昰呈应至营，执送天津。日本亦遣兵至，由朝鲜偿金谢罪，并允日兵防驻，事乃寝。昰应至津，朝命免其治罪，安置保定，此光绪八年间事也。

是年与俄国定喀什噶尔东北界约，完结伊犁旧案，西域边境，又不免损失云。

翌岁，越南与法兰西订立顺纪条约，外衅又起。乾隆朝，越南王阮光平入觐受封，传子光缵。故广南王后裔阮福映，假法国兵灭之，仍遵故例入贡清廷。惟福映所许法国酬金，止给其半。咸丰季年，又因杀害教士，与法国构兵，越南屡败，不得已乞和，割南圻之嘉定、边和、定祥，名为外三省，畀法人。同治季年，又开兵衅，再订和约，复割永隆、安江、河仙，名为内三省以畀法。自是南圻全为法据，改嘉定为西贡，旋成大商埠。既而法人又迫越南王，公布耶教，及红河通航等事。适太平余党刘永福，侨寓越南，越王援为副提督，辖宣光、兴化、山西三省，屡率部下黑旗兵，抗拒法人，法人不能胜，乃再与越南讲和，认越南为独立国，令断绝他国关系。嗣越边有吴终及苏帼汉等，迭起乱事。越南王叩关乞援，诏命粤督刘长佑，提督冯子材等，由龙州进攻，讨平之。法人寻责越南负约，遣李威利攻河内，为黑旗兵击毙，法遂大举犯越南，陷河内，南定、河阳等地，往攻山西，刘永福击走之，转陷越都顺化府，越王不得已乞和，愿认为法国保护国，且让东京与法，是谓法越之顺化条约。事达清廷，朝论大哗，命驻法公使曾纪泽，严与交涉，且下懿旨力图振作，斥恭亲王奕䜣因循误公，撤退军机，其属宝鋆、李鸿藻、翁同龢等，降黜有差。慈禧之嫉奕䜣久矣，借法、越事以报怨，故有此旨。旋曾纪泽与议未谐，乃遣岑毓英出关督师，与刘永福协力防法。会直督李鸿章与法总兵福禄诺，订和约于天津，许以东京让法。约未布，法将突勒至谅山，为清军所击，伤失甚众，遂索偿金一千万磅，清廷严拒之，竟开战。法增兵攻陷谅山，清勇将杨玉科阵亡，法又遣军舰出南洋，袭踞台湾之基隆，分攻沪、尾。清督办台湾事务刘铭传，力击退敌。法将孤拔，复率军窥福州海口，清学士张佩纶，自命通才，方偕黄超群等守马尾，与孤拔战，大败，被毁兵舰七艘。佩纶遁，法人进破福州炮台，毁船厂，且占领澎湖岛。会法政府分和战两派，国是未定。清提督苏元春、冯子材等，又克复谅山，岑毓英亦败法兵于临洮，进捣河内。孤拔困守澎湖，以炮伤增剧死，法势中衰。曾纪泽自法京电告政府，须还我宗主权，方与议和。督办粤东海防彭玉麟，且锐意主战，李鸿章独主张和议，与法使巴特纳讲和，会订越南新约共十条。大旨承认法人占领东京，越南归法人保护，中法兵防，以北圻为界，云南边境之蒙自等处，许辟商埠，惟不偿兵费，为法人之让步焉。

其时朝鲜又生内讧，东学党金玉均、洪英植等作乱。先是朝鲜遣使朴咏孝，至日本谢罪，金、洪二人为副，睹日本维新，心甚羡之。归国后，屡劝国王取法日本，不见从，乃阴结党羽，称东学党，召日本兵入宫，胁王行新政，戕闵妃，戮闵族贵官。清提督吴兆有，帮办袁世凯，方屯驻朝鲜，急发兵击败东学党，杀洪英植，金玉均等遁日本。日使竹添进一郎，亦退归济物浦。日本遣井上馨至朝鲜，索得偿款十一万元。又遣伊藤博文至天津，与李鸿章订定专约。略言中日驻朝鲜兵，均撤去，此后若须派往，应互先通知。约成，清兵自朝鲜归。大院君李昰应，因朝鲜国王之请，释放回国。鸿章两主和议，舆论多诋为汉奸。御史梁鼎芬，且奏称可杀，致挂部议云。

光绪十一年，英国由印度振兵进据缅甸，云、贵总督岑毓英以闻。时曾纪泽已调任英使，奉旨抗议缅甸事。以立君存祀，仍修朝贡为言。英不允，仅许代缅入贡，按期赍呈方物，另派员互勘界务，彼此争执数年，至光绪二十年，始定约。仅得滇边土司科干地，与野人山毗连之昔马，及孟连、江洪两土司之领土权而已。自法得越南，英得缅甸，两国遂各争暹罗。嗣经彼此协约，剖分暹罗所辖南掌地，乃许暹罗独立，两不相侵，惟废入贡中国例。于是中国之南服屏藩，丧失殆尽。

清廷以外交日棘，筹设外防，曾于越南事寝后，创办海军，置海军衙门于京师，命醇亲王奕谖为总办，李鸿章、曾纪泽为会办。鸿章请资，屡不允。会奕谖巡阅北洋海口，总管李莲英，奉懿旨随往，与鸿章密商，拟借兴办海军名目，移经费之半，为修造颐和园之用。颐和园，即清漪园故址，旧与圆明园相连，慈禧欲重筑之，以备游养，苦无款，莲英设计移款，爰有是行。御史朱一新拟奏，有恐蹈唐代监军覆辙之言，大忤慈禧意，降补主事。及莲英还，遂下诏修造颐和园，动用海军经费数百万两，莲英中饱不少，慈禧反益嬖之。自此莲英益擅权，宫监称为九千岁，其势可知矣！

光绪十三年，德宗年已十七，慈禧太后命亲政，醇王奕谖，礼王世铎等，疏请太后再训政数年，许之。至十五年，册立叶赫那拉氏为后，后父名桂祥，慈禧之侄女也。大婚后，德宗乃亲政。河督吴大澄，请饬议尊崇醇亲王典礼，奉懿旨申斥。醇王益韬晦，未几，即病逝，其福晋为慈禧胞妹，曾蒙赐杏黄轿，亦不敢坐也。德宗亲政之岁，祈年殿遇灾，殿在天坛上，高九丈九尺，共八十一楹，为皇帝祀天祈谷之所。是年七月二十四日，雷击殿额，俄倾，火起，光如赤虹亘天，至夜残乃熄，时人群目为不祥。既而左宗棠、曾国荃、彭玉麟、刘长佑、岑毓英、曾纪泽等，先后逝世，老成一空。云贵苗倮，及台湾生番，迭滋乱事，幸即敉平。长沙道员周汉，开设宝善堂邓懋华书铺，刊刻诋毁洋教书籍，布散甚多。并捏造总督署公文，煽惑众听。因此教案迭起，当由湖广总督张之洞查办，搜得鬼叫该死，辣手文章，擎天柱，灭鬼歌等书，内多残缺不全。周汉查缉无着，其侄周德供称其叔疯狂，行踪靡定等语，乃奏请革周汉职，即了案。

至光绪二十年，慈禧太后六旬万寿，命各省疆吏，到京祝嘏，将仿康乾故例，踵事增华，于颐和园大开庆贺。适朝鲜事起，中日宣战，乃中止。朝鲜之东学党，复起于全罗道之古阜县，陷全州，进攻王京。驻朝清使袁世凯，因朝王请援，电告直督李鸿章。鸿章奏派提督叶志超，及总兵聂士成往朝，并遵天津条约、咨照日本。日本亦派兵急进，东学党遁去。清使以朝乱已平，约日本同撤兵。日本欲改革朝鲜内政，拒不允，竟率兵入朝京，幽朝王，使大院君主国事，令其独立自主，勿认为中国藩属。袁世凯屡争不得，航回天津，力主战。李鸿章犹主和，廷议则令筹战备。鸿章不得已，租英商高升轮船，载兵两营赴朝鲜，并令济远等兵船翼之进。日舰袭击于丰岛，沉高升船，济远兵船管带方伯谦逃归。叶志超在平壤，毫无布置，日军分道进逼，左宝贵、马玉昆两军，颇鏖战。宝贵中炮死，兵遂乱。志超急悬白旗，乞止战，率全师乘夜遁还。平壤陷，日军乘胜西来，清海军提督丁汝昌，方率全军出发，与日舰遇于大东沟。日舰凡十二艘，由中将伊东祐亨统之，清舰凡十艘，定远最大，汝昌乘此督战。甫交绥，清舰扬威，超勇两艘，先中弹，超勇沉没。致远兵船管带邓世昌，素忠勇，开足汽机，追逐日舰吉野，吉野驶避，致远舰中其鱼雷遂炸沉，世昌死焉。径远兵船管带林永升，亦猛追日舰，致触水雷，被轰裂，林亦殉难。济远舰骤遁，反撞沉扬威舰。广甲、济远二舰，先后被毁。清军失船五，余舰不能支，皆逃回。李鸿章连年经营之水陆二军，均失败。鸿章被谴，方伯谦伏法。乃复起恭亲王奕䜣，总理海军事务，并命四川提督宋庆，奉天将军依克唐阿等，各率军驻守九连城等处。日兵至，各军皆溃，九连城陷，凤凰城、金州、大连湾、岫岩州、海城陆续失守。日兵攻旅顺，船坞总办龚照玙先遁，诸军继之。旅顺为北洋海军第一要口，至是亦沦失。日兵南逼威海卫，击沉中国定远、来远、威远、靖远等舰，丁汝昌被困刘公岛，仰药自杀。威海卫复陷落，所遗海军舰队，悉为日掳。清军无战不败，惟聂士成守摩天岭，稍获胜。廷议乃主和，遣张荫桓、邵友濂赴日会商，日使伊藤博文，以非全权大臣，拒之，乃改派李鸿章往。甫出发，日兵又北占营口，南据澎湖，及鸿章至马关，与日使伊藤博文、陆奥宗光会议，伊藤等要索甚奢，停战议和两问题，俱未协。鸿章自会所归，途次被日人小山丰大郎所击，中左颧，创甚，謦问播欧美，议甚沸，日使乃允停战。旋商定和约十一款，其最要者为朝鲜自主，偿军费二百兆两，割让台湾、澎湖及辽东半岛，并开沙市、重庆、苏州、杭州为商埠，是谓马关和约，成于光绪二十一年三月中。俄人惎日得辽东，联合德、法抗日，各遣兵舰至辽海，将与日开战。日人惧，允还辽东，另索军费，由三国公断，出银四十兆两。台湾人民，不服割让命，由主事邱逢甲，创议自主，推巡抚唐景崧为总统，守台北，总兵刘永福，守台南。未几抚署兵变，景崧遁还，刘永福支持台南数月，饷竭亦归，台湾亡。是役也，时论咸归咎鸿章，御史安维峻痛劾之，且牵及李莲英。慈禧太后大怒，革维峻职，令充戍。又以战衅骤开，致停万寿庆典，迁怒德宗，并及瑾、珍二妃。二妃侍郎长叙女也，册后时选入为妃，德宗颇宠之。对日主战，二妃与焉。太后以其干预政治，降为贵人，于是德宗与太后有隙。德宗后，为太后侄女，亦与帝不相能。醇王福晋又继逝，内失调停，宫廷之间，积嫌愈甚。

嗣俄以辽东交涉事，欲索酬。乘俄皇加冕，李鸿章奉使往贺时，迫订密约。协拒日本，俄得在东三省境内，建筑铁路，并租借胶州湾为军港，此外如驻兵开矿等件，皆列入。鸿章归，外人渐有知之者。法人亦索得滇边陆地，及广西镇南关至龙州铁路权，并辟云南省之河口、思茅为商场。惟德未获酬，尝思乘机进取。光绪二十三年冬，山东曹州府巨野县闹教，戕德教士二人，德兵舰遂入胶州湾，占据炮台，由德使海靖提出要约，除偿恤外，索租胶澳与筑路开矿等事，政府不能拒，与定约，以胶澳四周百里，租与德国九十九年，胶州至济南铁路，及路旁百里之矿山，归德人承筑采办，案乃结。俄以胶澳为密约租借地，有违言。乃复令李鸿章与俄使磋商，易以旅顺大连湾，租期二十五年。英又以均势为词，索租威海卫，期如旅大例，并要拓九龙租界，期如胶澳例。已而法国兵官，被戕广州，法人以兵舰踞广州湾，亦仿胶澳例订约。德宗迭遭激刺，日图自强。适工部主事康有为，先后上书如帝旨，乃决议变法。时徐桐、翁同龢，同直枢机。徐直隶人，曾授穆宗读；翁江苏人，曾授德宗读，权力相均，意见未合。徐为北派首，喜守旧；翁为南派首，喜维新。德宗袒南派，太后袒北派，故其后称为后党帝党。后党诨名老母班，帝党诨名小孩班，彼此轧轹，赖恭王奕䜣暗中调和，变少戢。

光绪二十四年，奕䜣卒，两党益不协。荣禄、刚毅等皆后党，以太后引进，皆大用，德宗嫉之。独深信康有为，屡召见，与论变法事宜。遂开经济特科，设京师大学堂，汰冗兵，变武科，罢废制艺，改各省书院为学校。守旧者多不悦，谗构太后前。太后静居颐和园，或泛舟，或听戏，或以书画消遣，颇厌闻政事。德宗尝到园请安，必须馈宫监银两，乃得入见。所施新政，亦屡白太后，太后初不之阻也。李莲英有妹，貌颇佳，性尤慧黠。莲英令入侍宫中，得太后欢，呼为大姑娘，每进膳，必命待食，且赐坐。莲英初意，欲效汉李延年故事，德宗烛其奸，益疏莲英。莲英恚甚，乃与守旧党勾结，日施媒孽。太后乃迫德宗斥翁同龢，勒令休致。且授荣禄为直隶总督，以固内外之防。德宗仍信任有为，命在总理各国事务衙门行走，且擢其高弟梁启超，赏加六品衔，令办理译书局事务。外如杨深秀、杨锐、刘光第、林旭、谭嗣同等，皆与有为同志，亦擢为京卿。主事王照，劾礼部尚书怀塔布、许应骙等，阻挠新政，即予罢斥。礼部侍郎坤岫、徐会礼、溥颋、曾广汉四人，亦连带革职。且以改行新法意，一再布告。守旧诸臣益侧目，群至颐和园觐太后，请复出训政。太后尚未允，有为闻之，见德宗，密谋杀荣禄，劫太后，尽除守旧党。德宗意动，召直隶按察使袁世凯入京，令专办练兵事务。旋命有为出办上海官报，密诏遣世凯杀荣禄。世凯赴津，泄德宗言，荣禄疾驰入京，至颐和园告变，太后信之，即矫诏称帝疾不能视事，由太后临朝训政，并幽置德宗于南海之瀛台，监以李莲英。珍妃跪乞恕帝罪，且有皇帝为一国共主，太后亦不能擅废等语。太后怒甚，命牵禁别室。又暴康有为罪状，严捕之，并及其党。有为时已出京抵上海，乘英国轮船出走，梁启超亦先期遁日本。惟杨深秀、杨锐、林旭，谭嗣同、刘光第及有为弟康广仁，被捕下狱，均杀之，时呼为六君子。尚书李端棻，侍郎张荫桓、徐致靖，御史宋伯鲁，湘抚陈宝箴等，皆以保康梁，或与同志，禁锢谪戍有差。夺前学士翁同龢职，令地方官严加管束，力反新政,多仍旧章。设前后左右中五军于京师,饬宋庆、聂士成、董福祥、袁世凯分领之,荣禄领中军,兼节制各师,驻扎南苑,专卫宫禁。又诏各省求名医,诊视帝疾。江苏医士陈莲舫,尝应诏入都,入宫诊病,体制甚严。太后与德宗对坐,病状俱由太后陈述,德宗不一言。陈跪诊毕,乃退出开方呈军机,即贿通宫监,托故南归。比返苏,据言实茫然未知病状,诊脉时,第虚按以手,亦未悉脉象之何如也。此外应召名医,辄逃归,皆云帝实无疾,第借此以息舆谤耳。此皆光绪二十四年间事。是年岁次戊戌,世称为戊戌变法,仅百日而罢。慈禧太后至此,已三次训政矣。欲知后事,下回再详。

第四十六回　**母子争　酿拳乱　悔祸嫌迟**

诗曰：

自来哲妇实倾城，轻信权奸酿祸生。
豆粥芜蒌何足惜，难堪巨款负穷氓。
独揽威权五十春，临朝三次抱冲人。
亡清叶赫虽成谶，到底牝鸡莫主晨。

却说德宗被幽瀛台，由慈禧太后三次临朝。后党密谋废立事，太后持以慎重，先探询各省督抚意见。两江总督刘坤一，致电荣禄，首抗议。上海绅商经元善等，亦联电力争，各国公使亦相率反对。废立事不得行，后党引以为恨，遂议筹款练兵。命协办大学士刚毅南下筹饷，刚毅甚顽固，嫉视新法，且深惎汉人，尝有汉人强，满洲亡，汉人疲，满洲肥之语。自奉命南下，由江南至广东，竭情搜括，共得数百万两，及返京，适端郡王载漪练虎神营，即出所筹饷给之，载漪遂奏称训练有效，奉懿旨议叙有差。载漪有子溥儁，甫十三龄。太后因信任载漪，竟立其子为皇子，呼为大阿哥，继承穆宗为嗣。载漪宣宗孙，溥儁宣宗曾孙也。大阿哥既立，废帝之议复起。协办大学士孙家鼐奏阻，被罢斥。然废立事卒不果，仅命崇绮为大阿哥师傅，徐桐辅之。

是时山东有白莲教遗孽，专习拳棒，名梅花拳，号义和团。自言受玉皇大帝差遣，除灭洋人，所持符咒，能不受炮火。山东巡抚毓贤，视为义民，贻书朝贵，谓有神技可用。载漪、刚毅等信之，欲利用拳匪，驱逐外人。地方官虽奉诏严禁，然暗希载漪等不敢剿，匪焰日张。光绪二十六年，毓贤调抚山西，继任者为袁世凯。袁独主剿，拳匪遂窜入京畿。直督裕禄，载漪之党也，亦隐袒拳匪，许其练习。拳匪有技术二，一名金钟罩，一名红灯照。金钟罩能避刀械，拳技中向有是名。红灯照系拳匪特创，用女子习之，衣红衫裤，左手持红灯，右手持红巾及红色折扇，习腾跃术，持扇自煽，谓能蹑空掷灯，使成烈焰，实皆子虚之谈，不足取信。尤足噱者，或称齐天大圣附体，或称杨兴武、纪小唐、黄飞虎附身，所念咒诀，为唐僧、沙僧、八戒、悟空八字，荒诞绝伦，不值一辩。自春至夏，所在建坛，有入坛者，由大师兄曹福田，二师兄张德成，为之焚符诵咒，教以拳技。其所谓老师傅者，名王德成，拳匪首领也。红灯照女首领，系津门土娼，为匪首姘妇，捏称黄莲圣母，能疗团民伤痛。圣母以下，有三仙姑、九仙姑名目等。昼演法，夜肆淫，莫可究诘。直督裕禄迓大师兄入署，待以殊礼，又迎黄莲圣母入庙中，向之参拜。愚民鉴总督屈尊，益拜跪不已，自是附和日众，以灭洋仇教为职志。凡洋人及教民，与为洋人服役，通洋语，用洋货者，分别等差，有二毛之目，一落其手，辄杀之。且纵火焚洋楼，毁教堂。外人屡请剿匪，副将杨福同至涞水缉捕，被戕，各匪乘势毁京津铁路，及车站，乱愈炽。各国公使，欲调兵保护，朝旨乃有严拿首要，解散胁从之命。旋派刚毅、赵舒翘往近畿查办，反招集入京。董福祥所率之甘军，又与匪联络，焚掠街市。太后竟惑载漪言，令管辖总理各国事务衙门，副以启秀、溥兴，那桐，专司交涉。庄王载勋，偕刚毅等率领拳匪，准备战守。日本书记生杉山彬，往永定门外，迓日兵入京，途次为甘军所戕。德使克林德，乘舆往总署，诘问，随带手枪，舆中误触枪机，旗兵疑为击己，还枪击之，德使殒焉。于是各使飞电本国，英、俄、日、法、德、美、奥、意八国兵舰，齐集大沽口，推英提督西摩尔为统帅，攻大沽炮台。太后集王大臣会议，载漪等皆主战，惟荣禄奏阻。太后尚未决，会启秀以外人照会进，内有请太后归政皇上，废大阿哥，并许洋人万名入京等语。太后见之，怒甚，李莲英从旁怂恿，遂宣战。后经荣禄调查，方知照会出于伪造，特借以激怒太后云。战衅既开，甘军围攻使馆，胜负未决。大沽炮台，已被各国联军攻陷，乃征集各省勤王军入援。南方督抚不奉命，推江督刘坤一，鄂督张之洞领衔，会同商约大臣盛宣怀，与各国领事，结保护约。沿江一带，赖以无事。独巡阅长江水师大臣李秉衡，带兵入京。时联军统帅西摩尔，已统各国兵至杨林，被阻折还。复添集大队攻天津，畿卫前军统领聂士成，率游击宋占标等，拒战甚力。士成素嫉拳匪，曾剿匪于黄村，击毙甚多，为匪所憾。至是乘士成拒战，哗噪而入。士成不及防，身受七伤，腹裂肠出，与占标等时殉难。载漪且斥其偾事，无厚恤焉。天津陷，裕禄遁杨村。吏部侍郎许景澄，太常寺卿袁昶，三疏请保护使馆，驱逐拳匪。载漪谮诸太后，即以大不敬正法。并杀尚书徐用议、立山，内阁学士联元，以其亦主剿拳匪故也。联军据天津后，复分路进攻。提督马玉昆御于杨村，败退，裕禄受伤自尽。适李秉衡至京，受载漪命，拒敌通州，所部夏辛酉、张春发军，不战自溃。秉衡见军无斗志，气愤郁结，仰药以殉。北京大震，李鸿章先事见机，出督粤，及裕禄死，调任直督，授为全权大臣，命电商各国，请先停战。鸿章至上海，逗留不前。联军已进逼京畿，太后挈帝、后、瑾、妃、大阿哥，及端王载漪，庆王奕劻，总监李莲英等，微服出奔。临行时，命崔阉牵珍妃至，语之曰："予将率尔行，拳众如蚁，土匪渐起，尔年尚韶稚，倘遭污莫如死。"崔阉闻言，遽以毡裹珍妃，推诸井。乃启德胜门西走，甫出门，白旗已遍悬城上。日本兵先入，各国兵继之，划地分驻。禁城由日兵保护，得无恙。拳匪俱逸去，居民多竖某某国顺民旗，迎迓联军。在京王大臣，如肃王善者，尚书怀塔布，御史陈璧等，曲意媚外，且愿为联军役。惟前黑龙江将军延茂，祭酒王懿荣、熙元，侍读宝丰、崇寿，翰林院庶吉士寿富等，俱于城破时死之。徐桐亦自缢。荣禄、崇绮至保定，崇绮旋自杀。刚毅出亡，道病死。太后等匆匆就道，随身无长物。行至贯市，仅食冷绿豆粥一碗，夜宿荒驿，以簸箕为枕，卧土坑上。翌日抵怀来县，知县吴永迎入署，太后居吴永妻卧室，始取其奁，具梳洗焉。是日，军机大臣等，始有至者。太后复启行，至宣化，乃下罪己诏，决幸太原。命庆王奕劻回京，会同全权大臣李鸿章议和。庆王曾直军机，拳匪之役，依违两可，颇与洋人无忤，太后知之，故有此旨。寻又派刘坤一、张之洞会办和议。联军犹未允和，改推德国瓦德西为统帅，遣军攻陷保定，杀布政使廷雍，复分兵占山海关。有名妓赛金花者，姓傅名彩云，本皖人，曾卖笑沪上，寻为内阁学士洪钧妾，携至都下。洪擢侍郎，出使英国，彩随之，英女王维多利亚，年八十矣，见彩叹为极艳，与之并坐拍影，留传中外。

比返国，洪旋殁。彩与仆私，居然夫妇。无何私蓄渐罄，所欢亦夭，仍返沪操淫业，改名赛金花，苏人公檄逐之，流寓津门。德帅瓦德西，喜猎艳，闻赛金花名，召入侍，大加宠爱。德兵初入京，以报戕使忿，纵淫掠，彩为请于瓦帅，乃申禁。及李鸿章抵京，先密使关说，始见瓦谈和议，瓦首肯，乃与各国公使会商。俄、美先允和，英、法等使继之。惟要求先惩罪魁，与两宫还京。鸿章与庆王联衔，奏陈行在，太后允惩载漪等人，但挈帝由太原走西安。嗣经庆、李协商再四，乃草定条约十二款：（一）戕害德使，须派亲王往谢罪，并于被害处立碑；（二）严惩首祸，并停肇祸各地考试五年；（三）戕害日本书记官，亦应派使谢罪；（四）污掘外人坟墓处，应立碑昭雪；（五）公禁输入制造军火材料凡二年；（六）偿外人公私损失，计银四百五十兆两，分三十九年偿清，息四厘；（七）各国使馆，画界驻兵界内不许华人杂居；（八）大沽炮台及京津军备，一律撤去；（九）由各国驻兵留守通道；（十）张贴永禁军民仇外之谕；（十一）修改通商行船条约；（十二）改变总理衙门事权，并各驻使觐见皇帝礼节。约成，奏入照允。惟惩治罪魁，初议从轻，经外人屡请加重，乃命将端王载漪，及其弟载澜，发往新疆极边，永远监禁。载勋、英年、赵舒翘赐死，毓贤、启秀、徐承煜斩决，董福祥革职，追夺刚毅原官，徐桐、李秉衡褫去故职，撤销恤典。旋又开复徐用仪、立山、许景澄、联元、袁昶原官，并检出五月二十四日后，七月二十日前，所有矫擅妄传各旨，分别撤除。外人以所求既遂，允签约。当由庆、李两全权，于光绪二十七年秋，双方签约，是谓辛丑和约。随遣醇亲王载沣赴德，侍郎那桐赴日本，谢罪。改总理各国事务衙门，为外务部，权出六部上。庆王奕劻为总理，王文韶、瞿鸿玑为会办。复下诏变法，设立督办政务处，由奕劻、李鸿章、荣禄、昆冈、王文韶、鹿传霖主其事，刘坤一、张之洞遥为参预。再改文科，罢武科，广设学堂，选派出洋肄业生。未几，鸿章卒，以王文韶代之，与外人办理和约未尽事宜。外人促两宫回京，太后乃挈帝东归，至河南，废大阿哥溥儁。溥儁品行粗劣，入宫后，仍好游行。拳匪事起，亦效为跳跃，执刀嬉戏，及随驾出奔，放纵益甚，且与侍奉太后之宫女有私，太后遂决意废之。既回京，追赠珍妃贵妃位号，并谪崔阉。太后尝语人曰："予向言珍妃遭乱不如死，非必欲死之，崔某遽堕诸井。今见崔，予心犹怦怦动也。"越数日，即受觐各国使臣，及各使夫人，备极和蔼，太后排外之心，盖已变为媚外矣。

当拳乱之披猖也，黑龙江将军寿山，阴助载漪，欲拒俄人。适海兰泡俄兵，请假道齐齐哈尔，至哈尔滨保护铁路。寿山不许，反进攻哈尔滨，并由瑷珲攻入俄境。俄军分道南下，东路由珲春，中路由三姓城，赴援哈尔滨。西路陷瑷珲，击毙副都统凤翔，尽驱海兰泡屯内之满人，投入黑龙江，进陷齐齐哈尔。寿山自杀，妻子俱殉。俄军合趋吉林，转向奉天，所至残虐，无敢抗者。奉天将军增祺，受俄胁迫与订密约，阴听俄人节制，俄以十八万兵镇戍之。迨北京议和，俄使以东三省须归另议，故和约内不之及。嗣俄迫李鸿章承认东三省密约，中外多有违言。鸿章病殁，乃缓议。光绪二十八年，奕劻、王文韶，与俄嗣雷萨尔，订交收东三省条约。俄兵分三期撤退，限十八个月撤尽。第一次届期，第略减兵数，第二期反增兵驻吉林。日本以迫还辽东之耻，蓄志报复。闻俄兵延期未撤，遂与英同盟，并联合美国，劝清廷开放满洲，为各国通商场，俄使多方阻挠，开欲干预朝鲜事。日人不能忍，遂与俄直接协商，迫俄如期撤兵，又未协，日遂布告东西各国，与俄决裂。于光绪二十九年十二月宣战，以辽河东为战场，中国仅保辽西，称中立，遣提督马玉昆戍之。日人以此次激战，关系全国兴亡，男子多荷械从军，妇女撤簪珥助饷，海陆并举，同时大进。海军统将东乡氏，先击灭仁川之俄舰，进攻旅顺口。俄海军提督马哈罗夫，率舰拒之，战不利，败还。日兵堵旅顺，舰长广濑武夫阵亡。再战，沉俄舰数艘，击死马哈罗夫，俄亲王几利尔亦受伤，退守待援。日本陆军，亦自奉天登陆，入辽东半岛，迭败俄兵，九连、凤凰、金州、牛庄、海城各处，次第占据，仅留旅顺一隅，前后受围，久持不下。

英人乘俄日交战，有密图西藏之举。自英人并吞印度后，与西藏仅隔一喜马拉雅山，先收西藏南境之布丹哲、孟雄两部，为属地，遂与藏人屡生交涉。光绪十六年，因边事龃龉，英兵入毁藏南要隘。清驻藏大臣升泰，代为调停，与英国总理印度大臣兰士丹会议，定藏印条约八款，勘定边界。越三年，又由清参将阿长荣，与英订藏印续约，开亚东为商埠。俄闻之，密遣员联络达赖喇嘛，令毋践约。达赖倚俄基英，信之。至俄日战起，英将荣赫鹏带兵入藏，责达赖愆约不行、达赖倚俄员为谋主，与战辄败。荣赫鹏由江孜入拉萨，逼走达赖，与番官私订条约十款。大旨为重改原约，另勘边界，增辟江孜、噶大克为商埠，商务由英、藏派员监督，沿途不得增设关卡，并撤去武备，更偿英兵费五十万镑，此后藏地及藏事，非经英人照允，无论何国，不得干预。驻藏大臣升泰以闻，廷议以藏境为中国领土，力阻画押。驻京俄使，怂恿尤力，乃特派全权大臣唐绍仪，与英议废约。英不许，只承认中国有西藏领土权，除非经英人照允，无论何国不得干预外，概由中国承认，于光绪三十二年四月签押云。

俄人在旅顺被围，飞书至本国求救。俄皇特遣波罗的海舰队，绕道非洲好望角，鼓行而东。未至，旅顺粮竭出降。日舰齐集朝鲜海峡，待波罗的海舰队，航至海峡附近，一鼓歼之。俄大失势，美总统罗斯福劝和，日俄各派全权大使赴美，会议于朴子茅斯。协定和约，俄国许不干预朝鲜，愿割让桦太岛南半与日本，且将向时所得之奉天权利，与南满铁路，及旅顺大连湾租借权，悉让归日人，两国驻满洲兵尽撤退。是役自光绪二十九年始，至三十一年终，凡历二十一月，战局乃定。日本即遣小村寿太郎来京，与奕劻、瞿鸿玑、袁世凯三全权，订中日新约，承认日人继受南满利益外，并与以安东至奉天铁路权，及另辟日本租界，又鸭绿江右岸，准开中日采木公司，名义上虽归还满洲，实际上已不啻守府焉。慈禧太后自西狩回銮，尝与各政务大臣，讨论新政，停科举，试留学生，改订刑律，商禁鸦片贸易，以及开矿筑路等事，依次设施。又因驻法使臣裕庚回国，令裕女入直禁中，充翻译。裕女有二，长名德菱，次名龙菱，二女敏慧，通西文。入直后，为太后译西报，款西宾，颇得宠遇。德菱著有清宫五年记，述宫中事颇详，兹不备载。

太后因日俄战后，俄败于日，舆论多出专制，尚立宪，不得已与各大臣商定政策，简命载泽、戴鸿慈、徐世昌、端芳、绍英五大臣，出洋考察各国政治。甫起程，至正阳门车站，突遇炸弹，载泽、绍英受微伤，遂一律折回。抛炸弹者为革命党人吴樾，已炸毙车内，余党大索不获。旋改派尚其亨、李盛铎二人，会同载泽、戴鸿慈、端方，复往外洋。自日本达美国，转赴英、德，遥奏请预备立宪，采择外国制度，期以五年。太后意尚踌躇，及五大臣回国，申请宣布立宪宗旨，爰于光绪三十二年七月，下预备立宪诏。有大权统于朝廷，庶政公诸舆论等语。又命载泽等，编纂官制，首定改革基础。京内官制，如内阁军机处，暂仍旧制，部分十一。首外务部，次吏部，次民政部，次度支部，次礼部，次学部，次陆军部，次法部，次农工商部，次数传部，次理藩部，每部设尚书一，侍郎二，不分满汉。都察院改为都御史一员，副都御史二员。大理寺改为大理院；太常寺、光禄寺、鸿胪寺，并入礼部；国子监并入学部；太仆寺并入陆军部。外省官制，于督抚下设布政、提法、提学三司。沿江濒海各省外交事务，设交涉使。产盐诸省，仍留盐运使，或盐法道。东三省设民政、度支二使，代布政。裁撤分巡、分守各道，增置巡警、劝业二道。又分别审判厅，增改佐治员，随地变通。自是开宪政编查馆，建资政院，中央立统计处，外省立调查局，规模似粗具焉。

惟庆王奕劻任事，性贪黩，贿赂公行。其子载振，任农工商部尚书，年少风流，耽恋酒色。御史张元奇，初劾其为京妓谢珊珊傅粉调脂，失大臣礼，摺上留中。既而载振奉命至东省查事，返经天津，悦歌伎杨翠喜，段芝贵立鬻以献。及段署黑龙江巡抚，御史赵启霖，据以纠参。朝命载沣、孙家鼐确查，复称杨翠喜为商人王益孙所买，于载振无与，启霖遂以诬毁夺职。言路大哗，载振乃辞职，旋复启霖官。载振弟载搏尤渔色，亦纳京伎洪宝宝。某酒楼有题壁涛云："色不误人人自误，真成难弟与难兄。"指此事也。

其时荣禄已死，满人除奕劻外，以那桐、荣庆为最。汉人以瞿鸿玑、王文韶、鹿传霖、袁世凯为最。奕劻与鸿玑不协，学士恽毓鼎承奕劻意，劾之，奉旨著开缺回籍。王文韶以老病乞休。其余满汉诸臣，皆惟奕劻之言是从。太后倚畀甚专，临朝之暇，辄至颐和园游览，酷爱观剧。名伶谭鑫培、汪桂芬、杨小楼等，先后入园供奉，屡沐重赏。以此亲贵中，亦多善唱戏者。肃王善耆，尝与名优杨小朵，配演翠屏山，都人传为笑柄。有志之士，知清廷立宪之不足恃，乃竞谋革命。

粤人孙文，为革命党魁。于光绪十八年，创设兴中会。二十一年，谋起事于广州。事泄，遁海外。及康梁出奔，又立保皇会，散放富有、贵为等票。沿江一带，多有入会者。湖南人唐才常，党康梁，拟起自立军，至汉口被获，才常等二十余人皆被杀。其后保皇会浸衰，兴中会渐盛。朝命大索孙文，驻英公使龚照瑗，闻孙文匿英京伦敦，诱执之。因英政府干涉，乃释放。其党史坚如在粤，谋炸粤督德寿，无成死之。湖南黄兴，与同志宋教仁等，立华兴会，欲在长沙举事，又被泄，走日本。适孙文至日，遂合创同盟会，密购军火，纠合会党，谋益亟。光绪三十一年，会办练兵大臣铁良，筹款至河南。党人朱元成、胡瑛、王汉，邀击于彰德府。不中，王汉自杀，朱、胡走东洋。及五大臣出使，遇炸。刺客吴樾，亦其党也。翌年朱元成、胡瑛回国，号召萍乡矿工，扰湖南浏阳县，为官军击败，朱就捕，下诸狱。又越年粤东韶平县黄冈之会党，与福建韶安县会党，劫黄冈协署，败溃。惠州会党，谋变七女湖，亦被营团击散。安徽道员徐锡麟，击毙巡抚恩铭，徐被获，处以极刑，其徒陈伯平、马宗汉皆从死。绍兴女士秋瑾，与锡麟同籍，尝留学日本，适回国，与徐往来，图革命。安徽事发，秋瑾在籍，知府贵福捕之，胁供无实据，第书秋雨秋风愁煞人一语。贵福竟以谋叛闻，就地处决。黄兴入攻钦、廉二州，亦无效。孙文进攻镇南关，又以军火不继而败。光绪末年，黄兴复率党人入滇边，据河口南溪,旋败退。安徽马炮营队官熊成基,劫军械攻城,不克遁关东,至哈尔滨被捕,死于吉林。政府虽严密防禁,且命满汉联姻,思融畛域,而革命党不少衰,前仆后继,固未艾也。

各省外交案件亦日多,江西南昌县令江召棠,由臬司余肇康命,拘犯罪教民,为神父王安之赚入教堂,拔刃相迫,中江喉,江令以是卒。王安之赴抚署,捏称江令自刎。巡抚胡廷干查办不力,竟激变,教堂被焚,毙法人六,英人三。事达外务部,亟与英法二使商,以偿恤结案。江令之冤终莫白焉。各省铁路,多归外人承办,或借外债兴修。光绪三十一年,始有收回粤汉铁路之举,以七百万金,向美国合兴公司赎还。又命督办铁路大臣盛宣怀,与英国银公司磋商,废苏杭甬铁路草约,收回自办。银公司不允,苏浙士民哗然。苏杭甬路草约,由英人借款代筑,订立于光绪二十四年。嗣因逾时已久,苏浙绅商,拟自办,拒绝外款。各派代表至京力争,卒由宣怀调停,将英款作为存项,部借部还,用否听苏、浙自便,争路风潮乃平息。既而粤东复有三辰丸日轮案,粤水师提督李准,侦悉革命党运军械来华,由日本轮船装载。遂密派兵轮往查,果得二辰丸,截留虎门。日领事不允,电外部与日使交涉。日使益强硬,外部不敢争。卒以赔款服礼,买回军火,惩罚官吏了案。自辛丑和约后,与外人交涉,多遭损失,所差强人意者,惟与英人商禁鸦片,限期十年,一律净尽而已。

庆王奕劻于光绪末年,奏进宪法大纲,凡应行筹备事宜,分九年进行。太后即命刊刻誊黄,悬挂京内外各官署,责成依限举办。会达赖喇嘛来朝,加封为诚顺赞化西天大善自在佛。太后因万寿期近,留为祈祷。万寿届期,达赖偕至仪銮殿祝嘏,德宗亦至,病容憔悴,见者已料其不永矣。是日下午,太后同妃嫔福晋太监等,往游湖中。太后扮观音,余人扮龙女、善男、童子等,李莲英则扮韦驮、拍像以为纪念。至晚始归,伤寒病痢。翌日,犹召见王大臣如常。达赖赍呈佛像一尊,谓送往太后万年吉地,可镇压不祥,太后即命奕劻送往。越数日,德宗疾大渐,促奕劻归,会议立储。奕劻拟立溥伦,以其出宣宗长支,年亦较长。太后独主立醇王载沣子溥仪。溥仪母,荣禄女也。太后念荣禄功,故决欲其外孙为嗣皇。议定,即饬迎溥仪入宫,授载沣为摄政王。十月二十一日,德宗崩,寿三十八岁。即由太后传谕颁帝遗诏,以醇亲王载沣子溥仪入承大统,为嗣皇帝。奕劻禀太后,请以溥仪继穆宗,兼祧德宗,太后未之允。经奕劻跪请至再,乃许之。溥仪甫四龄,改元宣统,由摄政王载沣监国。尊太后为太皇太后,兼祧母为皇太后。越日太皇太后叶赫那拉氏崩,谥曰孝钦显皇后,享年七十有三。三次训政,威权盖世。临殁时,遗训以妇人预政,太监擅权为戒,殆有出人意料者。然清室元气,已为之斫丧殆尽矣。本回就此结束,下回殿以宣统朝。

第四十七回 **仆专制 创共和 清帝退位**

词曰：

三户亡秦由来久，残局凭谁守？听四面楚歌，无限凄凉，闷杀清太后。

人心已去天难佑，无奈权轻授！帝位忍长辞，痛感沧桑，往事空回首。

却说醇王载沣摄政，奉慈禧太后遗命，全权处理国事，有重要者，乃禀询德宗后那拉氏。宣统帝嗣位，上德宗后徽号曰隆裕皇太后，并颁行监国摄政王礼节。随命奕劻以亲王世袭罔替，并加恩王公大臣等有差。摄政王为德宗亲弟，戊戌之变，由袁世凯密语荣禄，乃有瀛台幽帝之祸，德宗饮恨以终，摄政王知之最悉，以此不慊于世凯。世凯遂以足疾辞职，许之。宣统元年，以邮传部尚书陈璧，用款糜弗，调员冒滥，夺其职。陕甘总督升允，奏阻立宪，令开缺。嗣梓宫奉安东陵，宫廷内外，靡不恭送。直隶总督端方，令人在隆裕太后行宫外摄影，被人奏参，立即褫革，廷臣颇惮摄政王英明，不敢肆。既而大学士张之洞、孙家鼐、鹿传霖等，皆谢世，亲贵益专政。载洵、载涛皆摄政王弟，少不更事，摄政王独任之。以载洵充筹办海军大臣，辅以萨镇冰。载涛管理军咨处，佐以毓朗。御史江春霖奏参奕劻，则斥为莠言乱政。浙路总理汤寿潜，电诋侍郎盛宣怀，则责其措词荒谬，分别降黜，徇情庇私，无可讳焉。隆裕太后威福，虽不逮慈禧，然于宣统纪元，即于大内御花园侧，兴修水殿，四围浚池，用玉泉山水环绕之，殿上窗棂承尘，皆嵌玻璃。隆裕能作擘窠书，自题匾额曰灵沼轩，俗呼水晶宫。至宣统退位，尚未峻工，糜费可知矣。中元节日，旦为故太后恭造大法船一只，长约十八丈有奇，宽二丈，船上楼殿亭榭，陈设悉备，所设侍从篙工，高与人等，皆著真衣，中竖十丈高桅，悬一黄缎巨帆，上书普渡中元四字，无数红莲，围绕船外，真巨制也。是日在东华门外焚化，观者如堵。闻此项报销，亦数十万金。宫监小德张，得幸隆裕，说者谓不亚李莲英云。

当时京畿虽靖，时局实危，海外各国，皆订关于中国密约。俄营北满洲，日营南满洲，所有路矿等件，悉归垄断。吉林延吉厅属和龙峪等地，毗连韩境，日人改名间岛，派兵驻扎，并要求新法铁道营口支线，抚顺烟台煤矿，安奉南满沿线矿务，及京奉铁路延长诸利权。政府屡阻之，不见允，反自由行动。卒因五案允办，乃得收回间岛地。时论以大局日亟，应速开国会，缩短实行立宪期限，为救亡计。适各省开咨议局，遂公推代表孙洪伊等，赴京师要求速开国会。至都察院，递请愿书，都察院抑置不奏。孙洪伊等，又遍谒当道，竭力吁请，旗籍亦举代表入请愿，始入奏，朝命以筹备未逮为辞。

宣统二年，日本并吞朝鲜，国王被废，亚东震动。俄人又进窥蒙古，英兵亦入据滇边之片马地。于是各省政团商会，及外洋侨民商会，各举代表，联合咨议局代表议员，呈二次国会请愿书，仍无效。会资政院开院，请愿代表团，上书资政院，请提议速开国会。资政院一致赞成,呈三次请愿书。各省督抚,亦电请内阁国会,提早设立。乃命缩改期限,于宣统五年实行开设议院,并饬各省代表,即日散归。舆情尚未惬。东三省代表,要求甚急。朝命民政部驱回原籍,并饬各省督抚,开导弹压,如有违抗,查拿严办。以此人民侧目,革命党运动尤力。

宣统初,党人倪映典至粤,游说广州军队,议发难,卒因弹药缺乏,皆溃散,倪被轰死。二年汪兆铭、黄树中等,谋刺摄政王,事泄被拘,命永远监禁。三年春,广州将军孚琦,与总督张鸣岐等,往燕塘阅试飞机。飞机为粤人冯如所制,冯自美国游学归,制成飞艇,在燕塘试演,各大吏亲往验视。孚琦先归,甫至城,为炸弹击毙,拿获刺客温生才,立置诸辟。黄兴、赵声等,更图大举,于三月间攻广州督署。张鸣岐闻风先避,由水师提督李准,调兵拒战,击败党人,伤毙颇众,擒获七十二名,皆杀之,葬于黄花冈。惟黄兴、赵声及胡汉民、李燮和数人,脱走香港。赵声病痫死。廷议以缩短立宪期限,派溥伦、载泽等,纂拟宪法,并提前颁布内阁官制,组织新内阁。撤军机处,裁吏礼二部,增海军部。总理仍属庆王奕劻,那桐、徐世昌为副。每部设正副大臣各一员。惟梁敦彦主外务,唐景崇主学务,盛宣怀主邮传,属汉人。此外民政部属善耆,度支部属载泽,陆军部属荫昌,海军部属载洵,司法部属绍昌,农工商部属溥伦,理藩部属寿耆,均以亲贵充选,舆论哗然。各省咨议局,以皇族组织内阁,不合君主立宪公例,请另行改组,呈都察院代奏。奉旨以黜陟百官,系君上特权,不许议员干预。施设军咨府,复以载涛、毓朗充任。置弼德院,院长为荣庆,右满抑汉如故例。盛宣怀且倡铁路国有政策,拟借英、美、德、法四国及日本银行款,兴办各省铁路。从前批准铁路各案,一律取销,干路均收归官办,惟支路得由商民酌行。于是争路风潮,因之以起。四川铁路公司股东,开保路大会,吁请将军玉昆、总督赵尔丰代奏,川路暂归商办。朝旨不允,反严加申饬。川人大哗,俱供德宗牌位举哀,罢市辍学。适端方至京,谋起复,愿入川查办。乃命自湖北带兵赴川,川人举代表诣督署,乞阻端方兵。尔丰虑端方夺位,曲承朝旨,佯允代奏,诱拘保路会长邓孝可,股东会长颜楷、张澜及咨议局长蒲殿俊、罗纶等。人民环求释放,统领田徵葵,率官军开枪,击毙多人。事闻,朝命尔丰相机剿办,又令前粤督岑春煊往川协理。尔丰遽兴兵焚杀近省民团,捏奏剿办得手。春煊至武昌,与鄂督瑞澂议入川事,春煊主抚,瑞澂主剿,未协,遂称病乞归。

时清廷方更新军制,令组成三十六镇,每镇设步队二协。湖北正编成一镇,又混成一协。

八月初旬,总督瑞澂,统制张彪,侦知革命党至鄂,严令搜缉,陆续捕斩数人,并破获机关数处,搜出名册,多牵涉各营新军,军人势成骑虎,遂于十九夜起事。由工程营先发,夺楚望台军械局。辎重营纵火攻督署,各营相率应之。瑞澂仓促走楚豫兵轮,张彪亦弃营遁。各营兵齐集督辕,自号民军,公推协统黎元洪为都督。元洪字宋卿,湖北黄冈县人,曾肄业北洋水师学堂。毕业后,列入北洋炮队。中日之战,愤投海中,遇救得免。嗣由烟台入江南,江督张之洞器之,乃留焉。张调鄂,黎随往,及张入京,黎仍在鄂。寻任混成协协统,待军士有恩,故乐推戴之。以咨议局为军政府,选议长汤化龙为民政长,军民分治。元洪分军下汉阳、汉口及兵工厂。遂与各国领事约,请守中立,凡从前清政府所订约章，继续有效，嗣后概不承认。各国侨民财产，一律保护，惟各国如有阴助清政府，及接济清政府军械，应视为仇敌，所获物品，悉行没收等语。约成，分檄各省，指斥清廷，令协图光复。

清命陆军大臣荫昌，督兵两镇前往湖北。海军统制萨镇冰，长江水师提督程允和，各率兵舰赴援。革瑞澂、张彪职，令带罪图功，克日收复武汉。元洪闻清军趋集，择于二十五日祭旗，立红黄青白黑五色旗为标帜。派队抵御，与清军相持数日。清军不能克，反被败。清起袁世凯督两湖，又令岑春煊督川，皆未赴。九月湖南长沙军，起应鄂师，推焦昱为都督，陈作新为副都督。巡抚余诚格遁，防营统领黄忠浩被杀。江西九江府亦起民军，举标统马毓宝为都督。陕西民军又响应，都督推张凤翙。清廷大震。群归咎盛宣怀，劾其违法行私，贻误大局，乃夺职，民军焰仍未息。贵州又告警，杨柏舟为都督，占贵阳。庆王奕劻，力保袁世凯可大用，敦促出山，授为钦差大臣，节制水陆各军。世凯奏称足疾未愈，不奉诏。鄂军势益炽，萨镇冰、程允和所统各师，皆败却，各舰有投顺民军者。瑞澂潜逃至上海，朝命江督张人骏逮京治罪，卒未获。山西巡抚陆钟琦，以军队谋变，图抑制，立被杀，阖家死难。协统阎锡山为都督，逼京畿。摄政王载沣大恐，下罪己诏，并开党禁。资政院奏请改组内阁，不用亲贵，所定宪法，交资政院协赞，皆许之。会云南、江西，又相继光复。云南推蔡锷为都督，统制钟麟及布政使世增死焉。江西推吴介璋为都督，巡抚冯汝骙走死。

清廷再促袁世凯督军，令陆军荫昌，至世凯原籍项城县，殷勤敦请，乃应命，出信阳州。荫昌奉召回京。是时清军之在湖北者，以冯国璋统领第一军，段祺瑞统领第二军。二人皆袁旧属，闻袁至，奋击民军，进踞汉口，纵火毁汉口华界，居民逃避一空，遭劫者亦不少焉。袁以大局已去，无意主战，遣蔡廷干、刘承恩至武昌，与元洪议和。元洪要求清帝退位，方可言和，因未谐。奕劻已辞去总理，仍与摄政王商，召袁返京，另组内阁，即命袁为总理大臣。诏甫下，奉天二十镇统制张绍曾，与混成协统蓝天蔚等，奉调赴敌，至滦州，电请实行立宪，并宪法由议院制定。第六镇统制吴禄贞，亦有此请。摄政王不得已允之。即命资政院起草宪法，拟定重大信条十九条，由摄政王代表宣统帝，宣誓太庙，布告天下。并谕统兵大员，宣布朝廷德意，妥速安抚，此后当与民更始，不忍再以兵力从事等语。各省玩视如前。

湖南都督焦昱、陈作新不孚民望被杀，改选谭延闿就任。吴禄贞奉清命署抚山西，至石家庄，又被刺。或谓系江宁将军铁良所使云。摄政王无术可施，再释汪兆铭等出狱，期平众怒。然势已燎原，不可复遏，浙抚增韫被拘，前浙路总理汤寿潜，由民选为都督。江苏巡抚程德全，徇军民之请，宣告独立。安徽巡抚朱家宝，及广西巡抚沈秉坤，亦如之。惟广东屡运动革命，将军凤山以知兵名，为党人炸毙。总督张鸣岐，勉持数日，卒以军民反对，潜遁去。党人胡汉民，前曾在湖北拒战，至是因图粤南下，遂公推为都督，福建亦响应之。粤统制孙道仁，由民军拥戴攻督署，总督松寿仰药自尽，将军扑寿，率驻防兵抗御，战败被杀。山东巡抚孙宝琦与奕劻有姻娅谊，迫于军民要求，奏请独立。独南京军队，屡谋起事，为总督张人骏、将军铁良、提督张勋所持，不得逞。于是苏、浙、沪各民军，会攻南京。推第九镇统制徐绍桢为总司令，进攻秣陵关。绍桢初战失利，退守镇江。苏、浙、沪增兵继之，连克要隘，南京始不支。

会袁世凯入京，诏命入阁办事，世凯屡辞不获，乃组织内阁，多用汉人，受任者，不及半数。且国帑空虚，和战两难，不得已与摄政王商，令支故太后遗资，以济要需。江督等屡乞援，不之应。第运内帑至鄂，颁给将士，令猛攻汉阳。黄兴方在鄂充总司令，至汉阳拒北军，败走沪上，汉阳复为北军有。黎元洪亟收抚溃卒，濒江固守，武昌得不陷。山东复取消独立，孙宝琦还京，代以张广建。时局几一变。赖苏、浙、沪军，攻取南京，张人骏、铁良、张勋等，皆出走，民军复振。川军推蒲殿俊为都督，杀端方于资州，传首至鄂。未几，蒲殿俊去职，改任尹昌衡，又杀前川督赵尔丰。外蒙古库伦亦宣布独立，逐办事大臣三多。袁世凯乃再主和议，委任唐绍仪为全权代表，南下议和。民军公推鄂军政府为中央军政府，举博士伍廷芳为外交总长，与唐绍仪协商和约，南北先行停战。乃择定上海为议和地，以英租界之市政厅为议场，并由德、英、美、法、俄、日各领事，从旁调停。开议数次，唐代表主张君主，伍代表主张共和，卒未洽。唐代表乃电达内阁，请开临时国会，公决政体。时摄政王载沣，已辞监国职，退归藩邸，朝政多取决于袁总理。袁从唐议，惟选举方法，及召集地点，须由北京专政，民军不从。

革命党首领孙文，自海外归国。至上海，十七省代表相率欢迎。嗣在南京投票选举，俱推孙为临时大总统，组织临时政府，建号中华民国。改用阳历，即以是年阳历元日，为中华民国新纪元。孙就职，又由各省代表，选举黎元洪为副总统。以黄兴长陆军，黄钟瑛长海军，伍廷芳长司法，陈锦涛长财政，王宠惠长外交，程德全长内务，蔡元培长教育，张謇长实业，汤寿潜长交通。各部得人，政府粗定。乃传檄北伐，号召各省民军，声威大振，亿兆欢呼。民军相约联合，学界商团，亦有辍业从军，愿随北伐者。一班女学生，亦组织北伐队。沪上名伶阔妓，且各恃色艺募捐助饷。唐绍仪见民军声盛，竟辞职，由袁世凯直接电商。各洋商见时势危急，恐碍商务，联名电达清皇族，请早日改建国体，安定大局。清廷开皇族会议，或主战，或主和，莫衷一是。当由袁世凯复申前议，与民国热商，电传络绎，终以国会地点之龃龉，不能就绪。嗣民国更迫清帝退位，方罢北伐。袁世凯乃禀白隆裕太后，固请辞职，太后不许，续开御前会议，仍未决。军咨使良弼，力持不可，皇族多附和之。

既而新疆将军志锐，为民军所戕，推前任将军广福为都督。东三省前设保安会，至此亦风声日亟。河南屡逮捕党人，谋变益甚。清廷已成孤立。袁世凯因公出东华门，遇炸未伤。独良弼为民党彭家珍炸折一足，越二日死，皇族益短气。在鄂统领段祺瑞，复联合北方将弁四十二人，电请逊位。隆裕太后无可如何，乃授袁世凯全权，与民国商酌退位条件。当由双方议定，凡关于清皇室优待条件计八款：（一）清帝辞位后，仍存尊号，中华民国，以待各外国君主之礼相待；（二）由中华民国，岁拨银四百万两，给清帝之用，俟改铸新币后，易为四百万元；（三）清帝得暂居宫禁，日后移居颐和园，侍卫人等，照常留用；（四）清帝宗庙陵寝，永远奉祀，由中华民国酌设卫兵，妥慎保护；（五）德宗陵寝未完工程，如制妥修，经费由中华民国支付；（六）以前宫内所用各项人员，可照常留用，惟以后不得再招用阉人；（七）清帝原有私产，由中华民国特别保护；（八）原有之禁卫军，归中华民国陆军部编制，额数俸饷仍旧例。又关于清皇族待遇条件，凡四款:(一)清王公世爵,概仍其旧;(二)清皇族对于中华民国国家之私权及公权,与国民同等;(三)清皇族私产,一体保护;(四)清皇族免当兵之义务。又关于满蒙回藏各族待遇之条件,凡七款:(一)与汉人平等;(二)保护其原有私产;(三)王公世爵概如其旧;(四)王公中有生计过艰者,应设法代筹生计;(五)八旗生计,于未筹定时,兵弁俸饷,仍旧支放;(六)从前营业居住等限制,一律蠲除,各州县听其自由入籍;(七)满蒙回藏原有之宗教,听其自由信仰。袁世凯以条约既成,禀复隆裕太后,太后允之。乃由内阁拟定退位谕旨,大致以全国人心,倾向共和,予不忍以一姓尊荣,拂兆人好恶,用特将统治权公诸全国,定为共和立宪国体,即由袁世凯组织临时政府,合汉满蒙回藏五族完全领土,为一大中华民国云云。此外如宣布优待条件,及晓示京内外各官。又有二谕,俱有宣统帝奉行懿旨,颁告天下。隆裕太后钤用国宝时,泪犹涔涔下也。

宣统三年十二月十五日,即中华民国元年二月十二日,清帝逊位,清亡。统计清自顺治入关,至宣统退位,凡十传,共二百六十八年,袁世凯电告南京政府,协商统一办法。临时大总统孙文,以世凯推翻清室,有功民国,特将总统权让与。派蔡元培等北行,迎袁南来,以便交代。元培至京,骤遇兵变,以趋避得免。袁以此不愿南下,遂电商孙文,设总统府于北京,履任民国第二次临时大总统。南京政府,因是撤销。嗣复召集国会,正式当选,副总统仍黎元洪。隆裕太后退养宫中,不闻外事,未几,以腹疾告终,谥曰考定皇后。袁就总统职,历五年,拟改行帝制,不果行,快快而殁。此为民国大事,应俟后人续编。小子只将清代始终,叙述大略,为新昌吕氏二十四史之续。下回踵吕氏旧制,补叙历朝年号及历数,作为最后之尾声。

第四十八回　**稽历数　及年号　演义告成**

诗曰：

一年又过一年春，百岁曾无百岁人。
能向花中几回醉，十千沽酒莫辞贫。
一月主人笑几回，相逢相值且衔杯。
眼看春色如流水，今日残花昨日开。

本编演义，自盘古始，至民国止，事迹虽略，大纲已具，统计不下数万年。惟洪荒之世，书契未兴，历数无从详核。相传自盘古至今，共六万九千一百有九年，数之确否，无从证实。故吾国所有编年史，多略去黄帝以前事，但就黄帝后考之，迄于民国纪元，相距共四千六百有八年。历代相传之绪，可得而稽者，以黄帝为首，次少昊，次颛顼，次帝喾，次帝挚。挚被废，以尧继之，乃冠以朝名。尧禅舜，号曰虞。舜禅禹，号曰夏。禹以后成世袭之局，多则数十传，少则数传。夏亡商继，商亡周继，由是而秦，而前后汉，而三国，而东西晋、而南北朝。隋号统一，唐承之。至五季又成分裂，除辽以外，割据者十国。宋初称混一中原，然燕云十六州，终属辽。辽为金灭，进踞两河，宋室南渡，号南宋。宋止于元，版图最大。元亡于明，明亡于清，清之疆域，虽不逮元，但葱岭以东，阿尔泰山以南，凡东海、南海以内地，无不隶属。纵横并计，居全世界陆地十分之一，亦有元之亚也。历代所称正统之主，计二百四十七主，窃据一方者不与焉。

若二十四史之名，则就历代史家所遗之著作，汇集成名。宋以前仅传十七史，如《史记》《汉书》《后汉书》《三国志》《晋书》《宋书》《南齐书》《梁书》《陈书》《后魏书》《北齐书》《周书》《隋书》《南史》《北史》《新唐书》《新五代史》是也。宋以后加入《宋史》《辽史》《金史》《元史》，为二十一史。及清增《明史》，复以《旧唐书》《旧五代史》羼入之，称二十四史。

年号始自汉武帝，武帝前未之用也。由汉武至宣统帝，则又相率遵循，成为习惯。至民国变更政体，乃并旧制而尽革焉。本编述历代事，于年号历数，未尽表明。爰踵吕氏之旧，顺序编列。吕氏所谓较异同，考后先，决不可少者，诚哉其然也。惟与吕氏原编，又详略不同，列叙如下：

黄帝在位一百年。

少昊在位八十四年。

颛顼在位七十八年。

帝喾在位七十年。

帝挚在位八年。

唐尧在位一百年,后有尧丧二年。

虞舜在位四十八年,后有舜丧二年。

夏禹八年,启九年,太康二十九年,仲康十三年,相二十八年,少康六十一年,杼十七年,槐二十六年,芒十八年,泄十六年,不降五十九年,扃二十一年,廑二十一年,孔甲三十一年,皋十一年,发十九年,桀三十五年。

商汤十三年,太甲三十三年,沃丁二十九年,太康二十五年,小甲十七年,雍己十二年,太戊七十五年,仲丁十三年,外壬十五年,河亶甲九年,祖乙十九年,祖辛十六年,沃甲二十五年,祖丁三十二年,南庚二十五年,阳甲七年,盘庚二十八年,小辛二十一年,小乙二十八年,武丁五十九年,祖庚七年,祖甲三十三年,廪辛六年,庚丁二十一年,武乙四年,太丁三年,帝乙三十七年,纣三十二年。

周武王七年,成王三十七年,康王二十六年,昭王五十一年,穆王五十五年,共王十二年,懿王二十五年,孝王十五年,夷王十六年,厉王五十一年,宣王四十六年,幽王十一年,平王五十一年,桓王二十三年,庄王十五年,厘王五年,惠王二十五年,襄主三十三年,顷王六年,匡王六年,定王二十一年,简王十四年,灵王二十七年,景王二十五年,敬王四十四年,元王七年,定王二十八年,考王十五年,威烈王二十四年,安王二十六年,烈王七年,显王四十八年,慎靓王六年,赧王五十九年,东周君七年。

秦始皇十二年,二世三年。

汉高祖十二年,惠帝七年,吕后摄位八年,文帝改元者二:前十六年,后七年。景帝改元者三:前七年,中六年,后三年。武帝始建年号,改元者十一:建元六年,元光六年,元朔六年,元狩六年,元鼎六年,元封六年,太初四年,天汉四年,太始四年,征和四年,后元二年。昭帝改元者三:始元七年,元凤六年,元平一年。宣帝改元者七:本始四年,地节四年,元康五年,神爵四年,五凤四年,甘露四年,黄龙一年。元帝改元者四:初元五年,永光五年,建昭五年,竟宁一年。成帝改元者七:建始四年,河平三年,阳朔四年,鸿嘉四年,永始四年,元延四年,绥和二年。哀帝改元者二:建平四年,元寿二年。平帝年号元始五年。孺子婴三年。

新莽篡位,改元者四:初始一年,建国四年,天凤六年,地皇四年。

东汉光武帝改元者二:建武三十二年,中元二年。明帝年号永平十八年。章帝改元者三:建初九年,元和四年,章和二年。和帝改元者二:永元十七年,元兴一年。殇帝年号延平一年。安帝改元者五:永初七年,元初七年,永宁二年,建光二年,延光四年。顺帝改元者五:永建七年,阳嘉四年,永和六年,汉安三年,建康一年。冲帝年号永嘉一年。质帝年号本初一年。桓帝改元者七:建和三年,和平二年,元嘉三年,永兴二年,永寿四年,延熹十年,永康一年。灵帝改元者四:建宁五年,熹平七年,光和七年,中平六年。献帝改元者三:初平四年,兴平二年,建安二十五年,延康一年。

三国

蜀汉昭烈帝年号章武三年。后主禅改元者四:建兴十五年,延熙二十年,景耀六年,炎兴一年。

魏曹丕称帝,凡五世,四十六年。

吴孙权称帝，凡三世，五十二年。

晋武帝改元者四：泰始十年，咸宁六年，太康十年，太熙一年。惠帝改元者七：永熙一年，元康九年，永康二年，永宁二年，太安二年，永兴三年，光熙一年。怀帝年号永嘉六年。愍帝年号建兴五年。

东晋元帝改元者三：建武二年，太兴四年，永昌二年。明帝年号太宁四年。成帝改元者二：咸和九年，咸康八年。康帝年号建元二年。穆帝改元者二：永和十二年，升平五年。哀帝改元者二：隆和二年，兴宁三年。废帝改元太和六年。简文帝年号咸安二年。孝武帝改元者二：宁康三年，太元二十一年。安帝改元者三：隆安五年，元兴三年，义熙十四年。恭帝年号元熙二年。

南北朝

宋武帝年号永初三年。少帝年号景平二年。文帝年号元嘉三十年。孝武帝改元者二：孝建三年，大明八年。明帝改元者二：泰始七年，泰豫一年。苍梧王年号元徽五年。顺帝年号升明三年。

齐高帝年号建元四年。武帝年号永明十一年。明帝改元者二：建武五年，永泰一年。东昏侯年号永元三年。和帝年号中兴二年。

梁武帝改元者七：天监十八年，普通八年，大通三年，中大通六年，大同十二年，中大同二年，太清三年。简文帝年号大宝二年。豫章王年号天正一年。元帝年号承圣四年。敬帝改元者二：绍泰二年，大平二年。

陈武帝年号永定三年。文帝改元者二：天嘉七年。天康一年。临海王年号光大二年。宣帝年号太建十四年。后主改元者二：至德四年，祯明三年。

北朝魏道武帝建元，至孝武入长安，凡十一主，共一百四十九年。东西魏分峙，东魏孝静帝十七年；西魏文帝历二传，共二十三年。

北周篡西魏，孝闵帝历四传，共二十四年。

北齐篡东魏，文宣帝历五传，共二十九年。

隋文帝改元者二：开皇二十年，仁寿四年。炀帝年号大业十四年。恭帝侑年号义宁二年，恭帝侗年号皇泰二年。

唐高祖年号武德九年。太宗年号贞观二十三年。高宗改元者十四：永徽六年，显庆六年，龙朔三年，麟德二年，乾封三年，总章三年，咸亨五年，上元三年，仪凤四年，调露二年，永隆二年，开耀二年，永淳二年，弘道一年。武后篡唐为周，改元者十八：文明光宅共一年，垂拱四年，永昌一年，载初一年，天授三年，如意一年，长寿三年，延载证圣共一年，天册万岁二年，万岁登封万岁通天共一年，神功一年，圣历三年，久视大足共一年，长安四年。中宗初号嗣圣一年，迨复辟，改元者二：神龙三年，景龙四年。睿宗改元者三：景云二年，太极一年。玄宗改元者二：开元二十九年，天宝十五年。肃宗改元者四：至德三年，乾元三年，上元二年。代宗改元者三：宝应二年，广德二年，永泰二年，大历十四年。德宗改元者三：建中四年，兴元一年，贞元二十一年。顺宗年号永贞一年。宪宗年号元和十五年。穆宗年号长庆四年。敬宗年号宝历二年。文宗改元者二：大和九年，开成五年。武宗年号会昌六年。宣宗年号大中十四年。懿宗年号咸通十五年。僖宗改元者五：乾符六年，广明二年，中和五年，光启四年，文德一年。昭宗改元者六：龙纪一年，大顺二年，景福二年，乾宁五年，光化四年，天复四年，天祐一年。哀帝年号仍天祐三年。

后梁太祖改元者二：开平五年，乾化五年。末帝改元者二：贞明七年，龙德三年。

后唐庄宗年号同光四年。明宗改元者二：天成五年，长兴四年。闵帝年号应顺一年。潞王年号清泰三年。

后晋高祖年号天福九年。出帝年号开运三年。

后汉高祖改元者二：天福一年，乾祐一年。隐帝年号仍乾祐二年。

后周太祖年号广顺三年。世宗年号显德六年。恭帝年号仍显德一年。

宋太祖改元者三：建隆三年，乾德五年，开宝八年。太宗改元者五：太平兴国八年，雍熙四年，端拱二年，淳化五年，至道三年。真宗改元者五：咸平六年，景德四年，大中祥符九年，天禧五年，乾兴一年。仁宗改元者九：天圣十年，明道二年，景祐四年，宝元二年，康定二年，庆历八年，皇祐五年，至和三年，嘉祐八年。英宗年号治平四年。神宗改元者二：熙宁十年，元丰八年。哲宗改元者三：元祐九年，绍圣四年，元符三年。徽宗改元者六：建中靖国一年，崇宁五年，大观四年，政和七年，重和二年，宣和七年。钦宗年号靖康二年。

南宋高宗改元者二：建炎四年，绍兴三十二年。孝宗改元者三：隆兴二年，乾道九年，淳熙十六年。光宗年号绍熙五年。宁宗改元者四：庆元六年，嘉泰四年，开禧三年，嘉定十七年。理宗改元者八：宝庆三年，绍定六年，端平三年，嘉熙四年，淳祐十二年，宝祐六年，开庆一年，景定五年。度宗年号咸淳十年。恭宗年号德祐二年。端宗年号景炎三年。帝昺年号祥兴二年。

辽太祖称帝，至天祚帝，历九世，共二百十年。

金太祖称帝，至哀宗，易九君，共百二十年。

元世祖改元者二：中统五年，至元三十一年。成宗改元者二：元贞三年，大德十一年。武宗年号至大四年。仁宗改元者二：皇庆二年，延祐七年。英宗年号至治三年。泰定帝改元者二：泰定五年，致治一年。天顺帝不逾年。文宗年号天历三年。明宗年号至顺四年。顺帝改元者三：元统三年，至元六年，至正二十八年。

明太祖年号洪武三十一年。惠帝年号建文四年。成祖年号永乐二十二年。仁宗年号洪熙一年。宣宗年号宣德十年。英宗年号正统十四年。景帝年号景泰八年。英宗复辟，年号天顺八年。宪宗年号成化二十三年。孝宗年号弘治十八年。武宗年号正德十六年。世宗年号嘉靖四十五年。穆宗年号隆庆六年。神宗年号万历四十八年。光宗年号泰昌一年。熹宗年号天启七年。庄烈帝年号崇祯十七年。

清世祖年号顺治十八年。圣祖年号康熙六十一年。世宗年号雍正十三年。高宗年号乾隆六十年。仁宗年号嘉庆二十五年。宣宗年号道光三十年。文宗年号咸丰十一年。穆宗年号同治十三年。德宗年号光绪三十四年。宣统帝年号宣统三年。此中国历代年数之较大也。西历纪元，以耶稣基督生年为始，即中国汉平帝元始元年，为西历纪元之岁，至中华民国纪元，适当西历一千九百十二年。西人多崇奉耶教，故虽国不一国,朝不一朝,年系固犹是耳!中华全史演义,自此告终。以后沿革不能预测,告往知来,俟诸明哲。

歌曰:

浑沌之世不可稽,盘古氏出乃有史。
天皇地皇人皇氏,名曰三皇居上世。
太皞炎帝及轩辕,唐虞绍之为五帝。
夏商周秦西东汉,后汉魏吴三国判。
汉亡于魏魏禅晋,晋又平吴全国定。
扰西晋者为五胡,中土分外南北隅。
南为东晋居江左,宋齐梁陈踵其都。
北则五胡而后魏,东魏西魏分为二。
东传北齐西禅周,周又并齐禅隋帝。
隋能灭陈号混一,曾几何时禅唐室。
唐祚终兮为五季,梁唐晋汉周相继。
宋代周兮海宇平,中南渡兮迫于金。
并金灭宋是蒙元,统摄华夷九十年。
明逐元兮一统定,李闯陷京思宗殉。
清兵入关驱流寇,十主相传专制久。
民军崛起清社倾,首创共和兆太平。